U0523203

杨志军◎著

你是我的狂想曲
Ni Shi Wo De Kuang Xiang Qu

青海人民出版社

图书在版编目（CIP）数据

你是我的狂想曲 / 杨志军著. -- 西宁：青海人民出版社，2022.10
ISBN 978-7-225-06385-0

Ⅰ.①你… Ⅱ.①杨… Ⅲ.①长篇小说—中国—当代 Ⅳ.① I247.5

中国版本图书馆 CIP 数据核字（2022）第 151509 号

你是我的狂想曲

杨志军 著

出 版 人	樊原成
出版发行	青海人民出版社有限责任公司
	西宁市五四西路 71 号 邮政编码：810023 电话：（0971）6143426（总编室）
发行热线	（0971）6143516/6137730
网　　址	http://www.qhrmcbs.com
印　　刷	深圳华新彩印制版有限公司
经　　销	新华书店
开　　本	890mm×1240mm　1/32
印　　张	19.125
字　　数	500 千
版　　次	2022 年 10 月第 1 版　2022 年 10 月第 1 次印刷
书　　号	ISBN 978-7-225-06385-0
定　　价	98.00 元

版权所有　侵权必究

目 录

前奏曲　海港的早晨（作品第1号）　　　001

宣叙与咏叹　从好望角到合恩角（作品第2号）　　　045

舞曲乐章　纺织女工（作品第3号）　　　094

管弦乐组曲　钢水谣（作品第4号）　　　145

二重赋格　田横与大货车（作品第5号）　　　192

独奏与协奏　你是我的狂想曲（作品第6号）　　　240

声乐复调　不沉的蓝鲸号（作品第7号）　　　289

小调性回旋曲　熔炼之恋（作品第8号）　　　338

奏鸣曲　大船是怎么造出来的（作品第9号）　　　386

炫技性练习曲　冷思考（作品第10号）　　　434

主题与变奏　轨道交通与安魂曲（作品第11号）　　　485

交响曲　我的内心一片阳光（作品第12号）　　　543

华彩乐章　绕地球一圈的救人与自救（无编号尾声）　　　598

后记　　　604

前奏曲
海港的早晨（作品第 1 号）

救生衣连接成的橘色浮标，
带着水手从苍茫漂向苍茫。
一座无名岛从涌浪中走来，
他看到有人在岛滩上放光。
我是蓝鲸号的水手你是谁？
我是三体帆船远方号船长。

1

青岛醒来后的第一抹阳光总是照在他的脸上，他站在堆场摞了十层高的集装箱垛顶，朝着排了一列红色岸桥的那边吹起了小号。那边是开阔的蓝色港池，港池是个标准的矩形，南北西三面都是顺岸码头，其中南北码头的岸线各有 3500 米，西码头约有 2000 米，水深都在 20 米以上，密集地排列着巴拿马型和超巴拿马型轮船的泊位，泊位连接着一片片巍然耸起的岸桥林。从地形看，这里是一个漂亮到无可挑剔的天然海湾，湾内四季平整的水面意味着海在这里被大面积的驯服，那些万马奔腾似的野浪，那些被月球牵动的潮汐和来自太平洋深处的风暴，都被一种更加强大的围堵解除了武装，水的摧毁变成了水的静养，养育着码头以及跟码头有关的一切，也养育了一些喜欢躲开惊涛骇浪的鱼类，创造了不少适合生物在繁殖季传宗接代的条件。海湾的西南纵深处是集装箱码头的港内设施，南边是东方船舶制造集团公司，西边连接着这座城市的经济开发区，东边是绿树和灯塔相为映衬的天然防波堤——一座伸向深海的鱼形岛礁，截然剖开了适宜港口的强浪破碎区和大潮汹涌的整个黄海海域。仿佛在遥远的太古时期，地理形成的那个年代，造物者的巨大力量就已经确定了这个地方的用途以及今天的繁荣。繁荣包括了从高高在上的铜管里发出的《海港的早晨》，似乎那是来自盘古开天的音符，把一个梦幻中的皇冠之地比作了眼前的青岛黄海港。不分昼夜的忙碌是码头前沿的本色，船来了，船去了，集装箱的码垛与拆垛、装载与卸载占据了一天28个小时的分分秒秒，假如真的有28个小时的话。灯火通明衔接着昼光来去，这是一个没有早晨也没有傍晚，没有夜半也没有日中的地方。只有亢亮的小号会告诉所有的耳朵：这里是青岛，现在是黎明，时间没有消失，一天又开始了。大概就是这个原因吧，管理制度严格到不容喜鹊做窝的青岛黄海港，并没有制止吹奏者爬上堆场的制高点，用一把金色小号发出它自己的声音，而且风雨无阻。一千多个日子流淌而去，《海港的早晨》跟天光一样守信而准时，之后也会变换别的乐曲：《罗密欧与朱丽叶》《寂静》《北国之春》《阿兰胡埃斯之恋》《茉莉花》《梁祝》什么的，但唯一不变的是他自己创作的《海港的早晨》，让人们熟悉得就像听到了浪响、看到了太阳，那是黎明的问候，是哀婉、忧伤而柔美的祝福。

阳光洒金了他的全身，也洒金了音乐的旋律，小号的嘹亮和曲调的柔美里，顿时融入了金色的健朗。有人在下面喊："骆横，骆横，别忘了师傅说的，今天多吹一首，雄壮点的，能加油的。"骆横站在十层集装箱的边缘，双腿并拢，半个脚踩空，只用脚后跟支撑身体，吻着号嘴，左手稳住管体，右手移动着调音管，朝下弯了弯腰。几秒钟后，响起了《金蛇狂舞》，之后又是《卡门序曲》。去年这个日子但不是这一天，他吹的也是它们，那一次他们赢了。五个比赛项目他拿了三个第一，另外两个第一归了师兄王起，其实是他故意失误让给了师兄。人们都说：码头比武，猫吃老虎，骆横小徒，扬名港口。他听了不以为然：到底谁是老虎，师兄还是曾经的比武状元师傅？再说他也不是猫，猫算什么？而师傅却说："猫才是老虎的师傅，不过它只教老虎，不吃老虎。这孩子，教了我不少。"王起说："骆横，听到了吧，师傅待人怎么样？什么时候都是把别人摆在前头。当初他也是这样说李拜拜的，结果呢，人家名扬了，钱挣了，却把师傅不放在眼里了。"师兄的小眼睛使劲睁也只能跟笛子的发音孔那么大，声音也像是吹出来的，颤颤的有点虚浮。骆横淡然一笑，心说这就能扬名了？再说码头上的扬名算什么，人还不是一样的渺小，像一条藏在水底下的泥鳅，谁知道你呢？从远海驶来的货船，靠岸为止；从近陆驶来的运输车，到岸即停。整个集装箱码头常年处在船来车去的动荡之中，覆盖在上面的不是灯棚也不是云锦，而是巨大的桥吊、轮胎吊、轨道吊、履带吊、门座吊、跨式车吊、汽车吊等钢铁的吊具。没有熙熙攘攘的市声，没有人与人的交流闲谈，大机器的冷傲和伟岸把人挤压在镶嵌着玻璃的操作室或驾驶室里，让你默然无语。繁忙的集装箱码头其实是个与世隔绝的地方，骆横在这里安静地滋长着孤独和音乐，收获着寂寞时刻的幻想和越来越浓厚的号角般的情绪：他要出发了，要去比赛了，好像每天都在出发，都在比赛，都有一些奇怪的想法冒出来，让他把驾驶室当作调音台或指挥席，通过键盘或闪亮的乌木棒控制吊车的滑动、吊钩的上下、吊机的纵横——在音乐的天空下，绘染码头交响曲的色彩。有时还会作词作曲，完了哼唱一遍，觉得什么也不是，就把曲谱团起来扔掉了。更多的时候，那些奇怪的想法会变成心底的叹息，伴随着陡增的惆怅，让他久久发呆；其实是什么也没有的，没有出发,没有比赛,连路在哪里都不知道,也不知道自己有多少潜能憋屈在这里,等待着死去,也等待着发挥,更不知道还有没有眼睛看到自己,看到被小喇叭扩展开去的音符里那种仅属于自己的深情表达——眼睛?在他生命的律动里,为什么总是音乐与眼睛的组合?

也许是用眼泪浸泡过的记忆起了作用,母亲离他而去的眼睛刻骨铭心地左右了他的所有瞩望,瞩望眼睛里的旷野与海洋、城市与人情,乃至风暴来袭、悲伤淡去。他在梦中亲吻的永远都是眼睛,那里有旋律,有音色,有他渴望的一切,包括青春的彼岸——无与伦比的清澈里飞鱼一样滑翔的躁动。但在码头上他看不到,师傅和师兄的眼睛都不算眼睛,所有那些跟师傅和师兄一样的眼睛也都不算眼睛。只有李拜拜的眼睛有那么一点点意思,却又是受人鄙视的——她鄙视了码头,码头上的人自然也要鄙视她。很多人都觉得:怪就怪师傅太善良,当初就不该要她,她来码头应聘,瘦骨嶙峋的,什么也不会,就会一把鼻涕一把泪地哭。师傅说:"你可要想好,码头上这碗饭不好吃,苦不说,还得费脑子。"她说:"我不是来吃饭的,是来学本事的。"师傅在可怜中又有欣赏,就让她跟着自己,把所有的本事毫无保留地传授给了她。她到后来会算会写会开会修,简直就是个技术上的超级大拿,没有她不会干的,似乎缺了她码头上的机械就不会顺畅地昼夜运转。遇到一般人搞不定的故障,人就说去找李小嫚。名气比师傅都大了。师傅抑制不住赞赏地说:"今年的年终奖,徒字辈里肯定又是你第一。"可结果她还是走了,去了一个叫"蓝色安全帽培训中心"的地方,好像不光是高薪的诱惑,还有被玷污的天长地久,说不清的喜新厌旧。码头上的人,感情都很荒凉,最讨厌的就是背叛,尤其是那种伤害对方到骨子里的背叛,"李拜拜"冲口而出,不仅是因为她给大家说了"拜拜",更在于大家需要对她说一声"拜拜"。亲切可爱的"李小嫚"顿时变成了令人厌弃的"李拜拜",再也纠正不过来了,何况压根就没有人想去纠正，包括骆横。他不是一个喜欢为人说项的人，虽然他有自己的主张：为什么就不能换个地方呢？如果有大风推着，海浪自然是要上岸的，谁都一样。至于所谓的"喜新厌旧"，好像还谈不上吧？就算是师傅做的媒，她也心甘情愿跟王起谈了几个月，但怎么就不能反悔呢？只要没结婚，就有自由选择的权利：行还是不行？李拜拜有一双掩饰不住灵气的瑞凤眼，这双眼也曾忽闪在他的面前给他一种全新的鼓动："骆横我告诉你，你够聪明的，可惜大材小用了。有个词怎么说来着，牛刀割鸡？嘻嘻，其实你也不是什么刀，你是一道光，本该照亮一座礼堂，现在照亮的只是一个犄角旮旯，也就是你自己，别的人不需要你那种光，你跟这里严重不搭，尽管这里的大小超过了一千座礼堂。"算是一次挑唆或者叫启蒙吧——最后的启蒙，之后她就消失了。当码头上再也看不到那个红色安全帽下黑发瀑泻的小嫚时，寂寞中又有了空旷。他一如既往地吹动着小号，每一次爬上集装箱的垛顶，吹起《海港的早晨》时，都会告诉自己：李拜拜的眼睛跟她比实在是算不了什么，把"眼睛"拆开来说，前者是"眼"，后者是"睛"，前者只能入眼，后者却会入梦。而他的孤独的音乐，只能是专一为她的音乐。

　　她来自港池对面的北码头，一看工装颜色就知道——这边是新码头，全是橘红，那边是老码头，前些年发的是浅黄，这几年发的是橘黄，而她却穿了一身淡蓝色的改制工装，细细地包裹了她的腰腿，挺漂亮。她伙在北码头的几个男人中间走走停停，突然拐进了骆横的箱房，扑闪着眼睛，上下左右瞧了一遍，问道："怎么样，好不好？"他愣了：什么好不好？"我是说住箱房，感觉怎么样？我也想住，我们队长不允许，非要把我赶回宿舍，每天跑来跑去挺累的。"她落落大方，直率得就像她是他天天接触的师妹或者师姐。而他还是满脸疑惑：我又没有宿舍可以比较，哪里知道好不好？再说了，你随便闯进人家睡觉起居的地方，应该先说声对不起，打搅了。随她进来的一个男的察觉了他脸上隐隐的不满，赶紧说："我们过来参观一下，听说你们南码头堆场和编排场的布局比我们那边更合理。"他看了一眼对方脖子上的皱纹和淤肉，知道是个经常低头工作的桥吊司机，就说："应该一样吧，听说新码头是照着老码头的图纸建造的。"说着不由自主地把眼光移向了师妹（姑且先这样叫吧），心想你可千万别跟他一样。还好，脖子光光净净的，半毫米的皱纹也没有。师妹说："我也觉得差不多，就是车道宽一点、堆场大一点罢了。""你刚才没见人家作业？同样的箱垛人家可以四面起吊，我们只能两面起吊，算算效率就知道，看着差一点，其实差了很多。"看师妹不服气，桥吊司机又把眼光转向了骆横，"你说我说的对不对？"骆横不想拗着师妹，但又得尊重事实，就改变话题说："最大的区别是我们的岸桥是红色的，你们的岸桥是蓝色的。"师妹说："可是我更喜欢白色。"说着晃了晃拎在手里的安全帽。骆横说："那你让他们给你换换呗。"几个人都笑了：数百吨重的固定机械岂能说换就换。但他的表达一点开玩笑的意思都没有："我是说，换换颜色，买几桶白漆不就行了。"师妹说："对啊，我怎么没想到！"桥吊司机说："对什么对！又不是你爸送你的玩具，想涂就涂。""我就是把它当玩具的，上班不是干活，是玩，不然就太憋闷了。""那得花多少钱？""我为我的吊机花点钱又怎么了？"师妹转过身去，突然又尖又脆地"哇哦"了一声，惊得他扭头扭过了劲，里面嘎嘣响了一下。他注意到她的眼睛了，似乎尖叫是从神奇的眸子里发出，带着熠亮的电光和长笛的最高音，让他从心里头哆嗦了一下。她瞪着挂在箱房墙壁上的小号说："你会吹喇叭？可不可以吹一首？"眼光仿佛激射而来，就像高压水枪那样压制了他的精神。他腼腆地低下头，深深地吸口气，也深深地做了一次收藏：师妹的眼睛从此驻足了，就在他的心里，一会儿砰地睁大，一会儿哗地合住，一会儿琴音细长，一会儿号音短促。又是一声"哇哦",跟先前一样尖脆。在他的余光里,她拿起他枕边一摞书中最上面的一本《指挥家》,神秘地瞧了瞧,又小心翼翼放下。这时有人在外面喊"班长",桥吊司机答应说:"走吧。"他们朝门口走去。等骆横抬起头来时,她已经不见了,好像说了声"再见",又好像没有,管它呢。他在乎的仅仅是如何表达自己,就两个字:可以。从此开始了——每天雄鸡一样报道黎明的日子,为她和她的眼睛送去问候的日子。一吹就是三年,光景随风而逝,却再也没有见过她,只看到对面的桥吊,那些防风林一样密集的蓝色耸立中,有一座变成了白色,洁净得如同她的眼睛,如雪似玉。可以想见她在那边的地位——被人宠着甚至爱着,没有人阻止她的任性,包括领导,万一她不高兴走了呢?

　　骆横吹了两遍《卡门序曲》的节选,又吹了一遍《海港的早晨》,习惯性地望了望北码头和隐约可见的白色桥吊,轻轻挥了一下手。这是一个额外的动作,从来没有过,却在今天被他像收起指挥棒一样加了进去:这一天的开始也是另一天的结束,拜拜了您哪——早晨的问候与婉转的祝福。他一只手拿着小号,坐在集装箱垛顶的边缘,把腿耷拉下来,一翻身抓住了锁杆,然后踩着摆列整齐的门楣、把手、锁头和支架,飞快地下行着,转眼到了地上。他朝箱房快步走去,顾望着两边,集装箱的波峰浪谷正在淹没他,他用眼光一次次推搡着,感觉到了强压的来临,也感觉到了抗压的出现,突然就变得异常兴奋。昨天还是疯狂的减少,今天又是玩命的增加,一座码头的吞吐量就在集装箱忽高忽低的堆垒中一次次刷新着记录。而他捕捉到的却是七彩斑斓的交响,是管乐和弦乐的碰撞,每每他都无法自已,就想着如何迅速结束浪底的奔走,一跃而上,站在云端,看看大地的五线谱上,是哪些音符在跳舞,在箭镞般飞射而来。他跑起来,扑进箱房,放下小号,又出去,在露天的水池旁洗了脸,刷了牙,然后拎着黄色安全帽,朝码头食堂走去。两边还是高高摞起的集装箱，八月的阳光似乎是从箱垛弹向地面的，彩虹似的弯曲着悬挂在空中，一股被吸入铁和漆的来自太平洋深处的海腥味直贯他的鼻腔。他再次跑起来。

码头食堂坐落在堆场和拆拼箱库之间——一个从码头前沿通往维修车间、办公大楼和闸口的枢纽地带，集装箱在这里不是山的造型，而是水的流淌，不间断的来去营造出一种湾前漩涡的感觉、一种重金属奔竞不息的幻想。食堂24小时营业，饭菜虽然简单，却很可口，据说也干净和便宜，三班倒的工人都在这里消费。但骆横感觉不到它的好处，因为他几乎没有在别处吃过饭，缺乏比较。食堂旁边还有家小超市，也是从不打烊的，后面是卫生间和开水房，码头内的工人去那里的机会比去食堂多。骆横先去了卫生间，后去了食堂。踏上台阶，掀开门口蓝色珠帘的瞬间，一个工友跟他擦肩而过："今天就看你的了，我已经跟别人打了赌，你可要争气，别让我输了。"他默然一笑，看着那人离开，才把珠帘放下，走向靠窗一排浅绿色华丽板的饭桌。

师兄王起早已打好饭菜等着他：一碗小米粥，两个煮蛋，一个馒头，一碟小菜——海带丝、豆腐丝、胡萝卜丝什么的。他放下安全帽，坐到饭桌前，抓起馒头就吃。王起说："先喝粥，润润肠胃。"他望着师兄面前的空碗碟问："吃完了？"师兄不回答，把鸡蛋剥好放在他面前说："你以后不要逞能，那么高的地方别往边上站，往里靠一点，我在下面都能看到你的鞋底。""没事。""万一有事呢？听我一句劝。"王起爱惜地揪了一下他的耳朵。他赶紧点着头发出一串"嗯嗯嗯"的答应声。"怎么样今天，准备好了吧？"骆横咽下一嘴馒头，喝了一口粥才回答："好了。"很多时候，在师傅和师兄面前，他都表现得比较闷骚，能少说就少说，就像一个家里，最小的那个因为接受新鲜事物比较快，常有一种话不投机半句多的感觉。其实他根本没做什么准备,几乎想都没想。在他看来,起重机抓吊就跟人挠痒痒差不多,手指和痒点的接触仅靠感觉就能做到一挠一个准,毫厘不差,并不需要提前做任何事情。正吃着,师傅过来了,把一瓶熏鲅鱼放到他面前:"你师母做的,晚上饿了吃。"他答应着,却立刻打开瓶盖,拿出一块吃起来。王起起身拖过来一把轻便椅让师傅坐在横头,自己也拿了一块熏鲅鱼啃着问:"师母病好了?""快了。"师傅说着,从口袋摸出一盒药交给王起,"下班后你给她送去,我晚上加班。"王起问:"你加什么班?""9号泊位今天下午班轮离岸,明天又有靠岸的,3号桥吊的维护提前到了今天晚上。""能搞定?""必须搞定,班轮保班是头等大事。""那我也跟着你呗。""不用,你今天没捞到休息,明天还得上白班。"师傅不再说什么,默默望着窗外,等着骆横吃完,好一起去赛场。骆横端起小米粥,用筷子呼啦呼啦往嘴里扒拉。王起说:"慢点吃,别着急,我有话给你说,这次比赛跟以前不一样,不光是当第一,还有更紧要的目的。""什么目的?""赢了你就是班长,就能接师傅的班,你得给自己点压力,不能吊儿郎当。""我不当班长。""这由不得你,是师傅的意思。师傅,你给他说说。""也不是我的意思,是港口的需要。现代化的国际码头一靠规模,二靠设备,三靠技能,我们的规模有了,但设备和技能都还差一截,港务局要求班组长必须是技术带头人,今年的比赛其实就是选拔班长。""我要是当了班长,师傅去哪里?""你还不知道?师傅已经是我们南码头桥吊队的副队长,就等着宣布了。"

骆横"哦"了一声,脑子里突然冒出一个深眸高鼻、西装革履的形象,是托斯卡尼尼,是瓦尔特,是卡拉扬,禁不住咧嘴嘿嘿一声。王起问:"笑什么?"骆横问:"副队长算不算副指挥?"王起说:"当然算。"骆横说:"师傅,就算提琴手不够,你也不能把管乐手排在首席的位置上,他会掉链子的。"王起又问:"什么意思?"骆横还是笑着:"你要是组建交响乐团,就一定不能要那种不听指挥的乐手,不管他演奏水平有多高。"王起打了他一下："说人话。"骆横笑得更来劲了："师傅，你不能坐在驾驶室里，最好站在吊臂顶上，拿一根闪闪发光的指挥棒，给司机们打拍子，两个节拍是跨式吊的，三个节拍是龙门吊的，四个节拍是桥吊的，如果远处的还是看不见，你就让指挥棒发出声音来，各种不同的声音对应着各种不同的回响，也就是乐器的重奏，有三重奏、四重奏、五重奏、八重奏、十重奏、一百重奏、一千一万重奏、十万百万重奏，你一响它们就会跟着响，弦乐跟着弦乐响，钢琴跟着钢琴响，木管跟着木管响，铜管跟着铜管响。然后你再瞧，小车是一起进退的，吊具是一起上下的，集装箱是一起升降的，突然又乱了，一团擦车棉线一样什么头绪都没有了，因为你不需要整齐划一，你的手和指挥棒开始疯了似的挥动，你要求它们前的前后的后，高的高低的低，自由发挥，换个词就叫异彩纷呈，也就是用表面上的不和谐达到最完美的和谐。这时候轮船会鸣笛，汽车会摁响喇叭，海鸥会尖叫，吊机会呐喊，男人会嚎叫，女人会尖叫，集装箱会使劲碰撞，打击乐开始了，还有铁跟铁的摩擦，钢片琴开始了。师傅这时候应该飞快地转动指挥棒，就像孙悟空在手里玩金箍棒那样，所有的乐器都开始鸣奏，天上有晴空霹雳，海里有惊涛骇浪，风在呼啸，嗷嗷的，云在疾走，忽忽的，就让它们由着性子交响，最后你把指挥棒举过头顶，用力砸下来，连续砸三下，手朝两边一摆一摁，突然消失了，什么音响也没有了，安静得连空气的脚步声都能听到了。师傅你别动，你还是站在码头的最高处，扬着头，最好别戴安全帽，但要戴上一副镶金边的眼镜，头发也不能这么黑，要白一点，花一点，眼睛平静地望着远方，轻轻喘气，就像我现在这样。一分钟过去了，哗的一下又响起来了，是掌声，惊雷一样的掌声如台风一样刮了过来，把你从吊臂顶上掀了下来，你觉得肯定会摔个仰八叉，或者稀巴烂，结果没有，那么多手伸过来，把你接住了，其中有师母的手、师兄的手和我的手。"骆横说着哈哈大笑,把眼泪都笑出来了,自得其乐的笑声里,隐含着丝丝缕缕连他也未必觉察的嘲笑。但不管哪种笑,师傅和师兄都不会在意,在师傅眼里,他就像儿子,在师兄眼里,他就是个小弟弟。他很少一口气说这么多话,师傅和师兄与其说是在听他说,不如说是在看他表演,看他眉飞色舞的表情里那些动人的天真和傻气,看他孩子气的忘乎所以中其乐无穷的样子,就像在跟他一起玩一种高超的过家家,不禁都笑了。王起说:"你到底是什么性格?说你内向吧你又像开闸的水,说你外向吧你平时又很少主动跟人说话。"师傅理解地说:"他跟你说什么?你又没跟他喜欢到一起。""我知道我是个糙人,但咱是在码头,就算你不糙也得说码头上的话。"骆横还在笑,像是不笑翻自己不罢休。他觉得拿着指挥棒正儿八经指挥乐团的师傅其实对音乐一窍不通,而整个乐团没有一个人知道这件事,简直太可笑了。他想不到的是,在别人眼里真正可笑的是他自己:这里没有交响乐团,这里是集装箱码头,师傅的指挥恰到好处,一支桥吊队将保证所有的班轮及时卸货装货然后准时起航出港。

师傅站起来又坐下,指着骆横面前的碗碟说:"都吃干净,别浪费。"骆横端起碗快速吃完。王起给他戴上安全帽,又替他拿了那瓶熏鲅鱼。师徒三人走出食堂,沿着马路朝赛场走去。一辆集装箱平板车飞快地开过来,骆横拉起师傅的手躲闪到人行道上,扭头瞪着王起问:"你为什么不参赛?""我不行,比不过你。""只要你上场,就是第一。"师傅说:"你师兄就是担心你不好好发挥,让着他,才不参加比赛的。"王起说:"所以你今天的卫冕必须成功,不能出任何差错。你是师傅最看重的徒弟,赢了比赛,当了班长,好好干几年,就是副队长、队长,你年轻,又聪明,前途无量。""那你呢?""我跟着你,你当班长我当副班长,等你当了副队长,再提拔我当班长。""那还要看师傅,只要师傅往上升,我们就还会往上升,等有一天我们都成了队长,师傅就应该是港务局局长了。局长就是总指挥,可以同时指挥十个乐团,一个乐团至少100个乐手,加起来就是千人合奏,好壮观的。"王起说:"你今天怎么了?话这么多?别兴奋得过了头,比赛时又萎靡不振。"骆横吸了一口冷气,也意识到自己今天有些反常,抱歉地一笑,就再也不说话了。他抬头四下里看看:远处是山一样耸立的集装箱,近处是水一样流淌的集装箱,连太阳和云彩也都变成了集装箱,正在凌空而过。清醒的意识让他立刻回到了固有的惆怅里:人的渺小是没有变化的,即便他今天得了第一,也无法改变他在大机器面前的挫败感和自卑感,被挤压的状态似乎是一种永恒的存在,而他对"与世隔绝"的领认就像司机对吊机的认领,无奈中又有托赖——他就应该这样,在一种滋长孤独的环境里驱动幻想和力量:他要出发了,要去比赛了。

比赛场地设在办公大楼旁边的港区新大楼基建工地上,正在升高的脚手架上挂着横幅:"岗位练兵,现场比武,南码头起重机吊运技能比赛"。为了不影响班轮的正常进港和出港,三个码头是岔开比赛的,依次是南码头、北码头、西码头,之后各个项目的前三名将参加整个港务局系统的技能比赛,优胜者会成为全国海港技能比赛和全国江海集装箱吊运技能比赛的选手,据说还将在新加坡港举办国际比赛,代表团的成员自然就是全国赛的表现突出者。观看的人簇拥在两边,安全帽攒动,一片金亮。南码头的比赛已经持续了三天,五项比赛分别是:装载机比赛、平板车加汽车吊比赛、桥吊比赛、门座吊比赛、跨式运输车吊比赛,后两项已经决出第一名,是别的班组的,因为王起没有报名,放弃了他去年赢得第一的两项比赛的卫冕资格,骆横也只报了他去年赢得第一的三项比赛。之所以这样做,是师傅不想把比赛变成垄断:他曾是一届五项第一和一届三项第一,后来就坚决不参赛了,把机会让给了徒弟王起和李拜拜,王起拿过一次三项第一、一次两项第一,李拜拜拿过一次四项第一。从去年开始,技能上的佼佼者变成了骆横,只要他出场,所有参赛的选手就没有可能再当第一。师傅说:冠军不能包揽,也要让别人有出头的机会,咱收敛一点没什么坏处。根据比赛规则,上届的第一名不需要参加前面的资格赛和竞赛,所以骆横今天是第一次进入赛场,对他来说是迎接挑战,对别人来说是发起挑战。获得挑战资格的一共有15名选手,有的挑战一项,有的挑战两项,也有跟骆横一样三项全都参加的。按规则每项比赛卫冕者必须第一个上场,别的人抓阄决定次序。骆横在赛场边等了不到一刻钟,就有裁判过来说"可以开始了"。王起整整他的安全帽,拍拍他的肩膀说:"加油!"

骆横走过去,坐进了装载机的驾驶室,仔细看了看前面:二十米远的地面上放着一个啤酒瓶,瓶里插着一枝红玫瑰,再往前是一条用石灰线画出的紧急弯道,弯道的尽头又立着一个啤酒瓶,边上停着一辆卡车。两瓶、一花、一车,这就是比赛的道具。裁判来到装载机跟前,举起了一面小黄旗,突然朝下一挥,嘘一声吹响了哨音。比赛开始了,骆横一脚踩向油门,边开边把翻斗下降到自己的视线盲区内,碰了一下地面,又轻轻升起,继续向前,恰好就是用翻斗上绑定的卡钳从啤酒瓶里拔出红玫瑰的高度。他按照提前确定的视线坐标一左一右地调整着方向,就在他认为卡钳和红玫瑰处在一条线上时,装载机加快了速度。现在就看距离了,差一点就够不着玫瑰,过一点就会推倒啤酒瓶。人们屏住呼吸盯着地面,而骆横却呼吸顺畅地望了望天上,反正他是看不见的,全神贯注地盯着前面又有什么用?依凭的全是感觉。突然他刹住了车,启动翻斗朝前伸了伸,然后缓缓升起。人们终于松了一口气:"噢——哟。"成功了。骆横淡然一笑,又往前开了五米,然后急转弯把翻斗上的红玫瑰对准了另一个啤酒瓶。这次是插入,比拔出要难多了。他停下来，用感觉调整好高度和方向，退了半尺，又稳稳地开过去，轻轻一晃，红玫瑰便脱离卡钳，精准地插进了瓶口。整个过程干脆利落，一气呵成。观众有叫好的，也有鼓掌的，还有打口哨的。下来就没有多少难度了，他用翻斗铲起酒瓶和玫瑰，高高举起，放进了卡车兜着纱网的车厢。最后这个动作表明：虽然是集装箱码头，但经常也会有一些散货上船下船，不遗不漏地快速装卸，既是货主的希望，也是行业的标准。五个拿秒表的裁判同时报出了时间，有的多一秒，有的少一秒，取中间的数：3分32秒。师傅禁不住得意地嘿嘿一笑，他知道这是码头自有技能比赛以来这个项目的最高纪录。王起站在赛场边，跷起两个大拇指喊道："我师弟神了。"

比赛进入挑战阶段，人群中不断有高一阵低一阵的惋惜声。参赛的选手只有一个成功地做到了取花和插花，但耗时太久，用了13分9秒，大部分人是插花出现失误。有一个取花撞倒啤酒瓶的选手连连感叹："我都练了两个月，还这么难。"

接下来是平板车加汽车吊比赛。平板车20多米长，有16个轮胎，自重加上运载的一台汽车吊，重量超过了100吨。骆横把平板车从赛场起始点匀速开过来，沿着划定的线路越过了五道十公分高的障碍，立刻引来一片掌声，因为放在挡风玻璃前的酒杯滴水未洒。再往前走，是用小气球形成的"S"形弯道，他以最惊险的方式完美通过，一个小气球也没有碾碎，带风的车轮如有神助，一到跟前气球就会自动跳开。过了弯道，便是作业现场，他停下，放好平板车的滑行板，爬上去，把汽车吊从平板车上开下来，启动吊具，平平稳稳地抓起了一个用四根铁管围住的集装箱，铁管上的酒杯和集装箱上的酒杯纹丝未动，然后开出去十米，将集装箱高高举起，摞在了五层高的箱垛上，规定位置旁边的乒乓球和集装箱顶的酒杯依旧完好如初。又是一阵掌声。作为回答，骆横摁响了喇叭。他喜欢这种汽车吊的喇叭音色，觉得制造喇叭的一定是个懂音乐的人，配置的声音有点像圆号，洪亮而饱满，能让人产生一种拉开空间，远距离呼唤的感觉。裁判们报出了时间：5分11秒，离限定时间还有9分49秒。之后，他把汽车吊开上平板车，原路返回，虽然回程的表现不包括在比赛之内，但他仍然开得一丝不苟，酒杯和气球都还是原来的样子。

挑战开始了，紧张的气氛渐渐变得有些温和，似乎选手们都意识到，骆横是无法超越的，也就不作争拿第一的准备了。十五个选手中，有三个摔碎了挡风玻璃前的酒杯，有四个压破了气球，有两个拐弯时直接冲出了规定线路。只有六个到达作业现场，一个不知是手忙脚乱还是心不在焉，操作汽车吊时竟然踩错刹车，撞在了集装箱上；四个起吊不稳，碰歪了围着集装箱的铁管，摔碎了酒杯；一个起吊成功，却在放置时压碎了一个乒乓球。最大的遗憾是，所有到达现场的选手都超过了15分钟的规定时间。

观看的人向师傅祝贺："了不起啊，你能带出这样神奇的徒弟来。"师傅说："哪里是我带出来的，人家本来就很强，是我见过的最聪明的徒弟。"王起骄傲地把胳膊搭在骆横的肩膀上，对那些要跟骆横照相的人说："还有一项比赛，等赢了再照嘛，说不定真人不露相的还在后面呢。""你不会是揣着明白装糊涂吧？黄海港南码头有几个能人谁不知道？全都在你师傅门下。"王起就等着这句话呢，故作惊讶地说："真的？那我忘了准备一束花。""那倒用不着，组委会已经准备好了，不光有花，还有奖金和证书。"很多人朝这边围过来。有人喊："骆横，祝贺你，把头抬一下。"骆横眯起眼抬了一下头，等人家照了相，赶紧又低下，做出躲避阳光的样子朝一边走去。王起问："你去哪里？""去岸桥。"下来是桥吊比赛，桥吊不能随便移动，必须更换赛场。王起说："坐车去吧，你看人家都上车了。""不用。"他不喜欢别人的祝贺，或者说不喜欢今天这样的祝贺。再说他渴了，师母做的熏鲅鱼有点咸。他跑起来，王起也跟着跑起来。路过小超市时，他买了一瓶矿泉水，一口气喝干，丢下空瓶，又跑起来。王起说："别着急，来得及。"他不听，还是跑着。等他来到岸桥赛场时，拉着选手和裁判的轿子车已经到了那里，一帮帮观众也从他们胡乱拦截的集装箱运输车上往下跳着，平时看不到几个人的码头前沿顿时黑压压的一片。骆横气喘吁吁地坐在桥柱下的阴凉里，取下安全帽放到地上，仰头呆呆地望着40多米高的驾驶室。幻想不期而至，他又一次看到了指挥席，不禁咧嘴一笑：邦邦邦邦——是贝多芬的《命运交响曲》，四个勇往直前的强音，管弦乐和打击乐全上，冲击，冲击，冲击，冲击，四个气势非凡的冲击，岂止是敲门，是用排山倒海的力量推开命运，扑向了世界。一个音是坚定，一个音是猛烈，一个音是激昂，一个音是高亢。音乐的海洋如同子宫的包孕，让他无比的惬意，他一下就沉浸在里面了。王起喊："骆横，骆横，叫你呢。"他没听见，依然在心里营造着他的"邦邦邦邦"。王起跑过来推他一把："快去，开始了。"他迷惘地扭过头来：什么开始了？突然一愣，跳起来朝前跑去，跑离了桥吊，又跑回来，用一种显然是练习过的很潇洒的姿势晃了晃头，这才回过神来。他踮起脚尖，似乎有点不情愿地踏上了扶梯。"等等。"王起拿起地上的安全帽，追上去扣在他头上，又给他系好，"集中精力，千万别胡思乱想，只要跟平时一样你就能赢。"没等他回应，又问，"需不需要我确认？"他断然摇头。

　　骆横顺着"之"字形的陡峭扶梯，不慌不忙地登上了驾驶室。他坐到椅子上，直起腰，看了看下面泊位上的轮船和一摞白色集装箱，把手举到脑门上，活动着女孩一样修长的手指，示意下面：可以开始了。悠长的哨音响起来。他双手不松不紧地握住了左右两个手柄，调匀呼吸，朝前轻轻一推，主梁上的前小车迅速滑向前伸臂，几乎在同时，钢丝绳的延伸达到了他确定需要的那个长度，十几吨重的长方形吊具缓缓下降，停在了集装箱的顶端。关键的时刻到了，从这里几乎看不到吊具的钩爪和集装箱的锁孔，感觉和经验成了操作的指南，而对他来说，差不多就是一次心灵的触摸，他知道它们在哪里，如同他知道离指挥最远的木琴音条上固定音高的区别。他闭上眼睛，右手猛地一推，又戛然而止，看到钢丝绳微微绷了一下，便知道吊具上的四个钩爪已经准确插入集装箱上的四个锁孔。他把右手柄朝后拉住，让集装箱稳稳升起，停了两秒，感觉已是万无一失，便把左手柄迅速扳紧，控制着小车渐升渐滑，走向了后伸臂，然后右手再次一推，钢丝绳下降，集装箱稳稳当当到达了中转平台，紧接着前小车离去，后小车过来，再次抓起箱体，没有任何响声地放入了桥吊下等待运输的平板车。一个起吊过程正式完成。

五个裁判报出的时间没有差别：40.2秒。守在一旁的师傅笑了。王起挥了一下拳头："师弟万岁！"走过去问裁判，"又一次破了咱黄海港南码头的纪录吧？"裁判说："这样的纪录全国也不多。他取消了常规吊运中吊具的减速区和瞄准时间，速度超越了机器的限制，完全由他自己掌控，一般人做不到。他在40多米的高处，视力再好，要看清计算机鼠标大的锁孔也是不可能的，能把钢丝绳的长度、吊具的前后左右，用最快的速度恰到好处地调整好，再把钩爪精准地插入锁孔，吊起集装箱，丝毫不偏地放到中转平台和运输车上，说明他的判断能力和操作能力都是超一流的。更大的区别在于，其他选手在钩爪和锁孔的衔接时都需要别人帮助确认，不然不敢起吊，万一集装箱脱钩掉下来呢？他没有，说明他有一般人不具备的自信。另外，它还是一次经典的无磨损吊运——起箱和放箱都没有铁碰铁的声音，这是延长集装箱寿命的最佳办法。"王起说："到底是裁判，能总结出这么多门道，那你们就多发点奖金呗。""这得组委会说了算，我只能给他吆喝吆喝。"又有人喊起来："码头比武，猫吃老虎，骆横小徒，扬名港口。"王起回应道："什么'猫吃老虎'，我师弟已经是老虎了。"骆横听着，突然意识到：自己真的是一只猫，码头上的工人，尤其是今天参加比赛的选手，不仅年龄都比自己大，个子也都比自己高。

比赛接着进行，渐渐变得激烈起来，因为水平相当的选手们已经抛开了对骆横的挑战，变成了第二名和第三名的争夺战，结果一个耗时1分18秒的选手和一个虽然耗时2分39秒却没有任何响声的选手夺得了第二名和第三名。

之后便是颁奖典礼：所有单项的前三名都要披红戴花，奖金是1000块、700块、500块，骆横是三个单项的第一，获得奖金3000块。有人开过来一辆搭了两块钢板的平板车，算是一个临时主席台。刚把主席台布置好，一辆黑色吉普带着港务局的一位副局长和若干中层出现在赛场，他们是来给选手颁奖的。工会主席主持颁奖仪式，拿着扬声器让取得名次的选手依次上台，最先喊的是"骆横"，最后喊的也是"骆横"，因为骆横不见了。师傅和王起到处打听，没有人知道他去了哪里。有人说："那就让师傅代替徒弟领奖。"师傅说："还是让他师兄代替吧。"王起便高高兴兴上了台，领了奖后立刻声明："我是替我师弟领的。"副局长小声说："这个骆横虽然技能好，但纪律性好像很差。"王起赶紧解释："他跑肚，实在憋不住，去了厕所。"工会主席说："这么说他还是带病参加比赛？"王起说："对啊对啊。"颁奖典礼一结束，师傅就对王起说："去找找你师弟，他肯定是不想抛头露面，躲起来了。"心想：这孩子，什么都好，就是有点古怪，时而孤僻，时而随和，大概聪明的人都这样吧，倒也不算什么大毛病。王起把奖金装进口袋，撒腿就往卫生间跑，半路上突然停下：真是高兴地昏了头，我扯的谎怎么连我自己都相信了？又拐向堆场，心说：这小子，连奖金都要我给他领，得好好说说他，以后就是班长了，做人办事须得像吊运集装箱那样稳稳当当，不能吊儿郎当，说走就走。

王起来到堆场的箱房，没看到骆横，就去隔壁打听。箱房的旁边还是箱房，住着几个码头上的单身职工，都说没看见骆横，要是看见了，一定宰他一顿，连续两年都是三项第一，还那么抠。王起说："他不是抠，是不习惯去外面吃饭。""那就在咱码头食堂，有酒有海鲜就行。""那你们跟他商量，到时候我也参加。"想了想又说，"他要是不好意思显摆，我替他请大家。"他觉得师弟马上就是班长了，以后说不定还会是副队长、队长，自己应该帮他笼络好关系。工友们高兴地答应着。有人问："你们关系恁好，不是师兄弟，是亲兄弟吧？""对啊对啊，是亲兄弟。"王起回到箱房，从口袋里掏出那瓶熏鲅鱼放下，躺了一会儿，这里也有他的一张床，是师弟给他支的，他除了临时休息，有时也会过夜，但今天肯定是要回家的，因为还要顺道去给师母送药。他从床上起来，正要走，看到房子里有点乱，就去门后拿了笤帚、抹布和脸盆，进进出出清扫擦洗了一番，顺便也把墙上的小号取下来仔细擦了擦，又拿起师弟床头的一摞书，吹了吹上面的灰，发现《指挥家》封面上那个面对乐团的指挥背影上，写了两个笔道很深的字：骆横，不禁哑然一笑，放回了床头。一晃眼又看到了桌子上的笔记本电脑和一个靠墙而立的黑色帆布包，他掸掉帆布包上的灰尘，又把电脑掖到了被子底下。箱房门上虽然有锁，但骆横是经常不锁的，他好像不觉得世界上会有偷拿别人东西这种坏行为。最后王起看了看床底下，通常下面的塑料盆里会有几件换下来的脏衣服，他会拿到自己家去，用洗衣机帮师弟洗了，但是今天没有。他掏出手机，告诉师傅："没找着师弟，奖金明天交给他。"师傅说："那你就下班吧，没事了，我也要去食堂吃饭。"其实王起早该回去了，今天是他的轮休日，就因为有技能比赛才一大早赶来码头的。

2

  师傅在食堂吃了饭,然后来到9号泊位,准备带着3号桥吊的司机把维护搞完。上夜班的司机说:"安师傅,你来干什么?""搞维护啊。""不是已经维护好了吗?""谁维护的?""骆横,比赛一完他就过来了,说是你派的。""哦,这孩子,都维护什么了?""控制系统、动力系统、行走系统、液压提升系统、梯子栏杆、止动块、扁担架、钢丝绳、司机室、前小车、后小车都认真检查了不止一遍,该擦洗的都擦洗了,该上油的也都上油了,没有漏掉的,还换了几个老化的小零件。""吊具呢?""重中之重怎么能放过?你放心,你这个徒弟又仔细又麻利,差不多能赶上你了,还不晕高,连前伸臂、后伸臂和门架都爬上去检查了。我想要不是他有这么大能耐,安师傅也不会放心大胆地派他来。""不是赶上我,是早就超过我了。""那你还来干什么?没事了,下班吧安师傅,祝贺你啊,徒弟又拿了三项第一。""他人呢?""干完活就走了。""哦……"

  安师傅叫安广林,四十出头,父亲是个修鞋的,母亲是个卖冰糕的,家境不是很好,16岁初中毕业后就没再上学,去街道办事处开办的铁皮加工厂做了一名学徒工,一年后又随同师傅去了汽车修配厂,在那里学会了两样可以保证终生不饿肚子的技术:修车和开车。干了两年,遇到青岛黄海港扩建,货运码头想招一批一来就能干的熟练工,师傅找熟人打听了一下待遇,回来后问安广林想不想去?那可是国营大企业,工资高不说,劳保用品也给得多,一年两套工作服,比这里多一套,一个月两双棉线手套,这里两个月才一双,听说还会发帽子、雨衣和雨鞋。再说也好听些,不是一般的工人,是黄海港的工人,可以拍着胸脯给人说话。安广林问:"我为什么要拍着胸脯说话?""找媳妇啊，你不想成家了？"这么着，他就跟师傅又来到了黄海港的集装箱码头，先是在维修车间维修吊机和集装箱，干了半年，师傅被突然散架的集装箱箱板拍了一下，严重的脑震荡，不能干了，拿着抚恤金回家歇着了。这是一起严重的工伤事故，港务局的人问他有什么要求，他说就一个想法："把我的徒弟照顾好，他有技术，还肯干，能不能让他当个司机？"码头恰好也有这方面的需要，便把安广林调到了拆拼箱库，先是开叉车，后来又去堆场开门座吊和轨道吊，十年后等他成为技术尖子时，他调来调去已经把集装箱码头的所有吊机都开了一遍，开的时间最长的便是最重要的岸桥吊机。在大家眼里，他不光技术好，为人也正派，不断扩大的港务局每次招聘新工人尤其是吊机驾驶员时，都会让他去做面试师傅。王起、李拜拜、骆横，都是他选中的，也都没有给他丢脸，至少在技术上是这样。他记得选中骆横的那天正好是个大雨天，应聘的人都躲在办公大楼的门廊下等着喊名字，唯独他站在大雨窝里，惊讶地看着不远处列队成行的大吊机和摞成山的集装箱。招聘现场设在办公楼和控制塔之间的敞棚下，轮到他面试时，浑身已经湿透了。人事部长拿着事先填好的表格，核对了姓名、年龄以及经历，然后问："来黄海港你想干什么？"他说："开机器。""什么机器？"他扭头指了指正在平板车和箱垛之间作业的吊机。人家又问："你有什么特长？""我会吹小号。""小号是什么？""一种乐器。""我们这里不是音乐学院。""我知道，我只是在回答你的问题。"人事部长"哦"了一声说："你瘦得像个猴子，不会有什么病吧？"他说："瘦人有瘦人的好处。""什么好处？""爬高，猴子都会爬高。"招聘方的人坐了一排，居中的人事部长左右看了看，意思是：排除吧，这个人不能要，太单薄了，还这么不着调，应聘现场谈什么吹小号和猴子爬高？但骆横把他们的举动理解成了商议：要不要看看他爬高？就说："没问题，我爬给你们看。"说着转身就跑。他爬上了50多米高的控制塔，不是从塔内的旋转阶梯，而是从悬在塔外的应急直梯，嗖嗖嗖地上，嗖嗖嗖地下，看着比猴子还利索。他刚一落地，在负责招聘的干部们面前很少发表意见的安广林开口了："这个应该要，天生的桥吊司机。"人事部长问："就因为不晕高？"安广林说："很多司机上驾驶室没问题，一旦上吊臂就怕了，吊臂是要经常维护长期保养的，就需要他这样能够上高爬低的。"人事部长说："照安师傅的意见，他还是个人才，你们看呢？"大家都同意，通过了，让他重新填写了一张表格。安广林发现"家庭成员"一栏居然是空白，就说："别忘了填这个。""我没忘。""那怎么不填？""我没有""父母呢？兄弟姐妹呢，都没有？"他点头。"那你是怎么生活的？""一个人生活。"安广林愣了半天，对人事部长说："能不能把他分到我那个班？""你们班不缺人。""可以跟别人换一下。"又问骆横，"什么时候能来上班？"人事部长说："安师傅看上了你，你小子运气不错。"

　　骆横来到集装箱码头半年之后，安广林才从不愿意多说话的徒弟嘴里断断续续知道一些他的过去。他的父母离异了，原因是母亲不喜欢父亲的"不着调"。"不着调"是母亲说的，母亲还说："骆命好我告诉你，你就是个揪着自己的头发想上天的人，小沟渠里腿还没长全的蝌蚪，天天想着扬帆远航，太不靠谱了。"但父亲除了痴心不改还有狂妄："我就不信人家能做的事我做不了，走着瞧，总有一天我会让他们知道，我不是个一般的人，跟那些混吃混喝的不一样。""我等不了那一天，不跟你'走着瞧'，再这样下去就离婚。"先是说说罢了，说了一年，真的就要离了，最难的是孩子，谁都想要，不光吵，还拽来拽去的，像是要把他撕成两半。在商量和调解无果之后，母亲说："那就让儿子自己选吧，他爱跟谁就跟谁。"她觉得骆横一定会跟她，一个小学二年级的学生，应该明白他父亲根本就不是一个踏踏实实过日子的人，说不定连自己都养活不了，更别说养家糊口了。但是骆横选择了父亲,而且毫不犹豫。那一刻母亲像是疯了,扑过来撕住他说:"你跟着他有什么好处?不想吃饭了?不想上学了?不想长大了?"他点着头,像是说我可以不吃饭不上学不长大,但我不能没有小号,父亲骆命好会吹小号。母亲哭了,一再地要求他改变主意而他执意不改之后,瞪着他,用一种透彻肺腑的寒光,把自己的悲愤、失望和决绝全部留在了他心里。她走了,带着她所有的东西,因为在父亲和母亲的离婚协议里有这样的规定:孩子归谁,冰箱小区的房子就归谁。他再也没见过母亲,只听父亲告诉他:她又结婚了,跟他们厂的一个车间主任。父亲说:"幸亏你没有跟着你妈,继父会揍你的。你跟着我绝对没错,因为你永远不会有个后妈。""为什么?""我再也不受那个约束了,我现在的爱人是帆船。""你没有帆船。""总有一天会有的。"母亲是电视机厂的工人,热爱自己的职业,父亲是冰箱厂的工人,却一点也不喜欢他的工作,交往的人也都跟他一样"不着调",节假日不是去管风琴酒吧演出,就是去帆船基地跟这个搭讪给那个帮忙,看有没有可以让他上船学一手的机会。每次去都会问骆横:"你想不想去玩玩?"骆横对帆船兴趣不大,跟着父亲上船踏波走浪地玩过几次之后,就不想去了。但要是父亲去管风琴酒吧吹奏小号,他一定会紧紧跟上,因为那里不光有小号,还有别的乐器:电子琴、吉他、萨克斯什么的。他可以摸一摸,偶尔还会弹几下。每次父亲都会制止他:"别动人家的乐器,你能把小号学成我这样就不错了。"但是父亲很快就发现,骆横的音乐天赋远远超过了自己,学着吹了两三年,他就得管儿子叫老师了。"怎么办你说?你都快赶上莫扎特了,而我永远成不了巴赫。将来你是要考音乐学院的,不考的话我对不起你,但音乐学院的门槛很高,你不能光吹小号,还得会别的乐器,尤其是钢琴。""那你给我买钢琴。""我提到钢琴就是想告诉你,我现在没钱给你买,也没钱送你去学,因为我要造一艘三体帆船,那得花很大一笔钱。""你造帆船干什么？又不参加比赛。""很难说，也许这个世界上用最快的速度一个人绕地球一圈的人是我呢？"骆横大人似的挥了一下手说："那我一定支持你，等你造好了帆船再给我买钢琴。""我不知道什么时候能造好，说不定到时候就来不及了，耽搁了你考音乐学院我就是罪人。"终于有一天父亲想出了一个两全其美的办法："音乐学院有指挥系，指挥是不用乐器的，更不用弹钢琴，拿根木头棒棒就行，台前一站，长头发一甩，指到哪个乐器哪个乐器就得响，什么调子都能来，还省了自己操作，太划算了。木头棒棒到处有，可以不花钱。要紧的是你现在必须练习打拍子，我在酒吧见过一本书叫《指挥家》，明天就去跟老板要，不管他给不给，我都得拿来，不就一本书嘛。"骆横说："太棒了，我要当指挥家了。"哪里会想到，父亲的话是对乐团指挥的误解，是一种自欺欺人的说法，蒙骗了儿子，也蒙骗了自己，为的是心安理得而又全神贯注地沉浸在自己的帆船梦里。

父亲造帆船的地方在东方船舶制造集团公司。骆横搞不清一个冰箱厂的工人怎么可以去人家的船厂造自己的船，反正造船开始了，节假日变成了工作日，父亲总是忙啊忙，按照自己的喜好，其乐无穷地在冰箱厂、家、"东方船舶"之间奔波着。有一次骆横说："我跟你去'东方船舶'看看吧？""好啊，明天早点起。"但是骆横睡过头了，爬起来时只看到了父亲在早餐旁的留言："晚上等着我，我带饺子回来，别去管风琴酒吧，那里最近有点乱。"他没听父亲的，还是去了酒吧，因为喜欢那里的环境：别致的充满老旧气息的灯饰、座椅和墙布，浅棕色的格调，就像墙上写的："这里有高贵和内敛。"墙壁上是海洋风景的照片和一些乐器静物的绘画，让他觉得似乎在哪里见过，到了这里就像到了另一个家。更要紧的是，酒吧有一架很大的意大利古典管风琴，一个星期演奏一次，今天是演奏日，怎么可以不去听听呢？那可是世界上最浪漫、最性感、最具巴洛克气质的乐器——这是穆教授说的,他虽然不懂,却也知道这是一种很高的赞誉。再说他已经是酒吧不固定的小号手了,只要他去,就一定会安排他上台吹奏,作为酬劳,他能得到一碟小点心和一块巧克力。最重要的是,他会在周五周六的晚上见到穆教授。穆教授是半年前出现在酒吧的,不知道是酒吧请他来的还是他主动来的,来了就演奏,大提琴的弓弦轻轻一摆,酒吧顿时安静得就像进入了睡眠,似乎音乐是从人的睡梦里走来,缓缓地蔓延出一片情绪,然后就推波助澜地有了潮峰和浪谷,有了眼泪和惋叹,自然也会有热烈的掌声,但那是在最后。骆横听出了琴弦上的故事——遥远、悲伤、曲折、眷恋,激动得不得了,看到穆教授演奏完了走过来喝酒,赶紧站起来让座。穆教授放好大提琴说:"你就是刚才吹小号的那个孩子?吹得不错,音准、稳健、还舒展。""叔叔好。""什么叔叔,别把我叫老了。""那叫什么?""对啊,你也不能跟我称兄道弟,我们差距太大了,那就跟着别人叫吧,老穆,或者穆教授。"接触了几次后他就发现,好像这个人比父亲更有本事,更值得他去崇拜。穆教授会告诉他许多乐器的特点和演奏的方法,会讲一些音乐家的故事,会教他如何区别乐音和噪音、音级和音列、全音和半音,还送给他一些乐理方面的书,指导他如何认识五线谱:二分音符、四分音符、八分音符什么的。好几次穆教授都吃惊地说:"你这么有灵性,所有的知识我讲一遍你就记住了,而且能举一反三,好好珍惜,你是有天赋的。"又问他长大想干什么?他说想当乐团指挥。穆教授一点也没觉得这是个严重不靠谱的想法,立刻改变话题讲起了指挥家的伟大,又说:"你要是有这个打算,就得做好享誉全球的准备,一般般的指挥没什么意思,还不如精通一种乐器专门搞演奏,或者当个作曲家。我告诉你,指挥家的标准就是卡拉扬、奥曼第、小泽征尔、伯姆,你要做的不是赶上他们,而是超过他们。怎么超过呢?先从读谱开始,然后了解所有的乐器,了解所有的作曲家和他们的名曲,了解声乐的表达方式，因为还有合唱团，最好还能熟悉现场的演奏家，假如他们很著名的话。慢慢学吧，你能做到的。"最让他佩服的是，穆教授会打架。女歌手彤彤上台唱歌，有个青年想捧自己的女朋友，就喊"滚下去"，一连喊了几声。穆教授走过去指着那人说："再这样没礼貌我就赶人了。"青年不想在女朋友面前丢份，忽地站起，撕住穆教授的衣领说："这种事轮得着你管吗？"结果就打起来了。穆教授好像会两手，一点也不怂，最终扭住胳膊把对方推出了酒吧。老板追过去说："你还没结酒钱呢。"青年吼一声："老子不结了。"拉着女朋友扬长而去，算是挽回了一点面子。女歌手彤彤感激穆教授，走过来深深地鞠了一躬。穆教授轻描淡写地说："没必要这样，接着唱呗，你唱得挺好。"又对骆横说，"你去给她伴奏，别忘了降一个八度。"老板说："快去啊，听穆大侠的。"对小小年纪的骆横来说，这样的生活虽然也有些不着调，却迷人而亲切。

就这样，父亲以他的不着调影响了骆横的不着调，骆横没觉得有什么不好，也没觉得有什么特别的好，好像他的遗传基因里跳动着无数知其不可为而为之的音符，对所有的不着调都有一种天然契合的适应，习以为常的并不是依着本分规规矩矩地生活，而是小蝌蚪对扬帆起航的准备，是揪着自己的头发飞翔而起的信任，是一根鸡毛想当宇宙飞船的坚定。但父亲的三体帆船一直没有造出来，只造出了一个偶像天天在骆横耳畔萦绕："今天多吃点，鱼是好东西，补脑子，我问'东方船舶'的蓝师傅，你怎么这么聪明？她就说她从小吃鱼。我说青岛人都从小吃鱼，怎么傻蛋还是不少？她说你得从小吃小杂鱼。就是我今天买的这种鱼，快吃，再不吃我就动手了，小心刺。作业做了没？这次考试怎么样？你们老师对你还好吧？'管风琴'的那个教授又给你讲乐理了？五线谱你到底学会了没有？"不等儿子回答，他立刻又说，"郭翔太了不起了，他也是咱青岛人，从小也吃这种小杂鱼，两次创造世界纪录，一次驾驶40英尺帆船从青岛出发，用138天完成了无动力帆船单人不间断环球航行，一次驾驶超级三体船完成了北冰洋东北航线的不间断航行。什么叫'无动力'？什么叫'不间断'？等你吃完了再讲。我明天就去找郭翔，让他跟我合个影，他登在报纸上的照片全都有点老气，没把他的帅气照出来。"这样的话父亲说过许多次，他让儿子吃的小杂鱼也不是买的，是去海边船老大跟前要的，小杂鱼品相差不值钱，但也不是没有营养，他要把钱省下来造帆船，又要顾及儿子正在成长的身体，就只能这样厚着脸皮去要鱼吃了。而他的偶像郭翔已经是个年过半百的人，再怎么崇拜也崇拜不出小鲜肉的帅气来。至于所谓的合影留念，也只是嘴皮子上的，他根本不认识郭翔，连对方居住在哪里、训练在哪里、比赛在哪里都不知道。父亲对郭翔的崇拜一直持续着，几年过去了，骆横就要初二升初三了，父亲的话格外多起来，而且一说就很激动："又要开始了，新的挑战，郭翔太厉害了，他就不是人，是我的神。他今年7月从法国拉特里尼泰出发，跨越大西洋到达里约热内卢，然后北上穿过巴拿马运河，在美国旧金山成功登陆。10月18日，他将从旧金山起航，挑战单人不间断跨太平洋航行21天的世界纪录，也就是说只要他20天内到达上海，就是超人。但他说他打算十五六天就结束航行，那就是超超人了。对了，忘了问我的莫扎特，这次考试怎么样？""哪次考试？""升级考啊。""我已经考过两次初三摸底考了，你才问升级考。""啊？"

  骆横的初三就在父亲天天郭翔、日日帆船的唠叨中开始了，每次唠叨的结尾都要提到他那个以最快速度一个人绕地球一圈的幻想。父亲很孤独，冰箱厂的人没有谁理睬他，都觉得他怪怪的，可他又要遏制不住地倾吐，找不到对象，就只好面对骆横了，骆横是世界上唯一能够认真听他说话的人。"儿子，不烦吧？厂里没人听我的。""为什么？""都是些傻蛋呗。"其实父亲说这些话时，已经不是冰箱厂的工人了，在他从冰箱的心脏——制冷系统流水线换到箱体和门体流水线，又换到冷藏室和冷冻室装配流水线，最后换到包装流水线之后，人们便有了这样的议论：骆命好是不是得病了？总是心不在焉、呆头呆脑的，居然能把压缩机的减压阀装反，把毛细管漏掉。他刚进厂那会儿可不是这样，机灵得不得了，不机灵能安排到关键岗位上？现在成了这样，一路下坡，恐怕得让他走了，不然会出事，不是冰箱出事就是他出事。就算不出事，他也是个废物，连在纸壳子上协助机器打钉都会出纰漏，连检查一下包装箱的印刷质量都会丢三落四，连清点一下一百以内的箱数也要犯傻。就这样骆命好成了一个一毛收入都没有的人，却还要养活儿子，供他读书，还在使劲追捧他的偶像，造他的三体帆船，每个周六周日照样会起早贪黑地奔忙在家和"东方船舶"之间，照样会兴高采烈地带回来饺子：形状是麻雀一样的，封口是带花纹的，味道是鲜鲅鱼的。他看着儿子吃，自己从来不吃，一边不停地喝水，冲涮着嘴里的口水，一边呵呵地笑，好像他是一个永远不知愁的人。但事实很快证明，他又是一个只要愁起来就会一愁到底的人。骆横还记得那个日子：10月26日。因为中午的饭钱只够买一个小火烧，饥肠辘辘的他一放学回家就说："爸，吃什么？我饿了。"父亲低头呆坐在椅子上，突然翘起下巴说："今天咱不吃了。""为什么？""郭翔不见了。"说着便哽咽起来。骆横说："你本来就没见过人家。"父亲打开手机给他看，他看了一会儿才明白：真的不见了，郭翔从这个世界上消失了。网上说：正在单人驾驶帆船穿越太平洋的中国职业帆船竞技选手郭翔在航行至夏威夷西约900公里海域时，失去联系，海事卫星电话和互联网通信均无应答，根据船载全球卫星定位系统支持的航行轨迹跟踪仪指定的方位，美国空军的两架救援侦察机和海军的三艘救援船已经开始搜救，夏威夷火奴鲁鲁（檀香山）海事救援机构也派出了一架搜救飞机，目前的消息是，帆船已经找到，但三体帆船甲板上没有人。

父亲擦干眼泪后就沉默了,一句话不说。等他再次开口说话时,已经是六天以后。他用一种低沉而果决的口气说:"我就不相信郭翔会死,他这种人是不会死的,那帮人肯定没好好找。我已经从网上全面了解了整个太平洋和夏威夷周边的海域,那里有许多无名岛屿,就算遇到了风浪,靠他'浪里白条'的本事,随便两膀子就能游到近处的岛上。我打算去找他,你觉得怎么样?""你怎么找,走着去啊?"一瞬间儿子似乎变得比父亲更加成熟了。"我开着我的三体帆船去找。""你的船造好了?""就剩几处小毛病需要改进,蓝师傅说了,平稳性能、耐波性能、快速性能基本符合标准。我是这样想的,就算我不可能用最快的速度一个人绕地球一圈,但要是找到郭翔,我跟着他一起去实现,那不也是一样吗?"骆横没有阻拦,也没有去想父亲走了之后自己怎么生活,就像父亲不去想他走了之后儿子怎么生活一样。他给儿子留下了530块钱:"我只有这么多,你把它全花掉,不要给我留下。"至于花完了怎么办,他没说,只是抱歉地解释道,"我本来要给你留下一张银行卡,但我没有银行卡,给你留什么?我的工资是发到折子上的,折子也不能留给你,因为已经没有人给我发工资了。""为什么?""那些傻蛋对我不好。"骆横把钱推到父亲面前说:"那还是你拿着吧。""我用不着,海上是没有商店的,龙王爷不开超市。"说完这话的第二天,父亲就走了。如同要去一个很近的地方旅行,他提着一个土里土气的旅行包,说了声"拜拜",就朝楼下走去。骆横追过去送他到冰箱小区的门口,有点不舍地揪了揪他的衣襟。他眯起眼望着斜射而来的阳光,摸了摸儿子的脸说:"好好吃饭,别老是饿着。"他点点头,好像是他故意要把自己饿着,而不是没钱买吃的。"那我走了,你还有什么话要说?""人都是早晨出发,你为什么晚上出发?"父亲神秘地说:"我不能让别人看见,看见的话肯定走不了。我现在去'东方船舶'正好赶上天黑,趁青岛人睡觉的时候,神不知鬼不觉一口气漂进黄海,黄海过去就是太平洋,就是公海。公海是什么知道吗?就是公家的海。""哪个公家?""全世界的公家。""全世界也有公家?""当然了,他们会管我的饭,保证我的安全,你放心就是了,很快我们就能见面。"听父亲的口气,好像他去找郭翔,也就是十天半月的事。但父亲再也没有回来,也没有人来打听:骆命好呢,怎么这么长时间没见他?可见父亲几乎没有朋友,自从爱上了帆船,他就什么也没有了,没有了妻子,没有了朋友、同事、单位,如今连依赖他、崇拜他的儿子也被他丢下了。

虽然失去了父亲的关照,日子和初三却还在继续。磕磕绊绊的初三,不断摔着跟头不断爬起来再走的初三,谈不上饥寒交迫却也算得上饥一顿饱一顿的初三,过得那么慢,就像他是十万八千里路上的蜗牛,是好长时间才挪动一下的树懒。不过他的学习还不错,每次每门考试都是班里的中等偏上。老师说:"你这么聪明的人,再加把劲就是班级和年级的尖子了,能不能把你爸叫来,我跟他谈谈。"他说:"我爸忙得很,来不了。""那你自己打起精神来,不能满足于现状,我看你上课总是蔫不拉唧的。"他已经没有力气再给自己加油了,如果没有小号,恐怕连现在的成绩都保证不了。白天上学,晚上去管风琴酒吧,吹几首曲子,就开始享受那一碟小点心和一块巧克力,然后背着小号摇摇晃晃回家。周五和周六他待在酒吧的时间会长一点,因为会见到穆教授。穆教授的大提琴演奏以神奇的魅力让他动容流泪,一个遥远的故事,里面有父亲和母亲,有忧伤和悲壮,好像还有一个英雄,但是他死了。每当这种时候,他都会忘了吃他的小点心和巧克力。直到一曲终了,他会端起碟子来快快地吃,因为穆教授就要过来给他聊音乐和教五线谱了。有一次,穆教授捏了捏他的胳膊,又摸了摸他的身子说:"你怎么这么瘦啊?"他说:"饿的。""谁敢把你饿成这样?""我自己。""你没有父母吗?"他点点头又摇摇头然后低下了头。"这是什么意思?"在穆教授的一再追问下,他说出了自己的家境和现状。穆教授感叹了一句,突然又哈哈大笑:"怪不得你每次都会把小点心吃完,我还以为你贪吃呢,有一种人,越贪吃越不长肉。"说着站了起来,"走吧。"他扑闪着大眼睛:去干什么? "吃饭哪,你想吃什么?"他咽了一下口水,不客气地说:"饺子。"但那天夜里他没吃上饺子,因为太晚了,饺子店都关门了。他吃的是肯德基,肯德基店里有宵夜。穆教授问:"这个好吃,还是饺子好吃?""当然这个好吃,这个我没吃过。""你没吃过的东西肯定很多,以后呢,打算怎么办?""不知道。""还想当指挥家不?""想!""这就对了,生活越是困难就越要往高处想,享誉全球都是从饥饿开始的,我就饿过肚子,所以我……还是给你说说冼星海吧,他跟你一样也出生在海边,不过是澳门的海,不是青岛的海,出生前夕父亲就死了,是出海打鱼翻船淹死的,母亲和外祖父养着他,从小没少饿肚子,他的音乐全靠自学,差不多就是你现在这个样子。还有海顿,海顿知道吧?农民的孩子,家境贫寒,兴趣加上吃苦让他成了大音乐家,后来有了钱也不乱花,全部攒起来,分给自己的亲朋好友。贝多芬家里也很穷,他父亲不是一走了之不管他,而是酗酒,整个一个不可救药的德国醉鬼,母亲是富人家的女仆,挣不了几个钱,他是怎么爱好音乐的你想一想就知道,全靠天赋,靠一种饿死也不放弃的精神。至于巴赫、格鲁克、布鲁克纳,如果不是平民出身,恐怕还成不了大音乐家,穷极思变嘛。勃拉姆斯更穷,13岁就开始在酒店为舞会伴奏挣钱,养家糊口。你还好,就一个人,自己吃饱全家不饿,而且还遇到了我。"吃完肯德基,穆教授送他来到家里,到处看了看说:"还不错,地扫得挺干净,桌子也是抹过的,比我想象得好,看样子你挺勤快的。"说着掏出一把钱放到了桌子上,"赶紧睡觉,明天早点起,吃了豆浆油条再去上学,一日三餐别亏了自己，有急事给我打电话。"然后飞快地说出了自己的手机号码，"记住了没？重复一遍。"他也飞快地说了出来，很得意地笑着。"得意什么，连这个都记不住，以后还怎么记谱啊？"

但骆横和穆教授的忘年交只伴随他度过了初三，他毕业了，穆教授也要走了，是出国，去瑞士洛桑参加阿里斯塔克学术研讨会，然后作为访问学者去阿尔卑斯山物理研究所参与阿里斯塔克团队关于宇宙学新项目的研究。骆横这才知道，穆教授不是音乐教授，而是天体物理学教授，音乐只是他的业余爱好。不过恰恰就是他的业余爱好，让这次邀请变得格外殷切和急迫，因为音乐需要宇宙，宇宙也需要音乐。走之前穆教授来到他的住处说："我有老婆还有孩子，本想把你介绍给她们，又怕她们不接受你，想了想还是算了，免得我老婆怀疑你是我的私生子，惹来不必要的麻烦。我也没多少私房钱，最多能给你留下5000块，你要上高中，以后还要上大学，肯定不够，就得自己想办法了。"他点着头，心想：我有什么办法呢？穆教授立刻看出来了，又说："会写字的可以卖字，会作文的可以卖文，会唱歌的可以卖唱，会拳脚的可以卖狗皮膏药，你会什么呢？实在过不下去，就去街上人多的地方吹小号，别忘了把帽子翻过来放在面前。你吹得很好，年龄又小，有同情心的人会掏钱，喜欢音乐的人也会掏钱。这不叫乞讨，叫勤工俭学知道吗？再就是不要放弃管风琴酒吧，那里毕竟有你的一碟小点心和一块巧克力，如果吃不饱，还可以要，你就给老板说，我多吹几首，你多给点。这关系到人的生存，绝对不要害羞。好在你有房子，这是我最大的放心，不然你就得露宿街头，那才叫惨。"说着取下自己的白色棒球帽扣在了他头上。他答应着，有点泪目，手掌一抹，又干了。"对了，我还给你带了几本书，有时间看看，不想看就放着，反正对我来说也是闲书。"说着把一个纸袋递给了他。他取出书来看看，有《作曲和编曲》《中国古曲集锦》《世界名曲》《音乐高级教程》《大家小品》，还有一本古董一样陈旧的用五声调式"宫徵商羽角"作音名的《澄鉴堂琴谱》。他把书摊到床上，扑上去一本一本翻着，感觉饿了才爬起来，发现穆教授已经不在了。

　　穆教授离开他的生活不到半个月，中考开始了。他总分成绩蛮好，在青岛最佳高中二中的录取分数线以上，但最后他选择了石老人技校，这个技校比较灵活：三年学制，要是学习好，也可以是两年，毕业后就能找工作挣钱。他觉得自己无依无靠，首先考虑的应该是如何养活自己。招生老师有些奇怪：一般人都认为没学上的差生才会选择石老人技校，你考的这么好，怎么会来我们这里？他不回答。又问他是不是因为家庭生活困难？他还是不回答。后来老师不知从什么地方了解了一番，确定他是孤儿，便送给他一个意外的消息：你的分数是今年全市中专技校录取到的最高分数，学校决定，学费和所有学杂费一律免除。他的眼睛绷得像牛眼一样大："真的？那我算来对了。"就在他说过这话以后两个小时，他来到街上花干了穆教授留给他的那5000块。从管风琴酒吧到家的这段路上，有一家装饰华丽的乐器店，以前他忍不住进去过几回，眼馋地看一看，偷偷地摸一摸，从来没想过哪一件乐器会属于自己。但是今天，他不仅想到了属于自己的乐器，还想到了父亲的三体帆船：我这么快就能赶上父亲，拥有自己最想有的东西了。店主打量着他问："你真的要买？你爸妈呢？他们怎么不带着你来？"看他不回答，又说，"你要大提琴还是小提琴？大提琴对你有点大，还是买把小提琴吧。"他坚定地摇着头。对他来说，崇拜穆教授也就是崇拜大提琴，崇拜那种浑厚深沉又澄澈悠远的音色，那种暗夜深处火炬一样耀眼的音色。大提琴最便宜的400多块，最贵的10000多块，他选了个中间的：5500块。店主说："材质没问题，你看纹理就知道，又直又密，正面是松木的，两边是云杉木的，云杉木的纹理随着灯光强弱会有变化，你看到了吧？"说着移动灯光给他看，

"没有变化的就是假的。颜色有深有浅，就看你的喜好了，主要是音色，你会试不会？"他怯生生地走过去，学着穆教授的样子开始试音，动作笨拙而幼稚，却一点也不犹豫，长音必须稳，短音必须准，敏锐的听觉给了他准确的判断，只要听着不舒服，就会立刻摇头。他一连试了八把，最后选中了一把颜色稍深、面板光滑、琴头圆润的。店主瞪着他说："你的耳朵不得了，这几把琴好多搞专业的都试过，青岛大学的穆教授也试过，都说就你挑的这把音色和音准最好。"骆横想告诉店主自己是穆教授的朋友，钱也是他给的，话到嘴边又咽了下去。他把装在书包里的钱全部掏了出来：5000块，外加两毛。"叔叔，我的钱不够怎么办？"店主把钱在验钞机上过了一遍说："还差500，回家去拿吧。""家里没有。""那就找人借呗。""我借不来。""那就挑一把便宜点的，4950的那把正好。"骆横看了看，摇摇头。"4600的那把也不错，琴体和颜色都很漂亮。"骆横还是摇头，他就认准了自己试过音的这一把。店主想了想说："那就依你了，要是给大人卖，人家肯定会讲价，你没有讲价，我就打个折吧。"说着把那两毛钱塞回了他的书包。

骆横把大提琴背回了家，从此就开始一边吹小号，一边学拉大提琴。整个技校期间，他的生活轨迹基本是这样：学校、家里、酒吧、海边。去海边是为了挣钱，那里有络绎不绝的游客，当他们站在礁石上或坐在沙滩上欣赏大海时，一种任何外在的景致都无法替代的陪伴便会油然而生——陷落的情绪里，有辽阔面前的孤寂，有时间不息的伤感，有与生俱来的迷惘，而唤醒这一切的就是骆横的小号那波浪一样涌动的音符，仿佛不是海而是小号刻画了所有人的心境和面前摇荡不止的蓝白。有人只是远远地听着，把音乐当作了青岛的背景；有人走过来，看海的同时也看着他，把音乐当作了无限延伸的前景。感动就像一艘艘突然被发动的船，悄悄地驶来，变成了白色棒球帽里的钱。

他拿着钱回家,吃饭和购买琴谱,还买了本《大师琴法》。他照着"琴法"练了三个月,手指触弦的准确性、揉弦的均匀适度和换把的动作就一天天好起来,手感和乐感也能完美地配合到一起。他没有意识到这是因为自己的耳测、目测、手测能力都特别强,还以为大提琴跟小号一样,不用花太大工夫就能学好。但有一个困难他现在还无法克服,那就是个子太小,大提琴对他来说还不是一件得心应手的乐器,而更像一台笨重的机器,演奏时不是立在他面前,而是躺在他身上,严重影响了风度,也影响了右手的发挥,琴弓横向用力的长短强弱和变换的角度总是掌握不好,拉起来有点紧张和吃力。有一天下课后,同学们都在往食堂走,唯独他一个人快步走向了校门口。有个女同学追上来说:"我发现你很少在学校待,一下课就走。""我有事。""我知道你有什么事。"他扑闪着眼睛不说话。她又说:"我在海边见过你。"他一下脸红了,感觉到了对方的惊奇:阳光下,校园里,匆匆来去的原来是个乞丐。她问:"你还会什么?"他突然觉得这个模样好看的女同学是不怀好意的,清湛的眸子里充满了嘲笑,便愤怒地说:"我别的不会,就会乞讨。"她吓得后退了一步,瞪大眼睛说:"照你这么说所有的音乐家都在乞讨,因为他们都是要卖门票的。"他松了一口气,歉意地一笑。她又说:"你别神经过敏,我问的是除了小号你还会什么?"他摇摇头,隐瞒了大提琴,觉得还没练好,说出去是丢人的。"我练过钢琴,想跟你搞个二重奏,就是不知道小号和钢琴搭不搭。""肯定不搭,穆教授说了,小号突出的是光亮,钢琴突出的是纯粹,光亮要射出去,纯粹却要静下来。再说钢琴大小场合都可以,小号的音色只适应大场合,最好在室外。""穆教授是谁?""我一个朋友。""你朋友都已经是教授了?""不可以吗?""当然可以。"又说了一些关于音乐的话,他们就分开了。后来他知道这个同班同学叫夏蓉蓉,除了会弹钢琴,还会唱歌,真声、假声、头声、混声,甚至维塔斯式的海豚音都能来几下。

问她为什么不去考音乐学院，她唉叹一声反问道："你为什么不去？"骆横"哼"了一声，脸上同样带着无可奉告的神情，扭头就走。虽然他们有共同的爱好，但都不觉得有必要更加密切地接触下去。骆横是孤独而忙碌的，而夏蓉蓉也有漂亮女孩的矜持：总不能每次都是我主动跟你说话吧？

两年后骆横从技校毕业，生活变成了吹号、练琴、找工作。这样过了将近半年，他才成为集装箱码头的工人。当了一个多月工人，可以在师傅的陪伴下操作桥吊之后，他趁着周日背着大提琴去了一趟海边，先是在没人的地方拉了一会儿，又壮着胆子来到有游客的地方，低着头，把练习过的所有曲子都拉了一遍，等他抬起头，准备离开时，看到棒球帽里放满了钱，好多人围着他，那么多期待和欣赏的眼光就像温暖的阳光照耀着他，他赶紧起身给大家鞠躬，一瞬间，眼泪就啪啦啦下来了。他知道自己的琴声是忧伤而苦涩的，他思念父亲，也知道这些素不相识的人之所以被他挽留在这里，一定是自己给琴声赋予了一种打动的力量。也就是说，他的第一次大提琴演奏，成功了。不过这也是一次成功的告别，大提琴的练习需要暂时放下，因为家离上班的码头太远，穿过胶州湾才能到达，他必须吃住都在码头上。还因为他觉得无论是居住的箱房还是工作的码头前沿，都不适合大提琴的练习和演奏，现代化工业的重金属噪音一定会对静净高雅的古典音乐形成一种压迫，那是他不愿意看到也不愿意接受的。更让他担忧的还是自己，他对声音有一种超强的模仿能力，有时甚至是下意识的模仿，如果不经意间让柔美高贵的大提琴因为弦力和指感的粗糙，而发出受制于环境的简陋之音，并且形成一种习惯，势必损坏它的天然风韵——母性的大提琴那种少妇般成熟艳美的音色。

又有一天，在他第一次单独驾驶桥吊，装卸完一艘来自迪拜港的班轮箱货后，他趁假日去了一趟管风琴酒吧，不吃不喝吹奏了一晚上。

第二天又去了他常去的海边，让小号的声音从早晨响到中午，稍事休息后又响到不得不返回港口的黄昏。一天的吹奏里，他始终没有把白色棒球帽放在面前，也就是说他不要钱。他吹着，不时地把自己吹哭，也把许多游人吹哭。他吹了《告别时刻》《二泉映月》《最后一支舞》《流浪者之歌》《你鼓舞了我》，还有《父亲》——这是他自己的作品，觉得还不错，打动是天然的，海哭了，人哭了。他知道父亲再也不回来了，跟他的偶像郭翔一样已是一个葬身于梦想的先烈了。他要告诉天上的父亲：你不仅给了我生命，也给了我生活，我很好，如今已经长大，可以挣工资养活自己，再也不会来海边乞讨，不"勤工俭学"了。然后他在沙滩上用双手挖出了一行大字：安息吧，父亲。他觉得海潮会把自己的心愿带走，父亲也一定会看到或者听到。他朝海岸深深地鞠躬：多少年了，你都是我的舞台；他朝大海深深地鞠躬：多少年了，你都是我的听众。他吹着小号渐行渐远，是肖邦的《离别曲》，是《父亲》。

3

安广林沿着集装箱对峙的夹道一路走来，推开了骆横的箱房。里面没有人，只有黄昏的橘色晖光透过窗户玻璃，铺了一床半墙。最亮的地方本来挂着小号，但现在小号不在那里。他侧耳听听，空气中没有任何音乐的响动，就觉得徒弟一定去了别处——一个远离码头和人居的海边岬角。以前也有过，他会在那里一直吹到天黑，因为夜晚的码头显然不应该是一个号声嘹亮的地方。仔细想想，好像徒弟在码头的吹奏只限定在早晨，限定在一种跟音乐无关的功能上，那就是把24小时连轴转的时间和工作突然截断，告诉人们：从这个时候起，集装箱码头走进了新的一天。但安广林毕竟不是天天来骆横的箱房，没有发现跟小号一起消失的还有一个黑色帆布包和几本一直撂在枕边的书。单纯的吹奏是不需要这些的。他离开徒弟的住所，来到闸口外面，从一长溜自行车中找出自己的那辆，回家去了。

早晨，阳光铺白了陆岸，满海都是火焰般跳跃的浪花，焦蓝的天空落下一片片洁云，斑斑驳驳地遮住了码头。鸥鸟像是被喷发的熔岩，飞溅而上，从风头上丢下一声声火辣辣的鸣叫，给人一种怪异别样的感觉。安广林一走进闸口，就被熟人拦住了："你来了，徒弟呢？"他有点莫名其妙，徒弟又不是我领着上班的，边走边问："哪个徒弟？""吹喇叭的那个。""在啊。""那怎么没声了？""什么意思？"好几个人都说今天没听到骆横的小号。他寻思：不会是生病了吧？赶紧朝堆场走去。正走着，中控室主任打来电话，同样的问题："你那个吹小号的徒弟呢，怎么不吹了？""你怎么也打听这个？""不是我打听，是局长打听。"他有点紧张了：这可不是闹着玩的，局长有多忙，居然还牵挂着徒弟的喇叭，赶紧说："我也纳闷，正要去住的地方找他。""你先打个电话，我还等着给局长回话呢。""我徒弟没有手机。"主任似乎很吃惊："我们港的一个技术尖子、吊运能手，居然连手机都没有？是家庭困难吗？""不是，他还没成家，朋友也少，用不着。""那也得有啊，都什么年代了。""人家就喜欢这样，显得与众不同，得尊重不是？""那就快去，局长说了，要是哪个领导多事，制止了人家，赶紧恢复。他每天都是听着号音走进办公室的，号音一结束，就去会议室开会，大家正好齐了，基本不用看表，准得很。"安广林加快了脚步，越往前走，熟悉的人越多，都在问：你徒弟不报时了？他这才意识到，集装箱码头甚至整个港务局的早晨也就是一天的开始不是看钟表的，而是听号音的，当然前提是骆横的吹奏准时到一秒不差，就像按照过门唱歌,快一秒就抢了,差一秒就慢了——上小学时他参加过少年合唱团,懂得这个。他当然想不到,骆横在这方面的守时更多的是一种对节奏感的依赖和对指挥意识的发挥:节奏就是时间的切分,指挥就是把无数高低不同的切分组合成有规律的艺术程序。

骆横的箱房里,早有王起等在那里。两个人一见面就同时问:师弟呢?王起说:"我发动了好多人在找,都急死了,小号也不见了。"安广林说:"昨天我来时就没看到小号。"于是他们估计:骆横消失的时间应该是师兄离开之后,师傅到来之前,所以谁也没看到他,包括那几个作为邻居的单身工友,那个时候他们去食堂吃饭了。安广林说:"他能去哪里呢?"王起说:"他的包和书,还有那瓶熏鲅鱼,都不见了,不过电脑还在。"说着掀了掀骆横的被子。门口簇拥着很多人,有几个住箱房的工友又是揉眼睛又是打哈欠,说他们没听到号音,起晚了,不光来不及吃饭,还得挨师傅一顿熊。他们说平时也没在乎过呜里哇啦的喇叭声,突然不响了,才知道它有多重要。王起说:"谁说那是喇叭?那叫小号,交响乐团的高级乐器,我师弟是咱黄海港的音乐家知道不?等着瞧,明天号声就会响起,他不会忘了早晨箱垛上的吹奏。"他这么说着,心里就更着急了:不会出什么事吧?一向守时守信的师弟,居然把整个港务局放了鸽子。想着懊悔得直抓脑袋:要是昨天下班前下点功夫找到师弟,搞清楚他要去哪里,就不会有今天的混乱。安广林的手机又响了,还是中控室主任打来的。他赶紧说:"还在找,大家都在找,不知道去哪里了。""你这个师傅,怎么连徒弟的去向都不掌握?""师傅又怎样?我又不能限制人家的自由。"

似乎青岛失去了早晨,码头失去了黎明。天晴着,有太阳,但太阳跟人们有什么关系呢?夜以继日的运转,从亮到亮的港口,集装箱的上岸与离岸、摞起与奔走,潮水一样涌来荡去,流程没有间隔,作业没有停顿,时间无限辽阔地延展着,哪里是结束哪里又是开始?既然没有一天的开始,中午和傍晚又在哪里?小号的吹奏、忧伤的音乐,那是时间在人的意识中画上的顿号、分号或者逗号,如今它们突然消失了,就像被宠的动物莫名其妙地失去了饲喂,那是很受伤的,同时受伤的还有人们的习惯性依靠。是的,是一种托赖和信任基础上的习惯,而对很多人来说,习惯就是法律。人们当然可以从手表、手机、电脑甚至太阳的运行和潮汐的来去中获取时间,但这不符合《海港的早晨》甚至《罗密欧与朱丽叶》养成的习惯:音乐一响,就开始上班,吊够或者运走80多个自然箱就开始下班,吃了饭,稍事休息,接着再吊,还是80多个自然箱,一天结束了,下班的走了,上班的来了,接着又是号音悠扬,又是一次时间的节点或者叫界边。但是现在,八月的一天,青岛黄海港的时间突然消失了,不仅南码头消失了,北码头也消失了,害得雷蕾和她的同事,竟然前所未有地耽搁了班轮靠岸后的保班作业。

　　雷蕾就是曾经在骆横的箱房里"哇哦"过两声的那个"师妹"。她的眼睛依然美丽得动人心魄,连带着脸上的眉、耳、鼻、嘴也都美丽起来,包括距离、形状以及彼此的衬托和照应,对女性的脸庞来说,搭配美就是至上美。她依然喜欢穿淡蓝色的改制工装,从她一年四季工装不变却又极爱干净的习性看,她至少有十套同样的工装。她在北码头桥吊队队长那里软缠硬磨了几次之后,得到允许住进了一间洁白的箱房,结果引发了一个小小的热潮:许多单身男工友也都开始申请住箱房,有的打算过夜,有的只是临时休息一下比如睡个午觉什么的。等到男工友们都成了她的邻居,她又不住了,因为她意识到他们中间不乏她的爱慕者,并且已经有了某种竞争,而她却还没有想好是不是应该跟他们中的某个佼佼者谈一场恋爱。或者她并不准备将来把自己嫁给一个同样也在港口上班的人,因为了解了自己就等于了解了对方,多没意思啊,如果你对他连一点好奇都没有,还怎么谈得上婚姻和人生的新鲜度呢？她搬回了宿舍，还跟原先的室友一个在西码头上班的叫作宋小珂的女孩住在一起。宋小珂一如既往地喜欢着黑色、紫色、绿色、瑰红色，这就更坚定了她对淡蓝色和白色的钟爱：偏要跟她不一样。宋小珂挑剔道："你也太肤浅了吧？"她的反挑剔便是："你知道世界上谁最深沉？""谁？""鬼，鬼不是黑色就是绿色。""白色才是鬼，你在电脑上打个'鬼'字就知道了。""那是玩具鬼，我说的是真的鬼。""哪里会有真的鬼？""你们西码头就有，全是森林里的绿色鬼。"西码头往西不远是珠山森林公园，黄海港的恋爱青年一般都会去那里，其中就包括了宋小珂跟她的对象——西码头的一个年轻指导员。"你嫉妒了？我可以把他让给你。"雷蕾不屑地撇撇嘴："我又不是捡破烂的。"宋小珂扑上去打她。她赶紧求饶："我是说我不喜欢吃你剩下的饭。""那就来个新鲜的呗，你也该找了，那个吹喇叭的怎么样？""哪个吹喇叭的？""你见过的，你不是说是他教你把桥吊涂成了白色吗？""早就忘了。"其实她没忘，还想过：我的白色桥吊他不会看不到吧？他会怎么想：还真的照此办理了？几桶白漆是她自己掏的钱，刷漆却由男工友们抢着代劳了。那个当班长的桥吊司机也想把自己开的桥吊涂成跟她一样的颜色，遭到了队长的坚决制止："你不行。""为什么？""不行就是不行，没有为什么。"听到这话后，她给队长鼓了掌，还说："你最好告诉我们班长，越是跟我一样我就越不喜欢。在咱北码头，我跟谁都不一样。"她依然大方而直率，依然会抱怨码头的与世隔绝和多少有些憋闷的气息，却又会时不时地在别人（比如父母）面前流露她对码头的不舍和喜欢，尤其喜欢自己坐在高高的桥吊驾驶室里，轻松自如地把沉重的集装箱搬来搬去的样子。哇哦，看我力气有多大，胜过了所有身强力壮的男人。她依然喜欢又尖又脆地"哇哦"，却不知道在骆横心里，那是熠亮的电光和长笛的最高音，曾使他的心灵一阵哆嗦。有时候听着号音她会提醒身边的工友："快听,又开始了。"好像光顾着说话,不仔细听,便是一种浪费或者亵渎。班长嫉妒地说:"他不会是专门吹给你听的吧?""你去问问他,我还真希望是呢。"她不止一次地想:那么瘦的人,怎么会有这么长的气?她不懂乐器,只知道要吹得那么响亮、那么好听、那么持久,一定得有很长很长的气。她还记得自己当时问他"可不可以吹一首"?他什么反应也没有,好像是不会吹的,喇叭不过是挂在箱房里的摆设,但是第二天号音就响起来了,那么好听。她觉得自己的耳朵从来没有享受过如此舒畅的声音,却不知道随风而来的是什么曲子,更不知道他的号音里充满了对她的相思和问候,或者是一种对记忆中珍贵藏品的慰藉——她被收藏了,至少她的眼睛是这种际遇的幸运儿,就像被收藏的曲谱:是砰砰哗哗的打击乐,是流水琤琤的弦乐,是纯净如玉的管乐。从此开始了——每天伴随着他的号音登上驾驶室,吊起斑斓而沉重的集装箱,在空中飞翔,飞翔。她一听就是三年,却没有一次想过应该去看看这个吹小号的人。小号是她从网上查到的名字,还查到它是交响乐团不可缺少的西洋乐器。渐渐地,她学会了吟唱,会吟唱他在黎明的箱垛上吹过的所有曲子,包括并不经常吹的《卡门序曲》和《金蛇狂舞》,还会噘起红润的嘴唇吹口哨,那是一个音符都不会遗漏的口哨曲。她对工友说:"我以前怎么就没发现我会吹口哨?想学学号音,试着一吹,居然就响了,还挺好听的。一般女的都不会,但是我会,你们说怪不怪?"班长凑过来说:"你的口哨比他的喇叭好听,真的。""只要有机会你就想贬低人家,我又不是吹给你的,你凭什么听?""我总不能把耳朵堵起来吧?""你最好堵起来。"她天天听着号音,吹着口哨,似乎码头上的日子和她的心情也都有了节奏的约束,时而急骤、时而舒缓。

但是今天怎么了?她没有听到号音,自然也就忘了吹口哨,码头在失去节奏的状态下突然松散疲软了。她坐在前沿边的露天工作椅上,玩着手机，跟往常一样等待着音乐请她登上桥吊驾驶室，却没有想到，时间也会睡觉，而且一睡不起。等她听到靠岸的班轮正在呜呜地鸣笛，组织开工的值班员冲她吆喝而来时，不禁"哇哦"了一声，看看天，太阳几乎到了中天，看看海，潮水正在退向最低点，怎么了这是，太阳和潮水变得不守规矩了？值班员说："为什么还不卸货？船主都急得冒烟了。"她赶紧看手机，发现已经过了上午十点，而整个码头所有的桥吊都还处在交接班的静止中。她扬起头，问一脸焦急的值班员："为什么没人催我？""我也这么问，船上的人说从来都是一靠岸就起吊，怎么还需要催呢？"她扭头就跑，呼哧呼哧登上了驾驶室，一屁股坐到椅子上时才意识到：绝对不应该是她的错，是号音耽搁了码头，码头耽搁了班轮，谁让号音变成了时钟呢？但弥补过失的只能是司机：不能休息了，连吃中午饭和上卫生间也得省掉了，必须一口气卸到下午，下午班长会来替她，她要去参加训练。北码头的起重机吊运技能比赛马上就要开始，提出的口号是："赶超南码头，创造新纪录"，也就是赶上和超越那个创造了奇迹的骆横。为了达到这个目的，规定新参赛的选手必须提前三天进入训练，由最好的师傅和先前获得过好名次的人手把手指导。雷蕾两手握着手柄，低头盯着下面，一再地叮嘱自己：别着急，别着急，千万不能为了赶时间抓不牢就吊，那会出大事的。还好，虽然有点手忙脚乱，却还是一如既往地保持了稳健，当班长爬上来顶替她时，她的起吊数只比平日的同时段差了两个标准箱。她说："你发现了没，号音今天没了。"她原以为班长会幸灾乐祸地说："没了就没了呗。"要是那样她一定会跟他大吵一架，指责他好没良心，享受了音乐还不知道感激。没想到他跟她一样惋惜中又有期待："是啊，大家都在问，都觉得已经不习惯没有它了。不过别着急，说不定明天就有了。"她心说但愿是这样，吹着口哨朝下走去，又回头叮嘱一句："别动我的东西。"她指的是那些或贴或挂在玻璃上的小玩意，还有几个好看的冰箱贴,她把它们吸在驾驶室四角的铁皮上。

　　遗憾的是期待走向了落空,雷蕾再也没有听到号音,这让她有点郁闷:是不是那个瘦兮兮的人吹号吹病了?或是港务局的领导干涉,不让吹了?前者可以等待,哪怕等上十天半月,但要是后者,就不能再抱希望了。她开始怀念小号的吹奏——那种潮浪一样坚定的自信、缆绳一样柔韧的绵长、桥吊一样伟岸的高亢,还有嘹亮制造的寂静和寂静制造的嘹亮,还有说不清为什么但听着听着就会出现的感动和享受。她越来越频繁而响亮地吹起了口哨,却发现自己再怎么吹,都缺少一种力量,它不是穿透你或撞击你的力量,而是吊机一样轻轻抓住你然后把你吊来吊去永远不准备放下的力量,是一种让你上瘾的力量。雷蕾有些六神无主了,就在北码头的训练和比赛均告结束、自己获得桥吊第三名之后,她做出了一个决定:明天去南码头转转,打听一下为什么音乐会突然消失?最好能见到吹小号的那个人,告诉他:三年了,大家都在听,已经习惯了,你不能说停就停。如果是你们领导不让你吹,那他就大错特错了,我们北码头的工人可以联名给港务局反映:号音必须恢复,不然会严重影响集装箱码头的吞吐量。

宣叙与咏叹
从好望角到合恩角（作品第2号）

我们在哪个国家什么海域？
夏威夷海域郭翔失踪之壤。
有吃的吗？有成熟的野果。
有淡水吗？有岛顶的雨塘。
你怎么在这里，像个野人？
我来这里寻找唯一的偶像。

/

出了集装箱码头的闸口，往北便是黄海港的港务局。从港务局大门往南再往东，形成了一个两线相接的直角，这是青岛经济开发区的环海次干道，沿着次干道走下去，经过21个商业繁荣的十字路口，就能看到东方船舶制造集团公司龙门吊似的厂门。虽然从海上看集装箱码头和"东方船舶"紧挨在一起，但串厂的工人都不会这么走，太远了，骑自行车和坐公共汽车都得两个小时，还得拜托马路不堵，红绿灯关照。他们一般会选择水路，坐高速工作艇穿越海湾，一刻钟就能走完集装箱码头和"东方船舶"之间的路程，那是给在码头泊位上卸了货需要坞修的国内外轮船预留的航道，畅通无阻。"东方船舶"

的蓝师傅就是这样走来走去的,她经常被派往集装箱码头干活,或者去看望住在港务局那边回迁房里的母亲。但更多的人会选择一条更便捷的路,那就是翻墙。集装箱码头的南边,也就是骆横爬上箱垛吹奏小号的堆场,跟"东方船舶"的女工宿舍仅有一墙之隔,那堵墙从最初的砖墙到后来带有矛刺的铁艺墙,再到现在拉着铁丝网的石料墙,就没有起到过墙的隔离作用,上下班抄近路的、去对方单位干活的、会朋友吃饭喝酒的、找同乡办事聊天的,以及恋爱中的男女,都会翻墙而过,无论修补多少次,铁丝网甚至铁蒺藜多么密集,总有一个便宜通过的缺口会很快出现在那里。东方船舶制造集团公司是一个拥有1万多名员工的大型国营企业,规模远远超过了集装箱码头,而黄海港务局的规模又超过了"东方船舶",因为它还有另外两个港区——黄岛石油煤炭矿石港区、胶州湾客货两用港区和一个连接着全国各地的物流陆场。数万人聚集的青岛海洋企业,大码头、大船坞、大轮船、大机器、大航线运作的现代化工业,常常会让骆横想到海量的乐器、无数的歌喉,和正在鸣放的铺天盖地的五线谱,却想不到强音奔腾的时候,相伴而生的还有渐渐黯淡下去的弱音,还有完全不能融合的不协和音,还有不稳定音级的存在。在1号船坞上班的蓝师傅就是一个在不稳定的状态中缺少阳光照耀的暗弱之人——她抑郁了,又一次抑郁了。

　　她叫蓝雪,18岁进入"东方船舶",先干的是打磨工,就是用电动砂轮和砂纸给船体磨掉锈斑、去掉疤瘌、除掉飞溅的焊渣,为船舶的油漆做好准备。后来她觉得打磨工的劳保用品一直不好看,防尘面罩总是鼠皮色的,眼罩总是黑色的,帆布手套总是土黄色的,加上活儿累,没多少技术,月薪有点低,就开始琢磨着跳槽。一年后她成为一个电焊工。又过了两年,当"东方船舶"成立帆船制造公司调她去生产第一批国际比赛用的高规格帆船时,她已经是一个对所有焊接都能做到无夹渣、无气孔、无裂边、无满溢、无焊瘤、无弧坑、无过烧的技术能手了，她焊出的漂亮的"鱼鳞焊"被拍成图片放在了"东方船舶"建厂庆典的画册上，钢板和钢管的焊缝上整齐地闪动着破浪般的纹理，就像造型艺术通过她的手创造了无与伦比的钢铁涟漪。说明文字是："东方船舶"焊接技术的"蓝雪标准"，旁边还有她笑嘻嘻的照片。但大名鼎鼎的她一直没有成为"东方船舶"的劳动模范或先进人物，原因是她太在乎钱，一点"奉献精神"都没有。做打磨工时她就嫌每小时50块的加班费太低而跟工段长吵过架："我的底薪2000、全勤奖500、补助350，要是你们再不提高加班费，我一个月连6000都挣不到。"虽然她说得有道理，加班费后来提升到了每小时70块，但领导对她明显有不好的看法。做了电焊工以后，她的月收入涨到8500块，但她仍然不满意，屡屡跟公司总经理反映："节假日的加班费跟平时的加班费怎么都一样？"总经理说："干的活一样，节假日并没有比平时多焊几个焊缝。""可付出是双倍的，不仅付出了休息，还付出了跟亲人的团聚。""你就是个青岛人，又不是外地民工，可以晚上回家团聚嘛。""我怎么回啊，黑灯瞎火的，出了事谁负责？"拖了半年后，节假日的加班费终于提高到了每小时100块，但她的事又来了："我可是无缺陷焊接，无瑕疵作业，底薪、奖金、补助、加班费能不能比一般人高点？"总经理说："你怎么这么斤斤计较？""我就一个工人，要在青岛这样的城市买房子，不斤斤计较怎么买得起？"没有人理她这个茬，她就一直反映着，直到公司的效益好起来，第一批帆船造完售完后又有了第二批、第三批订单，总经理才告诉她：这个月开始你的工资增加到12000块。那一刻她笑得就像谁挠了她的痒痒，问道："我要是不坚持就不会涨了吧？看样子有话就得说出来，而且要不停地说。"总经理紧张地说："你可别不知足，没完没了地说下去，以后再说，都不会再涨了。"但是她的月薪还是在涨，一直涨到18000多块，因为不涨的话别的造船企业就会把她挖走。她说了："哪里钱多我就去哪里。"

当然喜欢钱并不是她当不成先进人物的唯一原因，还有一个原因就是她跟浮船坞年轻有为的大副鲁明洲谈了一场轰轰烈烈的恋爱后，突然咔嚓一声，就跟没焊好接缝的钢板一样断裂了。鲁明洲人脉好，通过各种关系要把她调去集团生产处，她听说去了以后月薪会减少三分之二，就坚决拒绝了。鲁明洲说："电焊工是高危职业，会因为长期吸入高浓度电焊烟尘而引发慢性肺纤维组织增生，你不懂吗？得了那种病就等于判了无期徒刑，死又死不了，活又活不好，还会带累别人，尤其是孩子。以后成了家，挣钱还是得靠我，我是男人。"她说："注意防护不就行了？我的肺好着呢。""就算肺好着，那也会有火灾啊爆炸啊触电啊灼伤烫伤啊急性中毒啊，万一哪天……""别咒人，这类事故永远不会发生在我身上。"鲁明洲还想说服。她说："我就会干电焊，这是我唯一能上心、能干好的工作，就算要了我的命我也不离开。"这样僵持了三个月，大副鲁明洲猛吸一口气就把她吹掉了，几乎同时他在集团的人脉也把她吹掉了，她自然就跟"模范"和"先进"失去了缘分，只能做一个普通工人了。也就在这个时候，打算用自己微薄的工资制造一艘三体帆船的冰箱厂工人骆命好出现在"东方船舶"，并且跟她打起了交道，像是一次意外遭遇，又像是命中注定。

那一天蓝雪正在4号船坞上干活，远远看到有个人来到坞嘴的泊位前盯着一艘正在拼接船体的帆船左看右看，就对工段长说："那个人不是我们厂的，你赶紧派人轰走。""你怎么知道？""我们厂的人都是造船的，大船小船见得多了，不可能像他这样，少见多怪地看这看那，还要趴在地上看看船底是什么样子。再说工装也跟我们不一样，颜色太浅了。"帆船制造公司的新款帆船采用的是钢板混搭铝合金以增加刚度和强度的新技术，很多细节是秘而不宣的。工段长走过去一问,果然不是"东方船舶"的工人,立刻派了几个电焊工连推带搡"请"走了那人。那人说:"我不像你们厂的人吗,哪里不像了?"一个星期后他又来了,戴着"东方船舶"的白色安全帽,穿了件油腻不堪的深蓝色工装,像一个偷懒的工人在船坞边晃来晃去。但蓝雪还是认出了他。那一刻她一手拿着面罩,一手拿着焊钳,站在坞槽里,看了一眼身边的图纸,提醒不远处的徒弟陈丽,她漏焊了一个地方。正说着,就见五十步开外,一个人正在惊讶地看着坞嘴前闸口外的海浪,便觉得有些蹊跷:虽然风很大,浪很高,但"东方船舶"的工人天天面对的就是海浪,谁会在乎它的高低强弱呢?她左右看看,工段长不在,便放下面罩和焊钳,快步走了过去:"喂,你是干什么的?"那人扭过头来:"不干什么,看看。""我们有规定,工作现场不允许外人参观。""我就是咱船厂的,不是来参观的。"那人看着她,突然打了个愣怔,往前走了两步,哈了哈腰,一脸神秘地说,"你眼睛真尖,别赶我走,我是来找人的。""找谁?""你啊。""我认识你吗?""我见过你的照片,你的照片肯定也见过我,所以你一见我就主动过来跟我打招呼。你是'东方船舶'焊接技术的标准,我做梦都想见到你。"蓝雪冷冷地一笑,丝毫没有减少对他的提防:"你找我干什么?""我想造一艘三体帆船,是用来环绕地球,打破世界纪录的,跟普通帆船不太一样,想请你帮帮忙。""你是哪里的?""青岛的。""我知道你是青岛的,说话一口的海蛎子味,你就说你的单位。"他说了,还啰啰唆唆说了他的工作、流水线、家庭、性格、年龄、日常生活甚至一月不到4000块的收入以及他对帆船的喜欢,说了他的豪言壮语:"要是一个人一辈子不想摘星星,那还天天望着星星干什么?"她笑了,眼里的敌意顿时消失得一干二净:"望星星就是为了摘星星啊?""当然。要是我一辈子喜欢帆船,又从来没有过自己的帆船,也没有过大风大浪里的航行,那活着还有什么意思?所以我要环绕地球。从太平洋到大西洋再到印度洋，你每走一步都是乘风破浪，想一想就激动。到了那种时候风浪就是你的上帝，你最不希望的就是风平浪静，因为它会让你原地不动。""噢哟，这么大的志向，太了不起了。"她半真半假半是挖苦半是提醒地说，"人人都喜欢平安无事，你想的却是天天经风浪见世面，人跟人就是不一样。不过嘛……""不过什么？""你是不是活得太舒服了？太有点不切实际了？""你就开门见山地说我神经不正常，说我还没长大、脑残弱智不就行了？冰箱厂的人都这么说，我已经习惯了。""原来不是我一个人这么想。""有句话怎么说来着？走自己的路，让别人去说吧。关键是我先要把我的船造出来。""造什么？买一艘现成的不就行了？""我已经了解过了，目前中国最好的帆船就是你们制造的，我在帆船基地研究过贵厂的产品，又来这里考察了一番，还是不满意，所以就想自己造。""哪个地方让你不满意了？""多了，几十处呢。""我们生产的都是符合国际标准的高规格帆船，用的是最先进的技术、最科学的设计。""那就应该再先进再科学一点。""还怎么先进？你是不是把它当成动力船了？""不会的，帆船我懂，我就是想按照我的标准定制一艘。""你想玩个性，一个用户一种风格，好是好，但定制的帆船不能批量生产，我们接不接这种活很难说。"蓝雪说着就要离开。他噌地跳过来拦在她面前："你还没答应我呢。""答应什么？""帮我造帆船。""我就一个普通工人，说话不顶用，你得去找公司总经理。""肯定会去找，但前提是你先得答应我，你要是不愿意，我也就不在你们这里造了，因为我的帆船首先要坚固，没有世界一流的焊接水平，不可能达到我的要求。""我又不认识你，为什么要答应你。""现在不就认识了！"蓝雪冷然一笑，躲开他，走了，就听背后那个人喊："明天是周日，你上班不？我把图纸拿来给你看看。"她心说歇歇吧，你能画出什么图纸来？一个冰箱厂的工人，挣的差了她好几个档次，居然有这么离谱的想法：自己造一艘三体帆船，用最快的速度绕地球一圈,还要打破世界纪录?真是林子大了什么鸟都有。

不知第二天他来了没有,蓝雪虽然上班,却被1号船坞临时借用,去焊接正在制造中的超级邮轮最复杂的轮机舱构件,等到数百个焊缝全部覆盖了美不可言的"鱼鳞焊",已经是秋天了。秋天的海有一种夸张的蓝,蓝里头透着深邃和繁忙,透着海洋生物前来聚会的信息,水温达到了一年中的上限,从海面往下30米成了生命过往的大街小巷,有交配和繁殖的,更有奔逃和掠食的。"东方船舶"没有渔网拦截的水域里,常常有大鱼跃出水面,秋空笼罩的海洋泛滥着蓝色,也泛滥着自由。她回到4号船坞的第一个周六上午,就看到那个人兴冲冲朝自己走来。好像不存在她对他的冷淡,好像他跟她认识了许多年,今天的见面不过是一次普通的践约,好像她已经答应了他的请求,准备好为他的帆船焊接所有的缝隙。他一见她就说:"图纸我天天装在身上,就等着你回来,请你过目呢。我已经跟你们总经理说好了,等你看过了图纸,我就去交定金。"说着从一个纸袋里拿出图纸,打开,摊在了她面前的一摞钢板上。她愣愣地站着,半晌才说:"你要干什么?绑架啊?""你说绑架就绑架,完了我再给你磕头作揖。反正我是豁出去了,只要能把帆船造出来,怎么着都行。"她吃惊他的执着,更吃惊他的糊涂:"我又不是工程师,也不是技术员,就是个电焊工,看你的图纸干什么?再说我也看不懂。""我听说一个好的电焊工就是半个工程师,你比技术员都强。""谁这么说你去找谁看图纸。""可我是冲着你来的,你不看看怎么行?""我有义务给你看吗?一大堆活等着我,没时间跟你叨叨。"说着她拿起面罩和焊钳,顺着"之"字形的阶梯走下坞壁,去了深槽内的作业面。一上午,她完成了一艘帆船的船体焊接,配合装配工完成了舵把、舵叶、舵盒和稳向板的安装,疲惫不堪地走上阶梯,到水泵那儿洗了手和脸,正要去食堂吃饭,就见那人拿着图纸,端着盒饭坐在船坞边摞起的浮力袋上。那人一见她就起身过来，把手里的盒饭递给了她："听你们食堂的人说你爱吃小炸鱼，我买了双份。""你自己吃。""我吃过了。"她不接盒饭，一边绕开一边说："你怎么还没走？""就等着你看图纸呢。""别浪费时间了，我真的看不懂。"他转身过来挡在了她面前："看不懂的地方我给你讲。""既然你什么都懂，还要别人看什么？""看看吧，姐姐，我保证你从来没见过这样的设计。"这一声哀求让她的心不禁一软，叹口气说："你这人怎么这么难缠。"心说那就看看吧，他也不容易，何必要让人家扫兴。她接过了图纸却回绝了盒饭，把图纸举在面前，站着看起来，一看就放不下了。几分钟后，她坐在浮力袋上，一边研究着图纸，一边慢腾腾吃着盒饭，问道："这张图纸别人看过没有？""没有，你是第一个。""为什么不给我们总经理看看？""我担心他一看跟你们的设计不一样，就一退六二五。""应该不会吧，他迟早会知道的。""等造起来，再让他知道。""那不可能，下料派工做生产计划，都得根据图纸的要求。"她想到的是这张图纸绝对不应该流到别的船舶公司去，它比传统的三体帆船改进了好几个地方，改进得是否合理，需要工程师的审查和计算，但凭她的直觉，除了外形更加美观，至少还有一个优点：两层轻型玻璃钢的夹层内加上薄钢板的分段和分形衬里，抵抗断裂和变形的能力增加了不止两倍，构件的重量却又是只降不升的。要紧的是焊接，因为不光要把分段分形后的小块钢板焊接成一个整体，还不能有一点点的裂边、咬边、满溢和瘤出，但也不能因此就塌陷、内凹和焊不满，这对电焊工的要求极高，焊功不高的人拿不下来，怪不得他要死死缠住她，他知道焊接技术的标准和不标准是大不一样的，看来他还不是一个在任何事情上都异想天开的人。她琢磨着，心说就算图纸很优秀，她也不能答应他，因为她没有这个权力。研究图纸和吃盒饭同时结束，她说："你去找总经理吧。""你答应帮我造船了？""别这么想，你也是工厂的，应该知道工人都是派什么活干什么活,自己没有挑选的余地。"

她离开了他,走下坞壁,去作业面上继续焊接船体,一下午都在想那张图纸:他肯定参考了国内外几乎所有的三体帆船,还要加上他和别人的驾驶体验,不然他不会知道哪里需要改进哪里不需要。他为什么会把主桅杆前移20公分却又把主帆升降索设计在后面?为什么会在主船体和两个侧船体上都设置驾驶座和全套的操作设备?为什么会在舵叶和稳向板上设计可以开合的条形孔洞?为什么三船共用的甲板和船边的栏杆是分离的,在人为调节甲板倾斜度的时候难道船舷还能保持自然水平?对图纸的疑问明显影响了她的焊接速度,一下午过去了,五个厚度比较大的焊缝只完成了三个,另外几个小焊点也让她不满意,补焊了几处才算过关。她摇了摇头:明天就不能这样了,他造什么船跟我有什么关系?我又不是他的亲戚。图纸再好,也得领导和工程师认可,我操哪门子心?她走上船坞,要去水泵那儿洗手洗脸,一晃眼看到那人呆呆地站在不远处,就走过去问:"你怎么还没走?我们都下班了。""我找过你们总经理了。""他怎么说?""他说就像盖房子一样,一户一型是可以的,但要是按照用户的图纸造船,必须事先签个风险合同,使用过程中万一出了事制造单位概不负责。我说这个自然,有了问题肯定是设计者担待。""那就交定金签合同呗,还犹豫什么?""交不了,一张口就是5万,然后每半个月续交5万,直到四个月以后帆船造出来,试航成功。""怎么这么多?""就还是你说的,不能批量制造,一旦用户反悔,材料和人工的损失会很大,所以就等于是看钱下料,我一个穷工人,还要养家糊口,哪有那么多钱,最多只能拿出一万八。我守在这里就是想告诉你,你等着我,这个船我是一定要造的。"她明白了,这个人根本就造不起一艘一流的三体帆船,敷衍着说:"好吧,我等着。"心里不免有些遗憾:可惜那个设计图纸了。"不过我还是劝你一句,一定要量力而行,有些事只能想不能做，人还是脚踏实地的好。""太对了，我要是不脚踏实地，也不会来这里婆婆妈妈，早就去造火箭造飞船了。""其实花几千块钱，买一艘普通的帆船，就在青岛的海边玩玩，也挺好的。""你说的不是我，我叫骆命好，拜托你记住这个名字，再记住我是三体帆船'远方号'的船长，不是随便玩玩的。"说着转身就走，很生气的样子，不知是冲着自己的窘迫，还是冲着帆船公司的高额定金，抑或是冲着她的好意规劝？蓝雪望着那人被海风扑打的背影，不禁有些恻隐，突然"哦"了一声，又"喂"了一声。"哦"是因为她想起自己不能白吃他的盒饭，应该把钱给他，"喂"是因为她想喊住他，说几句安慰的话。但是风在呼啸，浪在喧哗，他没听见，大步而去，很快就远了，不见了。她想追过去，又犹豫着没有迈步，只是把一丝同情、半点歉疚留给了自己。

　　骆命好很长时间没有来，她也就渐渐把他忘了。但生活中那些值得怀念的瞬间总是出现在惦记之外。那一天，不期而至的大姨妈让她撂下手里的焊钳，快步走向了厂门口，厂门口除了"船长超市"，居然还有一位真正受到自封的船长。"你是那个……""骆命好。""你怎么在这里？""等你啊，每个周日我都在这里等你。""啊？你怎么不进去？我很少从厂门口进出。""你是不是住在里面？""是啊，有时候也回家，但是不走旱路走水路，坐工作艇穿过海湾，在对面的集装箱码头上岸，走20分钟就到家了。""这个我没想到。""你等等，我就来。"她说着，疾步走向了超市。等她从超市出来时，他已经在旁边的饭店给她买好了盒饭："这里没有小炸鱼，只有炸蛎虾，不知道你爱吃不爱吃，买了两份。""你怎么不吃？""我吃过了。""还不到中午就吃过了？"他咽了一下口水，点点头。她接过盒饭问道："你找我干什么？快说，我还有活呢。""我这样想，能不能把图纸卖给你们公司，不用给我钱，让你们总经理别收定金，少收造船费不就行了。关键是得有人证明我的图纸是目前领先世界的三体帆船设计。我觉得你那天看得挺仔细，你能不能证明一下？""挺香的。"她闻了闻盒饭说，"你的想法倒是蛮好，但我一个电焊工没多少权威，最多敲敲边鼓，要给你的设计打分，必须找我们公司的工程师。""找哪个工程师，什么时候找？他们不会像你一样周六周日也上班吧？干脆这样，你帮我找，你人熟，知道找谁最合适，免得我乱找一气还找不到点子上。"她想了一会儿说："你把图纸给我，我找余工试试，估计问题不大。"他毫不犹豫地把装图纸的纸袋交给了她："什么时候给我回话？""你什么时候再来？""最快也是下个周六，工作日出不来，得请假，要搭上全勤奖的，320块呢。"她把盒饭还给他："你骗我，你肯定没吃。""我说吃了就吃了。"她一笑："我忘了，'东方船舶'的食堂今天是免费用餐日，一个月就一天，你正好赶上了，要不跟我去食堂吃。""不了，我得赶紧回去。"

蓝雪估计错了，余工研究了一晚上图纸后，反馈给她的信息是：不是什么人都能设计帆船，尤其是三体帆船，复杂着呢。看着有不少创新，但都经不起数学的检验，很多参数是错的，风推、水阻、船行和三体重力的组合，都不在一个水平线上，差不多是一张废纸。当她在周六的4号船坞边把图纸还给骆命好时，一连说了好几声"对不起"。他感到很意外，半天没回过神来。她说："我能看懂图纸，但不会计算，过于乐观了。""你们公司又不是一个工程师，再找别人看看呗。""余工是帆船行业的专家，我们帆船公司的首席设计师，他否定的设计不会再有人说好。"他死僵僵地立着，就像一面出现筛洞的帆，呼呼地露着风，失去了牵引船体的动力。她遗憾地叹口气，不知道怎么安慰他。他突然"哎哟"了一声说："不该啊不该。"她没听明白，到底是图纸不该错，还是他不该来这里？看着他转身离开，就举起了手："再见。"他突然浑身一抖，又拐回来，朝她深深地鞠了个躬："多谢了。""不客气，让你抱了那么大的希望，什么忙也没帮上。"他抬起头，望了一眼不远处的海，泪水便哗啦啦流了出来。能够想象一个权威工程师的否定对他的打击有多大。他踽踽跚跚朝前走去，好像转眼就老了。鸥鸟们尖叫着，跟在他的身后掠来掠去，像是给他不如意的人生打着缓慢的节拍。潮浪正在退去，裸露的滩涂上，黑色的湿地闪着不肯渗漏的白光，贝壳灿烂。她望着他，也望着在他腿边晃来晃去的纸袋，后悔地打了自己一下：我怎么这么不吉祥？不找余工就好了，就算坏消息迟早会找到他，也不能由我来传送。

　　深深的惋惜持续了半个月才消失，消失的原因不是不想了，而是想得更多了，或者说更多的内容变成了不平和愤懑：有一天，在焊接一艘紧急上马的准备批量生产的三体帆船样板船时，她看到了在骆命好的图纸上看到的所有改进，吃惊地坐在焊缝前半晌没起来，起来后就去打听：谁是这艘三体帆船的设计人？都说是余工程师余湘子。余湘子怎么能这样？这是贼的行为难道他不明白？偷了钱是犯罪，偷了人家的智慧呢？岂止是偷了智慧，他还偷走了一个人的精神寄托，偷走人家的前程未来。蓝雪开始琢磨要不要告诉骆命好，然后作证揭穿余湘子。想一想又觉得不妥：这是要得罪人的，而且得罪的不光是余湘子，说不定还会有帆船制造公司的总经理和"东方船舶"更大的官。可要是就这样默认了，等于她跟余湘子联手欺骗了骆命好，而且她的作用更重要，因为是她引导对方一步步走进了骗局。

　　不知道怎么办的时候，蓝雪想到了一个人：1号船坞的李昂。他比她只大了两岁，却已经当了三年工段长，能干不说，还特别义气，跟她关系不错，经常借她去焊接一些结构复杂的焊件。在那艘即将竣工的超级邮轮甲板上，李昂停下对收尾作业的指挥，小声对她说："你没有揭穿是对的，余湘子这人虽然不怎么样，但他也算是'东方船舶'独当一面的设计骨干，集团肯定会保他，到时候大家都不承认剽窃，把你孤立起来你怎么办？再说那个骆命好的目的是造一艘自己的船，而不是维护知识产权，你们即便告状告赢了，目的也达不到，何必呢。""可要是不揭穿余湘子，他的目的更达不到，我也会觉得亏欠了人家，心里天天不舒服。""等你们公司把他想造的帆船造好了，再让他买一艘，同样也能帮助他实现目标。反正对他来说，造船和买船都得花钱。""他根本就没有钱，造不起也买不起。我就是想给他讨个公道，让余湘子这种人知道，一个人的地位和知识不是用来胡作非为的。"李昂冲几个安装甲板设施的工人喊了一声，跑过去告诉他们，起锚机和舵机的距离至少要保持五米，不能靠得太近，然后又回来说："你这么做没有意义。""那怎么做？""最有意义的就是帮他把三体帆船造出来。""你怎么跟骆命好一样，尽说些不着边际的话，我一个普通工人怎么能帮他造船？"李昂一笑："你听我的就能。"他说起超级邮轮交付使用后1号船坞的生产任务：为一家外国公司制造一艘超大型的世界顶级豪华邮轮"运河号"。"这艘邮轮配置有轮载帆船，十艘单体帆船和两艘三体帆船，帆船可以购进，也可以自己建造，我们争取自己建造，就按照骆命好的图纸来。""就算造出来，跟他又有什么关系？""有个理由可以变得跟他有关系。体现新思路新技术的轮载帆船必须通过试制和试航才可以进入配置，我们先给用户也就是你说的这个人试制一艘，如果船的设计者恰好又是一个对驾驶帆船有经验的人，那他就应该是参与试航的最佳人选。他不是要环绕地球吗？从这里出发，走就是了，要是大功告成，就等于给'东方船舶'冒险做了一次广告，要是失败了，我们就悄悄的。他做广告当然不是免费的，因为船已经归他了。'东方船舶'偷了他的图纸，他得了一艘免去制造费的三体帆船，持平了不是？谁也不欠谁的。"她眨巴着眼睛说："我怎么觉得还是有点悬，他肯定也不踏实。""因为你不在1号船坞，不能参与制造，甚至都无法看到。"他喊起来，"起锚机偏了偏了，出锚链的那头再往绞车跟前靠一靠。"又对蓝雪说,"我的意思你明白了吧?"她摘下安全帽,拢了一下乌黑的头发说:"原来你的重点在这里?"他笑着点点头:"你来我们1号船坞上班,调人的事我去运作。"4号船坞原先是制造公务艇、旅游艇、巡逻艇、拖轮和清捞船等一些中型船舶的,后来改为帆船制造公司的专用船坞,她也就留在了那里。李昂好几次想把她调来1号船坞制造大型船舶,一再地说造大船才是造船工人的梦想,大船是雄伟的森林,帆船只是一片叶子,不能比的。再说你个人,用制造太阳的技术去干点燃蜡烛的活,有点太浪费了吧?她认同他的说法却没有动心,说我很少做梦,偶尔做一次,梦见的也是一些大小均匀的焊缝,焊缝没有区别,大船小船都一样。其实真正的原因是:帆船制造面对的是许许多多的个体,灵活机动,常年不闲着,效益好,奖金高,大型船舶一造就是几年,每天的工作量和工资额差不多是固定的,万一遇到没有新项目可上的冰冻期,还会封坞停工,而且一停就是一两年。世界上的事就是这样:好听的不一定实在,实在的未必好听,就看你图什么了。她不是一个贪图虚荣的人,她喜欢钱。

蓝雪犹豫着,对骆命好的亏欠感和急于有所补偿的心情并没有让她丢开对工资的在乎,她还是习惯性地想到了拒绝,尽管在"东方船舶"的任何岗位上她的收入都足够用来养活她自己,至于她的母亲根本就不用她管,作为"东方船舶"的老油漆工,母亲有一笔能确保自己吃穿不愁的退休金。她说:"我再想想。""想想吧,这是我的条件、你的代价,咱们应该互相成全不是?还有一点你必须告诉他,试制的三体帆船只能免去制造费,也就是说工人的工资和能耗不用他出,但材料费必须由他自己承担,我们想出也做不到。船坞要跟材料库打交道,出库入库都有详细记录,甚至能细到一毫米钢板成本计算的小数点,一点弄虚作假的余地都没有。"她皱起了眉头:"说了半天他还是造不起啊。""要是还造不起,那就只能……""不造了?看来我白跑一趟。"他得意地"呵呵"一声:"我是个推三阻四没有主意的人吗?你先说你想不想来。""你先说主意。""不行,这次你得先说。"她望着不远处的海,呼吸着海的气息,似乎想让自己也有一点海的心胸:钱就那么重要?可要是钱不重要,人活着还有什么意思?辛辛苦苦做一个工人还有什么价值?蓝雪我问你,如果没有高工资,你会把焊缝焊成艺术品——像鱼鳞的,像水纹的,像玻璃的,像画上去的,像最完美的钢铁肌肤不留丝毫衔接的痕迹?不好说,也会也不会。因为她是个似乎干什么都能干成第一流的人——洗第一流的衣服,干净、柔软、不发乌、不起球;包第一流的饺子,馅大、皮薄、匀称、好看如雀;煮第一流的鸡蛋,不嫩不老,少一次沸腾则稀,多一次沸腾则硬,一个不破,还能轻松剥皮;切第一流的西瓜,每一牙都是另一牙的翻版,而且宽窄适度,刚好能一口咬下,不会碰湿下巴和嘴唇。她的准则是:要么不干,要么干好;如果觉得自己干不好,那就坚决不干。所以她坚决不干的事有很多,包括不来1号船坞制造大船。船再大,也是别人的,属于自己的只有钱。但是现在,钱好像变了,变得有些模糊不清了,闪闪的光辉里掺杂了丝丝缕缕的暧昧,已经不像从前那样雪亮如灯了。骆命好在请求她帮他造船的同时,似乎还软化了她在判断好坏时一贯具有的斩钉截铁:他未必是错的,虽然并不等于他一万个正确。模棱两可的对待中,除了他还有自己:一个穷得一顿买不起两个盒饭却妄想着环球漂流的人,面对着一个每天有能力消费至少50个盒饭却还是想着盒饭比自己做饭贵了许多的人。她突然意识到:他除了没有钱,大概是什么都能干的。那么她呢?她除了热爱电焊和能拿到一个电焊能手让普通工人羡慕得要死的工资还能干什么?一个原本务实去华的人第一次有了拥抱虚幻的冲动:既然能挽救为什么不挽救?你不是一个冷血动物,对李昂说声"想去",就能死掉吗?既然不能，为什么不试试？她嗫嗫嚅嚅地说了声"那就听你的"，发现自己并没有死掉，反而愈加活泛了。李昂高兴地说："那你就回去等通知，很快的。对这艘超大型的世界顶级豪华邮轮，投资方的要求很严，仔细到不能有一处未焊透，也不能有一处未焊满，比电焊技术的国际标准高出了几倍。中国是首次造这样的船，还没开建，集团的重视程度就已经超过了马上就要竣工的这艘超级邮轮，我提的要求基本都能答应，何况不过是从本集团调一个电焊工过来。对了，还有哪个焊活干得漂亮的，你也可以带过来。""那就陈丽吧，小姑娘挺有灵性。""是耳东陈吧？我记住了。""你还没说主意呢。""别急，我给你看。"他指着船坞前面靠海的泊位说，"见了吧，那儿有一艘游艇，好像准备启航远游的样子，其实是一艘被风浪打翻过的事故船，船主被鲨鱼吃掉了。是我带人从20海里之外拖回来的，除了船体是八成新的，舣楼和机械设备全部损坏。他要是把它买下来，制造三体帆船的钢材就有着落了。""他怎么买得起？""很便宜，就是个废铁钱。钢材解决了，制造费不用掏，剩下的就是玻璃钢和一些配置，再奢侈也超不过10万。""对他来说还是太多了。""我说的是最多，说不定五六万、六七万就能拿下。"蓝雪欣赏地望着李昂，就像望着一个自己刚刚完成的焊接点，满足地嘿嘿笑了。

　　四天后蓝雪来到1号船坞上班，做的第一件事就是寻找骆命好。她先在船坞办公室给冰箱厂打电话，打通了收发、销售、一车间、二车间，甚至总裁办公室，就是没有一个人愿意把他叫来听电话，或者把他的手机号告诉她，都说没联系，不知道。这大概也是真的，不是推脱。一个整天想入非非不爱冰箱制造的冰箱厂工人，一个只走自己的路，不管别人怎么说的神经病，又有谁会把他当作自己人看待呢？她只好请假，去了一趟冰箱厂。冰箱厂很大，保安不让进大门，说是厂里有规定，上班时间工人不能会客。她只好在门口等着，一直等到下班。厂门突然大开，工人蜂拥而出，有骑摩托的，有骑自行车的，更有步行的。她看着看着就花了眼，生怕漏掉，便大喊起来："骆命好，骆命好。"有人从后面朝她跑去："蓝师傅，怎么是你？"她扭头一看："哎呀，终于见到你了。"然后把一个盒饭塞给了他，"不知道你爱吃什么，买了一份炒蛤蜊肉、一份八带烧。"他双手接过盒饭，盯着她问："我是不是有救了？""这个我不知道，但你的三体帆船是有救了。"然后隐瞒了余湘子的剽窃把经过大致说了一遍。骆命好高兴得跳起来，"噢耶"一声把盒饭扔向了半空。他想接住，结果盒饭开了，饭和菜雨点般洒下来。他拉着她赶紧躲开，却淋在了那些匆匆路过的下班工人身上。"你神经病啊，骆命好？""我们厂怪了，还不开除这个彪子。""biang的，你赔我的衣服。"有人过来，扒下他的工作服，使劲擦着自己身上的饭渍。骆命好不理他们，问蓝雪："什么时候开始？是不是还得有个剪彩仪式？你剪还是我剪？"

  三体帆船"远方号"和那艘超大型世界顶级豪华邮轮一前一后开始建造。"远方号"蹭着豪华邮轮，似乎也有了一个剪彩仪式，只不过在"远方号"即将升起的坞槽里，仅有骆命好一个人。因为不是周六周日，他是请假出席的，一个非比寻常的日子，他豁出去了，320块全勤奖不要了。当礼炮随着建造豪华邮轮的"第一焊"响起来时，他剪断了拴在坞槽间的红布条，面对涨潮的海大声说："三体帆船'远方号'开建了。"浪水扑来，海鸥飞来，轻风吹来，小螃蟹爬来，海蟑螂跑来，都成了出席仪式的嘉宾，还有云彩和阳光——本来天上只有云，蓦然之间，随着剪刀"咔嚓"一声，阳光穿透云雾直射而来。但最重要的嘉宾还不是以上各位，而是一只斑海豹，它乘风破浪来到"东方船舶"，依偎着礁石，用带着童真的黑葡萄一样的眼睛静静地望着骆命好。他兴高采烈地跑了过去，张开双臂想拥抱它。斑海豹倏忽一闪不见了，疯涨的潮水"哗"一下扑过来打翻了他。他在浪峰前爬行，蓦然看到一只手朝自己伸来,便一把拽住站了起来。蓝雪来了,大声说:"你没见过海啊?"他说:"没见过,真的没见过,浪峰不是山峰,从来不会重复出现,每天看到的都是新鲜的。"他们一起来到那艘船体八成新的游艇上,用一根粉笔画好了拆卸船体的线路,也算是开工了。

2

接下来的日子,蓝雪变得十分忙碌。作为豪华邮轮电焊一班的班长,她不光要完成自己的焊接定额,还得检查、督促、指导别人,稍一疏忽就得重来,标准真是太高了,几乎天天都有返工的活。她每周造五天邮轮,造两天帆船。造帆船的日子被她安排在周六和周日,她不会带班过来,只带着陈丽和另外一个能干的徒弟,从天亮忙到天黑。忙活了一段时间她就发现,包括自己在内的所有工人,最能干的应该是从来没造过船的骆命好。骆命好自然是天天都来的,他不仅对自己的图纸有一套独特的解释和要求,更有超强的动手能力,电工活、管工活、钳工活、漆工活、打磨工活样样都会干,不久又跟着她学会了焊接,就更显得是个举足轻重的技术大拿了。这让蓝雪一再感叹:冰箱厂真是有眼不识泰山,如此聪明能干的一个工人居然被他们开除了。他说:"开除的事你千万别说出去。""怕什么?这里又没有你认识的人。"他一想也对,那就随便说吧。他最怕的是让儿子骆横知道,但儿子纵然有人类最灵敏的听觉,也无法隔山隔水地听到"东方船舶"的声音。从游艇上拆下来的钢板足够三体帆船用的,钱是省了,但工作量却是加倍的,因为还需要打磨除旧,需要送往"东方船舶"的铸造车间拉薄整形甚至熔铸再造,然后才能通过切割和焊接组成船体。钢板的切割和焊接分量很重,要求也高,必须分段分形地镶嵌在两层玻璃钢的夹层内，不能有丝毫的走样和焊条熔液的凹凸。造船的进度慢得就像老牛拉车，时间却快得如同电光石火。有一天骆命好说："我们已经吃了你26次饺子了。"蓝雪问："你还记得数字？""是我儿子记住的。"再忙再累，她周末晚上必然回家，周六早晨返厂，总是带着两饭盒饺子，那种麻雀一样带花纹的鲅鱼饺子，一饭盒是自己的，一饭盒是给他的。他没有一次吃掉，总要带回家去，理由是家里有辣椒有好醋。后来才知道，就因为喜欢帆船，他把自己搞得比她想象的还要惨：不仅失去了工作，也失去了妻子，饺子是留给儿子的。每次给他饺子，他都不会拒绝，只会连连鞠躬："谢谢了，蓝师傅。""哟，几个饺子算什么？"她是个很节俭的人，却不抠门，一饭盒饺子的确不算什么。

眼看着三体帆船慢慢成形了，他就一再地说："快好了，快好了。"却好像怎么也好不了，不是斜撑杆不达标，就是帆插片不合格，一会儿又是斜拉器没装好，或者前帆缭忘了订货——"东方船舶"是不生产缭绳的，必须经由材料库统一采购。后来又发现最最重要的前帆和主帆厚度不够，尺寸也小了五公分，必须重新定制，她就又给材料库打电话。材料库的人说："你们还是来人当面说吧。"他拔腿就走。她一把拽住说："我去。"她知道不是打电话不管用，而是交上去的材料费用完了。骆命好已经不是冰箱厂的工人，哪里还会有钱？她替他交费的日子早就开始了，只是没告诉他而已。"远方号"需要的前帆和主帆比较特殊，厂家是一对一制作，又贵又拖延。他不止一次地望着不远处正在隆起的豪华邮轮说："大船都造得可以远航了，我们还在这里窝着。"蓝雪说："那边有几百个人，光工程技术人员就有五六十个，两座龙门吊和两座塔吊同时运作，还不算别的机械。"有一天李昂过来探看三体帆船的进度，吃惊地说："这么快，都快造好了？"骆命好说："快吗？我觉得慢死了。"李昂说："这就是相对论了，没有一个人会跟别人在同一个时间同一个地点关注同一件事，关注的曲线不一样，结论就大相径庭。从我的角度和'东方船舶'的标准来衡量，还是挺快的。相比之下，邮轮的进度就慢多了，主体才完成了六分之一。"

终于前帆和主帆到货了，安装的时候又发现图纸标定的改进部位有几处做的不够理想。蓝雪抱歉地说："我毕竟不是工程师，不会算，就凭经验，经验还是太少了。"骆命好说："怎么能怪你呢，都怪我，我是第一次造船，想着这个忘了那个。"他们又用半个月时间重新做了一遍，完全满意后才开始下闸分离，也就是在偌大的1号船坞中隔出十分之一，然后注水下船，去海浪中测试。测试的时候李昂也来了，三个人在船上工作了一上午，结果还不错。蓝雪说："平稳性能、耐波性能基本符合标准，快速性能也不错，需要修正的是驾驶座的舒适度和调节甲板倾斜度时的灵活性，再就是主帆升降索太靠后，应付急浪有点不方便，舵叶和稳向板上可以打开的条形孔洞封堵不严，弱化了闭合功能。"虽然三体帆船的改进部位是她第一次遇到，但她在4号船坞当过两年出厂帆船测试组的工人代表，这方面是在行的也是严格的，还掺杂了她对十全十美的追求。骆命好佩服得连连作揖，完全同意她的修正方案。她对李昂说："再有四五个工作日，'远方号'就能完工，我就简单了，不用两头跑了。"骆命好说："到时候咱得庆祝一下，我买一瓶香槟酒。"她说："多贵啊，啤酒就可以。"李昂说："既然是庆祝，还是香槟上档次，我来买。"

然而蓝雪还没有来得及动手修正不足，李昂也没有来得及买那瓶香槟，三体帆船就被骆命好开走了。开走的前几天他说："周二周三你能不能过这边来？别等到周六周日了。"她说："不能，我工资不要了？邮轮的活是计件的，再说我还管着一个班呢，所有人的活我都得过目。"本来他一个人也能修正，进度慢一点罢了。但制造"远方号"

的地方已经注水，必须调来水泵抽走，恢复成原来的干船坞。这件事得她去协调，他是外面的人，做不了。她不知道他紧急起航或者叫偷偷开溜的原因是去寻找郭翔，还以为他是等不及了，或者是为了钱——他大概已经猜到她为他垫了不少钱，而他是还不起的，干脆一走了之，反正需要修正的又不是关键部位，不影响他的漂流远洋、环绕地球。真的不影响吗？她连连摇头，海是无边无际的，又是风急浪高的，情况瞬息万变，有一点点不周到就可能船翻人亡。他开走帆船时选择了夜深人静，也选择了风向和风力，查查天气预报就知道，那一夜的风至少有6级，正好可以把"远方号"迅速吹向远海。谁也没有发现他，就算发现了又能怎么样呢？你只知道有个目标吸引了你，并不知道你应该告诉海事部门把它追回来。她把带来干活的徒弟打发回去，一个人在制造帆船的坞槽里待了很久，懊悔地想：怎么就没想到他会提前开走呢？这几天晚上加个班就好了，虽然不能盯着他把钱要回来，但心里总是踏实的，成就感总是会有的。她帮他造了一艘前所未有的三体帆船，优秀得没有半点瑕疵，完美的布局、完美的焊接、完美的配置、完美的造型。就为了这完美她不光搭进去了平生所学的全部技术，搭进去了那么多时间和精力，还搭进去了6万多块钱。"这可不是个小数。"她对自己说着，想痛悔地做一个咬牙切齿的动作，却怎么也做不出来，突然意识到她待在这里的原因并不是恨恨不已，而是恋恋不舍：这样匆忙的告别，不像是他做出来的，他和她都不是无情无义的人，万一一去不归了怎么办？直到中午，她才回去，饭都没吃，就开始拼命干活。以后的许多日子，她都是这样，埋头在豪华邮轮上，拼命地焊那些似乎永远焊不完的钢铁。她很少说话，甚至都不会去履行一个焊工班长的职责——检查、督促、指导别人的焊接，质量要绝对达标，但又不能太慢，必须保证进度。有一次李昂问她："你是不是觉得你交友不慎，遇到了一个骗子？"她拿开面罩，仰头瞪着他，认真地说:"他不是骗子。""那他是什么,就这样不辞而别,溜之大吉?他到底欠了你多少钱?"她从来没给任何人说过钱,但是李昂猜到了。她摇摇头:"没欠多少。""不可能,我能算出来。""你能不能不管这事?反正也没给咱船坞造成什么损失。""图纸呢,他带走了?""没有,一直是我拿着。""那就好,要不然我还得去找余湘子,用他的图纸就得给他使用费,邮轮的成本就又高了一点。""那我出了图纸,是不是也得给我使用费?"她说着,不等回答就低下头,用面罩遮起自己,紧握焊钳在钢板上点了一下,立刻有火花滋滋地冒了出来。她知道那是不可能的,帆船和图纸的交换已经生效,并不会因为她的额外付出而不作数。

豪华邮轮的建造又持续了两年多。蓝雪把她的焊接艺术几乎分布到了所有关键的部位,各种形状的钢铁加上牢不可破的钩心斗角,似乎整个船世界都是被她用一双巧手连接起来的。一艘船就是一座城市,尤其是超大型的船舶比如豪华邮轮这样的,当它一点点变大长高,宏伟壮阔得让你不敢仰视时,你会觉得你是一个奇妙的孕育者,是无中生有的那种孕育,让匪夷所思的鼓胀呈现出一种遥远的传说中的神迹。但立刻你又会觉得自己万分渺小,渺小得几乎没什么用处,因为你时刻面对的还有一个庞然大物,它也是人工制造,却似乎跟人跟你毫无关系,你只是它的一把行动的铁钳、一个固定的螺帽、一滴飞溅的焊花。它才是创造神迹的保姆,是真正的孕育者,它就是船坞。1号船坞长786米、宽97米、深10米,有1.6米厚的混凝土承重板和70米宽的水线,是建造5万吨以上排水量的大型船舶的专用船坞。架设在船坞之上的是主梁跨度172米的大型龙门吊,它有四个吊具,滑动在几乎跟船坞同样长的轨道上,一次次把巨大而沉重的设备吊运到预定的位置,如果需要,它甚至可以一次吊起1800吨的整体船舱。整个船坞的规模能够同时制造两艘世界上已经有过的巨型船舶,包括满载排水量接近20万吨的超级货轮。蓝雪就在这样一个地方送走了豪华邮轮,迎来了一段空闲的日子,然后就抑郁了。生理方面的原因不是很清楚,心理的脉络却还是有迹可循:那些天她想了很多事,想到了再也没有音信的骆命好和"远方号",想到了为别人做了嫁衣的6万多块钱,想到了母亲的唠叨——该找了,该找了,再不找就晚了。她自己也这么认为,可问题是找谁呢?她接触过的男性只有三个:浮船坞的大副鲁明洲、工段长李昂、船长骆命好。鲁明洲跟她分手后已经结婚,李昂的对象是"东方船舶"设计部的技术员,骆命好比她大了太多,又是个痴心妄想的人。也就是说到目前为止她还没有接触到一个让她觉得有必要死心塌地跟他处对象的男性。更重要的是几乎不做梦的她做了一个不该做的梦,真实得就像她亲眼所见,刻在脑子里挥之不去:"远方号"翻了,他死了,一个铺天盖地的大浪遮蔽了一切,接着就是鲨鱼攒动,血水泛滥。灵魂上天的时候他说:蓝雪我告诉你,事故的原因就是那些来不及修正的缺憾。她的悔恨再一次激浪般翻腾起来:他用那么恳切的眼光望着她说,别等到周六周日了,早点修正吧。而她却断然拒绝,工作的计件、薪酬的重要蒙蔽了她的眼睛,使她看不清他的内心,那里有忧急、有倚重、有希望,还有深深的深深的懊丧。她越想越觉得是自己的粗心和自私促成了他的猝然离去,她忽略的不光是他的志向、他的心急意切,还有他的一生,简单说就是她杀害了他。她没有怀疑过梦与现实的零距离,因为一开始她就觉得他走的是一条不归路,只是没想到他的命是她断送的。黑暗的惨别、凌厉的寒凉、厚重的绝望,突然踢开她心灵的门廊,带着呻吟穿堂而过。

  抑郁的爆发便是义无反顾的自杀。那一天,她坐着高速工作艇,穿越海湾,走向了集装箱码头。过去她经常被船坞派往码头,帮助对方解决一些吊机和其他设备上的高难度焊接,自从去了1号船坞开始造大船后,就再也没派过她。现在又开始了,因为她闲着,不派她派谁?干完活她回了一趟家,告诉母亲:接下来的五一长假船坞加班,她不回来了。然后吃了几口饭,趁着天色未黑,又原路返回,来到海湾乘坐工作艇。工作艇大部分时间停泊在"东方船舶",因为是连接"东方船舶"跟集装箱码头的专用船,两个单位的人不管谁打电话要求摆渡,就都会过来。20分钟后她出现在"东方船舶"的女工宿舍,感觉好像来来去去都是兜圈子,其实是原地不动的,因为宿舍后面的墙那边就是集装箱码头的堆场。她叹了一口气想:人跟人的区别又在哪里呢?最终都要回到原点,不过就是有的早有的晚,有的自愿有的被迫。她在宿舍里洗干净了自己,又梳了头,换了一套崭新的工装和一双平时舍不得穿的白色高跟鞋,躺在了床上。床头柜上的杯子里已经倒好啤酒,一瓶安眠药也已经打开——它维持了母亲近十年的睡眠,如今又要帮助另一个人走向永恒。七天长假,足够她用这种最温和的方式了断自己,只要她不走出去,就不会有人来找她,船坞上的人会认为她回家了。她没有犹豫,按照早就计划好的,分三次吃完了一瓶药,啤酒的帮助让自杀变得轻松而愉悦。不错,她是愉悦的,再也没有烦恼、郁闷和沉痛了。她知道在外人看来她的选择简直莫名其妙,没有任何理由,也没有任何征兆。但在她心里,呼啸的风暴、苦涩的雨雪早已经重复了无数遍。一个夏天的永别就这样发生了。

但永别的企图带来的并不是永别的结果。刚才说了,她的宿舍后面有堵墙,墙那边就是集装箱堆场,经常有人从墙上翻来翻去。但这一次,随着黎明的来临,翻墙而来的不是人,而是一阵音乐,是小号如梦如幻的吹奏。她在沉睡,自然是听不见的,但这并不意味着音乐不会进入她的耳朵,好像她的耳朵从来没听过音乐,乍一听到,鼓膜就有些受不起的颤抖,而且越来越厉害。惊异莫名的颤抖按照音乐的节奏迅速传进了大脑,本能地挑战着中枢神经的麻痹和思维的静止。也许是音乐太好听太响亮了,也许还有海风的帮助,聚拢起突如其来的旋律直贯她的耳道，也许她在死前需要更多的氮气和氧气，各个部位所有的细胞都需要氮气和氧气，而氮气和氧气是声音的媒介，是运输音乐集装箱的轮船，一瓶安眠药居然不抵小号婉转的吹奏，不抵音乐在时空里的自由行走。她醒了。死而复生的她愣愣地望着房顶，还无法意识到，不是上天不接纳她，而是音乐和聆听需要她，她不能就这样离去，一种因振动而产生的物理现象并没有征得她的同意就把她从死亡线上拽了回来。骆横第一次登上集装箱垛顶的吹奏就这样被她听到了。

  从此以后，每天每天，同一个时间，蓝雪都会听到小号的鸣响，有时悠扬嘹亮，有时迷醉跌宕。她发现它不仅唤醒了她，而且在治愈她，不管她的抑郁有多么严重，它都会让她在最关键的时刻止步于悬崖边上，抛开那个立刻结束自己的不祥念头，重新开始。一千多个日子过去了，她的心胸时闭时窄、精神时黯时灰，但总是在一点一点往上走，沿着月光柔韧的轨迹艰难地攀升，尽管是三步一停，蜗牛般的速度。渐渐地，她明亮了，宽广了，平静了，跟从前一样还能说一说笑一笑了。她不知道吹奏的乐器叫小号，也不知道吹奏者风雨无阻地爬上堆场的制高点，送给她的是《阿兰胡埃斯之恋》，是《罗密欧与朱丽叶》，是《北国之春》《寂静》和《卡门序曲》，是《茉莉花》和《梁祝》，是《海港的早晨》。只知道在那些忽而高鸣忽而低吟的声波里，有海浪的奔走、太阳的升起，还有一种异陌而动人的祝福与问候，专门为了自己。

  又一艘国外订购的超豪华邮轮"大西洋号"的建造，就在治愈效果极佳的音乐声中，完成了无可挑剔的焊接艺术。蓝雪领导的电焊一班受到集团的表彰，她本人也得到一纸"优秀工匠"的证书和1万块钱的奖金。

  然而毕竟她是脆弱的，而她的精神依靠似乎比她还要脆弱，说没有就没有了。一个不幸的日子陡然降临，空旷泛滥着，寂静不再是曲调营造的氛围，而是真实的存在，她又一次想到了自杀，好像从一个高高的崖壁上一落千丈，从前的所有攀升都在一瞬间作废；好像黑夜和阴云来临之后就凝固不动，时间定格在了这一刻，看不到星光，也看不到黎明。小号的吹奏突然消失了，她的日子里没有唤醒也没有治愈了。一天上午，李昂把她从宿舍里喊出来，告诉她立刻又要上马一艘巨型油轮，因为是加厚的封闭式油箱，焊接会更多，要求会更高，而且工期很紧，只有18个月。"这次我打算让你带两个班，你要做好准备，一旦开工，就不能请假，还会经常加班，除非……"她大吼一声："除非我死了。""你怎么能这么说？谁得罪你了？"这时她看到有人翻墙而来，不禁愣了一下，满脸都是迷惘和醒悟的混杂：人都是过来过去的，小号声不过来，我为什么就不能过去，非要在这里等死？他打量着她："你怎么了？""我也想翻一次墙。""干什么？回家？坐工作艇这么方便，翻什么墙？""翻墙又怎么了？我就一工人，素质低一点没人说。""说不定哪天你就是干部了。""不当。""别把话说死。""我想的就是死。"她冷笑一声又说，"工人还没当好，当什么干部？""我知道你是个追求完美的人，这种人最容易否定自己，包括否定自己的生命，因为事实上不存在完美，人永远追求不到。"她瞪起了眼睛："别胡说八道。""好吧好吧，不说了，你去翻。""我要是一个人能翻过去，还给你叨叨什么？""我是工段长，马上就要升任1号船坞的副总经理，帮着一个工人不走正道走歪路，像什么话？"看她转身就走，又赶紧跟了过去。他抱着她的双腿，让她爬上墙头，从铁丝网撕开缺口的地方笨手笨脚地跳了下去。他喊着问："没摔坏吧？"半晌听不到回答，便也爬上墙头，发现她已经走远了。蓝雪没有告诉他，她是去找人的，也是灵机一动，觉得自己应该知道是谁唤醒了她，又一天不落地陪伴她度过了三年备受煎熬的日子；也应该让吹奏者明白，被她听到的音乐有无与伦比的重要，千万别停下来。如果音乐的突然消失意味着吹奏者遇到了什么困难，她愿意提供帮助，哪怕是让她拿出工资扶持吹奏的那种帮助。因为她不想抑郁，更不想死，她要治病。

　　《从好望角到合恩角》的唱作人施欣萍一走进集装箱码头，就激动得"哎哟"了一声，"啪"的一个立正，仰头观望起来。她先是被漫无边际又高高撂起的集装箱震了一下，接着又让林立的吊机用一个巨大的黑色吊钩吊住了眼睛。她的眼睛是无与伦比的黑色，这样说是因为许多人的黑眼睛是带有杂质的，就像澄清后的一杯水，能看到杯底的混浊，她的黑却是一种清澈而典范的非凡之黑，闪烁着一种珠宝似的晶瞳之光，加上有点夸张的桃花眼的形状，真正是顾盼生辉、风情万种了。但她的粉丝们最喜欢用的一个词还是"媚眼如音"，意思是她的眼睛不仅会说话，更会唱歌，眼波流转之间，全是情感的散发。她其实不爱听这样的奉承：别搞混了，我不靠别的，就靠我的音乐征服世界。似乎她从来不在乎自己的长相包括那双极其出彩的眼睛，却又总是扑闪扑闪使用着它，就像现在，她不停地把黑眼仁朝上翻着，用好奇的目光连接起一个无形的"复调织体"，让那些活泼的蝌蚪按照她的心愿游向最合适的位置。她想：他就在这里上班？每天都是义无反顾的背叛，背叛清风徐徐的古老乡野、麦香阵阵的人类田园；每天都是情不自禁的拥抱，拥抱铜墙铁壁的工业景观、重力夯撞的崭新家园。相信我来对了，只要给他一种启示，他就能山脉奔走一样雄壮起来，如同林立的起重机和堆积的集装箱。城市的节奏、青岛的摇滚、现代的音乐，一定就是这样的：拥有大工业的气场和大科技的梦幻，守旧的麦地、狡诈的商铺和庸俗的市民气，统统见鬼去吧，我们需要钙量充足的骨头，需要太阳般的灼烫和钢铁般的坚硬，需要重金属碰撞的轰鸣和爽朗，然后加进去一个低回的和声，去怀旧，去忧患，去伤感，那种光芒四射的忧患和金铜般光滑的伤感——多少年以来，城市都是工人的城市，或者说它是厂房和机器、厂长和工人的组合体。但现在不是了，几乎所有的工厂都被迁到了荒芜的郊外，或者整洁而空旷的开发区，或者美丽而寂寥的工业园，城市的中心地带以及繁华的街市商厦、优美的旅游景点，再也看不到工人的影子了，除了建筑工人，但他们基本也被封闭在不断改建扩建的城市随处可见的工地上，成为一种闹市中的边缘化存在。何况在市民的眼里，他们还不算真正的产业工人，只是搬砖垒瓦的农民工，最有技术的也只会在直插云霄的塔吊上爬上爬下而已。这让出生于海岸钢铁集团的施欣萍严重不服：凭什么工人在真正的城市生活中消失了？工厂可以远远地搬迁到云山雾海里，工人却必须显现到最亮丽的地方，因为没有一座城市能离开工业和工人的创造。所以，她要组建一支独一无二的城市工人乐队，演唱仅属于自己的音乐，那种汹涌着滚烫金属、闪耀着工业之光的音乐。

　　她背着一个帆布的黑色小双肩包，穿着八月海边的单薄衣服：浅绿色的露脐T恤和薄款牛仔裙，脚上却是一双厚重结实、鞋带细密的黑色作战靴。似乎在她的意识里，穿上作战靴就必须大步行走，还要带上进行曲的节奏。她朝海边走去，取下绿色棒球帽，潇洒地甩了一下，又迅速盖住了飘逸的黑发，像是一种炫示：我就偏要戴顶绿帽子，你怎么着吧？不计较，不抱怨，不流俗，不颓废，不下作，不虚伪，我可是个"六不主义"者。是棉纺厂的夏蓉蓉告诉她的，骆横的小号吹得特别好，人也不错，又跟她们年纪差不多，肯定说得来，就是不知道他现在哪里。她说："这个好办，'人肉'一下不就知道了。""人肉"之后，她就来了。她想告诉他：正好，世界范围内的流行音乐低迷得就要睡着，处在待死状态的地方不在少数，那就让我们来振兴吧，我们是岁月翻新后的《高山流水》，是新生代的《阳春白雪》，是被时间过滤成晶体的"感恩而死"，是"创世记"的"新浪潮"，就像当年发生在美国的"英伦入侵"那样,我们也要占领天下:音乐,音乐,音乐,让所有人都听到我们的音乐——《广陵散》《满江红》《胡笳十八拍》。对了,还应该让他知道:摇滚英雄"甲壳虫"是纯粹的工人阶级的乐队,"奇想"和"谁人"也是,再看"猫王",机械厂的工人,"大男孩",伐木场的工人,还有"织工"和"重金属",简直就是由纺织厂和钢铁厂造就的乐队。但我们并不排除能代表市民阶层的城市民谣和能代表田野农民的乡村民谣,包括冼星海的《起重匠》《苦命人》《搬夫曲》《蛋民歌》《跑关东》《船娘曲》这样的近代劳工民谣,不排除所有的音乐滋养,包括蓝调和爵士,包括以交响乐、歌剧和音乐剧为代表的古典音乐,不排除古代士子精妙高雅的音乐情怀,《渔樵问答》《梅花三弄》《夕阳箫鼓》《平沙落雁》什么的。我们要做的第一是融合,第二是创新,第三是独立表达。她见人就问:"我找骆横,骆横在哪里?"有人说:"我给你打电话问问。"几分钟后,王起从高高的桥吊驾驶室下来,"嘭"一声跳到了她面前:"你找我师弟?他不在。"一艘巨大的轮船正在靠岸,船上的水手用一种吃力却不失优雅的姿势把缆绳抛了过来,岸上的带揽工小跑着迎了过去。王起说:"往后,往后。"看她一时反应不到哪是前哪是后,就拽起她来到了缆绳够不着的地方。她甩开他的手说:"你力气还不小,骆横去哪里了?""我也想问你呢,你怎么认识我师弟?"她没有回答,又问:"还会有谁知道?""师弟是突然离开的,谁也不知道去了哪里。"他说着扭头望了一眼从编排场那边走来的师傅安广林。

安广林的左边是一个姑娘,右边也是一个姑娘,他不停地转头,给她们说着什么。王起很快就会知道,一个姑娘叫雷蕾,是对面北码头的桥吊司机,另一个姑娘叫蓝雪,是海湾那边"东方船舶"的电焊工。由于魅惑了她们的号音突然消失,她们想到了寻找吹奏者,又由于一种谁也说不清的缘分,她们在同一时间来到了码头。走过来的安安广林望着施欣萍问："你也是来找骆横的吧？怎么都是女孩在找他？"王起说："我也这么想，师弟的女人缘真好。"雷蕾说："真没想到吹小号的就是骆横，你们南码头三项第一的技术尖子，我们赶超的原来就是他。"蓝雪失望地说："我就是来问问，这个人怎么不吹了？什么时候还能吹？现在看来没希望了。"施欣萍说："肯定没有了，我来找他就是想让他跟我走，我们乐队就需要他这样的人。不过以后会有的，工人的乐队不会不管工人，我们也需要大量的粉丝，巴不得人家喜欢。"王起问："你是搞乐队的？""准确地说是音乐人，一个一直没有离开过工厂环境的音乐人。""哪个厂？""一个特别大的工厂，比你们这里还要大。"王起上下打量着她："你不像工厂出来的，没有一点工人的样子。""小看我是吧？咱们工人有力量，告诉你，这几个人里就数我力气大。"安广林和王起都笑了，像是说：你就使劲吹吧，我们见的多了，最瘦弱的总是把自己说的最强大。施欣萍明白他们的意思，冷笑一声，仰头望着伟岸的桥吊说："看来我得证明一下我自己了。"雷蕾说："咋？你还想跟它比，吊东西？""吊不了集装箱，吊人可以吧？咱们掰手腕，谁先来？"施欣萍说着朝大家伸出了细长而白皙的手。几个人互相看看，没有谁迎战。王起觉得是开玩笑，没必要认真对待。蓝雪则是不屑，望着不远处留下巨大阴影的轮船，后退了一步。雷蕾说："别忘了，你来到的可是集装箱码头，这里全是大力士。"说着抬手在空中画了一个圈。施欣萍轻蔑地一笑："那是机器，不是人。"雷蕾说："机器也是人开的。"施欣萍说："但你开不动我。"雷蕾把漂亮的眼睛朝上一挑说："允许你说大话，就已经很丢人了，那就来吧。"说着走向桥吊下的一辆平板车。大家跟了过去。平板的高度正好可以半蹲着把胳膊放在上面。王起赶紧脱下工装，垫住了平板的一角。施欣萍的皮肤又嫩又白，手腕细细的，箍着一个黑色菩提树籽的手镯。王起怜惜地看着，对雷蕾说："你轻点，别掰坏了。"但结果是出乎意料的：雷蕾输了。她不服气，连掰了三次，越掰输得越惨，只好甩着手腕，遗憾地表示投降："我这是阴沟里翻船，在我们北码头，连我们班长都掰不过我。"王起问："你们班长是男的女的？""男的。""肯定是让着你了。""我不需要他让着我。"雷蕾说着，大度地跷起了大拇指，"哇哦，点赞，点赞。"施欣萍笑脸如花，瞪起眼睛问："谁还来？你来，敢不敢？"她并起食指和中指，用一个歌手在舞台上的优雅动作，点向了蓝雪。蓝雪"哼"了一声，依然表示不屑，一个长年累月拿着焊钳练出了一手超高焊艺的人，对自己的腕力是绝对自信的。她什么也没说，就把胳膊肘支在了平板上。施欣萍说："工业是以钢为纲的，给你们点颜色瞧瞧。"说着，抓住对方的手，飞快地摁在了下面。蓝雪说："这个不算，你是突然袭击。"施欣萍说："我也知道不算，跟你玩玩，我看你的眼睛里有一层郁气，肯定过得不开心吧？"蓝雪说："战胜你就开心了。""那就对不起了，你还是会不开心的。"施欣萍说到做到，又赢了。蓝雪大吃一惊：对方细细的手腕上，仿佛聚藏着万千斤两，怎么掰都好像是在跟岸边粗硕的系缆桩较劲。她喘着气，抓住对方的手腕说："胳膊上也没多少肌肉嘛，怎么力气这么大？"施欣萍大大咧咧笑着："这算什么，小菜一碟。不信你也试试？"她这是在挑战王起了。王起有点为难：跟一个女孩掰手腕算什么，一点光彩都没有，可要是不应战，就更不光彩了。雷蕾捣了他一下，小声说："去吧去吧，别让她太猖狂，集装箱码头的面子捡回来一点是一点。"王起冲雷蕾一笑，突然想到她是一个离自己最近的女孩，决不能让她失望，便不好意思地在裤子上使劲蹭了蹭右手掌，弯起了胳膊。施欣萍说："你刚才拽我那一下，我就知道你的力气没我大，你输定了。"他带着多有得罪的微笑说："你是想让我让着你吧？我不会的。"说着朝雷蕾眨了眨眼。但他最终还是让雷蕾失望了：大手握着小手，刚劲的手握着绵软的手，却怎么也掰不过，对方的胳膊只要一发力，就好像长在了平板上，牢牢地坚顽不动，等他使够了力气，需要缓一缓时，就听她"嘿"的一声，他粗黑的胳膊便悲惨地倒下了。雷蕾说："完了完了，还有比我更丢人的。"施欣萍笑道："不服不行吧？施欣萍在集装箱码头鏖战群雄，可惜忘了拍视频，让我的粉丝少了一个尖叫的机会。"王起红着脸，尴尬地瞅了雷蕾一眼说："还有我师傅呢。"

　　安广林早就离开了。王起朝上看了看，发现自己吊机上的小车正在滑向前伸臂，缓缓下降的吊具就要对准船上的集装箱，便知道师傅在上面。师傅的心思他懂得：班轮只要停稳，就必须立刻开工，可徒弟接触女孩的机会也不能错过，万一哪个女孩跟他对上了眼呢？王起说："可惜了，师傅替我干活去了，要是他在，你肯定得说一百个饶命。"施欣萍说："就算我掰不过吧，只要你告诉我骆横的下落，我输给你都可以，别说你师傅了。""真的不知道他去了哪里。"他又对大家说，"你们都是来找我师弟的，可都没见过他，说明音乐这东西挺神的。"施欣萍取下双肩包，拿出手机说："我今天有两个失望，一是没见着骆横，二是你们居然不认识我，我在网上那么火你们不知道？可见现在工人的生活多么单调，就剩下干活挣钱了。"她突然转向蓝雪，"我说的对不对？教你一种让自己永远开心的办法，上'子午线'，听我的歌。""不听你的歌就是单调，不一定吧？"雷蕾说着吹起了口哨，是《罗密欧与朱丽叶》。施欣萍专注地望着她："好听好听，你会唱吗？会乐器吗？都不会？那就可惜了，这么好的乐感全浪费了。"蓝雪听着口哨的旋律，知道是自己听惯了的歌曲，就有些沮丧：我怎么什么都不会啊？整天就知道电焊电焊、挣钱挣钱，人家说得对，太单调了。我的坏心情，想死的念头，恐怕就是因为单调得不知道人生还有别的乐趣。要是听音乐就能让自己心胸舒展，会音乐是不是就可以彻底治愈了？她问道："乐器好学吗？"施欣萍说："只要喜欢就好学，不过还要看什么乐器。"蓝雪问："骆横吹的那种呢？""你是说小号？也不是太难。"

施欣萍想了想又说,"你穿上工装是个工人,脱了工装是个淑女,根据你的长相和气质,我觉得你应该在吉他、萨克斯、长笛和竖笛中选一种,这些乐器都可以在大舞台上表演,挺酷的。"蓝雪点着头,心说我可不是为了表演,我是要给自己治病。

施欣萍要走了,她在手机上记下了王起的电话,又奇怪地问:"你们怎么不加我的微信?"大家这才说:"你是跟我们不一样的人,不好意思加。""有什么不一样的,都是工人阶级。"然后就调出了自己的二维码让大家扫。他们扫了施欣萍的二维码,又互相扫起来。蓝雪打开"新的朋友",写道:"你好,我是东方船舶制造集团公司1号船坞的蓝雪。"施欣萍的回复是:"你好,原来你不是集装箱码头的?"蓝雪还想写点什么,一时想不到词儿,就算了。施欣萍说:"别忘了上'子午线'听我的音乐,这是目前国内顶尖级的直播平台,最好做我的粉丝,多美言,少恶评,不过有恶评我也不在乎,谢谢了。"说着朝大家鞠了一个躬,然后"拜拜"而去。雷蕾也要走,王起说:"我送送你。""不用。""还是送送吧,留下个好客的影响,你就会常来我们南码头玩。""好嘞,你也可以去北码头。""我一定去找你玩。"蓝雪是最后一个离开的,大海边、巨轮旁、桥吊下,孤独的身影更加孤独,失望的眼神更加失望,能够陪伴她的只有自己的心情,一种在负疚的苗圃里生长起来的凄恻和伤感,一种盘踞在心里久久不散的低沉和晦暗。突然,黑魆魆的脑海中某个地方亮了一下,就像推迟的黎明在云雾后面射出了第一束阳光,又迅速穿透心胸,变成了一种鸥鸟翅膀一样颤动不已的豁然开朗:大家都活得好好的,你怎么可以动不动就想到死呢?小号消失了算什么,不是还有音乐,还有"子午线"吗?她拿出手机,百度了一下"子午线·施欣萍"。她出来了,刚刚告别过的那个人突然又走到眼前来了,在唱,在弹,在望,用一双黑宝石似的眼睛深情地望着她。她惊呆了:怎么这么好听,也这么好看!好看得就像明星。不对，她就是明星，一个迄今为止自己遇到的最大的也是唯一的明星。她转身就跑，跑向了集装箱码头的闸口。她要追上施欣萍，要跟她合个影，还要请她签个名，就在自己的衣服上，或者找张纸，买支笔。一边跑一边懊悔：刚才怎么就没想起来？真是太迟钝了，一个敏感于焊花美丑的优秀电焊工是不应该这么迟钝的。但是她追到了闸口外面，追过了半条马路，也没有看到对方的影子。她不知道施欣萍的作战靴让穿着它的人走路不是一般的快，也不知道闸口外的停车场上有对方的车，在她沿着人行道追过马路时，对方从她的身边疾驰而过，谁也没有看见谁。

3

施欣萍开着一辆白色小蚂蚁，驶向了远离海边的棉纺厂，她要去找夏蓉蓉，商量一下接下来怎么办。她在"子午线"上的粉丝推荐了夏蓉蓉，夏蓉蓉又推荐了骆横，骆横没找到，能够凑到一起的只有她们两个人，两个人太单薄了，出不来预想中的磅礴气势，到底要不要组合？在她的设计中，七人组合是最理想的，因为是多种音乐形式在青岛这座海岸城市的融合，人太少会加重并且分割每个人的展示和表达，让他们不能在某一个方面淋漓尽致。无论器乐还是声乐，她对自己的追求有一个很高的标准，决不捉襟见肘，也不滥竽充数，勉勉强强的效果比没有效果更糟，还不如放弃融合单纯一点的好。本来她想，找到骆横后先搞一个三人组合，她在创作方面暂时克制一点，慢慢增加，增加内容和风格，也增加配器和乐队成员。但是现在，想法依旧是想法，所有的追求都还停留在作战靴跟地面的摩擦上——跑跑腿而已，她依然是"子午线"直播平台上的一名孤独歌手，一个自己创作自己唱的流浪艺人。"流浪"是她给自己的定位,"子午线"再好也不是她的家,她的家应该是乐队,组建一支乐队就是组建一个稳定的家,这个家里有五花八门的音乐,有来自产业工人一体同心的成员,她可以在这里醒着,更可以在这里做梦,是具体到一根指头和一根琴弦如何契合的音乐梦:比如《广陵散》的现代版,把它从单一的古琴束缚中解脱出来,变成具有青春气息的节奏曲,变成古典中国风的变奏曲和协奏曲甚至交响曲;比如在流行情歌里加入自己喜欢的京剧、黄梅戏和越剧的戏腔,创造一种古今融汇、中西合璧的风格;比如灵活的推弦和放弦,流畅的瓶颈滑棒,重现远去的节奏布鲁斯诞生时代的忧伤与呐喊,再用传统的"蓝色音符"营造出最具现代感的青岛海陆风,其中包括了旷野民族绝无仅有的孤独高音,包括了把灵魂出卖给魔鬼后得到超凡技巧的"约翰逊指法"。海陆风徐徐吹过第一段的缘起,猛烈吹过第二段的爆发,吹到第三段时,别的乐器都应该静止,一把吉他成了一个乐队,她用穿着钢钉高跟鞋的脚重重地打着拍子,用稳定的和弦制造出强健的节奏,用不锈钢的滑棒变幻出不同的高音。然后副歌响起,其他乐器的伴奏一并响起,最好有钢琴、低音提琴、小号、高音萨克斯和至少两个定音鼓,两分钟后戛然而止。梦幻般的模式,别具一格的创造,不仅仅是这一种,还有很多很多。音乐如同河流,只有不同的河流,没有不可融合的河流。不可能有一种音乐形式会因为坚守原始的孤独而成为流行经典。借鉴与杂交、保留与拿来、旧有与新创,永远都是音乐从小溪到河流再到海洋的基本模式。音乐又是最容易取消国界和族别的艺术,关键是你得想办法把它们发掘改造成一种仅属于自己的不可复制也不可替代的声音。她感觉自己这方面的能力是无限的。她打开随车多媒体的放音键,随着音乐唱起来:

> 从好望角到合恩角，中间是青岛，
> 一个不等边的三角，有三个弯道，
> 勾连起印度洋和太平洋万顷浪涛。
> 杀人浪的出没，白色灯塔的照耀，
> 海上坟场的埋葬里人类没有骄傲。
> 最险恶的航道，最冰冷的海潮，
> 却又是最有价值的穿越和神交。
> 不再遥远的非洲不再隐蔽的美洲：
> 木琴、雪克、马林巴，杯鼓高脚，
> 雄狮出林，猛豹下山，风骚砍刀；
> 林鼓、鼻笛、奥卡里、安塔拉箫，
> 桑巴、探戈、恰恰，加勒比劲爆。
> 青岛这么大，行走半天不到，
> 世界如此小，只够眼睛一瞟：
> 如果洛佩斯跳起肚皮舞我就尖叫，
> 如果夏奇拉蹦出热辣舞我就欢笑，
> 黑珍珠依然唱着至高无上的蓝调，
> 拉丁之声流传混血再混血的美妙。

她听到"咚"的一声响，扭头一看，反方向的道路上发生了追尾，是前面的车突然停下了，还是后面的车太快了？这不是伴奏，或者不能把它当作伴奏，但分明它就像大鼓一样让节奏变得更加沉厚稳实，旋律在这里颤抖了一下，接着便是卡带，是停止，是噪音的泛滥，汽车的鸣笛在帮忙，好像还有惊雷走过的声音，有喜鹊并不喜庆的聒噪和麻雀的叽叽喳喳——架子鼓出现了，小号的高音出现了，吉他的间奏和贝斯的和弦是什么？不能再是原来的样子，一定得加进去一段失真的吉他呐喊，不是响亮的电吉他，而是普通的民谣吉他，是指法最有攻击性的体现。一个小伙子拉着姑娘的手正在横穿马路，她一脚踩住刹车，冲着窗外喊一声："不要命了。"没有人理睬她。再次上路的时候她唱起了下半段：

> 我不知道独身与爱情哪个重要，
> 我不知道远行与回家哪个更好，
> 只知道我比流水更长比山脉更高，
> 只知道我比雷鬼更鬼比猫王更猫：
> 和平我要，幸福我要，爱人我要，
> 房子我要，汽车我要，自由我要。
> 从好望角到合恩角，
> 从风暴角到太平角，
> 世界这么大，青岛这么小，
> 所有的行程只有一步之遥。
> 我不再沉闷，想用海的声音嚎叫，
> 我没有静止，要用浪的动作舞蹈。

施欣萍一连唱了几遍，最后唱了一句"从好望角到棉纺厂"，就止住了。她把小蚂蚁停在大门外的马路边，在门房登了记，就来到了厂区院子里。偌大的院子被分割成了四块，连接着大门的是厂前区，有办公楼、食堂和一个宽敞的纺织品展厅。中间是以车间为主的生产区，左边是以仓库为主的储运区，右边是变电站、锅炉房、机修间、水池、水塔、污水处理什么的。已经到了吃中午饭的时候，她先去食堂瞅了瞅，没见到夏蓉蓉，才朝车间走去。车间按规定是不许外人进出的，但把门的青年保安在"子午线"上见过她，第一次她来找夏蓉蓉时就又惊又喜地请她签了名。以后她又来过两次,保安不仅不阻拦,还叫来另外两个保安请她也给他们签了名,说:"想不到夏蓉蓉还有你这样的朋友,你以后随便来,谁敢阻挡你找我?"施欣萍沿着一条两边摆满了废旧的清花机、梳棉机、并条机和细纱机的路朝前走去,路面上到处都是被车辆压碎的水泥块,显然是标号不够,强度等级没有达到42.5以上的原因。棉纺厂老了,设备正在淘汰,路面和厂房都需要翻修。她边走边想:这可是一百多年前日本占领青岛后建起的第一座纱厂,也是曾经辉煌一时的中国纺织业"上青天"(上海、青岛、天津)三分天下的见证,如今却已是落花流水春去也,很难跟其他工业比拼了。想着便叹息起来,叹息着便"随想"起来,她有许多蓝调风格的歌,都叫《老钢城随想》:

> 我们希望的世界,只有诞生,没有消歇;
> 我们度过的岁月,只有光亮,没有暗夜;
> 我们拥抱的生活,只有美满,没有残缺;
> 我们热爱的人群,只有亲切,没有断绝。
> 消歇是一滴淤住伤口的凝血,
> 暗夜是宇宙被粉碎后的轻屑,
> 残缺是一种无法承受的痛切,
> 断绝是鼻子对深呼吸的告别。
> 我们是音乐,是覆盖天堂的白雪,
> 不容忍所有的所有的死亡和不洁。

车间门口的保安老远就看到了她,殷勤地给她撩起了厚重的门帘。她快步过去,问道:"在吧?""在。"他放下门帘,回身进了保安室,拿出手机点开了"子午线",从现在开始到她离去,她的歌声就会弥漫在这里,还会时不时地飘进车间,混合在机车的噪音里,变成更刺耳的噪音。她径直来到夏蓉蓉的机车前,叫了几声"蓉蓉",看对方没反应,就上前拍了一下。正在查看布面有无瑕疵的夏蓉蓉吓得叫了一声,扭头一看:"怎么是你?"她摆手让对方等着,还是聚精会神地盯着布面,慢腾腾从这头走到那头,又从那头走过来,然后调整着湿度和锭速,补救了一处断纱和一处漏针,才舒了一口气说:"还好,没有双丝和起皱的。"施欣萍大声说:"你不能再干下去了,这么大的噪音会毁掉耳朵的灵敏度,一旦灵敏度消失,你就完了。"她同样大声地回答:"也许不是完了,是成功了,我就变成一个女贝多芬了。怎么样,骆横找到了没?"说着又去查看布面。施欣萍遗憾地叹口气说:"哪有那么顺利的?我来就是跟你商量到底怎么办?""你说呢?""我刚才还不知道,现在突然明白了,暂时不用管他,你必须尽快出来,我们先干起来再说。""什么?""虽然只有两个人,但总比我一个人强。""你说什么?""完了完了,你的耳朵已经有毛病了,我能听清你的话,你怎么听不清我的?"看对方还是一脸疑惑,施欣萍便凑到对方耳根里说,"我已经决定了,两人组合现在成立。""不行不行,那不叫乐队,只能叫女声二重唱。""两人组合多了去了。""但很少有两个都是女歌手的。""大不了我不唱,就管编创和伴奏。""那不行。""行不行是我的事,你就说让你明天辞职你干不干?""肯定不干,我什么都不具备,一点底气都没有。""我们不需要别的,只需要勇气。""勇气算什么,我们还得挣钱吃饭。""可是你说过,只要骆横到位,你就跟我们一起干。""我说的是业余,没说辞职。""哪有一边做工一边当歌星的?"夏蓉蓉摸了摸布面上的一处纱疵说:"坏了,没接好。"然后弯下腰去,仔细检查了一番,开始调换机车上过度磨损的钢丝圈。施欣萍站在身后一直说服着她,最后却被对方一句话怼得转身就走:"我跟你不一样,我有需要养活的弟弟,需要伺候的母亲,你有吗?"

施欣萍离开车间时,保安一直目送着她。一起送她的还有她的歌——一只老款的手机以最大的音量把她的成名曲《从好望角到合恩角》送上了棉纺厂的天空,酸涩而湿重的气息里,一个魅惑人的精灵潇洒地游荡着。音乐借着风力,传出去很远,呜呜呜地响,像是深阔的背景里,有许多低音乐器的奏鸣。她心说太和谐了,我需要的就是这样的和声:自然而真实、响亮而沉厚。但一个人是绝对做不到的,就算他或她的嗓音条件是世界一流,也无法在同一个瞬间变成两个或多个嗓子。也就是说,包括她自己在内,一个人承担不了她的创作思路,除非把两次或多次录音灌制到一起,但技术层面上的帮助恰恰又是她极力排斥的,失真而虚假不说,还会扭曲音乐人的初心,尤其是当你追求现场的音乐感受和共鸣效果,试图营造越来越多目与目相视的观众群时,那种仅仅满足于网络上点赞、发帖、刷流量的听众群就显得太不重要了。她始终认为,被隔离的音乐不是真正的音乐,被疏散的观众也不是真正的观众。她需要包括欣赏和赞美在内的所有音乐分子的合作,需要集体汇合时爆发的嚎叫和掌声的支撑,需要万千人众因为尊重音乐而出现的静默,而不需要躲开人群而导致的寂寞。对一次成功的演出和一个高尚的音乐会来说,观众一定是最重要的一部分。施欣萍我告诉你,你不仅仅是一个"子午线"上孤独的网红歌手,更应该是一个鼓动大海沸腾、浪潮翻卷的音乐之子,带领一支乐队走向城市的深处,去征服那些期待音乐的人群和需要音乐的人心。她想着,又拐回去问那个青年保安:"你知不知道夏蓉蓉的家在哪?"

夏蓉蓉的家在离棉纺厂不远的纺织小区,小区内住的全是棉纺厂的职工,谁家住哪里,一打听就知道。几分钟后施欣萍敲开了9号楼4单元101户的门。开门的是夏蓉蓉的弟弟,他太矮了,使劲仰着头却还是看不到她的面孔。她只好后退几步，拉开距离让他看清了以后才走进去。弟弟笑着说："妈，来客人了。"母亲摸索着从里间出来："谁啊？"施欣萍说："我是蓉蓉的朋友。"母亲说："快坐，我看不清楚，你自己找地方。夏夏，倒水。"施欣萍轻轻走动着，仔细看看眼光并不随她移动的母亲，又看看用衣襟遮盖着腿的夏夏，有点明白了：为什么夏蓉蓉有那么好的音乐天赋，却心甘情愿在离家很近的棉纺厂做一名挡车工。这个家离不开她，一个患有严重小儿麻痹症的弟弟需要她养活，一个几乎是盲人的母亲需要她伺候。她坐到沙发上，四下里瞅瞅：两室一厅，厅里有一对小沙发、一张床、一架用一块刺绣台布苫起来的乌黑色立式钢琴，还有一个卫生间和一个阳台，阳台兼做着厨房，家不大，也很简朴，却收拾得窗明几净，一尘不染。夏夏走向一个小矮桌，问道："你喝什么，我们家有生姜茶、大麦茶，还有花茶。"母亲说："生姜茶是治病的，不能乱喝，大麦茶是昨天剩的，你就沏花茶。"施欣萍说："我喝不惯茶，就喝白开水。"夏夏问："热的凉的？""凉的。"夏夏用一个一次性塑料杯端来凉白开放到了她面前，笑嘻嘻地说："我在'子午线'上见过你，姐也经常说起你。"母亲说："你就是施欣萍啊？我听过你的歌，那么好听。""蓉蓉唱的比我好听，她那种音色是女高音里少见的。"母亲叹口气说："好不好听我也没比过，她现在很少唱。""我来就是说这事的，她要是不唱歌就太可惜了。""都是我们拖累的，她本来可以考上高中，完了再去考音乐学院，她爸爸一出车祸，就死活不去了，说是就算能考上，毕业以后也还是要照顾家，不如不考，浪费那么多钱干什么？"施欣萍惊讶地问："你说蓉蓉她爸出了车祸？""六年前的事，她爸原先是汽车三厂的司机，下岗以后给一家物流公司开大货车，大雪天走夜路，滑到悬崖底下去了。""怪不得蓉蓉喜欢我的《大货车之歌》。"夏夏说："我也喜欢，一唱就会想起我爸。"施欣萍生怕给人家带来悲伤，赶紧转了话题:"阿姨,你的眼睛不是先天的吧?"母亲扶着墙过来,坐到客厅的床上说:"年轻的时候我的眼睛比谁都好,2.0的视力,后来慢慢就不行了,做纺织女工就是这样,不是眼睛出问题,就是耳朵落毛病。""阿姨原来也是挡车工?""不是挡车工怎么能住在这里?我是提前退休的,干了33年,越干毛病越多,最先得的是噪声聋,后来又是中度棉尘肺,接着眼睛又麻了,那时候车间条件差,照明不好,光线暗得看不清布面,人就得绷着眼睛机前机后地巡视,加上设备老化,断头太频繁,断了就得赶紧接,就跟月亮下面穿针一样,长年累月下来,眼睛就坏了。本来想,只要离开车间眼睛就会好起来,没想到越来越差,慢慢地什么也看不见了。""去过医院吗?""去过,说是严重的青光眼,已经过了治疗期,没有任何办法。""那么噪声聋呢,你不是可以听见我说话吗?""退休以后好了些,但里头还是响,有时候半夜会把我吵醒,就像还在机车旁干活,医生说噪声聋没办法根治,我这个样子已经很不错了。"施欣萍遗憾地叹口气:"你年轻那会儿换一种工作就好了。""没想过换,那时候纺织女工在工人里头收入是最高的,棉纺厂隔壁是机床厂,他们的男工一个月拿108块的时候,我们能拿210多。等他们拿到800多的时候,我们就已经2000多了。青岛的姑娘打破头都要进棉纺厂,我好不容易进来了就得千方百计保住,怎么还能想着离开?蓉蓉她爸开着五十铃一个月不停地跑,累死也没有我挣得多。我工资最高的时候蓉蓉正在上小学,老师说这孩子有音乐天赋,你们得好好培养,给她买个钢琴吧。她爸知道有家琴行有一架雅马哈二手货,挺不错的,价格也公道,就跟我商量:咬咬牙买吧,五六千还是掏得起的,蓉蓉的前程要紧。我听他的,没咋犹豫就去银行把钱取了出来。后来就不行了,听说外地建了不少棉纺厂,一竞争就把'上青天'的局面冲散了,人家是新厂子,设备先进,产品时髦,我们老厂子哪里干得过?青岛的纺织业突然开始滑坡,两三年工夫就倒闭了好几家工厂,光下岗工人就有好几万。我们棉纺厂死撑死撑到了现在,总算挺过来了,工资虽然不高,一个月不到3000块,但只要厂里不拖欠,也还能凑合着过日子。"施欣萍点点头说:"我也是工人家庭出身的,从小待在企业里,知道干得多挣得少是普遍现象。好在我没有拖累,日子怎么过都可以。其实蓉蓉也可以不干,我最担心的就是她的耳朵,一旦出问题,嗓子再好也没用。""我也担心,但她说现在车间增加了消音设备,好多了。""还是太吵,我今天刚去过,待了一会儿耳朵就受不了。""那你说怎么办?蓉蓉要是不干,光靠我那点退休工资哪里够,这个家不光要吃饭,还要看病。"母亲说着一阵唉声叹气。

  施欣萍沉默了,意识到夏蓉蓉的不想辞职并不是没有道理,要她离开棉纺厂就得保证她每月都有收入,而且不能低于一个挡车工的收入,还得有人照顾她的母亲和弟弟。如果自己不能满足对方的这两个条件,却还想拉她出来跟自己干,就只能走一条没心没肺的路:使劲劝使劲劝,重新唤起夏蓉蓉对音乐的迷恋,不,不仅仅是迷恋,她得有舍得一切的义无反顾,有五线谱可以改变世界的信仰,有朝弹唱夕死可矣的疯狂。但显然她施欣萍不是一个愿意或者有能力帮助对方狠下心来忽略亲情的人。母亲毕竟是母亲,弟弟毕竟是弟弟,在他们受到疾病的困扰而无法照顾自己时,丢下不管是有罪的,而音乐永远是罪孽的对立面,是人道的孩子,一个倾情投入音乐的歌者一定也是个不去刻意损人利己的人。再说了,她不能用自己对音乐的忠诚要求别人,对一个音乐和生活不冲突的人音乐可以是一切,对一个除了音乐还有其他担当的人音乐只能是生命的一部分,而且是不那么重要的一部分,除非她有超凡的本领让音乐产生魔幻的奇迹:一支曲子就能让眼睛复明,就能让所有的残疾康复如初。施欣萍想着,放弃了自己的想法:不必动员家人去说服夏蓉蓉了,单干就单干,慢慢再说吧,或许最要紧的还是寻找骆横。她端起塑料杯喝完了水，起身告辞。夏夏送她出来，小声说："我知道你是想让姐去唱歌，我也想让她去，但我妈不让，说一旦离开棉纺厂，再想回来就难了。""你告诉你姐，让她等着，只要条件许可，我还会来找她，也让她不要放弃，音乐是人的高级生存方式，她既然有能力往高处走，就应该抓住不放。"夏夏不好意思地说："我记不住这么多，我就给姐说，你可以白天上班晚上唱歌。"施欣萍断然摇头："那不行，我不是开酒吧办夜总会的，选择乐队成员的第一个条件就是专注，好比我们一起去海上航行，她必须一直待在风浪里，不能风一大浪一高就上岸，因为上岸就意味着失败，这是打拼的规则。""那好吧，我让姐等着你。"施欣萍走了，听到身后夏夏唱起来："太阳太阳像一把金梭，月亮月亮像一把银梭。"不禁愣了一下：怎么是这样的声音？像是从磨床里磨出来的，有音准，也有音高，就是太粗糙太沙哑，破破烂烂的，才多大年纪，就显得这么老气横秋，好像一炉钢还没炼成就熄火了，一棵树还没长大就被刀砍了，一个音刚要奏出来就被休止了。

白色小蚂蚁走向了海岸钢铁集团的老钢城。在这个坐落于胶州湾畔的老工业基地，有一套她的住宅，是她的音乐唱作地，也是她唯一的家。作为家，只有她孤零零的一个人；作为音乐唱作地，她身边还有一个叫柳浪的同伴。柳浪会用贝斯调和她的吉他，让她弹出的高音有一种厚实的依托，不至于显得单薄而突兀，也会提供人声伴奏和帮她录制视频，还能起到一个经纪人的作用，为她应付时不时会来打扰的邀请，主要是公司开业、企业庆典、商场助阵什么的。她的态度始终如一："不去不去不去。""人家是给钱的。""多少钱？你不要自作主张败坏我的名声。""你到底是嫌钱少还是要清高？"许多次的争吵都是围绕着钱。其实她也知道，自己并没有清高到必须跟钱划清界限，而是不希望别人贱价出卖了她的出场。柳浪恳求道："你就去吧，给多少咱们可以保密。""你以为你不说别人就不知道？"她只是个初出茅庐的年轻歌手，还没到可以随便抬高身价的地步，当3000块以下的出场费让她难以面对自己时，"清高"便成了她的挡箭牌或者叫遮羞布。但她是需要钱的，需要很多很多钱用来解决当下的困难：成立乐队，拥有自己的工作室，购置乐器和录音设备，制作专辑，等等。就算这些目标一时实现不了，她也需要一些能一下子看到许多钱的通道和平台，不能像现在这样，仅有"子午线"点击率的收入和每周两次去海滩男孩酒吧演出的报酬。当然没有钱也可以组建乐队，但前提必须是所有的人都跟她一样对安贫乐道有一种发自内心的自豪，可以忍受当然是暂时忍受没有机会去正规的场合演出而仅仅局限于网络折腾的窘迫。还有一个非常重要的问题：如同她在酒吧、在"子午线"演唱一样，乐队只能演唱属于自己的音乐，就算别人恩赏了演出机会，也不能伸长鼻子让人家牵着走——排练几个规定曲目在限定的时间内唱完下台。他们是唱作人、是艺术家，而不是可以用钱收买的广告传声筒，除非翻唱经典，就是说尽管他们励志发誓要孤芳自赏，也不会丢弃对前辈音乐人和历史丰碑的尊重和致敬。这么着，柳浪就被她排除在乐队之外了，尽管他跟她一样都是钢企子弟。他是个俗气而平庸的青年，是个实用主义、过头理想主义欠缺的青岛孩子，何况她对他还有另一种发现：他真正喜欢的除了钱还有她。这从他的眼神和言谈举止中就能感觉出来。她跟他严重不搭，且公开表示过瞧不起他，他却一忍再忍，丝毫没有离去的迹象。她只好直率地告诉他：自己只钟情音乐，不会浪费一星半点的感情去喜欢一个人，不管是异性还是同性。他的反应是沉默，过了好几天才说："这么说你这辈子没有终身大事了？"她说："嫁给音乐算不算？""也算吧，我要是哪一天变成音乐就好了。"这是他最露骨的一次表达，然后便一如既往地庸俗着，隔几天就会劝说一次："我在你这里一个月挣不到4000，你去一次就

3000，别不知足，还是去吧，总比没有强。""打住，你是老一套，我也是老一套，不去。"突然有一天他火了："我都给你争取到3500了，你还不去，你把你当成什么人了，泰勒还是皮雅芙？""我不是她们两个，我是艾薇儿也是布兰妮。""可惜死了，你有她们的梦，没有她们的命。"有一段时间她有点妥协，告诉他："只要在5000以上我就去。"然而他从来没有联系成过一次。每每看到他把失望而怨恨的眼光投向自己，她就知道他心里有多气：都是你，萝卜白菜卖不出山珍海味的价，不是小麻雀就是丑小鸭，充什么黑颈鹤白天鹅。她会在心里冷然一笑：现实归现实，承认归承认，我就不承认你能拿我怎么样？谁愿意一辈子做麻雀做鸭子就让他做去，我可是瞄准了云端不放手的。看来你也就是个只配享受萝卜白菜的人，但你上错了台阶走错了门道，这里不是泥淖是海洋，只生产浪花不栽种萝卜，要是不乐意就赶紧走人。她心里这么想却没有说出来，需要胜过了嫌弃，他的贝斯弹奏和人声伴奏真还不能说是聊胜于无，尤其人声伴奏，虽然不是特别棒，但也算中规中矩，挑不出大毛病，说明只要他一进入音乐就会莫名其妙地深沉雅致起来，至少声音的呈现是这样，好像灵魂中的狭隘、浅薄和世俗一经五线谱的过滤就会走向反面。那就暂时留着吧，等有了中意的人，再让他走人也不迟。

　　塔波鼓响起来了，是饿先生的打击乐，就在肚子里。这才意识到已经过了中午，还没吃饭呢，左右看了看，不是高层住宅楼就是大酒店，那就往前走走再说，前面是胶州湾畔的新街群，有的是便宜实惠的小店小吃。但路过新街群时她还是没有停下，任凭小海鲜小杂鱼小过瘾的食摊逆行而过。她拍拍肚子：安静，安静，不需要的时候别瞎演奏。漫漠的脑海里，好几个乐句缓缓而出，本应该连成一条线，却扭成了一股绳，不行不行。她赶紧扯开，吟唱着，一句一句重复，想给它们排列出符合情感逻辑的顺序，然后朝着开阔的境界延展，组成一个乐思、一个旋律、一个乐段，结果发现，又有新的乐句无中生有地冒出来，扭成新的绳索，迅速纠结起来，形成了一个带有许多空隙的球。乱了，乱了，再这样下去就乱麻一团了，一旦解不开就会成为废物，扔都没地方扔，只能堆积着，让脑海变作一个垃圾场。她开向路边，不管不顾地踩住刹车，从双肩包里取出一个很大的本子和笔，一边哼唱一边潦潦草草写起来，是来不及画线的五线谱，不同形状的音符、忽高忽低的排位、有疏有密的分列，连成一串，又连成一串，很快铺满了四页纸，然后随意画着箭头，让上一串下来，又让下一串上去，仔细看看，顺序依然不对，再涂再改，随手画出节奏与节拍、强弱与长短，大致相同的时间片断形成了，接着便是循环和重复，尽量完美地把时间的意义控制在音符的出现和消失中——音乐是时间的艺术？不一定对，照音乐界的权威青岛大学的穆教授在一篇文章里的说法，它应该是最能体现爱因斯坦时空观的艺术。休止，休止，之后才需要延长，必须加上连线和附点，再加上切分音和装饰音，五个倚音，六个波音，还有必不可少的"tr"，这是颤音。咦？居然忘了和声，这可是音乐美感最重要的一部分。主题有了，旋律有了，情感的意义和性质也有了，那就铆接吧，必须让所有的乐句活跃起来，活跃的结果便是自动连贯，形成一条有源头，有上游与下游，有入海口的长河，随着地势的起伏，流动出涟漪、波浪、静水与高潮。她知道很多唱作人作曲时都会先写成简谱，完了再变，但是她必须直接写成五线谱，是习惯，也是一种追求更多内涵和便捷手段的方式；很多人没有钢琴就不能作曲，而她的看法比较接近古典：依赖钢琴是不体面的，至少说明用记忆辨音和增加复杂和声的能力比较差。她希望自己能像贝多芬那样在田野里作曲，像柏辽兹那样仅凭自己非凡的联想和把控就能创作《幻想交响曲》这样伟大的作品，而不是把灵感寄托在制造精美的钢琴上，因为柏辽兹大师根本就不会弹钢琴。但千万不要以为她是反感钢琴或者没接触过钢琴才会这样,她熟悉钢琴宽广的音域和高妙无比的意境,了解它纯粹而清透、细腻而圆润的音色,知道它月光一样皎亮的特质和乐器集合体一般丰富的表现力,她能不依靠乐谱就熟练地弹奏至少30首巴赫以降的古典乐曲。每次作曲她都是一边想象钢琴和其他乐器的音响,一边选择适合这首曲子的最佳材料,选择的标准便是在振动出声音的同时也能振动自己的心灵,音乐是情感发出的声音,是对生命的唤醒和升华,对她来说它还是生命存在的等同物,如同阳光、空气和饮食,缺少的结果只能是死亡。她曾经把自己最初创作的几首曲子寄给母校的裴老师,让老师通过严格的数学公式在钢琴上测试,结果表明,她的音乐表述和钢琴的演绎百分之百的契合,呈现一种天造地设的完美。当裴老师在电话里知道她的作曲并不依赖钢琴后惊奇地说:"不得了,说明你利用钢琴比别人利用得更好,在别人是展示技艺,在你是袒露灵魂。你是一个有灵魂的人,钢琴便是它的一部分。我建议你不要浪费自己的才情,还是回学校来吧,我可以给你想办法。"她说:"裴老师,你看了我的作曲就知道,它是机器的一部分,是稠糊糊的机油和脏兮兮的棉纱的组合体,是烟囱冒着黑烟的污染和车床发出轰鸣的噪音,纯粹的工厂民谣,城市的下里巴人,学院派的首要排挤对象,我去合适吗?"

她还在哼哼唧唧地作曲,不过已经是尾声了,是副歌的最后,应该是高潮吧,或者是流行句?歌词还没出来呢,拿不准。那么歌词怎么写?前纺的、后纺的、粗纱的、细纱的……她的创作大部分是先写出歌词再谱曲,但也有例外,就像今天,夏蓉蓉的棉纺厂和她母亲的历史突然成了一种激发,音符奔跃而出,曲调先于歌词出现了,而且是急不可耐的,接下来就是按照曲调的主题填补内容的主题,按照旋律的要求扩充情感的要素,然后把衔接好的乐思变成流畅的歌声:是清花,是梳棉,是并条,是络筒,或者是一个纺织女工近前的脸庞和远去的身段。正想着,有人咚咚咚敲响了车门,顿时把她从天空拽到了地面,翱翔戛然而止,她像折了翅膀的鸥鸟,歪倒在礁岸上:警察?她赶紧开门出去:"什么事?""这里是停车的地方吗?""对不起,我没顾得上看。"警察递过来一张粉色罚单,像是给一个姑娘馈赠了一张电影票。"这就罚?车里不是有人吗?""我也知道车里有人,想着会随时开走,但你待了多长时间你知道吗?一个半小时。"她接过罚单,正要回到车上,警察说:"我好像在哪里见过你。""是吗?你肯定经常上网,还喜欢音乐。""对了,在'子午线',你唱过一首《大货车之歌》。""几年前的旧歌,你喜欢?""谈不上喜欢,大货车归我们管,比较敏感。""你听了我的音乐,不给钱不说,还罚款。"警察一笑:"两码事。""干脆这样,你高抬贵手,我献给你一首歌,就这一首,刚刚在车里作完曲。"说着摊开手中的大本子给他看。"什么歌?""应该是《纺织女工》吧?还没想好,也许会变。"她说着把罚单还了回去。警察笑笑,居然收了。"谢谢。""不客气,你把歌唱好,我母亲就是纺织女工。""这么巧?""这一带原先是国棉十厂的地盘,当过纺织女工的人多了。""怎么没见厂房?""拆得一干二净,都变成了街区和住宅。""这么说你母亲已经下岗?""八年前的事,厂子说不行就不行了。""她还好吧?""还行,就是耳朵有点聋。""眼睛呢?""也有点瞎。""什么叫有点瞎?""一只眼睛0.3,一只眼睛0.2。""哦,是不够好。""别操心别人了,操心你自己吧,歌星都是挣大钱的,你怎么就开这么个小不点儿?比玩具车大不了多少。""不是还没挣上钱嘛。""那我就不耽搁你了,赶紧挣钱去。"警察说着转身离去。她冲他喊道:"别忘了听我的歌,就叫《纺织女工》,不变了。"

舞曲乐章
纺织女工（作品第3号）

不间断的月落日出告诉我，
已度过三年鸟飞三年花香。
请带上食物、淡水和衣裳，
你我的家乡应在正西方向，
但愿还能遇到经停的岛屿，
我们至少有一千天的远航。

1

施欣萍回到老钢城时已是下午四点多，太阳一如既往地照耀着老工业基地的废旧建筑，建筑们拉长了阴影，更显得有一种固体波浪般的鳞次栉比，就像一些不甘枯槁的老人在最后的夕阳里朝着天空晃动着谢顶的头颅，早已是饱经沧桑了，却依然矍铄地活着，存在了七十多年的老钢城依然顽强地活着，似乎人的健旺也是建筑的健旺，或者说龙钟的只是人，苍老的只是面孔，而那些钢铁和制造过钢铁的设备，却会因为人的代代相传而注入新的血液，充沛的永远是为了生存的精力和继续传宗接代的毅力，是简简单单的两个字：活着。几年前，当"海岸钢铁"迁往远离城市和海洋的"海岸工业园"时，集团紧急启动了变车间为住宅的改造工程，动员所有退休人员留在这里，不能厂子走了，地盘也没了。他们想让自己人先把地方占住，等将来条件成熟时再回来，正式启动"海岸钢铁地产"：盖一片大规模、高档次的居住小区，建一座五星级的"合金大酒店"，打造一个集零售、餐饮、娱乐、休闲、文化、康体、商务为一体的一站式消费和体验式购物中心，形成一片多功能、现代化、综合性的城市多维空间，让它成为青岛从城市进化到都市的一个象征。为了尽快做到该占有的都占有，集团在投资改造的同时，也默许了不少个人行为：那些有能力给自己造屋建房的集团职工，按照粗略的规划和面积限额，盖的盖，隔的隔，让废弃的老钢城瞬间出现了许多各式各样的住宅。领导的说法是：只要是自己人，将来怎么办都好说，千万不要让外面的人进来，一旦进来就不好撑了。海岸钢铁集团是举足轻重的国营大企业，土地自然是国有的，但有关部门还没来得及反应，老钢城的工业用地就已经变成了钢企职工的新住宅区。等开发商瞅准地皮，打通各种关节准备投标拿地时，才发现他们根本就拿不起，这里是靠近胶州湾的海岸福地，要价自然是很高的，住户们齐心合力，谁去说都说不通，包括"海岸钢铁"负责老钢城的那些人，他们的说不通当然是假装的，人人都知道，房地产是谁开发谁赚钱，集团的地皮，凭什么要让外人去开发？施欣萍的住宅，就是在这样一种背景下出现在了老钢城坚实的水泥地上。她雇人用廉价的次品宝丽板在她看准的地方隔出了卧室、客厅、书房、卫生间、厨房，还有一间录音棚，尽管设备简陋，但保证音乐的制作和视频上线是足够了。这会儿，她的小蚂蚁穿过了选矿厂和洗煤厂之间笔直的马路，正在快速绕过已经拆了围墙裸露在外的炼焦炉和围墙变作院墙的烧结厂，前面就是5800立方米的巨大高炉和新建的高炉广场，广场的两头是"工"字形的炼铁车间。她在一个设置有红绿灯的十字路口停了片刻，然后拐向车来人往的东街，缓慢地走出一个狭窄的扁形 S 线，来到原先码放生铁铸块如今覆盖着一片红砖红瓦四层楼的地方。路况好起来，红绿灯也少了，她加快速度继续往前，两个作为炼钢标志的露天转炉出现了，转炉右边是二次冶炼车间，左边是轧钢厂，前边过去两个路口，就是差不多有一个足球场大的钢锭车间，她的住宅就在车间阳光灿烂的西北角。相比于前面，这里的居民少了许多，是个闹中取静的地方，还有一片不算清澈却常有野禽造访的湖，湖边有松林和桃林，有几棵樱桃树和樱花树，有一条寂静的林荫道连接着不远处原海岸钢铁集团的办公大楼和劳保仓库，那里现在是黑色金属和有色金属交易所以及钢铁博物馆，交易所和博物馆从西边面对大海的地方新开了门，这里成了后院，就几乎没有过往的人了。

　　柳浪肯定是在窗户前巴巴地守望着，小蚂蚁还没停稳，他就跑了出来："我给你打电话你怎么不接？""你打了吗？"施欣萍站到车门前，掏出手机看看，"在静音上，忘了调过来，有事吗？""踏浪鞋业搞庆生，我讲价讲到4000去不去？""不去，肯定不去。"柳浪烦闷地说："我知道你不去，还有万叶地产老总的儿子结婚，去不去？""你疯了？连企业庆典我都不去，一个土豪的儿子结婚，我凑什么热闹？""人家出手大方，给的报酬可以，唱两首歌，一首五千，怎么样？去吧，都一万了。"施欣萍吼了一声："不去。""鑫基广场搞促销，你总该考虑一下吧？价钱还没定，你自己跟他们谈。""要去你一个人去。""我要是一个人能行，还问你干什么？"柳浪还想劝，她举起修长的手，使劲挥了一下："别再说了，我今天忙着呢。"她快步走进有三级铁皮阶梯的录音棚，拖了一把椅子来到靠墙的桌子前，正要坐下，看柳浪跟了进来，微微皱了一下眉头说："你是不是应该下班了？"然后推开墙角的门走进客厅，扑向了紧挨着的书房。她从双肩包里取出大本子，翻开，又从桌边拿过一沓纸，想了片刻，便写起来，是《纺织女工》的歌词——一种生活的叙事，不是情歌，不是摇滚，不是布鲁斯，不是流行乐，是地地道道民族风的工人民谣：

  亭亭的如同新松，
  向着光，迎着风，
  倩笑在紫雨之春。
  你目明耳聪，钟情女红，
  一个纺织女工的童年欢欣坐拥。

  闪闪的如同霓虹，
  火有树，灯有瀑，
  艳妆在绿雪之冬。
  你青春如梦，影没芳林，
  一个纺织女工的青年何其匆匆。

  汨汨的如同泉涌，
  弦棉花、弓羊毛，
  流浪在机车之墉。
  你拈线络纬，昼夜走动，
  一个纺织女工的中年天天鞠躬。

  如果配上萨克斯就好了，那种或呜咽或旋风般流动的音色里有地道的民谣背景，加上大号的兜底和男声鼻音的哼唱，会让吉他的伴奏显得更加从容不迫和富有魅力。乐队啊，我的乐队在哪里？该是移调的时候了，所有的配器戛然而止，只剩下钢琴的声音还在流淌，是高山上的流淌，是伴奏花腔女高音的那种流淌。不要以为流行音乐只需要简单几样小型乐器，不，所有适合或者不适合交响乐的乐器，都可以成为歌手演唱时的阶梯,能攀高也能降下,下来的时候是滑梯,虽然弯道扭曲,却流畅无比,就像时间和空间本身的延展。辽阔的音域、丰富的主题、多变的旋律,需要多样的乐器来引导,来强化,来增加色彩,只依靠吉他、贝斯、架子鼓的"老三样演唱时代"似乎已经过去了。

　　酽酽的如同茶盅,
　　是汪起,是沉淀,
　　浸苦在花色之中。
　　你分麻化茧,犹作羽绒,
　　一个纺织女工的老年别有秋容。

　　没留过披肩发,
　　没蹬过高跟鞋,
　　没穿过旗袍热裤连衣裙,
　　你把长发梳拢,
　　让秀色在包头帽里隐秘了一生。
　　一个纺织女工
　　从不享受纺织品的繁荣。

　　现在是假声,是吟唱,然后是婉转的海豚音和直刺云天的高音,突然低沉了,从"小字组"转向"大字组",静水深流,不是奔向大海,而是留留恋恋一步三回头地走向大海。要是有一把大提琴和一支次中音号该多好。没有一种乐器能够代替另一种乐器,包括号称"音乐世界"和"乐器之王"的钢琴,当你需要一种独特的音色和音高以及完美的和声时,你一定会说"只能是它",而不会说"都可以"。

当视线经纬了花丛，
当听力编织了衣锦，
当噪声勾连了龙钟，
当布疵纺成了皱纹，
当巡机引来了腿沉，
当轻絮缝纫了肺胸，
祝福便在枯涩中传送：
飞扬的明瞳依然流水淙淙，
亮翅的耳朵依然灵若飞鸿，
奔跑的不仅是双腿，
还有肺活量的无穷。

　　写完后她念了一遍，又念了一遍，拿着大本子和歌词来到录音棚，想在钢琴上试试旋律，看到柳浪还没走，就说："正好，咱们把和声与伴奏加上。"她弹起来，不断停下，修改着音符的高低和长短，加了几个连音线和渐强、更强的记号，又加了两处高音转调，让主旋律变得更加鲜明，然后从头弹起，不断添加着和弦的根音和冠音，拉出一条很清晰的低音线，形成了一个详细的缩谱，再加上配器指示，差不多完成了最初的简单编曲，骨架有了，血肉也有了，她边弹边唱，遗憾地想：这首歌要是再配上两个男高低音和两个女中低音，配上一把小提琴、一把大提琴、一支双簧管、一支巴松管和一个圆号就好了。现在是缺乏人声，缺乏配器，也缺乏对位，和弦的色彩和复调音乐的效果出不来，尤其是背景音乐，就一把吉他、一把贝斯和柳浪的人声伴奏，单薄得就像没有，感觉有点对不起音乐或者叫轻慢音乐。不行，不能再这样下去，我还是得想办法组建乐队。柳浪挎着贝斯过来，看着大本子上的缩谱和歌词，边弹边哼地加上了和声与伴奏，好几个地方略有发挥,但都不是恰到好处。施欣萍无奈地回望他一眼,鼓励道:"还是挺有灵性的,再努力。"弹唱了几遍,还没有完全熟练,她就停下了。"你刚才说踏浪鞋业搞庆生?""对啊,是不是想去了?""鞋业跟纺织业有没有关系?""应该没有。""那么服装呢?你好像前几天提到过一个服装公司?""年华制衣。""制什么衣?""专做西服。""哪里的?""就咱青岛的。""我是说它是独立企业还是某个大企业的分部?""服装啦,床上用品啦,窗帘桌布啦,都是纺织业的下游产品,十有八九是个衍生企业。""青岛纺织业早就是个微缩工业,现在只有一个大型棉纺厂,你打听一下'年华制衣'的背景。""不用打听,网上一搜就知道。"柳浪搜寻的结果证实了施欣萍的猜测:"年华制衣"原属于国棉十厂,六年前该厂被棉纺厂兼并,归属自然有了变化。"他们是什么活动要我们去?""高端产品'皇家西服'的销售突破3万套的庆典,还有表彰先进什么的。""什么时候?过了没有?""我查一下。"他拿出手机打开微信看了看,"没过,是后天。""你赶紧联系,这个我们要去。"联系的结果是被施欣萍拒绝以后,人家又找了别人,已经不需要了。"你就说我们有一首跟纺织工业有关的新歌,可以不要钱,义务演出。""给他们尽义务?有必要吗?""啰唆什么?就按我说的办。""年华制衣"同意了,开始是求之不得,现在是得之不求,拒绝是傻子的做法。

尽管都是钢企子弟,也都在老钢城居住,但施欣萍先前并不认识柳浪,是柳浪主动来找她的。"看到你在'子午线'的演唱了,那么多音乐视频里头我最欣赏你,但我觉得你缺人手。""你怎么知道?""伴奏连贝斯都有,没有贝斯帮衬的吉他就跟没有根基的树叶一样,就知道往上飘,飘得再高也是虚高,感觉不出力量的存在。再说视频肯定是随便找人拍的吧?音量不够,角度也不对,还晃来晃去的,你就不想变一变？""怎么变？""找个人帮你呗，比如我，我会弹贝斯，还能帮你录音和拍视频。""你为什么要帮我？""我也要挣钱吃饭。""那就不是你帮我，而是我帮你。""不管谁帮谁，你需要的话来找我，我就住在红房子。"红房子指的就是那片红砖红瓦的四层楼，能住在那里的都是退下来的科级以上的干部。施欣萍觉得对方有点炫耀他的住处，讥讽地说："不得了，能住到红房子里，那么大一片，就你一个人住吗？""当然不是。"他说出了自己的准确地址，还留下了手机号和姓名。过了半个月，当她又上传了一个演唱视频，感觉极其不满意之后，便想到了毛遂自荐的柳浪。红房子里有不少她的熟人，了解他是很容易的：原来他父亲不是什么干部，而是劳动模范，因为工资跟科长一样，就被算成了"相当于科级的员工"。虽然他有资格居住集团投资建设的红房子，却只能住在凹下去的一层，可见劳动模范还是不如一个科长受人待见。柳浪高中毕业后接父亲的班干过两年炼钢工，不想跟父亲一样在1700度的转炉钢水前做个照看钢水和炉渣的"模范"，就辞职不干了。父亲嫌他给自己丢脸，跟他大吵了一架，到现在还不怎么说话。他辞职后在青岛酒吧街做过代驾，还干过几天歌舞厅的保安，目前好像无事可做，整天在老钢城的大街上晃来晃去。没人说他有多好，也没人说他有多不好，一般般的品行，就看跟她有没有缘分了。她打电话说："你来试试吧。"试着排演了几首歌，录了两次视频后，她觉得还行，比没有搭档强了许多，但又不是十分满意，犹犹豫豫对自己说：那就先用着吧，以后再说。这一"再说"就持续了两年，他们共同演奏了16首歌，全部都是原创，现在又要去"年华制衣"为公司庆典助兴，并共同演唱第17首歌了。

年华制衣公司在香港路国际贸易大厦，制衣厂却远在开发区。演出敲定在下午四点，两个人随便吃了点东西，便雇了一辆小面包，带着电箱吉他、电贝斯、效果器、音箱、调音台、麦克风、麦克支架、线路等一堆演奏设备和演出服装，直奔制衣厂，那儿有露天搭设的演出现场。风大，有雾，他们刚经过跨海大桥收费站，柳浪就在手机上看到了大桥封闭的信息。他高兴地喊叫起来："我们运气真好，迟一分钟就过不了胶州湾，再绕道就赶不上演出了。"司机说："是我的运气好，快慢是我掌握的。"施欣萍整理着瀑泻而下的头发，戴上绿色棒球帽，又戴上墨镜说："这跟运气没关系，是跨海大桥跟咱关系好，建它用了多少钢材，都是'海岸钢铁'提供的。"司机叫沈飞，也是钢企子弟，跟他们很熟，冷笑道："就算是'海岸钢铁'提供的，跟我们这些败家子有什么关系？"柳浪说："谁说我们是败家子？我们败谁的家了？"沈飞说："不接老子的班就是败家子，都这么说，我说我也想接班，但不能我爸是锻造的，我也必须得锻造，为什么我就不能当铣工、开天车、搞配电、做检验？"施欣萍说："那要看你有没有技术，如果你能上个钢铁学院，再混个研究生，'海岸钢铁'的所有工作你随便挑。"沈飞说："你怎么好像生活在过去？搞音乐搞得都不知道现实了，技术算什么？我有个小学同学学习比我差远了，跟我一样也没上过大学，但人家现在已经成了生产安全部的副主任，不就因为他爸是咱'海岸'的老领导嘛。还有我楼上那个姓庞的，你们应该知道，他也喜欢捣鼓乐器，一个电大毕业生，居然成了技术质量部的工程师，负责工业园新转炉的建造，你们说他靠的是什么？"柳浪说："人家老爹当过炼钢厂的总工，不仅遗传了技术，还手把手教过，你知道什么？"施欣萍说："人各有志，为什么要比来比去的？我就不比，要比也是他们跟我比：你看人家，活得多来劲。"柳浪问："来劲吗？"施欣萍说："你觉得不来劲？那你干吗跟我在一起？"沈飞说："这你还不明白，人家辞了职，离开工业园回到老钢城，就是为了你。""他辞职那会儿我根本不认识他。""可人家是认识你的，你是老钢城的钢花，所有的眼睛都盯着你，包括我。"柳浪不想扯这个,改了话题说:"我可是在2号转炉干过的。"沈飞说:"你幸亏离开了,2号转炉绝对是凶炉,上个月出现裂口飞钢,钢条就像粗大的缆绳一样飞出来几十米高,好在没打着人,就是把转炉对面的监控室打出了一个洞。这个月又有人从喷渣口跳进了渣罐,钢水'刺啦'一声,人就没了,赶紧停炉寻找,连尸骨都没找到,就找到一只用阻燃橡胶和复合铝箔做的鞋。""什么?"施欣萍惊叫着跳起来,"咚"一声撞到了汽车顶上,差点撞掉墨镜,她摸着头说:"不会是网上瞎传的吧,我怎么不知道?"柳浪说:"你除了唱歌作曲,还知道什么?'海岸'官网都承认了。"她吸着冷气说:"太惨烈了,为什么?"沈飞说:"有说是失恋了,有说是跟领导闹别扭。"柳浪说:"我听说是炒股赔了钱,想不开就寻了短见。"施欣萍说:"一个炼钢工人的月工资也就3000多点,他哪有资本炒股?"柳浪说:"借呗,这样的炒股只能赚不能赔,赔了就还不起。"施欣萍长长地"哎呀"一声,望着窗外,再也不说话了。

  跨海大桥正在上升,就像一艘航空母舰微微翘起的甲板,小面包就要飞起来,或者掉进海里。桥面飞快地延伸着,人就像关在铁笼子里踩踏转轮的松鼠,旧的错觉消除了,新的错觉又有了:一会儿是空中踏云的飘逸感,一会儿是天梯接地的稳实感,无数艘航空母舰正在整齐划一地追尾,扭行和飞驰的是钢铁,被塑形的钢铁以永固的形态牢牢架设在柔软而空旷的水面上。胶州湾的海心地带,雾反而是轻薄的,能看到海在脚下翻滚,那些涌动而幻化的水影以无限的连绵炫耀着非凡的存在。昭示存在的还有风,风在海的皮肤上游走,掀动起毛发,组成了一条条猎猎舞动的潮线,在前呼后拥的忙碌中,腾挪跌宕着,让风浪之诡变成了风浪之美。是那么美的稍纵即逝,就像音乐,你根本不可能抓住它,让它定格于某个辉煌的瞬间,却可以烙印在记忆的苍茫里,持续它激动人心的律动。又有诗音出现了,是诗也是音,词汇不间断地链接着，旋律线流畅得如河如溪，混同着钢水的奔腾、生活的挫败、献身的悲烈，尽管是面对绝望与无助的献身，是生命挣扎到最后一刻的火中剪影。她没有从身边的双肩包里拿出大本子和笔，只在心里唱着，唱着《钢水谣》，也唱着自己的身世：母亲走了，也是自杀，虽然不是直接投入钢水，但也跟炼钢有着脱不开的干系。自杀的背景里有一个不可战胜的魔鬼，那就是爱情，那种奇崛而赤诚的非正常爱情。后来父亲也走了，是真正的走，不是回避"死亡"说法的那种走，一走就再也没有回来，也是因为爱情，爱情让他无脸见人，无脸见女儿和老钢城的所有人，留给她的只是一种经过刀具刻画的记忆，一个铸造在脑海深处后颤抖不止的音符：魁伟的身子，就像一峰最高的浪，从遥远的海上激荡而来，汇成了他一往无前而又壮丽迷人的生活，看到他就能想到海上风雷，想到男人最优秀的特质全都集中在了一个人身上。

父亲出生在青岛葡萄酒厂一个酒窖工人的家庭，18岁进入"海岸钢铁"，从炼钢工干起，一开始就风风火火地像一团滚来滚去的待化之铁。他聪明，能吃苦，性格温和，喜欢帮助人，跟所有人都处得来，关系融洽得就像炉火之于钢水，还能舍生忘死地扑向火海救人——一次隔壁转炉的爆炸为他提供了成为英雄的机会。更让大家服气的是：他喜欢钻研业务，一个高中生懂得的比大学生还要多，普通炼钢工七八年积累的经验，他用五六个月就能全部掌握。两年后他以先进工人的身份成为班长，三年后成为工长，五年后当了1号转炉的副炉长，又很快成为炉长。不久，120吨的1号转炉就升级为"海岸钢铁"的标杆转炉，日产钢每天都在57炉6500吨以上，而且从来没有发生过事故，也极少停产检修，因为他总能做到最及时最到位地修补转炉的内衬腐蚀。那时候他的月薪13000多，年终还有奖金，在同级别的员工中是最高的。因为能干,他成了"重点培养对象",被调往刚刚结束翻新、准备大幅度提高产量的高炉担任工长,几个月后升为副炉长,两年后又成了炉长,月薪也是不断地涨,一直涨到36000多,还不算绩效。他做炉长时,所在的高炉成了全国行业内优质、高产、低耗、长寿、高效益的样板,拿到的奖金就更多了。就在父亲调去高炉后半年,他遇到了母亲——一个"海岸钢铁"机床车间的女车工。那是一个春天,工会组织海岸职工乐队,准备在"五一晚会"上演出。他们到处寻找会乐器的,便把父亲和母亲拉扯到了一起。父亲会拉二胡,母亲会弹琵琶,也正是这两样乐器成全了他们的爱情,两个人在海岸职工乐队相遇后不到半个月,就开始互送礼物,那是私底下偷偷练熟的曲子,他送了她《秋水伊人》,她回赠他《玫瑰三愿》,然后就琴瑟合鸣了,一个像高炉一样火热,一个像车床刀具一样明快,三个月后结婚,就已经微微鼓起了肚子,可惜的是第一胎流产了,因为青春激荡,怀孕期间不检点,第二胎两个人倍加呵护,终于顺顺当当出世,他说叫欣欣,她说叫萍萍,最后的妥协是合而为一。父亲和母亲都说:幸亏没要第一胎,不然怎么会有一个这么漂亮聪明的女儿?那时候的计划生育政策严格得如同矿石化铁的添加剂指标,厂里没有人敢违背。既然父母都会乐器,发现女儿的音乐天赋是很容易的。施欣萍不到4岁,他们就带她去海岸中学见过了音乐老师乔普林——一个长得像费雯·丽的姑娘。然后便开始商议买钢琴,乔普林建议他们买一台直立式的,可以节省地方,还便宜。父亲说:"这两个问题都不用考虑,没地方摆就换房子,东西以最好为标准。"于是就直接从德国订购了一架殿堂级的博兰斯勒,是三角平台式的,紫檀色台面,漂亮得无与伦比。自从宝贝女儿在乔普林老师的指导下开始弹奏"车尔尼"后,他们的二胡和琵琶就再也没有发出过声音,后来搬了几次家,房子越搬越大,放置两件小乐器的地方却越来越紧俏,加上弦断弓失,只好请它们去了街边的垃圾箱。施欣萍说:"为什么要扔掉?光培养我的兴趣,你们的兴趣怎么没有了?"父亲和母亲都说:"你就是我们的一切,你的兴趣就是我们的兴趣。"真的就是一切吗?家里不见了二胡和琵琶的那一年,正是施欣萍上小学四年级的时候,十里钢城突然有了一个并不美丽的传说,传说的主角就是母亲,母亲因此而变得出类拔萃,是看不见的风流国里那种香艳第一的拔萃。

那时候母亲已是高级车工,也就是国家职业资格三级,再往上就是技师和高级技师了。她带着一男一女两个徒弟,人品长相都不错,就想充一回红娘把他们撮合到一起:"老天爷真会安排,把你们分配到了我这里,论长相论年龄论本事,简直就是天生的一对。"女徒弟羞赧地一笑,没说什么。男徒弟却大摇其头:"不合适,绝对不合适。"母亲追问道:"为什么?别站在转炉望高炉,机会难得,千万不要错过。"男徒弟没有反应,母亲便一再地追问:"你是不是已经有了?谁啊?给师傅说说,我给你把把关。"男徒弟吼了一声:"就是你。"吼完了就跑。母亲说:"跑什么?知道自己会挨打还乱说,有本事别回来,我可是记在心里的。"听到的人都以为是开玩笑,只有母亲明白,她记在心里的可不是打他几巴掌,而是徒弟的那句话——"就是你"。一个年华正好的少妇,不可能看不懂对方眼里的内容,那里有超过炼钢炉的滚烫,有情不自禁的撩拨,还有志在必得的坚定。她对自己说你必须躲着他,却发现越躲越近,就像她站在礁石上面对着海浪,看着走了,一扭头又来了,而且气势更大、淋得更湿。两个月以后她的预感变成了事实。那是一个晚上,留在车间值班的徒弟打电话说:"师傅,有个急件需要车,我干不了,麻烦你来一下吧。""什么急件?天都黑了。""我也不知道,是高炉的人拿过来的,要不你给他们说说,明天再车行不行?"似乎徒弟给了她一种选择:你也可以不来。如果她问问丈夫:你们的什么急件,需要这个时候车?也许就能避免了。

但是她不仅没有问,还匆匆忙忙赶了过来,站到值班室的门口问:"急件呢?"他一脸通红,声音怪怪地叫了一声"师傅",又叫了一声她的名字。母亲想:坏了,今天晚上逃不掉了。不是她被强力挟持的那种逃不掉,而是她把持不住自己的那种逃不掉。"快拿急件,干活。""师傅,你还没看出来吗?我就是急件,我一开车床满脑子就是你。""别开玩笑。"玩笑却接踵而至,他扑了过来。似乎并不是徒弟力气太大,而是她根本就使不出力气来推开他,一被他抱住,她就软了,而且还在冒汗,在发抖,在想车间的门关好了没有?她比谁都清楚,之所以能有这一刻的软弱,前提是自从女儿开始学钢琴,丈夫就再也没碰过她,而她却依然春色荡漾,不灭的渴望和不驯的冲动让她的心灵时常处于躁动不宁的摇摆中,滋生着蓬勃,也滋生着混乱。她没有逃跑,放弃了反抗,清醒着,也糊涂着,拘谨着,也放纵着,直到混乱结束。她哭了,把头埋在徒弟的怀抱里,一下子哭成了一个泪人儿。眼泪是最好的说明:被他掳掠而去的不光是肉体还有心灵,有她潜藏很深却一下子浮现而出的水性杨花。以后的日子里,约会就变得接二连三了,有时在车间值班室,有时在海边的礁石后面。癫狂状态中的海誓山盟让她和徒弟都相信:他们是世界上最最相爱的一对,包括丈夫在内的所有人都不能拆散他们,未来是他们两个的,不仅光明而且完美。徒弟的爸妈都是青岛标准件厂的工人,工厂不景气,早就下岗了,没多少收入,身体还不是很好。母亲知道后把自己的所有积蓄都拿了出来。她虽说只是个天天根据图纸车削工件的车工,但机床车间的活是计件的,她技术好,效率高,只要不请假,每月至少有4000多。何况她没有额外的负担:她有一个妹妹在黄海港集装箱码头开桥吊,挣的比她多,父母不需要她赡养,她自己的家又那么殷实,除了感情,似乎所有的东西都富富有余。徒弟说:"你给了我这么多钱,我能给你什么?""你已经给了,给了我那么多那么多,我满满的全是收获。""什么收获，我怎么不知道？""爱，懂吗？"她变得比他更渴望也更无私，在她这里，爱就是给狗拴个链子，拉扯到哪儿就去哪儿。她是他的狗，不仅完全属于他，属于她的上帝，也彻底融化在他的血液中，随着他的搏动在流淌在发热。他是高炉，她便是可顺可逆的铁水；他是车床，她便是可方可圆的工件。而徒弟却希望颠倒一下：你是高炉，我不是，是你让我变成了奔腾不息的铁水；你是车床，我不是，是你让我变成了你喜欢的形状。但不管各自的角色现在是什么，他们都有一个共同的未来，那就是百炼成钢，就是让海岸钢铁集团用最高的熔点和最经久的时间把他们的爱情送达彼岸，那里的名字叫白头到老。也许正是因为他们的爱极度诚实也极度纯粹，他们相信未来的念头极度天真也极度脆弱，当一击致命的动作出现在爱情的大门前时，他们居然没有任何防备。一瞬间的崩溃出现了，生命迎接而来的是无边的黑暗，是一种钢企必备的化学溶剂——镪水。

那一天徒弟来到母亲家，表面上是母亲打电话让他买些水果送来，其实是他想看到母亲，因为母亲休息，他一天没见，想。他去的时候施欣萍和父亲也在，一家人正在吃晚饭，母亲问他吃了没有，他"嗯"了一声，轻车熟路地把水果送进了厨房。出来时他看到父亲用筷子夹着一条小鱼放进了母亲碗里，不禁愣了一下。他不知道父亲有给别人夹菜的习惯，是一种关照，更是一种推让：都吃完，别剩下，剩下就浪费了，我已经饱了。倒是母亲有些异样，为了掩饰自己的尴尬，不仅不正眼看他，还过于柔情地望着丈夫说了声："你吃嘛。"徒弟嘟囔了一句"骗子"，头一扭就出去了。他的爱是凡俗之爱，本质上是自私的，既然得到了，就有许多"不准"在里头，其中自然包括了不准你对别人好，尤其是对你丈夫。"你保证。"她说："不会的，我保证，我心里只有你。"现在，他似乎看到了她的背叛：你怎么可以用私底下对我说话的口气对你丈夫说话？或者他看到了谎言后面的真相：原来你跟你丈夫并不像你说的那么冷淡，你们继续恩爱着，卿卿我我，柔情似水。他还看到了未来，不是自己的，而是别人的，母亲的一个眼神表明：在她那里，没有他的未来。他去了高炉，知道在什么地方能找到镪水，镪水是分解铁矿石的必需品，对肉体的分解差不多就是大刀砍豆腐。以后的日子里施欣萍常常问自己：为什么是喝进镪水，而不是投入海水呢？是为了表达履诺的决绝吧，就这么简单，对他来说无非是说到做到而已："你要是哪一天不爱我了，我就去死。"并不美丽的传说变得愈加不美丽甚至残酷凶险。当高炉的人把电话打给父亲时，第一个跑向高炉的却是母亲，她已经顾不得一个有夫之妇的脸面了，哭着，喊着，徒弟的名字变成了"亲爱的"："亲爱的，你怎么就不懂我呢？"而她是懂他的，懂得在他的情痴如呆里，有心脏的跳动和生命的全部。她扑到徒弟身上，哭了几声，拿过依然攥在他手里的镪水瓶，把剩下的全部倒进了自己嘴里。就这么简单，对她来说无非是信守诺言而已："你死我也死。"从那之后施欣萍常会想起孔子的话："言必行，行必果，硁硁然小人哉。"母亲和她的徒弟都是很小很小的人物，不然也不会把自己的承诺看得那么重要。那一刻，母亲疯了，居然没有想到女儿，而在她平时的表述里，女儿是怎么爱都爱不够的，可见舐犊之情毕竟不抵男欢女爱；她也没有想到家和丈夫，过往的花好月圆怎能比得过如今的比翼连枝？施欣萍跟在母亲后面，也跑着，却被落下了许多。父亲追上来，一把抱起她，朝着一个路过的高炉上料工喊道："把她给我送回家。"后来她知道，就在那个工人带她回家时，母亲已经把镪水灌下去了。浅夜来临，光华正在淡出，却始终不见月亮的影子。母亲的离去就像风把白昼吹走了，就像云朵把月亮抱走了，走的时候没有因为女儿的存在而迟疑、而回望、而驻足，可见女儿是多么得不重要。施欣萍的悲伤因此有了双重意义：母亲的死、母爱的有限以及自己的微不足道。但这还不算是最最悲伤的，没过多久，她就发现不光母爱是这样，父爱更是这样。

母亲去世后，家里的钢琴就开始哭泣，施欣萍没有中断自己的弹奏就是因为她的悲伤不是眼泪也不是话语，而是音符，音符的如泣如诉在那些日子里成了世界上唯一的声音。她会弹着弹着睡着，就趴在键盘上，把哭声压抑在自己的身体下面，但身子只要一动，哭泣就又会响起，好像用不着弹奏，琴键本身就能发出来自天上的悲歌。她醒了，又开始弹奏，没有乐谱，以前也从未有过练习，就那么随心所欲地编造着，音符按照旋律线的有序排列第一次显示了她的作曲天赋，也第一次让她看到了音乐的上帝：那些感同身受的体验，那些自然喷涌的情感。悄悄进来的钢琴老师乔普林惊愣在她身后，喃喃地说："已经用不着我教你了。"她每周至少来家里五次，给施欣萍上钢琴课，母亲出事后就不来了，现在突然又出现了。和所有跟这个家庭有关联的人一样，她神情冷峻得就像冰雪泡过的黑铁。但只有父亲知道，她的黑铁里头依然包藏着火，是热火，也是怒火。他必须回避，不能上杆子迎火而上。他看她又来指导女儿，连声招呼都没打，就躲进了卧室。她望着他宽大的背影冷冷一笑：这个家又不是世界，才多大，你能躲到墨西哥去？在乔普林的意识里，墨西哥代表最远的地方、最暗的夜晚，因为它在太平洋的那边。再说了，即便她不得不面对父亲给她制造的暗无天日，她也要挑明她跟他的关系：要么她入主这个家庭成为施欣萍的继母，要么她跟他一刀两断。她离开自己的学生，走过去，一脚踢开卧室的门，不管不顾地说起来，言辞激烈得就像吵架。父亲申辩着，没说几句，就被她一声怒吼打断了："你真无耻。"施欣萍的左手在低音键上摸索着，琴声暗哑而滞重，突然又变成了高音的锐叫，右手猛地一砸，一种幡然醒悟的感觉油然而生。她听明白了：几乎在她开始学琴的同时，父亲就跟她的钢琴教师好上了，导致的结果是：不仅让乔普林打了一次胎，还让被荒芜的母亲走向了徒弟的怀抱最终走向了死亡。但乔普林指责的"无耻"还不包括这些内容,因为她紧接着又说:"我本来不相信,听你这么一说,原来是真的,你怎么这么乱啊?我就不信没有人治你,高炉是你的天下,我承认,但整个'海岸钢铁'都是你的吗?别忘了我也有嘴,我可以告你。"母亲没了,乔普林以为父亲定然会娶她,没想到父亲断然拒绝,开诚布公地告诉她,他想娶的是一个更年轻更漂亮的姑娘,她叫秦芳,也在高炉上班,是红外热像监控系统的操作员,已经有两个月的身孕了。施欣萍认识秦芳,一个身材高挑的姐姐,是整个高炉年龄最小的女工,喜欢唱歌,活泼可爱,休息日必然会到家里来,师母长师母短地跟母亲说话,说着说着就会把话题拐到父亲身上:"他在单位可凶了,老训人,师母你让他对我们好点,别搞得我们一上班就一点自由都没有,连回个微信都不许。"母亲说:"我可说服不了他,要说你们自己说,开个会给他提意见,或者偏不听他的,他这个人就是刀子嘴豆腐心,脸上硬绷着,心里却软乎乎的,尤其是对女孩子。"有时秦芳也会跟施欣萍聊天,说的都是当下时髦的歌星,男团女团啦,街舞说唱啦,一听就知道她是个忙忙碌碌的"墙头",至少为五个歌手的专辑买过单打过榜。施欣萍哪里会想到,她居然是父亲的情人,估计母亲也没有想到,年龄相差太大了,估计有20岁吧?情场就是战场,她用自己的天真烂漫打败了乔普林的芳香四溢,用情窦初开的稚嫩挤对了对方清秀艳美的成熟。成熟一点难道不好吗?小丫头片子懂什么,居然夺了她的爱。乔普林22岁从青岛音乐学院毕业,在海岸中学做了一年音乐教师后,出现在他们家里,也就是在施欣萍不到4岁时,她就认识了父亲并且迅速跟他好上了。据她说是父亲的步步紧逼,而不是她的主动靠拢,第一次几乎是强奸,所以她要告;他屡屡承诺这辈子一定娶她,等女儿长大一点不用操心太多就离婚娶她,现在女儿大了,连婚都不用离了,他却背信弃义,又发动了新一轮的喜新厌旧,所以她要告;他在青岛燕儿岛还有一处房产，本来说好要给她，但现在的房本上却赫然醒目地写着秦芳的名字，所以她要告。父亲说："你想告就告，反正我已经丢尽了脸，再丢下去我就不在这儿待了。你知道后来我为什么不喜欢你了？因为我是一个中国人，而你虽然也是中国人，长得却像外国人，鼻子高、眼窝深、嘴巴大不说，眼睛还有点蓝。""没想到你会不要脸到这种程度，当初你不止一次地说，你就喜欢我这样的，说着中国话，长着国际脸，还流着外国人的血。""已经喜欢过了，就不能再喜欢了，哪有一辈子只吃一盘菜的？"他似乎一点儿都不想掩饰，自黑自灭着刻意把自己推向了绝路，激得她无言以对，只能告了，一是向集团领导，二是向法院。法院的人态度很冷淡，理由是尽管我们也相信你说的是事实，但告人强奸是要有证据的，这么多年过去了，你拿什么来说服我们立案？"海岸钢铁"的领导却快刀斩乱麻地免去了父亲高炉炉长的职务，而且是一撸到底。他说："我是指挥惯了人的，不可能受人指挥，伏低做小的事干不来，你们看着办吧。"他从此就不再去上班了，一个星期后递交了两份辞职书，另一份是秦芳的，可见他是死心塌地要怜香惜玉下去了。他在辞职书里居然说："对不起了领导，我看见漂亮女人心里就痒痒，就想把她变成自己的，我不是不知道好歹，是控制不住自己，想一想我也是为了爱情，爱情是至高无上的，不是吗？我辞职就是为了让大家明白，为了爱情我什么都舍得。"

2

父亲的确什么都舍得，包括房子和女儿。有一天她对施欣萍说："我是一个好面子的人，前半生我是怎么过的你也知道，什么时候都雄赳赳气昂昂的，现在我到哪儿都好像低人一等，这个我受不了。我已经没办法再待下去了,女儿面前不是人,'海岸钢铁'面前更不是人。我得走了,忘掉我吧女儿,这套房子我已经过到了你名下,钱也给你留了30万,够不够我也顾不得了。这个世上现在只有两个人你能依靠,一个是小小姨,一个是乔普林,你选择一下,想让谁照顾你,谁照顾你我就把钱交给谁。"小小姨比母亲小很多,所以叫小小姨。父亲觉得女儿的选择一定是她,就把电话打了过去,要她过来一趟。女儿突然喊道:"我选择乔普林老师。"又跑过去冲着电话喊了一声,"小小姨你别来,我不喜欢你。"父亲放下电话,严肃地问:"为什么?"她不说,也不知道怎么说,意思有点复杂:母亲出事了,按理说小小姨应该疾恶如仇,跟父亲断绝亲情关系,但是她没有,两次来家里,看着跟过去一样崇拜父亲,还嘘寒问暖的,满眼都是对他的同情。施欣萍禁不住问:"小小姨你为什么不恨我爸?"小小姨说:"我一个工人,就尊重技术,尊重有本事的人,你爸多厉害啊,从转炉到高炉,到哪里都是最棒的炉长,他这种顶尖级的炼钢大拿放在世界上都不多。'海岸钢铁'居然把他免了,还同意了辞职,不是缺乏远见,就是坏人捣鬼,你爸只要换一个地方,还是那个顶天立地的炉长,不信你走着瞧。我过去就是听了你爸的话,才成了黄海港集装箱码头的技术尖子,没有技术我敢跳槽,敢当'李拜拜'?后来你爸又托人把我调到了蓝色安全帽培训中心,打电话催我学这个学那个,要不然我怎么会成为那么多人的师傅,拿那么高的工资?1万多呢,所有的师傅里我是最高的。"施欣萍有点挖苦地说:"挣的还不错嘛,你们是干什么的?"小小姨说蓝色安全帽培训中心最初是给建筑工地培训需要持证上岗的特种作业人员的,比如电焊工、电工、塔吊司机等,这种人在工地上都戴蓝色安全帽。后来又扩大业务,变成了培训所有吊车司机和挖掘机司机的地方。"没有你爸,哪里会有我的今天?我现在越来越崇拜你爸,他是我一辈子的偶像。"施欣萍在鼻腔里"嗤"了一声,听她的话好像她不是母亲的妹妹,而是父亲的另一个女人,所以就选择了乔普林老师。乔普林老师是恨父亲的,这种恨是母亲怨恨的一种延续,也是女儿怨恨的一种表达。当她还没有能力和资格对父亲公开表示怨恨时,所有别人的怨恨都会被她当作必不可少的替代品。父亲和母亲都爱她,也都遗弃了她,但是她只恨父亲不恨母亲,因为母亲是弱者,一直都是个弱者。她试着创作了一些音乐片段,表达"母亲走了"的主题,用钢琴的大字组和大字一组、二组弹出回环往复的沉郁背景,又凭借想象调动低音巴松管、大号、低音大提琴的伴奏,衬托出前景音乐凄凉的波动:是小提琴的诉说,是键盘上小字四组和五组颤抖不止的抽泣,再加上节奏——定音鼓舒缓的敲打,那是母亲渐渐远去的脚步声。她哭了,把那么多音符一样的珍珠洒在了键盘上。又试着表达"父亲走了"的主题,两手一直在小字组和小字一组、二组上滑动,想象扩音器超负荷驱动的效果,让所有的音符都发出未受"过载处理"的声音:失真的嚎叫、小提琴最高音的撕裂、短笛的喘息、电吉他的猛烈和放纵、人声中情绪变异的回响,加上铜钹制造的噪音——父亲远去时脚掌和地面都在疼痛。她因此意识到摇滚并不美好,却很真实,她毕生追求的到底是真实的情感流露和生活提供的畸形元素,还是古典中的诗意、理想中的美妙呢?她在苦闷中徘徊,思想就在那一刻诞生了,尽管显得朦胧而残缺甚至幼稚,却为以后的理念埋下了种子,等到种子发芽时,她才意识到:真实只有在合乎需要时才可称之为美好,理想只有在值得憧憬时才会富有诗意。她需要本色的生活和明朗的真实,憧憬充满挚爱的欢笑和回归宁静的幸福。也就是说她的一只手在弹奏现实,一只手在弹奏理想,光荣与梦幻、衰变与悲催都在里头,她的音乐应该有足够宽宏的胸襟来容纳世界上的所有,何况那时她已经有了新的发现:虽然情感是音乐的上帝,但还有别的,有伊甸园和美丽而叛逆的始祖,有比上帝更重要的大地和生活,有她经过磨砺的历史和接受挑战的环境。所以说感情并不是音乐的唯一，它只是音乐的门廊，而思想和哲学才是延伸和殿堂。

　　父亲走了，带着他的小情人秦芳一去不归，没有人知道他们去了哪里。从此她便跟乔普林老师生活在了一起，钢琴、钢琴、钢琴，天天都是钢琴，钢琴伴奏了她成长中的每一次拔节，她几乎是抱着琴键踩着音符走过了小学和初中。初二下半个学期，她开始学小提琴，到了高中后又开始学吉他。这是乔普林的主意："小提琴、钢琴和吉他是三样基本乐器，也是除了话语之外，人类迄今为止创造出的三种最完美的情感发声器，你想要成为现代的巴赫、莫扎特、贝多芬、肖邦、李斯特，这些都得会。"后来仅凭模仿把吉他挂得极低的吉米·佩奇式的演奏风格，她就考进了青岛音乐学院。入学后老师才知道，她的小提琴和钢琴同样出色，尤其是钢琴，简直到了出神入化的地步。教钢琴的裴老师说："太魔幻了，这样的指法谁教你的？""我的老师，她也是咱学校毕业的，现在是海岸中学的音乐教师。""叫什么？""乔普林。""没听说过。你是一个天生的演奏家，学校打算重点培养你，你要做好留校的准备，还可能会派你去参加一些国际比赛，要争取拿奖喽。"裴老师连计划都制订好了，却遭到了她的拒绝。她知道自己真正迷恋的是作曲，新近又爱上了写作歌词，就直言不讳地表明：她志不在演奏，而在于创造，演奏是音乐的复制，创造才是音乐的生命。后来她又迷上了声乐，就更坚定了自己的信念：创造一种前所未有的音乐，它是音符的再生，是诗歌的长成，也是一种伟大叙事的开花结果。她开始喜欢唱作，喜欢爵士、布鲁斯和民谣，喜欢几乎所有式样的情歌与摇滚，喜欢无拘无束的流行音乐能够达到的各种意境，羡慕自由自在的歌手和乐手，尤其欣赏那些赢得无数粉丝的乐队。她的演奏技艺和作曲能力一天天地提高着，音乐视野也开阔起来，至少知道了世界上有多少种可以用音乐表达思想和感情的方式，有多少种音乐模式陪伴了人类的发展。她尽其所能地接触着她原先没有接触过的乐器,熟悉它们的演奏方式和音色、音域、音质、音调等,直到大三结束。她突然发现在音乐学院自己已经学不到更多的东西了,每天除了练习还是练习,生活变得有些枯燥,而内心的渴望却越积越多,越多越猛,让她无法四平八稳地待着,迫不及待地想出去闯闯,去用音乐的钢料铺设自己的人生轨迹。她卷起铺盖走人了,算是肄业吧。裴老师劝她不要这样。乔普林也说:"怎么可以前功尽弃呢?"她不听:"我明明知道自己永远做不了一个学院派的音乐家,为什么还要在学校浪费时间?""你可以多学点知识,拿个文凭,以后好找工作。""音乐家的伟大是学出来的吗?斯特拉文斯基和肖斯塔科维奇有文凭吗?"她说出了两个大学期间才开始理解并佩服不已的音乐家,又说,"我不找工作,音乐就是我的工作。"乔普林坚持道:"那就更应该上完大学,找工作是必须的,要么留校教授音乐,要么进乐团或歌舞团做个职业音乐家。""好像没有单位就没有工作,老掉牙的观点,我就是乐团,我活着就是在工作。"她是叛逆的,也是充满理性和主见的,乔普林毫无办法,连连叹气,却也不担心她会走上邪路,毕竟是从小带大的学生,又一起生活了那么久,关照她的同时也应该理解她和信任她。施欣萍离开学校回到老钢城还有另一个原因:"海岸钢铁"已经启动搬迁工程,集团默认的占地建房正在进行,既然她已经想好自己应该干什么,就不想落在人后无所作为。她雇人在钢锭车间的西北角隔离出了自己的住宅和唱作录音棚,又对乔普林说:"如果不是一穷二白,创业还有什么意思呢?乐器我拿走,家就留给你了。"她把父亲留给她的房子送给了乔普林老师,就当是替父亲送给她一件赔罪的礼物。乔普林拒绝了一番,最终还是接受了,告诉她:"你知道我为什么会留下来照顾你吗?为了你父亲,既然他已经不爱我,那就让他没有后顾之忧地去爱别人吧,毕竟我也做了对不起他的事,我告了他而他却依然信任我。你知道我为什么会接受这套房子吗？因为靠我的工资我买不起，还因为你大了，能自立了，也有住的地方了，更因为我不会再有爱情，再去跟别人结婚了。""为什么？你还这么年轻，又这么漂亮，别以为自己长得像费雯·丽就必须像乱世里的佳人那样生活。""这跟年轻漂亮没关系，我在他的家里等着他，他就是我放出去的风筝，只要我拽着，他迟早会回来。""乔老师，你那根线早就断了。""我给你说了我不姓乔，姓乔普林。""怎么跟外国人似的？""你只说对了一半。""什么意思？""以后再告诉你。"乔普林又问她需不需要钱，"当初你爸给你留下了30万，我一分也没动过，都在银行，要不我取出来给你？""他的钱你都不花，我为什么要花？"好像幻想决定了一切，有幻想的乔普林自然比她更靠近父亲，而她跟他早已经恩断义绝，别说幻想，连假想都没有了。"我有工资，你没有。""别再给我提他的钱，我自己会挣。"

　　车的颠簸让施欣萍有些措手不及，像是预期的三段体曲调突然滑向了"完全终止"，不再有任何此旋律的重复或变化重复，而要另起炉灶了。是什么让她如此不安又如此忧郁？让她在音乐的道路上若断丝连又不得不走？让她总是对自己那么不满意又自信能够飞越关山，到达"极乐"——极致的音乐。跨海大桥已经消失，脚下是开发区宽阔的马路，她用极其糟糕的心情开始默默吟唱《纺织女工》，渐渐地感觉好起来，状态似乎又回来了，便把拳头攥起来，使劲捏了捏，好像音乐的酵母就在掌心里：唱好它，唱好它，今天最重要的就是让"年华制衣"满意到家。柳浪说："看着你好像有点紧张？"她承认道："是有点，毕竟不是录制视频，不满意还可以重来，场馆音乐就是一锤子买卖，好坏就这样了，喜不喜欢只能下次再说。"柳浪说："不会有下次了，你还想再来？"沈飞转过一个弯道说："你们担心什么？人越多就越吵,一吵就都变成聋子了,加上麦克风的效果,根本听不出好坏来,一群人都是我这样的外行,就知道摇着荧光棒,喊着'我爱你'瞎起哄。"施欣萍说:"今天不会有起哄的,'年华制衣'的厂内大会,肯定很有秩序。"柳浪说:"那我们就做好准备迎接掌声吧,我就不信唱不好,越是好的歌手就越应该是人来疯,人越多发挥得越好。"沈飞问:"你说谁呢?"柳浪说:"我敢说我自己吗?我就是个可有可无的帮唱。"施欣萍笑了,没想到柳浪关键时刻还能可着劲儿鼓励她。

　　制衣厂到了,它是几座外形如同一套蓝色西服的厂房组合,居然还用隆起的玻璃天窗体现着领带和领带夹,不错的创意,就是没有音乐,不跟着音乐走的服装是走不远的,它应该把衣角掀起来,那儿是个G谱号,应该把作为裤脚的花坛空出来,造两个平放的F谱号。花坛一边是办公区和包括简易宿舍、食堂在内的生活区,一边是个停车场,演出现场就在停车场的北头。已经有人在搭起的平台上摆置设备了,从键盘、架子鼓、吉他和贝斯看,是一个四人组合,而且都是男的。施欣萍走过去瞧了瞧,发现他们带来的设备又高级又齐全,相比之下,她和柳浪不是一般的寒碜,又瞧瞧那几个人,奇怪地想:看架势并不是初出茅庐,怎么就没见过呢?也就是说他们没在"子午线"上发过视频。她取下墨镜,站到台下说:"哈罗,请问你们今天唱什么?"正在忙着插线试音的几个人抬起头,愣愣地望着她,没有一个人回答。她又说:"可不可以借用一下你们的设备,不然等你们唱完以后,我们又得重新安装,没那个时间了。"一个长头发的高个子青年呵呵一笑,走到台前,指着她说:"施欣萍?怎么没听说你也来?""你怎么认识我?""认识'子午线'就认识你。""这就不公平了,你认识我,我却不认识你,你们为什么不上'子午线',瞧不起是吧?""不对路啊,'子午线'上有情歌,有民谣,有说唱,有布鲁斯,有新爵士,有歌剧,有音乐剧,有红歌,就是没有摇滚。""谁说没有?我的《大货车之歌》

不是摇滚？""我说的是既有小理查德、查克·贝里和刘易斯那样的原汁原味，也有车间历史和废金属气息的摇滚。""标准很高嘛，不过现代摇滚早就不是工业革命时代的味道了，车间历史和废金属是不是有点过时了？""别自作聪明了，我们'星海车间'的探索还没开始，怎么就过时了？""什么'星海车间'？是冼星海的车间吗？他可是一代人的音乐偶像。"高个子得意地笑笑，做出一副高深莫测的样子不回答。施欣萍说："不说这些了，到底借不借？"高个子弯下腰来说："要是别人我们肯定不借，但是你除外。""为什么？""这还用说？你是个女的，而且漂亮。""我最讨厌的就是'染坊老板'，不求了，我们自己用自己的，拜托你唱完以后赶紧拆。""别这么绝情，我怎么就好色了？我是夸你呢。你们还是两个人——吉他手加贝斯手，你主唱，他帮唱？有乐谱吗，能不能让我们看看？"施欣萍明白他是想伴奏的意思，去小面包里拿了誊写好的乐谱给了他："请问尊姓大名？""姓铁，铁大钢。""好名字，我就喜欢钢坚不朽的重金属。""不奇怪，你是'海岸钢铁'的嘛。""你连这个都知道？是不是上网搜过？""我不会再回答你，不然你又得说我是开染坊的。""这不就等于回答了嘛，哼，但你还没有回答我的问题。""什么？哦，想起来了，两首歌，一首是《和我一起远航》，一首是《靠近边缘》。""为什么不翻唱我的？我比他们差到哪里了？""实话给你说，我们昨天在四方公园演出，唱了你的一首歌，今天想换个口味。""哪一首？""《我们为什么在这里》。""那不正合适嘛，再加上《边缘》，也别《靠近边缘》了，那是英国摇滚。再说了，你来工厂演出，唱的都是英文歌，谁听得懂？"铁大钢朝后捋了捋长发，直起腰，看了看同伴。施欣萍又说："就这么定了，正好碰上我了，美好的时光居然不知道珍惜，我可以亲自指导你们。"铁大钢呵呵一笑："真还想请教一下，只要你是诚实的，肯定只有佩服的份儿。"又回头说，"哥们儿，原唱来了，请我们批评指正，我们也不能太谦虚，是吧？"那三个人也已经听到了他们的对话，有笑的，有说的："《边缘》的词儿没记住。"铁大钢翻起手腕看看表："还有点时间，赶快记。"又扭过身来问道，"你们唱什么？""一首新歌，等我们唱完了就送给你们，随便翻。""要是好，你不送我们也得翻。"施欣萍有点夸张地叹了一口气："我真替你们惋惜，这么好的设备，就知道翻唱，你们就没有一个会唱作的？"铁大钢跟她一样也是深叹一声："我们什么都好，就缺这个，要不你来我们'激活历史'，怎么样？"施欣萍愣了一下，这个问题来得这么突然，却立马给她提了个醒：为什么只能是别人招募她，她就不能招募别人呢？包括面前这个乐队。"你们就是'激活历史'？真是百闻不如一见，我还以为你们多有学问，用音乐激活现实还不够，还要去激活历史，原来就是为了扬长避短，倒不如你们来我们这里，我们就别去激活历史了，就叫'激活'，激活那些睡着的和迷迷瞪瞪不清醒的人。""那不一样吗？娶老婆和倒插门都是同一种结果，不就是生出孩子来嘛？别误会，说错了，我是说生出音乐来。"施欣萍瞪他一眼，做了一个扔石头砸他的动作——别以为我不知道你是假装说错，又说："当然不一样，这关系到谁是老大。""一个女的当老大，那不阴盛阳衰了？绝对不可以。""我就喜欢当老大，这是保证唱作人风格的起码条件，以后的歌坛就是母系社会了，你等着瞧。""那我就不瞧了。"铁大钢转身就走，又去捣鼓音箱、放大器、插线板什么的，坚定地表示了他的拒绝。她说："你再想想吧，待会儿见，哦对了，乐谱上没标节奏，架子鼓怎么配合，你们看着加上。"

　　施欣萍回到柳浪和沈飞身边，看他们已经把带来的设备卸下来，赶紧说："快装上去，别丢人了，已经说好，我们用他们的。"正说着，就见一个穿着一身黑色小西服的年轻女人朝他们走来，满脸笑容地说："我是公司的工会主席，我姓牛，听说你们是义务演出，我们领导很重视，专门上网看了视频，说唱得不错，叮嘱我们好好接待。走吧，去办公室坐坐。"施欣萍说："办公室就不去了吧，可不可以去车间参观一下？""当然可以，我正要说呢。"施欣萍跟着去了，柳浪不去，说他还要再熟悉一下歌曲。车间很大，两条流水线同时运转，一蓝一白两条河流弯扭出了不同的造型，许多机头在同时缝纫不一样的布料，到处都是扑啦啦的声音，如同一群麻雀正在飞起，却永远不见飞远或者落下来。她皱了皱眉头说："还是有噪音，跟纺织车间差不多嘛。"牛主席说："这点声音算什么，不到20分贝，也就是风扫树叶的声音，我过去在华阳服装厂干过，机器吵得人说话都听不清楚，那才叫噪音呢。""20分贝是很刺激的，对音乐人敏感的耳朵来讲，那就是如雷贯耳。有没有一点都不吵的车间？""有啊，定制车间就不吵，高档西服很多都是一对一的制作，选料、剪裁、缝纫、成型、熨烫都是手工，不设置流水线，最多有几台数字化精准机头。""能不能带我去看看？""这边走。"定制车间差不多也是零噪音车间，几十个人默默工作着，一小声咳嗽就会传得很远。数字化机头的形状像三角钢琴，无声地上下左右滑动着，有点像被遥控的机器人。车间的三面都是大玻璃窗户，光线好得几乎用不着灯，但顶灯还是亮着。施欣萍说："太好了，这么安静，也亮堂，月薪呢？""你说这个车间？过1万了吧？我说的是底薪，就这样还招不满，现在有技术有经验的工人太少了。""刚才那个车间呢？""你是说流水线上的女工？差远了，底薪、出勤、加班费、奖金全部拿到，也只有3000多点，很辛苦的。""那你们就多给点嘛。""已经在标准线上了，青岛制衣行业里我们厂开的工资是最高的。"出了定制车间，又去了包装车间，噪音又有了，不过还好，是大机械运转的声音，呜呜呜的像是低音巴松管发出了无起伏不间断的声音。路过一个有几台电脑的小房间，牛主席进去拿了几瓶纯净水出来。施欣萍喝着水问道："'年华制衣'有多少人？""领导层加上员工，将近400，除了出差在外的，今天都来了。""你们老总姓什么?""姓年,所以叫'年华制衣'。""这么说你们是私企?""很多人都这么认为,其实不是。""国企的领导人怎么可以用自己的姓命名企业?""我们是股份制的国企,棉纺厂有一股,公司有一股,老国棉十厂也有一股,但六年前十厂被棉纺厂兼并,这一股算谁的我们不知道。我们年总是老国棉十厂的人,是'年华制衣'的创业者,自然有起名字的权力,上上下下都觉得挺好,好年华谁不喜欢?"施欣萍笑道:"我也喜欢。"有人在车间门口喊道:"牛主席,快开始了。"

所有的工人都从车间出来了,面对搭起的平台,占据了半个停车场。开始大家都站着,牛主席用尖利的嗓子吆喝了几声,便齐刷刷席地而坐。靠前的右边,摆了几排白色的铁艺椅,一些人正在入座——领导到场了,有公司领导和负责生产的厂领导,也有坐着黑色奥迪刚刚到达的上级单位棉纺厂的领导。主持人牛主席手里的麦克风吱哩哇啦响着,像是没接好功放和音箱,她用的是工厂自己的设备,好像有点老旧了。柳浪跑上去,帮着倒腾了半天才弄好。庆典开始了,先是大领导、中领导、小领导和工人代表轮番讲话,然后是表彰先进集体和个人,还没等最后一个领奖人走下台,黄昏的脚步就随着一阵凉风沙沙而来,地面变得有些阴暗,西天边际金灿灿的霞色很快被乌云遮盖,闪亮的不是一天中最后的阳光,而是雷电,下雨了,轻飘飘的一滴两滴吸引了人们的眼光,很多人一边望着天一边担忧着,但好像越是担忧的越容易发生,接着就是大雨滂沱。牛主席派了几个制衣女工,跑过去给领导打伞。最大的领导扭头看了看依然坐在地上的工人,问道:"下来是什么?"厂领导说:"演出,完了以班组为单位会餐。"大领导说:"那就直接会餐吧,演出取消。"这句话恰好被施欣萍听到了,走过去对牛主席说:"来都来了,怎么能取消呢?这里不行,车间也不行吗?"牛主席说:"行是行,就是不知道人家'激活历史'想不想演?""我去给他们说。""他们挺牛的,你能说通就好,要不然工人太失望了。我去见领导,就说演员想演,工人想看,取消了多可惜。"施欣萍跑向了平台。铁大钢正在那儿拆卸演出设备,冲三个同伴喊道:"快往车上装,别淋坏了。"施欣萍喊道:"慢着,人家说可以去车间演出。""换场地就不演了,反正报酬已经打给了我们,又不白跑一趟。"施欣萍一把拽住他的手:"你到底去不去?""干吗?"他感觉到了她手上的力气。施欣萍抹了一把脸上的雨水说:"你要是今天就这么走了,我一辈子瞧不起你。""这很重要吗?我又没打算让你瞧得起我。""当然重要,我是个女的,还是个比你厉害的音乐人,你敢不敢跟我比,今天晚上?要是认怂你就走人。""走就走。"铁大钢甩了好几下才甩开她的手,跳下平台,搬起调音台朝他们开来的一辆双排座厢式货车走去。施欣萍追上去说:"这么边缘的一个制衣厂,周围不是荒地就是废墟,你没看见吗?都已经拆迁了,又来不及建设,新工业基地都是这样,工人在这里什么娱乐都没有,就盼着你们呢,你们倒好,钱一到手,演都不演就走了,也算是搞音乐的,还'激活历史'呢,对得起乐队的名字吗?呸,不给你说了,你又不是工人出身,根本就不懂。"说着,走向了沈飞的小面包,对柳浪说,"搬东西,去车间,马上演出。"沈飞说:"这么大的雨,别搬了,我把车开到车间门口。"在车间门口,他们遇到了牛主席。牛主席说:"我就知道他们不来。"施欣萍说:"没关系,我们多唱几首。"牛主席便带他们去了最大的车间,也就是西服模样的厂房组合的胸腹部位。工人们已经到场,所有能坐能站的地方都是人,连墙角维修流水线的升降梯上也都挤得水泄不通。舞台留在了中间,不大,但乐队演出是足够了。施欣萍手忙脚乱地摆置着设备。柳浪喊着:"电源在哪里?少一个插线板。"施欣萍就又喊:"牛主席,帮帮忙。""不用了,我们什么都齐备。"施欣萍扭头一看,喘了一口气,什么话也没说,转身坐到了音箱上。浑身湿漉漉的铁大钢说:"本来不想来,有句话想告诉你,所以就来了——谁说我们不是工人出身？我们四个原先都是机车集团总装厂的。坐没坐过高铁？你用过的洗手间说不定就是我们设计安装的，没发现特别好使吗？红外线感应控制，不用触摸，手靠近它晃一晃就能来水。"施欣萍冷冷地说："对不起，我没坐过高铁，只听说上面的洗手间臭不可闻。"铁大钢呵呵一笑："我不跟你计较，尽管你侮辱了全国最先进的公共洗手间。"又问，"你干过几年工人，什么工种？""我没有。""那你有什么资格说别人不是工人出身？""我是在工厂长大的。""就算是工人的女儿，也不等于是工人，哪来那么多工人情结？""遗传的呗。""那是不是也遗传了点斩钉截铁？你的做派是硬摇滚风格，可惜不在我们乐队。""我挺喜欢硬摇滚，但不是唯一的喜欢。""看得出来。"他说着便去和乐队成员一起安装设备，很快妥当了，又走过来说，"恐怕不能直接开唱吧？得有个报幕的。"说着把麦克风递了过来。施欣萍接了又还给他，站起来说："等一等，我去换服装。""别换了，你这一身挺好，蛮性感的。""那就更要换了。"柳浪说："我去给你拿。"施欣萍说："别，我去车里，这里没法换。"铁大钢说："到处都是女工，你让她们围个圈呗。"柳浪在人群里穿梭着，跑向了车间外面的小面包。

片刻，在牛主席的指挥下，制衣女工组成的更衣室出现在舞台旁边，等施欣萍从里面走出来时，全场发出了一阵"哎哟"，接着便是掌声，一方面是因为漂亮，惊艳到了大家，一方面是因为在这个临时凑合的演出现场，观众看到的却是演员的决不凑合，似乎体现隆重的并不是场面，而是姿态，是演员的敬业。掌声持续着，还没有演出，就已经热烈得让人兴奋。这是一个换上耀眼的演出服就能赢得一片掌声的夜晚，它让演员和观众的关系一下子变得简单明了：你怎么对待人家，人家就怎么对待你。原来把自己打扮得漂漂亮亮是一种付出，对方的回赠便是惊奇的赞叹，是掌声。铁大钢朝她竖了竖大拇指。她嫣然一笑："可以开始了吗？""就等你呢。"施欣萍穿着一袭白色长裙，右肩和右胸前是粉色的彩带装饰,足蹬粉色高跟鞋,显得苗条而挺拔,什么叫亭亭玉立,看看她现在的样子就知道。再看局部:红唇墨黛,直往人心里艳美着,长发以小提琴的形状松松款款地挽在后面,秀颀的脖子上戴着一串耀眼的黑珠子。她应该是地道的青岛人,却播音员似的说着标准的普通话,相比于那些自恋的以为带着蛤蜊味的方言土语才是世界上最好听的语言的青岛人,也算是非同一般了。报幕之后,节目开始了。激活历史乐队演唱起了经过他们略加修改的《我们为什么在这里》。不能不欣赏铁大钢的吉他,高度放大的音浪咆哮似的,充满了雄性阳刚的味道。贝斯伴奏也不赖,是有力和沉稳、舒缓和低回的兼收并蓄,厚实地衬托着吉他声,显然比柳浪的弹奏高明了许多。键盘手弹着跟原声钢琴的音色差不多的数码钢琴,同时操作着恰如一个音乐工作站的电子合成器,让和弦和色彩显得精致而丰富。鼓手大部分时间都在猛击,节奏强烈而震撼,尤其是副歌部分,脚踏的低音大鼓和手击的嗵鼓、小军鼓以及吊镲、踩镲一起鸣响,形成了一种流水般涌动的自由爵士的节奏,让高潮显得饱满而辉煌,然后一声巨响,所有的乐器戛然而止,只剩下人声还在延续,缓缓地消失着。掌声爆起。施欣萍意识到:虽然是自己作词作曲,但没有他们的修改和发挥以及倾情演唱,不会有这样好的效果。看来她以后的创作必须加上能给人提供方便的编曲——天衣无缝地编排出所有伴奏的乐器,再配好和声,写好对位,否则就不是一个完美的唱作人、一个真正的作曲家,而仅仅是歌曲的流水作业线上某个环节的制作人或者叫旋律和歌词的创作者。再来一遍,铁大钢和他的乐队擅自延长了时间,谁都知道,三首歌的演唱会太短了。

能看到牵牛花爬上农家的竹篱,

能看到水塘边老耕牛的粪迹,

能看出这边那边的田畦,
种过小麦和苞米。
走过去踏上长满苜蓿草的河堤,
有几棵向我鞠躬致敬的枣梨,
两岸是没有炊烟的晚夕,
河床裸露着凄迷。

一只老狗使劲寻找记忆:
我怎么从来没见过你?
春天它去远村约会狗妻,
归来时主人已经搬离。
一只逃脱抓捕的母鸡,
依然把蛋下在了鸡窝里。

她想到了"子午线"上一个号称"诗人"的粉丝的留言:"你的歌词几乎句句押韵,这样不好,浓浓的诗意被密集的韵脚踢散了,它只能唱,不能读,读起来就像顺口溜。我希望你的歌词也像你的曲调那样既完美又富有创造。歌词是诗歌艺术的一部分,而不是诗歌的余渣。"她的回复是:"如果诗意的存在是为了不让普通人流畅地读下来,那我宁肯舍弃诗意。歌词就是歌词,不仅是为了唱,也是为了说,好的歌词都可以说唱,而说唱便是给说话加上节奏和韵脚。我要创造的是既能歌唱也能说唱的艺术,是旋律、节奏与和声的文字表达,它叫rapper。""诗人"再也不留言了,甚至都不点赞,后来干脆消失了。但是她觉得"诗人"并没有离开,他(她)一直在"潜水",在夜深人静的时候偷听着她的歌。对音乐敏锐的直觉帮助她发现了"诗人"的秘密:太要面子了。后来她在乐评人"纯净巴洛克"的公众号上看到了同样的语言,不过不是批评或者意见,而是引用。"纯净巴洛克"的意思是:"诗意的歌词不管配上音符还是独立于音符,都是诗,诗意既可以附丽于旋律也可以左右旋律。而音乐的难度在于:没有歌词的诗意在哪里?"她看了好几遍,越看越觉得"纯净巴洛克"就是那个消失的"诗人",他(她)的目的是逗你回复,然后形成话题,故弄玄虚地阐发一番,以示高屋建瓴。

> 我不在乎一只狗的悲戚,
> 不在乎孵出小鸡的母鸡,
> 我只想告诉你:
> 我们为什么来到这里?
>
> 为了另一个地方的美丽,
> 那里有楼厦的聚集,
> 有更多人的呼吸,
> 还有陆岸与海洋
> 关于环境的真理。
> 那里需要蓝天和云霓,
> 需要水的清澈和涟漪。
> 那里的姑娘喜欢露脐,
> 可不要污脏了她们——
> 纯洁的心灵芳香的肌体。

她发现铁大钢的吉他弹奏总是在古典跟现代之间摇摆,指法混乱却非常新颖,好像他在追求失真与走调的效果,却又有些迟疑不决;想在明快与阴郁、轻松与滞重之间找到契合点,让每一个音符发出从未有过的声音，却又显得不那么自信。或者，他那有点别扭的弹奏完全是为了配合贝斯持续不断的切分节奏和键盘在中音部位的柔和飘逸，好让乐器在整体上呈现一种夸张的和谐，让人感觉到他们在强调声线的互相缠绕与渗透，而非音高音低的泾渭分明。鼓手的节奏有点后朋克的味道，听起来并不般配，但要是一只耳朵听歌声，一只耳朵听鼓音，要是你放弃一个同行的挑剔而退位到一个普通观众的欣赏，就能感觉到节拍对旋律的有力烘托。铁大钢的高个子让他的身体曲线似乎多了一个弯，长头发总是在强拍的时候朝后一甩，显得潇洒而帅气。她心说不，不是小理查德、查克·贝里和刘易斯的翻版，尽管他们喜欢有加，但那种早期摇滚的原汁原味已经没有多少了。

> 我们为什么在这里？
> 烟尘不生云绮，
> 污水不育鲑鲤，
> 脏土不长茉莉，
> 大地不能如洗。
> 我们为什么在这里？
> 钢铁必须寂寂，
> 烟囱定然远离，
> 烧炭有待清理，
> 化学不再变异。
> 我们为什么在这里？
> 看不到闹市熙熙，
> 也不见衣冠济济，
> 没有爱人的情昵，
> 告别家人的亲密。

我们为什么在这里？
海洋是我们的海洋，
大地是我们的大地。

3

接着又唱起了《边缘》，也是施欣萍作词作曲，"激活历史"做了修改和发挥。铁大钢的吉他在这里变得含蓄而彬彬有礼，贝斯在它的最高音调上呐喊着，渐渐走向了无调性演奏，键盘和架子鼓似乎也是各管各的调，有点乱，但乱得富有章法。四个人都在唱，唱的都是各自乐器的调门。主歌和副歌结束了，间奏部分有点长，几乎重复了前面的所有演奏，突然，就在进入第二段主歌和副歌的刹那，乐器的调性走向了统一，四个人的声音变成了三个声部的回旋，铁大钢的高音、键盘手的中音、贝斯手和架子鼓手的低音朝着一个方向奋力走去，仿佛一条河，中间的激浪裹挟着两边沉静的大水，形成一种浩浩汤汤的态势，穿透力极强地奔涌着，走向了海洋。海洋迎面而来，吉他变得刚猛而奔放，贝斯发出了沉甸甸的浪响，键盘的伴奏恰似一股没入浪底的海流，在架子鼓迅疾的节奏里，扑向高岸。铁大钢的说唱出现了，施欣萍立刻化成了一滴水，沉浸在其中，扭着晃着小声跟了过去。

不比从前，我们成了都市的边缘，
远离闹市，远离三环四环，
也不在城乡接合部的地段。
在前方，还在前方，
那儿是遥远的乡间。

> 不比从前，我们成了生活的边缘，
> 没有溜达，没有娱乐休闲，
> 也没有时间体验市区发展。
> 在工作，还在工作，
> 要么就是补充睡眠。

说唱完了又是歌声，重复开始了，音调升高了八度，为什么？为了炫技？为了强调高音叙事？施欣萍突然意识到，"激活历史"也面临着跟她一样的问题：并不确切地知道歌声是唱给谁的，或者说根本就无从知道，因为大部分人都活得不那么自信，也比较盲目，并不清楚自己喜欢什么，尤其是面对音乐，迷惘是他们的一贯表情。基于自己的听众（不，不应该仅仅是点开"子午线"摇头晃脑的听众，而应该是直接给予掌声和喊声甚至嘘声的观众）没有明确的喜好和取舍，连带着她也变得无所适从，直到现在也没有确定自己的唱作风格：是民族风，是布鲁斯，是民谣，是情歌，是迪斯科，是广场乐，是古典主义，是慈善而悲伤的另类摇滚，是管弦乐加键盘色彩的主流曲，是一种新型的大工业流行乐？也许万花筒一样的绮丽组合才是最有生命力的呈现，也许从来不会有横空出世的创新而只有各种式样的混搭，也许她要走的仅仅是许多音乐人走过的路子，从所有的格调中获取似曾相识的灵感然后独一无二。她似乎是这样，时下活跃的大部分音乐人好像也是这样，"激活历史"何尝不是这样？如果非要给它寻找一个相像的模式，那就是想"做自己"的音乐人走进了一个"做自己"的模式：搞一点强劲明亮，再来一点阴暗低沉，最后不是走向过度的华丽，就是走向做作的朴素，懂音乐的人会发现，刻意"做自己"的结果反而使他们变成了一个大杂烩，民谣、爵士、摇滚、蓝调以及流行情歌，什么痕迹都能找到，因为全部已有的音乐形式都不可能是"做自己"做出来的，音乐的长河里，传承和借鉴从来都是最伟大的保姆。就像"纯净巴洛克"说的："'做自己'是音乐人的一个响亮而时髦的口号，好像本来他能做到莫扎特和贝多芬，但因为要'做自己'，就不去做了。其实很多时候，所谓'做自己'不过是能力低下、避难就易或者无法进入主流的一种辩解。还应该看到，如果这个'自己'是以下特征的某一种：平庸、无聊、下贱、低俗、丑陋、败坏、邪恶、阴毒，那还是做别人的好，榜样的力量是无穷的。不能让音乐人拖累音乐，音乐人可以是丑类恶物，但音乐一定要冰清玉洁。"作为乐评人的"纯净巴洛克"经常会在公众号上发一些指向尖锐的帖子，时不时还会爆一点猛料，吸毒、乱性、婚外情、偷税漏税、为富不仁什么的，就是搞不清真假。施欣萍不是很喜欢，如果一个乐评人的针砭时弊拿不出证据来，那不就跟捕风捉影、信口雌黄的"黑子"一样了？

  想起从前，那个司空见惯的景观：
  工厂坐落在城市的中间，
  潮汐从不间断，
  门开一早一晚，
  鱼贯而入叫上班，
  汹涌而出叫下班，
  灰蓝色的单檐帽连成一片，
  灰蓝色的工作服连成一片，
  提着饭盒，叼着纸烟，
  边走边想今天的计件，
  偶尔说起昨晚的梦魇：
  效益不好奖金有点悬。
  担忧下岗，操心挣钱，

师傅养家,徒弟单恋。
突然消息利好,
订单还是不断,
工厂需要扩建,
必须整体搬迁。
我们动地惊天,
都市云飘默然,
从此人们忘记了,
世界上还有工厂和车间。

边缘是无界限的深远,
边缘是看不见的拓展,
边缘是不设防的前沿,
边缘是没着落的悬念。

放肆的吉他重复乐节出现了,鼓点刚健而有力,贝斯一再地低下去,像沉睡时的呼噜,键盘却急速而华丽地飞奔着,用踏板控制的效果器里传来失真的噪音,丰满而宽广。施欣萍愣了一下:不错啊,跟上一遍又不一样了,似乎完全是即兴的。

边缘人的期待如此简单:
养老有没有保险?
医疗有没有保险?
失业有没有保险?
工伤有没有保险?
生育有没有保险?

住房公积金有没有拖欠?
既然工厂月月超产,
为什么还要加班加点?
既然营销捷报连连,
为什么工人还不涨钱?
最怕的是自动化上线,
因为紧接着就是裁员。
不过也不都是愁眉苦脸:
这个月奖金多了半千,
明天开始发放盒饭,
加班费增加到一百元,
姑娘多看了我一眼。

边缘是孤独燃烧的火焰,
不能说不招摇就不璀璨;
边缘是离开正传的外传,
不能说不主流就不好看;
边缘是裹在外面的衣衫,
不能说不贴身就不保暖;
边缘是命运对人的左迁,
不能说不受宠就不共婵娟。

  接下来就是施欣萍和柳浪的表演了。柳浪觉得技不如人,有些怯场,但前奏一出,他立刻就变得精神抖擞,整个"激活历史"都成了《纺织女工》的背景音乐,宏阔的音量和繁复的和声里,根本听不出谁强谁弱。他歪头看了一眼那个贝斯手,看人家冲自己点了点头,就赶紧离开对方的音高,弹起了和弦。一把主音贝斯,一把节奏贝斯,两个人的默契瞬间产生了一种奇妙的效果,仿佛牧童吹出了又高又亮的笛音,而他骑着的老牛则用强大的肺活量哞哞地配合着。贝斯的默契也出现在吉他上:铁大钢的吉他一进入前奏,施欣萍就开始猛拨第六弦,前者会意地滑了一下棒,便成了弹奏旋律的主音吉他。她边唱边和弦,自由自在地游走在键盘和架子鼓铺设的轨道上,加上所有人的助唱,效果好得前所未有。她兴奋地想:这就是有乐队的好处,如果她能组建起自己的乐队,还能比今天的表演更好,毕竟这仅仅是一次没有精细分工也没有认真排练的侥幸契合。乐队一定要强强联手,包括演出设备的配置,必须像人家这样既是最基本的也是最先进的。她感情饱满地唱着,把主歌和副歌唱了三遍,原本5分钟的歌曲延时到8分钟才出现尾奏。掌声热烈得如同雷鸣。施欣萍深深地鞠着躬,然后又唱了一首,是《从好望角到合恩角》。依然是掌声,她鞠了三个躬,还是经久不息。铁大钢说:"你有没有爱情歌曲,唱一首呗。"她想了想:还真没有。于是便和他商量:能不能一起翻唱《狮子王》的插曲《今夜爱无限》?他说:"你是邀请我呢还是请教我?""你是不是把自己当成青岛的摇滚大王了?""这么抬举我?看来我不能不唱了。"荡气回肠的男女声二重唱把晚会推向高潮也推向落潮,结束了。掌声被牛主席打断:"感谢艺术家们的精彩表演,会餐开始。"

施欣萍来到铁大钢身边说:"谢谢你了。""谢什么?""出色的伴奏,还有最后这首歌,好像我们一起排练过,黏合度很高。""什么黏合度,进唱都不一样,我是正拍进,你是反拍进,差了十分之一秒。""是你快了还是我慢了?""都可以,但必须是同时进。""关键是不熟悉你们的伴奏,好在马上就跟上了,再说观众也听不出来。""那是你没遇到挑剔的,你不是喜欢在'子午线'上折腾吗?小心'黑子'。"施欣萍诡然一笑:"有个问题想问你,你觉得今晚谁唱得更好?""自然是你喽。""啊?"她有点意外,"你那么自负,我还以为你会说你自己呢。""我有你那么狭隘吗?好就是好,至少比我投入,也比我感情充沛。但如果你唱的不是新歌,也没有我们乐队的伴奏,单比《我们为什么在这里》和《边缘》这两首歌,那就未必了。""我也这么想,今天才发现,我的音乐都是写给自己的,我在尽量突出我的强项而掩饰我的弱项,比如我的歌里有许多口音转鼻音,但很少真音转假音,你强行转了一次,我觉得特别好,虽然有那么一点点不和谐。我喜欢在G谱表上写旋律,但我发现你的中音音色特别好,如果我能再低八度,你唱着会更舒服。""你是写给女声的,要是同时也写给男声,就不会这样了。""以你的演唱经验,你觉得可不可以写得让所有的歌手都得心应手?""当然可以,但大家都能唱好的,一般都很平庸,没什么意思,要想特立独行,就得有上不去下不来的感觉。比如我喜欢飙高音,但再高也高不过女声,你就不能迁就我吧?有时候我又想玩玩我音域的最低线,但你的歌里基本没有,就算有低音,也在F谱表的第三线以上,因为你是女声嘛,再低也低不过男声。""看来我得改变习惯了,写歌时得想着别人,不然人家怎么翻唱?""翻唱不了还不好啊?就属于你自己了。""那有什么意思?我是既唱又作的,要是全世界的歌手都跟在后面唱我的歌,那才叫自豪。一个唱作人必须喜欢别人翻唱自己的作品,而不是极力维护知识产权什么的。还是那句话,你们想没想清楚,来不来我这里?我们重新组建一个乐队,还可以成立唱作工作室。最大的好处就是,你们可以无限量地利用我的创作资源,我也可以为你们量身定做,保证你们唱一首嗨一首。"铁大钢冷笑一声:"又来了,肯定不行,虽然我们不写词不作曲,只会唱别人的歌,但现场是我们点燃的,观众是冲我们叫好的,我们想怎么发挥就怎么发挥,所有的歌我们都可以唱得比原唱好,就等于我们站在了原唱的肩膀上,稍微一努力就会比别人高出许多。当年猫王就是翻唱布鲁斯歌手的歌才引起了人们的注意，同时代的帕特·布恩也是靠翻唱经典才成了唱片销量仅次于猫王的一代巨星。欧美流行音乐史上，因翻唱非洲裔艺人的歌而成名的歌手数不胜数。""现在能跟那个时候比？你分明是拿根绳子捆住了自己，还洋洋得意呢。太受局限了，你会发现适合你唱的歌越来越少，好不容易碰到一首，还有版权问题，像我这样不计较翻唱的唱作人少而又少。""新歌不能唱就唱老歌，大陆的不能唱就唱海外的，中国的不能唱就唱外国的，流行音乐是个汪洋大海，随便捡一滴水就能把我们喝饱。再说我们依托的是'星海车间'，它能保证我们不会走到绝路上去。""别不识抬举，我可是苦口婆心为你们好，我们加上你们，天作之合。""你恐怕看走眼了，至少我不是你希望的那种歌手。我们'激活历史'的路子是又吵又闹，带金属味的，炸场子的功能比较强，旋律和音符对我们不算什么，主要是节奏。今天的演出是收敛的，音量没超过 95 分贝，也就是 30 多米外火车的鸣笛，因为是在工厂，是人家官方举办的庆典。要搁在平时，车间的顶棚早就飞起来了。我们喜欢直来直去，随心所欲，而且简单，有点狂野，追求另类，不像你，又深情又有思想，作曲就像制造机器，每个螺丝钉都要摁上，还讲究一丝不苟的操作技术，整个一个工人阶级的代言，我们合不来。你不是问我为什么不上'子午线'吗？实话告诉你，哥们儿曾经也上过，但很快就被踢了出来，视频下线，演出也给剪掉了。为什么？无拘无束呗。那是一次'子午线'举办的演唱会，现场直播，规定我们唱平克·弗洛伊德乐队的《月之暗面》，我们唱着唱着就变成了迈克尔·杰克逊的《战栗》，其实我们事先也没想到，但听主持人说《月之暗面》是最畅销的专辑，就想告诉大家，它只是《公告牌》排行榜上待的时间最长，超过了 14 年，而不是最畅销，《战栗》才是获吉尼斯世界纪录认证的'唱片史上销量最高专辑'。之后'子午线'上就再也见不到我们了。说真的还真有点瞧不起他们，怎么一点度量都没有？真不是君子。后来想，也挺好，'激活历史'的另一个名字就是天马行空，它体现的是一种操纵现场、实现共鸣的音乐精神，是对音符和节奏的自由发挥，就像山塌了，雪崩了，水涨了，堤破了，不能事先规定它必须发出高音还是低音，必须是快节奏还是慢节奏，自然的响动是什么就是什么，响动是大自然的感情，好比音乐就是我们的感情。感情没有定规，不能规定我们上了台必须狂喜或者悲伤，如果悲伤突然降临，我们就哭，狂喜莫名而来，我们就笑，这就是我们的音乐。"施欣萍不敢认同，摇摇头说："音乐毕竟是艺术，音乐人必须有艺术的态度，艺术是有规范性的，好比踢球，全场就一个球，你不能自己再拿一个球抱着往大门里头撞。"那边，柳浪喊起来："怎么还说不完，走不走？都这么晚了。"他有点烦施欣萍跟铁大钢的接触，终于忍不住了。施欣萍回头说："你要是着急，自己先走。"牛主席过来说："不能走，一起会餐，我们领导专门说了。"又过去对铁大钢说，"辛苦你们了，吃了饭再走。"铁大钢说："不吃了，我们得赶回去。"牛主席说："就吃个饭，耽误不了你们睡觉。""睡什么觉，我们是驻唱的，不唱到两点，客人不走。"施欣萍问："在哪个酒吧驻唱？""管风琴酒吧。""没去过，我们在海滩男孩酒吧驻唱，两家好像离得不远。""那你们也得赶紧走。""我们是周三周六。""今天就是周三。""不去了，等会儿打个电话，取消。"铁大钢摇摇头说："你取消的可不是演出，而是观众。"施欣萍神情黯然地低下头说："我明白，但今天真的不能履约了。"有人在喊叫铁大钢，他大步而去。

　　施欣萍被牛主席带到工会办公室，换了演出服，卸了妆，素素雅雅、白白净净地出现在制衣厂的院子里。雨已经消停，云雾正在散去，头顶朦朦胧胧闪着几颗星，照例不见月亮，好像很长时间都没有看到它在天上了。施欣萍转着圈东西南北看了看，惨然一笑：现在的人包括文化人很少有人关心月亮，就算它真的消失了，似乎也不会有谁觉察,大喊一声:月亮哪去了?比起这个月少挣了几块钱这样的大问题,月亮的有无的确不算什么。何况多数人并不知道,没有月亮的保护,就不会有地球上的一切,它是地球的卫星,也就是守卫之星,它一旦消失,地球的末日也就不远了。想一想还是古人富有诗意,他们喜欢月亮赞美月亮,用月亮寄托感情,也创作诗歌和音乐,好像离了月亮生活就会塌陷一半,另一半自然就是太阳了。就是不知道古代的工人那些从事手工业的匠人是不是也像文人一样对月亮充满了梦幻般的奇情异想?或者他们也像现在的工人一样,天天想的除了工作还是工作,除了钱还是钱?工人们纷纷走向厂区一角的食堂,打了饭菜又分散到各个车间去会餐。从他们端着的碗碟饭盒看,饭菜挺丰盛,鸡鸭鱼肉样样齐备,还有几样小海鲜:煮香螺、炒蛤蜊、拌海蜇、炸蛎虾什么的。牛主席说,虽然是全公司的庆典会餐,但也不是完全免费,每个工人还得掏 10 块钱的会餐费,酒水也是自理的,可以在食堂买,也可以去外面的超市买,很多班组都是凑了份子,派人直接去啤酒厂买来了原浆散啤,又便宜又好喝。白酒是不准喝的,怕喝醉了出事,这是厂里的规定。施欣萍说:"制衣厂女工比男工多,她们也喝酒?""喝,我们厂的女工有许多是青岛人。"这就是说,只要是青岛人不管男女都有对啤酒的喜好。但施欣萍并不认为这是啤酒之都底层工人的生活习惯,如果啤酒并不能带给人们一种莫名其妙的荣耀,恐怕连男人都不会碰它。荣耀来自历史的深处,自从 1903 年德国人在青岛建起啤酒厂以来,啤酒就成了这座城市的招牌,富贵的人和贫穷的人都觉得不跟这样的招牌建立一种联系,就不能算是地道的青岛人。在 1949 年以前的历史上,青岛曾有 16 年是德国人经营,有 16 年是日本人经营,有 4 年是美国人盘踞,德国人留下了建筑和啤酒,日本人留下了战争和纺织,美国人留下了消费和音乐——20 世纪 40 年代的最后几年,海军俱乐部、国际俱乐部以及其他娱乐场所天天满场的晚间舞会上,自由的爵士和忧郁的蓝调就像空气一样重要且无处不在。施欣萍现在还不知道,其实她的音乐也跟美国人的来临有着虽说不直接却相当重要的联系,尤其是弹钢琴的魔幻指法,那是一个海上钢琴家在受到狂风巨浪的塑造之后留下来的遗产,它带着一种漂流者的意志,通过她的钢琴启蒙老师乔普林顽强地根植在了她身上。施欣萍说:"我也是一个青岛人,怎么就不爱喝啤酒?"牛主席说:"我也是。""看来咱们的习惯一样,我本来想给青岛写一首《啤酒之歌》,大概是不爱喝的缘故,怎么也写不出来。"牛主席笑着不说话,带她走向了食堂后面的小餐厅。餐厅门口,柳浪和沈飞正等着她。

小餐厅是平时领导吃饭和接待客人的地方,有三个大间,四五个小间,分别标着三江厅、四海厅、五湖厅、八河厅什么的,无非是生意广通,财源滚滚的意思,虽然是江河湖海,但也俗得让施欣萍暗自摇了好几下头。装潢豪华的四海厅里,制衣厂的几个领导和今天的首席东道"年华制衣"的老总年守常已经在那里了。施欣萍被牛主席让在了年守常的旁边。她也没客气,当仁不让地坐了下来。其他人就随便坐了。年守常说:"能和大明星一起吃饭,真是三生有幸。"施欣萍大大方方地笑着说:"我算什么大明星,至少现在还不是。""你很谦虚。""实事求是嘛,以后肯定是,不然我就白喜欢音乐了。"年守常哈哈一笑:"现在是我们请得动的大明星,以后恐怕就请不动了。""我是你们请的吗?我是自己来的,就是想给'年华制衣'唱首歌,想跟年总吃顿饭。""真的?那我就无地自容了。快快快,倒酒倒酒。"一听就知道年守常是个文化程度不高却喜欢乱用成语的人。牛主席赶紧起身,拿起了已经打开的啤酒瓶,不知道先给谁斟,想了想才来到施欣萍身边。年守常抬手挡住说:"不管你是将来的还是现在的,在我眼里就是个名副其实的大明星。大明星到场了,怎么能喝这个?拿白的。"牛主席便去厨房叫来了管理员。管理员从口袋摸出一把钥匙,打开小餐厅的酒柜,拿了一瓶茅台酒和几个小酒杯出来,交给了牛主席。施欣萍说:"唱歌的人是不能喝酒的。"年守常说:"没事,不要自己给自己定规矩,规矩都是给别人定的。我老婆规定我不能喝白酒,我规定工人不能喝白酒,老婆是只有规定不在现场,所以我经常是违反规定的。咱们就少喝一点,你怎么也得意思意思。"施欣萍好奇地问:"工人为什么不能喝白酒?""怕出事,喝醉了打起架来怎么办?有一家工厂,不是我们服装行业的,工人喝醉酒把厂房点着了,你说他是纵火还是喝醉了不小心?故意和过失的区别是很大的。""你虽然有规定,但也不在现场,工人要是想喝还不是随便喝了。""那他们不敢,老婆的规定没有罚款,她也罚不着,钱在我手里。工人就不一样了,钱攥在别人手里,想怎么罚就怎么罚。除了罚款,还有开除,还有记录在案,也就是上黑名单,这个太厉害了,走到哪里人家一查就知道,再找工作就难了。对工人来讲,严格执行规定就等于我时时刻刻盯着他们,叫作什么来着,众目睽睽?"牛主席说:"监督是一级一级的,年总盯着我们,我们盯着工人,平时别说喝白酒,连啤酒都不敢沾,每天都要检测,检测仪可不管你是白酒还是啤酒,就显示酒精浓度。"年守常哼哼一笑:"工人连蛋黄酥、豆腐乳、醪糟都不敢吃,病了也不能吃藿香正气水和止咳糖浆,这些里头都有酒精。"施欣萍说:"那我就更不应该喝了,我一喝就醉,醉了怎么办?不过我不会打架,也不会放火,就会晕倒。""不会醉,我看得出来。"年守常说着举起了酒杯。施欣萍还在拒绝:"别,年总,工人盯着你呢。""这个你放心,我们公司没有人敢盯我。"牛主席也说:"你就喝点吧,年总今天高兴,都豁出去了。"施欣萍说:"可见年总是个敢作敢为的人。""还可以吧,我不敢作为哪有公司的今天?"牛主席和在座的几个领导赶紧说:"多亏我们年总,才有了'年华制衣'这块牌子。对产品来说牌子就是一切,没有年总就没有我们今天的一切。"

先碰杯,后吃菜。施欣萍说:"这茅台酒好吗?我怎么喝不出来?"年守常说:"经常喝你就喝出来了,要不怎么叫腐败酒呢?"再碰,再吃,乱七八糟说着话,但说话的差不多只有年守常和施欣萍。客人这边,沈飞饿了,埋头在饭菜里,再说他只是个司机,不便开口;柳浪开始说了几句,还向年守常敬了酒,看对方不怎么搭理他,也就沉默是金了。主人那边,都是看着年守常脸色的,既不敢放开了吃喝,也不敢放开了说话,能感觉出他们的上下级关系里有一种僵硬的服从和丧失个性的驯化。"今天你唱的太好了,实话说我从来没在现场听过这么好的歌,工人们也没有听过。这叫啥滚?""也不纯粹是摇滚,我的歌里什么都有一点,民谣啦,情歌啦,尤其是布鲁斯也就是蓝调的痕迹更重一点。""蓝调好,这是老天定下的颜色,看着人舒服,我们的西服大部分是蓝调。""那就叫'蓝调西服'呗,'年华制衣'再加上'蓝调西服',一个阳光,一个蓝天,谁都不能缺少,还得仰望。""好,太好了,我记住你的'蓝调西服'。但要是市场需求黑色和灰色呢?总不能叫黑调和灰调吧?'黑调'就是黑掉,'灰调'就是毁掉,不吉利啊。""'蓝调'代表音乐和高雅的情调,你可以以它为主,兼顾别的颜色。比如汽车里有'蓝鸟',但并不是所有的'蓝鸟'都是蓝色,它也有黑车、白车、红车、绿车。""对对对,不愧是大明星,见识就是不一样。你刚才说你唱的是情歌,这是我最喜欢的。就冲着这个,我们下次还请你,你不会不来吧?"年守常说着拍了拍施欣萍的手。"当然会来,那就是纯粹演出,不像今天这样,是带着目的的。""有什么目的?""跟年总见一面。""我是个举世闻名的人吗?连你都想见。""我是有求于你。""想定制衣服是吧?没问题,你们明星就喜欢穿,一天三换,我了解,定制什么服装,你说就是了,不是西服我们也可以做。"他又拍了一下施欣萍的手,然后去端酒杯,酒杯是空的,牛主席赶紧斟上。施欣萍说:"我说的不是衣服,是人。我有个朋友,也是个会弹会唱的,比我强,绝对是未来的大明星。""你是说来公司演出?男的女的?""女的,不是演出,是想来制衣厂当工人。"年守常"哦"了一下,不接茬了。施欣萍端起酒杯:"年总,你喝酒。"然后壮胆似的自己先咕了一口,便说起了夏蓉蓉:她的天赋、现在的处境、挡车工的辛苦、棉纺厂昏暗的噪音车间对耳朵和眼睛的损坏——那可是辨识最小音差的耳朵,是看得懂五线谱的眼睛。对一个喜欢音乐的人来说,保护不好耳朵和眼睛,就等于判了死刑。而制衣厂的定制车间,她今天刚刚看过,应该是夏蓉蓉最好的去处,那里几乎是零噪音,光线又好,不伤眼睛。更重要的是,从棉纺厂到制衣厂,不过是一个系统内的人员调整,应该不会太难。年守常突然打断了她:"你说了半天,我还是不明白,她既然又能弹又能唱,直接去当大明星不就行了,为什么还要来我们制衣厂当工人?""就是因为还没有知名度嘛,现在要是出来,不仅一分钱挣不上,还得搭进去许多,吃饭啦,穿衣啦,行走啦,住宿啦,演员是摆给人看的,光化妆品、演出服就得好几万,她一点经济实力都没有,哪敢冒这个险?而且她还得照顾差不多是个盲人的母亲,养活患有严重小儿麻痹症的弟弟。"年守常半天不说话,突然拍着施欣萍的手说:"你在为你的朋友着想,打的算盘不错,要是去其他车间,当个制衣女工,我现在就可以答应你。但定制车间恐怕不行,那地方技术性很强,她什么也不会,去当摆设啊?工厂就是个劳动挣钱的地方,不养闲人。""不会可以学嘛,她那么年轻,钢琴都能学得超过玛塔·阿格里奇,就是世界上最厉害的钢琴女将,做衣服算什么?年总,说实在的,要是随便去哪个车间当个制衣女工,我就不求你了,求你的原因就是别的地方没有你们这样适合她的定制车间。只要你能帮这个忙,以后你们公司所有的庆典我们都可以免费前来捧场。""庆典能有几次?""应该年年有吧?即便不算庆典,也跟庆典差不多,辞旧迎新的晚会啦,新产品的展示会啦,我们保证随叫随到。"说着端起酒杯一口喝干。年守常沉默了一会儿,把自己的手放在施欣萍的手上说:"从棉纺厂调一个人不算大事,但达不到技术标准,恐怕就没有那么高的工资。"施欣萍端起空酒杯,伸向牛主席:"麻烦再倒一点。"顺便躲开了对方的手,"年总,你说这杯酒我喝还是不喝?""你不是不能喝酒吗?""年总要是个爽快人,我敢不喝吗?""那就喝了。""谢谢,工资只要过得去就行。我说了,她得有点积蓄,为将来当大明星做准备,还得照顾母亲和养活弟弟。""她现在挣多少?""她来了你问她,棉纺厂的挡车工一月挣多少是有定例的。""这样吧,在她现在的工资上我们再加一千,以后就看她的技术了,学得快学得好,就涨得快涨得多。""太好了,我说了年总是个爽快人嘛。不过我还是想问问,得多长时间才能学成?""那就看她喽,她要是聪明好学,跟师傅搞好关系,半年就行。"施欣萍看到对方的手又在蠢蠢欲动,赶紧站起来说:"我让她明天就来报到,找谁?"年守常指了指牛主席。牛主席殷勤地笑笑。施欣萍朝年守常拱拱手:"感谢年总。"又朝牛主席拱拱手,"拜托了。"年守常上下打量着她,拍了拍她的座椅说:"你的事办成了,现在要坐下来好好喝酒了。"施欣萍坐下又起来:"这样吧,我再给年总唱首歌,年总不是喜欢情歌吗,我就唱惠特妮·休斯顿的《我将永远爱你》,电影《保镖》里的。"牛主席和几个领导鼓起了掌。施欣萍说:"柳浪,你去拿乐器,别忘了我的吉他。"柳浪不情不愿地说:"清唱不行吗?""也行。"她后退了一步,张嘴就唱,唱了两句,就摇晃起来,摇着摇着扑通一声歪倒在了地上。柳浪和牛主席扑了过去。她闭着眼睛有气无力地说:"我不行了,快送我回去。"沈飞跳起来:"我去开车。"牛主席说:"要不要送医院?"柳浪问:"这里有吗?""没有,得去市里。"年守常起都没起来,只是大声说:"用我的车送去。"施欣萍睁开眼,勉强笑着说:"不用了年总,我就是喝的有点多了,头晕得很,还恶心,想吐,浑身一点力气都没有。"

柳浪和牛主席把施欣萍扶上了停在门口的小面包。施欣萍躺在后面的座位上，喘着气说："别忘了我的演出服。"牛主席回身跑向了工会办公室，又很快跑了回来。施欣萍说："谢谢，明天……""放心，你朋友来了我会安顿好。"又握握她的手说，"我真有点崇拜你了，你不光歌唱得好，人也漂亮，还精明。"她好像看出了点什么。施欣萍笑笑，无奈地叹了口气。小面包开出制衣厂，飞向了跨海大桥。坐在前面的柳浪不停地回头问着："怎么样，是不是难受得很？想吐就吐在车里，没事的，我打扫。"施欣萍坐起来说："好多了，我没事的。""你还是躺着吧。""又不是床，躺着干什么？过了跨海大桥往南，我们去棉纺厂的纺织小区，告诉夏蓉蓉。""你行吗？刚才吓死我了。""一离开酒桌就好了。""你是装的呀？""有点。"柳浪松了口气："装得好，离开是对的，年守常色眯眯的，还动不动摸你的手，我都记着数呢，一共五次。""四次好不好？最后一次我躲开了。""有一次他拍了好几下，那算几次？以后你不要再跟这种人打交道，臭德性，一看就不是个好人，还企业老总呢，有几个臭钱就想胡作非为。""你干吗生这么大的气，跟你有关系吗？再说他要是正人君子，我的事就办不成了。""那就不办了呗。""我今天来就是办事的，夏蓉蓉的事必须办。""你要对你负责，也要对夏蓉蓉负责，把朋友交给这种人，你放心？""夏蓉蓉是成年人，她有能力对自己负责，我负那么多责干什么？我只关心她的耳朵和眼睛，因为它们关系到音乐。"柳浪叹口气说："音乐又不是你一个人的。""所有的音乐，只要跟我有关系，就都是我的，何况我还想把夏蓉蓉笼络到我的乐队里来。""你是上过青岛音乐学院的，就不会去学校招揽人，非得缠着夏蓉蓉不放？"施欣萍"哼"了一声，想说什么又没说。

管弦乐组曲
钢水谣（作品第4号）

哪里有守望哪里就是故乡，
当三体帆船在风浪中埋葬，
我就苦等着有人路过这里，
留下来吧别让我放弃希望。
他们为留下还是回家争吵，
最后抓阄，船长笑声酣畅。

1

一个小时后他们到达了纺织小区。施欣萍让柳浪和沈飞在车里等着，自己走过去，敲开了9号楼4单元101户的门。开门的还是夏蓉蓉的弟弟夏夏。大概是灯光有些别扭，他仰了半天头才看清来人是谁，回身就走："姐，施欣萍姐姐来了。"母亲和夏蓉蓉都已经睡下。施欣萍走进里屋，摁住夏蓉蓉没让她起来，坐在床边说了让她去制衣厂定制车间的事。夏蓉蓉按捺不住地坐起来，又听她说了一遍，便惊喜地跳到了地上，趿拉着拖鞋，穿着睡衣在地上走来走去："真的一去就比棉纺厂的工资高？我要是好好学，工资就能拿到1万？不是做梦吧？"让施欣萍失望的是，她始终没有提到自己的耳朵和眼睛，也没提到音乐和乐队。"办这种事越快越好,不能拖,一拖就黄,你明天就去。""这边的手续怎么办?""你先把制衣厂的事定下来,然后再办手续,问问你们厂的人事就知道了。""谢谢你啊,还为我操这种心。"施欣萍不得不直言相告:"我是为我的音乐操心,很希望以后你来我的乐队时,耳朵和眼睛都是健全的。"夏蓉蓉也是实话实说:"可要是能挣那么多钱,我就更舍不得离开了。""也对,除非你在乐队的收入比定制车间还要多。"心说自己是不是把事情办坏了?现在能比3000多一点她就会离开,以后的起点就高了,必须得超过1万,我哪有这么大本事,保证她每月有这么多的收入?不过事情已经办到这一步,就不能反悔,还是得继续努力,启发她对音乐的感情,直到有一天在她的意识里音乐超过了金钱、亲情,甚至生命,那她就义无反顾了。不过一旦人为了自己的爱好什么都不顾,爱好本身也就没什么意思了。我为什么喜欢音乐,而且是死心塌地的?为了荣耀和梦想,或者看不见的未来?不尽然吧?或者是为了信仰?音乐能成为信仰?那些过往的伟大音乐家能成为我崇拜的偶像?也能也不能。那就是兴趣,为了兴趣我可以舍弃一切,但兴趣总有一天会枯竭,就像小孩子对玩具的兴趣,随着成长渐渐就不会有了。等我老了,我还能一如既往地对音乐保持超越一切的兴趣吗?"哦对了,就是路远了一点,上下班你怎么走?坐公共汽车?我不知道有没有,恐怕得转好几路。""我可以骑电动车。""有吗?""有啊,就在单元门旁边。我现在上下班虽然不远,但走着去也得20分钟,我们家里里外外都得靠我,不想把时间浪费在路上,有时候还会带着妈妈或弟弟去看病,比坐公共汽车方便些。""太好了,那现在什么顾虑也没有了,就剩下好好学制衣技术了。"施欣萍长舒一口气,站了起来,准备告辞。夏蓉蓉突然说:"欣萍你放心,总有一天,我会跟你一样,音乐是我唯一的爱人。"施欣萍打了个愣怔:对啊,是爱人,我怎么把他忘了?爱金钱、爱亲情、爱生命、爱荣耀、爱梦想，爱未来，爱信仰，爱偶像，爱兴趣，所有这一切加起来，都不抵我的爱人，我愿意为他付出一切，他就是我的音乐，是大地上的河流、海洋中的波浪、沙漠里的绿洲、蓝天上的太阳，彼此永远不可分离，就这么重要，爱人。好像问题解决了，她又要去为她的爱人奔忙了：乐队，乐队，怎么才能把乐队尽快组建起来呢？她捏了一下夏蓉蓉的手："我相信你，相信我们有共同的爱人。"她走了。夏夏送她出门，用一种沙哑到苍老却不失温和与亲切的口气说："施欣萍姐姐再见。"

　　回到老钢城时已是午夜，三个人在录音棚前分手，各回各的家。施欣萍洗了澡，滚到被窝里，一闭眼就睡着了。青岛音乐学院形似两个八分音符的大门拌和着《我仍未找到我所追寻的东西》的节拍朝她走来。柳浪弹着贝斯在唱：音乐学院的肄业生，为什么不去学校找人？为什么？为什么？似乎她必须回答了：不想去，不想去，就是不想去。她听一个留校的同学说，自己已经成了青岛音乐学院的反面教材，包括裴老师在内的好几个老师都在不同的场合谆谆教导过自己的学生：我们有个同学，会几样乐器就嘚瑟得不行了，以为自己有多大本事，连"大四"都没上，就自己给自己提前毕业了，理由是学校已经教不会她什么，再待下去就是浪费时间，耽误大好前程。老师们都在拭目以待，看她离校后能混出个什么样儿来。结果呢，也就是在网上瞎折腾，弹一些不三不四的调，唱一些不痛不痒的歌，听说连生活费都挣不出来，还自以为是了不起的天王天后呢。她心浮气躁，好高骛远，结果丢了前程，害了自己。同学们千万不要学她的样子，搞音乐不是跑江湖，胡乱闯荡是闯不出名堂来的，只有大学才是培养音乐人才无与伦比的温床，在校一天，就要安心学习一天，不要眼红那些连音都唱不准的星星们，音乐是讲究素质的，网上流行的都是什么，垃圾。那个留校的同学叫什么来着？肖蚌？不是因为他跟她关系密切，才在电话里说三道四的。而是因为裴老师看不上他，当初考研时就没要他，是学校硬性分配给裴老师的，等到毕业，论文又被屡屡打回来，修改了好多次才勉强通过，后来学校要保送一个青年教师去美国茱莉亚音乐学院进修"乐团指挥"，第一步是导师推荐，裴老师偏就不推荐他，谁说都不行。他说裴老师是老古董，就知道抱着古典不撒手，根本搞不明白目前音乐发展到了什么地步，还嫉贤妒能，见不得别人烟囱里冒烟。她说：看样子你在音乐学院待得很不如意，那就出来呗，跟我一起搞乐队，自由自在，不受限制，也不看别人的脸色，多好啊。肖蚌怎么说来着？好像什么也没说，因为她其实也没说一起搞乐队的事，只是一遍遍回味着老师们对她的看法，重复着"反面教材"几个字，然后小声嘀咕：不看人的脸，我们只看天，蓝色是基音，白色是泛音，黑色是复合音，金色是什么来着？是太阳的"下加线"。"下加线"怎么那么多？却没有一个音符。不，有一个，是她自己，她是在做梦吗？怎么觉得肖蚌和裴老师和好了，两个人都在朝她招手：来啊，来啊。柳浪提醒得对，青岛有一个马勒交响曲般洪钟响亮的音乐学院，就不信没有几个愿意舍弃一切参加乐队的，不是说林子大了什么鸟都有吗？她醒了，疲倦地打着哈欠，起来去了趟洗手间，接着再睡，怎么也睡不着，就翻身下床，洗漱了一番，略微化了下妆，把昨天换下来的衣服扔进洗衣机洗着，又挑了一件白色T恤和一条黑色八分裤穿上，踏上银灰色的网鞋，仍然戴着绿色棒球帽，背了双肩包，戴了墨镜，出门去了。

　　施欣萍开着小蚂蚁，先来到老钢城临海处由机修车间改造成的50炉火锅店，挑了个靠窗的座位坐下，摘了墨镜，对一个跟过来的服务员说："老样子。"服务员笑笑，走了，片刻端过来一碗小米粥、一个煎鸡蛋、一碟凉拌海菜、几样小点心和一杯漱口的水。虽然是火锅店，也经营其他家常饭菜，味道还不错，但主要是干净、实惠，老钢城的人收入少，喜欢奢侈和摆阔的不多，日子都过得紧紧巴巴，也很保守，带着由来已久的钢厂风格，觉得什么都是质朴、厚重、坚固了最好。火锅店也是投其所好，连店里的50个火锅也造成了炼钢炉的模型，留着方形的焦炭进出口，号称钢炉火锅，但真正用作燃料的却是液化气。火锅店的主人是个曾在转炉干过20年出钢工的下岗工人，叫范强。他记忆最深刻的就是每天在炼成的50炉钢水前，在一种即刻就会被烤化的感觉中，回收钢水和倒掉渣滓，火锅店的名字既有他对岗位的留恋，也是一种纪念，纪念他被飞溅的钢水烫伤过50多次。伤疤浅显的话好了不留疤，稍微深一点就不可能复原如初，都会留下隆起或凹下的痕迹，或者把润泽的皮肤变成一快红紫而发光的钢板。他经受的烫伤大多比较深刻，脸上手上身上都有，好在后来有了阻燃服，而且越来越先进，身上也就不再新添了，但脖子以上还会增加。下岗的时候，他心里不肯，觉得又窝囊又沮丧，皮肤却松了一口气：终于风清月朗，迎来和平了。老钢城的街道上不时会看到类似范强的炉前工，大家见怪不怪，也不觉得怎么丑，但一出老钢城，尤其是到了市南靠海的温柔繁华地带，回头率就会频频增加。所以那些曾经的和现在的炉前工包括操枪工、合金工、出钢工、测温工、取样工，大都给自己配着墨镜，不论阴天晴天，一进入不是自己人的地盘便戴上，这样就会坦然许多，让对方搞不清你是不是正盯着他而不敢公然表示诧异和恶心。施欣萍在这里唱过歌，是范强请的，给了她1万块。她说怎么这么多？他说是欢迎你再来的意思。于是她又来唱了几次。再给她钱时她拒绝了，因为她发现：火锅店的火爆并不依赖她和柳浪的表演。范强的邀请里带着浓浓的同情，同情她这个失去了母亲又被父亲抛弃的钢城子弟。她用黑亮到发出莹雪之光的眼睛问他：我需要你同情吗，你谁啊？范强用宽厚的一笑化解了她对他的不屑："不想在这里唱就算了，看你的兴致，不过你可以随时来这里吃饭，一个人，忙忙叨叨的，就不要做饭了,我这里有现成的,要是吃不惯,你就点,点什么做什么。"怕她不来,又补充道,"当然不是免费的。"她笑道:"那是自然。"后来她了解到,父亲在转炉当炉长时,这个对她照顾有加的叔叔是他的部下,也受到过一些照顾,有急事请假不扣工资啦,烫伤后可以带薪休息啦,出钢时间缩短且不影响质量和数量增加奖金啦,他要一恩报一恩,就对她多了些关注。

不过对施欣萍来说,之所以会时不时地光顾火锅店,还有至少两个原因,一个是能在窗前看到海,海在这里既不是奔放的也不是肃穆的,它处在动与静的中间,就像个稳重而老练的演奏家,避开了高音的飞扬和低音的沉重,在一种内敛而不炫耀的中音状态里,忽忽地蓝着,又哗哗地白着。这里的海蓝不是最蓝,海沫却是最白,就像运动的积雪,给人一种可以把纯洁当作景观的兴奋,而且是永远的纯洁。常识告诉她:纯度越高音乐就越符合美的原则。音乐占领时间,海洋占领空间,而时间和空间的共同特点又是互相占领,于是永恒诞生了。如果我们像海像眼前的海一样演唱,是不是就意味着我们的音乐也会是永恒的一部分呢?旋律线的延长不能一直走低,一直走低就意味着很快暗哑,也不能一直走高,一直走高的结果只能是无高可走,降落是高音的必由之路,升起是低音的蓦然回首,无限辽阔的音域一定不是从低到高,也不是从高到低,而是回环往复,像面前的海,无论风大风小,都有一种稳实而固有的湾部气度,那就是浪潮的恒定,是速度和形状的海湾标准。也许海湾标准也是她的标准吧,她会在这里默默自语:我的音乐我的海。一想到自己的音乐,她又会意识到另一个原因,那就是一种被孕育的感觉,她的乐思以及对旋律的捕捉会因为环境的嘈杂和气氛的世俗而变得异常活跃,明晃晃的钢炉火锅和热腾腾的各色汤水中,似乎也能涮出乐曲的主题和线条来,尽管她通常并不涮火锅,只是呼吸着那种被几十种食物的味道改造过的湿腻的空气,感受凡庸的日常生活在凝聚成一顿晚餐时的庄重与亲切。《钢水谣》就是在这里写成的：在靠窗的座位上看着钢城人走向黄昏或者走过清晨的匆匆脚步，看着孩子们的奔逐、女人们的结伴而行、醉汉们的摇摇晃晃甚至歪倒在地、汽车对尘土的卷扬、行道树的任意婆娑以及跟喜鹊、麻雀的调情，看着那些老年人日渐萎缩的身影（他们大多数推动过20世纪50年代中国的炼钢热潮，后来又把"海岸钢铁"的转炉由2吨变为10吨，变为连年累月不停息的递增，直到走向国际水准的350吨，转炉也由最初的1座变成了几十座，再后来就是全部废弃，搬向更深更远的内陆——辽阔而封闭的工业园），看着在火锅店的门口并腿直立的女服务员柔软的腰肢机械地弯来弯去，看着涮火锅的人们个个都像炉前工那样不惧滚烫地攘进攘出，她突然唱出了鲍勃·迪伦的《在风中飘荡》："一座山要存在多少年，才能冲向大海；一些人要生存多少年，才能获得自由。"然后就从双肩包里拿出了大本子和笔。两天后《钢水谣》在录音棚完成录音，并在50炉火锅店做了首场演出。在场的食客和店内的员工给予了出乎意料的激赏，他们用筷子敲打着火锅，似乎在宣告一种新型打击乐的诞生，伴奏的协调和强烈就像他们事先排练过一样。她发现每个火锅都有不同的音高，如同一片用踏板控制的定音鼓发出了色彩斑斓的声音。那一刻，施欣萍更加坚定地相信，她离开学校是多么的明智，她的音乐只属于面前这些人。他们很多是下岗工人，有的虽然侥幸躲过了下岗，属于正常退休，但退休金也只有3000左右，生活简单而粗朴，最高的消费层次就是吃一顿物美价廉的火锅，没有娱乐，连广场舞都懒得跳，老钢城的高炉广场总是静悄悄的。他们的子女有的成了父辈的接班人，离开这里去了"海岸工业园"，有的留下来进入了老钢城的社会：做小买卖，做服务员，做保安，做装修，做房产中介，修车洗车，刷墙补漏，也有没什么正经工作到处溜达到处帮忙的，少数人脱离"海岸钢铁"去了别的企业，当工人或者干别的，更少数的人通过考学改变了自己的处境，就像被飞鸟吃进肚子的种子又随着无法确定位置的鸟粪，散播在了青岛的角角落落，不定在什么时候什么地方就会冒出来，用铁的主干和钢的枝叶来证明自己的根系所在。和别人相比，自己算什么？是留下了，还是离开了？有时候她会醒悟：自己并不是一座稳固的钢塔而只是一棵树——凡是根深叶茂的大树，都体现了它跟土地最恰切最适度的关系，但它可以选择扎根，却左右不了大地对它的滋养和帮衬。于是便愈加迷茫：我何必要扎根在这里？这里没有那里好，那里又没有别处好。似乎所有的土壤对自己都不那么恰切，最适度的也许就是进入抽象的音乐，进入音符制造的声音，然后陶醉在自我的宣泄中，且不管宣泄的是产自何处的情绪。

　　施欣萍正想着，范强走了过来："有几天没见你了，干什么呢？我昨天晚上派人去海滩男孩酒吧找过你，你没在那里。"施欣萍没做解释，直接问道："什么事老范？""一个小伙子找你，看样子很诚恳，都来过三次了，朝我打听你的情况，还问到你家里人，父亲啦，母亲啦，关系怎么样啦，我都实话实说了，母亲去世了，父亲失踪了，她成孤儿了，虽说没有人疼她，但也没有什么负担。""他是干什么的，你就告诉他这些？""我怕他不地道，第一次见面就问他叫什么，还在网上查过他，能跟'杜松'这个名字对上的，除了树，还有一个画家。""杜松？怕是贩酒的吧？不理他。""我还没说完呢，他的名字下面有几幅画，画的都是眼睛，其中一幅是两只不一样的眼睛，你猜上面写着什么？'歌手施欣萍的眼睛'。""我的两只眼睛不一样吗？""他是胡扯八道，别在意。""看样子他不会是只在'子午线'上见过我，还在这里听过我的歌。"施欣萍好奇地打开手机，"百度"到了杜松和他的画，也看到了自己被歪曲的眼睛，果然是一大一小，大的黑得有些反常，小的亮得有些过分，形状无疑是畸形的，如同两朵凋残的桃花，眼线和睫毛组成了两行斜立而弯曲的高音谱表,挂着几颗音符一样的泪滴,作为瞳孔的 G 谱号则像两个抱着吉他弹奏的乐手。她摇摇头,不屑地关了手机说:"这就是'媚眼如音'的图解了?莫名其妙。""人长得挺精神,也不是扎小辫,染绿头发、红头发的那种人,挺顺眼的。""我知道,你能看顺眼的一是干部模样,二是工人模样。""不好吗?""没说不好。""我觉得人家喜欢上你了,是来追求你的。""我是搞音乐的,不喜欢画画的。老范,2 号转炉有人跳钢水自杀是怎么回事?你是从转炉出来的应该知道吧?""这还能不知道?昨天涮火锅的人说的尽是这事,失恋了,恋人就是转炉车间化验室的化验员池馨,跟别人好上了,他气不过,就说我死给你们看看,眼睛一闭就走了。""他是干吗的,别人又是谁?""都是炉前工,一个是出钢的,一个是合金的,天天在一起。""那就是说跟领导没关系,也不是炒股赔了钱。""恐怕还是有点关系,听说副炉长调解了,可能是偏向了合金的,出钢的不服气。"施欣萍紧锁着眉头,眯缝起眼睛,像是把思维收进了内心:"人就这么脆弱,瞬间消失,刺啦一声就没了。""不会是刺啦一声就没了,钢水的比重都在 7.0 以上,是水的 6 倍,密度越大,受压越小,人会在钢水面上滚来滚去,差不多就是铁板烧,痛苦着呢。""但愿是这样:钢水温度高一点,能达到 1700 度,最好接近沸点,这样密度就小多了,人会一下子陷进去。感觉神经的传导速度不会超过光速,只要是头先接触钢水,来不及感觉疼痛,光热就能把人烧焦。最可怕的是头朝上跳下去,那就疼死了。"范强想了想说:"也对。不过你研究这个问题干什么?""我也不知道,我还有个问题,他为什么不跳海呢,非要跳钢水?""那还用说,一个死得快,一个死得慢,再说钢水就在身边,他是死给恋人看的,方便。"她望着窗外,潮水正在涨起,礁面经受着不可动摇的刷洗,却不是一次比一次干净,海水冲掉的是看不见的灰尘,留下的是看得见的藻类和贝类。今天应该是大潮汐,赶海的人比较多，都站在滩涂的尽头，眼巴巴地等着退潮。大潮汐的特点是来潮缓，退潮快，缓潮会聚集大量的鱼虾贝蟹，却又来不及随水而去。人这种东西是最会钻空子的，对方的不幸就是他们的幸运，丰富的鱼获并不是靠了勇敢的付出。海对鱼似乎有一种本能的保护，浪有些凶狠，不断地溅起，威胁着人的靠近，人潮忽前忽后地运动着，不要钱的海鲜让他们变得锲而不舍。施欣萍从小就对赶海没有兴趣，因为一开始学琴时乔普林就说音乐的海洋如何如何。既然音乐是大海，那些蹦蹦跳跳的音符便是鱼虾，她不想伤害到能给自己带来快乐的鱼虾。她收回眼光说："我在想，音乐可以传递人内心的痛苦，是不是也能传递肉体的疼痛？怎么传递？什么样的音乐能代表疼痛也能激发人的疼痛？如果疼痛能够被激发，是不是也可以被消除？我想我的音乐不仅应该有消除内心痛苦的功能，更应该有消除或者减轻肉体疼痛的功能，我想我的音乐应该是医生，当然不是麻醉科的医生，而是可以操作柳叶刀的医生，它作用于人的肉体而不仅仅是精神，我想我的音乐带给人的不应该只是享受、陶醉、感怀、激扬、悲伤、愤怒、喜悦，还应该有播种、萌芽、拔节、生长、开花、结果等丰富而健康的物质形状。我还在想，迈克尔·杰克逊是个钢厂工人的子弟，他的滚烫的音乐跟他的死有没有关系？他是迷幻而死还是窒息而死或者是疼痛而死？我的音乐决不应该回避死亡，但又不仅仅是为了献上眼泪和挽歌，而是为了唤醒、复活、重新开始。你说说，我怎么做才能达到目的？"范强说："我可说不上，连听都听不懂。""我知道你听不懂，就是想找人说说。"施欣萍背起双肩包，拿出手机去柜台结了账，走了。范强追出来问道："那个画画的要是再来怎么办？""告诉他，我不喜欢被打搅。"

小蚂蚁直奔青岛音乐学院。海鸥出现了，白色的飞翔总给人一种浪沫上天的感觉，海的味道乘风而来，那是一种醒人头脑的微咸，是土腥和水腥的混合，带着海陆相交时的亲密，纠缠在阳光里。空气有点沉，却并没有失去清爽；有点湿，却没有丝毫的潮腻。透着腥咸，还有一缕芳香似游走的银针窜来窜去，那是海底珊瑚的味道，一般人闻不到；更有一丝幽旷的镶满古老贝壳的黑礁石的腥气，那是来自太平洋深处无名岛的味道，一般人也闻不到。但是施欣萍闻到了，这个嗅觉和听觉同样敏锐的音乐人，甚至都可以闻到黄海渔场鲅鱼群的气息——青岛的深海招牌鱼，所有的都是野生的；能闻到鼓眼、牙片、红头、银鲳、寨花、大头腥、老板鱼的体香，是那么富有层次，从幽幽到淡淡到浓浓再到烈烈扑鼻，好像她就是那个了不起的"猫王"，用五线谱挂起了整个海底世界。她右打方向盘，循着海的味道走去，一股带着激响的腥潮味迎面而来，飞进打开的车窗扫打着她的脸。她看到了秋汛的来临，看到白浪正在一推一搡地把沙滩覆盖，看到有人连连后退，有人却插腿在水里，依然举着长号呜呜地吹。音乐学院到了，它就在海边，就在潮浪将淹而未淹的地方，莘莘学子、音乐的儿女、五线谱的膜拜者，很多都在这里练习他们拿手的乐器，沙滩是不够的，岬角是不够的，拦潮的礁石是不够的，因为不能挤成一堆弹奏吹练，要疏散，要降低干扰，尤其是高音乐器，距离是必要的条件，所以便有了抢地盘的习惯，就像别的大学里抢一个图书馆的座位那样。有个问题校方和学生都想到了：要是练习太投入，察觉不到来袭的浪潮，卷走了怎么办？理论上应该有这样的不幸，但实际上并没有发生过，风浪翻滚，潮汐来去，湿漉漉的男生女生、灌满了海水的木管铜管，音断弦在，也就是发出几声惊叫而已。他们是人类的娇子，海须得通过他们传递自己绝无仅有的信息，这些信息是内陆人永远无法获取的。所以，青岛音乐学院的学生，全部的乐器，在毕业后的演奏里，都有浸透在旋律和节奏中的海的声音，包括很难移动的钢琴和竖琴弹奏出的乐句，因为琴房都在靠海的悬崖上，海的味道和声音天天从窗户里飘进飘出，就算乐手不想模仿，被海雾打湿的它们，也会自动吸收海的韵味。

施欣萍将车开往陆岸平台，来到了青岛音乐学院的大门前，两个八分音符的大门劈腿而立，用释放出来的海风欢迎着她。她停车下来，拨通了肖蚌的手机："你没上课吧？我来找你有点事。""什么事？为什么不提前打电话？我正要去上课，你只能等一会儿，不好意思啦。""那我就在校门口等你，你上完课给我打电话。"她收起手机，沮丧地想：其实也可以不来，电话里把那个意思表达清楚不就行了："你要是在音乐学院混得不如意，就来投奔我，我们一起搞乐队，乐队多自由啊，干什么都行，没人盯着你给你找茬儿。"不，还是得来一趟，刘备总不能只给诸葛亮打电话吧？尽管诸葛亮落魄得只能以茅庐为伴，也是端着架子的，必须得"顾"，然后再"请"。再说了，他百分之八九十不会听她的，那就请他推荐，有没有别的青年教师或者学生愿意入伙？她接收的条件是：木管、铜管、弦乐、打击乐都行，但必须出色，有精度，最好是器乐和声乐都够得上一流舞台标准的双料货。再就是有工厂或工人家庭的背景，就像肖蚌本人，他父亲是青岛晶英化工厂的有毒物料储运工，母亲是防腐工，如今好像还在干。她踱着步子，有点烦躁，想去海边看看，让柔软的浪水抚慰一下有些毛糙的心，朝前走了几步，突然又停下了。命中注定她今天见到的并不是肖蚌，而是另外一个人，那就是她最不想见的裴老师。或者说只要见过裴老师，见肖蚌才是有意义的，人生的脚步再快也不能违背天意的节奏。裴老师住在学院东侧的专家楼，一边是超市，一边是校园，工作和生活出奇的方便，极少走出校园。但是今天她不能不出来，社区医院通知学校教职员工免费体检，今天是最后一天，她做了体检往回走，正要进校门，扭头一看，不禁"咦"了一声。施欣萍低下头，假装专注地看着手机，老师的那一声"咦"也听见了，知道是冲着自己的,却还是不想理睬,直到传来裴老师多少有点苍老的声音:"这不是施欣萍吗?"她这才旋踵而望,也"咦"了一声,表示自己更加吃惊。两个人互相靠近着,好像裴老师的速度比她还要快一点。握手的瞬间,她看到裴老师老了不少,头发白了,也少了,皱纹却多起来,尤其是眼角,哪来那么多鱼尾纹,而且细密得就像短短的一小节里有了100个音符。音符切碎了有限的时值,好比一般人一天只做一件事,而裴老师一天做了无数件事,就有了无数次表示轻重缓急的节拍。她突然就有些恻隐:"裴老师,你还好吗?""好着呢,你怎么样?""凑合吧。""你怎么能凑合呢?"裴老师抓住她的手不放,"我前一阵还想过,能不能见你一面?""见我干什么,一个既不听话又不争气的学生。""所以才想见嘛,你走的时候我生气,忘了给你说句话,后来我就一直想着那句话,怎么也放不下。"施欣萍扑闪着眼睛:什么话?"在你40岁以前,只要我在,你任何时候都可以回来。我是学校的钢琴权威,我知道谁能超过我,只有超过我的才能接我的班。几年过去了,我还是当初的想法,除了施欣萍还有谁呢?你还是回来吧,正儿八经做一个音乐教师,虽然不能保证你有多大建树,但可以培养学生,传授技艺,总比在外面浪费时间强。你是个人才,不能用'凑合'虚度年华,是不是?"施欣萍笑道:"你忘了裴老师,差不多意思的话你说过,就是那次你给我的曲子做钢琴测试后,在电话里说的。""那不算,我需要的是当面说,就像今天这样。"施欣萍正要回答,裴老师立刻摆了摆手:"别着急,等你想好了再来找我。还没问你呢,你来干什么?"施欣萍望望学校里面说:"就想回来看看,母校有什么变化。""那得进去看。"裴老师说着拉起她的手,往校门内走去。施欣萍想起了肖蚌的话,突然就变得很不自在:一个落寞的反面教材,被老师带进了学校,告诉所有的学生:看啊,这就是那个曾经的嘚瑟分子,自以为本事大得胜过天的"大四"逃学生,如今又回来了,是衣锦还乡,还是走投无路?

　　青岛音乐学院的所有建筑都是音符的形状,行政楼是全音符,女生宿舍楼是2分音符,男生宿舍楼是4分音符,器乐教学楼是8分音符,声乐表演教学楼是16分音符,作曲及作曲理论教学楼是32分音符,指挥专业和音乐教育教学楼是64分音符,录音艺术专业和电子音乐制作教学楼是长方形的全休止符,包括食堂和校内超市在内的后勤部门是两个加了连线的2分音符。它们以红白两色的组合洒落在大地上,勾连着弯曲成"S"形的五线谱,看似毫无规则,但按照排列顺序慢慢哼唱,却是贝多芬《田园交响曲》第一乐章"愉快"旋律线的一部分。

　　施欣萍左顾右盼地看着:"母校扩大了,增加了好几栋楼。"裴老师说:"现在学音乐的人越来越多,招生年年都在扩大,但毕业时像模像样的人越来越少,天才更是凤毛麟角,在我眼里,你算是一个。""我算什么,就是个音乐学院的叛徒。""别给自己下结论,你会变的。走吧,去我办公室坐坐。""不去了吧?我还有事。"她停了下来。裴老师笑笑,脸上的皱纹更多更细了:"你是在回避我,真的不打算回来了?""不好意思裴老师,我对当初的选择并不后悔,尽管我现在混得实在不怎么样,完全有资格成为你的'反面教材',但我喜欢这样的生活,喜欢弹一些不三不四的调,唱一些不痛不痒的歌,就算'丢了前程'也满心欢喜。"裴老师板起了面孔,做出走开的样子,又回过身来说:"我知道你是什么意思,也知道是谁传的话,我不怕你记仇,要想报复我,也很简单,就是混出个人样来让大家看看,按你的条件,不能做个'甲壳虫',起码也是个席琳·迪翁吧。"施欣萍盯着裴老师,没感觉出她是在挖苦自己,就说:"我正在努力,今天来学校就是为了这个目的。"于是她说起了组建乐队的想法,说起了乐队成员的条件和寻找合适人选的过程。裴老师说:"这样好不好?我给你问问我的学生,哪个想去,甚至可以动员他们去,也可以给你推荐别的老师。但我有个条件,在你40岁以前，不管我退了还是没退，你都要……""不，裴老师，这个条件我不能答应。"裴老师叹口气："你这个人怎么这么固执？那就对不起，我不会动员我的学生了，至于推荐人嘛，我脑子里倒是有一个。""谁？""肖蚌。你和他正好打了个颠倒，他本来应该是你现在的角色，跑跑江湖，搞搞流行，说不定还能搞出些名堂来。你呢，就应该待在音乐学院，做台柱子，支撑起这个殿堂。你们两个现在都是一种浪费，我是辛辛苦苦培养人才的，见不得你们这样没完没了地荒废大好时光。"施欣萍笑起来："说真的裴老师，我就是来找肖蚌说这事的。不过我有点好奇，你怎么那么不待见他，非要让他离开音乐学院？""不是不待见，是为他好，希望他学有所成，专业对口。""他是学钢琴的，架子鼓打得也不错，还准备进修'乐团指挥'，怎么就专业不对口了？""你看到的只是表象，他连上本科都是走了后门的。""不会吧，我听说他父母都是晶英化工厂的普通工人，找谁走后门去？""找谁我就不知道了，肯定是有些分量的人，不然音乐学院不会收他。他本科毕业时大部分功课的分数都挺高，但我不用打听就知道他是托人在老师面前说了情的，说到我这里我拒绝了，我给他的钢琴课是勉强及格。他考研的时候我不想要，弹琴的节奏不稳不说，还听不准升 A 降 B，老是弹成重升重降，耳朵有毛病，尤其是他不看乐谱就不能区别小字四组和小字五组，定音都成问题，手法再熟练也不能教学。学校领导三番五次给我说，要我给他们个面子，我能怎么办？后来他又要申请去'茱莉亚'进修'乐团指挥'，我是坚决不推荐他，要知道国外的音乐学院非常重视推荐的导师，他要是去了，丢人的就不光是他自己。别人质问我为什么不推荐，说我嫉贤妒能，见不得别人烟囱里冒烟。我也懒得辩解，不想说破，说破了他的脸面往哪里放？我只是希望他有点自知之明，眼界不要太高，干任何事情力所能及是最好的。大概后来他也明白了，开始练架子鼓，一天练八九个小时，练得食指都变形了，大拇指上磨出一层厚茧来。说实话真还打得不错，一出手就是节奏，快得像闪电，极少有失误，因为基本都是些没有明确音高的乐器，对耳朵的灵敏度要求不高，比弹钢琴自由多了，又扭又跳，又打又唱。你听没听过他唱歌？没有吧？我也没有，他以前从来不唱。我第一次听到后很奇怪，问他当初为什么不考声乐？他说不知道自己也能唱歌。他的声音很有味道，属于中低音，但也能吼出高音 c3，尽管是强挣的、走调的、飘飘忽忽不稳定的。我不想埋没他，觉得他就是块搞流行音乐的料，留在音乐学院纯属浪费，才推荐给你的。"裴老师说累了，喘着气停了下来。施欣萍点着头说："原来是这样？那他就错怪你了。其实上学的时候我跟他并不熟，离校以后才有了联系，是他主动的，就是想说说学校的事。""主要是说我吧？没关系，说吧，以后他想说也没机会了。"施欣萍觉得老师话里有话，追问道："什么意思？"裴老师没有回答，慢腾腾踏上器乐教学楼的台阶。

2

她们来到一个中间有白色帆影雨棚的圆形露台上，这儿正好是 8 分音符的符头，可以看得很远，但不管多远，都是海。几只海鸥低低地飞来，带着浪的喧腾，似乎每一只海鸥的羽毛上都带着浪的喧腾，都有飞翔的海的声音。翅膀的掀动拌和着波浪的起伏，那种节拍、那种和声，才是人类永远模仿不了的天籁。潮水正在退去，沙滩和礁石的面积慢慢扩大着，学子们跟海而去，往往是海退多远就能跟多远。乐器的练奏渐渐逝去了，一阵阵的风，一阵阵的音乐，漂浮着组成了海面的涟漪，只有鱼虾才是真正的听众。裴老师说："我把肖蚌推荐给你，还有一个原因，他最近出了点事，已经没办法待在音乐学院了，不如你把他收了去，也好让他有个出路。"施欣萍倚在老师身边的栏杆上，问道："他怎么了？""本来不想告诉你，但既然我推荐了他，再隐瞒就是对你的欺骗。"施欣萍满脸疑惑地盯着对方。裴老师沉默了一会儿，才悄悄地说："学校发现了毒品。"施欣萍惊讶地"啊"了一声。

原来是这样：有个器乐专业的学生吸毒，被同宿舍的人举报后交代说，毒品是肖蚌送给他的。保卫处的人又去问肖蚌，肖蚌说他有一天在学校门口的地摊上买了一包香烟，回家后想抽，打开一看里面全是一卷一卷的白粉，自己也不认得是什么，就送给了那个学生。保卫处的人说你好像不抽烟吧？再说咱学校门口从来没有摆地摊的。他说偶尔也会抽一口，尤其是晚上，读乐谱犯困的时候。校门口是没有地摊，所以就很奇怪，怎么突然出现了一个？问摊主一包"九五之尊"多少钱？他说110。又问怎么这么便宜？他说烟是送礼的，收礼的人不抽烟，便宜卖给了他，他加了10块钱，就想赚个差价。保卫处的人便去找那个摆烟摊的，人早就不见了。学校觉得这不是件小事，需要报警，因为肖蚌和吸毒的人都是裴老师的学生，就提前给她打了声招呼。她一听就觉得事情不能这么简单处理，肖蚌虽然不是个钢琴人才，也爱在背后说人闲话，但毕竟在架子鼓和声乐上还是蛮有天分的。报警的话他就成了毒贩，得承担法律责任，以后就什么也干不成了。音乐学院的教师会去贩毒吗？不会的，不能因为偶尔的过失就毁掉一个人的一生。学校不可能像裴老师这样爱护人才，说只要肖蚌还是音乐学院的员工，这个问题就必须搞清楚，除非他在撇清自己跟毒品的关联之前，先撇清跟学校的关系，那就不该学校的事了。也就是说，肖蚌现在面临着一个选择：要么辞职离校，要么让警察给他一个清白。但谁都知道，要做到后一点是很难的，在抓到摆烟摊的人之前，肖蚌的解释只能引起警方更强烈的怀疑，何况他还有怂恿学生吸毒的嫌疑。

施欣萍看到海鸥纷纷飞到了校园，知道午饭时间到了，便抬眼望了望不远处的食堂。音乐吸引着海鸥，它们知道那些各种色彩的声音不论大小对自己不仅没有伤害，而且是一种飞翔和驻足的伴奏；食堂的饭菜也吸引着它们，有不少学生会在这个时候把掰碎的馒头和米饭甚至鱼和肉丢向天空，逗它们玩，看它们吃，在它们飞来翔去的啄食中，获得一种被音乐拧紧的释放。每当这种时候，那些由学校豢养的鸽子就会有一种被冷落的条件反射，它们栖落在屋顶上，烦躁地看着与人共享的海鸥，咕咕咕地抗议着，或者无端地飞起来，毫无兴致地盘旋几圈再落下。但如此不堪的境遇又能怪谁呢？谁让它们是一群挑食的素食主义者？施欣萍觉得自己应该高兴：终于有希望挖到一个乐队成员了。却又高兴不起来：这样的肖蚌，还是我需要的吗？"谢谢裴老师给我推荐了一个乐手，还毫无保留地透露了他的底细。不过真要是音准和节奏有问题，就不太好办了，尽管他是个出色的鼓手。乐队作为一个整体，必须天然和谐，听不清楚就等于拒绝交流，就会互相抵触，比如遇到三个声部以上的复调织体，需要给多条旋律线加上节奏，什么时候给哪条旋律线敲打什么乐器，不光要看乐谱，还要听伙伴们怎么演奏和歌唱，要是听觉不灵，架子鼓就会一片混乱。我们乐队选择乐手的标准可能比交响乐团还要高些，他连给学生教基础课都成问题，怎么能在大舞台上表演？将来万一我们有了成千上万的粉丝呢？再说我怎么能相信他的话——毒品是从地摊上买来的？差不多就是神话了，以后万一有了麻烦怎么办？"裴老师半天不吭声，突然说："你考虑得很对，不强求你了，我最多再找一次学校，看有没有可能在不报警的前提下让他留校，如果不能，那就没办法了，我对我的学生也算尽到了责任，还没尽到责任的就只有你。"施欣萍舒了一口气，抱歉地笑了笑："肖蚌还不知道吧？我刚才给他打电话，他说要去上课。""撒谎，他肯定是被请到保卫处继续接受调查的。音乐学院去年换了院长，是个懂行的，就不像前任那样关照他了，明确表态不能再让他上钢琴课，架子鼓课学校又没有设置，他是闲着的，已经很长时间不教学了。"施欣萍抬眼望着海，似乎望见了海里的鲨鱼，潮水便是鲨鱼运动的应激反应，叫作鲨潮。学院的海域里经常鲨潮泛滥，却没有设置防鲨网，似乎有了音乐，鲨鱼便不咬人更不吃人了。一群下课后去食堂吃饭的学生从露台下经过，叽叽喳喳的，突然停下了，仰头看着，有人嘀咕了一句什么，所有人便"欣萍欣萍"地喊起来。施欣萍朝他们招招手。裴老师问："你认识？""不认识。""那打什么招呼？""粉丝呗。"裴老师很不高兴地唉叹一声，又笑了："看来我的教育是白费工夫，你在音乐学院都有粉丝了，我把你说成了反面教材，他们接受的却是正面教育。别发愁，等着瞧，说不定这些人里就有见异思迁想投奔你的，你要想招兵买马你随便，我走了。"

施欣萍匆匆忙忙离开了音乐学院，头也不回，生怕一回头瞧见了肖蚌，不知道说什么。肖蚌也没有给她打电话，好像忘了自己说过的话：让她等一会儿。可见他现在压力有多大，没心情接待老同学。她回到老钢城，路过海岸中学时，拐了进去。一个瘦兮兮的保安从传达室里窜出来，蛮横地拦住了小蚂蚁。她伸出头去说："我找乔普林。""你找谁我不管，外面的车不让进。""我是乔普林的家里人。""知道，你叫施欣萍，唱歌的。"保安一脸讥笑，"你这样的人也开这样的车？退退退，往后退。"她明白了，自己遇到了一个存心刁难的。老钢城里有不少这样的人，他们一般没几个收入，日子过得不怎么顺畅，心里总是愤愤不平，什么都跟人比，一比心里就不平衡。他们不仅不喜欢音乐，而且分外仇视：弹几下琴唱几句歌，就能挣那么多钱？他们混淆了大腕明星跟普通歌手的区别，以为只要跟舞台沾边，进项就是大把大把的，不是几百万就是几千万。这样的暴发户千载难逢地出现在了他把守的关口，那还能让你痛痛快快地通过？施欣萍只好倒出来，停在了马路边，下车朝校门内走去。保安又把她拦住了，瞪着眼睛说："登记。"她心说我又不是没来过，以前怎么不登记？她走到传达室的窗口登了记，微笑着问："师傅，你什么时候下的岗？看你的年龄，好像是最早的一批，那一批里有很多人又重新上了岗，如今在工业园，都成了带徒弟的师傅。""我也想上岗，哪有门路？""门路是自己找来的，光怄气有什么用？"她说着把签字笔一扔，转身就走。保安愣愣地望着她的背影，拍了一下头："哎哟。"

　　乔普林一见施欣萍，就从办公室走了出来，里面还有别的老师，说话不方便。施欣萍说："有什么吃的，我饿了。""就算我没有，同事也会有，但都是小零嘴，有什么吃头？走，家去，我给你做。""这会儿你能下班？我知道你们作息制度很严格，不上课也得坐班。""我偏不遵守，看他们能把我怎么样。""哟，好愤青。这会儿我最想吃的是……""一大碗海鲜面，而且是我做的。"施欣萍一笑，挽住了乔普林的胳膊。两个人出了教师办公楼，朝校门走去。瘦兮兮的保安殷勤地拉开了边门，还朝她们鞠了个躬。乔普林回应着点点头。施欣萍看都没看一眼，昂首走向小蚂蚁。在乔普林"慢点慢点"的喊声中，小蚂蚁飞驰而去，朝南一拐，驶向了一条熟悉的路，施欣萍的老家到了：四栋被称作"炉长楼"的五层铁灰色的楼飞来眼底，居住在这里的都是曾经的转炉炉长、高炉工长和高炉的副炉长、炉长。高炉炉长的级别最高，自然面积最大，楼层最好，"房改"时的待遇也最优惠，只需掏不到两万块钱。也就是说乔普林现在住的是"炉长楼"里最好的房子：3层，170平方米，还不算大阳台的面积。当初施欣萍把房子赠送给乔普林时，她们在房产中介打听过，市场价至少300万。房价一直在涨，谁知道又变成了多少。她们停车进家。乔普林说："你好长时间没回来了。""什么叫'回来'？这地方早就跟我没关系了。""总有一天我会把房子还给你。""我不要,实在想还就还给他,你不是说他是你放出去的风筝,迟早会拽回来吗?"乔普林凄然一笑:"我发现我的力气越来越小,已经拽不住了,这么长时间他居然连个电话都没打过,他不关心我也就罢了,怎么可能不问问你呢?""我那么小他都舍得扔下,现在就更不会牵挂了。"乔普林进了厨房。施欣萍歪在客厅的沙发上,呆呆地望着空荡荡的房子,仿佛看到父亲魁伟的身影在卧室门口晃来晃去,洒进窗口的阳光轻轻跳动着,像手拉手的交谊舞者扬起了衣袂。音乐响起来,是二胡和琵琶温情脉脉的合奏,原来妈妈也在,静静地坐在墙角的椅子上,手指优雅地拨弄着缠弦和老弦,让整个屋子发出了嗡嗡嗡的暖意的回音。她忽地坐起来,不禁叫了一声:"妈妈。"乔普林以为在跟自己说话,喊着问:"你说什么?"她不回答。乔普林说:"你过来,我给你说话。"她过去了,倚在厨房门口,望着弥散的蒸汽,觉得那也是一种悠扬,就像轻歌曼舞的乐曲。乔普林说:"我知道你现在挣不了几个钱,你爸留下的30万还是给你吧?反正这笔钱迟早是要用在你身上的。""我更不要,你花掉。""我有吃有住,往哪里花?""可以给自己买些奢侈品,包包啦,鞋子啦,衣服啦,首饰啦。""我是个喜欢那些东西的人吗?""所以嘛。""什么意思?""你被他甩掉了,到现在还是单身。你作为一个女人应该有点追求,起码要把自己打扮得漂漂亮亮,让人看着你是一朵花,而不是一棵草。"乔普林咕咕一笑:"花有什么意思,季节一过就败了,我就是一棵草,四季不枯。""得意什么?我问你,这么大的房子你一个人住,感觉空不空?""不空。""害怕不害怕?""怕什么?""万一……来贼呢。"其实她想说的是:万一有鬼呢?乔普林说:"别乱说,咱老钢城秩序挺好,尤其是'炉长楼',四面有围墙,门口还有保安。""既然秩序好,要围墙和保安干什么?"

面条下好了,盖了几只虾、几块鱼、一些剥了壳的蛤蜊和蛏子。

施欣萍坐在餐桌旁,埋头稀里哗啦吃着。乔普林问:"你上午干什么了,把你饿成这样?""也没干什么,就是开着车乱跑一气。""你不是个乱跑的人,肯定有目的。"她就说起组建乐队找不到乐手的事,大为感慨:"是不是我这个人不行,没有亲和力,也没有搞乐队的命?听说了骆横吧,一去就失踪了,看上了夏蓉蓉吧,一说就拒绝了,遇到了铁大钢吧,人家瞅不上我,想到了肖蚌吧,正要说又不合适了。""那你为什么不找我?""你认识我要的人?""我不认识,我就认识我。""你?""我不行吗?别忘了你的所有乐器都是我教会的,没有我就没有你。""玩乐队的资本是年轻,你都三十好几了,没资本了。""难道每一次演出都要告诉观众演员的年龄吗?""人家一看就知道。""你等等。"乔普林进了卧室,好半天才出来。施欣萍已经吃饱,但她感到饱足感更强烈的不是胃肠而是眼睛:乔普林变了,一件白色短款T恤,一条淡蓝色牛仔短裤,一双白色高跟凉鞋,简单得就像从来不知道什么叫打扮,却把她的身材火火辣辣地凸显而出,大胸、细腰、长腿、美脚,似乎她的出现就是为了告诉别人,服装算什么?天然的才是最好的,或者说对她这个美人胚子而言,最简单的服装才是最得体的打扮。施欣萍呆愣了一会儿才嘟着嘴说:"不行,你基本是我妈,不能比我更年轻,我会嫉妒的。"突然又笑了,"看上去比黄金时代的费雯·丽还要青春焕发。""性感吧?""我还真不知道什么叫性感。""就是能够引起异性的冲动。""你想引起谁的冲动?""你父亲的。""那叫勾引。""我就是想让你父亲看到,我还是从前的我,一点没变。""这就是你参加乐队的目的?""不行吗?""太卑鄙了,别玷污音乐好不好?""我觉得挺高尚,而且最接近音乐的本质——呼唤爱情。世界上只有两种人才配搞音乐,一种是得到爱的,一种是失去爱的。""照你这么说,我反而不配搞音乐了?""有点。""可现在是我决定你,而不是你决定我。""音乐是公正的,我也是以音乐的名义在请求你允许我加入。""我也以音乐的名义告诉你,光变年轻还不行,要紧的是不能朝三暮四,一进入乐队,海岸中学的音乐教师恐怕就当不成了。""我本来就没打算教一辈子学。""更重要的是收入没有保证。""你都没饿死,我还能喝西北风?我有房子,有你父亲留下的30万,再把没花完的工资和做家教的收入加起来,还有些个人存款,我怕什么?"施欣萍还是拿不定主意:"乐队的人必须是多面手。""我还不多面吗?比你会的乐器只能多不能少。""我说的是声乐。"乔普林没再说什么,张开喉咙唱起来,是普契尼的歌剧《贾尼·史基基》中的咏叹调《我亲爱的爸爸》。施欣萍吓了一跳:"这是你的声音吗?""不是,是苔巴尔迪的。"施欣萍笑了,扑过去,抱住乔普林,一口吻到对方的嘴上:"妈妈呀,你怎么不早站出来。""你眼里从来就没有过我,我怎么站出来?""那是因为你从来不唱歌。""谁说我不唱,只是你没有机会听到罢了。""太棒了,没想到乐队的骨干早就存在了。但我要说清楚,一进入乐队,我就不能叫你老师了。""我也不想当谁的老师,尤其是你的,你就叫我姐。""也不,我就叫你乔普林。""随便你。""唯一的遗憾是你没有工人背景。""谁说我没有?说不定比你还地道呢,我父亲和母亲都是青岛啤酒麦芽三厂的,一个是储运库的叉车司机,一个是糖化工,而且我还是工人阶级的情人。""不说这个了,再说你又要把我比下去了。"施欣萍走过去,跟她比了比个子,觉得自己穿上高跟鞋并不会比她矮,就想象舞台上的情形:迷人的线条伴随着迷人的音乐,两个如此标致的女人如同一对昂扬的谱号,一无遮拦地挺立在台前,一个弹吉他,一个弹贝斯,对,只能做吉他手和贝斯手,因为键盘和架子鼓都会遮挡乐手的身体。她说:"你进入乐队还有个好处,会增加观众的好奇心,因为你长得像外国人。""不是长得像,我本来就有外国血统。"施欣萍第一次听她这么说,问道:"你是说你父母是外国人?""我父母不是,我爷爷是,他是个美国蓝调歌手。""怎么没听你说过?""你父亲是知道的,我给他说过。""那就再说一遍呗。"乔普林也给自己盛了半碗面,坐到餐桌旁吃了,又洗了碗,来到客厅施欣萍的身边,沉默了一会儿才说起来。

第二次世界大战结束后的1945年10月,美国海军陆战队第六师从鏖战日本人的太平洋战场移师青岛,2.7万美军陆续成为青岛驻军,之后又有美国海军第七舰队抵达青岛,其中包括了安提坦号航空母舰。美军的驻扎推动了青岛娱乐业的发展,以水兵俱乐部和国际俱乐部为主,沿海一带出现了不少舞厅和酒吧。乔普林的爷爷就是第七舰队"哥伦布号"护卫舰上的一名水兵,一个来自哥伦布的小伙子。他在入伍前是个单飞歌手,带着吉他上到军舰后,很快组织起一支三人乐队,时不时在本舰做一些即兴演出,偶尔也会被邀请去别的舰船,献上忧伤的思乡曲、爱情戏谑曲和凄凉的流浪之歌。渐渐地名气大了,便有了被特许上岸的机会,一周四次,而别的士兵只有一次。他们分别在中山路的水兵俱乐部和国际俱乐部以及馆陶路的两家舞厅演奏舞曲。她爷爷是吉他手兼主唱,另外两个一个吹萨克斯管,一个边吹架起的口琴边打鼓。节奏是舞女的轨道,那么多靠伴舞为生的舞女不知从哪里走来。官兵们的生活变得丰富起来,喝酒,跳舞,听音乐,然后便是舞池外的风流,是黑夜里的交易。有一次她爷爷丢下吉他扑向水兵俱乐部的门口,推倒了一个强悍的陆战队员,因为他试图强行带走一个娇小的舞女。她爷爷告诉那陆战队员:她是我的,在我见过的所有舞女中我只喜欢她。舞女比那个陆战队员还要吃惊:这个没跟自己说过一句话的歌手,居然说她是他的。爷爷拉起她就走,吉他不要了,伴奏放弃了,热闹喧闹变得碍手碍脚了,他要的是一间隔离了灯红酒绿的房子,是安静。舞女带他来到了自己的住所——大鲍岛上一间不再做生意的商铺。大鲍岛是20世纪初德国人修建的中国人居住区,长街短巷星罗棋布,店家商号鳞次栉比,抗战时期日本占领青岛后商家倒闭了不少,空闲出一些铺子变成了外来人的出租屋,舞女便是出租屋的租户,已经有三个年头了,先是来青岛拉洋车的舞女一家住在这里,后来家人回了莱阳老家,死活不愿意回乡下嫁人的女儿便一个人留在了城里。她到处找活儿干养活自己,干来干去觉得还是做舞女来钱最快也最多,美国大兵对给他们带来精神慰藉的舞女从来不吝啬,如果不仅仅是伴舞,那就更多了。蓝调歌手给了舞女不少钱,自然是很值钱的美元,但他们之间好像并不纯粹是交易,因为他给她钱时并不一定非要做那种事情,而且他只喜欢她一个人,每次上岸都要跟她待一会儿,有时在舞厅,有时在她的住所。他们相好了三年多,如果不是美军撤离,说不定会一直好下去。1949 年 5 月 23 日,他最后一次来住所看望了她,留下了最后的美元,也留下了最后的纪念——他走后两个月,她发现自己怀孕了。

舞女生下了一个男孩,便是乔普林的父亲。父亲几乎是爷爷的翻版:红发碧眼,壮硕高大,典型的日耳曼人,可以断定他的祖先是四百年前最早去了美洲的欧洲人,是创造了美国历史的英国清教徒。舞女也就是乔普林的奶奶生下了孩子就等于生下了永久的耻辱,他无时无刻不在证明她那并不光彩的历史,公开着她的隐秘,让她在 40 多岁时便抑郁而终。父亲 14 岁那年成了孤儿,虽然年纪尚小,但块头粗大,浑身蛮力,游泳技术好得像条鱼,还吃苦耐劳,在青岛大港码头做搬运工时被"青岛号"货轮的大副相中,问他想不想上船做水手。他问船会去哪里?回答说有时去旅大,有时去上海,有时去广州,货轮最远到达过香港。能去这么多地方的工作自然是好工作,而且还可以吃饱肚子,不去就是傻子了。他在船上干了两年,三次到达香港,第四次去香港时他失踪了,不是他希望这样,是音乐引诱他这样,让他成了一个远逝的符号——海洋有多远,他就有多远。"青岛号"在维多利亚港卸货时,码头对面停泊着新加坡邮轮"龟屿号",邮轮的甲板上正在举行婚礼,新娘搀着新郎从舱门内走出,有人在讲话,人们鼓着掌,钢琴声起。父亲爬在码头的栏杆上呆呆地望着:一张黑色的不规则的桌子,怎么能发出如此美妙的声音?他是第一次见到钢琴,想靠近了看看,就翻过栏杆,走上了邮轮。整个婚礼持续了大约两个小时,他没看新郎新娘一眼,也没看司仪嘉宾一眼,就看着钢琴师陶醉的表情和他那灵巧敏捷的手,看着白色和黑色的琴键波浪一样起伏而来又汹涌而去,看着钢琴上的每一个闪闪发亮的部件,自始至终都是一副目瞪口呆的表情。等婚礼结束,钢琴被水手们搬进舱室后,他才回到码头上,抬眼一看,"青岛号"不见了,这才意识到自己忘记了起锚的时间,再也走不了了。接下来的几天,他就在码头上晃悠,天天听着从邮轮里传出的钢琴声,竟有些魂不守舍、相随而去的感觉。当他看到提着大箱小箱的客人陆续登上甲板准备远航时,就混在人群里,帮人扛着行李,走上了甲板。他穿着橘红色的水手服,没有人干涉他。

父亲走了,跟着"龟屿号"邮轮离开了香港。他当时还不知道,此后将有18年他会在"龟屿号"上做一个无国籍的水手。国籍算什么,音乐才是最重要的,在母港新加坡,在科伦坡,在孟买,在澳洲,在布勒斯特,在瑟堡,在鹿特丹,在大雅茅斯,靠着他的日耳曼长相,他都有机会上岸,甚至走出港口,但他总是去去就来,想都没想过他其实是可以远走高飞的,即便回到香港的维多利亚港,他也没想过是否碰巧会遇到"青岛号",让自己归队回家,因为只有"龟屿号"上有钢琴,他迷恋钢琴就像迷恋食物和空气。起先他是在甲板上用粉笔画了键盘模仿钢琴师的弹奏,钢琴师一看他模仿得有模有样,就知道他是有天赋的,开始主动教他,作为回报他让自己变成了船上最忙的人,除了做好水手应该做的一切,还要为钢琴师充当杂役:洗衣、擦鞋、端茶倒水、送吃送喝、打扫房间卫生,等等,然后就是拼命地练习弹奏,不浪费一丁点时间。他弹的既不是拜厄《初级钢琴练习曲》,也不是汤普森《现代钢琴教程》,而是肖邦的《钢琴协奏曲》《革命练习曲》和《升c小调夜曲》,因为钢琴师能拿出来的曲谱除了肖邦,剩下的全是难度更高且需要改编的交响曲。好在他的接受能力超过了钢琴师和他自己的想象,手只要放在键盘上似乎就会按照旋律的逻辑走下去,而且速度很快,虽然常常出错,但只要纠正一次,下次就不会重犯了。有一次钢琴师在加尔各答上岸,买回来一些来自美国的爵士和蓝调乐谱,引导他走进了另一个音乐世界。他发现音符的天空下有一些跳跃只属于自己,流浪的云、伤心的雨、恐怖的雷、忧郁的雪,只要是感同身受的,就都是自己创造的:他创造了爵士和蓝调,创造了寂寞和孤独以及大海之上的浪绿和沫白,创造了遗忘,他把自己的身世和经历全都忘记了,只记得音乐。钢琴师是英国人,几年后辞职回国,把所有曲谱都留给了父亲。父亲成了兼职的钢琴师,海浪不息,琴声不泯,弹奏的重要甚至超过了吃饭、睡觉和工作——水手长说你已经两天没擦洗甲板了,上个星期居然忘了系好首尾缆,锚链也是别人替你放下去的。还有装卸滑轮,都坏了两个,你怎么没有及时更换?终于有一天,钢琴被他弹坏了——是的,弹坏了,他并不认为也许是别人有意损坏,嫌他对钢琴的痴迷给邮轮带来了危险。没有了声音的"施坦威"变成了一堆废铁,他在失魂落魄中挨过了半年。1983年12月,"龟屿号"驶进了开放不久的上海港,一个想法突然冒出来死死纠缠着他:钢琴哑了,该是结束漂泊的时候了,何况"龟屿号"即将退役,最多不超过两年。他向船上的伙伴告辞,带上那些乐谱,下了船,混在人堆里走出了港口,两天后又回来,买船票登上了一艘前往青岛的中型邮轮。

  青岛似乎并不欢迎他,出口的检票员望着他的高鼻深眸说:"护照。"他用还没有忘记的青岛话声辩自己不是外国人。对方又说:"身份证。"他没有,也没有其他证明自己是中国人的有效证件,只好退回去,在港口内左顾右盼地到处走动着,然后逾墙而过。他身上揣着一些美元("龟屿号"上员工的薪水一直以美元结算),可以换成人民币,他会弹钢琴,而且身怀绝技,自信不会有太多的生存困扰。但命运带给他的却是困扰不断:大鲍岛的街区里,他家的房子已经被拆除,那是母亲租住的房子,后来收为国有,又分配给了无处可去的母亲。母亲死了,他失踪了,没有任何理由继续保留房子了,拆除后的基址上挺立着一座五层楼,楼门上镶嵌着"工业银行"的金色招牌。没有住处,也没有身份,他去派出所查询自己的户口,发现早已被注销,好像他的家从来没有在大鲍岛存在过。认识五线谱,会弹钢琴又怎么样呢?身份不明,又没有学历,甚至都缺乏最基本的文化知识,没有一个单位愿意接受他,何况需要一个钢琴师的地方少而有少,即便夜夜莺歌燕舞的卡拉OK厅,一个吉他手也比一个钢琴师更受青睐。他天天出去找工作,两个月以后来到了青岛啤酒麦芽三厂:"听说你们要一个开叉车的司机,我不会开叉车,但我可以学,保证几天就学会。"然后便说起了自己的身世和经历,说起了目前的困境:"能不能解决我的户口和身份证?能不能解决住房?我一定不计报酬好好干。"接待他的人同情地说:"住房可以考虑,你一个人嘛,要求肯定不高,我们这里有单人宿舍。户口和身份证工厂肯定解决不了,你得去找派出所。"他心说派出所已经去过了,就不用再去了。那人又说:"愿意的话现在就可以签合同,过两天来上班。""不用过两天,我现在就上班。""还是再想想,我们先得培养你开叉车,一旦正式上岗,就不能随便走人。""不用想,我不走。"话虽这么说,出现在脑海里的却还是一架晶明闪亮的钢琴。

父亲43岁那年跟麦芽厂的一个女糖化工结了婚,一年后女儿出生,他发出了一声本不该发出的惊叫:"她怎么长成了这样?"回国这些年，他拒绝照镜子，看惯了中国人的面孔，对女儿长得跟自己一样似乎并没有心理准备，倒是妻子早已料到："挺好的，像我就不漂亮了。"还编了儿歌给女儿唱，"鼻子楞楞，眼窝深深，头发红红，皮肤白白，身子高高，吃奶多多。"女儿生下来时八斤九两，并不是肉多，而是骨长，由此可以断定她跟父亲一样是个大个子。不久父亲就发现，他不用天天幻想着离开工厂，去一个需要钢琴师的单位了，女儿就是他的"施坦威"，钢琴诞生了。女儿喜欢哭，止住哭声的唯一办法就是唱歌，只要他唱歌，她就会一眼不眨地瞪着他的嘴，然后便咿咿呀呀地学着他唱，尽管吐字不清，但音准是有的。渐渐地她又有了对节奏的反应，会按照节拍蹬腿摇手，有了对乐音和噪音的不同反应，前者让她安静，后者让她躁动。父亲便天天给她唱歌，天天用碗碟敲出节奏来训练她。女儿3岁那年，他拿出自己积攒的全部美元，兑换成人民币后，买来了几样乐器，有电子琴，有儿童小提琴，有短笛，有吉他，有萨克斯，有手风琴。之所以买这么多，一是因为他并不知道女儿擅长吹还是擅长拉或弹，二是因为他喜欢所有的乐器，便觉得女儿也应该喜欢所有的乐器，如果女儿把所有的乐器都学会，那岂不是音乐皇后了！当然他最喜欢的还是钢琴，但钢琴是买不起的，买来了也没地方摆置，他们的家就是他的单人宿舍，20多个平方米，三个人起居，已经太挤了。果然就像他期望的那样，乐痴一样的女儿学会了他买来的所有乐器，虽然不是样样精通，却是样样喜欢，喜欢就好，就能有精通的未来。转眼到了6岁，眼看就要上学了，父亲在自己的能力范围内以最大的气魄办了两件事：一是把一间废弃在厂区一角的厂房修葺一新，然后举家搬了进去。厂长说："你怎么能这样？厂房迟早要拆除，宿舍是不会再给你留着的，到时候你们去哪里？"他说："到时候再说，非要撵我们三口走，我们就去睡大街。"二是拿出全部积蓄，又借了几万，从琴行买来了一架德国原装的二手四角"施坦威"。

旧厂房改造成的新家里，宽敞的客厅正中便是镇家之宝，乔普林的钢琴生涯从这里起步了。她不是一个需要催促甚至强迫才会练琴的孩子，她天生就有自己强迫自己的习惯，她是声音的女儿又是声音的母亲，天天需要声音的乳养，也需要制造出声音来乳养她的家和她的生活。音乐浩荡，自屋后冉冉上升。

因为一开始接触到的只有父亲独特的演出风格，她以为钢琴的弹奏就必须这样：疯魔了一样前仰后合，时而坐着，时而站起，不停地扭动，不停地甩手，从中央 c 甩向所有的小字组和大字组，然后又是交叉甩手，居然可以用右手够着左边最远的琴键，也可以用左手够着右边最远的琴键，差不多指尖刚要挨上或者正要扫到，琴键就会动起来，音符也会以最明亮的效果砰然而出。有时看上去明明没有够着，旋律却还是不走样地延伸着，乐曲正常行进。这是海上弹琴的磨炼，是大风大浪的造就，让手腕带着风，指尖带着气，在急剧颠簸的不稳定中寻找稳定不变的节奏，不失精准地敲响每一个音符，仿佛他学会了"神手钢琴法"，他打起了醉拳，在看上去毫无规律的大摇大摆中，极有章法地实现着音乐人和音乐的创造性磨合。父亲在巨浪掀打的航程中，弹熟了钢琴师留给他的包括马勒的《大地之歌》在内的全部乐谱，如今他又把海洋和水手生涯恩赐的神技教给了女儿。女儿欣然接受，甩手，甩手，拼命地甩手，手腕的力量不够，指尖的风力不足，不要紧，刚开始都这样，只有达到水手的腕力才会如愿以偿。父亲带着她用一对 5 磅的哑铃练习抛甩重物，就像他在船上向码头抛甩缆绳那样。慢慢地，她成功了，看似身体歪七扭八，琴键距离遥遥，但速度并不在于扭曲和遥远，每一个指头的每一次出击都像闪电一样取消了时间，而且都在点子上，丝毫不差。这样的练习持续到了 18 岁。这一年高中毕业了，她报考了青岛音乐学院，因为文化课不及格，没有被录取，第二年再考，钢琴专业恰好不招生，只好改考管弦乐专业，这样一来她就跟裴老师擦肩而过,也失去了留校的机会,因为只有越学越难的钢琴才会受到重视,别的乐器,甚至包括小提琴这样的乐器皇后,也被排斥在外——学校里能拉好小提琴的比能弹好钢琴的多得多。音乐学院一毕业她就改掉了自己的名字,因为她喜欢"蓝调天后"詹尼斯·乔普林的歌声和"雷格泰姆"作曲家斯科特·乔普林的钢琴曲。父亲有点舍不得:"我已经叫惯乔娜了,这个名字还是花了钱起的。"她说:"你叫乔森,我叫乔普林,都是树,还不好?""其实你也可以叫惠特妮或者休斯顿,因为我们并不姓乔,乔森是你爷爷的名字,你奶奶觉得好听,就安顿给了我。""那我更不能再改了,就叫乔普林。"

乔普林的毕业伴随着旧厂房的拆除,是整个青岛啤酒麦芽三厂在定向爆破中轰然消失的大拆除,新厂或许不会再建了,听说啤酒总部正准备进口国外的新工艺和流水线,到时候只需一个麦芽厂就能超过先前三个麦芽厂全部产能的总和。三厂的所有工人都面临下岗。父亲说:"我跟你母亲好办,就是扫大街拾破烂,也能把饭吃到嘴里。主要是你,你要是有工作,能养活自己,我们就放心了。"她在网上搜了一番,搜到了海岸中学招聘音乐老师的广告,忐忐忑忑跑去面试。接待她的女校长让她在脚踏风琴上弹了一首曲子,又听她唱了一首歌,问道:"你为什么要来我们学校?"她不好意思地说:"为了吃饭。""就为了吃饭?没想过为教育事业贡献力量?""没想过。"女校长笑了:"你不像前几天来应聘的那几个人,年纪轻轻的尽说些大话。我就喜欢实实在在的人,行了,你去人事科办手续吧。"后来的情况是这样:在麦芽三厂唯一没有拆除的宿舍楼里,一个调去啤酒总部的机械工程师腾出了自己的宿舍,他把钥匙悄悄交给乔普林的父亲说:"现在人心惶惶,连厂领导都不知道自己将来干什么,公家的房子谁占了就是谁的,你们赶紧搬进去,今天晚上就搬。"工程师之所以这样做,是因为喜欢音乐,不止一次地聆听过从旧厂房那边传来的钢琴声。真是救人于水火的音乐,父亲和母亲刻不容缓地开始搬家,大喜过望地发现工程师的宿舍居然是个套间,正好可以摆下那架威风凛凛的"施坦威"。后来两口子又在环卫局属下的街道垃圾处理站找到了一份搬运垃圾的工作,算是勉强可以糊口。乔普林在学校工作了一年后开始兼职做家教,她的第一个校外学生就是施欣萍,如同她的第一个相爱的人就是这位学生的家长一样。她重复了父亲乔森的教学方法,摇晃啊,扭动啊,甩手啊,力量来自全身,不光是手腕和手指,最重要的是集中注意力,忘掉音乐以外的世界,投入,投入,投入,把所有的力量凝聚到指尖上。但小时候的施欣萍有点林黛玉的样子,怎么努力都是风不足,气太小,做不到意到键动,情到音起。乔普林便从家里拿来了哑铃,又买了拉力器。两种器械轮换着练习,内力和外力一起增长,一看二听三感觉,连贯而流畅地让眼耳鼻舌身意共同去接触和制造音乐。几年工夫,学生就变成了另一个乔普林。不,施欣萍似乎更有天赋,也更能吃苦,效果好得出乎意料:掰手腕的时候,屡屡让老师甘拜下风。她的手出奇的细长,也匪夷所思得灵活,取消了曲谱和键盘之间的距离,好像不是她在弹奏,而是手在自主弹奏,也不是手在弹奏,而是没有弹奏,音符就飞起来了。似乎燃烧就是燃烧,没有点燃一说,奔流就是奔流,没有从起源到入海一说。她的动荡翻江倒海,节奏却平稳得如同一池静水。神手钢琴法的拥有者一浪高过一浪,乔普林连连感叹:弟子不必不如师,师不必贤于弟子。而且施欣萍不光是在学习音乐,她骨子里就有真正的音乐精神:自由的性情、无拘无束的感觉、风一样呼啸的内在气质。她就是个"蓝色魔鬼",天生就能演绎低沉、悲伤、紧张、迷惘、无助、痛楚、坚忍、纾解、宽慰、豪迈、疯狂、野浪等一万种情绪。这种丰盈厚实的情绪集体、精神的重金属让她走向了循规蹈矩的对立面,更让她显得事事皆有主见,想干吗就干吗,一旦认定,便遵行到底。乔普林不止一次地说:不教你的话,我以为自己天下第一,教了你以后，就觉得自己什么也不是了。

3

乔普林说累了，去给自己倒了一杯水，喝了几口，便横过去躺在了沙发上，问道："什么时候开始？""开始什么？""排练啊，演出啊，乐队还能干什么？""你先跟学校脱离关系再说。""这个简单，打个电话，不去上班就行了。""你不办手续啊？""又不是调动，是辞职，办什么手续？""起码也得打个招呼吧，尤其是那个女校长，那么爽快就给了你一份工作。""早退了，她是工人出身，实实在在的。现在的校长小市民一个，就知道巴结有权有势的学生家长，对没权没势的，动不动要求人家写感谢信，也不知道她需要别人感谢什么？她的办公室和学校会议室的墙上全是锦旗，有些是家长送的，有些是自制的，什么春风化雨、诲人不倦、为人师表、百年树人、桃李之教、耳提面命、薪尽火传、循循善诱，所有关于教育的好词差不多用尽了，连拨云见日、孺子可教、平易近人、醍醐灌顶都没放过。""没想到你这么愤青，怪不得急着想离开，不过还得等一等，我们人不够。""你到底要多少人？"施欣萍便说了自己的想法：一支独一无二的城市工人乐队，汹涌着滚烫的金属，闪耀着钢铁的光辉，极限的音量，失真的音色，有尖锐到刺破一切的高音，又有沉入海底的重低音牢牢地兜住下限，猛烈洪亮的节拍里，涌动着海浪的气势，能拍碎坚固的玄武岩的海岸，能推倒都市的金字塔，淹没钢筋水泥的森林，如同海啸与音符的融合，一切都是淋漓尽致的，因为自由赋予了音乐人这个权利，乐器太少或者歌手太少，就意味着对音乐的轻慢和对权利的亵渎。最好是七人组合，实在不好凑，六人五人也行，如果命运偏要来打击她，让她无法靠近自己的理想,那也必须是强悍精湛的三个人。乔普林愣愣地望着窗外说:"那得猴年马月了。""你知道我不是个慢性子的人,走着瞧,没有猴年马月,只有今天明天。哎对了,你不是在做家教吗?""今年开始不做了,校长眼红,三番五次问我到底挣了多少额外的收入。我假装挣了好多,吞吞吐吐不愿意讲,他就勒令我不准再做,我说我也不打算再做了。""真的不做了?为什么?我还想问你学生里头有没有合适的人选呢。""在中学教音乐只是为了普及音乐,跟培养音乐人才毫无关系。我想做家教是可以的,学生里头说不定哪个将来就是格莱美奖的获得者,不管是流行乐还是古典乐,是声乐还是器乐。可惜的是你根本就看不到人才,请你去做家教的人,既不是为了单纯的娱乐,也不是为了让天赋变成能力,让孩子的理想有个去处,而是为了考学时好有个才艺加分,敲门砖而已。很多孩子,一旦上了初中或高中,小时候陪伴过他们的乐器就变成了摆设,尤其是钢琴,很多都成了死沉死沉又不好用的奢侈家具,当初还不如把这笔钱省下来,让孩子去玩,既能增强体质,又能结识朋友。我是越教越失望,索性不教了。"施欣萍吃惊得"啊"了一声:"那么多孩子学钢琴,我还真以为音乐在生活中越来越重要了。""我做了这些年家教,就培养了一个人才。""谁?""你。""我?我算什么……不对,我还真是个人才,要不然怎么能把我的老师挖到我的乐队来,进军音乐界?咱们不靠别人,就靠自己。""好啊,我就喜欢你这样。""不过我还是有点遗憾,你也可以忽略家长和学生的目的,闭着眼睛挣你的钱,钱是好东西,可以改变你父母的生活。""用不着,他们现在身体好好的,还就愿意当个垃圾搬运工,虽然累,挣得不多,但一周只干四天,心里也踏实,不用担心今天下岗明天被炒。最主要是离家近,他们不想搬出麦芽三厂的宿舍楼,搬出来就回不去了。要是一直住着,哪一天拆迁的时候还能给他们分一套面积相当的房子。加上有吃有喝,他们不要我的钱,我给多少他们都会存起来,打算以后再给我。""我真羡慕你,有这么好的父母,尤其是你爸,一个钢琴大师居然能安时处顺到这种地步。""他也是没办法,去年才上了户口,办了身份证,都这么老了,还能干什么?大师是需要社会承认的,光我们两个不行,人微言轻。""是老了点,要不然我也会把他请过来。他先前是叉车司机,现在是环卫工人,资格是没问题的。""你觉得工人的资格重要吗,我怎么不以为然?""我们的社会永远是以乡村的声音和农民的声音为主,工人是沉默的,但创造音乐的所有条件又都出自工人的手,乐器啦,场馆啦,曲谱啦,传播途径啦,尤其是现代音乐所必需的电子设备。我们要做的就是拓展出一片空间,让日益边缘化的工人回归社会,也让音乐更加名正言顺罢了。""要是条件太苛刻,乐队很可能组建不起来,我们认识的人毕竟有限,不认识的人要不要?""当然要,只要条件符合,见一面不就认识了?""那你不早说,我见过一个街头歌手,年龄跟你差不多,瘦不拉几的,吉他弹得真不错,嗓音条件也很好,是音域特开阔的那种,假声几乎可以跟弗兰基·瓦利媲美。""对我们乐队来说,音域比音色更重要。他在哪里?""我在音乐广场和四方公园都见过,两个地方都找一找,应该能找到。"施欣萍起身拽住了乔普林的手:"还躺着干什么,走啊,去找。"

两个人先去了就近的四方公园,又去了海边的音乐广场,甚至连紧挨着的五四广场也转了转,虽然人影幢幢,熙熙攘攘,但感觉到的却是一片荒凉。两个人站在广场的边缘眺望着海,海的恣肆荡涤着它自己的天然纹脉,又让那些漩动的纹脉变得更加恣肆。风大了,浩瀚的海面上,没有一滴水是柔弱而小气的,或者说一滴水的浩荡、一朵浪的磅礴,变成了整个海永远的寥廓。泛滥是枯涩的,勃发是寂寞的,跌宕是肃静的,有作用力必然有反作用力,就好比海跟盐的融合、水跟鱼的融合。音乐要是能这样就好了,不分大调小调、升D降D、刚健柔软、明亮阴郁,都搅和到一起,全凭观众自己的选择,喜欢什么就能听到什么,就像人对海的索取,更像海对人的赐予。海、海、海,怎么就不能有一种海的音乐?海湾对面就是奥帆基地,浪中滑翔的帆船就像白色的音符在升降中宣示着存在,是没有声音的音乐,带着飘飞的造型,炫耀在天地之间。大潮矶钓,小潮船钓,今天好像既非大潮也非小潮,鱼钓在岸边排列,也在海中荡漾。没有歌声,也没有吉他声,只遇到一个拉着胡琴卖唱的流浪汉,在向人们传递音乐的贫困。施欣萍听着被他拉得歪七扭八的《二泉映月》寻思:一个人有多少钱才能创造音乐的辉煌?从事音乐的人,名气越大就越有钱,越有钱名气就越大,这大概是个规律,是音乐作为皇冠艺术的需要吧?音乐是奢侈的,就好比我们不能对一个饥寒交迫的人大谈精神,当音乐不具备物质支撑的时候,做不醒的音乐梦不仅荒唐而且危险。施欣萍给了那个流浪汉10块钱,问道:"你一天能挣多少?"流浪汉说:"也就二十几块吧,今天是最多的,你一个人就给了10块。""你把弦紧一紧,胡琴走调了。"流浪汉紧了紧,但马上又松弛了,原来下琴轴和琴杆的衔接处有些损坏,用布条缠着没缠紧。"不能这样凑合,你得去琴行修一下。""挣了钱再说。"施欣萍又给了他100块:"再好听的曲子,音准出了问题,就连噪音都不如。"流浪汉点着头说:"你是让我去修饭碗,现在哪里还有修饭碗的?""那就买一把新的。""买不起,最孬的二胡也得六七百,好一点的都上万了。"施欣萍望着身边的海有些郁闷:这么贵?不就是个饭碗嘛。看来音乐的饭碗不是谁想端就能端的,首先得有勇气,不管是发了财还是蚀了本,是出道很久了还是刚刚起步,音乐人本质上都是流浪汉,都是一生讨要的乞丐。乔普林问:"你见没见过一个弹吉他的青年,瘦不拉几的,穿着一件海魂衫,就是带蓝条的T恤,戴着一顶蓝色贝雷帽?""你问的是水手吧?""他是水手?""是他自己说的。"流浪汉朝远处看了看,"好长时间没来了，只要来就会站在前面那个石头像跟前，不光弹，还能唱，挣的比我多。""那是贝多芬的雕像。""水手说过，还说贝多芬最著名的是《第九交响曲》里的《欢乐颂》，他教我怎么拉，我就是拉不会。"施欣萍和乔普林一连找了三天没找到水手，第四天又去四方公园找，到处打听的时候，有个跳广场舞的老人说："我昨天去大港，见到一个唱歌的，好像就是你们说的这个人。""大港那么大，你在什么地方见到的？""普集路的路口，2号码头前。"小蚂蚁带着她们，径奔而去。

  大港坐落在胶州湾东岸，是青岛最早的货运大港。港内有七个突堤式码头、一个顺岸码头。她们沿着码头前沿的港青路一直向北，路过了2号码头，没看到水手，就开始一个码头一个码头地寻找，到达了最远的5号码头后，又原路返回，来到新疆路，先去了大港站，又来到国际海员俱乐部，这儿应该是最适合独立歌手演唱的地方，却还是没有，最后又去了大港和中港相交的6号码头，依然是只有人群没有音乐的空空荡荡。失望而归的路上，她们经过了中港前的一个小广场，突然听到一阵被麦克风放大成嚎叫的歌声随风飘来，彼岸出现了，召唤就像荒漠里隐隐可见的绿影。小蚂蚁紧急刹车。两个人拉开车门钻出去，站在不远不近的地方听着。一个穿着海魂衫的青年正在广场中央演唱，唱的是《想象》和《我们应该在一起》的混搭。围观的人不多，面前的投币盒里只有七八个硬币和五六张面值一块的钞票，却并没有妨碍他的发挥。他面朝海洋，全神贯注，就像近前的和遥远的那些飞溅的浪花全都是随音乐蹦跳的观众。"观众"的一侧是延伸过来的码头泊位，高大的橘红色岸桥和龙门吊身边停靠着几艘大型货轮，有的整整齐齐地码着集装箱，等候着卸载或者出发，有的甲板上空空荡荡，显然正处在一个已经走箱而没有进箱的空当里。还有一艘满载船正在进入泊位，码头上闪着靠泊灯，有人摇着靠泊旗，船上的水手和岸上的带揽工准备抛缆和引缆。几乎所有的船上都有人站在甲板护栏前朝这边张望，风和音乐的联盟刚刚形成，眼光就飞速地寻觅到了目标。而水手就是唱给他们的，尽管他们不可能投过来一分钱。是不是哪个码头有船，他就去哪个码头唱歌？施欣萍想着说："他要真是水手就太好了，水手是船上最底层的工人。"她拉着乔普林快步走过去，在水手换气的瞬间喊了一声："再来一遍。"然后就跟着唱起来。水手丝毫没有迟疑，身子稍微一转，面孔严峻地朝向了她们。三个人一起唱起来，调门很高，差不多接近"嗨 c"了，第一段的副歌一唱完，他突然降了下来，一下降了三个八度，顿时变成了浑厚而结实的低音和声，吉他却依然是高音伴奏。施欣萍和乔普林都赞许地点点头，很多人都是自己唱哪个音组就弹哪个音组，做不到他这样的分离伴奏，他现在就等于同时进行着两种音高迥异的伴奏，一种是乐器伴奏，一种是人声伴奏。他们从头到尾唱了两遍才停下。水手说："不错呀，你们的声音，哪里的？"依然是一副严肃而冰冷的表情。施欣萍没有回答，反问道："你是水手？""谁告诉你们的？""你的衣服。"他看了看自己说："其实我也可以穿别的，不一定非要用衣服证明自己，尽管我是真正的水手。""哪条船上的水手，是货轮还是邮轮？""'蓝鲸号'货轮。"施欣萍和乔普林都"啊"了一声："这么说你是幸存者？"

水手没有回答，打量着她们说："其实我们可以组建一支乐队，你们要是闲着没事，就来跟我一起唱。"施欣萍和乔普林互相看看，一笑：这不是正中下怀吗？乔普林说："我在音乐广场和四方公园见过你。"施欣萍说："我们今天是专门来找你的。""干什么？""就是想……这样吧，我们去海员俱乐部喝杯咖啡，慢慢谈。"他走过去，数了数投币盒里的钱说："不行，钱不够。""我们请你啊。""那怎么行？我是男的，就算你们是亿万富翁，也该是我请，但我请不起，只能算了。我请你们喝水，有什么事，就在这里说。"他从音箱旁边的黑帆布包里拿出两瓶水递过来，"不是矿泉水，是我昨晚烧好的凉白开。"施欣萍想：挺对路子的，这个人，大致跟我们差不多，爽快而简单，还不虚伪。他们就站在广场中央，面对着海和海的音符那些盛开的浪花，面对着起重机和轮船那些凝固的重金属谱号，说起来：一个想象中的乐队，空灵、清透、尖锐、高亮，而又雄浑、澎湃、粗犷、沉稳，它是她们的需要，也是他的需要，如同波与浪的组合，转眼就是一座海、一片潮、一种无极的迤逦、一种光辉的绵延。水手说："就是弹唱不死的意思呗。"施欣萍说："不尽然。"水手说："不会是又一首波西米亚狂想曲吧？"乔普林说："有点靠谱，但还不完全一样。"施欣萍说："它囊括了所有的现代音乐和古典音乐，甚至所有的声音，它是一种新音乐。""也囊括了整个世界和所有的情绪，野心不小啊。不过听着挺来劲。""那就好。"施欣萍说，"事不宜迟，乐队明天上午就开始工作，你来老钢城找我们。"又说了具体地址和联系方式。水手说："醒不来怎么办？"乔普林说："你不会早点睡？""我是说酒醒不来怎么办？"施欣萍说："那就不要喝了。大家都是穷人，没有钱，只能自己拼命挣，挣不来就都得去喝西北风。"水手说："不就是喝西北风嘛，有什么了不起，干大事业的都是白手起家。"施欣萍说："还不知道你的名字呢。""我要名字干什么？你们就叫我水手。"乔普林说："那怎么行，我们都有名字。"施欣萍说："你的想法挺酷，不过还是想知道你为什么不要名字？是不是跟'蓝鲸号'货轮事件有关？"水手仰头看看海，拨动着琴弦，似乎想让他们的谈话保持在一定的节奏里："说对了。"乔普林问："那你是怎么脱险的？"水手重重地拨了一下低音弦算是回答，又说："就咱三个人？好像少了点吧？至少得四个，'甲壳虫'就是四人组合，再说两女一男也不合适，有点阴盛阳衰。"乔普林说："我也觉得，那就把柳浪也算上。"施欣萍说："不行，我说了不能滥竽充数，贝斯是吉他的伴侣，不能不般配，柳浪能配谁？能配我？能配你？还是能配水手？它还是兜底的艺术，没有它音乐就会掉到深渊里去。"

乔普林问："你想把他炒了？""就让他跑跑腿，管管后勤，算是个经纪人吧，要是有空闲，就让他做做人声伴奏，这方面他还可以。"小广场上的人多起来，水手又开始弹唱，他说要挣够今天的饭钱。施欣萍和乔普林一直陪着他唱。投币盒里的钱一块一块增加着，在一首约翰·丹佛的乡村民谣之后，水手说："够了，咱们走吧。"施欣萍问："你去哪里？""住处。""住处在哪里？""青岛。""你怎么这么别扭？刚才还觉得又爽快又真实。""我不爽快吗？"水手说着收拾起音箱、功放、麦克风和线路，装进一个特制的帆布口袋，背在了身上。"拜拜了两位妹妹。"乔普林纠正道："是姐。"施欣萍纠正道："她是姐，我是妹。"水手提着吉他朝前走去，突然又回过头来："你们是不是想参加下个月开始的比赛了？"施欣萍和乔普林都纳闷："什么比赛？""你们不知道？上网查查呗。"

　　水手一大早就到了，背着鼓鼓囊囊的帆布口袋，提着吉他，用额头叩响了录音棚的门。施欣萍穿着睡衣开门一看，不禁红了脸："真不好意思，你得起多早才能赶到这里？倒是我成了睡懒觉的。"她让他进来，自己返回卧室，换了衣服，又去卫生间匆匆忙忙把自己收拾停当，然后给50炉火锅店的老板范强打电话，恳求他派人送三份早餐来，又打电话给乔普林："快过来，水手已经到了。"乔普林说："我在路上。"水手走出录音棚，随便走动着看了看。钢锭车间银灰色的屋顶如同一个巨大的反光板，被堵回去的阳光蜷缩在半空里，就像一些因表达不明情绪而受到冷落的委屈的音符，舒展的都是鸟儿，不远处的湖边，一只绒黄色的戴菊正站在树干上唱歌，它的观众是一对伫立在石头上的红嘴蓝鹊。一只灰鸽子掠过湖面又弯回来，好像不知道在哪儿停，盘旋了一会儿，落在了录音棚的屋顶上。喜鹊是哪儿都少不了的，而且还很强势，吆三喝四地飞过来赶走了灰鸽子。灰鸽子大概是个外来户吧，转了一圈后瞄准了钢锭车间的中心烟囱，但它刚落下，一只金黄色的野猫便从歪斜的烟道里窜了出来，它只好又回到天空，天空是安全的，但又是很容易疲倦的，好比一种吹奏，气再长也不可能一口气吹到结束，你总是在一个乐句一个乐句地往前赶，中间有许多个回环往复和许多个休止。风在流动，吹奏持续着，一片清淡的云翳裹走了灰鸽子，反光板的反射蓦然收敛了，阳光斜射而来，耀金了钢锭车间的西北角，染亮了湖边的松林和桃林，那儿的叫声零乱而和谐，像是一个木管乐团的回旋曲，随时都在偏离主题，又随时都会回到主题，主题是轻松、愉快、自由。水手返回录音棚，对正在捣鼓录音设备的施欣萍说："你住在工厂的死角，原来死角才是最活跃的一角。""是吗？这条红线应该插在哪儿？"水手过去看了看调音器："不是这上面的，你别乱插。"乔普林来了，带着她的吉他。早餐来了：凉拌海菜、煮蛋、小米粥、豆沙包、酸奶，简单而实惠。饭后便是排练，施欣萍拿出了《钢水谣》的曲谱。水手哼哼唧唧读了一遍，又用吉他弹了一遍，在几个转调和需要刺耳的不和谐音的地方重复拨弹了几下，抬起头说："一起来一遍吧？"三个人背起各自的吉他，都站着弹起来。一曲未了，水手突然激动得跳到椅子上，又跳下来说："太棒了，三把吉他，同样的音高、同样的强度、同样的激情，不会有乐队比我们更棒，要是全部换成电吉他，绝对能嗨起来。"施欣萍说："那还得加上键盘手、架子鼓手和贝斯手。正要问你呢，除了吉他你还会什么？""圆号。"乔普林问："为什么是圆号？""我是在船上学会的，它就是一把号角，音不高但穿透力很强，有庄严肃穆的黄铜般的音质，水手可以用它联系海岸和别的船，显得既有礼貌又不可侵犯。"乔普林说："要是你能弹贝斯或者打架子鼓就好了。"水手敏感地问："什么意思，看不上我？"施欣萍说："我们是有看不上的人，但不是你。咱们唱一遍，先用一个声部，都唱高音，看能高到什么程度，再用三个声部，水手唱低音，我唱中音，乔普林唱高音。"说着便弹起了前奏。

他们边弹边唱起来：

从高炉到转炉，

从沉默的矿到流淌的钢，

从黑色金属到铁碳合金，

从 1700 度的铁水到 2360 度的沸点熔浆，

曾经的陨石雨变成了坚固之王，

地球之上，钢铁吐出百花的芬芳，

人类之眼，望见一轮不锈的月亮。

烈焰照我如何操枪，

是炉前吹炼的时候了，

钢铁的肺腑也需要给氧。

星火照我合金之忙，

才知道钢不是炼成，是交融而成，

请加入碳铬锰钼，

请加入硅钨钒磷，

炽热照我测温取样，

骄阳照我倒渣出钢，

炉火纯青时我想起断桥还在天上。

　　施欣萍忍不住说："不错不错，你的高音，音色就像钢水的流淌。"水手说："你们也不错。""我还没说完呢，你都快赶上我们了。""你们就应该比我高，女声嘛。""来个'嗨c'怎么样？最后两句可以比乐谱再高一个八度。""那你们就得高两个。""试试。"间奏开始了，乐段与乐段之间顿时有了一座彩色的桥梁。

焰火之夜留给我满脸灼伤，
飞溅的不是钢水是星星，
让我心疼最后一件衣裳。
从此我一见流水就想起创痛，
再也不敢面对无边的海浪。
一个炉前工的色谱里只有辉煌，
从来不知道世界上还有草绿，
还有一望无际的冰霜。
爱你的是火，我爱的也是火，
不曾有一丝苍茫的风凉，
进入我生命的围墙。
不知道你想对我倾诉什么，
是音符的升降，还是钢铁的思想？
而我依然跟钢水一样，
惧怕着冷却和凝固，迷惘地歌唱。

　　有点重金属的味道了。施欣萍突然想到，重金属摇滚的背景是工业革命的兴起，尤其是钢铁工业的突飞猛进，那些乐手和歌手们是不是都感觉到了：喧嚣并不等于暴躁，猛烈并不等于粗野，强劲并不等于无序，疯狂并不等于失控，最重的金属也应该是最美丽最整齐最合理的金属，它跌宕起伏，卓尔不群，用统一的机械化推开了正宗而零散的田园风情，用自由开放的现代语言碎片组合起严谨庄重的新建筑体系，用钢铁工具的噪音追求完美和谐的音乐叙事。虽然这都是前人做过的，不是我们的发明创造，但我们是不是可以做得比他们更好呢？

钢铁支撑起都市的伟岸,
和迷幻如梦的殿堂,
也支撑起战争与死亡。
不要疯狂,不要自戕,
拥抱钢水的我们,
需要比它更加滚烫,
也需要一座冰山的静穆,
和整个海的水量,
把钢的丑陋埋葬,
只留下坚强的美丽,
独自闪耀晶柔之光。

之后又用三个声部唱了一遍。施欣萍说:"我们不是竞争,不要一个跟一个抢,是对话和交流,三个人都有鲜明而饱满的力量,但不是为了超越,而是为了彼此融入。吉他的弹奏要学一点莫扎特的《不谐和音》弦乐四重奏,要让观众强烈感觉到耳朵难受,刺激得有点疼痛,要激发出他们的烦躁,让他们从生理到心理都有一种迫不及待想摆脱的感觉,这时候和谐突然出现了,悦耳动听到无与伦比,那会是一种什么反应?燠热的伏季,你正在喝一杯加了冰块的葡萄酒,不醉才怪呢。"水手笑了:"我为什么要抢?怕你们看不上我。"乔普林说:"已经不存在这个问题了,你看她的眼睛,全是对你的欣赏。"水手凑近了看看施欣萍:"真的吗?"施欣萍躲开他的眼光说:"不是我欣赏,是音乐在欣赏,它欣赏你对它的投入和创造它的能力。"水手一笑:"能力肯定有。"乔普林说:"别自吹自擂了,有本事你把键盘也兼起来。"施欣萍说:"要保留三把吉他的优势,我们至少还缺三个人,键盘手、架子鼓手、贝斯手。"水手和乔普林不说话了,都看着施欣萍。施欣萍放下吉他，走到钢琴前，顺手弹了几下。乔普林说："干脆我撤出前台，在后面负责键盘。""不行，你是我们中间最靓丽的一个，必须凸显出来。"水手说："你真谦虚，我觉得你们两个差不多，甚至你比她……"施欣萍再次躲开他的眼光并打断他说："对了，昨晚在网上看了比赛通知，我觉得我们必须参加。你们两个继续练，我得出去一趟。"乔普林问："干什么去？"施欣萍摇摇头，他不想说，万一办不到呢？正要离开，柳浪来了，诧异地望着乔普林和水手。施欣萍说："你来得正好，有个比赛我们要参加，你把细节搞清楚。""我就是来说这事的。""那你先给他们说。""他们……""我们乐队的新成员。"

　　施欣萍开着小蚂蚁，又去了青岛音乐学院，到达的时候已近中午。她依在车头上把电话打了过去："我已经到学校门口，你在干吗，不会又是正要去上课吧？"肖蚌沉默不语。"我想见见你，给你说件事，是你出来，还是我进去？""你别进去，我也不用出来。""怎么，不想见我？""我已经出来了，就在海边。"施欣萍朝海边望了望，钻进小蚂蚁，开了过去。沙滩、礁石、陆岬、披着海藻的自然坝，潮水在涨落之间徘徊，一轮一轮的海沫、密集的白色气泡，画出了海与陆的边界线，远远地看，是紧挨着的五条线，而不是一条线，靠近音乐学院的所有海岸上，潮水留下印痕的地方，都不是一条线。一条线的乐谱是什么？是鱼钓，它的前端和末端都有一个粗黑的四分休止符。施欣萍揉揉眼睛，发现自己一到海边就有一种恍惚：分不清曲谱和海，分不清音乐和浪声。她在海边停车场撂下车，来回走动着，找了半天才找到肖蚌。他坐在被海水泼湿的礁石上，就像一尊石猴，两眼发呆地望着动荡的水面，身边歪斜着一竿鱼钓，鱼竿上的斑点线也像谱表线那样，沉在海里，那是音乐的海，是声渊。"你都悠闲成这样了？跟个退休老头差不多。""你有事吗？""我昨天见到裴老师。""她把什么都告诉你了？"施欣萍沉默了一会儿说："裴老师说还要跟学校谈一次,看有没有可能既不报警又让你留校,不知谈了没有?""应该谈了吧。""你怎么知道?""她今天上午给我打电话,说现在只有你能帮助我。""那你为什么不来找我?非得让我跑一趟?"他把头埋到两个膝盖之间,一言不发。"肖蚌,我是来拯救你的,别让我白跑一趟。"看他没有反应,便使劲推了他一把。他摇晃了一下,抬起头说:"你想谋害我?那就再使点劲,推到海里算了,我现在想的正是怎么才能死掉。""想好了没?我可以成全你。"说着又推了他一把。海忽地朝后退去,抬起浪手摇了摇:千万别过来,你们不是鱼。他哭丧着脸说:"你已经知道我的底细了,我去你的乐队能干什么?""了不起,突然有自知之明了。实话告诉你,你作为乐队成员,非常勉强,听力不好,音准和定调都有问题。但你毕竟是工人家庭出生,而且是最苦最累的储运工和防腐工的家庭,又在青岛晶英化工厂长大,一是能吃苦,二是不服输,改变现状的欲望比谁都强烈,哪怕自身条件差一点,咬牙切齿也想克服掉,听说你的架子鼓是一天八九个小时练出来的,而且还能唱,是中低音又能吼出高音 c3 的那种,如果把'地下丝绒'的女歌手尼科不在调上的歌声看作是摇滚新潮流,那你的走调是不是也应该走出点新意来?裴老师说你是块天生的流行音乐料。""其实裴老师压根看不起我,她把我硬往流行音乐里归类,说明她看不起流行音乐。""搞古典音乐的都看不起现代音乐,没什么奇怪的,但她又是希望自己的学生能出人头地有出息,咱们哪天端个奖杯给她看看,她就没话了。""野心不小啊,现在要紧的是不能让我父母知道我已经离开了音乐学院,他们听了会气死。""你不说不就行了。""可乐队不能不演唱吧?""他们也关心这个?""当然了,他们也是音乐爱好者,我父亲是婚礼上敲锣打鼓的好手,我的架子鼓细胞就是他遗传给我的。""你就说是学校派你去指导民间乐队的,他们哪里知道是真是假。""那还不如说我是为了能挣到更多的钱找了个第二职业。""看样子你已经想好怎么撒谎了,那还磨叽什么?"肖蚌不回答。"还要问你一个最关键的问题,你吸毒吗?"肖蚌断然摇头。"那就好,以后也不要再去地摊上买香烟了,万一买到的东西不能沾呢?你给谁都说不清楚。"他站起来,收起鱼竿说:"姜太公钓鱼,愿者上钩,这么大的海,我硬是钓不上一条来,看来鱼早把我看透了。""这鱼竿怎么办?车里放不下。""放车里干什么?""现在就得走。""你那里有架子鼓?"施欣萍摇头。"那去干什么?我得把家什带上。"碎浪甩过来打疼了他的脸,像是催他快走,他朝后退去。施欣萍却跨前一步,站在了肖蚌刚刚待过的地方,心说用一竿鱼钓能不能钓起整个海?为什么不能呢?只要你永远追逐着浪潮移动你的钓竿,并且一年四季不离开海岸。

二重赋格
田横与大货车（作品第 5 号）

又要出发了，去寻找郭翔，
海辽阔得就像人类的思想。
一年去了三十八座无人岛，
荒凉跟荒凉比赛寸草不长。
两年登上六十八座鸟兽岛，
饥饿让他们变成掠食的狼。

/

施欣萍的录音棚里，最值钱的便是那架"博兰斯勒"三角平台式钢琴，德国人高超的漆艺让它仿佛置放在时间之外，依然是刚刚卸下货轮打开包装时的光彩夺目，高贵的紫檀色辉映着简陋的环衬，让古典主义气息恰到好处地般配了这个墙有裂顶有洞的环境。但钢琴再好再有分量也不是现代录音棚的必需品，更重要的声卡、电容麦克风、放大器、人声效果器、调音台等却显得低级而凑合，甚至不仅仅是凑合，是缺失——没有必不可少的电脑和耳机分配器，没有分离演唱和录音控制的真空玻璃，也没有隔音的墙壁和门窗。所以肖蚌一进门就"哎哟"了一声，有惊讶也有失望。他开着一辆福特越野，跟着施欣萍来到了老钢城，同乔普林、水手和柳浪见过面后，就开始组装自己的架子鼓，忍不住问道："设备不全吧，你这里？有点太简单了。"帮他固定鼓架的施欣萍说："慢慢来嘛，着什么急？人都不齐，设备自然是欠缺的。""不光是欠缺，这儿根本就不像个正儿八经的录音棚。"施欣萍不理他，大声说："你们想一想，乐队应该叫什么名字？"谁也不吭声，她问得太突然了。水手说："你连名字都没起好，就把我们招来了。"柳浪说："就叫青岛乐队怎么样？"乔普林说："好像青岛就只有一家乐队。"柳浪说："要不叫'岛青'？"肖蚌说："能不能有点想象力，什么'青岛''岛青'的，不就是土和石头再加上树嘛，有什么意思。"柳浪说："那'盗情'呢？或者'情盗'？"肖蚌说："唱歌就是唱歌，不是当小偷，你想盗谁的情？"水手说："古有'甲壳虫'，今有'花大姐'，乐队是她们为主的。"说着跷起大拇指朝着施欣萍和乔普林晃了晃。肖蚌说："我们是守着海的，为什么要当虫子？就不能潮一点？"乔普林说："那就叫'鲸潮'，或者实在一点，叫青岛潮乐队。"肖蚌说："太俗了，咱不能越潮越俗。"乔普林说："你想免俗啊！流行音乐讲究的就是世俗情怀。"水手说："那就一个字，'潮'，潮乐队。"施欣萍说："还是两个字以上的好。"水手想了想说："叫'不潮'怎么样？不潮就是最潮。"柳浪说："明明不潮，怎么又最潮了？"肖蚌沉吟着："还行吧。"乔普林说："那就叫'不潮'？不潮也不汐，不时髦也不守旧，代表咱乐队的风格。"水手打了个响指："OK，但也未必不潮。"施欣萍皱起眉头说："'不潮'的意思不错，但好像有点软，而且也不知道是哪里的，没有代表性。"乔普林说："你想要硬的？最硬的就是钢铁。"施欣萍说："我们是不是应该靠近硬摇滚，多一点重金属的味道？尽管我们并不排斥别的风格。"柳浪说："我喜欢'齐柏林飞艇'。"肖蚌说："好吗？我听过，不怎么样。"水手说："还有'深紫'，绝了，尤其是布莱克摩尔的吉他，既古典又现代，好像是巴赫推开钢琴玩起了流行音乐。"柳浪说:"那就叫'老钢城'吧?"施欣萍说:"可我们是年轻的,年轻的'铁碳合金'。"水手和乔普林首先欢呼起来:"这个名字好。"肖蚌说:"我怎么就不喜欢铁啊钢啊金啊碳啊。"施欣萍说:"慢慢就喜欢了,你会爱上它们的。"看大家不再有异议,又说,"那就'铁碳合金'了,明天就在'子午线'上亮相。再说说下个月的比赛,咱们得做好准备。"柳浪说:"是这样,比赛由GFC卫星电视和全国音乐总汇主办,叫'嗨王争霸赛',是一次全国性的流行音乐高端比赛,第一阶段决出各个初赛组的前三名,评委打分和观众投票各占50%;第二阶段决出各个复赛组的前三名,共21名选手,再决出前12名,也是评委打分和观众投票各占50%;第三阶段是决赛,评委打分占30%,观众投票占70%,先决出前三名,再在前三名中产生'嗨王',谁获得'嗨王'称号,谁所在的乐队就是'嗨王乐队'。"

几个人沉默着,都不说话。施欣萍问:"怎么哑巴了?有什么想法都说说。"肖蚌说:"你可能有几个粉丝,我们算什么?没人认得我们。"水手说:"参赛的人恐怕都跟我们一样,粉丝是一边比赛一边产生的。"乔普林说:"也不一定,咱得双管齐下,一边比赛一边在'子午线'上推视频。"施欣萍说:"我也这么想,所以要抓紧时间排练。"肖蚌说:"来不及了吧!我们要歌没歌,要设备没设备。"施欣萍说:"又不是制作专辑,现在的设备足够了,绝对能保证视频上线。"肖蚌说:"我看过你的视频,是'子午线'上音色最差的,不仅修饰不到位,反过来还有损伤,把原本一流的声音和弹奏变成了三流四流。"乔普林点点头:"我也有这种感觉。"施欣萍问:"那怎么办,不上'子午线'了?"水手说:"不能不上吧?我们都来了。"肖蚌说:"我的意思是必须抓紧时间装修录音棚,更换和增加设备。"施欣萍断然否定:"办不到,我们没钱。"又是一阵沉默。肖蚌问:"可不可以借钱?"施欣萍问:"借多少?"肖蚌说:"至少得100万吧?因为我们需要的是一个活跃端与寂静端型的录音棚。"乔普林唉叹一声说:"要是没有这样的录音棚音乐就不够标准,我们就只能放弃推出视频了,这里最多是个排练场地而已。"肖蚌说:"可以这么认为。"水手眉头一皱,扯了一下自己的海魂衫说:"胡说八道,离了录音棚就不能搞音乐了?我从来没进过录音棚,走到哪里音乐跟到哪里,你不会说就你是搞音乐的别人不是吧?"肖蚌说:"现代音乐是乐手、乐器、录音棚的结合,你怎么连这个都不懂?"水手吼起来:"就你懂,你一来我就看着不顺眼,这也不好,那也不行,小子,来,看你使什么武器,有什么武艺,咱比一比。"说着,走到墙边,背起吉他,像端着一挺机枪,走过去挑衅似的弹起来,声音急促而响亮,还唱着:"一只乌鸦飞过来,飞过来,毒箭一样飞过来。"肖蚌拿起鼓槌,用手指尖飞快地转了几下,先敲吊镲,再敲嗵鼓,然后一脚踩响低音大鼓,节奏紧张得就像有什么事即将发生,也唱着:"有钱的音乐走遍天下,没钱的音乐原地趴下。"施欣萍说:"你们闹吧,最好打一架,伤了谁也别伤了音乐。"转身走进墙角,"咚"的一声关紧了门。

过了一会儿施欣萍出来,捧着大本子,上面已是一首新歌的词曲了,名字叫《田横精神之人生必守》。她给大家唱了一遍,问道:"怎么样?这是咱们排练的第一首歌。"柳浪说:"现在就排练?"拿过大本子,看了一遍,"记不住,我得去复印。"说着就出去了。水手和肖蚌依然弹着吉他敲着鼓,声音沉闷而收敛,对峙似乎走到心里去了,都是恨恨而冷冷的。施欣萍挎着吉他弹起来,乔普林跟上了她,接着是水手。水手说:"从头到尾都是一个速度,中间的行板能不能变成慢板?再就是结尾的两句,男高音可以让给女高音,因为我们至少有两个华丽的女声,男声可以沉下来,弹奏也应该变成G弦,我弹就是了,你们两个继续你们的E弦。"施欣萍不断点着头:"OKOK。"又问,"有没有可能加上你的圆号?"乔普林说:"我也正想说呢,就像迪伦那样,脖子上挂个口琴。"水手说:"那我就得边唱边弹还要吹,不可能吧?就算能把号架起来,也得一只手摁住按键一只手放进号口才能吹。"施欣萍说:"不一定同时进行,主歌和副歌都还是吉他和人声,圆号只在前奏、间奏和尾奏时响起,肯定很来劲。""我明天把号带来,试试。"柳浪回来了,一人发了一份复印的乐谱,突然"哎哟"一声:"我把大本子落在复印店了。"转身就跑,又喊道,"你们先练吧,别等我。"见施欣萍已经开始拨弹吉他,就没打算等他,嘀咕道,"你们都是田横了,撂下五百壮士不管了?"他飞去飞来,气喘吁吁地加进了排练。

一个英雄名叫田横,
他手握宝剑,头顶罗巾,
驾船而来,踏岸而去,
身后白浪滔滔,身前大雪纷纷,
走过大地驱散一千年寒冬。
他说我是齐人的曙光、不妥协的化身。
他说人生的必守是天尊、地尊和自尊。
他说此去经年,海乡保重,父老保重。
帝都遥遥,暗淡了流云,
不蜷曲的路,不趴伏的人,
一个向前,一个向上,
正直的角——不再摇摆的三维世界,
化成了太阳和月亮互相追逐的光阴。

你不是昼锦,
不是断发请战的老臣,
你是生命的一首歌

——献祭者的果品，

告诉人们哪儿才是后人瞻仰的坟茔。

施欣萍又说："架子鼓没什么说的，就是结尾可以再重些。关键是你的唱，要放开，放开，再放开，不管高音还是中低音，你都要觉得自己是主唱，但又不能抢，要把属于你的波掀起来，把属于别人的浪推过去，你的声音和乐器要跟别人交叉进行，你模仿他，他模仿你，彼此衬托，一浪一浪往前走，给人一种起起伏伏绵延不断的感觉。"柳浪问："我呢，我怎么样？"施欣萍说："还行吧，你跟上就是了，要低唱低弹，固定低音的重复第一段是旋律，以后全是节奏，最后一句再变成旋律。"说着，也不等柳浪有什么反应，挥了挥手，拨响间奏的旋律朝下走去。

世界如此嶙峋，

让我双脚布满伤损，

不停留，不停留，永远不停留，

有什么能比学田横赴死更让人发愤？

人生处处不平，

但我相信贵贱无分，

不屈尊，不屈尊，绝对不屈尊，

哪怕陷入一万年愁闷和一万年隐忍。

金钱无比冰冷，

让我喜欢田横精神，

不投降，不投降，就是不投降，

那一刻我无所畏惧手提一把马头琴。

如果不下跪就只能贫穷，
那我就做准备饿死的田横；
如果不胁肩就只能离群，
那我就做喜欢孤单的田横；
如果不撒谎就只能希声，
那我就做终生闭嘴的田横；
如果不圆滑就无法做人，
那我就做不是人类的田横；
如果不沦丧就无法成功，
那我就做永远败北的田横；
如果不卑鄙就无法前行，
那我就做落伍远古的田横。

　　三把吉他、一把贝斯、一台架子鼓、五个人高低相伴的歌声，铁碳合金乐队从一开始就具备一种澎湃如浪的气势，旋律在激昂中缓缓上升，狮子吼般的男高音和性感细腻的女高音扭结成一条柔韧的缆绳，悬挂在低海与高岸之间，荒风带来的节奏强劲而狂热，似乎不想"潮"也得"潮"了，音乐的叙事风格在摇滚和民谣之间徘徊。突然高音飞起来，攀到c4的云端上戛然而止，歌唱结束，尾奏却还在慢慢跌落，最后入海而逝，像无数跃起的海豚悄然不见了。施欣萍静立了片刻才问道："怎么样，感觉？"柳浪抢先道："太好了，我从来没有这么过瘾地唱过。"肖蚌用三根指头将鼓槌旋起一股风说："我还行，没掉链子，别人的我不知道，自己说自己吧。"水手微皱着眉头不说话。乔普林说："是不是过于华丽了，我是说风格，还有编曲？"施欣萍说："不是华丽，是杂乱，本来是想多借鉴一点，但一演出来，感觉就不对了，找不到主要的色调。流行音乐的发展在西方是阶梯性的，每一种风格和流派都有发生的理由和生活的依据，流派的顺序也是历史发展的顺序，比如第一次世界大战爆发促进了加勒比海岸的移民文化，多元的移民文化又推动港口城市新奥尔良诞生了爵士乐，之后便是摇摆乐和乡村布鲁斯的崛起，脉络就像旋律本身的延伸，基本上是按照时间顺序的单线条发展。但当中国开始出现流行音乐时，音乐人能够接触到的是已经成为历史的几乎所有音乐形态——福音音乐、节奏布鲁斯、摇滚、民谣、嬉皮士、灵魂乐、华丽摇滚、迪斯科、朋克、新浪潮、另类摇滚、垃圾摇滚、嘻哈乐，还有品类繁多的古典音乐和民族音乐，等等。我们可以一股脑儿拿来，随心所欲地借鉴。面对这么多有融合又有分歧的音乐流派，最难办的就是取舍，因为只有喜欢和不喜欢的音乐，没有最好和最不好的音乐，对荒芜的耳朵来说听什么都是艺术，但音乐人却不能把荒芜当作逞能的借口，既然所有的音乐包括我们本土的音乐，都迫不及待地需要一种新生后的拔高，而不是屈就后的重复，那我们就得有扶摇直上的气魄，但是现在，我们有吗？"水手说："你这是在否定自己，我们可都是跟着你的。"施欣萍说："所以我压力很大，不仅仅要为我负责，更要为你们为音乐负责。"肖蚌说："嫌杂乱就单纯一点呗，来点朋克？"施欣萍说："虽然不是极简主义的，但也不能过于巴洛克。"乔普林说："这首歌太像一座庙堂了，几乎无一处不加装饰，我提议把一些可有可无的倚音、滑音、颤音去掉，要那么多装饰音干什么？"水手说："装饰音是强调情绪的，都去掉就没有那么多感染力了。我倒觉得应该去掉中间的一个声部，只保留高音部和低音部就可以，不然互相干扰，让观众听不清歌词，这首歌只要明白了歌词，才能体会曲子的妙处。"肖蚌说："那不行，中音部是我唱的。"水手说："你也可以唱高音和低音嘛。"肖蚌说："我就喜欢中音，不能改。"他认为水手是针对他的，猛可地敲了一下吊镲。施欣萍说："去掉主歌的全部装饰，把感染力都集中到副歌上，我们再试一遍。"几个人又演奏了一遍。施欣萍还是不满意，摇着头说："我再想想，怎么能改得更好一点，今天就散了吧。"说着走进墙角的门。一会儿出来，看到水手已经离开，肖蚌正要出门，乔普林拿着吉他在犹豫：是带走呢，还是放在这里？施欣萍说："怎么，要走啊？"柳浪说："你不是说散了嘛。""是排练散了，不是人散了，还没吃饭呐。"说着跑出去，追了几步，喊道："着什么急啊，吃了饭再走。"水手犹豫了一下，又返回来。施欣萍说："以后只要一起排练，就得一起吃饭，别擅自行动。"水手说："那就快点，中午没吃饭，饿了。"

50炉火锅店的老板范强一见施欣萍就笑吟吟地迎了过来。他脸上红紫而发光的烫伤带着经过时间打磨的油滑，安详地蠕动着，坑坎不平的脖子就像被对比不强烈的油彩刚刚涂了一遍，相比之下，胳膊上的钢水遗迹就显得暗淡而深沉了。他是被转炉重塑过的人，好坏美丑就这样了，人们习惯了他的模样，他也习惯了别人的模样，在一个火与钢的世界里，烫伤似乎是自然的一部分，就像只要是树叶就必然会遭虫咬一样，枯黄的颜色是生命活跃的证明。作为一种报偿，红红火火的火锅店早已掩盖了50多次烫伤和疼痛时的绝望，掩盖了当年的下岗带给他的苦闷和失落。人们都说范强是老钢城的骄傲，是一个把下岗当作机会的聪明人。他却说聪明个屁，我要是聪明就不会当工人了，当一个干部多好，不愁没饭吃。他站在门廊下，一一打量着施欣萍身后的人说："来得正好，今天刚进了一扇肥牛肉，新鲜得还在淌血。"施欣萍朝后跷跷大拇指说："铁碳合金乐队今天诞生了，你得记住他们，万一他们吃饭不给钱，你就朝我要。""要什么，我还得给你们呢，哪天过来，在我们这里演一场？""行啊，等我们排练好，第一场演出就在你这里。""大家请，里面坐。"施欣萍说："就在大厅里，我们不去包间。""知道知道。"早有女服务员过来，带他们朝窗边走去。范强跟在施欣萍后面小声说："杜松又来了，不过这次没打探你，坐了一会儿,没吃饭就走了。"施欣萍想了一下,才反应过来:就是那个超现实的画家,变形表现"媚眼如音"的人,也许还是个歌迷,她的粉丝。"一个八竿子够不着的人,你说他干什么?""我这样想,他一看就不是咱这里的人,跑来干什么?老钢城就你是名人,他画过你的眼睛,下来该画脸画身子了。"大家围着圆桌坐定,范强拖过一把椅子来,坐在施欣萍身后,还是用极小的声音说着话:"昨天店里来了一个2号转炉的人,他说跳钢水自杀的出钢工至少挣扎了5分钟才死掉。"施欣萍浑身抖了一下,吃惊地说:"5分钟?那是很长很长的,一首歌一般才3分钟,能达到5分钟的算是长歌。他肯定后悔死了,一直听着自己刺啦刺啦响,先是烧焦,才是烧死。"范强撮起满脸的伤痕说:"烧烫是最难受的,我都不敢想。那个人说化验员池馨也没跟别人好,两个人吵了架,女的想不通就去给合金工诉苦,要合金工去劝劝他,他跟他是哥们儿。合金工就去数落了一通,说你一个男人怎么就这点出息,让一个女人因为你抹眼泪。出钢工就说她跟你是什么关系,你怎么总向着她?合金工说她是我师妹,你是我师弟,我希望你们两个好才跟你说这些的。出钢工就吼起来:谁知道你安的什么心,她说她怀孕了,我怎么知道孩子就是我的?这么着,合金工就跟出钢工打起来。副炉长过来劝架,也说出钢工心胸狭窄,胡乱猜忌,不仅侮辱了工友,也侮辱了自己的恋爱对象。他觉得对象不理他,哥们儿数落他,副炉长又逼他去赔礼道歉,太没面子了,就干脆来了个永不见面。"施欣萍倒吸一口冷气:"这么说自杀的原因是死要面子?不会这么简单吧?出钢工和化验员为什么吵架?就因为怀疑孩子不是自己的?做个亲子鉴定不就知道了,为什么要寻死呢?你得问这个,这才是关键,就算是茶余饭后的闲扯,也得扯到点子上。""你说得对,凡事都有要害。""你说化验员怀孕了?又是一个没有父亲的孩子,死去的惨烈,活着的可怜,将来孩子要是知道了会得神经病的。""那倒不会。""我告诉你,在所有的刺激中,声音对神经的刺激远远超过了视觉和嗅觉,这就是为什么音乐比绘画比文学更发达的原因。孩子要是老想着'刺啦刺啦'的声音,不疯掉才怪呢。""你想的太多了,'刺啦刺啦'的声音我们这里天天有,也没见疯掉一个。""那是因为人们没有想到这是烧焦人肉、烧焦他哥他爸的声音。"她说着又是一阵抖颤。范强似乎不愿意听这些,问大家喝什么酒,没得到回答就走开了。片刻他拿来一打啤酒。水手说着"谢谢",拿起两瓶啤酒,用一个瓶颈对准另一个瓶颈,熟练地撬开了瓶盖。施欣萍愣愣地望着面前已经点了火、放了底料、添了水的钢炉火锅,突然就觉得不对劲了——不是出钢工的自杀,不是生活本身的艰辛,而是自己的音乐离开了掌控,有些脱离现实,具体说就是协和音程的运用过于繁复和绵长,太圆润,太光亮,太浮泛,甚至有点空洞和虚假,可不可以减少它的用量?或者多来几次打断,用强烈的不协和音程形成一种阻滞,让旋律线的延伸变得更加扭曲也更加有力呢?如果可以,那又是什么?"刺啦刺啦"——是钢水制造的疼痛和肉体被焦化时的呻吟,是神经受到刺激情感遭到破坏后的哭泣?如果生活既是享受也是折磨,音乐怎么就不可以来一点享受和折磨的混合?涮火锅的食材陆续上来了,柳浪站起来用一双公筷朝里夹着,汤水欲沸而未沸,锅与火之间传来一阵"刺啦"声。水手把一杯啤酒放到施欣萍面前,关切地问:"你没事吧?""没事,你们吃,别管我。"她说着又想:乐器可以模仿,让音乐失真、走形、刺耳、难听,让它忽高忽低地"刺啦"着向海洋飙升,但人声怎么办?不好的嗓子发不出好声音,好的嗓子也发不出难听的声音。是不是就应该有一副不好的嗓子?要想清楚的是:难道音乐也需要难听?有时候的确需要,好比人们对苦味辣味的嗜好,明明是难受的,却还要乐此不疲。施欣萍愣愣地看着窗外,有些迷惘:天阴沉沉的,海也跟着阴沉起来,就像节奏滞缓的忧郁的旋律不可能拥有欢快流畅的和弦,潮水抑塞了她的心情，无声地拍打着岸基，浪的飞起既没有色彩也没有力量，落下是无奈的，所有的落下都是无奈的，包括歌声与幕布。海鸥把自己泡在水里，自以为是地组织着它们的五线谱，无限而复杂。风在唱，是独唱也是合唱，原来天地的曲谱在海洋里，在无限延展的起伏和涛与涛的连接中。那么多伴奏刚刚升起，一朵浪就是一种乐器，所有的乐器都在了，指挥呢？她可当不了指挥。突然传来一阵汽笛声，邮轮来了，是雪白的，缓缓驶过。

施欣萍端起啤酒说："来，咱们干一杯。"喝了一大口又说，"我突然想到我们今天的排练有点勉强，好比我们想造一座房子，明明缺少钢筋却还在拼命往上垒砖。完美的声音都是一种矛盾组合体，比如高与低、强与弱、快与慢、流畅与滞涩、明亮与阴郁、飞扬与陨落、浑厚与尖利、阳刚与阴柔，等等，不管哪一种矛盾，目的都是为了音乐的健全和完美。但如果我们一开始就放弃对健全和完美的追求，甚至刻意给健全和完美制造一种对立面，从而让音符和乐句、旋律和节奏先天受损、残缺不全的话，音乐又会是怎样一种式样呢？"大家互相看看，都在琢磨她的话。水手说："音乐不一定好，效果却非常好。我试过，开始吹圆号时老冒泡，有一次一连冒了好几个泡，我才发现冒泡也是有高低强弱的，如果跟上旋律的高低强弱，那就是一种冒泡伴奏，别有一番情趣，就像成熟的人生片段里，有了童年牙牙学语的穿越，虽然是走风漏气的，却又是情不自禁的，黏合度很强，并没有多余和别扭的感觉。"施欣萍点点头说："这个例子举得好，还可以再极端一点，制造音乐和破坏音乐都必须发出声音，而所有的声音都可以用音符和音级来体现，从而成为'铁碳合金'的音乐。也就是说我们现在缺少的是一种破坏，一种跟生活完全接轨的逆行与否定，比如时间对机器的磨损，环境对生命的伤害，苦难对美好的打击，不幸对幸福的褫夺，疏离变成了友谊的结果，死亡变成了活着的必然，至于爱情和仇恨、富有和贫穷、有恒与无常的转换就更多了。今天是昨天的未来，未来是明天的现实，既然结果不算什么，过程就是一切，那我们为什么不可以把过程永远保留在即将迎来结果而又没有出现结果的那个阶段呢？音乐是时间的艺术，它只有流逝而没有定格，但我们可以拾回流逝的碎片，组装进瞬刻即逝的当下，让它在一次次消失之后又一次次重现。这是不是也算一种创新呢？"肖蚌说："你想怎么搞就直接说，他们有点听不懂。"水手说："恐怕就你听不懂吧？我们都懂了。"肖蚌说："你懂了什么你说出来呀？""我已经说了，让圆号冒泡。"施欣萍追问道："还有呢？"水手一时有些懵懂，乔普林说："这个我来说，除了在音乐中适当增加一些倍增倍减的音程外，还得有一样用作噪音伴奏的低音乐器，贝斯、低音大提琴、低音号、低音巴松管都可以。"柳浪说："贝斯不是已经有了嘛,你们怎么把我忘了？"乔普林说："你不算，得有一个基本不会乐器的人来演奏。"施欣萍赞许地点点头，心说到底是我的老师，悟性就是不一样。柳浪说："我离基本不会也没多远。"施欣萍笑了："说实话了吧？但不会不等于不聪明，你对音乐的理解力不那么灵光，会影响你的表现力。"水手吞咽着啤酒说："你不会是想让谁来兼任吧？反正每个人都有不会的低音乐器。"施欣萍说："我再想想，更重要的是人声，人声怎么办？"乔普林说："找个五音不全的人呗。"施欣萍说："不光要五音不全，还得非常特别才行。我总觉得我在哪里听到过，但就是想不起来。吃吧吃吧，不想了，想得我连食欲都没了。"柳浪说："都煮老了，火锅不能这么吃，别再说音乐了，大家涮起来。"

手机响了，钢炉火锅从方形的焦炭进出口传出的"刺啦"声和人们涮来涮去的声音影响了几个音乐人的听觉，谁也不拿自己的手机，都以为是别人的，后来又都把手机拿了出来，才知道是施欣萍的。来电显示表明电话已经响过三次了。"喂，哪位？""我是'年华制衣'

的年守常,你不会忘记了吧?"她小声说:"年守常是谁?"又猛地"哦"了一声,"是年总啊,怎么会忘记呢,你帮了我那么大的忙。""没忘就好,你什么时候来给我唱歌,我可是日思夜想地等着你,你欠我的歌叫什么来着?《我将永远爱你》。""你点开'子午线',找到我,就能听到我在给你唱。""我已经找到了,没有《我将永远爱你》这首歌。""你把所有视频都看了一遍?够费心的。""我是你的朋友,忠心耿耿,最大的希望就是见到你,听你唱歌,今天晚上,好不好?我在香格里拉等你。""真不巧,今天忙得很。哎对了,她怎么样,好不好?""谁怎么样?""我介绍给你的夏蓉蓉。""好不好你问她自己,她现在就在我身边。"手机里很快传来了夏蓉蓉的声音:"欣萍,你来不来?""你别问我,快说说你的情况。""就跟你说的,我进了定制车间,才干了几天就拿了一个月的工资,年总挺关照的。""那就好,你们正在吃饭呐?""年总招待客人,非要把我拉上,让我给客人唱歌。又说起你,客人中有你的粉丝,年总就说你是他的朋友。""那你就好好唱吧。""我已经唱过了,就等你呢。""我实在太忙,不去可不可以?""也可以吧,那我就替你唱了,《我将永远爱你》我也会。"施欣萍松了一口气,她想到的是也许夏蓉蓉受到了胁迫,身不由己,等着她去解救呢,那就得刻不容缓地扑过去,还要把铁碳合金乐队的人都带上。现在听夏蓉蓉的口气好像没事,也就放心了。"你把手机给年总,我再说几句。年总,我今天脱不开身,让夏蓉蓉替我唱,改天我一定去看你,给你唱两首,你随便点。"年守常说:"你太让我失望了,但我还是望眼欲穿地等着你,前赴后继,一如既往。""年总真有学问,一开口就是成语。"她关了手机,拍了一下桌子说,"我想起来了,我们需要的声音在哪里,那是一种沙哑而苍老、破碎而坚硬的声音,就像老人河的流淌,不是水在流淌,是水下面的石头在流淌,刺啦啦刺啦啦的,既有历史的沧桑,也有现实的粗朴,重要的是它跟咱不隔膜,你总觉得经常能见到也能听到,有点丑陋,又有点亲切。"说着站了起来,"你们吃吧,我现在就去找人,别忘了,明天继续排练,上午九点开始。"水手放下酒杯说:"你性子这么急,悠着点。"乔普林也说:"还是吃了再去吧。""来不及了。"施欣萍说着便去吧台前买单。柳浪跟过来说:"你走吧,我来。""你也没几个钱。""总比你多点。""以后乐队得有点公款。""只要挣了钱,怎么都好说,现在是最艰难的时候。"施欣萍扭头定定地望着他:"不错,是最艰难的时候,你有没有想到怎么度过?""你让我想我就想,肯定有办法。""那就听你的,人越来越多了,首先得吃饭。""演出费最低多少,你给我个底线。""没有底线,就看你的能耐了。""早该这样,务实一点多好。""不过有一个条件不能放弃,乐队只唱作不翻唱,不能给我们指定歌曲,这关系到乐队的风格,风格就是生命。""就不能偶尔插进去一两首?"施欣萍用手掌在脖子前划了两下说:"不能。"她匆匆忙忙回到家,开上小蚂蚁,直奔纺织小区。

夏夏坐上最早一班公共汽车出现在老钢城时,沿街的大部分商铺还没有开张,白色和蓝色的卷闸门就像一些抹不去褴褛的标记,让一个被抛弃的钢铁基地变成了城乡接合部的模样,显得有些欲罢不能而又欲进无力。只有经营早点的地方蒸腾着热气,让生活的延续变得简单而实在。最朴素的也是最有生命力的,什么都可以结束,只有声音不会:狗在叫,鸟在叫,鸡也在叫——老钢城里居然有人在养鸡,而且是无用的公鸡。每天都会传来胶州湾内进出港口的轮船的鸣笛,传来海湾的风涛和废高炉上那些破烂铁皮被海风踩响的刺啦声。一辆轿车嘀嘀而来,催促着流浪猫要过就快过,不要在马路中间摇头晃脑。卖油条的老板娘在人行道上撑起几张桌子,一边给客人送豆浆一边吆喝:"老头子,老头子,你把这个拿走。"又说,"什么人都有,吃不完就吃一根呗,还都要咬一口,狗都不这样。"她指的是丢在桌子上的两根分别被咬去了少半截的油条。早早地起来，在垃圾箱里抢拾垃圾的拾荒人过来，拿了油条吃着，说了声"谢谢"，又说："我不是你的老头子，我就是个老头。"客人们笑了。老板娘说："哎，你还占我的便宜，老不死的。"夏夏提着一个小纸袋，一瘸一拐地经过这里，一切都听见了看见了，也笑笑，绕过了路边的一个积水坑，又绕过了一个正在进水的水筲子。昨晚下雨了，不大不小，天一亮雨就走了，到胶州湾的海面上浇淋去了。夏夏停下来问那个拾荒的老头："钢锭车间怎么走？"老头把一个装了几只塑料瓶的脏兮兮的白色尼龙袋拎到背上说："往前走，往右拐，看到一个大厂房就是。"又打量着夏夏说，"你去那里干什么？""找人。""找谁？""施欣萍姐姐。""她是你姐姐？我们老钢城的大明星是你姐姐？""不是亲的。""那就好。"拾荒的老头松了口气，似乎面前这个残疾的小矮人完全不配有施欣萍这样一个亭亭玉立的漂亮姐姐。夏夏也不生气，从小到大受到的歧视多了，已经习惯了，笑道："施欣萍姐姐新成立了一个乐队你知道不？""不知道。""那我告诉你，这个乐队叫'铁碳合金'，有好几个人，我是其中的一个。""你？"老头的声音拐了好几个弯，压根不相信一个比自己还值得同情的人会跟音乐有关。夏夏礼貌地摆摆手："再见。"他走得很快也很吃力，身后是母亲的催促："起来，快去，不用管我，你活这么大，第一次叫人家看上，太不容易了，去了好好唱，说不定能留下，挣不挣钱不要紧，主要是有事干了。"面前是施欣萍的召唤："我们就需要你这样的嗓音，很特别，就像砂纸打过一样，有一种在艰难困苦中挣扎崛起的感觉，不会有第二个人跟你一样。可不可以明天来录音棚试唱？我等你。"半个小时后，他出现在钢锭车间的西北角，看到那里有两个门，仔细瞅瞅，便从纸袋里拿出一张报纸，铺到录音棚前的铁皮阶梯上，坐下，又掏出一个火烧吃起来。

施欣萍自以为起了个大早，收拾好自己，从冰箱里拿出牛奶面包吃了，又漱了口，这才打开录音棚的门，一看夏夏坐着，吃惊地问："什么时候到的？怎么不敲门？不是说九点嘛，现在八点还不到。"夏夏说："我行动慢，走得早，没想到太早了。"她赶紧让他进来，看他手里还攥着一块火烧，就给他在微波炉里热了一杯牛奶，问道："你识不识五线谱？"看他摇头，又问，"简谱呢？"他愣愣的，好像拿不准熟悉到什么程度才算认识。"能不能看着谱子唱歌？""这个能，姐教过我。"施欣萍就把昨天晚上准备好的《田横精神之人生必守》的简谱给了夏夏。夏夏一口气喝完牛奶，看着谱子唱起来。施欣萍听着，摆了摆手："你就当这里是海边，你站在礁石上，告诉远行的船我等你回来。放开，一定要放开了唱。"夏夏就使足力气唱起来，没等唱完，施欣萍就打断了他："你不要想着别人怎么唱，更不要学你姐姐夏蓉蓉，你的音色跟她不一样，她是一把精工制作的小提琴，你不是，你只是一把古老的三音军号，而且不小心摔了一下，号口上有破洞。也就是说你按照你的本色唱，唱成什么样你别管，观众自有判断。再试试。"他又唱了一遍。施欣萍耐心听着，直到歌曲在主音"1"上结束。"不错，你就这么唱，适当的还要夸张一点，把你的本色强调到极端，不要怕嘶哑，怕人说你不在调上，乐队希望得到的就是你这种嗞嗞啦啦的声音，虽然不好听，却很有底气，有废旧的清花机、梳棉机的风格，还有破碎的路面、强度等级没达到 42.5 的水泥块的样子。一座百年老厂的原生态，它搬迁了，或者倒闭了，转产了，被人兼并了，工人们怎么办？怎么吃饭怎么活？这个你熟悉，不用我多说，用你的声音模拟自己的生活就行了。"夏夏听着有点糊涂，就说："施欣萍姐姐，我在家唱的时候总害怕门外的人笑话，也害怕吵到邻居，我现在不怕了，因为我到了海边，这里没有人，只有望不到头的海，想怎么唱就怎么唱。""OKOK，就是这种感觉。"夏夏唱起来，两遍后就不用盯着简谱了，说明他接受能力很强，唱第三遍时施欣萍突然抖了一下，像要抖落满身的鸡皮疙瘩。她眼里突然冒出高音 c 的光亮来，赞许地频频点头，然后说："你从来没这么唱过吧？"看他点头，又说，"以后就这么唱，歇会儿吧，试唱到此结束，看样子我找对人了。我现在最担心的就是你母亲，她眼睛几乎看不见，过去你还能照顾她，现在你离开了，白天你姐又回不去，万一她吃不上饭呢？"夏夏说："这个倒不会，饭她自己还能做，就是不能出去转转了。""这样吧，如果没有演出，你一周可以多在家待一天。""好的，施欣萍姐姐。"正说着，有人唱着歌推门进来，是水手。

2

水手一见夏夏就知道是施欣萍请来的，冲他一笑说："又多了一个人，咱乐队兵强马壮，谁能比得过？"施欣萍把他们互相介绍了一番。夏夏鞠着躬说："哥哥好。"水手说："你好，没有过人的本领，你不会出现在这里，有什么绝活，让我们开开眼。"施欣萍说："等会儿排练时你就知道了，乐队能不能创新就看他了。""哦？这么厉害？"接着乔普林来了，拎着一个塑料袋，里面是些零嘴和几个汉堡，放到桌上说："一排练就忘了饭点，饿了垫垫。"夏夏赶紧走过来鞠躬："姐姐好。"她愣了一下，回应着"你好"，眼睛却望着施欣萍。施欣萍说："乐队的新成员，夏夏。"乔普林四下看看，没看到带来的乐器，就小心翼翼地问："他会什么？"施欣萍："会唱，乐器要现学。夏夏，你弹贝斯可不可以？坐着弹。""我不知道。"施欣萍就把柳浪的贝斯拿过来，让他抱在了怀里，又对乔普林说："还是你当老师，你永远都是老师。"乔普林吃惊地问："现学？下个月就要比赛了，乐器还不会。""伴奏时找几个固定节奏，没问题，我已经发现了他的天赋，等会儿再说。"

乔普林便开始教夏夏如何按弦，如何轮指："用力，用力，这么粗的弦，你的指头不能软了，但又不能太僵硬，尤其是左手，灵活移动才能顾全音域，手形是弯曲的，把位要准确，对了，就这样。"突然有人一声大喊："拿我的贝斯干什么？"柳浪来了，扑到跟前，夺过自己的贝斯，又冲乔普林吼起来，"谁把贝斯给他了？他是谁？"跟他一起进来的肖蚌也用惊愕的表情问了同样的问题。施欣萍说："吼什么，都是音乐人，动动你的乐器怎么了？"又对吓呆了的夏夏说："别害怕，这里我说了算。"乔普林说："新来的乐队成员，你们客气一点，大家都在一条船上，没有大副嫌弃二副的。"肖蚌一副惊讶莫名的样子："他也是成员？那要我们干什么？"施欣萍问："什么意思？"肖蚌毫不客气地说："只要是乐队，一靠长相，二靠演唱。我之所以还愿意来，一个重要原因就是我们都是帅哥美女，很容易成为偶像，就算有可能唱不过别人，也有形象打底，心里是踏实的。现在倒好，怎么来了这么一个人？"水手怒气冲冲地瞪着肖蚌："你还是人吗，当着人家的面说这种话？""我为乐队着想，必须直来直去。"水手说："谁请你着想了？乐队又不是你的。"施欣萍大声说："吵什么你们？都成了斗架的公鸡，还形象长形象短的。实话告诉你们，我最瞧不起的就是那些只有长相没有唱功的人，音乐的质量都让他们给拉低了，从天上拉到了地上，拉到了连一般人唱卡拉OK都不如的水平。"肖蚌说："你不是也有一流的长相吗，干吗糟蹋自己？""我不靠长相，就靠音乐。"柳浪说："这由不得你，人都是爱美的。"肖蚌说："你以为粉丝都是为了听乐音？很多喜欢尖叫的女孩连音乐是什么都不懂，却创造了一个又一个流量歌手，他们没有一个长得丑的，更不可能有他这样的残废。"说着还特意做出不屑的表情，朝下指了指夏夏。夏夏尴尬地站了起来，做出要走的样子。水手说："你别走，有我呢。"往前几步，一拳打了过去。肖蚌趔趄着后退，"咚"的一声歪倒在"博兰斯勒"上，很快又站直了，狞笑着说："别以为你力气大就可以随便动手，你知道我是干什么的？小子，你恐怕有麻烦了。"说着朝门口走去。施欣萍抢过去关上了门，靠着焊满了花纹的铁皮门扇说："谁也不准走，一个乐队就是一个家，既有家长也有家规，不管你占多少理，只要动了手，理就不跟你走了，你就必须受到惩罚。"她来到水手跟前，把漂亮的眼睛瞪得更加漂亮，"你是自罚呢还是等着我罚你？"水手满不在乎地说："你罚，随便罚。"施欣萍从架子鼓上取来胡桃木的鼓槌，猛敲在水手的肩膀上。水手"哎哟"一声，假装失控地后退着撞到了墙上，揉着痛处说："看样子你是个力量型鼓手，心狠手辣。"施欣萍指着肖蚌说："我已经为你报仇了，你要是再走，那我们从此就不认识了。"肖蚌说："我又不怕他，为什么要走？"施欣萍说："那就好，是男子汉就待着，想跟谁对抗也可以，但你只能用自己的音乐打倒别人。"然后朝柳浪招招手，"把贝斯还给夏夏，你跟我来一下。"柳浪犹豫着。乔普林上前，要过贝斯，推了他一把："你是老人手了，别给自己找别扭。"在一墙之隔的客厅里，没等施欣萍说完，柳浪就哭了："我早就预感到你想换掉我，就是没想到接替我的会是这么一个人。"施欣萍说："这个人到底怎么样，事实会告诉你。你现在应该明白的是，乐队扩大了，需要一个专职的经纪人，还得负责后勤兼做杂务，事情比以前多得多，你要是愿意干就留下，要是不愿意，可以辞职走人。""谁说我不愿意了？""那你哭什么？像是生离死别，我这样做也是人尽其才，是在重用你知道吗？"

又开始排练了，施欣萍、乔普林、水手三把吉他一起弹，肖蚌用架子鼓负责节奏，贝斯暂缺，他们把连夜修改过的《田横精神之人生必守》过了两遍。然后把夏夏叫过来，让他跟着一起唱，效果果然非同一般。乔普林和水手希望听到夏夏的独唱，施欣萍拍着夏夏的肩膀说："好好来一遍，别忘了你是站在高高的礁石上，望着远行的船和无边的大海,你是工人的子弟,见过工厂的繁荣,也见过搬迁后的荒凉、倒闭后的凄凉、下岗后的冰凉,你就是原生态,是一台废弃后在旷野里接受风吹雨打的细纱机。"夏夏说:"我知道了。"说着站了起来。施欣萍说:"能不能坐着唱?会弹不会弹你都把贝斯抱上,以后在舞台上你就是这样的固定形象。"夏夏说:"好吧。"柳浪拿过麦克风来,调到了合适的高度。夏夏坐稳了自己,仰头唱起来,一张口就吸引了所有人的耳朵,歌声的魅力附带着一种告诫:你必须全神贯注,假如你真正懂得音乐。安静,只有一个人的声音,还有虚拟的海浪,潮水滚滚。唱着,夏夏不由自主地拨弹起了贝斯,先是一个音的重复,不知不觉又变成了一个简单乐句的重复。施欣萍打着拍子,让他再来一遍。这一遍歌声就像劲风吹过,掀动着海面上的所有,浪在逆风而行,船帆挣扎着升起,不死的涟漪和鸥鸟一起飞翔,龙门坍塌了,所有的鱼一跃而过,有的活着,有的死了。一曲未了,水手的眼泪哗哗而下,接着是乔普林的眼泪,尤其是唱到"不蜷曲的路,不趴伏的人,一个向前,一个向上"时,乔普林用手捂住了鼻子。之后是沉默,谁也不说话。施欣萍突然举着双手拍了一下,所有人都鼓起了掌。施欣萍说:"这是你唱的最好的一遍,我似乎看到了期待已久的舞台效果。"水手说:"没想到他这样的嗓子也会有这么宽广的音域。一般歌手是唱不上去才会用假声和沙哑的唱法,他不是,他是一开口就沙哑,一哑到底,还都哑在调上,音准居然丝毫不差。"乔普林说:"不错,唱到c4时是沙哑的,到了中央c,依然是沙哑的,到了低音部分,更是沙哑的,不管音的高低,他都能沙哑自如,更奇妙的是移调,从C大调移到a小调,沙啦一响,很自然就过去了,很多细节都处理得恰到好处,所以很难界定他是什么风格,说他粗犷吧,又有细腻,说他朴拙吧,又有一种天然的讲究。再就是真音转假音,假音也是粗粝的;口音转鼻音,鼻音更是粗放的。我明明知道他转了,却又分不清到底是在哪个音阶上转的。"施欣萍说:"夏夏的声音用沙哑和粗犷都不能概括,就像一库房硬邦邦的粗纱,仔细对待就发现它有更强的柔韧性,一车间被吸铁石牢牢吸住的碎铁渣子,摸一摸才知道它没有想象中的冰凉,好像它紧贴着高炉,一直处在即将燃烧而又未能燃烧的地步。我还能想到一片花圃,没有一朵花,全是结实凝聚的花骨朵,粗而不丑,哑而不暗。"水手说:"这就叫声音的磁性吧?"施欣萍说:"不是声音的磁性,是地球的磁性,大地是粗陋的,人类是粗野的,格调是粗放的,性情是粗猛的,要是用音乐来表达,那就是夏夏的声音。"乔普林说:"最好能增加这首歌的长度,专门腾出一段来,让夏夏独唱,除了他自己粗朴的贝斯节奏,没有其他伴奏。"施欣萍说:"我也这么想,就这四句,让他一个人唱——如果不下跪就只能贫穷,那我就做准备饿死的田横;如果不胁肩就只能离群,那我就做喜欢孤单的田横。"乔普林说:"夏夏,听见了吧?"夏夏淡淡地说。"听见了。"水手说:"你怎么这么平静,连笑都不笑一下。"夏夏便笑了笑。在别人看来,他一定不会想到自己的歌声会得到同行的这么多肯定,应该表现得极度兴奋才对,或者说他第一次被人挖掘出了声音的宝藏,突然意识到自己还有这等神奇的潜在能量,应该喜极而泣。乔普林说:"夏夏是个干大事的人,这一点收获算什么,尽管是意外的。"

施欣萍松了一口气,转头问肖蚌:"你觉得呢?"肖蚌感叹一声说:"还真是人不可貌相,这样的原生态唱法的确罕见。不过轮船不走的海再大也是死海,观众不欣赏的歌喉再好也白搭,原生态的歌手面对的未必是原生态的观众,乐队是要参加比赛的,比赛是要专家评委打分和观众投票的,我们考虑的主要应该是观众是否喜欢。"施欣萍说:"你怎么知道他们不喜欢?""看看那些火爆到天上的歌坛小鲜肉你就知道,哪一个是唱功好有特点的?这年头连不死的摇滚都成了末路英雄,别说原生态了。"施欣萍说:"乐队豁出去了,我不能因为有人告知我没有大量粉丝，就埋葬真正的音乐。"肖蚌说："我建议举手表决，要不要这样一个很难确定利弊的人，不能你一个人说了算，毕竟是乐队，任何重要举措都关系到所有人的命运。"施欣萍想了想说："也好，但咱们不举手，赞同的拨弦，不赞同的打鼓。"结果是乔普林、水手、施欣萍一块弹起了刚才排练的歌曲，肖蚌狠狠地敲响了嗵鼓。施欣萍说："你本来就是鼓手，我会忘了你是因为反对我。"一直不吭声的柳浪问："我算不算？"施欣萍说："当然算，你是咱乐队的管家。""那我就不客气了。"柳浪说着走过去，拿起鼓槌，敲了一下低音大鼓。施欣萍十分不爽地瞪着他，心说不算他就好了。柳浪呵呵一笑说："我就是不想让肖蚌孤零零的没面子，其实你们是知道我的，三比二，你们赢了。"水手说："知道你什么？叛徒。"突然夏夏也问："我算不算？"施欣萍本想说不算，还没来得及开口，肖蚌就说："既然是在场的，为什么不算？我就不信他会给自己投一票，那脸皮也太厚了吧。"他好像攥住了一根救命稻草，死死地盯着夏夏。施欣萍和乔普林都说："夏夏，别听他的，该怎么投就怎么投。"夏夏说："好的，我不听他的。"话虽这么说，却朝架子鼓走去。大家都看着他，看他用拳头轻轻敲了一下大鼓。施欣萍吃了一惊："你怎么能这样？"肖蚌笑了："我早就看出来了，他根本就不自信，刚才唱的也是超常发挥，正常演出肯定会掉链子。"夏夏说："施欣萍姐姐，我还是回家吧。"几个人都问："为什么？""我怕拖大家的后腿。"施欣萍说："这个不用你管，谁会拖后腿我比你更清楚。再说也是三比三，还不该你走。"水手和乔普林都说："那就再来一遍。"施欣萍指着柳浪说："你先来。"柳浪知道自己现在举足轻重了，犹豫着走向了架子鼓，停了片刻，又猛地转身，来到了墙边，墙边立着三把吉他和一把贝斯。他闪开自己的贝斯，抱起了施欣萍的吉他，用拨弹贝斯的力气狠狠地拨了一下琴弦。施欣萍一笑，问肖蚌："还需要继续吗？"肖蚌指着柳浪说："你就会朝三暮四。"

施欣萍让乔普林拿过塑料袋来，取出一小包钙奶饼干吃着说："大家随便垫点，完了咱们去海边。"所有人都问：去海边干什么？施欣萍说："排练。刚才我是让夏夏想象自己在海边唱歌，现在咱们真的去海边。海一听音乐就不是一般的海，会给力的，我有体会。"柳浪问："我去不去？"施欣萍说："你去50炉火锅店给咱订盒饭，以后的工作餐就都是盒饭，有没有意见？"水手说："最好能加一听啤酒。"柳浪问："我是直接送到海边吗？"施欣萍想了想说："那还是吃了再去吧。"

正说着，施欣萍的手机响了，是她的小小姨李拜拜打来的。她口气冷淡地说："你好。"连小小姨都没叫。李拜拜却热情得有点过了头，口气是亲切而激动的："欣萍啊，你最近忙什么呢？"她有点奇怪：小小姨可从来没关心过自己，敷衍道："没忙什么，瞎混呗。""不忙就好，我有点事想求你。""说。""我就要结婚了。""恭喜你啊。""他就是蓝色安全帽培训中心的，副总经理，接受你爸的请托调我来当培训师傅的就是他。"施欣萍心说我又没问你，你说这些干什么？"婚礼定在下个星期二，黑珍珠酒店，你一定来。""我恐怕去不了。""那怎么行？我已经给大家说了，婚礼上有我侄女施欣萍的演唱。他们都知道你，说你是'子午线'上的顶流歌手，风光无限。""真的去不了，小小姨。""不行，你必须来，人家看你比看我这个新娘子都要紧，这个时候不沾你的光什么时候沾？另外我还想问问你，你有没有你爸的消息？"施欣萍快步走出录音棚说："你是他的崇拜者，你都没有，我会有吗？""他是你爸，你总得关心一下他吧？""首先是他不关心我，其次是他害死了你的姐姐我的妈妈。"李拜拜沉默了一会儿说："我就是想让你爸参加一下婚礼。""这好办，你在网上发个通缉令呗。""怎么说话呢？""不好意思，说错了，应该是发个寻人启事。""不跟你说了，你别忘了下个星期二。""小小姨，你知道我这会儿在什么地方吗？一座孤岛，到处都是蟒蛇，四面临海，我们的船沉了，哪儿都去不了。""胡说什么?""真的,哎哟,我看见一条大蟒正在冲我爬过来,我得关机了,再说也快没电了。"说着她迅速摁了一下结束键,神情冷漠地望着远处。钢锭车间东尽头的几棵树上,正有一群喜鹊喳喳地叫,声音激烈而惊慌,像是遇到了什么危险,或是正在进行你死我活的内部厮杀。她仔细听着,心说什么样的乐器才能模拟这样的鸣叫呢?什么样的音乐才能表达她对父亲的态度呢?不光是恨,还有亲情断裂后无力也无心修复的绝望和懒惰,有隐藏在内心深处的伤痛,刀剐一样,盐蜇一样,更有那么多不协和音的刺激:为什么你不能写一首《我恨我的父亲》,宣泄出你的郁闷呢?音乐人不应该隐藏那些随同生活阅历一起产生的不舒服、不融合、不悦耳,不应该丢弃已经拥有的大小二度和大小七度以及倍增倍减的全部音程。她冷笑一声,哼出了一支旋律,看到柳浪快步走来,便摇摇头,放弃了。她过去,要接住柳浪两手提着的盒饭和啤酒。柳浪躲闪着说:"不用了,你赶紧去洗洗手,准备吃吧。"

  饭后的海边排练让海变得格外激动,大浪从遥远的地方滚荡而来,以纯净的蔚蓝变换着不同的姿影,不是音符,也不是升C降D的显示,但仔细瞧瞧,你除了说它是音符的高低错落,就不知道再说什么了。那么多密集的音名,那么多飞舞的唱名,无限的凌乱背后是无限的规整,极端的无序之上是极端的逻辑,所有的水都在发声,一滴浪的微息变成了一排浪的咆哮,又变成了一片海的嚎叫。天上的云正在疾飞乱走,海的晴朗正在大面积延展,阴影是一棱一棱的,就像和声线上的低音符号。海的风采原来是波浪与波浪的联姻,是七上八下的声音,浪的形状原来是小提琴的琴弦上飞扬而起的钢簧,是射击心灵的响箭。响箭来自硬弓,这里是胶州湾畔连接着工业基地的海域,可以立足青岛,西望黄岛,北顾红岛——50年前它名叫阴岛,是因为它给予青岛的是母性的滋养,是阴性的繁殖——餐桌上的小海鲜那无与伦比的可口是青岛人永远的记忆。后来就改成了"红岛",有人说青岛有的是阳光,怎么能叫阴岛呢?乐队又过了两遍《田横精神之人生必守》,然后开始排练《纺织女工》。很顺利,这首歌有点后朋克的风格,没有太多的难点。施欣萍说:"比赛是一轮一轮的,我们至少得准备10首原创歌曲,从今天晚上起,我就要进入创作,争取多拿一些新歌出来。"乔普林说:"能不能把《大货车之歌》加上?我特别喜欢。"水手说:"还有《我们为什么在这里》《边缘》和《钢水谣》,也很不错,比你的成名曲《从好望角到合恩角》好一大截。""你听过我的歌?"水手说:"这两天上'子午线'听的。"施欣萍又问夏夏:"你觉得呢?"夏夏说:"施欣萍姐姐的歌我都喜欢。"施欣萍就从手机里翻出这些歌的曲谱,发给了所有人。大家看着,有的哼起来,有的弹起来,不知不觉进入了排练,是《大货车之歌》:

又要上路了,我和大货车。
再见了爸妈,再见了翠娥,
管好大乐和小乐,
不要让他们去公路上等我。

费交啦,险交啦,税交啦,
第一个收费站顺利通过,
花红柳绿,是春天的颜色,
天蓝气轻,是晴日的祥和。
四个小时就要过去,
我要休息20分钟啦,
你好,服务站。
尽管我既不累,也不渴。
再次上路时有人要搭车,

行李丢上车，人坐我一侧，
说说笑笑，高兴了一路，
我还给他唱起了歌。
又聊起曾经的风霜雨雪，
路面打滑的险恶，
咫尺之外就是万丈深壑。
我命大我有福我是吉祥的白鸽。
又到一个收费站，
我是多么得惊愕：
过地磅的人居然说我超载。
怎么可能呢，比起前路的检测，
只多了一卷行李一个客。
这就对了，我们不是恐吓，
罚款500，扣你3分，由于你的失策。
可我怎么交得起——我生命的等额？

　　肖蚌一边打鼓一边想：太不可思议了，居然会吸收这样的人，一瘸一拐的，走路跟音乐一样高低不平，感觉整个乐队都得了小儿麻痹症。而且就会嚎叫，嘶哑得就像一头老掉牙的驴。其实他没见过驴，他指的是一辆坏了发动机的电驴子。贝斯在嗞啦嗞啦地响，夏夏的歌声里，每个词都带着嗞啦嗞啦的尾音。真是一种绝妙的混声，他一个人能混，跟着大家也能混。施欣萍想，再美妙不过了，嘶哑的嚎叫里迸射着音乐深处的电光，能激发灵魂的战栗，能看到大货车司机憋着尿的咬牙切齿和膀胱的痉挛，看到绿色旷野里一滴移动的荒凉，能让生活的艰辛和司机的淳朴幻化成音乐的同情，再让音符变作亲和的大使，去抚慰日渐疲惫的心身。最大的缺憾还是乐器的低音缺乏张力，贝斯的作用没有发挥出来，也很难发挥出来，一个新手能把固定节奏准确弹出来就已经是奇迹了。在她想象的编曲里，应该有两种并行不悖的低音，同一种乐器更好，不同的乐器也行，它既是噪音的编织也是乐音的组合，噪音的伴奏强调的是力量，乐音的伴奏体现的是底气；噪音可以任意拨弄，随便给音，乐音应该紧跟旋律，装饰意境。她想着，不禁在歌唱的间隙唉叹了一声：敢问造物主，人为什么只有两只手一张嘴？可惜了我对音乐的追求，那些盛大的欲望和辽阔的情感，那些斑斓的音色和炫技的梦想。

  一路走一路丧一路自责，
  猛抬头一望，有人指示我停车。
  看你低头想睡，不会是疲劳驾驶吧？
  不会的，刚刚去了服务站我还如厕。
  可你的记录仪掉线啦，
  无法证明你没有违背规则，
  对人为损坏记录仪者，
  罚款3000，别无选择。
  我嚼烂唇舌，他决不认可，
  拿走了我仅有的3000余额。

  我心怀忐忑，口衔马勒，
  进入下一个服务站强行把双眼闭合，
  睡不着，睡不着，后来又睡着，
  梦见了闹海的哪吒、飞天的灵蛇，
  醒来后赶紧上路，已是旭日斜射。
  突然熄火啦，怎么没油啦？

可恶的油耗子，跟稻草一丘之貉，
偷走了我最后的温热。
拦车，求救，讨油，磕头，
苦难对我一次次棒喝。

间奏开始了，施欣萍快速地说："往下走，一个声部必须变成四个声部，水手唱高音，肖蚌唱中音，夏夏唱低音，乔普林唱高音，我唱次中音。"顿时出现了一种不规则的错综美，铺张而放纵，丰盈的气度里既有众声合作时神秘的狂热，又有被夏夏和施欣萍加进去的深邃的背景和阴郁的情调。一会儿是过分夸张的激昂，一会儿是极度失落的低沉，音乐的平衡出现了，含蓄而严肃，能感觉到浪的坚硬和钢的柔软。

没钱买红牛提神消渴，
没钱买面包充饥解饿，
为了不犯困我只能一路高歌，
一个大货车司机的生活就是这。
终于到了路的尽头，
货主冲着我笑呵呵。
我受宠若惊也冲货主笑呵呵。
他说你不知道你已把时间耽搁？
看看车厢里的货，
烂了臭了猪都不吃了。
货物损坏必须赔偿这是承诺。
我无言以对，浑身瑟瑟，
命运对我竟是如此苛刻？

我坐上我的大货车,
看了一眼挂在后视镜上的照片,
上面有爸妈,有大乐和小乐,
还有翠娥。我伸手摸摸他们,
摸出了满世界的苦涩。
我情如裂布,心如刀割,
开向了悬崖,下面是母亲河。
母亲河张开臂膀拥抱了我,
还有我的大货车。

歌声结束了,音乐还在响,海浪漩出一个湍急的涡流,似乎是为了迎接大货车访问龙王世界。"好像还缺点什么,大货车是沉重的,音乐的推出和吸附不能太勉强,得有力量。"施欣萍问水手,"你不是说要把圆号带来吗?""早晨起得晚,走得急,忘了,明天我一定带来。"施欣萍说:"你要是能用号音为大货车的奔驰加一点进行曲的速度,就太棒了。"水手说:"没问题。"柳浪来了,坐着沈飞的小面包,送来了盒饭:有鱼有肉有青菜,还有啤酒,每人一听。施欣萍和夏夏不喝,就把自己的给了水手和肖蚌。柳浪又忙着给沈飞介绍夏夏、乔普林、水手和肖蚌。沈飞朝他们一一鞠躬,他们也是一一还礼。柳浪说:"别这么客气,以后沈飞少不了帮忙。"水手说:"那就更得谢谢了。"沈飞说:"谢什么,你们将来都是大歌星,给你们做点事,我荣幸得像是中了彩票,以后也好给别人吹牛。"柳浪说:"'嗨王争霸赛'的报名后天结束,我已经给咱报了名,海滩男孩酒吧的演出我们还去不去了?"施欣萍说:"当然得去,那是个检验我们乐队的地方。"柳浪又说:"明天晚上有个演出,出场费1万块,是东方船舶制造集团公司老项目竣工、新项目上马的庆典。"肖蚌问:"是一个人1万吗?"

柳浪说："想得美，整个乐队。"肖蚌说："才这么点？要我们唱什么？"施欣萍说："唱什么他们管不了，'铁碳合金'是唱作乐队。"又说，"乐队正在起步，咱不能嫌少，得先有饭吃，才好往前走。"水手问："到底唱什么？"施欣萍说："写一首新歌是来不及了，唱什么我想想。"水手小心翼翼地问："能不能唱一首我的歌？"施欣萍说："你的歌？你也会写歌？""凑合吧，没你写得好。""什么歌？""是纪念'蓝鲸号'货轮的。""快唱唱。"水手边弹边唱起来，没等唱完，施欣萍就说："不错，真不错，接着唱。"等唱完了又说，"副歌部分最好改一下，这么大的海难显然低沉得还不够，最好低沉到海底，你知道海底最深有多少米吗？11034米，是马里亚纳海沟，把珠穆朗玛峰随便埋进去。"水手为难地说："没办法再低沉了。""不可能，你把一开始的悲伤推上去试试，那应该是云端里的悲伤，是高亢明亮的悲伤，音再高也不怕，但要缓慢，你的节奏是慢的，但因为旋律的弯度不够，起伏显得少了点，影响了悲伤，好比人的抽泣，那是许多个起伏的连接。"水手点着头："明白了，我现在就改。""别忘了配器。"施欣萍说，"这首歌正好跟船有关系，咱们一定得演唱好。"肖蚌说："人家是造船业的庆祝活动，我们唱的却是翻掉的船，不合时宜吧？"施欣萍说："不是翻船，是海难，海难是全人类关注的悲剧，船舶制造公司更应该明白，他们制造的每一艘船都关系到人的生命，所以要结实，结实，再结实。"

乐队又开始排练《不沉的"蓝鲸号"》。海浪疯了，似乎从未有过如此奢侈的动荡，水在天上，洒湿了云，云被拖拽了下来，白浪席卷着白云，海的雪色一任苍茫。时间被挤压成了一个悬空的波点，暂停了。休止，休止，不唱不弹也不敲，死了一般安宁着，泛滥的寂静里，是一阵无声的啜泣，猝然取缔了音乐的目的。音乐是时空交错的艺术，没有时空就没有音乐，海难是时空交错的灾害，没有时空就没有海难，"蓝鲸号"是不沉的，既然时空可以回溯。水手唱起来，孤声而怆，所有的耳朵都听着，听觉艺术的骄子们，只要听到一个音，立刻就知道自己的位置在哪里。涌动再次开始，陆岸迎击而上，"哗"的一声响，大海分成了两半——左海与右海。演唱随之而来，是第二段主歌的抒情部分，歌声分成了两派——高派与低派，以中央c为界，高的奇高，低的奇低，如同浩渺的天空相对着深不可测的海底，音乐呈现出两极分化的协调，淋漓尽致地表达着不可思议的断裂之美。夏夏哭起来，是号啕大哭，他居然能用哭声唱出低音的抑扬顿挫来，而且既不走调也不失准。排练变得有些豪华，是豪华的悲伤裹挟着丰富的音色，声音的调色盘竟是如此神奇，能听到浪潮的律动了，在海风的吹拂下，吉他响起了铜管乐器的壮阔绮丽，贝斯响起了木管乐器的灵动悠长，架子鼓响起了弓弦乐器的如泣如诉。海浪陡然升高，又拍击而下，用巨大的自然之声强调着神秘的音乐之美，直到演唱结束。几个人肃然而立，都觉得这不是排练，是一次面对大海的正式演出。海慢慢退去，拥搂着西斜的太阳，把金色的光焰浇灭成了黑色的云烟，黄昏了。

骆横离开集装箱码头自己的箱房时有些焦躁：笔记本电脑去哪里了？他没想到是王起放在了他的被子下面，还以为是隔壁工友拿去玩游戏了。去不去要？算了吧，免得他们问这问那。他没打算带走铺盖，就是不想让自己陷入不知道如何回答的尴尬。他戴着黄色安全帽，提起黑色帆布包，装上小号、一摞书和那瓶熏鲅鱼，悄然而去。他觉得这不是一次普通的告别，就毫不犹豫地走向了北码头，到了桥吊下面，才意识到他来得有些唐突：怎么就能肯定会见到她呢？就算见到了，她也未必记得自己曾经去过他的箱房，冲着他的小号和《指挥家》尖脆地"哇哦"过。而他也不可能告诉她：三年了，他一直在为她吹奏，她是他的师妹，是一种充满爱意的收藏，现在吹奏就要结束，因为他要走了。更不可能让她知道：她那双闪着电光的眼睛就像长笛的最高音一样激射了他，让他平生第一次感受到了一种音乐和形象合而为一的时空美，如同复调组成的风景，既能看得见也能听得到，尤其是夜深人静，或者进入酣甜梦乡的时刻。他多少有些后悔，却还是朝前走去。桥吊就像乐团内小提琴的排位，在基本相等的距离中，制造着琴弓和琴弦的碰撞，是蓝色的音乐抚慰着蓝色的青岛海，只有一座桥吊是白色的，纯美得就像她本人。他朝上看看，看到沉默的桥吊之上透明的驾驶室里充满了蓝天白云，不禁庆幸地喘了一口气：想象中的窘迫被她的不在场化解成了一阵高远的风，不等吹起波浪就消失了。他继续往前走，在靠近北门的堆场拦了一辆集装箱运输车，坐在驾驶室里离开了集装箱码头，然后又换乘公共汽车，穿越海底隧道和大半个闹市区，回到了很长时间不住人的家，已经是天黑以后了。他放下黑色帆布包，脱下安全帽，迫不及待地打开琴盒，取出了大提琴，扭动着弦轴定了音，就想拉，突然想起会吵到上下左右的邻居，就又放了回去。他坐着，有点饿，打开那瓶熏鲅鱼吃着，又有点渴，用壶接了水想烧，又放下了。几分钟后，他提着琴盒，走在了马路上，路过一家小商店时，买了一瓶水，边喝边走。在集装箱码头时他几乎天天想：什么时候才能按照音乐的节拍走在路上呢？现在他终于做到了，却不知道目的地是什么，只知道内心是急切的，如果不能马上听到自己的琴声，这个晚上他就过不去，也知道只有海浪才可以淹没醒人耳目的琴声，让他不至于吵到这座城市。

　　海到了，是汇泉湾的海，一片曾经卷走过人命的海：一个救出落水者的英雄曾在这里驾浪而去，一命换一命的举动里隐藏着自然与人的秘密，知道他去干什么了吗——是永恒还是死亡？骆横在离浪最近的地方拉起了大提琴，开始是兴奋的，接着就是凄凉，似乎正是浸透在他骨子里的凄凉让他离开了集装箱码头，他想父亲了。辽阔的岑寂包围着他，海腥味氤氲不散，浸透了父亲骆命好的气息，是一条鱼的气息——他要么变成了鱼的营养,要么变成了一条鱼。酸楚随风而来,又被海的迷茫吞噬而去。一个不想循规蹈矩地做冰箱厂的工人而在扬帆远航的梦想中一去不归的人,留下的全部遗产就是一个儿子和儿子的音乐,所以他必须让音乐来证明自己对父亲的忠诚:我是你的影子,我没有丢掉为幻想舍弃一切的勇气,我依然是音乐的追随者,尽管我少年老成,步履蹒跚。他觉得自己始终都在用音乐慰藉自己的思念,却又发现小号的能量已经远远不够了,思念父亲的伤怀正在变成思念大提琴的感慨,还会时不时地谴责自己:忘恩负义的人哪。好像自己已经背叛了它,为了一个单相思的师妹,为了一天不落地为她吹奏被她"哇哦"过的小号,他居然那么长时间没有拥抱大提琴。他拉起了圣·哥伦布的《悲泣》,浪立刻平静了,暗淡的午夜变得更加暗淡,风在战栗,海的哭声走向隐忍后的抽搐,绵长而沉痛。一个巡夜的警察把警车停在马路边,下车走了过来,突然又拐回去,还轻手轻脚的:为什么要打搅一个哭着的人呢?更不能打搅一片哭着的海。他靠在警车上,望着漆黑的海岸,望着音乐,停留了很久,才恋恋不舍地走开。但过了一会儿他又回来了,给自己的理由是:这里没有别的人,万一演奏者遇到抢劫的呢?还可以设想演奏者是个女的,那就更需要守护。他不知道接下来他听到的是布鲁赫的《希伯来晚祷》,还有克莱斯勒的《爱的忧伤》和奥芬巴赫的《杰奎琳之泪》,就觉得那种在暗夜和暗海的一角,神秘流动着的音潮,能够将他牢牢抓住,再给他戴上手铐甚至脚镣,迫使他寸步难移。他发现正有一种不可估算的力量朝他走来,在无法抗拒的抟捏中,改造了他的性情,让心肠坚硬的他变得不堪一击,好几次都潸然泪下。骆横也在流泪,他发现音乐正在离开自己,内心的流淌变成了身后的灯火,用深浅不一的金色闪光涂抹着城市的地表,像是说如果没有大提琴,悲伤如何发出声音,如何成为彩色世界的一部分?他听到父亲笑了,伴随着海水的泛起,一次比一次酣畅地笑了。他停止了名曲的演奏，用大提琴模仿歌剧的宣叙调，像朗诵和演讲那样告诉父亲：遗传是那样顽固，我有摆不脱的先天基因，你就放心吧父亲，我不会安分守己，可能比你还要"不着调"，你有帆船，我有音乐，我已经离开大磁铁一样吸引着我的集装箱码头，走在了敷设着五线谱的路上。之后的弹奏是随意而即兴的，他在作曲，却不知道自己作曲的水平到底有多高。就随随便便让那些很可能会不朽的旋律消散在了海与夜的激荡里。警察最终还是走了过来，问他为什么不回家？都已经下半夜了。他说："这就回。"警察说："我送你回去吧，你家住哪里？"他说："不用。"没有人的街道上，缓缓移动着一个肩背大提琴的人，那是音乐的幽灵，正在把青岛老街上古朴的马牙石当作钢琴的踏板，一下一下地打着节拍。警察开着车远远跟着，心说他不会是遇到什么事情了吧？

3

第二天，骆横睡到中午才起来，洗漱之后，吃完了剩下的熏鲅鱼，然后背着大提琴和小号，去了管风琴酒吧。酒吧依然是原来的模样，恋爱的、谈生意的、会朋友的、独自一人宵夜的，青岛的夜生活总是静悄悄的，陪伴着绵绵细语，陪伴着音乐，用一种萨克斯风的精致，把深情款款的生活潜藏在地下，在哥特式建筑的屋檐下，在心灵深处的灯红酒绿下。不像别处，夜市会营造出泛滥的热闹，让吃三喝四的消费一再地彰显着人类的粗糙、城市的奢靡和灯火的浪费。骆横找个位置坐了下来，看了看四周和吧台后面，看了看正在前面演唱的乐队。老板还是原来的老板，但服务员却换得一个也不认识了。演出也是陌生的，不是女歌手彤彤，也不是穆教授，甚至也没有那些熟悉的喜欢把女友捧上台献唱的顾客，真正是物是人非了。而他来到这里，唯一的目的就是为了怀旧，他想回到过去——那些远去的日子里，周五周六的晚上，穆教授的大提琴，天籁般的声音，纯净水似的流淌。他用一双能用蝴蝶扇动翅膀的音量编排音符的耳朵谛听着，不禁哑然失笑：一个莫名其妙的乐队，器乐和声乐都这么逆耳，怎么听都觉得不舒服，尤其是那个长头发的高个子青年，嚎叫的是什么？好像在哪里听到过，却是因为难听才留下了记忆。为什么要如此地声嘶力竭呢？它只是"炸"场子的手段，而不是音乐的必需。一味地冲天而上，却没有兜底的能力，演唱和演奏都是失败的。音乐有好有坏，它们的分水岭就在于前者作用于心灵，后者作用于感官。有个服务员过来跟他打招呼，问他要点什么？他说："一碟小点心和一块巧克力。"吃点心的时候他有点兴奋：味道没有变，作用也没有变：过去是充饥，现在也是充饥，他饿了，自从离开集装箱码头，他就没有好好吃过一顿饭。不同的是，过去的吃食是用音乐换来的，现在是用钱买来的。正吃着，突然听到身后有人在叫他，扭头一看是彤彤。他忽地站了起来："我刚才怎么没看见你？"彤彤问："真的是你？我还想认错人了呢。""没想到你还在这里。""我能去哪里？这里挺好的。"他突然想起穆教授曾经让他用小号给她做过伴奏，就说："穆教授还来吧？"彤彤说："跟你一样，也有好几年没见了。""哦。你还在唱歌？""是啊，他们下来就是我。""他们是干什么的？""你怎么这么问？乐队还能干什么？""什么乐队？""'激活历史'，挺火爆的，你没听说？""我去哪里听说？"彤彤看着他身边的小号说："你不会是想重操旧业了吧？"又看看大提琴说，"这是谁的？""我的。""你都会拉大提琴了？来一段怎么样？""别别，舞台是人家的，我算老几。""我去给老板说，大不了我不唱了呗。"老板过来了，笑着说："刚才我已经注意到你了，还好吧，这几年，去哪里了？"没等到回答又说，"很久没听大提琴了，你拉的怎么样嘛?"彤彤说:"你听听不就知道了。"恰好"激活历史"的演唱结束,老板说:"彤彤你去报下幕,就说来了一位音乐志愿者。"彤彤问:"为什么是志愿者?"老板不回答,但彤彤是明白的:请来的演员是要付报酬的,志愿者就不必了,何况还不知道他拉的怎么样呢?骆横想不了这么多,觉得"音乐志愿者"对他挺合适,便不再客气,从琴盒里取出大提琴,走了过去。昨晚海边的练习给了他底气,他一点也不紧张,相信自己没问题,会顺畅地拉完一首曲子,却没有想到,不仅是顺畅的,而且是震撼的。

　　沉默。所有人都沉默了,除了大提琴,因为它不是人,它只是人的心跳,是用心跳组成的节拍和旋律。当勃拉姆斯的《第一大提琴奏鸣曲》缓缓响起时,收拾好乐器准备离开的"激活历史"停在了酒吧门口。他们伫立了一会儿,便在铁大钢的带领下默默走回去,找座位坐下了。空气似乎被压缩,升的升,降的降,全都集中在了耳朵的水平线上,音乐形成了密度极高的一层,飘浮着,让动听和悦耳变成了匪夷所思的享受。恋爱的忘掉了恋爱,谈生意的丢开了生意,似乎所有人都放弃了来这里的目的,把沉醉变成了唯一的需要。女歌手彤彤发呆地望着骆横,极力回想着穆教授的琴声,突然轻轻地叫了一声:"啊哟。"她的音乐素养告诉她:骆横的琴声已经非同一般,可以和穆教授相提并论了。老板的神态有些特别,大吃一惊还要加上难以置信:这个人原先只会吹小号,几年不见,就能变成这个样子?天才啊。他是懂音乐的,不然就不会固执地开一间管风琴酒吧。他对几个刚刚进入酒吧的顾客说:"安静,安静,先坐下再说。"曲子没有拉完,骆横就结束了,他不明白为什么这么安静,还以为他拉得不好,人家又不好意思打断,只好用无语来对抗。依然是沉默,直到收起琴弓,要提着大提琴走下舞台时,人们才做出了反应:鼓掌,喝彩,尖叫,吹口哨。他有些恍惚,因为古典音乐始终没有为接受尖叫和口哨做好准备,还以为那是赶他下台的表示。铁大钢腾腾腾走了过去:"兄弟,你是哪里的?"彤彤跑上前代为回答:"他是我朋友。"铁大钢审视着他们:"你是说你们是……那个?"他跷起两个拇指,互相碰了碰。彤彤红了脸:"我是说音乐上的朋友。"铁大钢说:"那就是神交了,我也是神交,就在刚才,我觉得我一定得认识一下这位朋友,在我听过的所有大提琴演奏中,刚才的演奏是最有魅力的。"骆横有点尴尬,吃不准对方的话是真心赞美还是有意挖苦。老板过来了,笑着说:"我同意了。"彤彤问:"同意什么?"老板对骆横说:"以后你每天晚上都可以来,出场费跟'激活历史'一样。"彤彤说:"人家也没说要来咱酒吧演出。"老板说:"那他来干什么,还带着乐器?"骆横说:"我就是过来看看,马上就走。"老板问:"你不会是去'海滩男孩'吧?"骆横一脸懵懂。彤彤说:"也是个酒吧,离这里不远,我们的死对头。"骆横说:"我要去海边,海边有最好的舞台和听众。"铁大钢说:"我还没听够,陪你去。"骆横说:"不用了,一个人的时候,注意力才是最集中的。"他走过去把大提琴装到琴盒里,又去吧台结账。老板跟过来说:"你就别客气了,以后只要你来,我们都送一碟小点心和一块巧克力,要是演奏,报酬另说。"彤彤说:"你以为人家还是原来那个小孩?太小气了吧,应该送一瓶酒。"铁大钢说:"干脆你加入我们乐队,哥们儿一起大块吃肉,大碗喝酒。"彤彤说:"还可以大把分钱。"骆横不说话,摆摆手,走了。

  他背着大提琴和小号,走向了昨天去过的海边,路过公用电话时他拨通了师兄王起的手机,拜托对方转告师傅,他不打算再回集装箱码头了。王起一连问了好几个为什么,得不到回答后就问:"你是嫌工资低了,还是担心娶不上媳妇?或者是你嫌弃师傅和我了?""我算老几要嫌弃你和师傅?""因为你会吹小号,我们不会。""那还有你们会我不会的呢。""不一样,我们会的又不是艺术。"骆横沉默了一会儿说:"反正我不是你想的那种人。""不管你是哪种人,就这么走了,心里挺难过。算了,不给你说这些了,你的奖金还在我这里。""什么奖金?""就是咱南码头起重机吊运技能比赛三项第一的奖金。""你就拿着呗,我不要。""3000块呢。""以前总是你给我买饭洗衣服,多少次了,我都没谢过你。""你越说越生分了,让人无法接受你知道不?你还是回来取吧,或者你给我个账号我打过去。"骆横说出了一个账号,王起用鼻子"嗤"了一下:"你还没忘?""我记性好你不知道?"有那么几次王起把自己的银行卡交给骆横说,你去帮我取点钱,我吊机前又加了一艘班轮,忙得没时间去银行。他们是可以彼此告知银行卡密码的师兄弟,那是一种怎样的"铁",只有"铁"知道。既然这样,干吗还要惦记着给他奖金呢?"钱在你那里你就花吧,别啰唆了。""那电脑怎么办?你怎么把它落下了?""我正要问呢,电脑现在在哪里?""在我这里。""那你就拿着呗,随便用,我一时半会儿用不上。"骆横挂了电话,背着乐器继续往前走。海到了,音乐升起来了。以后的一个多月里,骆横天天下午去海边练琴和吹号,每次都会练到午夜。那个在他的音乐面前潸然泪下的警察经常会远远地守护着他,有时候也会过来打招呼:"太晚了,走回去都到天亮了,我送你。"只有一次他说:"好吧,谢谢。"路上警察跟他聊天,知道了他的很多事,又问道:"你会游泳吗?"他说:"会的。"警察说:"那就好。"骆横莫名其妙:"什么意思?""说真的,我听你的音乐就想哭,总觉得你好像是在告别人世,怕你拉着拉着就跟海浪一起远远地走掉。""不用再担心,以后我不会来了。""那我会想你的,告诉我你叫什么?""骆横,骆驼的骆,田横的横。"

十月初的一天,骆横出现在青岛大学。他戴着穆教授送给他的白色棒球帽,背着大提琴,提着黑色帆布包,在校园里转了一圈,然后来到一座林木葳蕤的园内山丘上,从这里可以眺望海的辽阔。海在半公里以外，像遥远的云端挂起了一帘蓝色的帷幕，点点的白色是浪的痕迹，也是海鸥的标识，轮船像翻山一样从海平线那边鸣笛而来，渐渐升高了。那边是漫漠的黄海，是跟黄海没有分界线的太平洋，如果是逆风，使劲呼吸，就能闻到太平洋的气息，那是已经被季风稀释了的原始的水香，是在清旷和深邃中发酵过的孤岛裸岩的味道。人迹罕至的深海、数不清的鱼类和鲸类以及别的海洋生物、引力掀起的惊潮、风在水面上的狂虐，都是骆横脑海里的和声，是几百条几千条旋律线交织在一起的万有音乐，他能听得到也能看得见，就像他用耳朵读着五线谱，用眼睛听着交响乐。风大了，暴怒地摇撼着阻止它流畅的所有物体，如同用力拉响的弓弦，海浪变成了林涛，就在身边，在头顶，绿潮滚滚而去。他发现林涛是淹不死人的，自己就像珊瑚礁上的一条鱼，悠闲得吐着泡泡。他在一块赭色的崂山石上坐下，从黑色帆布包里拿出一块面包和一瓶矿泉水，三下五除二吃喝干净，便开始演奏大提琴。背景是海，桥梁是风，裹挟着他的音乐，散向了校园的四面八方。一个小时过去了，埃尔加的《e小调大提琴协奏曲》就像细雨静静地洒落着，不急不躁，悠远而婉转。又过了一个小时，音乐变成了小号，是巴赫的《G弦之歌》，完了又是大提琴。树林里已经站满了人，有学生也有老师，没有人过去打搅他，就那么树前树后地立着，静静地听着，就算有另一把大提琴出现在山丘上，被琴声呼唤来的人们也都保持着音乐厅才有的肃静。一只海鸥飞来，啊啊啊叫着，甩干翅膀上的水，回海里去了。

两把大提琴距离只有三米，持琴者对视了一下，便默契地开始演奏德沃夏克的《b小调大提琴协奏曲》。旋律是一致的，像两股海流在一条潮线上的奔涌，拍岸的时间和落点毫无二致，连冲上来的绿藻和贝壳都一样。但很快就不一样了，演奏变成了对话，是和声的加入，像悄声细语的一问一答。"你好,穆教授。""穆教授是大家都可以叫的,你就不必了。我们是忘年交,是哥们儿,你就叫我老穆吧。""好的。""我听学生说,校园里来了一个拉大提琴的。我想只有两种人敢来青岛大学拉大提琴,根本不知道我的人和想挑战我的人,前者的可能性小,后者的可能性大,因为从理论上讲,只要是拉大提琴的就没有不知道我的。远远地听着琴声,就知道这个人很厉害,肯定是来挑战的,到了跟前一看,大吃一惊,怎么是你呢?你应该是和我分手以后才开始学拉大提琴的,就算天天拉,也不可能比我拉得好,我都拉了半辈子了,而且是有天赋的,说明光从天赋讲,也是小巫见大巫。""我用你给我留下的5000块钱买了大提琴,也没有天天拉,在集装箱码头上班的三年多里,基本没有动过。""你是说你才拉了两年多,就成了现在这个样子?那就更不得了。不过既然你用我给你的钱买了大提琴,那就等于我培养了你,你得感谢我。""怎么感谢?""感谢的办法很多,我最喜欢的就是你给别人说是老穆让我迷上了大提琴,我会高兴得跳起来。"琴声变得既欢快又诚恳,二拍子变成了三拍子,三拍子又复合成了六拍子。穆教授说:"你怎么可以随随便便修改经典?"骆横说:"不管修改得对不对,都是老穆的教导。""看样子我还得有所提防,万一你给我抹黑呢?"又回到了德沃夏克的风格,一往情深的眷恋里,忧伤和感动就像海对天空的映照,总是被风浪打得粉碎,乡愁在中庸的快板里如同放飞的鸽子,飞了几个来回,就变成了行板,继续往高处飞,就又是活跃的快板了,鸽子飞进了鸥鸟的阵容,黑人灵歌的旋律从金软的沙滩上渗透而出,变成了一种迷幻而轻盈的回荡,回荡是彩色的,是音色与水色的融合,高音和低音突然拉大了距离,拓宽的河道里,波西米亚民间舞曲的韵味缓缓走来,散发着一种归去来兮的欢悦,覆盖了优美而明亮的青岛。穆教授的和声变成了大字二组,哀悼式的低沉里回环着一种义无反顾的决绝,有点像咏叙调的风格,又是一次漫不经心的对话。"你怎么样?终于来找我了。""我在网上一看到你回来的消息,就激动得很,但又不敢来见你,因为只要来见你,就意味着我再也回不去了。""这样想是对的,我们有共同的灵魂,为它而活也为它而死,你要是不跟我在一起,就等于把你的那一半灵魂丢给了我。""我没想过我有灵魂。""它可是天天想你的,不然你不会有这么高的演奏水平。""我担心的是,你会嫌我给你添了麻烦。""怎么会呢?""不过我又想,我有音乐,吃饭是不愁的。""有的音乐是用来吃饭的,有的不是,你要想好,我倒是希望你饿着肚子搞音乐,那样你就得依靠我了,我可以给你发工资。""不需要,我有积蓄。不过这会儿我得依靠你,饿了,你难道听不出来,揉弦的时候一点力气都没有?""听出来了,那咱就去吃饭?"演奏并没有马上结束,因为还有不少人在听,树林里的人比树还要多。他们用宽弓的运行让琴声走向了尾声,从"f"开始的低音如气息一般连绵不绝,悲伤沉重而有力。突然,两个人的弓弦同时靠向琴码,持弓的力点集中在了中指和无名指上,然后用大力朝右拉去,拉到弓尖,音乐戛然而止。他们站起来,一手扶琴,一手拿弓,神情肃穆得像是在维也纳音乐厅的演奏台上,然后鞠躬致敬,向着眼界里的一切:海洋、树林、观众。林涛阵阵,不是风的助力,是掌声的掀动,冉冉地升上半空,又淹没而来,给了两个音乐人一刹那的享受。

  穆教授带着骆横来到教学楼阿里斯塔克工作室,放下乐器,就去了阅海楼,这是个校内餐厅,比学生和教工食堂的条件好些,跟外面的饭馆一样可以按照菜谱随便点菜,又比外面的饭馆便宜些。他们在大厅靠窗的座位刚一落座,女服务员就过来了:"穆老师好。"穆教授笑着指了指骆横说:"我请朋友吃饭,你们做好点。"服务员说:"又不是我做。""你可以提醒大师傅,就说是穆老师的菜。"女服务员笑道:"不就是多放点辣椒嘛,我让大师傅专门给你炒一盘尖辣椒,赠送的。"他们要了茶,又点了菜,女服务员走了。穆教授说:"这姑娘怎么样,还可以吧？挺漂亮的，我的学生，叫什么来着？咪咪？来这里勤工俭学。"骆横说："她是双眼皮，挺层的。""你连这个都注意到了？"他们望着窗外的远海，喝起了茶。穆教授说："'崂山红'的味道还不错，你尝尝。"骆横喝了一口说："苦。""茶还有不苦的？""我没喝过茶，不知道。""那你喜欢喝什么？""水。""我还以为你会说'酒'呢。""酒我也没喝过。""这么纯洁？也好，一心想着音乐，我记得你是想当指挥家的，不会已经放弃了吧？""没有。"骆横说着，从黑色帆布包里拿出已经读烂了的《指挥家》，朝对方晃了晃。"那就好，先做个演奏家，一步一步来，我相信你就是未来的卡拉扬。""不，我要做托斯卡尼尼。""为什么？""他就像个田横。"饭菜上来了：大虾、蛤蜊、凉拌海菜、肉炒辣椒、墨鱼饺子。穆教授又要了一瓶啤酒，也给骆横倒了一杯。骆横尝了一口说："啤酒原来这么难喝？""喝完，下次就不难喝了，好比音乐里的噪音，多听几遍才会觉得顺耳。"吃着喝着，骆横突然问："你去美国干什么了？""解决'光音链猜想'的问题。""解决了吗？""哪有那么容易，早着呢。""为什么？是不是比拉大提琴还难？""说出来你就知道了。"穆教授喝了一口啤酒说，"我是研究天体物理的，又喜欢音乐，最感兴趣的研究项目就是如何把音和光结合起来，让音具有光亮，也让光具有音色。光的传播不依靠介质，无法使它减速，就只能考虑如何提高音的速度。音的传播介质是空气，加速空气的流动便能加速声音的传播，在一个辉煌的音乐大厅里，让空气动荡回旋起来，音乐的跌宕和流转就会大不一样。音乐的高低起伏、快慢强弱原本是由音乐家写成的曲谱来决定，它从来不是自然之声，更不是宇宙之声。很早以前我就想，如果把音乐交给空气会怎么样呢？如果音乐家在纸上写出音符的同时，还能通过控制空气实现他的创作意图，又会产生怎样的效果？如果乐句和乐段在运用现有的音乐语汇之外，再加上风的旋律、节奏与和声，那会是怎样一种出彩的艺术？如果有办法把音速和光速绑在一起，从而增加音乐流动的速度，或者让音乐具备光的速度和能量，并和人的听觉发生碰撞，那又会出现怎样的奇迹？另外，我们一方面知道真空是不传播声音的，一方面又知道没有绝对的真空，'海森堡测不准原理'告诉我们：真空中还有无中生有的物质。已逝的物理大咖狄拉克又告诉我们：虽然有无中生有的物质，但物质跟反物质同时诞生，一旦发生碰撞就会同时消失，回归真空。真空就是诞生、碰撞、消失的组合，是随时都在发生且无穷无尽的诞生、碰撞、消失的组合。既然如此，音乐对真空的占领就有了可乘之机，因为音乐是有质量的，有质量就有颗粒，我们对这种颗粒的触摸是通过耳朵而不是通过眼睛，只要我们具备更加科学的方法和足够先进的设备，就能像提取基本粒子那样提取到它。让物理学家兴奋的是：一旦提取成功，我们就可以用声音颗粒去创作真空音乐，然后发射到太空中去，让外星生命知道地球和人类的存在。或者用这种具备电磁和引力的颗粒吸附太空的声音，变成另一种我们迄今还没有听到过的太空音乐，那会是怎样一种强烈而震撼的旋律和节奏呢？谁也无法想象。如果通过人为的干涉，让音速成倍增加或者等同于光速，时间就会慢下来，就会出现四维空间之外的多维空间，听一场音乐会就不光能返老还童，还能猝不及防地得到一些我们理解之外的太空信息。到那个时候，人类就不只是生活在地球上，而是生活在宇宙中了。"骆横听着半懂不懂，却还是频频点头。

不知不觉啤酒喝光了。穆教授喊咪咪再拿一瓶啤酒，走过来的却是一个白白净净天仙一样俊美的小伙子："穆老师，想喝一厂的还是二厂的，我去拿。""你是谁？""不认识我了？我是浒苔乐队的主唱景翔。"穆教授朝上翻着眼睛想了一会儿说："好像有点印象，前年在海外华商迎新晚会的彩排现场……""对对对，你给我们指导过编曲。""你来我们学校干什么？""找你。""找我？什么事？"景翔看了一眼骆横，做出欲言又止的样子。穆教授说："没关系，这是我哥们儿。""还是换个地方吧，去我那里，我那里有进口的法国原装勃艮第白葡萄酒。""我对葡萄酒不感兴趣。""那可是葡萄酒界耀眼的星辰，跟你在音乐界的地位一样。"穆教授淡然一笑："你就说事吧，我还忙着呢。"景翔拖过一把椅子来坐下，回头喊："上啤酒，两瓶一厂的。"双眼皮的咪咪拿着啤酒和酒杯走过来，开了瓶，冲景翔嫣然一笑。景翔说："你也坐下呗。""我还要照顾别的客人。"姑娘说着走了。景翔只给穆教授和自己倒了酒，举起酒杯说："敬老师一杯，我干了，你随意。"穆教授举了举酒杯，又轻轻放下。景翔一口喝干："老师怎么不喝？""你不是说随意嘛，随意也包括不喝。"景翔又喝干了一杯，便单刀直入地说起了来意："嗨王争霸赛"就要开始，他听说有三个主任评委，也就是评委召集人，穆教授是其中的一个，所以就想提前来见见穆教授。"你想参加比赛？那就去报名呗，为什么要见我？""想请穆老师帮帮忙。""是错过了报名时间，没报上？我给你问问，既然是'嗨王争霸赛'，最好不要有遗漏，尤其是像你们这样具备一定竞争力的摇滚乐队。""不是不是。"景翔又摇头又摆手，"报名这种小事还能劳您大驾？""那还有什么事？""谁都想获得'嗨王'的称号，我也想获得，一旦我是'嗨王'，浒苔乐队就是'嗨王乐队'，我们搞音乐的多一半梦想就实现了。"穆教授敷衍地点着头："那就好好比赛，有志者事竟成，只要努力，都有希望。""有老师这句话，我心里就踏实了。"景翔说着翘起头，看到周围没有人注意，便从上衣口袋摸出一张金色银行卡，放到了穆教授面前，压低嗓门说，"这是50万，比赛结束以后还有50万。"穆教授愣了一下，盯着银行卡说："什么意思？""意思我已经说清楚了，我想让您给我戴上'嗨王'的桂冠。"穆教授笑了："不可能，我算老几？27个评委，我只是其中之一，一张票而已，何况比赛还没有开始，我怎么知道应该投谁的票？""别人怎么能跟您比？您是主任评委，很多评委都是您召集的，只要您说句话，表达一下意向，不看僧面看佛面，谁能不听？"穆教授呵呵一笑："这是音乐比赛，起作用的只能是音乐，你把事情想歪了，也想得太简单了。""穆老师，别卖关子了，谁不知道潜规则。""什么潜规则，我就不知道。"又面朝骆横，"你知道吗？"骆横摇摇头。穆教授拿起银行卡，塞到对方手里，严肃地说："拿走，别搞歪门邪道，干干净净唱歌比什么都好。"景翔起身，红着脸，尴尬地笑笑，走了。

　　穆教授和骆横又坐了一会儿，买了单要离开，咪咪从柜台后面闪出来说："穆老师，能不能加个微信？"穆教授板起面孔说："干什么？平时不加，这个时候加？那个景翔是不是你叫来的？他怎么知道我在这里？你加了微信好推给他，让他继续骚扰我？"咪咪撮起鼻子哼了一声，似乎想撒个娇又不敢，细声细气地说："穆老师怎么这么说？人家就是想见见你，我是人家的铁粉，帮个忙又怎么了？""你粉谁我无权干涉，但你不能把老师的信息随便给人，包括你的偶像。"穆教授说着，不再理睬咪咪，拉着骆横大步而去，边走边看手机，是一条又是献花又是抱拳的微信。两个人走出校门，沿着马路朝海边走去。穆教授说："最重要的问题被景翔打断了，我还没问你想不想来我们阿里斯塔克工作室呢。""我去干什么？""跟我一起做研究啊，'光音链猜想'你忘了？""我懂什么，听都听不明白。""懂音乐就行，别的不用管，再说我也可以讲，你也可以学，一旦成功，我们的研究项目就会被命名为'穆骆横光音链'，说不定哪颗新发现的行星也会用'穆骆横'来命名。""那我们就真的出名了。不过我的名字占两个字，你的名字占一个字，你不是吃亏了吗？""也不吃亏，我在你前面，将来有人写传记，肯定会实事求是地说你是我的小喽啰。""那传记要是我自己写呢？""为什么是你写传记？""我肯定比你死得晚。""那就随便了，反正我也不知道。但是不管你怎样写，你都得写清楚我每月给你开 3000 块生活费。""真的还是假的？""当然是真的。""那我就写成 3 万块，因为我肯定会把你写得比现在更好一点。刚才那一幕也一定会写进去，人家给了你 500 万，说事成之后再给 500 万，就想让你封他个'嗨王'，你本来有这个权力，封'嗨王'不费吹灰之力，但是你拒绝了，因为你是个'天下为公'的人。""那为什么不写 5000 万？""太多就不真实了。""倒也是。"两个人认真讨论着未来的传记，踏上了礁石。海的扑咬迎面而来，百万巨兽的大嘴一起张开，獠牙裸露着，唾液狂妄地溅上天空，形成了一个个巨大的卷筒造型——从远海啸叫而来的波浪知道自己受到了近岸浅滩的阻拦，暴躁地发着脾气，却又一次次后退着，不情不愿地落了下去。骆横拽住穆教授说："你怎么还往前走，不要命了？""我知道浪的力量在哪里，在海底跟海水交接的地方，能扑到你身上的就已经是强弩之末了，就像拍子，强在前面，弱在后面，又没有切分音，也不是重金属，重复几次，马上就变成尾声了。"骆横说："虽说人卷不进去，淋湿了也不好，我懒得洗衣服，我的衣服都是师兄王起给我洗的。""以后你就得靠自己了。""我还以为你会说以后我给你洗呢。""说不定真的会有人帮你洗衣服。"穆教授四下看看说，"知道为什么我会带你来海边吗？""是我带你来的吧？""你看看右边，就知道是谁带谁来的。"骆横望了过去，发现一座礁石的平顶上有三个女孩两个男孩，正静静地望着这边。每个人都拿着一把小提琴，显然正在一起练习，看到穆教授后停下了。穆教授说："他们刚才发微信说在这里等我们，我也想让你见见他们。""为什么？""见和没见的选择是不一样的，青岛大学的盾构机乐队，准备参加'嗨王争霸赛'，刚刚听了你的演奏，非常希望你能成为乐队的一员。""你不是让我跟你一起研究什么'光音链猜想'吗？""不矛盾，你在乐队练习音乐，完成灌制和混音，等于给阿里斯塔克工作室积累科研资料。""主要是你想让我进乐队吧？""作为青岛大学的教授,我当然希望'盾构机'能拿到名次,甚至成为'嗨王',但乐队要你的愿望更强烈一点。""我不想,不想认识新的人。""也不想认识那几个女生?人家一个个都是双眼皮,层得很,不信你过去看看。"说着,穆教授朝那几个学生挥了挥手。几个学生走了过来,他们也走了过去。穆教授小声叮嘱道:"机不可失,看上了谁,就主动下手,时刻记住你是个有实力有魅力的男孩。""你别老说我,我连高中都没上过,主要看人家,都是大学本科生。""你小看人家了,这五个人不是读硕的就是读博的,更小看你自己了,一流的小号演奏和一流的大提琴演奏,你就是未来的阿姆斯特朗和卡萨尔斯,对青岛大学的任何一个女生来说,都不是下嫁,是高攀。""真的?""千真万确。""那我就没必要自卑了。""你今后就发展两个喜欢,一是喜欢音乐,二是喜欢姑娘,我当然指的不是胡乱喜欢,你知道的。""还有对'光音链猜想'的喜欢。""对对,那就是三个喜欢,一辈子有三个喜欢,不得了,你的人生。""你不是也有三个喜欢吗?""我?实话告诉你,就两个,女人跟我没缘分,带给我的都不是好事。"

独奏与协奏
你是我的狂想曲（作品第 6 号）

有虎鲸来访，有鲨鱼猖狂，
头顶是能把人烤焦的太阳，
用不灭的勇气不屈的忍耐，
驱散着酷夏的雨冷秋的霜。
冬天的难过里幸遇火山角，
不怕死的他们烧热了鱼汤。

/

骆横的新生活开始了：每天早晨他从住所出发，坐地铁来到青岛大学，快步走向教学楼南侧的阿里斯塔克工作室，扫扫地，抹抹桌，烧一壶开水灌到暖水瓶里，然后坐到办公桌前读书或者翻资料，都是穆教授让他看的一些有关天体物理方面的知识，有时也会打开电脑，了解一下"光音链猜想"的研究进展。他发现作为阿里斯塔克团队总部，瑞士洛桑的研究机构一直致力于设计建造模拟实验的场地和设备，阿尔卑斯山物理研究所则把重点放在数学和物理的推导上，而穆教授的研究却是为了论证实现"猜想"的可能性。那些一再出现的词汇虽然让骆横一再地不理解，但依然会产生一种亲切的神秘感，引诱他像感应音乐那样感应到高高低低的缠绵和长长短短的温暖,费解的是魅惑了他的旋律和节奏,而不是被激荡的感情。感情是纯天然的无缝衔接,好比海里的浪、空气中的风、书中的纸、文章里的字。穆教授说,是海就会有浪,如同声音是速度的恒等物。不能再认为声音不是物质,只是物质的一种运动形式,而应该明白所有的运动都是质量和能量的集合体,爱因斯坦的"质能方程"告诉我们的不仅是物质和能量的等同,也是能量和速度的等同,能量、速度、声音在同一个运动点上描述着同一种物质,实现着同一种价值。人类要做的就是确认真空之内看不见听不着的声音是不是暗物质的一种,确认我们今天的科学距离实现有效提取真空物质和声音物质的可能性还有多少道门槛。这样的提取有助于我们了解宇宙大爆炸之初不到一秒钟之内到底发生了什么,这个事件迄今还在延续,却消失了两样物质:一是消失了光的介质即曾经被人一再地假想过的"以太",作为一种运动现象,光的起始不可能仅仅依靠自身的电波和磁波以及它们的交叉互动,是什么孕育并滋生了最初的电波和磁波?如果我们偷懒地说,所有的起始都是无中生有,那么无中生有的"无"又是从哪里来?是什么制造了"无"并在其中暗藏了"生有"的玄机?二是消失了真空里的声音,如果真空原本就只有看不见的物质无时无刻不在发生的诞生、碰撞和消失,那么声音会不会就是这种物质的一种呢?如果不是,为什么它一遇到氮气和氧气的组合就会突然响亮?难道不是作为物质的声音本身随着外在条件的变化而改变了自身的静止状态?就像海遇到风、浪遇到岸,它的咆哮是动力或者阻力对运动定律恰如其分的描述,那么它为什么就不能用来证明空气是声音的动力或者阻力而不是介质呢?我们要想听到宇宙的音乐:大爆炸的声音、星体之间无数次撞击的声音、它们有轨或无轨运动的声音、黑洞旋转的声音、恒星膨胀或衰亡的声音,就必须突破空气的束缚和真空的限制,提取到声音颗粒并加快声音的速度。而加快音速并不仅仅是声音本身的问题，还应该大幅度提高声音接收器的敏锐度，比如狗和马的听力超过人10倍以上，能听到的最远距离也是人的400倍，而大蜡螟的听力居然是人类的150倍，如果我们用这样的听力去捕捉音乐，人耳所能听到的声音将大大突破每秒振动11到20000次的范围，乐器的音量和音乐的能量将出现大幅度增加的局面，不会像现在这样一般只局限于每秒振动27到4100次。随之发生变化的一定是人耳的承受能力，在大幅度提升"振聋发聩"的标准之后，能够使人的听觉组织死亡的音量将会从180分贝迅速进化到另一个极限。革命发生了，音乐将会从由电声、耳机、扩音设备的产生和不断更新而形成的有限解放中脱颖而出，随着"光音链"的延伸奔驰而去，给人类带来宇宙探索方面翻天覆地的变化。骆横对所有的问题都不甚了了，也不想桥是桥，路是路，弄个一清二楚。只是为了对得起分配给他的办公桌和电脑，对得起穆教授把他招来阿里斯塔克工作室的恩遇，才去花时间看看的。他每次都是一边看，一边心不在焉地胡乱哼唱，甚至有时还会把穆教授繁缛的论证当作歌词，一行一行飞快地"谱"下去。有一天穆教授突然在他身后喊了一声："好音乐，谁的？"他想了想说："不知道是谁的，也可能是我的。""赶紧把旋律记下来，五线谱来不及，就用简谱，你是个天才，我没说错。""这样的哼唱多了，天天有。""那就随身带个本子，有了就记。"说着，去自己办公桌后的书柜里找出一个厚厚的硬壳笔记本，放在了他面前。从此他便开始记录自己泛滥的乐思了，起名叫《海的七朵浪花》，代表"CDEFGAB"7个基本音级。也是在看电脑哼曲子的时候，他了解了阿里斯塔克，古希腊第一个著名的天文学家，生于公元前315年，死于公元前230年，是人类历史上最早提出日心说的人，也是最早测定太阳和月亮对地球距离的近似比值的人。日心说的第一次出现居然比哥白尼提前了一千多年，这个人真了不起。他用即兴的音乐隆重地赞叹着。

　　大约上午10点半,他会背着大提琴和小号离开工作室,前往青岛大学教学区和生活区之间的望海山,望海山上有一座重檐歇山顶的望海亭,是盾构机乐队排练的地方。骆横总是第一个到达,先用小号吹一首即兴的曲子,吹着吹着,大家就都到了。第一个站在他身边对他说一声"你好"的每次都是那个文静娴雅的女孩小海菲兹,其他两个女孩分别叫小科雷利和小艾尔曼,她们觉得用一个偶像级小提琴家作为自己的艺名,是一件既时尚又开心的事。两个男孩一个叫朱晚,一个叫高地。朱晚几乎是个全才,除了会拉小提琴,还会操作合成器和打鼓,偶尔也作曲作词,是挺伤感挺抒情的那种,几乎是对校园民谣失恋和单恋风格的模仿,拿不到大舞台上去。他和小海菲兹是乐队的发起人,之所以叫"盾构机",是因为小海菲兹的舅舅是修地铁的工人,曾经给五台盾构机做过维修工。而朱晚的哥哥曾是青岛地铁4号线"5·27"塌陷事故中五名遇难工人的工友,他狂热地喜欢盾构机,认为盾构法施工是避免人员伤亡的最有效途径。前不久他调到正在修建中的青岛地铁1号线海底隧道段担任爆破手,有一次给朱晚吹牛说,他现在是隧道减震爆破的大拿,什么低爆速、不耦合装药、微差起爆、光面起爆全靠他的一双手,离了他1号线海底隧道就建不成了,这可是国内第一条地铁海底隧道。自己吹牛的同时,还瞧不起弟弟:"好好学习,早点毕业,找一个踏实牢靠的工作,别再今天拉胡琴明天唱歌了,明星虽然风光,挣钱也多,但百分之九十九不是你,能当明星的有几个?那都是命里的事,你命里没有。"骆横认真听朱晚给自己聊,饶有兴趣地问:"你是怎么回答的?""我说纠正了多少次你都不改,我拉的是小提琴不是胡琴。他说听声音都一样,吱吱啦啦的。""然后呢?""沉默,我父母去世得早,是他和姐把我带大的,姐想让我学音乐,他想让我学工程,我听他的话读的是土木工程专业,又听姐的话一天也没有放弃音乐。其实我也不知道我将来应该干什么，他说得对，搞音乐只有百分之一的希望，搞土木工程比较保险，只要我稍加努力，百分之九十九我是个好工程师。你说说看，我怎么做才好？"一个博士研究生就自己的人生未来征询一个连高中生都不如的技校生的意见，足见音乐对骆横的抬升多么有力。骆横用一句对得起这种高看的话回答了他："理想主义就是把可能存在的百分之一看得比已经存在的百分之九十九更重要。"朱晚说："你说我是个理想主义，好不好呢？""好不好你看我就知道。""我怎么能看你？你是有天赋的。""你也有啊。""跟你比我只是一条小溪，而你是海。或者说，你可以轻松成为卡萨尔斯，而我奋斗三辈子也成不了帕格尼尼。""就算我能成为卡萨尔斯，别人提到的也是卡萨尔斯，你成不了帕格尼尼，你就是你自己，多好啊。乐队是你发起的，你不会搞着搞着就放弃吧？你就是一台盾构机，别泄气。"骆横喜欢"盾构机"这个名字，尽管他从来没见过这个比桥吊还要庞大的专门用于地铁隧道的掘进机器。朱晚笑道："我也觉得我像盾构机，盾构机的寿命只有十公里，掘进十公里后刀头和其他部件都会有严重损坏，整个机器就报废了，没有维修价值。""那就转调呗，由b小调转成D大调，又是一台新的盾构机。""不知道我还有没有力气，10米直径的隧道，盾构机一天掘进20米，那不是闹着玩的。""要是拉不动小提琴，也打不动鼓，那就在合成器上作曲呗，音乐没有搞不动的，说不定越没力气越厉害。""那就是'晚唱'了，有气无力，若断丝连，快要睡着的样子。""催眠曲是最能体现返璞归真的音乐。""你是一个总想给别人力量的朋友。"朱晚说着打了骆横一拳。

"盾构机"是一支弦乐队，没有一个流行乐队最起码的吉他和贝斯，本来是缺憾，但坚守缺憾就变成了创新和特色。现在就算朱晚会打鼓会操纵键盘，骆横会小号，他们也不打算使用了。五把小提琴，加上一把能让音乐的根基坚实稳固的大提琴，就是他们的全部伴奏。主唱是朱晚和小海菲兹，小科雷利、小艾尔曼和高地是伴唱，当然只是在最需要的时候，通常情况下，伴唱都是以拉琴为主。而主唱一般只拉前奏、间奏和尾奏，为了显示弦乐合奏的魅力，他们总会增加前奏、间奏和尾奏的时间。有一天小海菲兹问骆横："你会不会唱？""不会。""唱几句让我们听听呗。""你是想让我丢脸吧？"骆横意识到他已经很久没有哼唱了，即便坐在阿里斯塔克工作室里，面对电脑，看着"光音链猜想"的最新进展，他也不会把自己下意识的谱曲唱出来。原因似乎是朱晚和小海菲兹唱得太好听了，尤其小海菲兹的高音，能像海浪一样把音符推向崛起的最高点，然后箭镞一样穿透云天，崛起是有厚度的，穿透是有力量的，震撼如同海潮对礁石的吞没，你会服气得低下头去，渴望着迅速消失，消失在一个看不到潮与礁、奏与唱的地方。在这样的声音面前，他怎么还敢亮嗓子？除非他生活在音乐之外，又是个粗莽汉子。他更加用心地拉着大提琴，一再地叮嘱自己：好好伴奏啊，为了她的歌声。但同时他也意识到，如果不是小海菲兹，而是另外一个人比如小科雷利或者小艾尔曼，他一定不会自卑得连发出声音的勇气都没有。

　　小海菲兹让他想起北码头的师妹，那个穿着淡蓝色改制工装的桥吊司机；想起她那又尖又脆的"哇哦"和敢于把蓝色的岸桥漆成白色的随性；想起自己雄鸡报晓一样为她和她那迷人的眼睛送去《海港的早晨》和《罗密欧与朱丽叶》以及《阿兰胡埃斯之恋》的三年时光。他有些苦涩又有些遗憾：她跟她要是一个人就好了——北码头的"哇哦"师妹，她的名字就叫小海菲兹。小海菲兹个头没有"哇哦"师妹高，却有跟后者同样好看的身段，凹凸的组合既不夸张到霸气冲天，也不平实到"草色遥看近却无"，是恰到好处的迷人和醒目，就像一阕舞曲，拉威尔的《波莱罗舞曲》或者勃拉姆斯的《匈牙利舞曲》，带着一个人的全部冲动和即兴，却又符合已有的规则——音乐与美的规则、降低与升高的变音规则，最高的也是最美的，如同联袂而出的"嗨c"。小海菲兹也会"哇哦哇哦"地叫，但不是用嘴，而是用眼睛，她的眼睛美得就像小提琴e弦上的标准音，透亮而敏锐。她们不可能成为一个人，她们的存在似乎就是为了让他在迫不得已的选择中一步步低沉下去，然后一头撞到背叛的泥坑里。背叛？这一冷棍打得太莫名其妙了吧？他跟那个北码头的女孩是什么关系？说到底连师兄师妹都算不上，一个是桥吊，一个是海水，对海水来说，管你桥吊存在不存在，都一如既往地湛蓝着，风情万种，碧波荡漾。很多时候单相思就是一种自我欺骗，你以为你爱上了一个人，其实是你看到了自己内心的空虚和挥之不去的孤独，看到了青春的园囿里那些胡乱绽放的无果之花。一切都是自作多情而又荒诞不经的：山上的那棵树是山的树不是你的树，海里的那条鱼是海的鱼不是你的鱼，不要以为你看见了就是你的，连可能性都没有。这么想着，他又释然了，好像他是可以的，毫无负担地去面对小海菲兹。可问题是就像他不能认为只见过一面的"哇哦"师妹会在意他一样，他更不能认为几乎天天见面的小海菲兹会默契地跟他有心意上的磨合，仿佛依然是单相思，而且充满了难以启齿的猜度：乐队上午11点开始排练，快1点时会有美团小哥送来盒饭，每次小海菲兹都会把自己的鱼和肉夹一些放到他的饭盒里。一个女孩吃不了那么多肥腻的鱼和肉再正常不过，他不能就此怀想：她为什么只夹给他而不夹给别人？每次排练前定弦，她都会盯着他看，跟着他走，意思是你是我们的标准，我们都听你的。他更不能就此认为她只信赖他而不信赖别人，甚至对他有那么点意思，因为其他人也会以他的弦松弦紧为准，在大家的共识里他就是一个听觉艺术的天才，对音准有着无与伦比的敏感和精确无误的把握。下午6点后乐队的聚集排练结束，他会背着大提琴和小号去学生食堂吃饭，每次她也去，虽然她通常都是跟熟悉的女生在一张桌上吃饭，却总会把她的小提琴跟他的大提琴和小号放到一起。什么意思呢？一种无意识的归类举动，就像人喜欢把船集中到海里，把钢材堆积在工地，把车厢连接在轨道上那样，或者仅仅是为了拜托他盯着点，别让人顺手牵羊了。他不可以神经过敏地认为乐器的靠拢意味着乐手的亲近。吃了饭，他会去海边继续练琴或者吹小号。她有一次跟他去了，去了也是默默练琴，并没有什么特别的举动。还有一次她提醒他：今晚风大，小心点。提醒他是因为风在七级以上，海浪比平时高出许多，所有的礁石都会变成暗礁，没有人还会像傻子一样站在礁石上远眺落日的壮逝，或者痴迷于海浪对琴声的相伴。也就是说这只是一次很多熟人之间都会有的普通提醒，并不意味着她对他存在过于细微的关心，才会显得婆婆妈妈。他每晚练琴到10点半才会离开海边，去阿里斯塔克工作室放下乐器，然后坐地铁回家。有一次他在教学楼和图书馆之间通往学校门口的林荫道上碰见了她，她是一个人，手里拿着几本书，一见他就发牢骚："图书馆关门太早，我的硕士论文进展太慢，导师都催好几回了。"打了一个哈欠又说，"白天的大部分时间都给了乐队，但我的专业是纺织工程，兼修电子计算机，跟音乐一点关系都没有。""那你为什么不考音乐专业？""当初对自己没有信心，现在也没有，总觉得音乐是光明的，但前途不属于自己。""搞纺织工程就有前途了？""更没有，整个纺织业人满为患，工作不好找，我们系这几年毕业的本科生和研究生百分之九十干的都不是本专业。"说着她就匆匆离去。他对自己说你真可笑，看见她的瞬间，居然冒出这样的念头：莫非她在等他，想关切地对他说，你以后早点回家，还有那么长的路要走呢。或者温柔地向他道声晚安。他的自作多情让他的脸红到了脖子根里，似乎一连红了好几天。

但不管怎么说，小海菲兹是唯一一个他可以接近并存有幻想的女孩,因为只有她是独来独往的,没有迹象表明她的生活中已经存在一个能让她改变生活轨迹的异性朋友。而小艾尔曼是有恋爱对象的,那就是高地,他们同来同去,双栖双飞,脚步协调得如同被音轨限制的弓弦,连食堂的用餐也带着卿卿我我的色彩:商量好打几样不同的饭菜,你吃我的,我吃你的。小科雷利就更不用说了,每天乐队的聚集练习完毕,都有一个戴眼镜的高个子男生在望海山下的小树林里等着她。骆横有些遗憾:小科雷利热恋的怎么就不是朱晚呢?朱晚琴拉得好,歌唱得好,人也帅气,还待人诚恳,乐于助人,什么时候都是阳光灿烂的样子。他是粒子世界中的"胶子",是黏合剂,没有他就没有"盾构机",如同一个能够改变曲风的关键乐思,在无数次的重复变奏之后,带出了一个叫"灵魂"的东西。有一天骆横突发奇想:也许他可以大胆一些,拜托朱晚帮帮忙,探探小海菲兹的口气:如果有人喜欢上你,你会怎么办?望海亭里,乐队排练的间隙,他鼓足勇气把朱晚拉到一边,支支吾吾说出了自己的想法。朱晚好像吃了一惊:"你想让我去给你问问?""不是问,是旁敲侧击地打听一下,先别提我的名字,看她的反应再说。""就是说你不仅不想自己出面,也不想让她知道你有那个意思?太老旧了吧?整个一个出土文物,现在的年轻人哪有你这样的?恋爱问题上都是单枪匹马自己打天下,尤其是娱乐界,男男女女的爱情又直接又神速,这样绕来绕去,黄花菜都凉了,你就不怕别人抢了先?""我跟娱乐界有什么关系?""都要参加'嗨王争霸赛'了,怎么没关系?胆子大一点,别像低音炮似的,本来就不响亮,还要安个弱音器。""可是我……怎么说呢?从来没做过自己唐突而别人尴尬的事。""那我就不尴尬了?如果我不说出你的名字,人家会以为我把自己的想法说成了别人的,如果说出来,就等于是我在替你谈恋爱,这个忙我可帮不了,一旦帮了忙,你就永远是个懦夫。""已经是懦夫了,你说怎么办?""没别的办法,要么放弃,要么自己去说。""算了吧，等于我什么也没说。"这是一个秋雨绵绵的日子，骆横的大胆求助遭到了朱晚的好心拒绝，之后他就在心里一再地重复着：算了吧，算了吧。不光是求助算了吧，更是算了吧不要再幻想了。他没想到自己会这么容易放弃，沮丧得一天没说话，晚饭后的海边练琴似乎也变成了一种告别，告别小海菲兹，也告别自己。浓浓的怅然若失里，他把《十年》想象成了自己的经历，把《悲伤留给自己》的主角换成了骆横，还拉了《新不了情》，随意添加着自己的心情，让好多个黯郁的音符都成了带着水珠的感动。他恍恍惚惚意识到，自己的悲哀并不是歌曲里热恋后的失恋，而是还没有开始就已经失恋了，是自己跟自己的失恋。突然有人喊："喂，同学，雨下大了，你还不走？"他猛地回头，冷漠地瞪了对方一眼：多管闲事。但他还是立刻就回去了，不是为了自己，而是为了乐器，大提琴的潮湿会让音乐残疾，而他就算一辈子得不到爱情的回声，也不能让明亮的音乐走向喑哑。以后他会意识到，自己虽然有那么一点"为赋新词强说愁"，却并不是"少年不识愁滋味"，情绪的夸张在于敏感，敏感是艺术的保姆，就像听觉之于音乐，如果你能捕捉到百米之外蜻蜓掀动翅膀的声音，能让低于人耳接受能力的 20 赫兹振荡变得如雷贯耳，就必须准备好接受超过凡人百倍的干扰和刺激。他有完美的艺术细胞，也就伴生着完善的敏感系统，所有细微的不尽如人意，都会变成巨大的情绪损伤和无法承受的重量。好在音乐有压迫也有托举，有陷落也是拯救，就在他狂拉《没关系》时，突然就变得清醒无比：我这是怎么了？并没有任何人的拒绝，也没有任何让他闷闷不乐的失去，只有自己内心的胆怯，就像持续走低的低音由于再也无音级可低最后导致了哑默。事实上小海菲兹并不知道他的喜欢，他也不知道她的喜欢，她和他都还是原来的样子,什么也没有改变。朱晚只是想告诉他:想要缩短你和她的距离，全靠你自己，追求需要勇敢。

骆横这么想着，一下子就又豁然开朗了，放下不应该蔓延的失意，把精力集中到排练上，这时候才听朱晚说："我说了好几遍，你怎么没反应？""你说什么了？""我们原来的定位是翻唱乐队，现在还是，但翻唱的歌都得有我们'盾构机'的风格。"骆横点着头：没错。"可是我们的改编非常有限，无非是多唱一遍副歌，多加一个声部，提高八度，降低八度什么的，要是再大胆一点，重新编曲，又没有这个能力，所以每唱一首歌我都觉得勉勉强强。"骆横满眼都是疑惑：勉勉强强吗？我觉得挺好。小海菲兹说："是勉强了一点，咱能不能请穆教授帮帮忙？"朱晚说："不好打搅，又不是一首歌，是所有的歌。再说穆教授是主任评委，以他的为人，他不可能给他的编曲打高分，百分之百会出现让分，他谦虚了，我们却吃亏了，要知道这是比赛，我们也想拿第一做'嗨王'。""说得对，穆教授肯定是这样一个人。"骆横说着，从亭心的石桌上拿过正准备排练的《无心快语》的曲谱琢磨起来，又问大家："谁有笔？"小海菲兹打开自己的双肩包说："给。"之后骆横就埋头在歌曲中，用想象调动着音符的高低错落、强弱快慢、变音转调，画上去的五线谱虽然并不整齐好看，却自然流畅得就像海浪。似乎没用多久就进入了尾奏，当他把重新编曲的《无心快语》交给朱晚时，朱晚说："你胡乱写了些什么？"他好奇地哼了一遍，吃惊地瞪着骆横，半晌才说："如果不是看着你写，我绝对不相信是你的作业，没有钢琴，也没有控制器和电脑，居然也可以完成编曲。"接着小海菲兹也哼唱了一遍，用那双柔光电闪的眼睛望着他，盈盈地笑道："我们有救了。"她似乎并不吃惊，有点意料之中的坦然。乐队的其他人也都哼唱了一遍，然后便在赞叹声中开始排练。望海山上的望海亭里，一首带着中国味也带着新世纪印记的世界流行经典，回荡在大海的瞩望里、劲风的抚摸中：我犯下了大错罪无可恕，不能牵着你的手与你共舞，因为时间无法倒退，内疚使舞步毫无节奏。朱晚说："这样的话，我们就不能光唱英语了,还得来一遍国语。"小海菲兹说:"那就得延时了。""没关系,按规则我们可以唱够7分钟。"以后的几天,骆横又重新编曲了《寂静之声》《带走我的呼吸》《心碎何处》《棕色的眼睛》《克罗地亚狂想曲》等,每一次改编都赢得了朱晚无以复加的赞叹和小海菲兹那双音乐眼的笑望。其他人的态度只用小科雷利的一句话就可以概括:"五体投地,别的就不说了。"有一次,小海菲兹用一种又清透又迷惑的眼光盯着他,突然冒出一句来:"你的《哆来咪》几乎是重写,有这样编曲的?"朱晚望着骆横说:"有时候编曲就是作曲,你说呢?"骆横说:"我不知道。"小海菲兹把疑惑变成了好奇:"你不依靠理论只依靠感觉,你天生就会作曲,我没说错吧?"骆横眨巴着眼睛,不知道怎么回答。朱晚说:"看来我们也可以不翻唱,'盾构机'或许可以成为一支唱作人乐队。"小艾尔曼和高地说:"来不及了。"小海菲兹问骆横:"来不及了吗?"骆横又说:"我不知道。"

  这天,望海亭的聚集排练结束之后,骆横没有去学生食堂吃饭,也没有去海边练琴,而是直接去了阿里斯塔克工作室,拿出了穆教授送给他的硬壳笔记本。他打开已经记录了大半个本子的《海的七朵浪花》,翻了一遍,不知道哪一首更好,就随便挑出一首,改了改,便哼唱起来,又突然停下,扭头看看紧闭着的门,仿佛担心小海菲兹会突然闯进来,听到他的破锣之音。完了便是填词,填词似乎比作曲难一些,折腾了两个小时才搞定。第二天,他来到望海山上,不敢拿给大家看,就先把朱晚叫到一边,忐忑不安地从口袋里掏出了另纸抄好的歌曲。朱晚读了两遍,突然长舒一口气说:"我可以不必瞎忙活了。你知道我这几天在忙什么?有些歌能翻唱,有些歌不能,因为有版权问题,我得一个个落实,要钱的不翻,不要钱的才翻,别到时候起诉我们,我们是穷学生,赔不起的。现在好了,只要你把特长发挥出来,都成了原创,就什么也不用怕了。"骆横显得毫无把握,怯生生地问:

"这样的东西行不行呢？""不光行，而且是第一流的，相信我的判断，乐队有这样的底气，无往而不胜，不信你走着瞧。你以前是不是搞过作曲？"骆横点点头："但从来没拿出来过，就用小号吹过《海港的早晨》，还有《父亲》，那是在集装箱码头和海边，都是没有人懂音乐的地方。"朱晚说："有这样的作曲底子，你怎么不早说？"说着就要喊小海菲兹过来。骆横拽了对方一把说："先别让她看，她要是不喜欢呢？""她迟早会看到的。""那就等我不在的时候再给她。""你放心，她不会说不好，音乐是有档次的，你到了哪个档次她一看就知道。""我就是有点怕她，怕她盯着我的眼睛。""为什么？""心里有鬼呗，我是说我。""什么意思？""我也不知道。""你是不是得罪她了？""怎么敢呢？""我明白了，你还是想知道她的态度：如果有人喜欢上她，她会怎么办？"朱晚叹口气又说，"那我就帮你问问吧，旁敲侧击，不提你的名字。"骆横摇摇头，琢磨了一会儿说："不用了，我已经知道那样问太傻，如果你真的想帮我，就直截了当问她，我可不可以给她写一首歌？""写不写是你的自由，问她干什么？""她要是不愿意接受，我就不写了。""音乐创作还有这样功利的？她要是说送什么都接受包括歌曲，只是不接受男女之间的那种喜欢呢？""那我就走人，没必要再在这里待下去了。""好像你肯来我们乐队就是为了她？好吧，我去给你问问。"

朱晚觉得这是关系到乐队生存的大事，不敢懈怠，当天就问了。小海菲兹的回答是：除了音乐，她现在不想考虑任何别的事，等参加完了"嗨王争霸赛"再说。骆横问："这么说她拒绝了？"朱晚说："相反，她明确说了她现在只考虑音乐，这就意味着她把最大的机会留给了你，你写多少歌都可以，比赛分三个阶段，每个阶段都有好几次演唱，最后是总决赛，要是成为唱作乐队，你至少得写出10首新歌。""给她的歌只能是一首，而且是一生唯一的一首，再多就滥了。""可要是她从此再也不翻唱了呢?要是她把'盾构机'的唱作人风格看作她继续演唱的唯一理由呢?你可不能毁了她,她是一个多么难得的歌手,你是知道的,你可以把所有的歌都献给她,但从你内心自然生发的,表达对她的爱的,只有一首。"骆横点着头说:"谢谢你的点拨,我明白了。"从此他每天从《海的七朵浪花》里抄录一首曲子,修改一番,配上和声,填好歌词,然后拿给大家看,接着就是排练,排练中还有修改,都是他主动的。他喜欢在朱晚的歌声里随性地加进去几个变化音,强化一下旋律的起伏;又喜欢在小海菲兹的歌声里增加一点环绕和反复,让唱歌就像抑扬顿挫的说话,缩小演唱与观众接受的距离;还喜欢让其他人的伴唱停留在纯粹的自然音级或者大调五声音级上,这样会显得更加质朴浑厚,就像一台呼呼作响的盾构机,永不间断地工作着,留在身后的是长长的笔直的隧道。

　　创作完第九首歌曲后,骆横停下了,最后一首应该是他最想写出来的一首——献给小海菲兹的歌,可不能敷衍了事,那是原子里的原子核,情感里的情感核,旋律里的旋律核,只要拿出来,就是最珍贵的。他放弃了从《海的七朵浪花》里抽取歌曲的做法,打算以最新颖的感觉和最有厚度的情感做一次最完美的呈现。连续几天,在上午他必须待在阿里斯塔克工作室,面对在他看来正在渐渐失去神秘外壳显现深奥底蕴的天体物理和"光音链猜想"时,他都愣愣地望着电脑,既不触摸键盘也不摁动鼠标。穆教授察觉他有些异样,走过来问他怎么了?他好像被吓了一跳,浑身抖了一下说:"'嗨王争霸赛'很快就要开始了,歌曲创作还没有结束。"穆教授说:"实在拿不出来就翻唱,翻唱国外的,一般来说,只要你们不出专辑,就很难被指责为侵权。""穆教授……""不是不让你叫穆教授吗?""老穆哥们儿,你是过来人了,爱情有翻唱的吗?""你们想唱爱情歌曲?也好,流行音乐本来就起源于爱情,我建议你们试试《天使之城》的主题曲,那里有最低沉的嗓音和最美妙的吟唱，有痛彻心扉的哀伤和击碎听众心灵的力量。"骆横不高兴地说："我才不要低沉呢，我已经够低沉了，也不想让谁哀伤，更不想击碎哪个听众，我就是想让她明白我的心，我的心就是我的音乐。"穆教授愣了一下，笑着拍拍他的肩膀说："原来是有针对性的，这么说目标已经确定了，有没有进展，到哪一步了？""你别烦人了，什么进展不进展，现在我要写的，是参加决赛的歌。""好吧好吧，我不烦你，你赶紧写。"穆教授正要退去，骆横突然回过头去说："老穆你别走，还有一个问题我要问你，什么是双生子佯谬？"穆教授说："可以这样解释，我们是双胞胎，你生活在天上，我生活在地上，所以你比我年轻。""为什么天上的就年轻？""因为你在飞船上生活，而飞船的速度是接近光速的，速度越快时间越慢。""是不是说只要给音乐加速度，音乐就会比地球上的任何东西都年轻？""可以这么说。""那我就明白了，我要让她生活在天上，因为她就是我的音乐。""她是谁，哪个女生？"看骆横不回答，穆教授又说，"我得警告你，从地球上看，是飞船迅速离开了地球，从飞船上看，是地球迅速离开了飞船，如果都是直线运动，不论她生活在天上还是地上，结果都一样，你跟她没关系。""那怎么办？""除非来个一百八十度的拐弯，要么飞船拐弯，要么地球拐弯，你们两个才会有相遇的机会。""地球怎么拐弯？那还是我在天上吧，我让飞船拐弯。""也可以让她拐弯，但你必须告诉我，她是谁？""老穆是狡猾的，我也是聪明的，就是不告诉你。"骆横说着，突然改变了话题，"我昨天排练完去食堂时看到浒苔乐队的景翔了，他身边围着一帮女生，一个比一个漂亮，都在跟他加微信。""他人长得好，精致得就像一件瓷器，加上一身名牌，帅气、光鲜、耀眼，偶像范儿十足，没有哪个女生不喜欢。""他音乐上怎么样？""还不错。""但我觉得他不是来找女生的。""那还能找谁？""找你。""找我干什么？我又不粉他。""他现在有多少粉丝？""几百万还是几千万，你上网查查就知道。""我查他干什么？我的意思是他有那么多粉丝，为什么还要找你？""几千万粉丝就意味着至少一个亿的代言收入，还不算演出费和各类商业性质的出场费，要是能获得'嗨王'，粉丝肯定大涨，代言的产品也会增加，一个亿就会变成两个亿三个亿。""他能挣这么多？怎么就给你50万？哦对了，是100万，拿到'嗨王'后还有50万。""你放心，不要就是不要，别说三番五次，就是跑上一百次，我也不可能收他的银行卡。""说实话了吧，他是来找你的。""我就没打算隐瞒你，已经来过三次了，昨天是第四次。""真是锲而不舍，他是怎么说的？""你问这些干什么？""好奇啊，同样是搞音乐的，他怎么可以这样？""先是毕恭毕敬地行贿，不成就开始威胁，说要让我吃不了兜着走。我说我怕什么，大不了不做主任评委，离开'嗨王争霸赛'远远的，搞我自己的科研。""老穆你想多了吧，他有多大的本事，能把你怎么样？""是啊，不会怎么样，你就别操心这个了，好好创作你的歌曲。"穆教授摩挲了一下他的头发，回到自己办公桌前去了。骆横继续苦思冥想着献给小海菲兹的歌，脑海里突然涌出一股奔腾的洋流，催动着他跳了起来：我干吗要枯坐在办公室里？这里充塞着桌椅、图书、电脑和其他科研设备，连白花花的墙上也挂满了星云图、爱因斯坦力学图解、卡西尼光影世界和一些难以记忆的方程式，但对他来说却是一片空白，似乎没有一指甲盖可以滋生爱情灵感的土壤。土壤在哪里？在海里，一切的土壤一切的生长都在海里，那里看上去一片空白，事实上却什么都具备，尤其是当他拉琴吹号时，想要什么就有什么。他走过去，背起大提琴，拿起小号，跟平常一样没给穆教授打招呼，就悄悄出去了。

2

上午的海是招手再见的海。海说你不是这个时候不来吗，怎么又来了？可我已经退去就不能再扑过去迎接你了。他用琴声回答着海：需要的就是你的边退边裸。滩涂裸露了，铺了一地的阳光散发着潮湿的金色，那么多蚌蟹来不及随水而去，生命活跃的水洼里，藏满了音乐的灵感。海比刚才明亮了些，碧透的蔚蓝似乎能显现海底的斑斓，是珊瑚礁的世界，七色的碳酸钙和珊瑚虫的结合竟能神奇到让人类汗颜，营造华彩的能力并不是艺术家的特长。"哗"的一声响，有大鱼跳出海面，朝着他呐喊了一声：怎么爱海就怎么爱她，海不是海，海是人和音乐，是你的奔放和缠绵在心灵深处的回放。浪突然升高了，蓝雨在洒向天空的时候变成了阳光与空气的联姻，接着便是动荡，是所有白云的跳水表演，它们扭曲着身子，让数不清的姿影变幻在水与天的甬道里，入水的瞬间，海突然平静了，没有声音，没有水花，风从海面上走过，不是掀起，而是抚平，连涟漪都被抹得光滑平整，只有闪闪的水光组合成偌大的明镜，吸引着观海人的眼睛。他看着海，像临摹一样把每一滴水的清澈镶嵌在了炫动的音符里，琴声变得格外通透，能看到爱情在沉默中高洁着，一如冰宫仙乐。他一边拉一边在脑子里记，重复了几遍就开始填词，心想我为什么是这样的，就不会先写好歌词再谱曲？想试一试，却发现那些记住的旋律与和声已经把歌词带了出来，连贯的律动裹挟着不尽的诗意，让他无法把歌词从曲调中分离出来。那就不去强求了，都是音乐的一部分，尊重天造地设的黏合才是最重要的。他拉着，唱着，反反复复修改着。身后传来一阵脚步声，朱晚到了，骆横听得出来，乐队所有人的脚步声他都听得出来，尤其是小海菲兹的脚步，总是左脚重右脚轻，就像节拍，一下强，一下弱,时间片断相等,循环次序重复,简直就是打击乐。她也来了,但并不能说明她对他怎么样,因为所有的人都来了。朱晚说:"自从你加入'盾构机',没有迟到过一次,更没有缺席过一次,今天怎么了,集体排练时一个人跑来海边拉琴?"骆横没有回答,只是轻轻地说:"有了。""什么有了?""我们的夺冠歌曲,名字就叫《你是我的狂想曲》。""你是不是想复制柴可夫斯基的《意大利随想曲》或者里姆斯基·科萨科夫的《西班牙随想曲》,让我们走致敬历史的路子?""你没听明白,不是'随想曲',是'狂想曲'。""那就是《波西米亚狂想曲》?""那算什么,你听听我的。"说着便又拉又唱起来。小海菲兹尖叫一声:"别唱了,比破锣还破。"骆横戛然而止,脸哗地红了。小海菲兹又说:"我是说大家都别唱,包括我,都不配,曲子太动人了,继续拉呀。"骆横放心地喘了一口气,心说这是献给你的。朱晚说:"琴都带来了,咱就在这里排练吧。"

  这首歌的排练持续了一下午,大家情绪都很高涨,一遍又一遍地过,眼看可以了,没必要再来了,骆横突然说:"这个地方这样唱是不是更好一点?"他用音准无比却差不多每个音都会唱破的嗓子唱起来,是唱给大家的,更是唱给小海菲兹的——就在她说他"比破锣还破"的尴尬过去之后,他突然就想通了,应该把所有的真实和盘托出,破就破,笑话就笑话,我是作曲家,是演奏家,将来还要当指挥家,唯独不是歌唱家,感情和缺憾,本来就是跷跷板上的两头,哪个重哪个轻,就看她认准哪一头了。让他意外的是,小海菲兹不仅没有笑,还制止了高地的笑:"小艾尔曼,你不管管你的人?哪有这样不尊重人的?"小艾尔曼是小海菲兹招来乐队的,自然会听她的,走过去用粉拳捣了高地一下。朱晚听着骆横的唱说:"不错,就应该这样,精益求精。"骆横便又在乐谱上给"流行句"加了一个副旋律。小海菲兹照着哼了一遍,立刻意识到是专门为她修改的,根据她的转音条件,现在唱起来更显功力，也醇厚丰满了许多。她招呼大家过来说："乐器得跟上，一起拉一遍吧。"骆横说："这个地方的和弦不要撑得太开，最好是小提琴拉低音，大提琴拉高音，厚的细的往一起走，最后拧到一起。"说着又在"流行句"前注明了变音记号。肚子有点饿了，不分男女都开始咕噜噜叫，却没有一个人提议去吃饭的，直到连续过了三遍，修改的部分熟练到家以后，朱晚才说："怎么样，结束吧，今天？"小海菲兹说："你不说说那件事了？""明天再说吧。""怕来不及了。""好，那就现在说说。"

涨潮了，"哗"的一声，水花欢天喜地飞了过来，谁也没有躲闪，仿佛浪的打湿是一种幸运。虚浮的海沫带着花的烂漫，在斜射的阳光下跳着集体舞，领舞的是被西天映红的海鸥。黄昏有些凄迷和散淡，仿佛不是海拍打着岸，而是岸走进了海，是淋浴的模样，在漫不经心地抓取着海沫，然后抹得全身都是。但在骆横看来，此刻的浪正在接受他的编排，迎风而起的全都是白花花的二分音符。海的乐谱是如此的辽阔，就需要同类音符的密集列队，才可以掀起大波浪的旋律，雄起的是节奏，壮丽的还是节奏，而且全都是力大无穷的切分音。朱晚说："昨天赛事组委会公布了参加比赛的乐队和个人名单，今天上午就有海水公司的一个女人来找我，说网络投票比的就是刷票，他们有最先进的投票软件和刷票器，可以代理刷票，需要多少就能提供多少，还能雇用水军给我们点赞、热评、控评、转发和分享。我一口拒绝了，要价太高，一张票一块钱，100万张以上还要涨价，因为她说决定胜负的就是百万以上的那些票，我们哪里出得起？再说如果我们不是依靠实力而是依靠投机取巧获得名次，我们就不是音乐人了，粉丝是虚拟的，成绩是伪造的，音乐再好也是垃圾，投机商的鬼把戏我们不能玩。但观众投票就是网络投票，我们又是需要的，比赛的第一阶段和第二阶段观众投票占50%，第三阶段又提高到了70%，没有粉丝的支持，'盾构机'不可能胜出。我跟小海菲兹商量了一下,在参加'嗨王争霸赛'之前,应该有一场热身演出,就在咱学校,主要目的就是圈粉,你们觉得呢?"小艾尔曼说:"太好了,我们可以把准备好的10首歌都唱一遍,看看效果怎么样?"高地问:"在什么地方,体育馆还是礼堂?"朱晚说:"体育馆还得搭台,来不及了,就礼堂吧。"小科雷利问:"需不需要学生会帮忙?"小海菲兹说:"当然需要,如果学生会出面号召学生支持'盾构机',比我们自己吆喝强多了。""那就交给我。"小科雷利的男朋友是学生会副主席,做这点事应该没问题。朱晚说:"现在的情况是学校还没有答应,因为场地和设备都得学校提供,还要向治安管理部门提出申请。对我们乐队穆教授是最支持的,教授里头又是他最有分量,看能不能请他去催催校方?"小海菲兹扭头望着骆横说:"这个就看你了。""我?我去给穆教授说?"骆横先是觉得不合适,他虽然跟穆教授是哥们儿,却不知道对方能帮什么不能帮什么,想了想,立马又觉得合适了,因为是小海菲兹的信任,"好吧,我去说,没问题。"小海菲兹问:"是你去给穆教授说没问题,还是穆教授去给学校说没问题?"骆横说:"都没问题。"小海菲兹笑了:"太好了,我就喜欢你这样的,做什么很痛快。"朱晚说:"他痛快吗?他才不呢。"

第二天,骆横早饭都没来得及吃,就坐最早一班地铁来到阿里斯塔克工作室,扫了地,抹了桌,烧了水,坐在办公桌前翻了一会儿资料,翻到最后一页才意识到,穆教授放在他桌子上的并不是惯常那些有关天体物理和"光音链猜想"的内容,而是几页看不懂的古怪符号,又翻了一遍,还是云里雾里,就丢到一边,打开了电脑,胡乱搜检着,不时地回头看看,望望门:穆教授怎么还不来?往常这个时候,他早到了。等待着,也焦灼着,突然看到穆教授出现了,在屏幕上,有名字也有形象,一个黑色标题把骆横吓了一跳:《隐瞒私生子20多年,著名教授变成著名流氓》。他瞪起眼睛看下去,是一个网名叫"立方水母"的人发的帖子，大意是穆教授有一段不光彩的婚外恋，有一个可以证明他道德败坏的私生子。私生子秉承生父的天赋，成了一名歌手，居然很活跃。但他马上就不能活跃下去了，因为他无法接受现在的父母不是生父生母的现实，他生母生父的堕落往事也会让他无脸再登上舞台。这个帖子的下方，是"纯净巴洛克"公众号的链接，说的是几支乐队演唱风格的异同，其中有施欣萍的"铁碳合金"、铁大钢的"激活历史"、景翔的"浒苔"和另外三支摇滚乐队，评价最低的是浒苔乐队。"纯净巴洛克"说："一种错觉认为，金钱和由此形成的社会优势才是缔造乐手和歌手的摇篮，却忘了仅靠金钱组建的乐队和被金钱包装的歌手，其作用只是让音乐多了一些不该有的垃圾，让人们暂时忘了雾障之后才是光的魅力，浒苔之下才是海的真绿。金钱可以造就明星，却无法造就音乐的灵魂，没有灵魂的音乐形同没有鱼虾的海水，那是死亡之海，是行将就木的声音。""纯净巴洛克"明显是在诅咒浒苔乐队了。评价最高的是深海野兽乐队以及他们的唱作歌手"如此灿烂"，但溢美之后立刻又是隐射式的贬抑："希望我的致敬稳稳地立住，而不要被妖风吹散，妖风来自哪里？谁知道呢？"接着便非常突兀地提到了摇滚巨星柯本，指出他长期对抗海洛因成瘾失败而自杀。"死于同样原因的还有很多，请让我们记住他们的名字，并千遍万遍地遗憾吧……"帖子一口气列举了100个死于吸毒的音乐人名字，其中包括30个超级粉丝，然后是一句设问：如果他们不靠近音乐，也会被"上帝的药物"毒死吗？"曾几何时，音乐表演是卖药表演的重头戏，顶级的布鲁斯歌手和爵士乐手很多都在从事卖药表演，以至于让忧伤而健康的流行艺术变成了'恶魔的音乐'和撒旦的劝谕：'要存起所有的一角和五分，去给自己买点马丽·珍'，'只有一小勺是你珍贵的爱'，'让她进入你的心'。因为音乐与毒品的联袂，骗子和赌徒在运气不佳需要钱时，就会搞一把吉他或贝斯，成为勤奋工作的乐手。据说甲壳虫乐队正是在鲍勃·迪伦的推荐下才开始吸食大麻的，后来在《橡胶灵魂》和《佩珀中士寂寞芳心俱乐部乐队》中晕散而出的迷幻药痕迹便是佐证。历史从来不会留下一个完人，也不会轻易毁掉一个天才，约翰·列侬和鲍勃·迪伦最终都靠着过人的毅力，成功戒掉了毒瘾。可见被罪错放逐的灵魂在得到理想主义的洗礼之后，会因为洁净而变得更加出彩。听说'如此灿烂'和他的'深海野兽'也要出彩了，它的下一首歌叫《再吸毒，毋宁死》，就让我们拭目以待。"

骆横正看着，门响了，惊愕地回过头去，看到穆教授跟往常一样，穿着一件干干净净的白色夹克，一条黑色牛仔裤，拎着一只装满资料的黑一条白一条的人造革提包，神情温和地走了进来。他似乎格外喜欢黑白搭，连架在鼻子上的眼镜也是镜腿发黑镜框发白。骆横站起来，回过身去："早晨好。"穆教授愣了一下，这个忘年交可从来没问过他早晨好："有事？"骆横慌乱地说："没有。"又立马改口道，"说错了，就是有事。"穆教授把提包放到自己办公桌上，走了过来。骆横赶紧扭转腰肢关掉了电脑，拿起几页看不懂的古怪符号说："这是什么音乐，我怎么不会唱？"穆教授吃惊得站住了："你怎么知道是音乐？""它们长的长、短的短、粗的粗、细的细，而且搭配得毫无规则，看着不像是提前设计好的，是即兴画上去的，不是音乐是什么？""学者们研究了几百年才确定它是乐谱，你居然看一眼就知道了。""因为学者们知道得太多，比较来比较去的，我什么都不知道，就知道音乐，看什么都像音乐。""你能唱出来吗？""找到中央 c 不就可以唱了？""问题是人家的音乐有没有基本音级，有没有八度设定，有没有音域音列呢？""问问人家不就知道了？""问谁去？它来自古巴比伦的发掘现场，音乐史家说是人类最早的记谱方式，那时候还没有发明树皮、羊皮、木简这些记录方式，只能画在岩石上，叫作'岩石乐谱'。研究艺术史的学者说它是比史前洞穴岩画还要古老的一种用于舞蹈祭祀的图腾记录。阿里斯塔克团队的马修博士则认为，先驱者10号探测器作为第一个飞出太阳系的航天器，拍回来的图片中就有跟它几乎一模一样的星云组合，如果把作为乐谱的符号组合看成是对星云组合的描摹，就会引出这样一个富有价值的疑问：太阳系之外是否存在一种天然的或非天然的宇宙文明？音乐作为文明的一部分，在更大的空间里，一定有宏大得难以想象的参照系和更加精妙绝伦的创造途径。在这个途径里，时间和时间的艺术作为等同物胶合在一起，也就是说地球之外的音乐传播，也许并不借助于空气，而是暗能量在发挥作用，它在传递声音的同时也传递音乐的形象，传递着一个鲜为人知的'音乐宇宙'。马修博士认为，月球引力在地球表面引发的潮汐现象，很可能只是宇宙引力潮的一部分，'音乐宇宙'正是靠了引力潮的推动来到了地球，但很快就又退去了，运载它的要么是智慧生物，要么是引力潮本身。古巴比伦人侥幸接触到了音乐的潮汐，便把潮汐的一部分或智慧生物的遗弃品当作神赐的圣物保留了下来。从这个意义上说，我们现在面对的宇宙并不是死寂无声，而是宇宙的声音或者叫外星音乐还没有按照潮汐规律到达太阳系内部。需要研究的是，潮汐表是如何制定的？就像人类可以通过计算发现海王星那样，我们也可以通过计算预知第二次引力潮也就是'音乐宇宙'的到来。但不管到来的时间点在人类发展的哪个阶段，我们现在都应该知道，它到底是一种什么样的音乐？你很聪明，可以试试，并不是不能破译，说不定哪一天，等你按照它的指引让大提琴和小号发生不同凡响的声音时，全世界都会大吃一惊，一种从未听到过的音乐诞生了，同时也会让我们了解'音乐宇宙'的模型，它一定会在很大程度上弥补我们的无知，因为我们的未知比已知要多出几亿倍。我刚才说了'时间和时间的艺术等同胶合'的观点，我们已知的时间等同于光速，是不是就意味着作为时间艺术的音乐等同于光速呢？如果是，'光音链猜想'的研究也就等于是'音乐宇宙'

的研究。别忘了'质能同效'公式的巨大涵盖量，$E=mc^2$，音乐是有质量也有能量的，E 是音乐的能量，m 是音乐的质量，c^2 是光速，是不变的常数，永恒不变。"骆横频频点头，却不明白为什么点头：赞同是肯定的，因为没有理由也没有必要反对，但要是让他完全搞懂并担当起破译的任务，那就是另外一回事了，他只能说：不，我不行。他生怕穆教授再说下去，让他摆脱不了音乐之外所谓"光音链猜想"的纠缠，赶紧扭转了话题："我们有件事要求你。""别忘了研究'音乐宇宙'。"

骆横把几页叫作"岩石乐谱"的古怪符号夹进《海的七朵浪花》后大声说："我说了有事求你。""那你还不快说。""你叨叨个没完，我怎么说？'盾构机'遇到难处了，我们都着急死了。"然后就用尽量快的语速说了起来：热身演出啦，不得不在学校圈粉啦，学校迟迟不回复啦。还没提到需要穆教授去催催学校，穆教授就打断了他："行了，我知道你什么意思。"他拿出手机，看了看，自语道："现在的手机是无法保密了。"又收起来，走到自己办公桌前抓起了固定电话，"沈校长，我老穆，说话方便吧？我现在这个样子不便去找你当面说，除非你电话里拒绝。"然后便说了乐队的事。那边说："乐队是几个学生自己成立的，既没有通过团委，也没有通过学生会，学校怎么支持？""这个很简单，让学生会收编不就行了，你不支持是会陷入被动的，只要一参赛，它就代表学校，是青岛大学的盾构机乐队。"又拿音乐多么重要，关系到学校声誉和形象的理由说了半天。校长好像答应了，穆教授扣了电话，坐下，把黑白提包里的资料一一拿出来，很有秩序地摆在桌面上。骆横走过去说："原来你是知道的？看把我紧张的。""我知道什么？""就是你不便去找校长当面说的原因。"穆教授冷笑一声："你怎么看？""真的假的？""肯定是假的，但……"骆横看他欲言又止，又问道："是不是无风不起浪？"穆教授低头不说话。骆横说:"'立方水母'肯定是个靠流量赚钱的网络骗子,他要是造谣污蔑,咱可以报案。"穆教授倏地抬起头:"那你知道他为什么会造谣污蔑吗?这才是重点。""为什么?"

正说着,穆教授的手机响了。骆横挪步想离开,看看穆教授严肃的神情就又停下了。穆教授在免提上点了一下,一个响亮而油滑的声音传了出来,是景翔:"打搅了穆教授,我只是想告诉你,我是一个恩怨分明的人,只要你对我有一点点好处,我会感恩一辈子。但要是你坏了我的事,我也是个牢记仇恨、啥啥必报的人。"穆教授没有提醒他是"睚眦必报",哼了一声说:"你还是在威胁我,就不怕我把你的话录下来?""当然不怕,录音改变不了'立方水母'对你的揭露,它是有毒的,而且是剧毒,关键是它不虚假,猛料还在后头。"穆教授厌恶地"呸"了一声:"你到底想干什么?""还是那句话,想让您给我戴上'嗨王'的桂冠。""我说了我无能为力,27个评委,我只是其中一票,奉劝你把精力花在音乐上,别折腾了半天,结果还是竹篮打水一场空。""结果你不用管,你只要说服你召集的评委投我的票,我立马给你100万,也不分先后了。'立方水母'也可以公开给你道歉,承认自己是造谣诬陷,还可以赔偿你的名誉损失。""你这么说就是逼我撤出了,我完全可以借故不做这个评委。""你以为你一撤,事情就结束了?我告诉你,网上的评论会更多,不用'立方水母'继续揭露,大家都会认为你是羞于露面,更坐实了你隐瞒私生子20多年的事实,等于是你自己完善了流氓教授的形象。到时候你名誉扫地,你那个当歌手的儿子事业终止,儿子他妈无地自容,她的家和你的家也会四分五裂,还有更严重的后果,你自己去想吧。""随你的便吧,我告诉你,你他妈才是流氓,你们全家都是流氓。"温文尔雅的穆教授骂人了,面孔狰狞得就像一匹受到攻击的狼。而那边的景翔却呵呵呵笑起来,一副稳操胜券的样子:"不要气急败坏嘛,什么事都好商量,我给你打电话不就是带着满心的尊重吗？流氓不流氓的，还不就是有人正着看有人反着看，相信我好了，我一句话就能正过来。要不晚上一起吃个饭？有什么话当面说，骂我也行，你是长辈你有这个权利。命运是互相攥着的，你攥着我的，我也攥着你的，请您斟酌。"穆教授沉默着，表情僵硬得就像乐曲一细一粗的终止线后面又多余地赘了一串休止符。景翔又说："要是你嫌我年轻，请不动你这样的大人物，我让我爸请你，他十分钟以后就可以给你打电话。""不用了，我跟商人没什么交道可打。""那就是说你还是愿意我请你？我不是商人，我是音乐人。"穆教授一声嗤笑。景翔说："晚上我亲自开车去接你，你想坐什么车？""我知道你家有一百辆豪车，但我想坐三轮车。""哎哟，三轮车我家可真没有。这么着，如果你实在想坐，我现在就让人去买一辆，为了表达我想跟你交朋友的诚意。还有什么要求？没有了？那我们晚上见。"说着就把电话挂了。

穆教授放下手机，愣了片刻才说："你都听见了，一副商人加流氓的嘴脸，以为什么都可以交换，交换不成就要横。"骆横问："你真的要去跟他吃饭？"穆教授点点头："去当面给他讲道理，我就不信一个音乐人会蛮横到这种程度，但凡有一点点怜悯心，他就会收起自己的话，也会让'立方水母'就此罢休。""他要是不听，继续威胁呢？""你是不是不放心我？要不你跟我一起去？""好。"穆教授笑了："你怎么什么都敢答应？我不会让你去的。""景翔他爸是干什么的，你好像知道？""也是最近才知道，他爸景进金在青岛开发了至少十个楼盘，好像还在投资炼油厂，景泓地产和景泓集团都是他们家的。景翔本质上是个纨绔子弟，靠着家里有钱，就想做顶流明星，称霸流行音乐界，哪有那么容易？""如果他有这样的背景和野心，你还是不要去的好，说服不了他，万一他给你来硬的呢？""既然逼到了这份上，就没有回避的道理，该承担的我都得承担，只要不殃及他人。""那你还是要做好准备，随时打110。"看穆教授满不在乎的样子，骆横又说，"我看网上也有人骂景翔，说他精致的皮囊包裹着的只是一坨屎，那张英俊的公共情人脸上散发着浓浓的铜臭气息，眼睛空洞而乏味，除了邪恶的贪欲之光，什么也没有。他的小鲜肉风采恰好迎合了一些脑残粉丝的无聊幻想。他被无耻的家教教出了加倍的无耻，又被无知的粉丝惯出了超凡的无知。他是在道德缺失的温床上骄纵成性的无良伶优，一朝得势，便会带着所有的下贱与野蛮横行天下。""我也看到过，'纯净巴洛克'在自己的帖子里引用了这则评论，还有分析，说'仔细品味，不像是个跟景翔毫无关系的人，心里满满的都是仇恨，肯定是景翔做了对不起人家的事，人家无处申冤才这样的。朋友们再注意头像：一朵淡红的荷花，网名又叫被侮辱和被损害的，好像是个女的。'"骆横笑道："你要是知道这个人就好了，可以和她联手跟景翔斗。""我也这么想。"

又说了些无关紧要的话，穆教授挥挥手："去吧，别再管这事了，你不是很着急吗？赶紧告诉乐队的人，演唱会可以如期举行，学校会大力支持，要不你现在就给朱晚打电话，就说我说的，青岛大学的粉丝，你们'盾构机'不圈，浒苔乐队的景翔就会圈走，所以一定要好好表演，争取一炮打响。我也会去看演出，最好不要让我挑出太多的毛病，尤其是一些来不及纠正的毛病。"骆横拿起电话，犹豫着。穆教授说："想不起号码了？我好像有朱晚的联系方式。""还是当面说吧，我不想第一个告诉他。""那你想告诉谁？""这你就别管了。"骆横的脑海里浮现着小海菲兹的面影，当他告诉她穆教授说项成功时，她望着他的眼睛突然变得明丽无比，好比"纯一度"转位成了"纯八度"，整个协奏曲顿时有了可以成为灵魂的主奏，让他激动得浑身哆嗦。穆教授说："肯定不是小艾尔曼和小科雷利。""为什么？""据我所知，她们两个已经有男朋友了。""你怎么什么都知道？""我有音乐家的耳朵，又有科学家分析事物的态度和方法。只要我愿意,就没有不知道的。不过也是好事,免得你挑花了眼,剩下的这个是最有音乐天赋,也最漂亮的。"骆横嘿嘿一笑。"目标已经确定,现在只剩下两个字,抓紧。""好,不跟你啰唆了。"骆横转身就走,刚到门口,就听穆教授又说:"回来,回来。"他走过去,看到穆教授从提包里拿出一个硬纸盒递了过来:"不知道你喜欢什么牌子,我就按照我喜欢的买了,手机卡已经装好,本机号码在通讯录里有显示。""给我的?""是啊。""多贵啊,我不要。""你一定得要,谈恋爱没有手机可不行,你怎么献花,怎么拥抱,怎么比心,怎么卿卿我我?现在的人都是从发表情开始走向实际行动的。再说也许我随时会找你,方便些。""怎么用?我不会。""这个我不能教你,你去让小海菲兹教你。"骆横想:也好,她教他时会用眼睛看着他,一双明丽无比的"纯八度"的眼睛会不惜时间地看着他。他假装听不明白,一遍一遍地问,最后她打他一下:"你真笨。"他醉了。

骆横打开包装盒,拿着手机,边捣鼓边往外走,出了教学楼,望了一眼远处建筑工地上的塔式起重机,突然想起了师兄王起,便试着把电话打了过去。对方半响不接。他跷起指头,正要断掉,突然又有了声音:"哪位?"骆横情绪亢奋地说:"师兄是我,我有手机了。""你也该给自己买一部手机了,不然我们没法联系。""不是买的,是哥们儿送的。师傅好吧,你好吧,大家都好吧?"王起说:"好着呢,好着呢。你哥们儿是谁,干什么的,这么大方?""教授。""才多大年纪就当教授了,是个绰号吧?""应该有五十多了吧。""那怎么是哥们儿?是师傅、老师、叔叔、伯伯,你一个人在外面混,一定要尊重别人,搞好关系。""他不把我当小字辈,我也不能把他当大字辈,没事的师兄,我有数,你和师傅都教育过我。""你怎么样?生活来源有吧?没有的话你开口。""有的,有的,放心吧。""要是你觉得不好混,就赶紧回来,师傅现在是南码头桥吊队的副队长,你的事一直搕着没给上面说，有人问起过，他说是你家里有事请了长假。你随时都可以回来上班，你是技术尖子、优秀工匠，不会有人说什么的。再说大家都很想你，想你每天早晨的小号，那就跟鸡打鸣是一样的，小号一响，早晨就到了，集装箱码头新的一天开始了。"骆横心里笑道：那我就不去鸡打鸣了。又说："你和师傅都保重，不要太累了。"王起说："累一点怕什么，工人嘛，我们不累谁累？只要身体好着，有活干，有工资，有奖金，就满足了，不像你，站在……""站在这山望着那山高，不踏实不牢靠是吧？""不不不，是站在码头望大海，目光长远，远得一般人看不见。""师兄会说话了。""我现在顶替你当了班长，各方面都要学着点，包括说话。不过别人一叫我班长，我就想起你，尤其是最近，又要进行比赛了。""怎么现在搞比赛？""南码头、北码头、西码头的技能比赛结束后，因为装卸任务紧，港务局系统的'起重机吊运技能比赛'一直拖到现在，这些天各个码头都在搞岗位练兵，现场比武马上就要开始，你要是回来，就能代表我们南码头参赛，一定拿第一。""我不回去也能拿第一。""危险，北码头出了个雷蕾，西码头出了个宋小珂，都挺厉害。雷蕾在北码头的比赛中获得桥吊第三名，但这些日子她没早没晚地苦练，已经超过第一名了。宋小珂在西码头的比赛中获得第一名，现在还参加训练，状态好得不得了。""好像听着都是女的。""是啊，现在的集装箱起吊细致得就像绣花，所以女的比男的能耐，除了你。""你刚才说北码头的雷蕾？""对了，你们好像认识，她说她听你的小号听了三年，突然消失了，怪难受的。还问那个瘦兮兮的吹小号的工友是不是病了？或者港务局领导干涉，按照规章制度不让吹了？要是后一种情况，她说她可以发动北码头的工人，联名给港务局反映，大家都在听，已经习惯了，不能说停就停，不恢复的话会影响集装箱码头的吞吐量。她跟宋小珂住一个宿舍，也可以撺掇室友学她的样子，让西码头的工人也来个联名反映。"骆横愣住了：

这些他都是第一次听说,那个神奇的眸子带着熠亮的电光和长笛的最高音的"哇哦"师妹原来叫雷蕾?而且还问起了他,还说听他的小号听了三年,还准备联名反映,希望继续听到?王起"喂喂喂"地喊起来:"你怎么不吭声,好像信号不好,能听到吗?""能啊。""你等等,我给你放一段音乐。"手机里很快传来了《海港的早晨》的旋律。"听到了吧,你猜是什么乐器?""不是乐器,是口哨。""不愧是懂音乐的师弟,我给别人听,他们都猜不着,口琴啦,笛子啦,电子琴啦,乱说一气。""谁吹的?""就是我刚才说的雷蕾,她能把你在箱垛上吹过的所有歌曲都哼出来和吹出来。""她会乐器吗?""不会。""你怎么知道?""我当然知道。不说口哨了,你还是回来吧,回来参加比赛,就算是顶替我。""为什么要顶替你?""我参赛的话有点为难,赢了吧,不忍心,输了吧,又不甘心,南码头的人也会说闲话,觉得是我让给雷蕾的。""我也会这么想,有什么不忍心的,这可是比武,是为了南码头的荣誉。""你既然能这么想,那就咬咬牙回来帮师兄一把。""我肯定回不去,这边要做的事很多。""忙得很是吧?忙就好,说明你干得还不错,那就好好干,我也不指望你了,你吃好睡好,别想我们。我也就豁出去了,大不了失去一头,就是吃不准应该失去哪一头,钟一样摆来摆去的。算了算了,不给你扯这些了,班轮到了,我马上就要上去干活。"王起突然哼起了《卡门序曲》,挂了。

骆横收起手机,怅怅地往前走,已经被他放弃也被他遗忘的"哇哦"师妹突然出现了,尽管不在眼前,但好像比在眼前更让他无法平静,脑海里的形象、心里的思念就像对音乐的记忆,一朵飞来的浪花就能唤醒。从来对音乐不感兴趣的师兄王起居然也会哼几句《卡门序曲》了,尽管是走调的扭曲的。但口哨没有走调,一个女孩居然会把她的音乐感觉全部呈现在噘起的嘴唇上。她叫雷蕾,像一条美人鱼一样跳出来,站在了他的天平上:哪个重,哪个重,你快说?没有客观的重量,只有内心的感觉。雷蕾挑战小海菲兹,好比莫扎特挑战贝多芬、肖邦挑战李斯特,似乎都在说请你选择我,而他却一瞬间丧失了选择的能力,眼睛花了,看不清了,耳朵聋了,听不见了,心肠迷糊了,不知道好坏了,再说也没有好坏,连高低错落都没有,只有碰巧的感受:谁给了他更深更幽更痛更美的撞击?他想迎击而去,激动无比却又软弱无力;想张臂拥抱,又发现胸廓狭窄得就像堆场箱垛间的通道。而他是天天面对大海的:浪花,浪花,琴弦上的浪花,号嘴里的浪花,怎么就一点点湿润他的迹象都没有呢?他需要的是大波大浪的淹没,是爱情的海洋对他和他的音乐肆无忌惮的覆盖。遗憾的是,雷蕾和小海菲兹都没有覆盖他,没有啊,甚至连准备覆盖的预期都没有,这叫他怎么办?他向谁投降?向谁跪下?去吻那同样都是仙裙飘飘的石榴裙?他这么想着,一下子就失去了首先向小海菲兹报告好消息的兴趣,沮丧地从口袋里掏出手机,打给了朱晚。朱晚好像激动得跳了起来:"太好了,谢谢穆教授。小海菲兹,听见没有?终于等到好消息了。"小海菲兹说:"我昨晚梦见海鸥了,我一梦见海鸥就有好事,是不是应该通知人,最后再排练一次?"好像只有他们两个人在望海山上,正在忧心如焚地商量着:到底怎么办,演还是不演?骆横说:"还是去海边排练吧,今天天气真好。"朱晚说:"也行,那就吃了午饭再去,这会儿我跟小海菲兹再去跟学校沟通一下。"骆横挂了电话,突然意识到自己忘了带上乐器,便又回身朝教学楼走去。

  骆横取了大提琴和小号,顺路去食堂买了两个馒头,边吃边走,直奔海边。他坐在礁石上,拉了差不多两个小时大提琴,别的人才陆续赶来。最先到达的是小海菲兹,他没有理睬,小海菲兹给他打招呼,他也没有听见,音乐和海浪足够淹没一切声响。只有他的耳朵明白:在琴弓和琴弦的缠绵里,已经混合了小海菲兹的脚步节奏:左脚重右脚轻,一下强一下弱。接着朱晚到了,别的人也到了。朱晚说:"你能不能停一下？"骆横没有停，他以为对方是说给海浪海风的：停一下，停一下，我们需要安静。风走了，海浪停了，骆横还在拉，低音的回环往复如同礁岸永恒的沉思，所有岸边的树都从沉思中长出，用来描画春夏秋冬。突然他拉出一阵鱼尾拍打水面的颤音，接着便罢弓休止，站起来长舒一口气说："我又有新歌了，是一首忧郁哀伤的歌。"他强调着音乐的主题：忧郁和哀伤。朱晚却清浅地一笑，忽略了："新歌留着以后用吧，现在来不及了。下午我们得把节目顺序排出来，明天晚上演出，在学校体育馆，不在礼堂。"骆横问："不是来不及搭台吗？"小海菲兹说："只要学校支持，搭个台子算什么？很快的，几个小时就能起来。再说了，我们也不要求一个具有高端音响效果的舞台。"小艾尔曼和高地说："基本设备还是不能缺少吧？"朱晚说："那当然，调音台、功放器、分频器、混响器、变调器、效果器、均衡器、麦克风、扬声器，一样不缺，我和小海菲兹去学校电教馆看了，虽然旧了点，但都还能用。"小科雷利说："学生会已经开始设计广告了，明天上午就能印出来，我会盯着的。他们说要把主办单位写成学生会，你们觉得呢？"高地问："是不是不这样他们就不支持我们了？"朱晚说："哪个主办无所谓，只要让我们顺顺当当地演出。"骆横说："先排练一会儿，你们再商量节目顺序好不好？我待会儿还有点事。"小海菲兹说："我们主要是想听听你的意见。""我没有意见。"小海菲兹说："那夺冠歌曲呢，排在前面还是最后？"骆横说："怎么还有夺冠歌曲，好像一唱就能夺冠？"小海菲兹迷惑地盯着他："不是你说的吗，《你是我的狂想曲》是夺冠歌曲？""我忘了。"朱晚说："这应该是截至目前你写得最好的歌，一定要排在最后，不然演出就会虎头蛇尾。"高地说："到最后观众说不定都疲倦了，怎么能'嗨'得起来，还是放在前面吧。"小海菲兹盯着骆横说："你定，它是你的'孩子'，你最有发言权。"骆横回避着对方水色荡漾的眼光，淡淡地说了声"随便"，好像他迎合了小海菲兹就意味着对雷蕾的不忠。雷蕾，毕竟是他的第一个单相思的对象，虽然他始终没能让对方接受到任何关于爱的信息，但对他来说，那就是初恋。阳光泛滥着，过于晴朗的天气反而让晴朗变成了看不见的存在，海的蓝色走向了华丽，所有的浪朵和涟漪都成了缀在衬景里的蓝宝石。太阳海正在欢乐，就像汇聚了无数的蓝色动物，奔驰在大原野的坡面上，烟尘似的岚光弥扬而起。骆横和大家排练了不到一个小时，就背着大提琴，提着小号，匆匆忙忙朝回走去。

3

　　似乎是海的启示：没有独立存在的一座浪，浪跟浪从来都是互相关照的，要么一起做峰，要么一起做谷，总是形成一排或一片或一海，忽忽地推进，向岸，向岸。作为哥们儿，他不能丢下穆教授不管，尽管他很怕，怕招来麻烦，怕所有人的不安好心，怕景翔的威胁以及比威胁更可怕的请饭，怕得一想起来就打战，是心里的打战，就像一支没有明显音高的一线谱的曲子，颤颤巍巍地滑动在因为重量而绷直的起重机的绳索上。景翔是个纨绔，他爸是有钱人，至少开发了十个楼盘，还在投资炼油厂，那得多有钱啊？有钱人是什么人？是鬼魅们争相为他推磨的人，是鬼王，鬼王的儿子是鬼公子，这样的人，能好好请你吃饭，还听你讲道理，让你勾出他的怜悯心，然后幡然醒悟：我错了，我收回我的话，也让"立方水母"马上下课？没有的事，既然已经对峙起来了，商人加纨绔的请饭，就一定是鸿门宴，傻子都知道。他心里放不下，想劝劝穆教授：不要去了，万一不是你说服人家，而是人家说服你呢？非要去的话，就把他也带上。他起不了大作用，只会胆战心惊。但，胆战心惊的哥们儿也是哥们儿，在总比不在好，隔着老远，看不见的担忧和焦急，有什么用？万一因为他的在场而让景翔缩手缩脚不敢下毒呢？他总觉得对方会在饭菜或酒水里下药毒死穆教授。再说了，他要避开小海菲兹，为了雷蕾对他的惦记，为了她用心听了三年他的小号并学会了用口哨模仿，为了她希望他继续站在箱垛上吹奏小号的那一点热切，他要避开小海菲兹激赏他的眼光了，要用"哇哦"师妹的电光石火逼退小海菲兹的电光石火了。他大步流星地走着，生怕自己去迟了，穆教授已经离开。突然又慢了下来，看到教学楼前的台阶边几个陌生人正在抽烟说话，身边停着一辆崭新的绿色三轮车。他"哦"了一声：真的是用三轮车来接穆教授的？可是景翔呢？景翔是个光鲜闪亮的人，只要杵在那里，老远就能望见异彩。他左右看看，没看到景翔，就寻思：他肯定进了教学楼，马上就要跟穆教授一起出来，自己还是来晚了，失去劝阻的机会了。不过就一辆三轮车，这几个人还要加上景翔和穆教授，坐得下吗？突然又打了个激灵：请穆教授居然来了这么多人，不会是来绑架的吧？他停下来，又退后几步进入停车场，躲到一辆轿车后面，翘头往前看着，心说：万一真的是绑架怎么办？想着放下大提琴和小号，拿出手机，打开拍摄功能，静静地瞄着前面。这时他听到隔着两个车的一辆红色轿车里，传出了一个女人的声音："不要，不要。"他悄悄走了过去，透过车窗看到，一个男的正在跟一个女的纠缠在一起，女的推搡捶打，男的拥抱撕扯，越来越激烈，都有了脚蹬座椅的咚咚声。他仔细一看，男的居然是景翔，想吆喝一声，又闭了嘴，赶紧举起手机，揉弦一样飞快地动起了手指，一张两张三张，等拍了七八张后，他装起手机，忽一下拉开了车门。景翔扭头看了一眼，只好罢手，趁这个机会，女的推开车门钻出来，整理了一下裙子，朝前跑去。骆横认出了她：阅海楼餐厅勤工俭学的女生、穆教授的学生、双眼皮的咪咪。咪咪沿着教学楼前静谧的林荫道，跑向了十字路口，一拐弯不见了。景翔从车里钻出来，一个耳光扇向了骆横:"你谁啊,坏我的事?"骆横捂着脸后退了几步,转身跑过去,背起大提琴和小号,又跑向了教学楼。他要告诉穆教授:"不能去,不能去,景翔是个大流氓。"但穆教授已经出现了,不紧不慢地从台阶上走了下来。骆横没有放弃表达,来到他跟前气喘吁吁地说着。穆教授说:"他是流氓不用你说,我早就知道。"景翔也是跑步过来的,一脸谀笑地说:"穆教授走吧?是坐三轮车,还是坐法拉利,你选吧,我都带来了。"穆教授说:"你坐什么我就坐什么。"景翔说:"好啊,那就坐法拉利。"说着做了个请的姿势。有个人问:"三轮车怎么办?"景翔头也不回地说:"扔掉。"那几个人便丢下三轮车,相随着景翔和穆教授朝停车场走去,显然他们开来的不是一辆车。骆横喊起来:"老穆你别去。"穆教授回过身来说:"没事的,放心吧。"骆横说:"那我也跟你去。""别,好好准备演出,这才是你要认真对待的。"骆横突然想起自己的手机里还有景翔耍流氓的证据,不能让它处在危险之中,就说:"那我就不去了,你小心点。"穆教授笑着摆摆手。骆横又说:"随时给我电话。"穆教授说:"知道了,忙你的去吧。"

  这天晚上,骆横一直待在阿里斯塔克工作室,不时地看着手机上他拍的照片,吃惊地发现:居然清晰得出乎意料,不管是背影还是侧影,都能看出是景翔和咪咪。而且也能看出这个流氓在干什么。这可是真凭实据,一点造谣诬陷的意思都没有。看了几遍照片,心情好了许多,便打开《海的七朵浪花》,不停地写起来,先写了默记在心的那首忧郁哀伤的新歌,是布鲁斯风格的,有一点新潮头上的复古,完了依然觉得乐思如潮,便一口气又写了三首歌。10点钟,他给穆教授打了个电话。对方说:"该说的都说了,待会儿就回去。"骆横说:"我在工作室等你,有重要的事。"但直到下半夜2点多,才有了穆教授穿过走廊的动静。他本来是趴在办公桌上迷迷糊糊睡着的,灵敏的耳朵让瑟瑟的脚步声变成了定音鼓的猛烈敲打,他跳起来迎了出去,一股酒气扑面而来。"你喝酒了？"脸色红扑扑的穆教授点着头走进了工作室。"酒里没毒吧？""这种时候请我喝的酒都有毒。""你这么说就证明你没醉。""我又不是傻子，怎么能让他们把我灌醉？"穆教授疲倦地坐到办公桌前，打着哈欠问，"什么重要的事？""我给你看个东西。"骆横来到穆教授身边，打开手机，亮出了景翔作孽的照片。穆教授惊讶地看了半天："你是怎么拍到的？为什么不早告诉我？""来不及了，正要告诉你，你就走了。""你还给谁看过？""我能给谁看？本来想发到网上，还没学会怎么操作。""幸亏你没学会，要是传出去，毁掉的不是景翔而是咪咪，景翔肯定会说他跟她是正常亲热，别人无权干涉。""咪咪在推搡挣扎，最后逃命一样跑掉了，怎么可能是正常亲热？""那就需要咪咪自己站出来告发他，而且是在造成后果的前提下。""还需要什么后果？""比如有证据证明已经构成强奸，或者导致怀孕。""耍流氓不算有罪啊？至少他是猥亵吧？""那又能把他怎么样呢？""这么说我白拍了？""也不是，照片的用处只有一点，就是可以作为筹码，提醒他不要太过分。""那就好，鸿门宴你是怎么对付过来的？急死我了。""你打电话时我已经把道理讲清楚，只答应了他们一件事，就是把我自己的这张票投给他们，条件是'立方水母'立刻删除造谣污蔑的帖子，公开道歉，保证此后不再就私生子的问题再生事端。景翔当然不会罢休，指着一起吃饭的一个女人说，让她给你讲讲，你不答应我的条件有多么愚蠢。那女人30多岁，一身黑，喜欢吃肥肉，却瘦得像一支单簧管，说话也像单簧管破了吹口后走风漏气的样子，张口就说我们海水公司已经决定，这次比赛的刷票重点是景翔，这个决定意味着他一定是粉丝投票、点赞、热评和转发最多的一个。既然粉丝这边的胜出已成定局，你做个顺水人情，说服评委抬举抬举他，不费什么力气，就能把好事办成，何乐而不为？说着给我拱手作揖：大教授你就成人之美吧，人在江湖，低头不见抬头见，说不定哪一天你会用得着景翔和我呢，我们都不是等闲之辈。我直言不讳地问她，你干这种事到底能挣多少钱？她说你怎么能打听人家的商业机密？我又问你们挣一单还是挣两单，是就推景翔一个，还是会一次推出好几个？比如第二第三名和所有入围的名次也都需要你们帮忙吗？她说这更是机密中的机密，你不该随便打听。我说我已经明白了，用不着你回答，只要歌手或者娱乐公司找到你们，你们都不会放过，钱这么容易挣，你恐怕已经身价过亿了吧？她用鼻子轻蔑地哼了一声，像是说'过亿'算什么？我又问海水公司在什么地方办公，我以后好去拜访她，问了几遍她都不说。我就想连办公地点都成了机密，算什么正经公司？不想让人看见，那就不是人，是鬼。我说'刷票鬼'还是收敛一点，你可以去别处刷票，千万别玷污了音乐，音乐是神圣的也是干净的。'刷票鬼'嬉皮笑脸地瞪我一眼，低着头只管吧唧吧唧吃肥肉。我说我这么说你，你怎么不生气？她说我只要能把钱挣到就行了，生什么气？景翔看我还是不肯答应，又请来一个叫卫秋的主任评委，苦口婆心地劝我，我才知道他打算收买的并不是我一个。我假装喝醉了，哼哼哈哈的，在他们看来是答应，在我看来是打了几个臭酒嗝，不会认账的。评委里头我召集来的差不多有一半，怎么可能都给景翔投票呢？现在就更不可能了。""你打算怎么办？"穆教授兴奋地说："他们送我回来的路上我还不知道怎么办，现在知道了。"

穆教授当下让骆横把照片转给了他，仔细看看，又发给了景翔，还写了一段话："你收回'立方水母'的造谣污蔑，我保证不把你的照片泄露到网上，算是扯平吧，不要再打我的主意，我是一个有操守的音乐人。"半个小时后，景翔回复了穆教授，也是几张照片和一段话："正在进行时，我们全程录像，没漏掉一个细节，扯不平的，我的照片你随便处理，发给你的照片也需要随便处理吗？等你回话，你只有三个小时的考虑时间，时间一过，要是还得不到满意的回应，就不要怪我不客气。"穆教授愣怔着,似乎怕骆横看到照片,迅速关掉了手机,埋头想了一会儿,又打开手机,放在了骆横面前。照片上一个男人闭着眼睛裸躺在床上,身边站着也是全裸的三个女人,有个女人正在抚摸他,几张照片显示了从不同角度拍摄的淫乱场面。骆横问:"这是谁?""铁大钢。""干什么的?""歌手,激活历史乐队的灵魂。"骆横皱起眉头想了想,又看了几眼照片说:"我应该是见过他的,在管风琴酒吧,他的标志是长头发、高个子。"穆教授点点头说:"是我让管风琴酒吧的人请他们去演唱的。""他不会就是'立方水母'说的你的私生子吧?"穆教授沉默了一会儿说:"我的声名脸面无所谓,私生子的问题也可以辩解,问题在于,一旦水落石出,就等于我为了自己的干净泼脏了别人。他这一招太阴毒了,戳到了我的软肋上。我可以毁掉我自己,但我没有权利毁掉铁大钢,尽管把柄是铁大钢自己提供的。""那怎么办?"骆横沮丧地一屁股蹾在了穆教授对面的椅子上。两个人枯坐着,都想着对策,似乎又都没有想,因为除了穆教授的妥协,并没有别的办法。穆教授突然站起来,走向墙角,那儿立着他的大提琴,他背起来说:"你不困吧?陪我去拉一会儿琴。"骆横默默地背起了自己的大提琴。两个人出了门,骆横问:"去哪里拉?"穆教授说:"不吵人的地方。"

  天正在放亮,海的一半黑一半白就像穆教授黑白分明的喜好。赭色的礁石上夜潮的痕迹如同涂鸦艺术的杰作,用各式各样的图案显示着潮湿与干爽,什么污脏都没有,被海水洗涤过的干净就像原始的冰体,在清凉中沉默。秋天了,秋海烂漫,浪水变得更加天真而纯粹。水面凹陷着,托起一抹焰火,无声地起伏飘摇着,渐渐升高,太阳正在起床,伸着懒腰,打着哈欠,燃烧出现了,云翳的灿烂连带着海的灿烂,金风浩荡,徐徐地拉开帷幕,显示着半圆的球体待出的壮丽,接着便是光,是海浪在光色中的腾挪跌宕。突然发生了分娩,有个带翅膀的孩子凌空而上，太阳脱离了海的肉体，漫天飞翔，天际线的乳白顿时变成了黑蓝，又变成了金蓝。潮水安静了，贝壳里传来海的哭泣，是《殇》的旋律。穆教授和骆横的演奏已经开始，他们好像站在世界的尽头，正在召唤海风呼啸而过，细诉着看不见的忧愁和一种痛彻心扉的丢失。音乐的守望是如此的坚定而缠绵，却不知道守望的是什么，只知道大海正在溢出心海，一边是忧伤，一边是祭吊，黑依然黑着，白依然白着，《殇》依然殇着，一遍又一遍，指法的运用、摆弓的样子、身体摇晃的姿势，甚至哀恸的表情和眼睛的眨巴，全都是天然一致。穆教授停下了，轻轻喘口气说："你拉得比我好，有比我更深挚的感情。"骆横说："还是你拉得好，你拉出了比我更多的内容。""你的音色绝美而纯净，我多少夹杂着一些庸俗的气息和沉渣般的乱音，完全不可取。"说着感叹一声，"经历太多太复杂的人，是不适合搞音乐的，我已经回不去了。'盾构机'要好好演唱，景翔可以控制评委，但永远控制不了听众，听众应该属于你们，属于真正的音乐。"说着看了看表，"时间到了。"骆横瞪着他：你要回复吗？穆教授起身把大提琴放到琴盒里，拿出手机，打开，只发了三个字："你赢了。"骆横说："你怎么不提钱的事？"穆教授点点头，又发了一句话："收起你的100万，我只是为了铁大钢。"景翔的回复很快，好像胸有成竹，早有准备："别以为我是个一无是处的人，我已经请求我爸，以景泓集团的名义赞助你的科研。我从网上查了，你正在研究的项目是'光音链猜想'，好像还有个'音乐宇宙'的破译，但我看不懂是不是一回事。"穆教授又写了三个字："不需要。"骆横忽地伸出手去，抓住了对方就要点下去的食指："为什么要把话说得那么绝？别理他就是了。"穆教授诧异地望着骆横，想了想说："听你的。"骆横说："再拉一会儿吧？我们两个很难在一起拉。""也听你的。"他们拉起了《我心永恒》。浪来了，在几乎淹没他们的时候，又退去了。琴声是浪潮的伴奏，伴奏到最后，就分不清哪是琴声哪是浪响了。

盾构机乐队的演出引起的轰动在青岛大学的历史上前所未有，体育馆里挤满了人，有本校的，也有校外的，主办者和演出者原来的想法是能坐满三分之一的座位就不错了，也就没有印制门票，结果不仅座无虚席，连过道里都站满了人。不能不佩服学生会的号召力，照朱晚的说法，就是"还是官方有力量"。学生会印了几十张胶版纸的彩色广告，贴向了食堂、宿舍楼和各个学院，余下十几张，被小科雷利的男朋友、学生会副主席沈泽派人贴到了校外。广告上有乐队全体成员的形象，有一个大大的象征音乐的高音谱号"G"，有"'盾构机'秋季演唱会"和"青岛大学学生会主办"的字样，好像乐队还会于其他季节在本校演唱似的。沈泽还把广告发到了网上，据说阅览和转载的次数超过了公共课考试的复习提纲和学校的放假通知。整个演唱会，10首歌曲轮番上场，一首比一首嗨，唱到第五首时，全体站了起来，就再也没有坐下，年轻的观众、精力充沛的莘莘学子，扭着，晃着，双手挥着，尖声叫着，节奏，节奏，还是节奏，人类对节奏莫名其妙的兴奋在这个场合表现得淋漓尽致，然后就是被驯服和被俘虏的感觉，是豁出去让你随意摆布的放松，一种巨大而无形的力量控制着在场的所有人，让他们全体一致地有了对"盾构机"的膜拜与疯狂。节奏，节奏，还是节奏，音乐的魔法竟然如此轻易地左右了集体主义的灵魂，原来它比任何一个孤独者更加软弱而缺乏定力，它只是一团可以随便抟捏的橡皮泥。回荡的旋律被节奏裹带着，撞向了四壁，却没有像海浪一样粉碎，又被坚韧的节奏完完整整带向了空旷的头顶，那么多挤在一起的黑色头顶。如果有人相信除了音乐之外，还有更强大的力量能让所有人不经过排练就完成整齐划一的动作，那就不是在地球之上了。尤其是最后一首被想象为夺冠歌曲的《你是我的狂想曲》，竟然让全场轰轰烈烈地跺起了脚,然后就是潸然泪下,许多人都哭出了声,尤其是那些喜欢放肆尖叫的女生,现在又把自己交给了呜呜咽咽的悲伤,那是来自音乐深处的感动,是海洋一样辽阔的属于所有人的悲伤。

> 为了看到你从远方走来的身影,
> 我变作起重机的桥架,
> 却发现遍地都是秀丽如你的花。
> 你是花的精灵,正准备出发,
> 去海洋那边,看看风景,采撷烂漫,
> 捧来清香的红果和架着鸟巢的枝杈。
> 看啊,我的长臂伸向港湾,
> 钢索缓缓落下,瞄准美丽的集装箱
> ——我的钩挂,我的不落之霞,
> 我不知道说什么你才能懂我?
> 我是一滴水的海,你的浪芽。
>
> 为什么只有你才是我的爱人,
> 我的狂想曲?

　　朱晚的音色清朗而圆润,像极了晴日里的海阔天空,小海菲兹却尽显温柔和甜美,在抑扬婉转的歌声里,能感觉到她把自己的形象天衣无缝地融入了旋律。小艾尔曼和高地的小提琴一直在高音谱号上华丽地奏响,熟练的炫技让骆横的作曲风格有了配得上乐器皇后的浓浓的浪漫主义味道,显得有些张扬有些有恃无恐。而骆横却把大提琴的伴奏限定在中低音的位置上,朴素而有力地从自然大调开始,一步步向和声大调过度。人们发现,当声乐的高音响起时,他的伴奏就像海水倒流，听着远了，却又近了，瞬间的潮汐涌动让音乐持续在一个有厚度也有宽度的过程里。突然，高音出现了，是大提琴的高音，小提琴似乎要争抢而上，却又戛然而止，小科雷利、小艾尔曼和高地的伴唱带着绵厚而柔韧的混声，袅然而起。

> 但你还是远逝而去，悄然而去。
> 我看到集装箱的山脉穿过洋流之峡，
> 看到方形和矩形正在隆升为礁岬。
> 我是轮胎吊的变形，我要追上你，
> 我是履带吊的推进，力量来自液压，
> 我的起吊让一间间铁屋迤逦巍峨。
> 港口锚地，自然箱的累计中，
> 我看到美人鱼的小石洞灯火灿烂，
> 海沟之上是你的兄妹你的鱼虾。
> 美目惊然一瞥，你瞄准了我，
> 觊觎在水草里，一只丑陋的海獭。
>
> 为什么只有你才是我的爱人，
> 我的狂想曲？

这是一个主唱不唱的间隙，朱晚和小海菲兹立刻把小提琴架到了脖子上，挥弓加入了稍微有点繁复的间奏。大提琴仍然是依依相伴的和弦，骆横的跳弓开始，短促、轻巧、铿锵有力。协奏曲风格的乐器演奏至少持续了一分钟，切分音的出现让节拍突然有了变化，清朗和甜美的声乐再次响起，朱晚和小海菲兹又开始弃弓高歌。

我是海，狂想着淹没所有的陆岸，
而你却静守着篱栅，
让它栖满了白鸦；
我是浪，狂想着拍碎横亘的蚌岩，
而你却移情于远古，
那潮退后的奇葩；
我是风，狂想着吹翻四季的楼厦，
而你却刷白了幕墙，
鲜艳了遍地红瓦；
我是沙，狂想着形成无边的大漠，
而你却悄悄地藏住，
喜马拉雅的海马。

为什么只有你才是我的爱人，
我的狂想曲？

就在这时，小科雷利、小艾尔曼和高地的小提琴分成了三个音调，朱晚和小海菲兹的歌唱分成了两个声部，而骆横的大提琴却在三个音调之间娴熟地跳跃，左右逢源，音音相照，不时会出现顿弓技巧的表演，含蓄、沉稳、顿挫分明，看上去有点手忙脚乱，实际却有条不紊，耳到，心到，手到，一张一弛，全在预设好的轨道上。

我是诅咒，是啸叫，是肃杀，
你却以聋哑消解所有的可怕；
我是摇滚，是金属，是爆发，
你却以休止免除震天的嘈杂。

我想伴你走过生的海角死的天涯，
怎么可能只有羞怯到无语的情话？

看啊，我们的桥吊，
那些力大无穷的挺拔，
正在吊起"人"的重量，
是亿万吨的起落，
为了装载和平与幸福的思想之匣。
没有战争，没有凌辱，没有虚假，
我们的世界到处都是爱情之家，
没有仇怨，没有欺诈，没有浮滑，
所有人都在垒造爱情的金字塔。

为什么只有你才是我的爱人，
我的狂想曲？

五把小提琴和一把大提琴在 C 大调上的齐声尾奏让音乐冲向了火火灼灼的天际线，音符的燃烧伴随着海水的浇熄，歌曲在稳稳的主音齐响中结束。体育馆一片寂静，就像飞奔的时间进入了没有空气的宇宙，骤然消失了所有的声响。但接着又是时间的返回，空气的动荡和掌声的爆发淹没而来，夹杂着吼喊与尖叫——男生与女生的疯狂撒娇成了演唱会真正的尾奏。穆教授来到台上对大家说："不要走，都不要走，我有话要说。"亢奋的乐队成员们也没有走的意思，好像接下来要演出第二场。大家坐下了，就坐在钢木结构的台阶上，喝着粉丝们送来的饮料，仰望穆教授给他们点评："两个主唱的独特风格还不够凸显，要用每一个转音和移调强调你们自己，重要的是不要想到别人,哪怕他是马利、迪伦、柯本、凯莉、布朗,我提到这几个人是因为我总能从你们的嗓音里听出模仿的痕迹,更不要想到比赛,就是单纯的唱歌,精益求精地唱好每一个音符,就是你们最应该做的。相比之下不时出现的伴唱反而显得更有特色,也更加自我,他们唱出的不是任何大明星的声音,而是仅属于自己的音乐灵魂。乐器部分的特点不用我多说,弦乐合奏的魅力被你们演绎得到位而高妙。你们没有钢片琴、架子鼓,没有木鱼、三角铁,没有一样打击乐,却能释放出如此强有力的节奏,你们是没有节奏的节奏,是旋律本身带出的节奏,最强的节奏来自一把大提琴,它是双音节奏,也就是高音和低音同时发出的节奏。你们挑战了流行音乐乐器的单一和固定,改变了贝斯、吉他、架子鼓外加键盘的老四样模式,让旋律乐器重新获得了定义,它不仅是旋律线的基础,也是和声与节奏的基础。要紧的是,你们不能形成另一种单一和固定,所以要变化、变化、再变化,一把琴就是一个世界,演奏家就是要挖掘这个世界的丰富多彩。今天的功放、混响的效果不错,但扬声器和效果器的作用不是很到位,但愿比赛的舞台上,会有更完美的设备。最重要的我还没说,'盾构机'有可能成功,因为它有最好的作曲家,当然歌词也不错,虽然不是最好的。"穆教授说完就走了。大家愣愣地望着空旷的体育馆,兴味盎然地回味着他的话。骆横打了个哈欠说:"该散了吧?"他好像比别的乐队成员要冷静许多,甚至假装没听见小海菲兹的赞叹:"穆教授说对了,如果我们能成功,就一定是作曲家骆横的功劳。"朱晚说:"这是毫无疑问的,但现在我们还不能正式把骆横推出去,他得暂时淹没在乐队里。"小海菲兹问:"为什么?"朱晚说:"'盾构机'是个校园学生乐队,骆横不是咱学校的学生,显得乐队不那么纯粹,很可能会影响中学生和大学生给我们投票。"高地说:"外界迟早会知道。"朱晚说:"等'嗨王争霸赛'结束,我们获得了名次,再主动说出去,也许效果会更好,说不定学校会因为他是'盾构机'的主创,破格录取到艺术系当学生呢。"小科雷利说:"当老师都有可能,假如我们真的成为'嗨王'的话。"小艾尔曼问:"那我给别人怎么说,总不能吹牛吧,说是我写的歌?"朱晚说:"就说是集体创作。"又问骆横,"可不可以,你暂时委屈一下?"大家都望着骆横。骆横一笑:"随便。"

  骆横去教学楼的工作室放好大提琴和小号,不紧不慢地朝校外走去,一出校门,左右看了看,这才意识到公共汽车和地铁已经停运,自己只能走回去了。走了几步又想,那得走到什么时候?最快下半夜到家,睡两个小时又得返回,不如打个出租车吧,不堵车的夜路,20分钟就能到家。可打出租车至少得30多块,他还从来没有为回家睡觉花过这么多钱。要不就不回了,在工作室的椅子上凑合一晚上?他站在灯光下正犹豫着,一辆黑色越野车开过来停在了他身边,司机伸出头来说:"喂,兄弟,我送你回家。"他走近了一看是景翔,不禁浑身抖了一下:"你怎么知道我要回家?""你是穆教授的人,有关穆教授的一切我都调查得一清二楚。"他一连后退了几步:"你走你的,我不要人送。""怕什么,我又不会吃了你。今天晚上的演出我看了,非常棒,本来以为是穆教授的作曲作词,问了穆教授才知道是你,等了你好一会儿,想跟你商量件事。""什么事?""上车吧,路上慢慢说。"骆横走到车窗前,朝里看了看,还是不肯上车。景翔说:"我是五体投地地佩服你,你别想的太多了,都是音乐人,一听就知道谁有真才实学,谁是虚张声势。"骆横猜忌地瞪着他那张被灯光映照得白闪闪的面孔说:"音乐人跟音乐人是不一样的。""这个我比你更明白,你是拍照的人,我是被拍的人,差距是没法弥补。好比我有钱,你是穷光蛋,差距也是一个在天上一个在地下,永远颠倒不过来。"骆横一惊:他不是来报复的吧?景翔友好地一笑:"别以为我会跟你计较,你除了写歌厉害,别的恐怕都是小儿科,拍几张照片就能吓到我?我跟女孩在一起的照片多了，还有裸体的，要吗？我发给你。"说着，拿出手机，果然发过来一张他跟一个半裸女孩勾肩搭背的照片。骆横拿出手机，看着照片问道："你怎么知道我的手机号？""这能难倒我？你肯定会想，都是同样的照片，怎么就能毁掉铁大钢而毁不掉景翔呢？告诉你吧，这就是有钱没钱或者钱多钱少的区别，加上老天爷给了我一张天仙配的面孔，我就是放个屁，天下的忠粉也会觉得是香的。这么给你说吧，你要是把我的不雅照发到网上，10分钟之内，你的微信号就会被人封掉，忠粉里头什么人没有？我代言产品的那些公司也会想办法。就算封不掉，四面八方的水军几分钟之内就会把你淹到海底深处，谁也看不见。我要是把铁大钢的不雅照发到网上，10分钟之内就会上热搜，铺天盖地的网曝面前，他只有死路一条，要不然怎么连穆教授也会向我妥协？我是什么人，你以后慢慢就会知道。""我为什么要知道你？""为了音乐，我在这里黑天半夜等你，也是为了音乐。"说着下车，给骆横拉开了车门，"你家在哪里？""你不是调查得一清二楚吗？金家岭冰箱小区。"骆横说着，坐了进去。

等车一开，他又后悔了："什么事？你赶紧说。""那我就直言不讳了，想请你离开'盾构机'，来我们'浒苔'。""怎么可能呢？""没有不可能的事，你开个价。""我在乐队是最不重要的一个。""谁信？只要你往那儿一杵你就是中心，一台大型钻探机，事先知道宝石在哪里，对准了使劲钻就行了。我说的宝石就是观众的心，旋律一出来，心就被打动了，当代的歌曲作者没有一个像你这样熟悉观众的音乐细胞，知道用什么样的节奏能让他们安静，也能让他们狂喜和喊叫，还能让他们哭泣，连寻死的念头都能勾出来。你绝对是唯一的，要是来我们乐队，加上我们雄厚的资本，不光'嗨王'是我们的，有生之年的所有音乐桂冠，都可能是我们的。""看来不是我想多了，是你想多了，我写的歌能唱就不错，怎么能抱那么大希望，我又不知道观众需要什么。""那就是说你是无意中做到的,你是天才。而我是什么,我是伯乐,你不投靠伯乐投靠谁?"骆横望着窗外的街景,寂寥的灯光如同无人弹奏的音程,忽上忽下地排列着,似乎五线谱的延伸进入了沙漠,没有绿植,没有灵物,也没有罡风浩荡,只有并不会发声的星光缠绕在上面,让寂寥变得更加寂寥。景翔说:"你说话呀,听见了没有?到底来不来?"骆横想着音乐,心说明白了,如果把寂寥想象成挂起的夜灯,一个小节只有半个音,而且都是音数为零的纯一度,从C到C,从D到D,再加上缓慢的单拍子,是不是就能产生无声的音乐?或者说让音乐去表现深旷到死寂的无声?其中城市白天的喧嚣是最恰切的背景,因为离开了城市就没有真正的寂寥。景翔说:"怎么不说话?""说什么?""我的话没听见啊?你还牛逼起来了,想听听我现在怎么想吗?想杀了你,杀了你的话至少有半数音乐人会拍手称快,因为你肯定会妨碍到他们,本来他们是第一,现在这些第一都不存在了,包括我和我的浒苔乐队。所以你要么投靠我,要么就去死。"骆横看到越野车突然拐向南边,以最快的速度朝海边开去,转眼就到了石老人海水浴场。这里是灯光的死角,是墓茔一样的虚无,海里翻卷着恐怖的浪,沙滩正在变作诡异的海底,涌动的黑暗拍打着凝固的黑暗,干什么都不会有人看见,甚至都不会留下痕迹。骆横有点害怕,紧张地望着窗外,突然灵机一动:"你说让我开个价,我开了价你不兑现怎么办?""只要跟钱有关,我就不会不讲信用,钱对我是什么?就是海水浴场的沙子。""真的?那这样好不好?我抓一把沙子,数一数有多少粒,一粒一块钱,那就是我开的价,而且今天晚上就得兑现,明天你变卦了怎么办?""一粒才一块钱?你也太小看我了吧?""我会一把抓起一座沙山,不信是不是?马上抓给你看。"越野车猛地刹住了车。几乎在同时,骆横打开了门,跳下去,抓起一把湿润的沙子,扔向了驾驶座的车窗玻璃:"去你妈的。"撒腿就跑,大声说,"要死你去死。"

景翔钻出车门,喊道:"我吓唬你呢,你当真了?"黑夜的掩护让骆横转眼不知去向,他又回身上车,追了过来,眼睛在找人,没看清前面,一声巨响,越野车撞到了沙滩边缘的石墙上。

声乐复调
不沉的蓝鲸号(作品第7号)

咸水的螃蟹、淡水的蛤蜊,
礁洞里铺起干海草的温床。
用树皮修补救生衣的浮标,
为的是抵御太平洋的巨浪。
险些粉碎险些被毒果害命,
一声惊叫抹掉了所有的丧。

1

骆横没有回家,又原路走回青岛大学,在工作室拼起三把椅子,似睡非睡地蜷缩到天亮,爬起来,坐到办公桌前,翻开《海的七朵浪花》,写着昨天到今天贮藏在脑海里的乐思,等着穆教授的到来。他急切地想给穆教授说说昨夜的遭遇,笔下的节奏不知不觉变得急骤起来,是风暴中的进行曲,唰啦啦的天水拌和着哗啦啦的地水,风是上下扫打的,纵向发展的和声音程几乎膨胀到极限,谱号后面和音列之间画满了升高降低的变音记号,不断增减的度数和音数显示着大浪潮的气势,虽然谱表一再地变幻,但加线之后还要加线,音域消失了,好比超越光速之后失去了速度。突然,所有的山峰渊谷都被一阵飓风抹平,只剩下一串基本音级的自然排列,在简单朴素的"标准音"的高度上恋恋不舍地回荡着。骆横扭过头去看看,站了起来:怎么还不来,穆教授?他合上《海的七朵浪花》,来到校园里,随随便便走着,希望一晃眼就能看到穆教授:他被崇拜他的学生围住了,或者正在给几个青年讲师聊着让他们莫名其妙的"光音链猜想"。正在左顾右盼,手机响了,赶紧从裤兜里掏出来,一看是朱晚,就有些失望,都不想接了。朱晚说:"你怎么还不来?我们都在望海山上等你。""我以为今天不排练了。""怎么可能?昨晚穆教授讲了那么多,能改的我们必须改,千锤百炼没什么坏处。""那你们就先排练着,我有点事。"朱晚的手机被小海菲兹接了过去:"有什么事?我看见你在校园里晃悠,喊了你一声,你不理我。"骆横说:"我没听到。""不可能,谁不知道你有一双超灵敏的耳朵,肯定是故意的。""怎么会呢?我在找穆教授,可能注意力太集中了。""找到了吗?""还没有。""那你去家里找啊。""我不知道他家在什么地方。""生活区的教授之家,具体哪栋楼,你打问一下就知道了。"骆横挂了电话,朝生活区走去,心说自己这是怎么了?见不到穆教授就像丢了魂似的,尽是胡猜乱想:他不会是生病了吧?不会又被景翔叫走了吧?这个美男子加流氓加无赖加杀人犯(未遂)的人,有没有可能通过威胁穆教授逼我为他写歌?要是他敢这样,我就杀了他,用我的音乐。可惜世界上还没有一种让人一听就气绝而亡的音乐,或者说他还没有碰到过。真的没有碰到过?涌然而出的乐思不服气地打断了他的想法:这是什么?你试着写出来,看它能不能如你所愿?他于是就在脑海的记事簿上写起来,是连续不断的小三度的根音和忽增忽减的三和弦以及七和弦,能感觉到暗淡的色彩越来越浓,不协调和不稳定的紧张感迅速袭来,白光闪烁,痛感临身,血色飞溅,是音乐本身具备的内容,还是他过于敏感和内心的渴求过去强烈?突然,"鬼音"出现了,忽高忽低地加入了旋律,颤抖的音符动物一样嘶鸣着，接着又是另一种从高音降落到低音的活跃："鬼音"裂变着，原子的链式反应迅速滋生出无数更加诡异的"魅乐"，时强时弱地击打着他的全部感觉。一个想法油然而生：就算景翔不死，也得让他失去所有干坏事的精气神，就这么厉害。可为什么是"鬼音"和"魅乐"，它们从何而来？他一时找不到出处，却又不承认是他的发明创造。那就是无中生有，是从天地海洋、旮旮旯旯里凭空冒出来的，一冒出来就不知不觉以他做了载体，让他感到心惊肉跳，好像他可以创作一种音乐之外的音乐，可以拿一种阴险恐怖的黑色乐思穿透所有的意识障碍，占领阵地一样占领别人的心。他转身就跑，跑回工作室，趴在办公桌上，捉着笔瑟瑟地写起来。他觉得如果不记下来，自己就会刻录在脑海里，就会时不时地影像而出，左右他的行为。好像对他来说，写歌有时候反而是为了遗忘而不是为了记住。尤其是今天的音乐，万一他受了委屈对着别人唱起来怎么办？那可就对不起音乐对不起天地良心了，哪怕他是景翔。他随心所欲地写着，却半句也不敢哼出来，也没有想到什么时候拿去海边无人的地方试着奏奏和唱唱，想到的仅仅是忘、忘、忘，赶紧忘掉这些异想天开的音乐，忘掉对恶人景翔的感谢——要不是他的使坏他怎么可能会有"鬼音"和"魅乐"的灵感呢？一口气写了好几页和弦，然后抬起头想了想：果然忘掉了，再也想不起来了，那就好，那就好，也用不着感谢景翔了。他迅速合上《海的七朵浪花》，再次来到了校园里。

半个小时后，骆横站到了穆教授的家门前，敲门的结果他完全没有想到：一个漂亮女人跳出来，指着他的鼻子说："你就是骆横吧？你还找上门来了？也好，你把话说清楚，老穆是你什么人？你管他叫什么？"骆横呆愣着。穆教授从里面出来说："你疯了？我不是给你说了他是同事吗？""同事？这么年轻，他懂什么'光音链猜想'？他知道阿里斯塔克是谁？""可是他懂音乐，他在音乐上可以做你我的老师。""他的音乐是哪里来的,遗传了谁的基因?私生子。"穆教授又愤怒又无奈地摆摆手:"你冷静一下,别给我丢人了,好歹你也是个搞音乐的,就不能把自己想得高雅一点?"又问骆横,"有事吗?"骆横点点头:"外面天都塌了,你怎么还在这里?"穆教授推女人进去,快速关上门,拉着他走向了电梯。女人追出来说:"回来,回来,说清楚再走,我知道你大提琴拉得比谁都好。"电梯门开了,又关上了。穆教授长舒一口气,朝骆横做了个鬼脸。

  他们来到校园里。穆教授苦涩地一笑说:"谢谢你救我出来,看见了吧,我现在是内外交困,外面有景翔的胁迫,家里有老婆的逼问。""你不是已经答应景翔了吗?他还想干什么?""虽然'立方水母'的帖子已经删除了,也道了歉,但我老婆是不好哄的,总说无风不起浪,非要我承认不可。""你老婆叫什么?我可以在网上搜搜。""你搜她干什么?""看看她都唱过什么歌?""你知道她是歌手?""看脸就知道,两腮厚厚的,那是习惯鼓气的原因,再说还有眼睛,看着挺凶,其实是装出来的,真正的味道是淡蓝色的香气,那是升d自然小调的味道,没有剑拔弩张的意思。""停停停,你说话怎么怪怪的?眼睛居然有味道,味道又变成了音乐。""大教授,你连这个都不懂?女人的香艳都是从眼睛里跑出来的,我一看到女人漂亮的眼睛,就能哼出旋律来,比如刚才,从我脑子里走过的是一段七彩浪跟七和弦的调子。"说着便哼起来。穆教授惊呆了:"你怎么能哼出它来?它是我老婆唯一的创作,已经多少年没哼了,我爱上她就是因为她在哼这首歌。""她只要一哼就特别漂亮特别温柔,是不是?音乐都是写在眼睛里的,比如我看你的眼睛就像看威尔第的《茶花女》,说明你一定刻骨铭心地喜欢《茶花女》,《茶花女》对你来说就是音乐本身。""说得挺靠谱,没想到你还有穿越时空的本事?""再说你老婆,能写出这么好的音乐的人,怎么可能只创作一首?""嫁给我她就不创作了,她那时是青岛歌舞团的女高音，会弹钢琴，我去给歌舞团做编曲指导，第一天就听她在哼唱，也算是一见钟情吧。""可见是你害了她，也害了你自己。""又被你说对了，一生孩子，腰身稍微粗了一点，她就不愿意上舞台了，开始学化妆，后来又做演唱服装的设计，慢慢就开始跟我唠叨，天天找事，整个一个事儿妈，害得我和孩子根本不愿意待在家里。""这事好解决，你让她继续搞音乐，整天在舞台上风光，她就不会跟你叨叨了，她叨叨的原因是无聊、郁闷、精力过剩。或者一回到家你就让她唱歌，让她的歌声先把她自己感化成一只乖乖狗。"穆教授摇摇头说："她冲我唱过，《路边的野花不要采》《我只在乎你》什么的，唱着唱着就会吼起来：老穆你做没做过对不起我的事？""那你就反唱，怼回去。""唱什么？《大刀进行曲》啊？""唱这样的，从主音 b 开始的，带着小三度音程和升 d 自然小调的。"说着便哼起来。穆教授听着，突然停下脚步，瞪着他，用多少有点夸张的语气说："我一听就不错，柔柔的又尖尖的，好像游走在血脉里，在人的灵魂深处春风化雨，很有力量，是一种瞬间能够降服旺盛肝火的那种力量，怎么音乐的教化和治愈对你来说就跟拔根头发那样容易？你接着哼，我学学。"说着便学起来，一连学了几遍，又被骆横纠正了两个转音，这才接着往前走，不禁感叹一句，"到底我是你的老师，还是你是我的老师，现在真的说不清了。"骆横谦虚地移开了话题："你孩子呢，怎么没见？""在北京读研究生呢。""也是搞音乐的？""哪里，你说怪不怪，我跟她妈都是搞音乐的，居然生下了一个五音不全的孩子，不喜欢音乐不说，还反感所有的艺术，唯一的爱好就是开车，一个女孩子，连 30 米的拖挂车都敢开，就差开飞机了。""那她现在读什么专业？""轨道交通。""城市里的有轨电车早就淘汰了，读这个专业有什么用，考古啊？""你坐过火车没有？""我就没离开过青岛，坐火车干什么？""你连火车都没坐过？那我今天就给你说说火车，它是靠翅膀行驶的一种交通工具，穿云过雾比飞机飞得更高，乘风破浪比轮船走得更远……"骆横呵呵一笑："比宇宙飞船呢？是不是更快？别扯太多了，说说最要紧的事吧，作为朋友你绝对不能瞒我，我可不愿意做你老婆眼里的私生子。""我正要对你说呢，我有私生子的事你相信吗？""看你在景翔的威胁面前害怕成那样，我当然相信。""那就继续相信吧，相信铁大钢是我的私生子，我也希望这样。""听你的话，好像也可以不相信，到底是不是呢？"

穆教授望了望蓝天白云，沉默了一会儿，又去路边的自动售货机前买了两瓶矿泉水，递给骆横一瓶，把自己的一瓶一口气喝干，才叹息着说起来："铁大钢的母亲是我国第一代摇滚歌手，天分很高，嗓音条件在中国摇滚界是超一流的，吉他弹得也特别棒，如果不是理念跑偏，肯定是那个年代流行乐坛的大姐大。她信奉极端、反叛、逆行、不信、不屑、不羁，唱歌是这样，行为举止也是这样。铁大钢是她的第一个孩子，但她并不知道孩子的父亲是谁。我跟她都是青岛大学的青年讲师，因为喜欢音乐，关系很好，可以说在公开场合，我是唯一一个跟她经常来往的人。但我跟她不一样，比较保守，喜欢文静、含蓄、古典美的女孩（我老婆结婚前就是这样的），严重不喜欢她的做派，尤其在性爱问题上，开放和乱来是我唯一的回避，心理和生理都在回避，不可能跟她有任何瓜葛。后来她欠了一些赌债，被迫离开青岛，去了外地，后来又去国外经商，走时把不到两岁的孩子塞给了我：'你是个好人，暂时照顾一下吧。'我还没说同意，她就跑了。我那时已经结婚，老婆才怀孕不久，怎么可能接受一个说不清来历的孩子？就托付机车集团总装厂的林青暂时照顾一下。林青是孩子母亲的铁粉，正在跟我学拉大提琴，一听说是偶像的骨肉，一口就答应下来。她是总装厂的机电工人，已经结婚，却被医生断言为'子宫先天性萎缩，不能生育'，她喜欢音乐，做粉丝和学拉大提琴就是想填补一下没有孩子的空虚，没想到最终填补空虚的依然是孩子。一个星期后她给我打电话说:需要'暂时照顾'的话就算了,你今天就来把孩子抱走,我们要的是长期抚养,也就是把他当成自己生养的孩子。我说这事我可做不了主,得跟孩子的亲妈商量。但我去哪里商量呢？亲妈杳无音信,连她家的人都不知道活着还是死了。这么着,我就自作主张答应了林青的条件：一是断绝孩子跟他亲生母亲的一切关系,二是对孩子的身世要严格保密,任何时候都不能告诉孩子他不是他们亲生的,他另有生母生父。几年后,摇滚歌手突然出现在电话里,问起她的孩子,我没办法隐瞒她,只好一再地劝她永远不要去打搅孩子和他养父养母的生活。我不知道这一对工人夫妻用什么办法把孩子的户口落在了自己家里,只知道孩子叫铁大钢,有遗传的音乐天赋,他们对他好得无以复加。林青跟我偶尔会有联系,说的事情也都跟铁大钢有关,比如在他上大学需要择校时,她咨询过一些问题,我建议让孩子考音乐学院,但他们最终还是让孩子选择了西南交通大学,理由是搞音乐的话孩子容易学坏。铁大钢大学毕业后被招入机车集团总装厂技术科工作,后来又辞职组建了激活历史乐队,打算自谋生路。林青紧紧张张给我打电话,问我怎么办？我的回答是：无条件地支持他,不然就是浪费人才,是扼杀灵性,一个人的天赋多么难得,只有百万分之一的概率,好不容易有了,做父母的怎么能阻止他发展呢？不能因为有音乐人堕落就担心所有从事音乐的都会堕落,放心吧,他学不坏的,我保证,音乐本身就有净化作用,只要他稍稍有一点自律意识就不会走偏。这一次林青和她老公听了我的话,拿出所有的积蓄,又卖掉准备给儿子结婚用的房子,凑起来交给铁大钢让他购置乐队所需要的一切。我特意去四方公园看过'激活历史'的演出,确定我的想法没错,作为吉他手的铁大钢很棒,乐队没什么可挑剔的,不仅声乐和键盘、架子鼓、吉他、贝斯是一流的,所有的演出设备也是一流的,没有几百万拿不下来。乐队四个人，都能唱，一般唱三个声部，铁大钢是高音、键盘手是中音、贝斯手和架子鼓手是低音，听起来浑厚结实得不可限量，是我看到的国内最好的摇滚乐队之一，有点'地下丝绒'和'滚石'的味道，还能让人联想到'长江''黄河''牧马词''敕勒歌''竹枝词'这些中国音乐的元素，但又跟那些历史的经典判然有别，带着中国前工业时代的粗朴与哀愁，也带着后工业时代的艰难与渴望，其中有积淀，有爆发，有风云际会的亢奋，也有经受挫败时的迷茫，听他们的音乐，能看到废弃的厂房、林立的烟囱、粗硕的管道、锃亮的机车和通天的轨道。我看了很兴奋也很欣慰，铁大钢绝对可以比肩甚至超过他的亲生母亲了。就是没想到他也会堕落，难道这方面也会有遗传，是基因在起作用？虽然可以肯定，铁大钢一定是陷进了景翔的圈套，但毕竟是他自己不检点不干净，才给人家提供了拍摄不雅照的机会。"

穆教授长叹一声，从骆横手里拿过喝剩下的半瓶水，咕嘟咕嘟喝干了又说："我现在搞不明白的是，景翔怎么会知道铁大钢的身世，而且十分明确怎样利用这件事才会让我全面妥协，让他得到所有的好处？他知道我会全力保护铁大钢，我跟林青两口子一样，不想让铁大钢知道自己的来历，更不想让那些不雅照流传出去，毁了他的前程。退一万步讲，关于私生子，逼得我不得不说的时候，我也能说清楚，因为实际上我跟铁大钢没有一毛钱的关系，是经不起DNA鉴定的。但铁大钢的不雅照却是明打明的，怎么解释都没用，那就是一个公众人物的严重堕落，在我们国家是不允许的，为这种事栽了跟头，从此销声匿迹的明星不是一个两个。我现在是想力所能及地压住这件事，但很可能适得其反，就算满足了景翔想当'嗨王'的愿望，也并不能保证'立方水母'的帖子不会再次出现，更不能保证景翔从此不会再拿铁大钢的不雅照做文章。这是攥在景翔手里的两大法宝，只要有需要他立马就会抛出来。一旦让铁大钢的父母知道他们付出一切养育的孩子最终成了一个人人痛斥的大流氓，那就是要了他们的命。音乐人都在一个平台上竞争，谁都想把自己的名气搞大，如果有一天，景翔意识到铁大钢和他的'激活历史'妨碍了他和他的'浒苔'，所有我们经历的要挟就会再次出现。"穆教授不说话了。骆横哼起了此刻掠过他脑海的一些还无法衔接成曲调的乐段，突然停下来问："要是杀了他呢？"穆教授苦涩地一笑："是啊，遇到这种事，人都会想到让他去死，很多时候很多烦恼，都是因为坏人不死才造成的，可情绪的无效宣泄又有什么意义呢？不说这个了，说说你的事，你来找我干什么？"

骆横说起昨晚演出结束后发生的事，穆教授说："怪不得景翔一早打来电话说，你差点害死他，幸亏他的车是加装了强力保险杠的。他要我劝你只为他一个人写歌，条件让我提，我拒绝了。""他怎么说，是不是又在威胁你？""这次倒没有，也许他意识到，我宁肯牺牲铁大钢，也不会牺牲你，你对我来说是最最重要的，是名副其实的宝藏音乐人，等同于我的音乐和物理。"骆横受宠若惊地"啊"了一声，立刻又哼起来，是一段节奏缓慢的乐思，带着无边的迷茫和深沉的思索。正入神地哼着，手机响了，他拿出来一看，是小海菲兹的来电，不禁神经质地抖了一下。小海菲兹说："穆教授找到了没？""嗯。""那就好。我们排练结束了，改了几个地方，到时候一说你就明白。又商量了一下，目前我们'盾构机'最缺少的恐怕还是粉丝，小科雷利的男朋友答应印一些小型广告，让我们去街上散发。广告下午就能印好，朱晚跟小科雷利一路，去前海崖栈桥一带，小艾尔曼跟高地一路，去台东步行街，我跟你一路，去五四广场和奥帆基地，咱们中午在食堂见，商量下怎么散发。"骆横赶紧说："我不去。""你不去食堂？""我不去散发广告。"穆教授在旁边忍不住说："去啊去啊，为什么不去？"骆横说："我们又不认识那些来来往往的人，人家凭什么做我们的粉丝？"小海菲兹说："粉丝非要认识啊？听歌就行了呗。""肯定不行。""那我们才能有几个粉丝?""干脆这样,我回一趟集装箱码头,给师傅和师兄说说,只要他们愿意发动,那儿的工人就都能当我们的粉丝。"小海菲兹高兴地说:"我跟你一起去。""不,我要一个人去。"他像孩子一样紧紧张张说着,挂了。穆教授说:"你是怎么回事?人家女孩主动约你,你居然拒绝了,你到底是怎么想的?""没想什么。""是小海菲兹吧?把手机给我,我给她说。"骆横后退了一步:"老穆我实话告诉你,我已经有喜欢的女孩了。""谁?会拉会弹还是会唱?""会吹口哨。""口哨?当然,也算音乐,她是哪里的?""不想告诉你。"说着就走。穆教授说:"我知道了,是集装箱码头的。原来你早就有了,你没给我说实话。"

  骆横避开了一个跟小海菲兹单独在一起的机会,也就是避开了自己对她曾经的幻想,不,不仅仅是曾经的,也是现有的,那种举手投足间显露出的"嗨c"一样不同凡响的美,那双小提琴e弦上的标准音一样透亮而敏锐的眼睛,一刻也没有离开过他的迷恋。恰到好处的迷人而醒目着的还有她的身段,更有她的音乐,不然他怎么会认为只有她的歌声和琴声才是《你是我的狂想曲》的最好诠释呢?也许正是因为幻想不灭,他才有了如此决绝的举动:一方面是执意回避,一方面是深情投入。他要回去了,因为他的心室容量有限,只能让一个人的身影占据他的思慕,而更加清晰也更有分量的,显然是那个在他离开码头后还会问起他的女孩,那个专心致志听他的小号听了三年的"哇哦"师妹,那个准备联名写信希望让小号继续悠扬的雷蕾。他坐着公共汽车,穿越海底隧道,走进闸口,踏上了集装箱码头的地界,想着如何让师兄王起带他去北码头见见雷蕾,然后告诉她:小号是吹给她的,她是他的音乐,是意志和灵感的来源。又觉得不能这样,无论时间过了多久,都没有抹去唐突而莽撞的意味,凭什么他认为自己有理由去见她,而她也愿意见到他呢?他倒吸一口冷气:那怎么办?

办法是现成的,告诉师兄自己的真实想法,让他先去牵个线,然后再见面,彼此心照不宣,就自然多了。但如果连这个也做不到呢?他发现自己只要离开音乐就总是瞻前顾后的,彷徨来彷徨去,所有的主见便会离他而去。那就还是拉出音乐来说话吧,看他到底来对了还是来错了?当然来对了,因为他主要是来拉票的:请求师傅和师兄帮忙,动员集装箱码头的所有工人都来做"盾构机"的粉丝。

他行走在熟悉的码头上,看到岸桥似乎比过去更加高大了,伸臂过去,能摸着云彩,能托起太阳。龙门吊依旧在轨道上滑行,却显得更加滞重而沉勇。彩色的集装箱占据了最重要的空间,就像天神的积木迅速变幻着搭建的形状,到处都是魔幻的俄罗斯方块。装载机和汽车吊却在高垒不止的箱垛间灵巧地穿梭着,像一些小只的精灵见缝插针地抢拿着东西,这里拿起那里放下,距离都不会太远。码头又增加了一些新设备,一种更先进的跨式运输车吊正在炫耀超凡的技能,让骆横目瞪口呆了好一阵。两艘超巴拿马型的轮船停靠在泊位上,卸箱的忙碌吸引了平板车的来来去去,在码头前沿通往堆场的路上火车一样行驶着。港池内开满了花,是涟漪之花,遍布在所有的水色上,散发着只有港口才会有的漆香和铁香。鱼对铁锈似乎有一种情人般的钟情,船体边的小鱼密密麻麻。被钢铁围堵的大海驯服地平静着,但码头上的人都知道,越平静的海越有摧毁一切的威力,柔软是水的本色,也是形成强大压力的前提——随时都在断裂却又永远不断,力量就在断与不断之间蓄积着,发酵着,随后便是沉着而缓慢的推搡,地壳在移动,码头也在移动,几十年前的钢筋块垒已经错开了好大一个缝隙。他往前走着,不时听到有人从高高的起重机驾驶室里伸出头来喊着问:"骆横回来了?"他不回答,只是点着头,招着手,音乐在脑海中升起,是一首几近完整的艰辛之歌——浸透着汗渍的劳动民谣,一种强大而激进的工业运动,一个海边隆升起岸桥林的全过程,其中有吊机和轮船的影子,有被码头塑造过的海的形象,也有无数头戴各色安全帽的工人的形貌。显然已经是今非昔比了,过去天天在码头上,可从来没有过如此令人难以言状的乐思,只是幻想着做个指挥家,让岸上的机械、海上的轮船和海陆两栖的集装箱发出既铿锵有力又符合音乐规范的声响。现在他仿佛深入到了音乐内部,不可遏制地驱动着音符发散出斑斓的舞蹈之光,跳起来,跳起来,所有的都在跳起来。他来到自己开过的桥吊下,仰望着40多米高的驾驶室。王起正在操作左右两个手柄,一手移动着主梁中段的前小车,一手调整着钢丝绳的长短,吊具迅速走向前伸臂,又朝船上的箱垛摆去,不到一分钟,一个巨大的超标准集装箱就被他轻轻抓起,稳稳吊向了中转平台,然后又被后小车吊起,放进了岸桥下的平板车。王起伸出头来,朝下喊着:"你上来吧,今天任务紧,我下不去。"他早已看见了师弟,就是腾不出时间来打招呼。

  骆横沿着扶梯上去,走进驾驶室的一瞬间,不禁长喘一口气:"我回来了。"王起手脚不停地工作着,问道:"不会再走了吧?""哪里,我只是来看看的。""还要走啊,咱集装箱码头有什么不好?""师傅呢?""昨天有三艘班轮要离岸,他忙了一夜,今天倒休。""真不巧。""有事?""先说说你的事吧,怎么样,比赛?"王起告诉他,港务局系统的"起重机吊运技能比赛"已经结束,集体项目的比赛是南码头第一,北码头第二,西码头第三,个人项目的比赛是北码头的雷蕾第一,南码头的王起第二,西码头的宋小珂第三。"为什么不是你第一?""很多人都这么问我,我想说的是,为什么人家不能当第一?""对啊,雷蕾第一我也高兴。""我给你看看她比赛那天的视频,真叫棒,能够媲美的,也只有你。"王起说着拿过放在挡风玻璃前的手机,递给了骆横:"你自己打开。"又说了密码。"你的手机不是没有密码吗?""那是以前,现在必须有。""为什么?""你看了就知道。"他打开王起的手机,撞入眼帘的首先是一张女孩的彩色照片:瀑泻的黑发、白色的安全帽、淡蓝色的改制工装、带着电光和长笛最高音的神奇眸子,就像他第一次见到她一样,不禁在心里哆嗦了一下。"你怎么会把雷蕾的照片放到手机里?"王起没有回答:"打开看啊,视频在相册里。"说着左手朝前一摁,窗外的吊具缓缓下降着,咔嗒一声,锁住了集装箱的四角,然后稳稳起吊,箱体投影在水里,就像一条巨鲸正在经过。海在脚下流溢,港池变成了一眼巨大的涌泉,仿佛澎湃的洋流便是从青岛黄海港开始。西斜的太阳照射着,风的劲吹有些恣睢,在水中掀起的不是波浪而是光谱,海面六彩飞扬。骆横脸色变了,瞬间变白又瞬间变黑。他不仅看了视频,也看了相册里别的一些照片,有雷蕾的单人照,也有王起跟她的合影,大概都是自拍的吧,有一张他的嘴放在了她白皙的脸上。王起不时地扭头看看他,并不再提起比赛的视频。因为看不看视频并不重要,重要的是他用这种办法向师弟宣告了自己的恋爱。骆横心说自己真是太笨了,从师兄会哼几句《卡门序曲》和赢了不忍输了不甘的事情上,他就应该猜测到真正的原因。他感叹一声:"真没想到。"王起得意地笑着:"没想到吧?我也没想到,太传奇了。北码头有个喜欢她的桥吊班长,看我去找了雷蕾两次,就把我堵在下班的路上,警告我不要再去北码头。这算什么呀,我能听他的话?又不是吓大的,我也是个男人,偏要去。原来是准备打一架的,却被雷蕾化解成了一场比赛。雷蕾说,你来得正好,我已经告诉我们班长,你们两个掰手腕,谁赢了我就允许谁今晚约我吃饭,还可以一起看电影。说着就把班长从桥吊上喊了下来。结果我赢了。雷蕾说看样子你也是个窝里害,掰不过那个女歌手施欣萍,却来我们北码头逞能,还凶得像个大白鲨。我说大白鲨算什么,为了你,我就是山呼海啸。"骆横佩服地回味着师兄的恋爱经历:主动出击,不怕得罪,也不惧难堪,连打架都敢迎头而上。突然问:"你说的那个女歌手施欣萍是怎么回事?"王起说:"她是来找你的。""我不认识她。""那肯定是小号搭的桥,她远远地听见了,一打问,就来了。人挺漂亮的,看着就像个明星,力气也很大,一来就跟我们掰手腕,奇了怪了,没有一个掰过的。我输了,雷蕾也输了,哦对了,就是她来找你的那天,我见到了雷蕾,听说她是北码头的,就想要是不能大着胆子追她,我就不当桥吊司机了。"王起说着,拿过手机来,一边操作着吊机,一边熟练地拨通了雷蕾:"干吗呢?我师弟回来了,就是那个吹小号的,今晚咱们一起吃个饭吧?"雷蕾的反应首先是惊喜:"哇哦,他现在还吹小号吧?好长时间没听到了,挺想的。""那就这么定了,晚上老地方见。""没定没定,我马上就走,还有事呢。"骆横喊起来。王起说:"他就在我身边,我问他有什么事,完了再联系你。"雷蕾说:"他肯定不愿意当电灯泡,那就另找一个吧,我把宋小珂叫上,她最近情绪不好,像是跟她男朋友吹了,就是西码头的那个娃娃脸指导员。我觉得吹得不值得,想劝劝她。她喜欢黑色、紫色、绿色、瑰红色,指导员喜欢蓝色和白色,就是蓝天白云的意思,两个人都不妥协,都想把结婚房装修成自己喜欢的样子。我说这还不好办,结婚房是男方家买的,以他的喜好为主,家具是宋小珂的陪嫁,以她的喜好为主。他们不听,吵了一个月,等到不吵的时候,男朋友女朋友都悬了。""好吧,我们劝劝她。""怕就怕其中一个是故意闹别扭,为了吹掉对方找借口,那就不好办了。""不会吧?你不是说他们两个已经相好很长时间了。""这年头意料之外的事情还少啊。对了,你明天可不可以调休,我们去'东方船舶'怎么样?""干什么?""听说他们搞老项目竣工、新项目上马的庆典,完了以后有演出,广告我都看了,有铁碳合金乐队,领头的就是施欣萍。""你要想去,我陪你呗,不过还得看天气,网上说有台风。""咱不管台风,只要演出不变,就去看。"王起答应着挂了电话,问骆横:"你真的要走?"两手不停地活动着,集装箱的吊运依然在继续。骆横言不由衷地说:"祝贺啊师兄。"他忘了来集装箱码头的另一个目的:希望师傅和师兄动员码头工人都当"盾构机"的粉丝,匆匆告辞师兄,从桥吊上下来,目不转睛地朝闸口走去,几乎是落荒而逃了。

2

直到公共汽车穿过海底隧道,走走停停行驶在闹市区时,骆横才回过神来:师兄和雷蕾,都是桥吊司机,一个在南码头,一个在北码头,隔着港池相望,连风连鱼连吊臂都愿意给他们牵线做媒,他骆横又有什么不痛快的?师兄对他那么好,他应该高兴才对,怎么可以妒忌怨恨呢?这件事情上千万不能心态不正常。更何况雷蕾从来没有属于过自己,她跟师兄的牵手也许对自己是件好事,他从此就可以勇往直前,再也不必瞻前顾后了。他想着,突然笑了一下,毅然拿出手机,拨通了小海菲兹:"我从集装箱码头回来了,你这会儿在哪里?"小海菲兹犹豫了一下说:"你不来我们又变了一下,小艾尔曼跟高地一路,小科雷利跟他男朋友沈泽一路,沈泽愿意帮忙,巴不得的样子,我跟朱晚一路,刚去了五四广场,现在正在往奥帆基地走。你要是有事,就不用来了。""哦,是这样?那好吧。"他挂了电话,又想,我还是去找找她吧,也许她生气了:打什么电话,你不是不愿意跟我在一起吗?他下了公共汽车,又拦了一辆出租车:"师傅,去找小海菲兹。""什么小海菲兹,青岛有这个地名吗?""哦不,说错了,奥帆基地。""你说的小海菲兹恐怕是帆船的名字吧?奥帆基地最近来了许多外国运动员,他们的帆船都是这种名字,布拉格号、海德堡号。""对对,是帆船。"他说着不禁有些伤感,他想起父亲的帆船"远方号"了,想起在夏威夷周边海域失踪的郭翔和帮助父亲制造了帆船的蓝师傅。蓝师傅说平稳性能、耐波性能、快速性能完全符合标准。她说的既是帆船也是父亲,父亲是个标准的男人,敢想敢干,觉得自己一定能找到偶像郭翔,跟着他去实现用最快速度绕地球一圈的理想。那么他骆横呢?是不是个男人?是啊,是啊,一个被音乐武装起来的男人,正在超音速地奔向帆船竞翔的浮山湾,狂想曲的旋律伸展而去,缆绳一样勾住了一艘洁白的帆船"小海菲兹号"。"小海菲兹号"逐浪在奥帆基地的水域里,是波峰上的星光,带着迷人的闪烁和梦幻般的音色,召唤着他。他回应着爱的音乐和海的伴奏,来到她面前,拉起她的手,跑向情人坝,在白色灯塔的见证下,告诉她:你是我的了,小海菲兹,我也是你的了。请收下我的表白:从此以后,音乐、大海、青春、生命,全部等同于你,因此光爱你是不够的,还要为你而活,为你而死,为你而音乐,为你而喜怒哀乐。车停了,他推开门,撒腿就跑。司机在后面喊:"车费呢?"他又返回去,红着脸说:"对不起师傅。"

　　他付了车费,大步流星往前走,先是进了门,再是穿越基地广场,广场边的泊位上,你推我搡地排列着数不清的帆船和一些小型游艇,如同速度极快时值极短的音符集中在一个乐段里,而且又都是一个八度内的七和弦,密集得让人应接不暇。游人如织。他的眼光在人群里弹奏着,没有漏掉一个音符,却不见小海菲兹的身影,抬头望去,绵长的情人坝就像一串浪音符号上的延音线插进了大海。他加快了脚步,拾级而上,左顾右盼着走向坝体尽头的灯塔。没有,没有,没有。他喊起来,用破锣嗓子的最高音,让"小海菲兹"这几个音变成了风在草丛里游走的声响,好像气息总是聚不到一起,沙沙沙,沙沙沙。灯塔到了,绕了一圈,又绕一圈,还是没看到,突然意识到:不会是发完广告,回学校了吧?干吗不打电话问问呢?他掏出手机,拨了过去,手机放在耳边的同时抬起了头,这里的海面没有山岛的阻拦,一望无际，连表示短倚音的小八分音符都没有。对方不接，如同空旷的海，五线谱断了。再一次拨了过去，还是不接，突然又接了："喂，喂，你说话呀。"他感觉听到声音的不是贴着手机的右耳而是左耳，传来声音的地方也好像与手机没有任何关系。他循声低了一下头，立马就有了一阵本能的后退，休止符，休止符，怎么会是休止符？他看到接电话的小海菲兹就坐在情人坝下面的石阶上，面朝大海"喂喂"着，他不能回答，也没有力气回答，因为他在她纤细的腰肢上看到了朱晚圈起的臂膀，朱晚坐在她身边，用一种绝不敢在校园里做出的大胆姿势，让她沉浸在恋恋情歌的意境中，也让她歪斜在情人坝的要求里：你必须依偎，紧紧地依偎。被风打扫干净的石阶上，静静坐着的就他们两个人。她已经不"喂喂"了，因为骆横已经挂了。她收起手机，跟朱晚说着话，依偎得更紧了，一定是细语绵绵的情话，温柔而甜蜜。阳光斜射而来，海潮正在退去，骆横又一次落荒而逃。

他穿过情人坝，心情不是沮丧，也不是失落，甚至都不能用绝望来形容，因为最严重的状况出现了：一瞬间的不知所措之后，他脑海里突然显现出一片空白，没有了音乐，居然没有了音乐，为什么？他停下来，使劲晃了晃脑袋，还是没有，这是怎么回事？我失去的并不是音乐啊。但事实上，这一天他一连失去了两个爱人，同时也失去了音乐，似乎他的所有音乐都是"哇哦"师妹和小海菲兹的馈赠，得到爱与失去爱都是一种看不见的暗能量，后者因为是极具破坏性的负能量，带来的结果必然是音乐宇宙和音乐粒子的大撕裂与大逃离。他跑起来，想迅速回到学校，背上大提琴和小号，去向大海索要音乐，去向浪涛的无间歇运动乞讨自己一直以来如潮如涌的乐思。他没有意识到，如果在他看到小海菲兹的瞬间，勇敢地扑过去，一把将她拉入自己的怀抱，一切就又会是另外一种模样：世界照样美好，阳光依旧灿烂，音乐和海洋会一如既往地涌动。因为百分之八十小海菲兹会丢开朱晚选择他，她的爱情刚刚开始，朱晚的表白也就出现在他到来之前一个小时。他愤怒地思索着：朱晚怎么能这样？明明知道他喜欢小海菲兹，而且还替他向她转达了他的询问："如果有人喜欢上你，你会怎么办？"他不了解的是，朱晚从来没有替他询问过小海菲兹，爱情是自私的，"盾构机"的男声主唱同样喜欢这个楚楚动人的女声主唱，也像骆横一样"相思始觉海非深"了很久，从暗恋到明恋，就像一首从低音到高音然后再进入稳健中音的乐曲。就在骆横在情人坝上给小海菲兹拨打手机时，朱晚正在说："你觉得骆横这个人怎么样？""挺好的，天分挺高，我挺喜欢。"朱晚唉叹一声说："搞音乐没什么问题，但就是不知道什么来历。""来历重要吗？""你说呢？如果真的就像'立方水母'说的穆教授有私生子，很可能就是他了，不然穆教授怎么会莫名其妙地把他安排在自己的工作室呢？他既没有学历，又不懂天体物理和'光音链猜想'，连阿里斯塔克是谁恐怕都不知道。""穆教授好像给别人说过，骆横可以破译'音乐宇宙'。""你不觉得这只是个笑话吗？十个爱因斯坦加起来，恐怕都不能破译'音乐宇宙'。'音乐宇宙'在哪里？就凭一个连大学都没上过的骆横，连门都摸不着。学校迟早会干涉的，将来怎么办？我真替他担忧。""担忧什么？""他现在还不是学校的正式职工，穆教授只能从科研经费里拨给他一定的生活费，就凭这点收入，连吃饭穿衣都不够，怎么可能安身立命、养家糊口？当然你会说他可以靠音乐赚钱，但私生子的事情会严重妨碍他，他现在什么都不是，没人跟他计较，一旦有了名气，成了公众人物，立刻就会有人把他的老底扒出来。这样的人，怎么还能一直站在舞台上，让观众欣赏他的音乐呢？音乐人是需要光华靓丽的，不光外表，还有身世，像你我这样，堂堂正正。我之所以要让他淹没在乐队里，不想把他推出去，主要也是考虑到他的私生子身份对乐队的影响。""可我们不能淹没人家的功劳，他作曲作得那么好。""再好也只能待在幕后，永远给别人提供名利双收的资本。我希望咱俩跟他搞好关系，将来能帮就帮他一把，比如我们用了他创作的歌，可以付给他比别人更高的报酬。""那首先得我们自己有钱。""我们两个在一起搞音乐，还能缺钱吗？""不过骆横有点怪，好像不愿意接触我。""我也看出来了，他很自卑，也许是私生子的原因，也许是没有学历，在大学低人一等的原因。如果一个人自卑成了习惯，就不能指望他有什么大出息。"他们又说起未来，说起他们完成学业，乐队解散后的情形。朱晚说："只要我们还搞音乐，就一定要想办法保留'盾构机'这个名字。你舅舅是修地铁的工人，给五台盾构机做过维修。我哥是地铁隧道的爆破手，对盾构机欣赏不已，因为只有这种庞然大物才能撑得住隧道，避免塌方死亡。我们搞音乐，这个地气一定要接住，将来的城市，不，是世界，一定是隧道连接、盾构机开路的世界。""你不搞你的土木工程了？""肯定不搞了，参加'嗨王争霸赛'是我的起步，也是你的起步。"小海菲兹点点头："应该叫'出道'。不过我可能还会搞我的兼修专业，因为乐队也需要。""对啊，现在搞什么都离不开计算机，到时候你设计个软件，只用一把小提琴就能拉出交响乐团所有乐器的声音，到那个时候，你就是大科学家兼音乐家，超过穆教授十倍。"说着搂她过来，想吻她的嘴，她却把脸颊给了他。显然她是有保留的，她想到了骆横：刚才明明打了过来，怎么又不说话了？

骆横一连几天都没有跟盾构机乐队的成员见面，总是一个人去海边，在一处别人找不到的岬角前拉琴。直到有一天，朱晚把他拦在了工作室门口："今天这次排练你无论如何得参加，我们的默契度还不够。""不够吗？我觉得已经够了。""另外，东方船舶制造集团公司要搞什么庆典，邀请'盾构机'参加，我们得商量一下，去了唱哪首歌。""随便哪首，你们定吧。"虽然这么说，他还是去了，排练完毕就走人，跟谁都不打招呼。他啃着从食堂买来的馒头，来到海边，继续孤独地拉琴，是李斯特的《第二匈牙利狂想曲》，被他拉得一点狂想色彩都没有了。一直拉到天黑，退潮的海留下一大片湿漉漉的滩涂，来不及跟潮而去的蛤蜊和海螺透过薄厚不均的夜色闪着惨白的荧光，破碎的贝壳在地面上勾画出浪起浪落的形状，就像心脏的震颤留下了不规则的图形。骆横跟海而去，发现没有坐着拉琴的礁石，就又退了回来。正想着再拉一首什么曲子，穆教授来电话了："算是一个不小的成功，这几天晚上回家，每次我都会把你教我的调子哼几遍，你猜怎么着？我老婆不仅不发脾气了，还会做饭给我吃，吃了饭又会叮嘱我，早点休息，别再熬夜了。我现在担心的是，我天天就哼这一首曲子，她听熟了，麻痹了，会不会就不管用了？你还有没有别的曲子，可以换着来？"骆横沮丧地说："本来是有的，现在想不起来了。""那就好好想，想起来告诉我。""要是再也想不起来了呢？""怎么会呢？你记忆力那么好，千万别让我失望。"他挂了电话想：首先我自己就很失望，不，不是失望，是绝望，死的念头都有了。想着，手腕一抖，拉起了《黑色星期天》。据说绝大多数听过这首乐曲的人都选择了自杀，而他不光是听，还在演奏，是不是意味着根本用不着选择就应该立刻自杀？面前就是海，自杀很容易，拉完了往前走几步，就能完成夙愿。什么时候自杀变成夙愿了？不应该啊，我还是青年，是音乐的儿童，一段平凡的自然小调，来不及升华，够不着成熟，就要在青涩中永别而去了。音乐戛然而止，他站起来，把大提琴立在礁石上，朝前走去。海浪激动地迎接着他，就像迎接着一条鱼的归来。浪峰高高升起，是水的飘扬，也是音乐的飘扬——不仅仅是响起来了，更重要的是又一次响起来了。就在海水浸湿他的腿脚，将要淹毙他的身体和生命时，耳旁突然传来一阵激响，脑海里的淤堵好像山体滑坡一样瞬间崩溃，转眼消失了，被失恋的懊丧拦截在远海的音乐潮涌而来，带着前所未有的簇新和奇妙，漫过了平阔的沙滩。他惊叫一声，赶紧朝后退去，内心闪过一股狂喜的光辉：我的生命又属于音乐了。

几分钟后他把电话打给了穆教授："我又有了，想不想听？"说着便哼起来。穆教授赶紧跟上了他，一首新曲不到五分钟就记住了。骆横说："我还有可以鼓励她继续搞音乐的曲子，你要不要？""只要能让她不再叨叨个没完，能让我静下心来搞研究搞音乐，什么曲子我都要。"接着又是这边哼，那边学，一个小时过去了。穆教授说："谢谢你帮了我这么大的忙。""这点事就谢我，那我怎么谢你？你要是知道我本可以为你做更多的事却毫无作为的话，你一定会恨我。""什么意思？""我也不知道，就是想试试自己到底有多大能耐。""你的能耐已经超乎寻常了。"穆教授说着又问，"你在哪里？""海边。""赶紧回家，都这么晚了。"骆横没有回家，似乎创作力的复活并不仅仅是为了治愈穆教授老婆的猜忌和坏脾气，而是为了让他有一种清醒的认识：奇妙的乐思并不会在所有时候都表现得层出不穷，它会枯竭，会消失得无踪无影，会把他从一海激流勇进的浪变成一滩死寂的水。突袭而来的危机感就像迪斯科节奏那样明显而强烈：有什么想做的，必须立刻去做，说不定哪一天，一觉醒来你就成这个世界上最无用也最懊悔的人了。更何况是为了恩师和音乐，怕什么艰难和危险，不就是有那么一丁点嘛，硬着头皮往上顶就是了。他想着毅然拿出手机，拨通了景翔。

音乐是他的灵魂，也是他的胆量。他发现只要回归音乐，自己就会变得勇敢许多。他镇定而沉稳地说："是景翔吧？我是骆横。"景翔说："知道你是谁，你怎么还敢给我打电话？毁了我一辆越野车不说，还差点把我撞出个严重脑震荡，我正准备派杀手去找你呢，什么事？不想死你就快说，慢一点我就能定位你现在的地方。""你不用找我，我可以去找你。""哦？这倒没有想到。""我认真考虑了那天晚上你让我去浒苔乐队的邀请，想到了一个两全其美的办法，你看可以不？""说说。""我还是'盾构机'的成员,还会参加乐队的演出,但同时我也可以给你写歌。"景翔想了想问:"条件呢?""我首先要说的是,你必须坚信音乐能战胜一切也包括自己的对手,我才能帮助你。""我当然坚信,还坚信音乐能带来一切。""那你为什么还要在音乐之外下功夫?所以我的条件是,保证任何时候任何情况下都不会再次出现已经被'立方水母'删除的造谣帖子,保证永远不把铁大钢的不雅照传到网上,保证今后不再以任何理由去纠缠穆教授。""条件蛮高的嘛,三个保证,我还以为你会提到钱呢。""我不要钱。""看来你是想把我比下去了,以你的清高打败我的庸俗,那我就庸俗到底吧,钱还是要给你,年薪100万,当然是人民币,按月支付。因为你一旦投靠了我,就必须是终身的,要绝对保证不再给别的歌手和乐队写作歌曲。""'盾构机'除外。""不能除外。""必须除外。""我可以再加50万。""再加500万也不行。"景翔冷笑一声:"那就算了。"骆横不说话了,突然意识到,自己对景翔至少有两个作用:一是壮大"浒苔",二是削弱别人。在景翔眼里,"盾构机"也许是目前最强劲的对手,自然也是必须削弱的一方。而对骆横来说,"盾构机"等同于小海菲兹,既然小海菲兹的魅惑已经烟消云散,要求自己还像以前那样去热爱乐队并为它全面付出,就多少有些勉为其难了。他说:"这样可不可以?以'嗨王争霸赛'为界,比赛结束前我是'盾构机'的一员,我当然还应该为它写歌。""你为它写的歌够多了,10首,都已经在青岛大学的演唱会上唱过了,这是泼出去的水,你收不回来,我也不能跟你计较,但除此之外,不管赛前赛后,你都不能再给包括'盾构机'在内的所有乐队和个人写半句音乐。"骆横沉默着,想想也是,他给"盾构机"写了10首歌,再写就多余了,人家很可能已经不需要了。那次在海边,当他说到我又有了新歌时,谁也没有表示出他所期待的惊喜,朱晚只是清浅地一笑,轻描淡写地说新歌留着以后用吧。"怎么,你做不到？""能,我能做到。""还有,比赛结束后你必须彻底离开'盾构机',加入我们'浒苔'。""既然我不能给任何别的乐队和个人写歌,就只能加入你们'浒苔'了。"景翔呵呵一笑:"看来你比穆教授要聪明许多,我什么时候能看到你写给我们的第一首歌？""一周以后。""不行,比赛很快就要开始,我们还得抓紧排练。""那就明天吧。""太好了,明天晚上我在景泓大厦娱乐城等你,这样就能赶上第一周的比赛,然后你继续写,我们一边排练一边参赛。""这个没问题,但你还没答复我提出的三个保证呢。"景翔想了想说:"你是想签个合约吗？这样的合约是拿不到明面上的,不可能有任何法律约束。我们之间只能靠人对人的信任,我一旦违约,你可以终止给我写歌,你一旦违约,我就把穆教授和铁大钢的事再次端出来。""我怎么会违约呢？""不会就好。再就是歌曲质量,你必须保证写的歌一直让我喜欢,要是不能让我喜欢,也就意味着你已经形成了事实上的违约。"骆横信心满满地说:"我写歌就是为了让人喜欢,毕竟我也需要鼓励。"景翔阴暗地一笑:"最能鼓励音乐人的就是名气,你的名气归我管,我需要多大它就能有多大,识时务者为俊杰,你投奔我算是明智之举,对信任我的人,我不会亏待他。但目前还需要你隐名埋姓,不能让别人知道你在给我们'浒苔'写歌,'浒苔'这个名字我也想改一改了,要改得比'盾构机''铁碳合金''深海野兽'还要气派。"骆横不置可否,还是那句话:"随便。"

　　海似乎退到了底线,接着就是返回,浪缓缓的,却又不失奋猛的冲撞。退潮的恋恋不舍和来潮的争先恐后,都用不同的声音出现在海边的音乐里,似乎青岛的海因为骆横持续不断的岸边拉琴而变得更加艺术,不时响起的浪与浪的击打中,有了大调也有了小调,有了升调也有了降调,高低强弱的交响是如此和谐。

　　骆横没有回家,而是来到阿里斯塔克工作室,坐在办公桌前,打开《海的七朵浪花》,不停地写起来,直到瞌睡来临,脑袋发昏,头朝下一杵，歪在了桌面上。是穆教授开门关门的声音吵醒了他，他揉着眼睛问："都已经到上班时间了？"穆教授过来，看看桌面上摊开的《海的七朵浪花》，问道："又在写新歌，你昨晚没回家？"然后回到自己的办公桌前，从黑一条白一条的人造革提包里拿出一摞资料放到自己面前说，"研究又有了新的进展，从马修博士昨晚发给我的邮件看，他试图把黑洞理论和有可能存在的'宇宙墙'以及'音乐宇宙'的破译全部纳入'光音链猜想'的范畴，就像爱因斯坦必须用数学来证明广义相对论一样，他也打算让数学来支撑'光音链猜想'的理论框架，从目前的计算来看，已经部分证明我们的想法是对的。"骆横来到他面前说："我的事也有新的进展了。""你的什么事，破译'音乐宇宙'，还是乐队演出？""都不是。"他兴奋地说起了昨晚跟景翔的口头合约："他居然答应了，有了这三个保证，你作为主任评委的权利就能得到尊重，想投谁的票就投谁的票，也没有必要去说服别的评委为景翔和'浒苔'投票了。"穆教授一直皱着眉头，突然打断了他："你上当了，景翔知道我已经给我召集来的评委打了招呼，我要是出尔反尔，他的报复也必然是出尔反尔。在这件事上，主动权始终在人家手里，他什么也不怕。起先他用私生子和铁大钢的不雅照作为筹码控制了我，现在又用同样的筹码控制了你。在你天真地想用你的音乐取消他的控制时，他却不费吹灰之力就做到了对我和你的加倍控制。我们两个就像被景翔宰割的奴隶，全都在围着他的屁股团团转，我都不甘心，你怎么能甘心？你跟我是不一样的，我要是身败名裂失去了音乐，还有科学研究可以支撑，而你呢？除了音乐还是音乐。你不能出卖你的音乐，不能为虎作伥，你只能待在盾构机乐队，决不能去浒苔乐队，那叫自陷囹圄，划不来的。""'盾构机'的人迟早要毕业，乐队一定会解散，到那时候我怎么办？""可青岛大学是不会解散的，它还会有新的校园乐队。""那跟我有什么关系？""必须跟你有关系，这是我可以给校方说项的唯一理由，否则我凭什么要把你留下？""原来是这样，我也可以走人。""你要去哪里？没地方可去。""那也用不着别人可怜，我不需要。""可怜别人没有错，被别人可怜也没有错，再说除了可怜还有担心，我担心你会因为没有着落而失去音乐，音乐是什么，是音乐人的上帝。""你不用担心，我的音乐就是我，不是什么上帝，我走到哪带到哪，我现在就可以离开阿里斯塔克工作室，你不用为了我再去给校方说项，我一辈子只有一个志向：永远不当别人的负担和累赘。"穆教授继续说着不能出卖音乐和不能去浒苔乐队的理由："浒苔乐队就像他的名字，是有害物质，是音乐污染，你不是喜欢海吗？海最讨厌的就是浒苔，它会破坏氧气的再生能力，窒息海洋生物，让它们全部死掉。"骆横却不想再听了，情绪激动地收拾着自己的东西：把一直摆在桌面上的《指挥家》放进黑色帆布包，又拿起《海的七朵浪花》，翻开看了看夹在里面的那几页古怪符号——描摹星云组合的"岩石乐谱"、"音乐宇宙"的密码，犹豫了一下，也放进了包里。"你要干什么？""可怜的我还能干什么？"他走了，背着大提琴和小号，拎着黑色帆布包，甩门而去。穆教授追了出去："你回来，我要为你负责。"说着就要过去夺下大提琴和小号，却被骆横用一句很伤人的话拦住了脚步："你算老几啊，别以为你当初给了我5000块钱，就可以左右我的人生，那些钱我迟早会还给你。"他走了，腾腾腾地跑下楼梯时，眼睛里哗哗地流着泪，心说再见了，老穆，总有一天你会明白，我离开你是值得的。穆教授望着他的背影，鼻子一酸，也是哗哗地流着泪。他们都不知道对方流了泪，但眼泪是知道的，就像同一种和声，带着同样的节奏和分量，正是因为对方的存在才如此整齐。

蓝雪在"子午线"上点开了施欣萍，如同点开了一个新世界，形象和声音都让她感到震惊，从此就再也放不下了。好比溺水后拼命挣扎的人突然抓住了一根救命稻草，意外地发现原来稻草是百变的抓手，根据需要它既可以是救生圈，也可以是治病的良药，还可以是一根昂贵的金草。她依然非常脆弱，人生的凄凉感和幻灭感很容易占据她的脑海，但泛滥的寂静和内心的空旷却越来越少了，音乐的流动让一个人一件事的世界变成了许多人许多事互相拉扯的世界，不知不觉风蚀着因抑郁而绝望的念头，自杀渐渐变得不那么迫切也不那么合理了，尤其是在她本人看来。她的生命开始缓慢而吃力地攀升，并有了眺望高地的愿望，本能的趋附里，有了星光、黎明、太阳的光辉。她焊接着船体的钢板，也焊接着自己的日子，在高浓度的电焊烟尘里，用一个比一个美丽的"鱼鳞焊"，稳固着内心的平静，似乎再也不是小号的奴隶了，再也不会因了小号的突然喑哑而失落得一干二净。几年前，她无意中发现并牢牢粘连上的音乐，并没有抛弃她，新的唤醒和治愈正在开始，施欣萍来了，"铁碳合金"来了，顽固的抑郁症似乎正在缴械投降。她对自己说：我要是也像人家那样就好了，会唱，会弹，会创作，连手机都不用打开，就能快乐无比。她开始学着唱，觉得不好听，就按照施欣萍当初的指点买了一把她那样的吉他，躲在宿舍里又拨又弹，觉得更难听，怕吵到宿舍楼里的其他工人，就干脆不学了，心说要是能自己给自己治病，还要医生干什么？死心塌地做个忠诚的粉丝，不也是跟音乐混在了一起吗？她先是加入了"子午线"上施欣萍的粉丝圈，后来看到由施欣萍领衔的"铁碳合金"在"子午线"上诞生，便抢先进入微博，手忙脚乱地点赞、评论、转发，慌急之下，来不及想好微博名，就直接把"蓝雪"点了上去，心说真名就真名，我又不是做贼，怕什么？跟她几乎同时出现的是一个昵称"牛心拐孤"的人，似乎比她还要狂热，差不多相同的观点，打碎了说，一连发了好几条评论。她于是又开始对"牛心拐孤"点赞、评论、转发。对方立马也用同样的方法回应了她，又告诉她，如果你觉得自己有一定的号召力，就尽量做一个"大粉"，这样对施欣萍和"铁碳合金"的支持力度就大多了。"本牛现在就是一个'大粉'，有500多个'腿毛'。"还说评论最好是原创，这样上"热搜"的可能性就大些。紧接着又出现了"50炉火锅"，对施欣萍和她的"铁碳合金"大赞不止，说话的口气有点大，带着顾望四野八荒的豪迈，颇像个横刀立马的将军，显然也是一个蛮有号召力的"大粉"。三个人立马开始"互粉"，而且比起谁强谁弱来。"牛心拐孤"说："希望我们大家都能怀孕，一窝生它成百上千个。""50炉火锅"说："我明天就在火锅店门口贴通知，凡是做了施欣萍和'铁碳合金'的粉丝或我的'腿毛'的，本店一律打8折。""牛心拐孤"说："我可以给我们老总说，借他的名义在全公司发动一下，再让公司的人发动他们的亲友，那我的'腿毛'就多了。"蓝雪说："我就一个普通工人，去哪里找'腿毛'？""50炉火锅"说："没有多的有少的，总有几个工友跟你要好吧？""有也不会做我的'腿毛'，我算老几？人家直接关注施欣萍不就行了。""牛心拐孤"说："你只要发动起来，不管是直接间接，都算你的功劳。"三个人还互相提醒着：绝对要纯洁专一，不能做朝三暮四的"墙头"或八面玲珑的"粉头"。这么聊着，蓝雪便有些着急，想来想去觉得认识的人里只有李昂比较靠谱，就打电话说："我有事想请你吃饭。"对方高兴地说："好啊。"当然最后还是李昂请她吃了饭。李昂说："你请我吃饭是想巴结领导，我请你吃饭是体恤部下，你就别跟我争了。再说你已经招待过我了，用音乐。""你真的喜欢音乐？不会是因为……""不会，绝对不会是因为喜欢你。"蓝雪瞪他一眼说："不要以为你当了1号船坞的副总经理就可以胡说八道。"然后就红着脸不说话了。但音乐没有闭嘴，还在她帮他点开的"子午线"上忽而漫漠地飘荡，忽而刚健地激响。突然她夺过他的手机，食指灵巧地滑着点着，转到了"铁碳合金"的微博上,打开一个视频说:"你再听听这个,施欣萍的最新作品,完了以后说实话,喜欢不喜欢,它决定了你有没有资格做粉丝。"但最后他什么也没说,就明确了他跟音乐的关系,因为他的眼睛湿润了,身子还有点抖。

　　一种新的人生开始了,都是基于音乐,在蓝雪是音乐带给她的心有所属,原来粉丝人生不仅仅是追星和拥有一个可以理性崇拜的偶像,更是为了让自己的日子因为情绪的改变而充满热腾腾的生活气息。她已经感觉到有质量的肉体依赖于有激情的精神,只是还不知道到底怎么做才更符合她的需要和一个船坞电焊工的身份。在李昂是音乐带给他的全新感觉,原来一个人的生活还可以这样:你除了造船和挣钱,除了获得荣耀和职位,还有另一种功利之外的投入——莫名其妙的感动、不可思议的激奋,就想听听,想看看,看看施欣萍和她的"铁碳合金",顺便也看看别的歌手和乐队,青春的"子午线",原来也可以是一个造船人的地平线。他当然并没有老迈,连人到中年都算不上,看着施欣萍展示在音乐律动中的美丽,出现在脑海里的却是一种温馨淡淡的记忆:他抱着蓝雪的双腿,让她翻过了"东方船舶"女工宿舍和集装箱码头之间的墙,然后就开始担心,她摔坏了没有?爬上墙头一看,看到的却是她远去的身影。这几乎是个象征,她逗引着他走向了离1号船坞很远的地方。也就是说,不仅仅是音乐决定了他对音乐蓦然发生的兴趣,也不仅仅是音乐主导了他以下的行为:号召整个1号船坞的年轻人都来为施欣萍和她的"铁碳合金"助威。当"东方船舶"设计部的女技术员吴梅感觉到音乐的震荡已经让她半个月不见李昂了时,李昂正在走向蓝雪的宿舍,这是一个女工的单身宿舍,所以他不能让别人知道他心里除了工作和新近填充的音乐,还有一间这样的宿舍。吴梅的电话让他戛然止步:"你在干吗?""还能干吗?工作呗。""今晚你能不能来一趟我家?""有事吗?""你现在是大忙人,没事能劳驾你来？余湘子又找我爸了，还是他想进1号船坞的事，我爸已经答应了。""余工是帆船行业的专家，在帆船公司正好用其所长，去1号船坞干什么？""你傻呀？帆船公司再好也是个二级小公司，他能有什么前途？就现在的职位已经到顶了。1号船坞是集团最大的船坞，是龙头，干好了还可以往上升，升到集团副总设计师或者总设计师这一级也不是没有可能。我爸的意思是，他虽然是集团分管技术的副总裁，但设计部的人事调动他一个人说了不算，最好由1号船坞出面，要求余湘子参与新项目的设计，这样他再去使劲，就顺理成章了。"李昂吞了一口腥咸的空气说："要知道1号船坞即将开建的是一艘大型运输船，余湘子一个搞帆船设计的参与不进来，没有他的用武之地。""船跟船还不是一样啊？不就一个人一个小嘛。""你是搞设计的技术员，怎么能说出这样无知的话？要一样的话1号船坞就不会是咱集团的重中之重了。再说为了提高建造能力的竞岗马上就要开始，无论是技术工人还是设计人员都一样，余湘子一天大船都没造过，谁给他投票？""能不能上岗还不是你一句话，找个理由就是了呗。""竞岗的目的就是为了公平合理，我没有理由干预。"吴梅生气地说："拉倒吧，不找你了。"李昂收起手机继续往前走，突然又停下，原地伫立了片刻，转身回到了办公室。他用固定电话拨通了蓝雪的手机："你来一下。"

李昂办公室的墙上挂满了各种技术图标，其中比较醒目的是一张世界造船工业分布图和船坞优化流程以及船舶先进配置图解，桌上摞着一些图书和资料，很多都是摊开的，看得出他很忙，而且喜欢钻研。但熟悉他的人会发现，比起以前做工段长的时候，他的电脑前多了一摞光盘和一个播放机。李昂说："集团最近要搞一次老项目竣工、新项目上马的庆典，因为主要项目都在1号船坞，就让我们先拿个方案出来，总经理把这事推给了我，你帮我出出主意。"蓝雪说："我一个工人能有什么主意？""那不见得，要是我打算请一些歌手和乐队来助阵呢？"她一愣："真的可以这样？太好了。""到底请哪些歌手和乐队合适，我没底，你说说。""'铁碳合金'是必须的，别的随便，哪个都行。""那我也得说出名字来，给领导。"于是她一一罗列，尽其所能地告诉他有关这些乐队的一切：队员组成、主唱副唱、原唱翻唱、代表曲目，等等。"慢点说，我得记下来。"以后的几天，李昂从网上挨个儿搜着蓝雪提供的歌手和乐队，听他们的歌，也看他们的微博，然后去给1号船坞的总经理说。总经理吃惊地问："为什么要请这些人，跟造船工业八竿子够不着啊？""谁说够不着？你想够就够着了，音乐就是这样，它对人的影响力超过了文学、电影、戏剧、绘画、雕塑和建筑，尤其是一些著名的青年歌手和乐队，他们代表了最广泛的青春和艺术，喜欢他们的年轻人又代表着大工业的未来。"总经理依然不屑地说："我怎么知道谁著名谁不著名？你也未必知道吧？""师傅你小看我了。"他一口气说出了十几个乐队和歌手的名字，靠前的当然少不了施欣萍和她的"铁碳合金"、景翔和他的"浒苔"、铁大钢和他的"激活历史"，还说"激活历史"已经改名叫"机车头"了，为的是以崭新的形象出现在马上就要开始的"嗨王争霸赛"上。最后提到"盾构机"，说起网上对它在青岛大学体育馆举办的秋季演唱会的评价：代表当代水平的歌曲创作，能最大范围地覆盖人心的音乐表演，从此以后，生根发芽的不是种子，而是盾构机的声音。总经理说："一听名字就感觉响当当的，是专门歌颂海底隧道和地铁建设的吧？它盾构机有声音，我们1号船坞就没有声音了？为什么没有叫'船坞'乐队的？"李昂说："那是因为我们没有人家出名，地铁和隧道人人都能走，船坞呢，哪个不相干的会靠近？""我们是靠造船说话。""那也得有人知道。""行行行，听你的，最好让他们唱唱咱船坞。""迟早会的，题目就是《大船是怎么造出来的》。"总经理已是五十七八的人，再有两年就要退了，屡屡建议上级提拔自己的徒弟李昂，就是看上了他的脑子活、花花肠子多，说文了就是有开创精神。他说："是得让人们知道船不是种出来的，是一朵焊花一朵焊花焊出来的。现在就看你的了，你怎么想，怎么做，关系到1号船坞的未来，我一不想拦着，二不想代替。这次庆典，花多少钱，请什么人，你去给领导汇报，这种事情我说不来。"李昂又去给集团总裁汇报："应该搞一个符合新项目身份的启动仪式，突出大工业和尖端技术背景下的'东方船舶'，那就是大海的喧腾、青春的活力和对技术的精益求精，对必须面向未来的制造业来说，技术就是艺术。"总裁要他把好处说得具体些。他说："邀请歌手和乐队虽然需要花一些钱，但比起在官方媒体上打'东方船舶'的广告，我们的收获是事半功倍的。歌手有歌迷，乐队有粉丝，不用我们费心，他们就会通过'朋友圈'、公众号、自媒体到处传播，单纯从投入的效益来说，回报也是挺划算的。这是让'东方船舶'深入人心的最佳选择。"总裁同意了。这么着，李昂就成了庆典的主要策划人，所有跟他共事的人都有些纳闷：没想到我们的副总经理这么喜欢音乐，以前怎么没发现？其实不是缺少发现，而是他根本就没有表现。现在好了，有人正在唤醒他的音乐爱好，让他意识到自己跟从来不感兴趣的音乐居然有一种默然神会的契合，就跟船之于海、海之于浪。他给蓝雪发微信说：到底是谁策划了这次庆典？表面上是我，实际上是你，因为你比我更理解也更需要音乐，希望它也是你的庆典。

3

东方船舶制造集团公司举办庆典的这天，突如其来地刮起了十二级台风，台风名叫"玲玲"，似乎是个女孩，却狰狞得超过了猛兽。

它把激浪凌空送来，带着齿轮状的抛物线，狠狠地砸向高坦的陆岸，虽然陆岸岿然不动，但原本不属于陆岸的广告牌、观景台、水泥伞、亮化灯却尽数被毁。而在海浪够不着的地方，台风送去的急雨满世界横走竖打，让万千楼厦瞬间飘摇在雨瀑的泼洒之中。"东方船舶"的海岸线上，几乎所有的船坞都被淹没，一些易损的无法固定的设备被仓促地搬离了现场，泊位上的船只也都紧急装载了压舱石，然后用缆绳和锁链牢牢拴在铁石的堤坝上。高大的龙门吊、汽车吊和塔吊收敛起吊臂、吊具和钢索，无处回避地迎击着海浪和风雨，也护卫着造船工地——那艘拥有加厚封闭式油箱的巨型油轮已经上马了。而在1号船坞的坞首，刚刚竣工的超豪华邮轮"大西洋号"正在一次比一次猛烈地夯撞着球状的橡胶护舷，护舷比平时增加了两倍，以红、黄、黑三色高低不同地分布在直立的坝体上。"大西洋号"还没有起航就开始接受风浪的考验，"东方船舶"的人心被揪了起来：过关不过关就看这一次台风了，尤其是焊接，只要在邮轮受力最强的地方发现一处断裂，就会引发对各个部位上万个焊接点的全面检查和修补。同样处在考验之中的还有其他船坞上的船只：两艘已经交付使用正待择期离港的大型清捞船、几十艘中型和小型的游艇、拖轮、救生艇和巡逻艇。产品与设施，所有的它们，似乎都是风雨交响曲中的固定音级，正在完成天道赋予的使命：有摇晃跌宕的，有稳然不动的，不出声的鸣响，缩起来的绽放，然后把台风的威力推向全体合奏的高潮。但合奏中的一切——开始上马和已经完成的"精工制造"都不是"东方船舶"要召开这次庆典的原因，原计划在1号船坞建造的巨型油轮准备移至3号船坞，一艘即将上马的"巨无霸"冰级运输船，将成为今后几年"东方船舶"1号船坞最重要的建造项目。它被定名为"现代号"，总长330米，比三个足球场的长度还要长，型宽49米，可装载21万立方米液化天然气，当然也可以装载别的：食品、日用品、工业用品、汽车、机械设备等。有人说，它一次运载的粮食，可以满足一个100万人口的中型城市一年的需要量。它是国内航运公司的定制，还没有开始建造，就已经得到了里程碑式的关注，因为它改写的首先是中国船舶设计史，其次才是建造史和航运史。这样一个前所未有的史诗作品，当然不会因为比预期提前了两天的台风而受到影响，也不会因为跨海大桥和海底隧道同时关闭，受邀的歌手和乐队被暴风雨拦截在胶州湾那边而改日延期，只不过庆典的场地由户外广场变成了海上剧场。海上剧场就在"东方船舶"的旁边，由"工人大礼堂"改造而成，平时由"东方船舶"的"三产公司"承包经营：租给某家企业开年会啦，举办服装、汽车、农产品和特色小吃展销会啦，尤其是展销会，差不多每个季度都会有一次，人们便不再叫它"剧场"，而叫它"海上展销会"了。但是今天，它注定要回到"剧场"时代，因为台风的提前来袭让它成了庆典的不二之选，更因为施欣萍和她的"铁碳合金"居然准时出现在"东方船舶"的大门口。正在沮丧中重新调整庆典程序的李昂听说后大吃一惊，赶紧带着包括蓝雪在内的几个工人跑去迎接。

"铁碳合金"从台风中走来，连他们自己也觉得有些不可思议：为了音乐，连命都不要了。起初也是不想来的，风的鸣叫响亮而凄厉，雨是横扫而来的，就像挥舞着蘸了水的鞭子，给人一种皮肤在疼痛中裂开口子的感觉，然后又是海水的浸泡，就像伤口上撒盐一样，告诉人们海边的灾难天气就是为了让人离海远一点。但水手一直在明里暗里撺掇施欣萍："还是去吧，过去没有跨海大桥和海底隧道时，难道就不走动了？胶州湾算什么，比起整个海洋，连小数点都算不上，咱就沿着老路绕一圈，这条路我走过，是市级公路里最好的，被海水淹没的可能性很小，更重要的是两头没有收费站，它永远不会封闭。"施欣萍说："值不值得冒这个险呢？""有什么不值得的，音乐是咱的老大，其他都得靠边站。再说也谈不上冒险，不就是风风雨雨嘛，又不是没经历过。"施欣萍知道，水手是心急意切地想看到观众对《不沉的"蓝鲸号"》的反应，毕竟他是第一次让自己写的歌变成一支乐队的演奏，心是悬着的。她问恰好在场的柳浪："你觉得呢？"柳浪说："肯定去不了，原来的计划是租一辆大巴，现在租不出来，没有哪个司机敢这个时候在海边开车。""你问问沈飞，他行不？"柳浪掏出手机打给了沈飞。沈飞说："都台风了，你还想上路？""不是我想，是施欣萍想。"沈飞想都没想就改了口："那就上呗，还有什么可说的，她是我接触到的最大的明星，我给乐队开车，不就是为了满足她的需要嘛。""七个人，再加上设备，你那个小面包装不下。"他是说给施欣萍听的。施欣萍说："那就不拉设备了，用人家的，带上乐器就行。"柳浪点了一下免提说："就是不知道他们的设备能不能用。"施欣萍望了一眼水手渴望演出的眼睛说："去了再说，大不了效果差点，就当是一次比赛前的彩排或者热身。"沈飞说："那我现在就去录音棚找你们。"柳浪说："不行，有几个人今天没来，你得先把他们拉上。"又问施欣萍，"真的要去？"施欣萍瞪着他说："那你以为我是说给人看的？"她突然想到了音乐世界的组合：一半是音乐人，一半是粉丝，一半在倾情发声，一半在侧耳聆听，相依为命的声音和耳朵，伊甸园里的亚当与夏娃，少了谁都不可能成就未来。我代表声音，我需要耳朵，尤其需要那些铁了心追捧我的耳朵，望眼欲穿的不应该仅仅是粉丝，更是一个音乐人面对无数耳朵也许还要加上眼睛的态度。哪怕前面只有一点点热望，如果我感觉到了，辜负就是罪过。而比起辜负的重荷来，一切都算不了什么，包括音乐人的生命。那就去吧，还犹豫什么呢？既然粉丝是音乐最重要的一部分，她就不能胆怯，好比面对自己饥饿的本能，根本就不存在吃与不吃的选择。

接着就是风雨兼程，先是沈飞从青岛的三个水帘洞里把肖蚌、夏夏、乔普林提溜进了更广阔的水帘，然后又去老钢城的录音棚拉上了施欣萍、水手和柳浪。小面包冲上马路就像冲进了大海，浪在头顶，在楼影之间，也在前面和后面、左边和右边，该死的三维空间，都成了台风肆虐的地方，还有时间，台风是在时间的流程线上形成的魔鬼，它要占据"铁碳合金"前去"东方船舶"演出的所有时间，也就是说，这是一次魔鬼陪伴的演出，它要掀翻乐队乘坐的小面包，要撕裂脆弱而单薄的钢铁，抓起躲在里面的人，狠狠地甩向海。海在天上，它膨胀着自己，把无数爪子伸向陆地深处，让所有的地方都变成了水的世界。而小面包则是一只懵懵懂懂穿行在海底的小橡皮鱼，任何一只大点的海洋生物都能一口把它吞掉。它摇晃着，不时地漂起来，逃逸着侵害，也让里面的人发出阵阵惊慌的叫声，好几次都是眼看要翻了，又没翻，眼看要滑进路边的大海了，又没进。所有人都冒出了一身冷汗，都紧紧抓着车里的固定物件和身边的人，都害怕得大呼小叫。肖蚌后悔地说："我干吗要听你们的？这不是去送死吗？"柳浪说："都怪我，都怪我，当时别给沈飞打电话就好了。沈飞也真是，一点把握都没有就敢上路。"乔普林说："别互相埋怨了，都在一条船上，要死一起死，要活一起活。"肖蚌吼一声："别说死好不好？"水手说："'蓝鲸号'即将沉没的时候就跟现在一样，拼命地颠簸，船上的人却跟我们不一样，什么也不说。不过它也有不沉的时候，在印度洋遇到热带风暴那次，船舷都被浪打烂了，发动机也坏了两个，跌跌撞撞往前走，硬是挺到了岸边。还有一次是在澳大利亚经历威力海风，海面上的风比现在还要大，有十四五级吧，出海的船沉了不少，就它好好的，还救起了不少人。我说'不沉的蓝鲸号'是有道理的。"夏夏镇定地说："要不是参加乐队，我做梦也想不到会在这个时候走出家门，这就叫经风雨见世面吧？哈哈。"他沙哑的笑声如同窗外的急雨。一阵逆风吹来，小面包顿时有点摇头摆尾。沈飞使劲打着方向盘，忽左忽右地避开风头，庆幸地喘着气说："我现在就听施欣萍一句话，你说回去我就回去,说停下我就停下,说继续往前我就往前。"大家都等着施欣萍开口。施欣萍果断地说:"都走了两个小时,想回也回不去了,只能往前走,别多想,唱歌吧大家,把一切交给音乐。"说着就唱起来,是《不沉的"蓝鲸号"》。水手跟上了,夏夏、乔普林、柳浪跟上了,只有肖蚌一脸惨白地望着窗外,一声高一声低地惊叫着,像是歌曲的背景伴奏,倒也不显得有多别扭。绵长而曲扭的环胶州湾公路上,只亮着一盏灯,就是装载着"铁碳合金"的小面包的灯。灯在雨帘中消失,又在雨帘中出现,风的海在呼啸,海的风在狂叫,而歌声却依旧洋洋盈耳,似乎"玲玲"被感动了,一次次掀打而来,又一次次绕行而去。车无恙,人无恙,终于看到"东方船舶"的大门了,沈飞把车刹住,趴在方向盘上哭起来。肖蚌也哭了,似乎这时候才显出他的别扭来:"我发誓,以后再也不跟你们冒险了。"水手说:"那你就错了,你不跟着我们,连冒险都没有,多乏味啊。"施欣萍说:"感谢音乐吧,是音乐鼓励了我们,也挽救了我们,要不然,就算不掀到海里淹死,也会被吓死。"夏夏说:"人还有被吓死的?我第一次听说。"乔普林说:"我得休息一下,这一路唱得太投入太起劲了。"施欣萍说:"大家都累了,身心疲惫,得喘口气才能上台。柳浪你去联系一下。"柳浪打开门,冲向了大雨。几分钟后,他带着李昂和几个工人跑了过来。

李昂惊喜地说:"连手机的信号都过不来,你们是怎么过来的?"又对身后的同事说,"我们的造船都停了,人家的音乐表演照常进行,真是敬业啊,别以为只有我们造船工人是最能吃苦的。"工人们为乐队撑起了伞,但所有的伞都在一瞬间翻成了喇叭花。施欣萍指着蓝雪说:"我们见过面,还掰过手腕,你没掰过我。"蓝雪用笑声回应着,激动得有些不知所措,抓惯了焊钳的手居然没能抓牢伞柄,伞"嗖"的一声飞到天上去了。蓝雪说:"我有你的微信。"施欣萍说:"可我们从来没聊过天。"蓝雪说:"你太忙,我不好意思打搅你。"施欣萍说:"我们两个的想法一样,我也觉得你太忙,不好意思打搅你。"这样的对话让蓝雪非常愉悦,因为她发现自己的仰视换来的并不是对方的俯视,平视也是一种平衡,让自尊削去了峰巅,也让自卑填平了沟壑。李昂说:"赶紧走,都淋在雨里干什么?"工人们又七手八脚地帮着拿乐器。一伙人快步走向了剧场休息室。路上,李昂喊道:"快去,准备点吃的喝的。"有两个人跑起来,回头又问:"什么吃的,米饭炒菜吗?"施欣萍赶紧说:"不用,演出前吃不下。"李昂说:"那就准备点水果。"施欣萍一行走进休息室,还没坐稳,吃的喝的就来了,琳琅满目地摆在中间的长条桌上,似乎把"船长超市"现有的货各样都拿了一些。工人们"吃啊喝啊"地让着。李昂小声把蓝雪叫到剧场的门厅里,问道:"怎么办,就来了一支乐队,最后上台献唱一首歌,有点太单调了吧?""那就多唱几首呗,只当是'铁碳合金'的演唱会,施欣萍的大部分唱作都跟工人生活有关,挺适合咱'东方船舶'的。""恐怕人家不愿意。""把原本给其他乐队的钱都给他们不就行了,他们是新组建的乐队,最需要的就是钱。""你连这个都知道?""这算什么?"蓝雪嫣然一笑,心想一个现代粉丝的精细调查远远超过了警察和侦探。李昂说:"幸亏施欣萍是个女的,要不然我会怀疑你喜欢上了人家。""太俗气了吧领导?这跟男女有什么关系?最初让我喜欢上音乐的就是一个吹小号的男的,我也没说就看上了他,音乐是没有性别的。""也对,男的女的都喜欢。"李昂说着,匆匆返回剧场休息室,跟施欣萍商量能不能多唱几首,还说了报酬。施欣萍没有吭声。李昂又说:"原本是五家乐队唱10首,现在就来了'铁碳合金'一家,只好麻烦你们了。"施欣萍看着走进来期待地笑望着自己的蓝雪说:"你说吧,我听你的,多唱几首?"蓝雪不好意思地说:"要是能唱10首,我们就太感谢了。"施欣萍说:"那就10首吧,不过要说清楚,有一首歌的名字叫《不沉的"蓝鲸号"》,是纪念'蓝鲸号'货轮遇难的,有点悲。"李昂说:"那有什么关系？失败是成功之母，别人的教训我们也可以汲取，造船工业，每一个焊点的失误都可能酿成灾难。"施欣萍笑道："还是工人阶级有肚量。"李昂说："谈不上什么肚量，你们顶着台风来到这里，我们还能挑剔什么？"柳浪插进来问："音响效果怎么样？这是我们最担心的。"李昂说："好不好我也说不上，集团工会的人说去年才更新的设备，是按照舞台演出配置的。""我去看看。"柳浪被人带了出去，一会儿回来说，"还行吧。"施欣萍又对大家说："抓紧时间休息，我先把演唱次序排出来，不要紧张，平时怎么排练今天就怎么唱，想象我们已经登上了'嗨王争霸赛'的舞台，下面是一片准备为我们投票的观众。"李昂说："是投票的粉丝，我们都是你的粉丝，尤其是蓝雪，她是真正的粉丝，我们都是跟她学的。"说着看了看表，招呼工人们离开，好让乐队休息，又说，"演出大约在一个小时以后。"蓝雪走在最后，突然回头说："有什么需要帮助的，尽管说。"施欣萍跳起来喊道："我有。"

她来到蓝雪跟前小声说："走得太急，忘记带了。"蓝雪说："你等着，我马上就来。"她来到剧场，走向几个女工问道，"有没有那个？"一会儿又回来，带着施欣萍走向了卫生间。施欣萍说："谢谢啊。""我还要谢谢你呢？""我又没帮你做什么。""你给我带来了幸福感，前所未有，真的前所未有。""真要是这样，那就谢谢音乐吧，音乐才是幸福的源泉。""虽然这么说，但音乐是人带来的，在我眼里，你就是音乐。""咱一样啊，在我眼里，粉丝就是音乐，因为对音乐来说，欣赏决定它的存在和价值。""那决定欣赏的又是什么呢？""你问得很哲学嘛，到底先有了音乐还是先有了欣赏？鸡和蛋的问题也是音乐与欣赏的问题。""就像我们这儿经常争论的，到底是船坞制造了船，还是船制造了船坞，谁也说不清。"施欣萍笑了："你真会举一反三。"又问，"从帖子上看，你好像认识'牛心拐孤'？""没见过。""那'50

炉火锅店'呢?""更不知道是哪里的。""我看你们三个挺投缘的。""他们两个是'大粉',有自己的'腿毛',经常发'仅粉丝可见'的帖子,我就是回回帖罢了,瞎嚷嚷,作用不大。""可是我最看重的就是你,因为你说你是一个普通工人,我的音乐野心就是让最普通的人知道我理解我。""可是我虽然知道你,但并不理解你。""是吗?哪点不理解?""多了,都不理解,我好像就是因为不理解才喜欢你的。""是吗?"卫生间到了。

庆典开始了,由集团副总裁吴梅的爸爸吴旭光主持,总裁讲话:成绩突出,继往开来,更上层楼什么的,然后宣布了"巨无霸"冰级运输船"现代号"的上马。"这就是说,'东方船舶'从今天开始,迈出了进入世界船舶制造先进行列的第一步。"全体鼓掌。李昂代表1号船坞发言,慷慨激昂地表了一通决心。接着就是"铁碳合金"的演出。第一首歌是《田横精神之人生必守》,接着是《纺织女工》《大货车之歌》《我们为什么在这里》《边缘》《钢水谣》,然后就是《不沉的"蓝鲸号"》。

> 你为风浪而造,
> 为了零距离的此岸与彼岸,
> 为了昨天与今天的呼啸,
> 为了拒绝传说中的沉沦,
> 也为了呼唤死海里没有的妖娆,
> 一艘远洋货轮的故事里,
> 港湾是永恒的微笑。
>
> 然而,你不会为港湾而骄傲,

永远不会。
你是一滴水的入海，
是一只从太平洋飞到大西洋的鸥鸟，
翅膀挑着信使的虔诚，
迎来全世界的荒寒与饿殍，
你是行动的仓储，
是洋流上的麦地，
是黑非洲的温饱，
是一切疲倦一切期盼的慰劳，
你是蓝鲸号，在你的生命里，
灾难永远渺小。

施欣萍弯腰拨弹着吉他，就像一个直立游走的海马在珊瑚洞里悠闲地穿行，音乐的奔流环绕在身边却丝毫不影响稳定，水手不失水准的作曲让她感到自己处在一个任何时候都能逍遥自在的舒适度中，她因此而大幅度地摇晃起身体，似乎可以不集中精力对付每一个音符，可以想一想音乐之外的事：让节奏把她的身型塑造得更加优美，因为节奏不仅是音乐的骨骼，也是青春女性的骨骼。突然"咔嗒"一声响，她的心愣了一下：粗糙出现了，这个地方音高的连续为什么如此相同？让乐句滑入平庸的原因往往是半个音阶的疏忽，插进去一个辅助音不是更可以表现海浪的本色吗？起伏是音乐的助产士，只有它才能让均衡的线条变成旋律。正想着，水手的男高音响起来。别走神，下来一句就是她的铆接，必不可少的天衣无缝是歌喉链接歌喉的关键：排练时的中音被她突然唱成了高音，所有的伴奏都没有跟上，只有她的吉他跟她的身型一样高挑地走进了重升记号的规范，脑海里的迅速修改让曲谱变得应接不暇。水手看了她一眼，是赞许的眼神、钦佩的瞩望：

即兴的改编恰到好处,这个地方就应该这样。所有其他的伴奏瞬间变成了低她八度的和声,浑厚地陪衬着,一种落差鲜明却相得益彰的共鸣逆流而去,时间在停止中粉碎了,所有的流淌——声乐与器乐的流淌,都变成了固体的铁雕,孤拔而起。

> 仿佛你不知道海的淹没,
> 不知道马达唤醒了惊涛,
> 不知道铁锚的拥吻会在八百米深处,
> 不知道风的吹来不是为了弄媚撒娇,
> 你说你已把货轮嫁给天气预报,
> 却没有想到波浪止息于钢铁的碎裂,
> 从此消解了远航的寂寞与无聊。
>
> 船长站在甲板上,
> 向军舰鸟发出呼救,
> 应声而到的却是黑海雕。
> 平安斧砍断救生艇的缆绳,
> 才发现浪山之险竟比天高。

乐队的演唱突然出现了五条同时存在也同等重要的独立旋律线,并且很快不分高下地网络在了一起:夏夏的低音、肖蚌的中音、水手的男高音、施欣萍的女中音和乔普林的女高音的碰撞,在瞬间裂变后迅速演化成了一场战争,一种气势逼人的舞台表演飓风卷浪一般潮涌而来,诸声部之间的关系变得犀利而刀光迸射,所有人唱出的歌词都成了模糊不清的呓语,乐音和噪音的轰鸣追逐着下一个轰鸣,一再地轰鸣着。突然,其他人收声了,水手的男高音却还在响亮,仿佛是独一无二的词意提醒：遇险了，"蓝鲸号"遇险了。之后便是乔普林的女高音，每一个字都唱得清晰无比。缓缓而起的低潮伴奏凸显着不幸的事件和不安的情绪，而在情绪的制高点，水手和乔普林却相继休止，仿佛是没有时限的休止，寂静的舞台，违背了观众的期待。夏夏的贝斯悄然而至，声气低低地引诱着：出来吧，出来吧，这里是大海，现在是激浪，已经有沉船发生了。施欣萍应声而来，嘴一张就是飙升而起的"小字四组"，尖锐地搅动着凝固的空气。接着便是纷纷出笼，所有的声音、所有的乐器，似乎都成了站在起跑线上的飞将，和发令枪的响声同时弹出，随意争抢着隐藏在"间"和"线"之中的亮相时机。只有肖蚌有些迟疑，吊镲慢了半拍，嗵鼓少了半拍，用脚踩响的低音大鼓竟然用一拍半的时间做着犹豫：到底响不响呢？尽管最终还是响了。观众们激动起来，先是让节奏变成了身体的扭动，之后便是坐着的单手摇摆，又之后便是站着的双手摇摆。很多人都是第一次观看现场演出，吃惊地想：从来没发现自己是喜欢音乐的。

剧场一侧，紧靠走廊的座位上，庆典组织者李昂的双手摇摆突然被打断。穿着一身藏蓝色小西服，把自己打扮成技术干部模样的吴梅走过来，对他身边的一个工人说："麻烦让一下，我有话对他说。"工人扫了她一眼，赶紧起身走了出来。吴梅说："你往里坐。"李昂便朝里挪过去，把自己的座位让给了她。吴梅坐下来，板着面孔问："你跟她在说什么？""谁？""别装了。""到底是谁嘛，跟我说话的人多了。""蓝雪，我一进剧场就看到你跟她在门厅里嘀嘀咕咕。""哦，商量乐队演出的事。""你跟她商量？她又不是乐队的。""一个超级粉丝，1号船坞最优秀的歌迷，知道乐队的很多事，把献唱一首歌变成'铁碳合金'的演唱会，就是她的主意。""一个电焊工，懂什么音乐，跟着瞎嚷嚷罢了。""'东方船舶'靠的就是工人，尤其是电焊工，你瞧不起人家就是瞧不起自己。""我就瞧不起她，怎么了？""没怎么，你随便。""我就是还想问问,余湘子的事到底怎么办?""告诉你爸,推掉,就说办不了。""你的意思是我们不结婚不买别墅了?"李昂愣了一下,沉默了一会儿说:"你爸到底收了他多少钱?赶紧还回去,这种事我们不能干。""我爸还不是为了我们好。""我去给你爸说,我们不需要。""我需要。""你需要什么?拉着我一起往污水泥坑里跳?"吴梅冷笑一声:"你也可以不跳。""这话可是你说的。""正中下怀是吧?别忘了当初是你主动追我的。""当然忘不了,你提醒过多次了。但你也别忘了我追求的是一个禀性天真内心干净的姑娘,更别忘了我是一个什么样的人,我不会拿1号船坞的名誉开玩笑,也不会拿关系到船坞未来的竞争上岗作儿戏,还是那句话,一个造帆船的,造不了'巨无霸'冰级运输船,让他死了心吧,好好设计出几款有国际领先水平的帆船比什么都好。""这种事是你操心的吗?我爸是集团分管技术的副总,他都不在乎,你在乎什么?""那我就直言不讳了,余湘子能不能去别的地方甚至去集团当总设计师我管不了,但我决不能让他参与我们1号船坞的任何设计。"吴梅轻蔑地撇撇嘴,哼了一声说:"恐怕连这事你也管不了吧?你也只是个副总经理。"李昂生气地说:"既然知道我管不了,那你来找我干什么?""撑我是吧?别以为我不知道为什么。我告诉你,余湘子早就提醒过我,让1号船坞的漂亮女工离你远一点,尤其是蓝雪。"吴梅说着,抬起屁股走了。李昂呆坐着,突然听到舞台上响起一阵女声高亢的吟唱,惊愕地起身,看看周围那些始终心甘情愿接受音乐鼓动的工人,又按照刚才的节奏摇起了双手。

> 12个水手脱下12件救生衣,
> 还有大副二副三副的救生衣,
> 还有轮机长和水手长的救生衣,
> 还有船长和船长室的备用救生衣,

25 件救生衣连接成一个橘色的浮标，
　　再带上最后一瓶淡水和最后一个面包。
　　去吧，祝你好运，第 13 个水手，你还是：
　　吉他手、圆号手、青春正好的歌手，
　　你说过，你有梦，
　　音乐将为你自豪。

　　哪里有灯塔——苍烟中的落照？
　　哪里是故乡——迷惘中的青岛？
　　用 18 个生命换取 1 个生命的蓝鲸号，
　　一路长漂。

　　女声吟唱的背景下，水手孤声而恸，是音恸，更是心恸。乐队把表达的重点放在了高声部的单一旋律上，让它无依无靠地响过一分钟之后，嘭嘭的几声拨弦，换来了夏夏的低音支撑，是他的歌声，也是他的贝斯。高音和低音并肩而行，两条线的轮廓清晰得如同描画，中间的空档犹如一片海上原野，是海浪，也是草浪，填空开始了，就像时空在纵横两方面的扩张，施欣萍的中音和乔普林的中音把和声变成了音符的随意闪烁，就像即兴的涟漪因为"通奏低音"的技巧而变得比阳光还要丰饶。施欣萍寻思：水手忘了在乐谱的低音声部用数字标明上方和声到底是几度音，所以大家在此处的演唱跟排练又不一样，但并不遗憾，因为它恰好体现了一种残缺后的完美，一种心有灵犀的默契。只有架子鼓不怎么景气，有些过于明显的违和，就跟风雨和阳光的生拉硬扯一样。肖蚌今天怎么了？老走神，被台风吓坏的灵魂是可以用音乐来挽救的，不然你做什么音乐人呢？大家都是一起面对台风，他竟不如女的，漫长的心有余悸虽然合情合理，却有些不合时宜。

掌声雷动，仿佛是"玲玲"的一部分，包括气势，也包括恐怖，闪电和骤雨来自歌喉与乐器，来自扩音设备，来自敏锐的听觉和工人观众对现场音乐的感觉。接下来的演唱更是百分之百的适应——给予和接受在同一个层面上的互相拥有。期待之中、想象之外，出现了夏夏抑扬顿挫的哭吟，正在被砂纸打磨的喉咙在尽显喑哑之美的同时，让一种音乐之外的音浪奋力扭动在主旋律飘过后的尾音里，而他怀里的贝斯却一直处在原声和失真交替的状态中，又粗又紧的琴弦发出的不仅仅是原本具备的音色，还有对定音鼓和响板甚至钹镲的模拟。更加出色的当然还是吉他弹奏，施欣萍老道而娴熟的炫技指法，让并没有占据C位的她自然而然成了吉他领袖，乔普林右升，水手左迁，加上他们三个时而同声和鸣，时而此起彼伏的歌唱，让每一首歌的潮起潮落都处在极地两端的律动中，一次次往坚实的人心里深深铭刻着钢铁对船坞的访问。肖蚌一直唱的是中音，还不错，越往后越没有瑕疵，包括本来就应该魔幻起来的架子鼓，鼓槌的灵动风驰电掣，巧夺天工的摹画把扭曲的音符笔直地写上了海上剧场的穹顶，然后飘摇着跌落进了观众的耳郭。可惜仅仅是最后两首歌的完美奉献，他还需要拿出更有说服力的热情与功力，来证明自己可以做一个被音乐以及粉丝完全信任的歌手加鼓手。演唱会和10首歌一晃眼结束了，接着是献花，花是蓝雪张罗着去"船长超市"买来的，用的是粉丝自己的钱。李昂宣布庆典结束，领导上台跟乐队合影留念。之后"东方船舶"的总裁特意来到李昂面前说："庆典搞得不错，小伙子，好好干。"副总裁吴旭光也跟了过来，笑眯眯地说："总裁边看边夸奖，别出心裁，蛮有新鲜感，工人们也喜欢，以后可以多请他们来给我们演唱，只要能鼓舞士气，花点钱没什么。"

乐队聚集到后台，喝水的喝水，喘气的喘气。夏夏弹得手指都有点疼了，不停地甩着，像是要把疼痛甩出去。乔普林说："柳浪看走眼了，音响设备不是'还行',而是好得不得了。"柳浪说:"看来'东方船舶'很有钱,连工会的装备都是最先进的。"肖蚌说:"那咱们是不是可以提高一下价格,一首歌涨它5000?再说还应该有台风冒险费、精神损失费。"施欣萍瞪他一眼说:"这是音乐人说的话吗?别给'铁碳合金'丢脸。"乔普林说:"好端端的,你哪有什么精神损失?"肖蚌说:"我们从暴风雨中走来,一路上担惊受怕,损失大了。"水手说:"那是你心理素质太差,活该。我倒觉得我们应该赔偿人家的精神损失,架子鼓明显有失误,而且不是一般的失误,吊镲和嗵鼓一旦敲不到点子上,就不能算是音乐,是刺耳的噪音干扰。"肖蚌说:"你们就会说我,谁还没有个心不在焉的时候。"施欣萍说:"音乐人都应该追求完美,你既然掉了链子,就没有资格为自己辩护。"肖蚌不说话了,倒不是认错,而是不想跟施欣萍闹不愉快,毕竟是她把他拉入乐队的。他现在已经喜欢上乐队了,觉得比学校更自由,做事情的机会也更多更便利。

  剧场内,观众有的散了,有的没散,都在议论"铁碳合金":"人家是'海岸钢铁'的乐队,我们'东方船舶'为什么就没有?""谁会啊?又是唱又是弹又是打,而且歌曲还都是自己写的。""咱是万人大企业,我就不信没有几个音乐人才。""两个女歌手叫什么来着?唱得好,长得也好。""你更喜欢哪个?""你可不能乱喜欢,人家是李昂的偶像,不然能请到咱这里来?""我喜欢那个弹吉他的男的,特别酷。""那是自然,你是女的嘛。""还有一个残疾人,好像声音也是残疾的。""你怎么这么说?那才是真正的声音,像是翻砂车间出来的,粗粗拉拉又结结实实。""他叫夏夏,听他唱歌就像听电焊工眼罩前的刺啦声,也算是独一无二。""你们懂什么,那叫低音炮,一般人唱不出来。"所有的信息都来自蓝雪,却又跟她毫无关系,传着传着就走了样,不是扭曲的路,却是扭曲的行走,谁能负责? "我发现今天蓝雪是最活跃的一个,她肯定看上了谁。""谁呢?不会是打鼓的那个吧?挺帅的,献花的时候蓝雪直接走向了他。""谁说的？上台时蓝雪把自己排在了后面，看别人怀里都有了花，只有鼓手空着，才直接走过去的，不信你们去问蓝雪。"蓝雪正在通往后台的阶梯前阻止蜂拥而至的人群："别挤别挤，大家都排好队，我现在就去问问，可你们什么也没拿，往哪里签呢？""衣服上签呗。"几个青年女工带着节奏喊起来："施欣萍，施欣萍。"蓝雪走进后台的门，看到李昂在那里，就说："那么多工人要求签字，怎么办？"恰好肖蚌就在李昂身边，回头硬邦邦地说："不签。"水手听到了，大声说："又不是要求你签，你说了不算。"过去告诉了施欣萍。施欣萍说："签，我们大家都签，不过我们没带笔。"蓝雪说："这好办，马上就去买。"说着回身就跑。李昂说："你陪着乐队，我派个人去。"施欣萍说："最好是粗一点的笔。"

　　签名开始了，长长的队伍环绕着剧场的走廊，女的多数签到了工装上，男的有签工装的，也有签衬衣的，少数人不知从哪里找来了纸，小心翼翼地捏在手里，生怕弄折了，揉皱了。乐队的所有人都拿起了笔。夏夏是第一次给人签名，手抖得不能自已，签一个名得费半天工夫。肖蚌也是第一次，却要假装老练潇洒，胡乱挥动着胳膊，把名字签得连自己都不认识了。两个小时后，闹哄哄的签名才算结束，工人们觉得没有理由再待着了，便知足地离去，剧场里顿时安静下来。李昂说："台风还在刮，雨还在下，去食堂有一段路，咱就在剧场休息室吃饭吧。"施欣萍说："饭就不吃了，我们自己带的有。"李昂说："怎么可能呢？就算我答应你们，工人们也会拿饭票点菜给你们摆一桌的。"蓝雪说："我去食堂看看，好了没有。"李昂说："让食堂尽量搞得丰盛点，只要有的都上，尤其是海鲜。""这个得你去说。""好，我跟你一起去，大家先去休息室吧，吃点水果喝点水。"半个小时后，几十个工人络绎而来，都是一人端一样包装严实的菜，一人打伞护送，一路走来，劲风斜雨早已打湿了他们，菜却保护得好好的，摸一摸还会烫手。施欣萍从沙发上站起来说："拿什么报答这些工人呢？"李昂搬着一箱啤酒说："你为我们写首歌吧？""我也只有这点本事。""题目就叫《大船是怎么造出来的》。"施欣萍爽快地说："好吧，不过到底是怎么造出来的，我也不知道。""我让蓝雪给你说，她那个工种是造大船的关键。""还是你说吧，你肯定更权威。""那我明天就给你打电话，方便不？""方便。蓝雪呢？让她也来一块儿吃。"

　　蓝雪正在剧场门厅跟雷蕾和王起说话。雷蕾和王起是专门在这里等她的："你不会忘了我们吧？来来去去都不看我们一眼，我们在集装箱码头见过面。"正在招呼工人排队上菜的蓝雪愣了一下，突然抓住雷蕾的手说："我就说嘛，这两个人是谁？面熟熟的，就是想不起来。你这么一说，脑子一下就亮了，还是那次在你们码头，我第一次知道了'子午线'和施欣萍。当时傻傻的，去打听那个吹小号的怎么突然不吹了，没想到还跟大明星掰了手腕。我也就是从那一天开始，才发现音乐真是太好了，我需要什么，它就能给我什么。对了，那个骆横，你们谁的师弟，有消息没有？"王起说："消息倒是有，就是离我们越来越远了，也在搞音乐，就是不知道他是怎么搞的，想起来就有点担心。"蓝雪说："担心什么？说不定你跟他越来越近了呢，因为有音乐嘛。"雷蕾说："看得出你今天特别开心，跟第一次见你就像两个人。""那还用说，施欣萍他们唱得那么好，一口气唱了10首，而且是我建议的，人家居然答应了。"雷蕾说："那是因为你面子大。"蓝雪说："我也想，我的面子咋这么大？一想就特高兴。对了，有台风你们还敢来？"雷蕾说："我们不是从海上来的，走陆地绕了一大圈。""这会儿还有公共汽车？""哪里，走着来的。""那你们怎么知道乐队一定会来，万一来不了呢？冒着大风大雨，跑那么多冤枉路，划来死了。"王起说："没想他们一定会来，也没想他们一定不会来，反正她要来，我就必须跟着来。"雷蕾说："是我跟着你的吧？""就算是吧,既然已经想好了,就不能改变,码头上的人,什么台风没见过,还怕它'玲玲',一个女孩。"雷蕾瞪起眼睛问:"你说谁呢?我也是女孩。"王起一笑,抠着头说:"说漏嘴了,女孩跟女孩不一样,'玲玲'这么狂暴,你这么温柔。"雷蕾问:"可不可以给我们签个名?"蓝雪问:"你们刚才没签哪?"雷蕾说:"不好意思往前挤,总觉得是你们花钱请的人家。""那有什么,音乐连国家都不分,还分船坞和码头?走,我带你们去签。"

小调性回旋曲
熔炼之恋（作品第8号）

当航海家郭翔出现在滩头，
人的心脏已不堪承受真相。
他说被困在拥挤的海象岛，
绝望中只有做象类的理想。
登上救生衣连成的蓝鲸号，
他们出现在回家的海途上。

/

蓝雪带着他们走进休息室，来到施欣萍跟前，还没等介绍，施欣萍就指着雷蕾和王起说："集装箱码头的人也来了？不会是来报仇的吧，手下败将？"她以速记乐谱的能力清晰地想起了两个月前她去集装箱码头时的情形，窘得王起立刻红了脸，难为情地笑着，低头，抠头，摇头。蓝雪说："他们还没得到签名呢，一直等着。"施欣萍说："这好办，来来来，大家都来签，签哪里？还是衣服啊？"乐队的人就围绕着雷蕾和王起签起了名。雷蕾让签在她那标志性的淡蓝色改制工装上，王起则脱掉工装，让签到白色T恤上。施欣萍一边给雷蕾签一边说："你的衣服好看，如果我们乐队需要配置演出服，就应该是你这样的。""真的，到时候我送你一套。"肖蚌来到雷蕾身边说："这也能当演出服？"水手说："怎么不能？出奇制胜，谁也想不到。"肖蚌卖弄地说："我喜欢欧美爵士舞台装，也喜欢垃圾摇滚的比基尼，华丽摇滚的浓妆艳抹、奇装异服，雌雄难辨就更好，无节制的外形放纵才适合流行乐的风格。"说着望了一眼雷蕾。雷蕾听着肖蚌说话，眼睛却望着乔普林："姐姐好漂亮。"施欣萍说："我不漂亮吗？"雷蕾说："还没来得及说你呢。"乔普林接过施欣萍手里的白板笔说："不说我漂亮，我就不签，而且还要说最漂亮。"施欣萍说："那我是不是签早了？"雷蕾说："我可以后补，现在就补上。"施欣萍说："别别别，咱不能互相吹捧，漂亮不漂亮得看事实，其实你最漂亮，要不然怎么会有护花使者跟着你。"雷蕾说："我漂亮什么，就一个工人。"施欣萍说："工人就不漂亮了？蓝雪也是工人。"又问，"那个吹小号的骆横呢？你们再见过没有？"雷蕾说："我没见过，他见过。"王起说："他回来过一次，又走了。""去哪里了？""我也不知道。你是不是还想找他？我这里有他的电话。""算了，我们乐队已经有了水手，水手会吹圆号，就不需要吹小号的了。""看来我这个师弟跟你没有缘分。""我们有缘分就行，别忘了关注我，我们是加过微信的。"肖蚌说："你们都加微信了？那我也加上吧。"说着摸出手机，先扫了王起，又扫了雷蕾，看蓝雪正在跟施欣萍说话，就没去扫她，转到雷蕾身后开始签名。这次他签得很慢很公正，就像在鼓面上磨蹭鼓槌那样，完了又热情地说："跟我们一起吃饭吧？"施欣萍也说："坐下坐下，你们肯定也饿了。"雷蕾和王起说什么也不吃，说着感谢的话走了。

　　蓝雪也没有陪着乐队吃饭，她送雷蕾和王起离开后，就坐在空荡荡的剧场中，开始捣鼓手机。拍了不少演出的照片和视频，她想尽快发到粉丝群里。每一首歌她都发了一组9张照片和1个视频，发完了90张照片和10个视频，又觉得视频的角度都一样，清晰度也不太够，就给李昂发语音，问他能不能让集团工会录制视频的人把他们的权威录制发一个给她。李昂立即照办，十分钟后，视频来了。她粗略一看，便发了出去。这时候已经有了"牛心拐孤"和"50炉火锅"的回复，于是便开始点赞啊，评论啊，转发啊。两个大粉们又发了"仅粉丝可见"，希望"腿毛"们多多评论多多转发，还说"加油，加油，加油，争取上'热搜'"。但他们也知道，仅凭施欣萍和"铁碳合金"现在的知名度和粉丝数量，要进入全国"热搜"榜，还差了几百公里。蓝雪没有"腿毛"，只有朋友圈，她也转了过去，发了几十个拱手作揖的表情，央求别人评论和转发。突然听到头顶有人说话："你不饿？吃点东西去吧。"她抬头一看是李昂，莞尔一笑："人一高兴，连饿都忘了。"还是低头摆弄着手机。李昂就把一块穿了竹棍的烤鱼递给她："那就在这里吃吧。"她接过来吃着，迷醉在别人的评论里，一会儿诧异一会儿微笑，神情专注得就像在造船基地上创造着关键部位的"鱼鳞焊"。一晃就是一个多小时，等她再次抬起头时，偶像施欣萍和她的乐队已经准备走了。她说："怎么能走啊？又是风又是雨的。"李昂说："都停了。""啊？'玲玲'走了？"他们送施欣萍一行出了海上剧场，来到小面包跟前，彼此说着感谢的话，又是握手，又是招手。小面包走了。蓝雪喘了一口气，疲惫地扭曲着身子，朝剧场休息室走去："有没有剩菜？我去打个包。"又拍拍肚子，"饿了。"李昂举了举手中的塑料袋："已经给你打了包，走吧，去我办公室，我想跟你了解点情况。"她拐回来，接过塑料袋问："什么情况？""去了再说。"蓝雪打着哈欠说："我想回宿舍睡觉。""那就去你宿舍说吧。"去1号船坞他的办公室必须经过她的宿舍，她也就答应了。

两个人朝前走去，不说话，都望着天空，发现不光风雨不再，连乌云也散得一干二净，阳光从清洗过的天幕上飘下来，带着不染尘埃的干净和轻柔，摩挲着他们的脸，青春的脸庞比赛似的灿烂着。李昂说:"今天真不错,一个完美的庆典,集团领导很满意。"蓝雪的兴趣却只在音乐上:"差不多每一首歌都是经典,可惜的是我们没有请电视台,要是直播出去就能在网上下载了。""你不是已经有视频了吗?""毕竟只是集团工会的水平,再说也不是在音乐平台上发布的,看到的人不会太多。"说着,就到了蓝雪的宿舍。李昂是第一次进来,四处看了看:朴素而整洁,简简单单的,几乎没有多余的摆设。"坐呀。"蓝雪放下剩菜,开始烧水备茶。李昂坐到桌边的椅子上,看着桌面上的水晶相框里施欣萍的演出照说:"不用忙,我喝了一肚子啤酒,什么也喝不下。""领导来了,我怎么可能连杯茶都不端,水马上就开,两分钟。"沏了茶又说,"别挑剔啊,我这里只有袋泡茶。""想挑也挑不出来,我也是工人的一员,没讲究过这些。""那还是不一样,你是上过大学的,而且是研究生。"她坐到桌子的另一侧,"说吧,什么事?"他沉默着,喝了一口茶才说:"你在帆船公司待过,应该了解余湘子这个人吧?""人家是搞设计的干部,我是个工人,了解不多。""你跟他关系怎么样?""算不上好,也算不上不好,就是那种见了面打个招呼就完事的关系。""那他为什么会在背后说你的闲话?""他说我什么了?""他给吴梅说,让1号船坞的漂亮女工离我远点,还点了你的名。""我?我跟你很近吗?再说他是帆船公司的,怎么知道1号船坞的事?""我也这么想,现在很多人都盯着1号船坞,前天鲁明洲碰到我,问我蓝雪最近怎么样,我说她怎么样你问她自己,问我干什么?鲁明洲说你们不是关系好吗?我就纳闷,这是谁传的话?""浮船坞的大副已经结婚了,我跟谁好不好跟他有什么关系?""他已经不是大副了,是浮船坞的副总经理。""你跟他很熟吗?""我去船舶技校上过课,他太太是船舶技校的艺术课老师,后来还请我参加过他们的婚礼。他关心你是情有可原,毕竟当初你们都是初恋,忘不掉的,这个倒没什么,但余湘子对你说三道四,我就有点想不通了,除非你跟他有过节,他故意找茬儿。""过节倒没有,但我对他有看法。"蓝雪说起在她帮助骆命好制造三体帆船时,余湘子对设计的剽窃,越说越疑惑,"我虽然想过要不要告诉骆命好,但最后还是没有,早知道他是一个喜欢给人泼脏水的人,当时就应该揭穿他。""难怪他会跟你过不去,你应该是唯一一个能揭穿他的人,虽然你没有,但你对他的态度前后肯定不一样,他做了鬼事,心虚敏感,一点点异样就能觉察出来。""那他应该对我好点才对啊。""这是你的想法,他想的是只要脏了你,你才不会说他脏。""为了让自己变得清白无辜,就想把别人搞脏,归根结底他还是个脏。""不理他,有点提防就好。"李昂说着站了起来。蓝雪说:"你告诉吴梅,千万别多心,你们是真金不怕火炼,我是身正不怕影子斜。""不过余湘子也不是纯粹的造谣诬陷,我跟你的关系就是不错嘛。""那要看不错到什么程度,同事、哥们儿、上下级,有什么呀,都可以摆到桌面上。"李昂笑了:"是啊,没有什么必须藏着掖着的。"瞅了一眼立在床头的吉他又问,"你现在还在学?""只能说是本来想学,现在又不想了,学不会,挺难的,你怎么知道?""音乐就是好听的声音,没办法偷偷摸摸,这座楼上全是耳朵和眼睛。"蓝雪朝上翻了一下双眼皮,似乎才意识到周围有那么多关注她的耳朵和眼睛:"那我就明白了,肯定是咱1号船坞的人传出去的。""传什么?""你让我去过几次你的办公室,再就是我跟你说话随便些,所以余湘子才点了我的名,可我也不漂亮啊,他说的是让漂亮女工离你远点。""你还不漂亮?那咱'东方船舶'就没有漂亮女工了。"蓝雪想说吴梅比自己漂亮,觉得那样太虚伪,起身挥了一下手说:"不说这个了,我的意思是我以后不可能再去你办公室了,你也别叫我。""那我就到这里来。""别别别,这样更不好,会弄假成真的,这是第一次,也是最后一次。""要是人家说得不假呢?""怎么可能呢?""很有可能。""连你也这么说?"

李昂一笑："我给你看个帖子，是我朋友圈里的。"说着打开了手机。帖子说："一个李昂，一个蓝雪，今天的庆典就是他们两个的荣耀，郎才女貌啊。"她歪过头去，看着发帖的人："谁是'洲际'？怎么这么说？""你连'洲际'都不知道？就是鲁明洲啊。""他不是不喜欢玩手机吗？我跟他认识那会儿他连微信都没有。""人都会变，能从大副升到副总经理的人，不可能没有微信，信息和人际全在微信里。他还转了两张照片，一张是我在台上讲话，一张是你在台上献花，配着音乐，是施欣萍的吟唱。"说着划动手指往下翻。两个人、四只眼，盯着小小的屏幕，脸自然要凑到一起，中间的距离只有不到一指。音乐响起来。她说："好听。"他瞅了她一眼："也好看。""'铁碳合金'的两个女歌手都好看，但只要施欣萍扭动起来，乔普林就比不过了。""我说的是你。""我？还凑合吧，只能说上台献花的这个人不难看。""不仅好看而且谦虚。"他说着，本来是要收起手机走人的，似乎只想开个玩笑，给他们的谈话留下一个轻松愉快的结尾。但一瞬间他又把玩笑推开了，做出了一个缺乏设计的动作：把嘴唇迅速伸到她的脸颊上，似亲非亲地挨了一下。接着自己也愣了，意识到这个动作虽然很小，小得甚至都可以掩饰过去，却有一种非同小可的作用：如果他继续认真，便可以决定他今后的一切。命运悄然走来，猝不及防地拽住了他的脚步，是给予他的自由，也是给予他的束缚，因为自由从来就是束缚的另一种叫法，它们的关系比"孪生"还要紧密，孪生的未来一定是分开，而自由与束缚的未来却一定是分币的正反。他看她没有躲闪，便伸出双手捧住了她的脸。她一时没反应过来，心说这是干吗呀？紧接着他就凑上去，把自己的嘴唇轻轻地搁在了她的嘴唇上，两种温热带着进出的气息碰触在一个被音乐勾连羁绊的时刻。那一刻他想说："你是25件救生衣连接成的浮标，是最后一瓶淡水和最后一个面包，是用18个生命造就的'蓝鲸号'，而他就是第13个水手，寻觅着陆岸的灯塔,迎来了最后的苍烟落照。"是的,不会再有迷惘彷徨了,音乐赞助了神奇的力量,让他突然意识到这是高光的一天中最后的闪亮,一旦放弃,就不会再来。而她却完全傻了,不明白到底发生了什么:是他喝了太多啤酒的失控,还是作为领导的权力膨胀?在"东方船舶"所属的机构里,领导借着酒劲儿欺负女工的事情并不是没有发生过。但她很快发现还有第三种可能,因为他很有节制地松开了她的脸,严肃而认真地说:"你放心,我不是一个随随便便的人,跟吴梅的关系很快就会有个了结。"她意识到自己面对的问题再清楚不过:追求出现了,有点措手不及,也有点难以置信。跟当初浮船坞大副的追求完全不一样,这里没有双方对收入、地位、工作、家庭背景、生活负担、健康状况等条件的缓慢考量,没有庸常而俗气的揣测试探,有的只是音乐直截了当的牵引和节奏的快速催动,当然还有品行和容貌的介入,却已经隐身在粉丝情趣的背后了。他又说:"别怪我,怪音乐,没有激发就没有冲动,我不能再压抑了,更不想后悔一辈子。"明明是两个基本不懂音乐的人,却让音乐把他们拉扯到了一起。往后的航线怎么走?有没有他们躲避风雨、享受生活的港湾?音乐是不会告诉他们的。他很快离开了她,撂下的最后一句话是:"你等着,我不会拖泥带水,我要清清爽爽地跟你接触。"她张张嘴想拒绝,却什么也没说出来,满腹疑惑地把双手放到了脸颊上,感觉那里正在渗漏丝丝羞红。

接下来的日子里,蓝雪和李昂再也没说过话,包括手机上的通话,见面的机会也寥寥可数,而且是远远的木木的,从船坞的这边望到那边,就像两棵树的隔海相望。但关于音乐的信息却并没有中断,微信以"转发"的形式架起了一座有声有色的桥梁,仿佛鹊桥给了他们一种"又岂在朝朝暮暮"的安妥,主动的李昂和被动的蓝雪似乎都不怎么着急。她把"铁碳合金"在海滩男孩酒吧的演出视频转给了他,还转了施欣萍的一段话:"检验乐队的最好办法就是面对观众重复一种绝不掺假的演出,你会发现他们的每一声尖叫、每一种情绪和每一个动作,都是对你的订正,你可以固守己见,也可以补过拾遗,但不管你采取什么态度,都说明音乐没有最终的完善,它永远处在被挤压、被掘取、被增删、被流传和被遗忘的过程中,即便我们面对《接电巴赫》和《接电贝多芬》这样的作品,也很可能会是这样。"他转给她的则是乐评人"纯净巴洛克"关于浒苔乐队的一则评论,说明作为施欣萍的粉丝他还会借此关注到整个娱乐界。评论说:"在铁大钢把他的'激活历史'改名为'机车头'后,又一乐队更换了他们已经多少有点臭名昭著的名字,那就是把'浒苔'改为'高楼大厦'。众所周知,'浒苔'是海洋污染的结果,是漂浮在蓝色大海之上的绿色垃圾,它抢夺水中的氧气,窒息海洋生物,是保护海洋生态必须清除的对象。景翔的种种表现让他和他的浒苔乐队已经到了名副其实的地步,他就是一堆让音乐生锈的浒苔,是一处绿色耀眼的霉菌之所。现在'浒苔'改名了,改名的寓意显然是:人们自然不需要浒苔,却更加自然地需要高楼大厦,房子对几乎所有人都有诱惑而且永久不衰。据网友'人肉'之后提供的线索,景翔的背景是赫赫有名的家族企业景泓地产和景泓集团。高楼大厦乐队从对世界有害的浒苔,变成了帮助家族资本发财牟利的工具,歌唱与弹奏堕落为无耻的吆喝,被玷污的音乐深陷在泛滥广告也泛滥欺骗的市场上。"李昂对转发没做任何表态,但意思是清楚的:对这样的乐队咱可不能粉它,就算它改头换面乔装打扮猪嘴里插葱装象,景翔还是景翔,锈迹和霉菌不会改个名字就消失。就是不知道网络上那些传闻真实不真实?尤其是关于主唱景翔借助音乐和好看的皮囊传播HPV的事,说得有鼻子有眼,除了缺乏证人和证据。有一天蓝雪又转了机车头乐队在管风琴酒吧的演唱,长头发、高个子的歌手铁大钢格外醒目,他的翻唱几乎到了乱真的地步,能感觉到一个模仿天才引起的酒吧轰动，是流行音乐永远流行的佐证。李昂转发给她的却是"嗨王争霸赛"开幕的消息，盾构机乐队的首秀非常抢眼，有评论说他们创作了流行音乐拿捏人心的典范，就像他们知道节奏和心跳如何才能合拍，而他们要做的仅仅是让更多的人心跳加快，达到一种忘乎所以的"过速"，然后再用心去喜欢他们。李昂当然知道蓝雪会比自己更殷切地关注到比赛的开幕，他的转发只是想告诉她：他跟她同步，跟她有着同一种寄托和享受。

就这样，蓝雪和李昂只用音乐透过微信来来去去，不见面，不问候，似乎也不等待，不期许。理由是忙，忙也是真的。两个人都没有多余的时间，"现代号"上马在即，李昂作为负责建造的副总经理，有多如乱麻的准备工作需要一一落实，还有竞争上岗的各种述职和投票——工人为干部投票，干部为工人投票，所有人为总经理、副总经理和总工程师、副总工程师投票，他需要废寝忘食是必然的。但寝可废，食可忘，对音乐的喜爱和作为粉丝的狂热却一定不能中断，除非他是个朝三暮四的人，一转眼就打脸自己，收回了貌似真诚的承诺。他似乎比蓝雪更明白：爱情需要滋养，而滋养爱情也就是滋养共同的情趣，干枯的爱情往往意味着一个人的寡情少趣。蓝雪的忙碌在于她不仅是一个出类拔萃的技术工人，还是电焊一班的班长，她得准备好本班所用的电焊机、电焊钳、砂轮机、敲渣锤、钢丝刷、电缆、扁铲、足够的焊条和焊条保温筒，维修的维修，保养的保养，换新的换新。有些特殊部位不能用电焊只能用气焊，还得准备至少两套包括焊枪在内的气焊设备，放在随手可取的地方。此外，她还要带领班组检修船坞上各个关键部位的焊接点，长786米、宽97米、深10米的1号船坞，归一班负责的至少有300米。电焊工基本是蹲着工作的，清除铁锈和油污，铲掉残损和变形，然后进行重焊和补焊，工艺的要求是，既不能薄于钢板厚度形成气孔和内凹，又不能超越钢板厚度形成满溢和焊瘤,平滑之中,又有闪闪发光的"鱼鳞"荡漾,每一片都必须清晰可见,而且精致细密,大小均匀。一天下来,累得腰都直不起来,似乎连吃饭的力气都没有了。但是音乐没有丢,粉丝的情怀被压缩在下班后睡觉前的短暂时光里,点赞叫好,读帖回帖,心无旁骛地粉着音乐以及她的偶像,打着哈欠放下手机时,才发现脑子里最清晰的还不是"铁碳合金",相比于施欣萍,李昂的面影越来越重要了。

一天晚上,她给他发了几个截屏,有"牛心拐孤"和"50炉火锅"对"铁碳合金"在"嗨王争霸赛"上首次亮相的赞美,有别的网友的评论,有"黑子"的恶评,也有忠粉们针锋相对的维护和对"恶评"的恶评。她期待着他的音信,躺在床上歪着脑袋猜测:今天他会转发什么呢?没想到他发来的也是几个截屏,内容却跟音乐毫无关联。她下意识地捂住咚咚打鼓的胸口,一眼不眨地看下去,看了两遍才看明白,网名"一段香"的就是吴梅,截屏是李昂跟吴梅的对话,不是一次,是好几次,却只有一个内容:分手。是他提出来的,她气急败坏又强势夺人:"分手就分手,当初我就没看上你,现在更不会放在眼里,别以为当了船坞的副总经理就觉得自己有多了不起。"却又一再地追问为什么?他心平气和地只解释了一句:"为了我们两个都好,今后的路很长,走不到一起的人不能勉强。"最后的对话是这样的——他说:"这是我跟你最后一次聊天,祝你幸福。"她说:"祝你死去,今天就死去,别想着拉黑我,我先拉黑你。"他在发来截屏之后,又发给她一个愉快的笑脸,写道:"结束了,我跟吴梅终于结束了。我们清清爽爽开始吧。"蓝雪没有回复,因为她似乎还没想好到底是接受呢还是拒绝。拒绝的理由是:自己只是一个普通工人,而且永远都是,不能指望她也像他一样,一步一步往高走去。而他现在是"东方船舶"最大最重船坞的副总经理,等总经理退了他就是一把手,根据他的能力和年龄,肯定还得往上升,能升到多高谁也无法估量。在整个集团公司,没有一个中层以上领导的妻子还是工人,他到时候别像浮船坞的大副一样,担心这担心那,扯出个"高浓度电焊烟尘"和"慢性肺纤维组织增生",非要想办法把她调到机关里去,工资少了不说,还不会干,自己丢脸,李昂没脸,多难受。她肯定不去,那不就又是早知如此,何必当初了?这么想着,她就关了手机熄了灯,打算睡觉,可怎么也睡不着,又打开手机看起来。截屏就像他的眼睛,里面全是对她的真心实意,而且是唱出来的,是悠悠扬扬带着伴奏的,小号一样,施欣萍的吉他一样,让她不得不问自己:你怎么知道李昂跟鲁明洲一样?大副喜欢音乐吗?会因为她喜欢音乐而喜欢她吗?可李昂是喜欢的,甚至可以说是因为她喜欢音乐才喜欢上了她,志趣相投的人,是不是会多一点理解?理解她对工人地位粉丝级别的满足,理解她的没出息——她这辈子就想干好电焊工,别的不想干。她拿着手机,翻来覆去地看着他的截屏,突然发现快没电了,这可怎么办?回他不回?就因为手机快没电了而她又想在睡前了结这件事,便把手指戳向了屏幕。她不会拼音,只会手写,写出来的句子既不是接受也不是拒绝。她问:"'巨无霸'什么时候奠基?"他的回复是:"后天。""后天正好是施欣萍他们的第二场演出。""我选的日子不错吧?""要是晚上加班,就看不上直播了,你为什么不错开?""现代造船最重要的工作就是处理钢材,我想让施欣萍和'铁碳合金'给我们加油鼓劲。""也对,钢铁的另一个名字就是铁碳合金。""船坞技术工作会已经决定了,跟超豪华邮轮'大西洋号'和巨型油轮开建时一样,'巨无霸'还是由你们班来操作奠基仪式上的'第一焊''第二焊'和'第三焊','第一焊'必须是你,其他由你和工段长指定。""怎么又是我?""只有你能焊出最漂亮的'鱼鳞焊',大家都放心。""我能一直让人放心,一辈子做个'第一焊'吗?""这就看你了,只要你努力,并且愿意,我觉得问题不大。""那我也放心了,看来你不会嫌弃某人永远是个工人。""你想的太多了。""睡吧,这么晚了。""三维数控弯板机还没有安装好,有些数据需要在电脑上重新调整,今天得搞到天亮。""那你还给我发什么截屏,浪费时间。""再浪费一会儿吧,正好需要换换脑子。""没电了。"她赶紧关了手机。

如同建筑工地剪彩仪式上的"第一锹",造船奠基仪式上的"第一焊"象征着这个项目的开始,"巨无霸"冰级运输船"现代号"的建造,将在蓝雪焊出第一个标准的"鱼鳞焊"后正式启动,它的开建时间也就是蓝雪的焊钳冒出第一朵焊花的瞬刻。三个45度的夹角组合被龙门吊运载到船坞中央的凹槽内,每个夹角都由两块宽1500毫米、厚30毫米的钢板构成,这是船底的一部分,是划开水面的前端锋刃。三声礼炮过后,蓝雪戴着配有面罩的白色安全帽,穿着蓝色工装,提着焊钳和工具袋,沿着阶梯走下了凹槽。就像登上了一座大舞台,她转着圈环顾了一下四周,倏地蹲下,仔细看看钢板,从工具袋里拿出钢丝刷,清理了一下焊缝表面,举着焊钳轻轻地磕了下去,焊花顿时飞扬而起,焊锡在钢板衔接处迅速融化蔓延着,就像缓慢地游动着一条大鱼,长长的"鱼鳞"排列出现了,四周的人开始鼓掌。接着是一班副班长在另一个夹角组合上的"第二焊",一分钟之后,被蓝雪指定的电焊女工陈丽在最后一个夹角上开始了"第三焊"。已经完成第一个夹角焊接的蓝雪过来,开始和自己的徒弟陈丽一起焊接。船坞边钢板摞起的高台上,领导的行列里,走出了1号船坞的副总经理李昂,拿着麦克风宣布:"巨无霸"冰级运输船"现代号"的建造现在开始。礼炮再次轰鸣,彩色的气球飞扬而上,音乐响起来,是施欣萍和"铁碳合金"演唱的《大船是怎么造出来的》。完成焊接的蓝雪起身,透过面罩眺望着李昂:原来施欣萍已经写好,还排练出来了,他为什么要给我保密?一条微信很快回答了她的问题:"怎么样,是个惊喜吧?我给你的。"所有的干部和工人都走向了自己的岗位,开阔的船坞南北,遍地都是盛放的焊花。接着又是一条微信："晚上见个面，一起吃饭，在我那里。"她的回复是："你就不怕影响'现代号'的建造速度？我在一心一意造大船，别干扰，领导。"发完这条微信，她对三个夹角仔细检查了一遍，又在陈丽焊过的地方补焊了两处，便走上凹槽，来到船坞边的舷门前，定定地望着不远处的海。她要平复一下心情：作为"第一焊"的激动随着焊花的飞起已经过去，李昂的邀约引起的波浪也随着微信的回复风平浪静，她为什么还会不见休止地激动着，就像滚滚不息的浪、声声相连的歌？施欣萍的新歌《大船是怎么造出来的》难道就有这么大的魔力，能让她的心情风一样走向漫漠无边的境地？"大船是电焊姑娘抚摸出的爱情，是流波最初的熔铸，像河海起源于冰融，像宇宙起源于解体，当一个坚固的世界驶向海洋，才知道召唤你的并不仅仅是新大陆。"照施欣萍唱的，大船是被召唤出来的。那么谁又召唤了她：李昂、音乐、施欣萍，还是大船本身？海的声音有些亢进，呜呜地想赛过风，扑过来的不像是潮水，是她的一个梦，人在做梦时并不知道自己在做梦，浪在喧嚣时并不知道自己在喧嚣，如同现在的她，并不知道自己为什么会伫立不动？一柱水花冲天而起，她觉得自己看到了喷水的鲸，细细瞅瞅，才发现那是海流遇到阻力后的愤怒和嚣张。海里有无处不在的愤怒，也有随处可见的欣悦，海就是人。

　　蓝雪没有赴约，她有一个初恋失败者的谨慎，也有一个美丽姑娘的矜持，无法爽快地答应是情理之中的姿态。不拒绝邀请，又不能按照李昂的想法接受邀请，唯一的也是无可置疑的理由便是加班，这是工段长的要求，也是班组成员的希望，因为加班费还可以，一个小时100块，对多数工人来说这笔收入比按时下班吃饭睡觉更有诱惑。当然她也可以请假，班组内有了分工部署之后，焊接线上的工作并不需要她一一盯着，可是她在电话里说："如果我把最关键的部位让给别人去焊,那就意味着我不是最好的电焊工,好比施欣萍如果不在一首歌的所有关键唱段中留下自己的痕迹,就不能算是主唱,乐队也不是她的乐队。现在修建的是船底,一旦入水,船底是无法返工的,必须一焊成功。再说了,你不知道吗?我比一般工人更在乎加班费。"李昂吃惊地问:"你居然这么看重你是不是最好的电焊工,它难道比你的生活还重要?""那当然,施欣萍拼了半天就想当个最好的歌手,这是她的生活;我拼了半天就想当个最好的电焊工,这是我的生活。""没别的了?""有没有你还不知道?"说着就哼起来,是《大船是怎么造出来的》。李昂说:"看来爱情就跟造大船一样,得稳扎稳打。"说着也哼起来。这首歌似乎成了1号船坞的坞歌,几天之内传遍了整个"东方船舶",差不多所有工人和干部的手机上都响起了施欣萍的歌声。蓝雪发动本班组的人给施欣萍和"铁碳合金"投票,很快影响到其他班组。李昂就在"坞群"里号召:"谁歌唱我们,我们就投票给谁。"又去集团工会说项:"人家无偿给造船工人写歌,我们就不能回应一下?"工会很快通过官网报道了"铁碳合金"助力"东方船舶"造大船的事,激赏了1号船坞的投票行为,于是全集团公司的人都开始自己投票和发动亲友投票。

  一个月过去了,"嗨王争霸赛"告一段落,施欣萍和"铁碳合金"在初赛小组中顺利出线,为了庆贺,超级粉丝蓝雪和李昂这才聚到一起,但不是在他那里,而是在"船舶步行街"的一家饭馆里。两个人一见面,蓝雪的第一句话就是:"你最喜欢哪场比赛?"李昂问:"你呢?""我都喜欢,但最最最喜欢的是最后一场。""他们为什么没唱《大船是怎么造出来的》呢?""才是初赛,最好的歌要放在后面唱。""我也这样想。"除了热烈议论每一场演出有多精彩,还把形成竞争态势的其他歌手和乐队一一评价了一番。一个星期后复赛就要开始,他们激动地预测着施欣萍和"铁碳合金"的胜出。在他们心里,偶像必须胜出,只能胜出,不能胜出就说明评委偏心和不投票的歌迷脑残。从他们坐到一起到这会儿,两个多小时里,话题始终是音乐和比赛,没有谈到船坞和造船,也没有谈到其他任何事情,仿佛音乐是他们唯一的世界,他们就生活在音符的波澜壮阔中,除了聆听歌喉与琴弦的动静,不存在别的干扰。突然李昂停下了,指着桌上的饺子说:"你怎么一个也不吃?""我包的饺子天下第一,又好看,又好吃,干吗要吃饭馆里的?""那你刚才点它干什么?""是我点的吗?""我说主食吃饺子行不行?你说好。""我说了吗?""心不在马,就在牛。""既然点了就吃,别浪费了。"她说着拿起筷子搛着吃起来,才发现四样菜都凉了,基本都没动。李昂又让服务员把菜拿去热了一下,再次开吃的时候,一人端起了一杯啤酒:"为施欣萍干杯。""为'铁碳合金'干杯。"接下来便是一阵埋头吃喝,都有点饿了,而音乐和偶像是不管粉丝肚子的。李昂突然说:"余湘子调到1号船坞出任副总工程师,昨天已经上班了,你知道吧?""啊,他这种人还能造大船?""什么意思?是技术不灵不能造,还是人品不好不能造?""两个意思都有。""我也这么认为,毕竟大船的每一个环节都得硬碰硬。总经理和我本来都想拦住,态度很坚决,但吴旭光给总经理谈了不下七八次,他有点扛不住,也劝我不要那么较真,同意算了,反正余湘子来了也不会让他负责设计,只让他管管采购材料和质检。我说我去给吴旭光说,总经理不让去,说他已经知道我跟吴梅吹了,我再去找他,他连面都不会见。还说吴旭光这个人得罪不起,资格老,又是管组织的,'东方船舶'上上下下都有他的人,连总裁都得给他面子,我要是拗着他,就等于堵死了自己今后的路。我想也是,就没再反对,昨天上午还主持了一个工段长以上参加的欢迎会。"蓝雪说:"怪不得陈丽说今天上午她去领材料时,有个新来的领导把她拦在材料库门口,问了半天一班的事,原来是负责材料和质检的余湘子?""就是他,没有一个班组是归他管的,他打听一班的事干什么?""说明领导重视呗。"蓝雪显然对这种事缺乏兴趣,喝了一口啤酒,又把话题拐到了音乐和施欣萍上,但激情明显减弱了,有一搭没一搭的。李昂看看表说:"走吧,去我那儿坐坐。""不了,我得回去休息,明天还要上班呢。""那我送你回去。"她没有反对。

2

两个人出了饭店,沿着"船舶步行街"往前走。步行街的南端连接着海,初冬的海在灯光下铺排着金灿灿的浪,看着就有些冰凉,隆起的白沫如同滚来滚去的塄坎,推送着海的力量,也堵挡着陆地的侵略。浅滩里的浪印正在凸起,就像大面积地涌现着稍纵即逝的焊迹,不是漂亮的"鱼鳞焊",是更加漂亮的百花争妍。风带着水的波纹,荡漾在他们的脸上,能感觉到里面渗透着灯火,灯火正在哗啦啦流淌,从天上,从地面,从海里,把一任恣肆的璀璨托举在眼界里,到处都是闪烁的声音。她紧了紧自己的白色风衣,庆典以后忙忙叨叨,时间过得太快了,冬天的来临感觉有点突然,没想起晚凉的时刻还应该加一件毛衣。他倒好像浑身热烘烘的,拉开黑色夹克衫的拉链,露出了里面的白衬衣。她问:"你不冷啊?""我里面还有保暖衣。"两个人就再也没话了,都在想:是不是应该说点恋爱者应该说的话?但又不知道怎么说。一路看海,一路沉默,好在广场到了,尴尬顿然逝去。如同中国的多数地方有广场必有广场舞一样,"船舶广场"上的舞蹈正在进行,伴舞的音乐居然是施欣萍的歌,不是《大船是怎么造出来的》,而是《边缘》,说明她在这个船舶人组成的社会里的流传已经超过了蓝雪狭隘的期待,并不是只有歌唱船舶人的船舶人才喜欢,只要大家看上了你,无论什么歌就都能得到追捧,重要的是你必须抢占人心,得用音乐、用形象、用做派让人心自动给你腾出位置来。什么样的人心才能装得下音乐,装得下施欣萍呢?那得看施欣萍自己,她和"铁碳合金"可别变坏了。变坏的不是没有,网上爆出来的多了,有些歌手真不知道怎么想的,什么恶心就干什么。好比"工人"就是一边做工一边做人的意思,"音乐人"就是用音乐做人,上梁不正下梁歪,粉丝们也会跟着学坏的。蓝雪定定地看着,不禁喜形于色。《边缘》描述的是大部分产业工人的现状,节奏明快,句句押韵,能成为跳广场舞的歌曲并不意外,意外的是舞蹈者里居然有许多青年男女,他们上班下班很忙很累,哪有时间和精力跟着退了休的大妈大叔来这里跳舞?再仔细瞅瞅,发现青年人跟老年人是分成两堆的,跳的舞也不一样,在同一种音乐的统御之下,一边是健身舞,一边是街舞。

他们瞅着街舞走了过去,立刻就有个年轻女人从舞阵里跑出来,喊道:"李昂你好。"李昂一愣:"原来是你啊?是带着学生在跳舞?""有老师也有学生,大家有共同的爱好,就凑到一起了。这个是……""蓝雪,我们船坞的,你应该知道。"那女的赶紧点头:"知道知道,名不虚传嘛,这么漂亮。"李昂又给蓝雪介绍:"鲁明洲的太太丁芳,船舶技校的艺术课老师。"蓝雪"哦"了一声,淡然一笑,好像压根就不在乎她是自己前男友的太太,接着就问:"你们也喜欢施欣萍的歌?"丁芳说:"她一出道我就喜欢上了,没想到这次她还给我们'东方船舶'写了歌,就更喜欢了。"蓝雪说:"原来你比我资格还老?""什么资格?""粉丝资格。""那当然,不过我是个'墙头',粉她的同时也在粉别人,你呢?""我就喜欢她,只给她和'铁碳合金'打榜投票,对别的歌手也说不上讨厌,但我不投票。""我想起来了,庆典那天,上台给乐队献花的人里头有你,没错吧?我当时就想,咱集团怎么请了个模特给人家献花?把人家比下去怎么办?""瞧你说的,谁能把施欣萍比下去？"蓝雪说着，拿出手机，点开了"子午线"，"你看过这条评论没有？写得多好，施欣萍是没有人能超过的。"那是乐评人"纯净巴洛克"的一则帖子："施欣萍代表张扬的个性，拥有迷人的时尚和音乐的性感，如同情不自禁的青春表达，总是在街头巷尾留下靓丽的痕迹，她告诉我们，表演就是恋爱，跟你，跟所有的你。她不是录音棚的产物，不是被签约公司层层包装的艺人，她像时刻挑衅着守旧和拘束的超模，却又拒绝T台上的走秀，用歌声主张着自我，行走在全是邻家男女的人群里。她没有装腔作势的不屑与厌倦，只有发自内心的感恩与敬畏。她在'子午线'和'嗨王争霸赛'上的表现都在表明，一种无可超越的音乐素质正在通过她的唱作努力，改变着我们对流行音乐的认知。"丁芳说："说得不错，不过我不喜欢'纯净巴洛克'这个人，他可挑剔了，老骂人，还造谣，都把景翔和'高楼大厦'说成一堆粪土了。""也许他骂得对，咱们又不知道真相。""有的对，大部分不对。"蓝雪不想争执，举着手机拍起了广场视频："我马上发过去，让她知道她来'东方船舶'演唱来对了。"丁芳问："你想发到哪里？""就发给她本人呗。""你有她的微信？""有啊，你想不想加她，我推给你。"丁芳尖叫一声："真的？那我就太幸运了，今天遇到了你，不过我得先加你。"说着拿出了手机。李昂笑着摇摇头："你这个样子，不像个结了婚的人。"丁芳问："为什么要像个结了婚的人？"李昂说："听说音乐能把人的年龄变小，果然是这样。""我知道你的意思，不成熟不稳重是吧？我是艺术课的老师，整天就这样，学生们挺喜欢的。"李昂心说你就不考虑你丈夫喜欢不喜欢？又问："鲁明洲呢，你为什么不把他拉来跟你一起跳？"丁芳一边加着微信一边说："他会跳什么？再说也忙着呢。唉，不是被你们1号船坞的人叫走了嘛？""什么人会叫他？""一个姓余的。""那就是余湘子了，他们很熟吗？""肯定不熟，我以前就没见过这个人。"李昂"哦"了一声说：

"那就是余湘子又想去浮船坞了？"李昂还想问点什么，却被蓝雪打断了："你们天天在这儿跳？""一个星期一两次，一次是固定的，周末必来，一次是即兴的，想来就来。""今天的即兴正好让我们碰上了，还真有缘分。""你想学吗？"蓝雪摇头："能有音乐这个兴趣爱好我已经很知足，要是再学跳舞，那我还干不干活了？"丁芳上下打量着她说："你这么好的身材，不跳舞真可惜。"李昂说："你看了她干的活就知道，她不搞电焊才可惜呢。"蓝雪说："不耽误你了，你赶紧去跳吧，再让我们看看。"丁芳扑闪着杏仁眼说："还没问你们两个的事呢？李昂单身我知道，蓝雪你呢？""我也是单身。""那我就明白了，祝你们两个赶快赶快赶快。"李昂问："赶快什么？""明知故问。"丁芳瞪了一眼李昂，跑向跳街舞的伙伴，自由潇洒地跳起来。他们欣赏了一会儿，继续往前走，路过龙门小区时，李昂停下了，一脸的恳求："我就住这里，都到了，还是上去坐坐吧。"也许是因为施欣萍和"铁碳合金"的歌声在广场上的出现让她有了意外的兴奋，或者是因为丁芳的街舞和"赶快赶快"的催促莫名其妙地搅扰了她的沉静，蓝雪犹豫了一下，便改变主意说："好吧，听你的。"

一座36层的公寓，李昂住在带阁楼的顶层，上下面积加起来大约一百七十平方米，景观奢侈得超过了船坞，卧室、客厅、厨房，甚至卫生间都有海漫过窗口。他说当初选择这套房子就是为了看海，后来发现他早出晚归，在家里看到的只是夜晚的海，漆黑一片什么也没有，还不如在船坞上看。真正的好处最近才发现，就是安静，别人吵不到他，他也吵不到别人，尤其是听音乐的时候。他带她走上阁楼，展示了他新近布置起来的家庭影院，放碟机、计算机、平板电视机、功放、音箱、舒适的沙发一应俱全。他打开设备，把手机上的视频投屏到电视上，施欣萍和"铁碳合金"的演出顿时扑面而来。她愣愣地看着，突然说："我要是有房子，也要搞成这样的。""这就是你的，房子、音乐、设备都是你的。"她惊喜地说："真的？"说完了才想起自己应该说"我不要"，但是她没说，没说的意思似乎就是把不期然而然的惊喜当作了最后的决定。真的决定了吗？在施欣萍的歌声里，当她被激动的男友紧紧抱住时，她在心里直说太快了太快了，却没有勇气推开他，连尝试推开的意图都没有。她是喜欢他的，现在又开始爱他了。

"嗨王争霸赛"进入第二阶段后，主办方和评委虚拟了一架有无限音高的钢琴，把参加复赛的歌手和乐队分成了"小字一组""小字二组""小字三组""小字四组""小字五组""小字六组""小字七组"，每一组7个人，根据比赛的排名分别为c、d、e、f、g、a、b，每组中作为最高音的b也就是无可争议的第一名，然后是第二名a和第三名g，7个组的前三名共21名选手会进行新一轮复赛，复赛结束时，将有12个b进入"小字八组"，也叫"最后的八度"，决赛就将在"最后的八度"中进行。根据抓阄，初赛中脱颖而出的施欣萍和她的"铁碳合金"被分在了"小字三组"，第一场演出排在十天以后，施欣萍把大家召集到50炉火锅店吃午饭，完了说："放两天假，大家好好睡一觉，大后天一早都来录音棚，商量一下以后的比赛。"水手说："还商量什么？都已经排练好了，上台演就是了。"施欣萍说："有那么多初赛组，那么多演唱，你们看了几场？你们不觉得有更好的乐队、更好的唱作吗？咱得探讨一下，怎么样取长补短。"乔普林说："我看了一些，不到一半吧，知道你说的是'盾构机'。"施欣萍说："他们在青岛大学举办过秋季演唱会，传到网上后我溜了一眼，没仔细听，看到有网友对他们评价很高，说是'盾构机'的声音能在人心里生根发芽，代表了当代歌曲创作的水平，觉得肯定是自己炒自己，一笑就过去了，还轻蔑了一阵。这次听了他们参赛的歌，才发现网友的评价挺靠谱，好像'盾构机'是熟悉一切音乐的，仅靠曲调就能唤醒普通听众对音乐和被打动的全部记忆。还有'高楼大厦'，居然也成了唱作乐队，歌曲风格跟'盾构机'非常相似，我在网上没查到署名，凭感觉猜测，很可能是一个人的作词作曲，到底是谁呢，这么厉害？""只要别跟我们相似就行，我先走一步，你们慢慢聊。"肖蚌说着，起身就要离开。施欣萍叮嘱了一句："注意休息，养精蓄锐。"肖蚌回了一句："别担心，我从来没有无精打采过，不像你们，动不动就哈欠连天。"水手问道："谁哈欠连天了？"肖蚌说："你和柳浪都是。"水手说："我就打过一个哈欠。"施欣萍说："那可是在舞台上打的哈欠，已经被'黑子'利用了，说我们是抽大烟的，以后绝对不许。"柳浪说："我没关系的，又不在台上。"肖蚌说："怎么没关系？经纪人都打不起精神来，乐队还有好的？"说着举起手机，冲着环绕乐队成员的饭桌照了张相，快步走到饭店门口，身子一晃，出去了。柳浪说："最近他是不是在谈恋爱？精气神很足嘛。"水手说："很可能，昨天我看他打电话，那么长时间，里面的声音是个女的。"乔普林说："你居然偷听人家的电话。"水手说："谁让他神秘兮兮的。"施欣萍说："恋爱是好事，对他好对乐队也好。"进入比赛以后，肖蚌的状态一直不错，架子鼓敲得风生水起，在初赛小组内，可以说没有哪个乐队的架子鼓能比过他，观众和网友一片叫好，施欣萍也很满意，都表扬过好几回了。

　　接着夏夏也要走，他准备回家，纺织小区离老钢城远了点，加上他走得慢，自然想早点行动。沈飞说："我送你回去吧？"他对乐队成员的态度完全取决于网友的态度，谁得到的好评多他就喜欢帮助谁。施欣萍说："沈飞就是咱乐队的翅膀，这样吧，你干脆把水手也拉上，他都喝成关公了，走在街上万一叫人认出来，拍了照发在网上，'黑子'们又要幸灾乐祸了，'铁碳合金'的歌手加吉他手原来是个酒鬼。"沈飞、水手和夏夏朝门外走去，乔普林也跟在了后面，她想早点回去休息，一步路都不想走了。离开的人中，只有夏夏带着乐器，他是走到哪把贝斯带到哪,一有空就练,一看就知道他很珍惜自己的工作和得到的名誉,总想着表现得更好一点,不在乎残疾的身体并不适应长距离地搬运一件跟他差不多一样高的乐器。火锅店里只剩下了施欣萍和柳浪。施欣萍要去结账,柳浪拦住说:"不该你的事,公款还有。""不多了吧?还是留着,离比赛结束早着呢,这段时间乐队不会有挣钱的机会,支出却会不断增加。""我知道,正在发愁呢。""那你就回吧,回家发愁去。"柳浪走了。施欣萍去结账的时候,店主范强死活不收:"本来我就是想请你们的,怕你们不来,正在想辙呢,没想到你们主动出现了。收了你们的钱,我这个'大粉'还做不做?粉丝们要是知道了,会骂死我。""你不说谁知道?""纸里包不住火,火锅店的伙计们都盯着呢?他们全是你的粉丝。""那我们就更不能白吃白喝了,得让人家看看偶像是怎么炼成的。""自己闯出来的呗,你现在的名气,有个词怎么说来着,好比中午的太阳。""这个比喻不好,我们刚刚起步怎么就如日中天了?还早着呢,所以必须付账,等真正到了那一步,你再请我们也不迟。"说着不顾阻拦,硬是举着手机扫了二维码,问道:"多少钱?你不说我就按人头付了,一个人150怎么样?"听着柜台内收银系统传来"收到微信支付1050元"的声音,范强生气地喊起来:"施欣萍你干什么?我要黑了你。"施欣萍笑了:"巴不得,反正总得有人黑,你黑了我,别人就不黑了。"说着往外走去。范强跟出来说:"对了,忘了告诉你,'子午线'上有两个专门黑你的,一个叫'诅咒者',一个叫'深海飓风'。""我知道,不用理睬他们。""你不理睬可以,我们不能不理,同样是粉丝,他不仁我就不义,'诅咒者'是'高楼大厦'的铁粉,'深海飓风'是'盾构机'的铁粉。我已经发动了几个人,专门黑'高楼大厦'和'盾构机',要骂人谁不会?老子从来不怕恶毒,我就是恶毒。""你可千万打住,别给我们帮倒忙,都是些没有事实根据的胡说八道你怕什么?他们越这样,兴许我们得到的同情越多。""那不一定,要是你不给自己正名,很多不知情的人会觉得你就是'小三',你不光跟五个男人同时有来往,还给景翔生过孩子。再说我们也咽不下这口气,凭什么只准他们拿棒子打人,不准别人保护一下自己?咱不能太软弱,也应该让他们尝尝被人黑得一塌糊涂是什么滋味。""我不是好好的嘛,哪里就一塌糊涂了?音乐人就凭音乐打天下,跟那些下三烂较什么劲?我不想多说了,还忙着呢。"范强摆摆手:"去吧去吧,你放心,我知道该怎么做。"又"咦"了一声,"2号转炉的自杀事件又有了新说法,你想不想知道?"施欣萍一听逃跑似的转身就走,突然又拐回来,瞪着范强,似乎是说:你为什么要告诉我?而范强的理解却是:你看她,多么想知道。

　　风从街面上走过,枯黄的树叶满地奔跑,发出一阵阵刺啦刺啦的声音,仿佛肉体正在被烧焦被燎化。她浑身一阵颤抖,猛吸一口冷气才稳住自己。范强说,从"海岸工业园"来了几个工人在50炉火锅店聚餐,新说法是他打听来的。2号转炉一直是"海岸工业园"炼钢厂出钢最多质量最好的标杆转炉,跳钢水自杀的出钢工连续三年都是转炉车间的劳动模范。他性格内向,不爱说话,喜欢化验员池馨,却从来没有表白过,看到她跟本炉的合金工开始处对象,这才受不了似的开始猛追:又是写信,又是拦在上下班的路上搭腔说话,送吃送喝。还给她交了这样的底:我长得比他好,工资比他高,家里没有负担,现在结婚就能有房子住——父母说他们可以搬回崂山,那里有他们的老房子。合金工知道了,除了自惭形秽,没别的反应:父母是农村的,家境不好,负担重,长相更是提不起来,出钢工在车间是拔尖的,而他只能倒数。他主动退了出来,说你就去跟他好吧,我不行,会拖累你的。可是池馨偏偏就认准了合金工,非要跟他好下去,说我已经怀了你的孩子,为什么要抛弃我?合金工说不可能吧,我们都没那个,怎么会有孩子?出钢工一听池馨有了孩子,就问什么时候怀上的?池馨说了个日子，出钢工一算，正好是自己跟她表白以后，就说我这么好的条件又不是没告诉你，你脑子进水了非要跟着他？池馨说他诚实，有毅力，还喜欢唱歌。出钢工说这个世界上还有谁比我更诚实更有毅力？至于你说的唱歌，再喜欢也变不成钱，怎么唱他都是个合金工，而且工资最低。说着他们吵起来。副炉长看见了，就过去劝了劝，好像劝住了。但副炉长一走，他们又吵起来，翻来覆去还是刚才那些话。合金工看不过，就过去说："恋爱的事吵架能吵出结果来？等下了班，你们去公园，去海边，去饭馆，好好说开不就行了！"出钢工一见他就来气，说"明明你做了小人，还在这里充君子"，扑上去就打。合金工既不回嘴也不还手，就站在那里让对方打，最后倒在地上起不来了。池馨扑过去抱住合金工，训斥出钢工是野人，发誓自己就是一辈子不嫁人，也不会跟一个野人好，还说了"你死去吧，我不想见到你"的话。出钢工转身就走，再也没有露面。两个小时后，就在他当班的2号转炉出钢水的时候，他跳了进去。施欣萍听着，心怦怦地跳，好几种说法里，这次的说法她最愿意接受：合金工用打不还手骂不还口的办法蔑视了出钢工，又用受伤倒地的举动赢得了姑娘的同情。出钢工其实很可怜，气急败坏只能让他失去更多，他自尊自爱，又万般无奈，用死亡表明心迹便成了最后的选择——让一个出钢工变成钢水的一部分。他死得决绝而惨烈，不是为了得到爱，而是为了得不到爱。显然他最无法承受的，是池馨让他去死的态度，他肯定这么想：我爱的女人想让我死，那我就死给她看。池馨为什么希望他死，是真话还是气话？施欣萍说："你问没问他们，化验员到底怀孕了没有？""怀上了吧？""那是谁的孩子？听上去好像既不是合金工的，也不是出钢工的。"范强皱起眉头说："你这么一说，我也觉得有问题，到底是谁的孩子？""既然出钢工用死表明自己更诚实更有毅力，那池馨是不是改变了态度呢？她现在更爱谁？有没有后悔？""我哪里能想到这一层。""出钢工不会唱歌,却用死把自己变成了一首歌,也很厉害。""这算什么歌?""到底什么歌,你就等着听吧,我说不定会为他写。""真的?那这首歌就能传开了。""再就是合金工真的喜欢唱歌?池馨也真的喜欢听他唱歌?难道是音乐细胞把他们撮合到了一起?""我想不到问这些,就会一再地问死的原因是真的假的,他们口气一个比一个实在,都说真的。对了,有个人说出钢工死前还留下了遗言,说我寻死不是赌气,是为了池馨天长地久的幸福。""那就更伟大了,不过肯定是假的,因为逻辑不通。""我想也是,瞎编不犯法,由着嘴说呗。"又是一阵吹过街道的风,树叶跟着跑,刺啦刺啦的声音近了又远了。雾腾腾的天上,一只海鸥无声地飞过。

　　施欣萍刚回到钢锭车间西北角自己的住宅,打开电脑,想再看看"盾构机"秋季演唱会和"高楼大厦"初赛时的演唱,手机突然响了,是夏蓉蓉的电话:"没有打搅你吧欣萍?我知道现在你很忙,但这个电话是非打不可的。"施欣萍半是警惕半是反感地说:"不会是你们年总又要请我去给他唱歌吧?他可真是锲而不舍。""这次不是为了唱歌。""那为什么?""你来了就知道。""电话里说不行吗?""不是小事是大事,电话里说不清楚。""我想一想,现在真的很忙,而且需要静下心来工作,先前觉得自己还不错,一比就比出差距来了,我得把词曲写得更好一点,迎头赶上。不过嘛,你的事也算我的事,因为夏夏已经是乐队离不开的成员了,好吧好吧,那就去一趟。""太好了,明天,在虎鲨酒店。""去酒店?吃吃喝喝多耽误时间,去你们厂里不行吗?"施欣萍想起"牛心拐孤"了,觉得也可以顺便见见她,"而且最好是今天,明天我打算关掉手机,闷头干活。""今天?在厂里?"她发出一声长长的"嗯",立刻又说,"那就现在,我们等你。"显然年守常就在她身边。施欣萍挂了电话就出去了,小蚂蚁奔跑起来。

　　路过音乐广场时,施欣萍下意识地放慢速度,扭头往靠海的那边看着,没想到就看了两眼,那个拉着胡琴卖唱的流浪汉就飞来眼底。真是缘分,这么大的音乐广场,路过一下就能看到他。她放下车窗玻璃,侧耳听着,依然是歪七扭八的《二泉映月》,音是连贯的,旋律的走向也没问题,说明不是他不会拉,是胡琴不好。她拐向停车场,下来,走过去,站到流浪汉跟前仔细看看,还是琴轴和琴杆衔接处的损坏,越来越严重,几乎劈了,缠多少布条都不管用,当然可以用铁丝绑住,但那样也会影响音准和音色。施欣萍问道:"你还认识我吧?"流浪汉停止拉琴,望着她摇摇头。施欣萍一笑,心说我怎么这么傻,都是路人认识流浪汉,哪有流浪汉认识路人的?又说:"换一把胡琴吧,你这样拉会把人吓跑的,没见那么多人远远地躲开了嘛。"流浪汉朝后抹了一下蓬乱的头发说:"总会有人到跟前来,比方你。""我来可不是因为好听而是难听。"流浪汉迷茫地望着她,好像他不知道自己的音乐是难听的。施欣萍拿出手机,在他腿边的二维码上扫了一下,打过去2000块钱,把支付成功的页面给他看了看:"换一把胡琴够了吧?"流浪汉惊讶地"啊"了一声:"这么多?你说什么,换一把二胡?够了够了。"还有点不相信,摸出自己的手机看着:"确实收到了,姑娘,你心好,是个懂音乐的。""我下次再路过,希望能听到不走调的《二泉映月》,还有别的歌,你不能永远拉不会《欢乐颂》吧?"流浪汉翻起眼睛,在脑海里搜索着,突然说:"我想起来了,你来这里找过水手?"听她"嗯"了一声又问,"找到了没?""找到了,他现在跟我一个乐队。"流浪汉的神情更加迷茫了:乐队?

一个小时后,施欣萍把小蚂蚁开进了制衣厂的大门。她在停车场停了车,正要打电话告诉夏蓉蓉,就见夏蓉蓉从前面跑了过来。她穿着一件时髦的驼色呢子大衣,足蹬恨天高尖头皮鞋,染成酒红色的长发潇洒地披纷着,描眉画眼,傅粉施朱,一点也不像个制衣女工。施欣萍问:"你捯饬成这个样子,今天休息啊?我们上舞台也没你这么有范。"夏蓉蓉说:"我现在天天都这样。""不累啊,你还得干活?""忘记告诉你了,我已经调出定制车间,在公司公关部上班,有时在香港路国际贸易大厦的公司总部,有时在这里。今天有个客户要来厂里看看,年总和我陪着来了,送走了客人才给你打的电话,你说要来厂里,我们就一直等着。""他们让你公关,这么重用你?""我哪有那个本事,所有的公关几乎都是年总亲自出马,我就是陪着吃吃饭,给客人唱唱歌。""怪不得你胖了。""不能再胖下去,所以我不想干了。""那你想干什么?""待会儿年总会告诉你。"她们说着,走过外形如同蓝色西服的厂房,来到食堂后面的小餐厅,推开了三江厅的门。正依在沙发上看手机的年守常忽地起身,笑眯眯地伸过手来:"大明星驾到,本来想组织工人到大门口迎接,蓉蓉不让,说你是个低调的人,连我也不用去,去了反而让你不开心,那我就只好在这里等着。坐坐坐,这一向怎么样?"施欣萍握了手,坐下,喘了一口气才说:"还行吧,又忙又累,连歌都唱不出来了。"她是在提前拒绝,千万别让她唱歌,倒不是真的唱不出来,而是觉得掉价,给一个老板一对一地唱,她还是不是个志存高远的唱作人了?搞音乐最忌讳的就是庸俗和谄媚,尤其是面对有钱人,在酒肉满桌的地方,你不俗不可耐都不行。"我偷闲看了几场比赛,才发现你们也不容易,音乐跟我们制衣行业一样,生存就是为了竞争,不是你死就是我活。"夏蓉蓉给施欣萍沏了茶,出去招呼厨房上菜。等她回来时,施欣萍正在问:"到底什么事,非要见了面才能说?"年守常望了一眼夏蓉蓉:"你没告诉她?"看对方摇头,又说,"简单说我们'年华制衣'也想搞一支乐队。"施欣萍说:"好事啊,那就搞呗。""想请你来搞。""夏蓉蓉在这里,我掺和什么?""你必须掺和,这是蓉蓉的意思,我举双手赞成,也就是把你们乐队请过来,做我们公司的形象大使。"施欣萍不吭声了,她知道自己不能轻易表态,必须探摸到底细才能说话,要么拒绝,要么答应。

年守常说："我知道你在想什么？条件是吧？你尽管提。""你是想让'铁碳合金'给你们公司的产品做广告？""不不不，是收编，收编以后名字也得变，就叫'年华制衣'。""那怎么可以？""不就是待遇嘛，有什么不可以的？到时候蓉蓉就是你们乐队的成员了，你得让她当主唱。""我们乐队所有人的嗓音都不错，都是主唱。""那她就是第一主唱，不不，第二主唱，你是第一，独占鳌头。"施欣萍笑了："这有什么要紧的，她当然可以做第一，谁是'鳌头'我说了算。看来你是为了夏蓉蓉才准备投资乐队的？""可以这么说。""了不起，在外国，赞助音乐的都是公爵侯爵伯爵，你都快赶上他们了。""你挖苦我。""你是有钱人，是'鳌头'，我们搞音乐的都是'鳌头'，或者小虾米，怎么敢挖苦？"夏蓉蓉说："我们年总虽然是老板，但一点也不……"她想不出词了。施欣萍说："一点也不讨厌是吧？"心说还不讨厌？他以为有几个臭钱就能为所欲为？居然敢来收编我们，还想把"铁碳合金"改成"年华制衣"，这不是侮辱音乐嘛？

菜来了，无非是鸡鸭鱼肉、虾蟹贝螺，还有一瓶红葡萄酒。夏蓉蓉说："欣萍你动筷子。""一点都不饿，乐队中午会餐来着。""那也得意思意思。"年守常说着亲自开了瓶，先给施欣萍倒酒，再给夏蓉蓉斟上，然后端起了酒杯："干了。"施欣萍抿了一小口，放下酒杯说："养活一个乐队得有很大一笔支出，比做广告多多了，一年下来恐怕得上千万，因为歌手和乐手都是有市场定位的，他们的收入只有底线没有上限。"她觉得这么一说，对方就应该退缩了。年守常呵呵一笑："上千万对一个大企业算什么？我打算把一年的全部广告费大约一个亿拿出至少百分之六十来投到乐队上。"施欣萍惊叫一声："这么多钱？年总真大方。""这不叫大方，叫有远见，我期望的回报可能在五个亿以上。""年总就别给我讲童话了，这么高的期望值，肯定会落空的，'铁碳合金'是个流行音乐的艺术组合，它的价值无法用金钱衡量，也许它价值连城,也许它一文不值……""值不值是我在操心,你们要做的就是听我的话,好好唱,好好演,好好为公司走秀。""你是想用钱控制'铁碳合金'?""不,我控制的是'年华制衣'。"施欣萍苦笑了一下说:"那我就给你说实话吧,最好的乐队就是最自由的乐队,也是决不会为金钱低头的乐队,好音乐都是艺术家内心燃烧的结果,初衷不是为了捞名赚钱,而是为了创造感动和追求心灵的滋润,然后再实现自我。""你们有的是自由,想唱什么唱什么,只要打着'年华制衣'的招牌就可以,还有就是绝对不能给我们的竞争对手唱半句歌。"施欣萍知道自己在跟一个自命不凡兼门外汉的人谈论乐队的归属,笑了笑说:"我提个建议好吧?既然你是为了夏蓉蓉,那就让夏蓉蓉自己组建一个乐队,她是你们公司的人,自然应该打着'年华制衣'的招牌唯命是从。"夏蓉蓉说:"我怎么可以?既不会写歌,又没有组织能力。""我可以帮你啊,只要年总肯要人,乐手和歌手我都可以给你们物色。"年守常脸色突然黯淡了下来,不快地说:"看来我的算盘打错了,不该给你说这事。""说还是要说,证明年总是一个高雅的人,爱好艺术,追求精神享受,愿意为音乐付出工人的血汗钱。""别戴高帽子了,我今天是自作多情,还想着人家会跳起来欢呼呢,真正是热脸贴到了冷屁股上。"施欣萍没觉得对方的粗俗里隐含了一种刻意的挑逗,不好意思地说:"别这样说年总,你也没有白请我来,终于看清了一个音乐人骨子里到底是什么样子的。我今天嗓子不舒服,不然我就可以实现我的诺言,给你唱歌,唱两首,你随便点。"年守常冷笑一声,突然又变得大度起来:"算了吧,别给我许愿了,你能把蓉蓉介绍给我,也算是给我唱了歌,她唱的不比你差,你就是名气比她大。好好去参加你的比赛吧,我会盯着电视看的。""谢谢了,看得出年总是个打心底里喜欢音乐的人。""你又在挖苦我,说实话,我以前从来不看文艺节目,连春节晚会都不看,闲了就是打麻将,最近就为了夏蓉蓉我才看了几场'嗨王争霸赛'的演出。"施欣萍想：也算是音乐让他进了一大步，笑道："我还是那句话，你要是真想组建音乐，就应该倚重夏蓉蓉。"年守常说："乐队好组建，不就是花钱嘛，'年华制衣'不是纯粹的私企，钱装不到自己兜里，我心疼它干什么？我现在不花，以后留给别人花，我可没这么高的风格。关键是蓉蓉不愿意，她说只要我能让施欣萍把她的乐队拉到'年华制衣'来，她就留在公司，要不然就抬脚走人。"施欣萍瞪起眼睛问："你要去哪里？"夏蓉蓉笑着不吭声。年守常说："都怪我，那天不该带着她，她一去，一首歌没唱完，人家就拍板了。"

原来有天晚上年守常请纺织城的老板周洲吃饭，饭间让夏蓉蓉献歌，正好大堂里有钢琴，她一边弹一边唱。周洲听了很激动，当下就跳起来说："别以为我仅仅是个商人，我是懂音乐的，你的嗓音这么好，琴弹得也不错，不到乐坛上去打拼，窝在老年身边干什么？给他做公关，天大的浪费。"夏蓉蓉推说没机会。周洲就说："你去新织工乐队吧，那是我儿子的乐队，就缺个比他更好的主唱。收入你放心，只会比这里好。"立刻加了微信，马上开始联系，然后又说服年守常放人。纺织城是青岛最大最好的服装品牌展销平台，有内销也有外贸，有求于周洲的年守常自然不好驳回，就想着夏蓉蓉会主动放弃。但夏蓉蓉心动了，"嗨王争霸赛"的演唱给别人的是欣赏和追捧，给她的却是一次比一次深的刺激，尤其夏夏的成功，让她恍然大悟：音乐并不仅仅是音乐人的歌喉与乐器，更是观众的情感共鸣和一些莫名其妙认同，她得把自己摆到舞台上，让大家看看，听听，要不然一辈子就没人知道了。夏夏也说："姐，你不能老这样吧，我都能上台了，你就不想着改变一下自己？"她无奈地摇摇头："我要是改变了，谁来养家糊口，谁来挣钱给咱妈给你治病，你在乐队待着又不是不知道，忙活了半天，能有几个收入？关键是得有后台老板，得有大企业的扶持。"夏夏不吭声了,"铁碳合金"是个穷乐队,能让乐队成员有饭吃能置装就已经不错了。她说:"你别替我操心,我已经这样,就不再考虑别的了。"夜里躺在床上又会想:难道她真的就这样了?那么多条件不如她的歌手和乐手一转眼都成了光彩耀眼的名人,被偶像化的年轻人就像纺织机上的线轴,在不断被抽取的滚动中,奉献着一匹匹五彩斑斓的锦缎,音乐是神奇的,改变生活的办法就像用魔术制造幻境,对一些人它是神工鬼斧的造就,对另一些人又是无情无义的毁灭,而她连被毁灭都算不上,只能在作茧自缚的境遇中唉声叹气:自己是离不开"年华制衣"的,离开了连饭都吃不上,还是咬咬牙放弃吧,能有眼前的工作就已经不错了,音乐对她来说也许永远只是个做不起的梦。但蓦然之间,机会来了,不光有音乐的召唤,还有不菲的收入在黎明的窗口呼啦啦的鸣响,无论从哪方面讲,她都没有理由睡着不起来了。周洲笑道:"我告诉你姑娘,就凭你的天赋,过不了几年,年守常这种档次的人,你都可以不理。"年守常说:"你不要把人家说的跟你一样,蓉蓉是那种人嘛?"夏蓉蓉说:"年总是我的恩人,我永远记在心里。"周洲说:"那就是逢年过节微信问候一下而已,到那个时候你忙得满天飞,一个月的行程一大张,能问候他一下,都还是在蹲厕所的时候。"他虽说是开玩笑,但能感觉到他非常瞧不起年守常,或者是故意的,偏要在夏蓉蓉面前损损他。"我等你的消息,越快越好,争取能出现在'嗨王争霸赛'的复赛上。"夏蓉蓉说:"比赛已经开始了,乐队是不可以随便更换成员的。""这个你放心,电视台办这种节目,就是为了提高收视率,多挣广告费,纺织城是个广告大户,让他们变变规矩还不是一句话的事。"饭局结束后年守常想说服夏蓉蓉找个理由拒绝周洲,许诺说:"只要留在'年华制衣',你想干什么我都满足你。"夏蓉蓉和夏夏商量后说出了条件:让施欣萍的"铁碳合金"成为"年华制衣"的乐队,这样既可以改变"铁碳合金"捉襟见肘的现状,也可以让夏蓉蓉不离开公司就能从事自己喜欢的音乐。年守常考虑了几天,告诉夏蓉蓉:"你这个主意不错,咱就这么定了。"但年守常和夏蓉蓉都没有想到:施欣萍居然不识抬举,毫不犹豫地蔑视了金钱对音乐的干预。

施欣萍说:"既然你想搞音乐,来我们乐队不就行了?"夏蓉蓉说:"我问过夏夏了,觉得不能去。""为什么?""去了两个人都是低收入,平均下来,比一般工人还要低,不及我现在工资的一半,还是分开好,他挣他的,我挣我的。再说我们两个最好不要在同一时间都忙,还可以岔开了管管妈妈。"施欣萍语塞了,沉默了片刻问:"'新织工'又不是大牌乐队,你去了真的会比现在收入高?""他们说有基本工资,年终还有奖金。""基本工资是多少?""三万。""月还是年?""月。""啊?"施欣萍呆呆地望着她,"那还是去吧,你妈妈和夏夏都要治病,家里需要这笔钱。"年守常说:"我也可以给你开这么多钱。"夏蓉蓉说:"可是欣萍他们不来,这里没有音乐。""我要是不管你的态度,坚决不让你走呢?"夏蓉蓉说:"年总,我在你这里能干什么?连陪酒都不会,我的能力就是唱歌弹琴,你就成全我吧,我会报答你的。"她说着不禁红了脸。年守常端起酒杯,喝光了里面的酒说:"说实在的,你给我出了个难题,我都不知道怎么办了。我让你去了,周洲也不会给我增加订单,但要是我毫无理由地卡住不让你走,纺织城明年的全部订单可就没了。"施欣萍说:"那就让她去呗,她就算离开了'年华制衣',也能在纺织城替你公关,说不定效果更好。"年守常眯起眼睛盯着夏蓉蓉说:"纺织城这块那我就指望你喽。"又勾了勾指头,"过来。"夏蓉蓉听话地起身走到他跟前。他一把将她抱到自己大腿上:"你去可以,但我得让别人知道,你已经是我的人了,只能唱歌弹琴,不能再有别的事,要是传出什么绯闻来我可不答应。"夏蓉蓉羞红了脸,难为情地望了一眼施欣萍,却没有推开他。施欣萍倏地站了起来:"不打搅了,你们慢慢吃。"没有人挽留她。夏蓉蓉想送送她,却掰不开年守常的手,只能无奈地说:"你慢走。"

3

施欣萍匆匆忙忙走出小餐厅,路过那件钢铁和水泥的蓝色西服时,碰到了工会的牛主席。她好像刻意等在这里,一见面就说:"你终于出来了,怎么样?"施欣萍:"你知道我今天为什么来?""年总在中层会议上都说了,要我们做好欢迎的准备,还说不能因为乐队成员的工资高一点就闹意见。""看来失望的不光是年总,还有你们。""怎么,你们不来?""肯定不能来,我不能带着乐队往绝路上走,我说的是音乐的绝路。说到底音乐既不是广告,也不是走秀,更不是一个什么企业的门面和传声筒,音乐就是音乐。"牛主席前后左右看看,没看到别人,便突然蹿起来抱住了施欣萍,压低嗓门说:"太好了,你们不来。""怎么还欢呼起来了?"牛主席松开对方:"我们厂的档次我还不知道?来了就是毁灭,你施欣萍就别想再有那么多粉丝了。天天唱'年华制衣'的西装多么好,有什么意思?唱出来的不是歌,是钱,弹出来的也不是音乐,是财务报表。"施欣萍打了一下对方:"你说得太对了,英雄所见略同,你们年总以为音乐是可以被收买的,凭这一点就知道他的档次有多高。""说对了,他就是个俗人粗人,除了上班,天天就是喝酒打麻将,而且还……"她又看看前后左右,闭嘴了。"还好色是吧?""他过去老缠我,我就不给他机会,现在又喜欢上了夏蓉蓉。夏蓉蓉是你推荐来的,你得给她提个醒,别听他说会跟老婆离婚,要离早离了。""我不知道怎么给夏蓉蓉说,算了,不说了,她也快要离开了,去新织工乐队做主唱。""太好了,她是有才的,待在我们这里算什么,都成年守常的二奶了,是你让她走的吧?""是她自己,她肯定也觉得不能再在年总身边待下去了。""你们不来,就等于得罪了年总,要是'牛心拐孤'再粉你,他肯定要把我叫去谈话。""那你怎么办?""我当然不能妥协,这是我的个人喜好,跟公司工厂没关系。"施欣萍和牛主席亮出了手,击掌的同时,小小地喊了一声:"噢耶。""还有个事我想问问,你们乐队的鼓手怎么样?""很不错啊,你不是看演出了吗?""我是说人。""人嘛……""不怎么样是吧?""也还行,没什么大毛病。""他最近拉了一个群,叫'神与魂的故事',也把我拉进去了,还有'蓝雪''50炉火锅''岸桥风',一堆人,都是你的粉丝。我觉得有点不对劲,每次聊天,他都会说'本群纯属私聊,话题不得泄露,有泄露者必遭惩罚',我不了解这个人,心里有点不踏实。""聊什么呢?""也没什么,就是说说你和'铁碳合金',说说'争霸赛'上歌手和乐队。他会发一些你们乐队台上台下的照片,比如今天中午,我就知道你们在吃火锅。"施欣萍笑道:"他连这个都发,太随便了吧?肯定是不想把乐队的生活细节传得更广才强调不得泄露的,要我也会这样。没什么,你想聊就聊,不想聊就退群呗。""那我就知道了。还有就是他在小窗里约我见面,说是赠送什么纪念品。""他能有什么纪念品?""我没去,不知道。"牛主席说着,把手举到胸前,摇晃了几下又说,"既然你拒绝了'年华制衣',我就不请你去办公室坐了,免得年总见怪。"施欣萍说:"我知道,拜拜。"又问,"你刚才说的那个'岸桥风'是谁?我以前怎么没见过?""新上来的,看头像和聊天内容,应该是集装箱码头开桥吊的女司机,说早就认识你,还跟你掰过手腕。""那就是雷蕾,一个很漂亮的女孩。"牛主席看到年守常和夏蓉蓉从小餐厅那边过来,说声"再见",匆忙溜进了"蓝色西服"的口袋。施欣萍快步走向了停车场。

  回去的路上,施欣萍开得很慢,满脑子都是夏蓉蓉的形象,漂亮的面孔上胭脂一样的羞红虽然好看,却是带着耻和辱的,难为情的举动里无法抑制地浮动着作为女人的惭愧和自卑，无奈的眼神似乎在向人诉说：这就是献身音乐的代价。音乐是有贞操的，虽然它并不等同于音乐人的贞操，但也不能说完全没有关系，至少音乐人的贞操是音乐贞操的一部分，而音乐人的堕落却跟音乐毫无关系。夏蓉蓉堕落了吗？当初可是她把夏蓉蓉推荐给年守常的，这就意味着有可能是她毁了这个在贫寒孤独中美丽着的纺织女工。她想起了柳浪的反对，自己是怎么回答来着？夏蓉蓉是成年人，她有能力对自己负责。现在看来让人焦虑的恰恰是她所说的能力，一个人可以为任何迫不得已的选择负责，却不能保证自己的能力和责任都处在无可挑剔的正确范围内，更不能保证自己有能力在知道了错误以后就会戛然而止，除非原本的期待里就充满了知过改过的打算。不过就她的初衷来说，总算达到了目的：保住了夏蓉蓉的耳朵和眼睛，也等于保住了她的音乐潜力。别的就不能再管了，她不是夏蓉蓉的保姆。何况夏蓉蓉并没有堕落，绝对没有，一切都不是她自愿的，她处在一种身不由己的状态中，正在努力地挣脱，同时也在努力地提升自己。这样的安慰让她渐趋平静，脑海里突然出现了自己的音乐，是必须有所升华的那一部分，是主调音乐和复调音乐既要如胶似漆又要判若两端的问题，是在旋律上行或下行的方向中如何把平行的直线变成曲线的问题，是在所有的乐段中取消呼吸和停顿就像在文章里取消标点符号，以便让动机变得更加细微更加密集也更加灵敏的问题。她想着，停了下来。不，跟想不想没关系，她发现自己正行进在海边，就停了下来。黄昏了，海蓝变成了海澜，在茫无际涯的状态中掀动着各种各样的水的造型，谁也不知道那是为什么。她觉得海之于水好比音乐之于声音，声音包括了音乐，却只有音乐才是广博而深湛的艺术。艺术会因为它的无目的和无功利以及无实用意义而变得价值连城，那么自己的音乐呢？之所以跟人家有明显的差距，是不是太过功利地想到了比赛的得失和名次的先后？

说到底音乐是关于"人"关于感情关于品位的艺术,不是关于钱关于名气关于胜出的艺术。她把思想停留在人本和物本的问题上,纠结着音乐的有用和无用、虚远和利益,突然做着弹吉他的样子,哼出了一串几乎没有间隔的音符组合。她所期待的意识流乐句出现了,就像紧绷的弓弦嗖嗖嗖地射出了明光闪烁的钢铁箭镞。这可不能是丘比特的箭,只为了奔向爱的对象,她的箭会在射穿目标之后继续飞鸣,再射,再射,也不知还会射中谁。音乐的韧性结构、柔性关系、弹性思想就在她的手指和臂腕的抖动下,升华出一种金属般坚顽的激浪,翻腾而来。她迎着涌过来的海水走去,突然攥起拳头挥了一下,便决定了明天必须要干的事:不是关掉手机,闷头干活,而是去一趟"海岸工业园",找化验员池馨,看看她的模样,最好再问问她:春花秋月何时了,往事知多少?

施欣萍开车走了两个多小时才到达"海岸工业园",小蚂蚁顿时变得名副其实,因为城市的建筑再高大密集,外观的材料主要还是白粉、水泥、砖瓦、玻璃、瓷制品,而在这里,所有的雄伟以及由此产生的压迫都来自钢铁和生产钢铁的设备以及原料,而作为钢皮包裹的小蚂蚁就连一片轻飘飘的羽毛都算不上了。她是第一次来这里,不知道目标在哪里,一看到集团总部,就停车下去打听了一番,又奔驰而去,先经过炼焦厂的煤炭山和烧结厂的粉末堆,再经过发电厂粗硕的管道拼接和炼铁厂庞大的连体高炉,继续跑了四公里,才看到炼钢厂灰蓝色的大门。她把车停在门外的停车场,在收发室做了登记后走了进去,见人就打听池馨,很快来到了转炉车间的北门,再打听就是失望,门口的人不让她进,打电话问了里面,告诉她池馨这会儿不在。施欣萍又问:"她是在这里上班吗?"她的意思是出了这么大的事,池馨作为当事人,竟没有调离,依旧安然无恙地在这里上班,还真有点出乎意料。那人一笑："是啊，她还能去哪里？"施欣萍离开北门，又不甘心地来到了东门，有人说："你去西门问问，她上下班是走那个门的。"她去了，问了，有个中年师傅说："你进去问吧，2号转炉就在你的右首。""我能进去？""别人不行，你可以，你是施欣萍，咱钢企子弟。""你认识我？""这里的人差不多都认识你。""那刚才北门和东门的人为什么不让我进去？""他们可能想不到，一个大明星会这样随随便便地走到跟前来。再说漂亮姑娘差不多，就算认出来了，也觉得是看走了眼。不像我，在老钢城时就见过你，你家住'炉长楼'，我在那里当过几个月保安。"施欣萍笑道："这么说我今天碰到老熟人了。"心里沮丧地想，我们家那一堆破事他肯定全知道。她在门口的换衣镜前照了照：绿色棒球帽压在板栗色的头发上，一身接近钢厂工作服的白色牛仔装，带着保暖的绒里，掩盖着她动感很强的线条，脚上是小白鞋，背着双肩包，有点邻家女生的样子，的确是随随便便的。她谢过中年师傅，走进了车间。

偌大的车间里，远远近近都是通红的火，就像撕碎的晚霞落在了这里。她躲躲闪闪地走着，没走几步就感觉一身燥热，额头上有汗了。2号转炉旁，有个操枪工正在升降氧枪，发出一阵嗡嗡嗡的吹炼声，大概是氧枪上有了不少粘钢，火红的积渣纷纷飞起落下。她凑近炉体看看，发现很容易烫着自己，赶紧后退几步，朝办公室走去。办公室里只有一个工人，没等她问什么，那工人就说："你找池馨啊？她正好不在，坐坐坐。"然后快步出去，大声说，"来了，来了，你们别躲啊，有点出息好不好？"显然是中年师傅打过电话了。六七个工人走了过来，却都不进门，站在门前窗外瞅着，连刚才说"坐坐坐"的那个人也出去了。片刻，风风火火地进来一个头上扣了一白一红两个安全帽的人，笑望着她说："我是2转的副炉长，这里没有炉长，我就是老大，你有什么事可以对我说。"施欣萍伸过手去，心想他就是在出钢工和合金工之间劝解过的副炉长啊？副炉长抹掉白帆布的手套，两手搓了搓，又在阻燃工作服上蹭掉满手的汗，这才握了握施欣萍的手，然后从墙角拿过一瓶矿泉水递给施欣萍。两个人坐下了，隔着一张办公桌，桌上有一台电脑和一些散开的表格。施欣萍说："她还好吧，我说池馨？""好着呢。""我就是对她有点担心，所以来看看。""担心什么？""还能担心什么，那个人呢，也好着吧？""哪个人？""跟她谈过恋爱的合金工。""哦，你问的是自杀事件？我还以为是别的事。""还有别的事吗？"他没有回答，只是说："你问的事已经过去，我们都不再说它了。""这么快就过去了？池馨心里总会留下阴影吧？""不知道，反正她没有表现出来。"施欣萍似乎没话了，沉默了片刻，又把昨天范强告诉她的出钢工的自杀原因叙述了一遍，又问："真相是不是这样？"副炉长有点敷衍地说："差不多。""那就奇怪了，池馨为什么要激他而死？""当时警察也这么问过，谁也说不上。""池馨到底怀孕了没有？""怀了吧，前些日子她请过几天假，像是去医院做流产的。""究竟是谁的孩子，好像既不是合金工的，也不是出钢工的？""死无对证，这个谁能说得清楚。""既然出钢工用死表明自己更加诚实更有毅力，池馨不会没有后悔吧，她到底更爱谁？""你的问题怎么这么多？比警察还多。""合金工真的喜欢唱歌？池馨也真的喜欢听他唱歌？难道是音乐细胞把他们笼络到了一起？""一点不假。""现在呢，她跟他还好着吧？""看不出来好不好，别人也不敢问。""有人说出钢工死前还留下了遗言？""对啊，说他寻死不是为了赌气，是为了池馨。""是为了池馨天长地久的幸福。""对对，就是这句话。""还真有这样的遗言？那就有点莫名其妙了。""怎么就莫名其妙了？"施欣萍没有回答，又问道："是不是很多工人平时都喜欢听歌？""以前不是，自从你上了'子午线'，大家就都开始看了，那些想留言又说不出个子丑寅卯，只会竖个大拇指点赞的，就都是'海岸钢铁'的员工。""为什么？就因为我是钢企子弟？可我的简历没有这一条。""搜呗，网络时代，只要一个人知道，全世界就都会知道。""那倒也是。"她说着起身，拧开瓶盖，咕嘟咕嘟喝了几口水，又看看门前窗外的工人，心说这里头也许就有那个合金工吧？想着，攥起半瓶矿泉水，告辞了副炉长。

施欣萍来到车间外面，茫然无措地四下看着，粗硕的烟囱排列成锯齿的形状，一个个都冒着净化后的青烟，就像用黑色斜线连接起来的一串八分音符，她甚至都能吟唱出旋律来：13253647，而且是C大调。从车间伸出来的十几个直径足有两米五的管道成梯形通往绿色高大的除尘系统，一看就知道，一次回收的旁边就是二次回收，但空气中还是充满了二氧化碳的味道。一些蓝色的钢包排成"之"字形的队列，扁担一样衔接起转炉车间和连铸车间，透过敞开的棚门，能看到几台橘色连铸机正在运转。往东走，转炉车间的尽头就是炼钢厂的边缘，那边是炼铁厂，隆起的高炉山脉一样绵延而来，伸出长长的臂膀，一把抓住了庞大的混铁炉，然后又是笔直而粗硕的管道，能感觉到里面铁水奔腾。她东走西走地看了一会儿，拿不准现在就离开，还是再去找别人问问，就听身后有人喊："喂，你好。"扭头一看，是个快步朝自己走来的女工，想都没想，就认定池馨来了。不错，是池馨，凭长相就能看出来，一个迷住了两个炉前工的女孩，一定就是她这个样子的：穿着一件肥大的加厚白色工装，戴着一顶能藏住全部头发的白色安全帽，脚上是阻燃靴，跟施欣萍喜欢的作战靴有点像，却显得更加洋气，被工装包裹着的身形玲珑有致，皮肤白白净净，五官的搭配就像是按标准设计出来的，有模有样。

池馨问："你找我？有什么事？"施欣萍说："原来你在。""我去9号转炉串了个门。""上班还能串门？""就是帮着干活呗。""我也没什么事，就是想跟你聊聊。""那还不是有事？我认识你，因为我喜欢听歌,也知道你住在老钢城,以前你父亲在转炉和高炉都当过炉长。""你怎么知道我父亲?凭你的年龄,你根本不认识他。""你父亲代表着老钢城的历史,很多人一说起过去就会提到你父亲。"池馨说着,表情突然变得有些紧张,"我追出来就是想问问,你一个歌星,怎么突然对我的事感兴趣了?""我也不知道怎么了,就是想了解清楚。""了解清楚了吗?""好像清楚了,你还有什么补充的?"池馨似乎松了一口气:"没有了。""没有也没关系,既然见到了你,我们还是再聊聊。""我就知道你没个完,想聊什么?聊吧。""问一句不该问的,你怀了孕,又流了产是吧?孩子的爸爸到底是谁?"池馨阴冷着面孔反问道:"你说呢?""是不是出钢工?""你不是已经知道了嘛。""哦对,我知道了,不该再问了,对不起,不过还有件事不知道,你怎么能做到好像什么事也没发生过,跟过去一样上班下班?""谁说的?那是你不知道,我也不想说,给谁说去?我现在一见钢水浑身就起鸡皮疙瘩,听到刺啦声就觉得是烧人的声音,好不容易熬到下班了,又得去菜市场,得路过肉铺路过烧烤摊,每回都是闭着眼睛走过去的。我已经好长时间没吃肉了,早晨一起来,第一件事就是叮嘱自己:勇敢,勇敢,勇敢。一路走来一路说。""那你就没想过离开?""去哪里?离开了钢企我还能干什么?""也可以在炼钢厂内换一个岗位嘛。""想过,也提过,这个不放,那个不要,2号转炉是炼钢厂的标杆,谁也不会为我考虑,就想着别让它掉下来。""这么说离了你就不行了?""差不多吧。""一个化验员有这么重要?""现在是数字化操作,过去一天的化验量,现在集中起来不到一个小时就能完成,所以我还兼着维修工呢,不对,是维修工兼着化验员。""那也不至于离不开吧,你能维修,别人也能。""过去的技术粗糙,活可以换着干,现在不行,整个'海岸钢铁'都在搞'无故障维修'和'无耗损保养',我在老炉长办公室培训了半年才毕业,技术是转炉车间最好的。""什么技术,这么难?""就是不等发生故障就开始维修,不等出现耗损就开始保养,我得提前半个月知道哪里会出现故障,提前一个月知道哪里需要保养,这不是一般人能做到的,你得摸,得看,得闻,得听,得测量,得检验。""好处是什么?""能让设备提高一倍的寿命,维修和保养不再停炉停机停工,就好比一个长跑运动员还在跑着医生就治好了他的腰腿扭伤,跟过去比,生产效率提高了百分之二十五还要多。尤其是当前,高炉和转炉都在陆续升级,升级就是选择最好的技术、最优化的程序、最少的成本去完成最高的效益,被老炉长培训出来的人就更显得举足轻重了。""原来是这样,那你够厉害的。""老炉长才厉害,我是跟他学的。""既然是老炉长,肯定已经老了,还是你厉害,年轻有为。"施欣萍赞美了一句,就打算告辞,想着"拜拜",说出来的却是又一个问题,"你刚才说高炉和转炉都在升级,是不是意味着又要裁员?""对啊,用不了那么多工人,我们2转有4个工人下个月就得下岗。"施欣萍担忧地问:"不会有那个合金工吧?""肯定有。""啊?据说他父母是农村的,家里情况不好,负担挺重。"池馨表情冷漠地没有反应。施欣萍又问:"你还爱他吗?""发生的事不是你伤害我,就是我伤害他,已经不知道爱是什么了。"池馨说着就要离开,又疑惑地问:"你怎么管那么多?"施欣萍想说这是个惨烈而悲壮的爱情故事,对她触动很大,说不定她会为它写一首歌,又担心作为当事人的池馨反对,就没有说出来。池馨用一种她这个年龄不该有的长辈口气说:"好好唱你的吧,我很喜欢听你唱。""我唱和我的歌还不是一回事,你喜不喜欢我的歌?""喜欢呀,老炉长说都是你自己创作的。""老炉长也喜欢音乐?""当然喜欢。"池馨说着突然愣了一下,又改口道,"我说的是好像,好像喜欢,不管喜欢不喜欢,他周围都是年轻人,年轻人在他面前唱来唱去,他也就自动喜欢了。"

施欣萍觉得此行不虚,最想见的人见到了,最想问的问题也问过了,下一步就看自己来不来写歌的情绪了。她喝完攥在手里的半瓶矿泉水,走向很远的垃圾箱,丢下瓶子,拐回来走出灰蓝色的炼钢厂大门,来到停车场,找了一圈没看到自己的小蚂蚁,正在疑惑,就听有人唱道:"你的眼睛犀利如铁,穿透了爱情虚假的真相,你活在人们的赞誉中,却死在她眼睛的漠视里。"是她的歌,来自一辆黑色吉普。她走过去一看,车窗内一个男不男女不女的人在冲她微笑:"怎么样我唱的?"她不觉得是在问自己,就没有回答。"肯定没你唱得好,因为我是画画的。还满意吧,对你座驾的美容?"施欣萍扭头看看,这才发现白色小蚂蚁就在旁边,却变成了一条触手飞扬的彩色章鱼,每一个触手上都有肉红色的吸盘,吸盘是音名和唱名的变形。她生气地质问道:"你谁啊?有权利这样做吗?""你不喜欢是吧?我可以马上洗掉。"那人说着开门下来,从黑色吉普的后备厢里拿了水桶、汽油和抹布,走向了小蚂蚁。施欣萍看着,突然喊了一声:"别动我的车,要洗也是我自己洗。""恐怕是舍不得吧?"她没有吭声,似乎承认了。他把手里的东西放回原处,弯了一下腰说:"杜松,不是树,也不是酒,是人。""看出来了,你是个人。"施欣萍低头一想,"我好像听说过你。""是50炉火锅店的老板告诉你的吧?""想起来了,你就是画过'歌手施欣萍的眼睛'的那个人。听人说你挺精神,看着也顺眼,像个地地道道的干部或者工人。今天怎么了,脑后不光扎着小辫,头顶还绿一绺红一绺的?""原来你知道我,太荣幸了。""我为什么知道你?因为你丑化了我,还自以为是地觉得那是'媚眼如音'的图解。""不好意思,让你生气了,但也许你可以不在乎它,它不是让你看的。""那是让谁看的?""这里的人,只要他们看到我发在网上的那张画,就肯定会有想法。""不知道你在说什么。""你去'海岸工业园'的生活区看看,我在一面墙上画了同样的画,不过就是没标上你的名字。""我们素昧平生,你为什么要跟我过不去?""没有啊。""而且还跟踪我？""谁跟踪了？""那我为什么会在这里见到你？""我来找我表姐，恰好看到你下车进去了，就觉得机会不可错过，必须在这里等着，粉丝崇拜偶像，不就是等啊等，你应该理解，等得无聊，就把你的车美化了一番。""你表姐也在炼钢厂？""大名鼎鼎，说出来你一定知道。""谁？""池馨。"施欣萍没说自己也是来找池馨的，望着炼钢厂里面说："你已经等到我了，现在该去找你表姐了。"杜松踮着脚尖转了一圈说："我还是带你去看看那面墙吧？我知道你不常来这里，万一被人破坏了，以后你就看不到了。"

　　黑色吉普在前，彩绘成章鱼的小蚂蚁在后，沿着工人们上下班的一条便捷的路，很快来到了生活区。又是一个高楼林立的所在，离开老钢城的"海岸钢铁"在一个虽然离城市中心比较偏远却更加辽阔的地方建了一座规模更大的新钢城，而且还在继续扩大，周边新起的建筑工地就是证明，说不定过几年这里也会成为另一个中心，工业和交通的发达以及人口剧增后社会设施不断健全带来的中心，"海岸钢铁"就又要移址了，又会是关于"边缘"的无奈，又会是"我们为什么在这里"的惆怅，却很可能不再是她的音乐。她现在越来越清醒地认识到，虽然经典跟原创密切相关，但只有时间和流传才能决定一首歌是否具有经典的价值，要么遗忘，要么记住，记住之后还需无数次传唱。自己的音乐离"无数次传唱"还差了十万八千里，她还有很长很长的路要走，音乐的路、人生的路、情感的路、痛苦磨砺的路，都是一个音乐人的必经之路，都还无法给她一种已是过来人的信心。她看到了前面的高山，山在流云之上，别样的风景里，有一种自己难以企及的神秘和高挺，不无狂傲的信心也就从自身转移到别人身上了——对"盾构机"的10首原创歌曲，她即便不能预言时间的长河给予它们的那种尊重，却也可以强烈感觉到经典就在眼前耳畔。她随着前面的黑色吉普停在路边，下车往前走了几步，就看到一座八层高住宅的黄色幕墙上，出现了自己的眼睛：一大一小，畸形而粗朴，大的黑色，小的白色，依然像两朵凋残的桃花，G谱号的瞳孔死死盯着从各个角度看着它的人，飘逸的眼线和睫毛上，滴泪一样挂着几个音符。"到底为什么，你要把它画在这里？""是啊，为什么呢？我就说点专业的吧，你看对不对。音乐家总说'音乐的色彩'，管弦乐队里也有什么'色彩乐器组'，钢琴、竖琴、木琴、铝板钟琴、钢片琴都归在这一组，我想既然你们可以借用画家的色彩，画家为什么就不能占有你们的音乐材料呢？我是画音乐的，画歌手的眼睛就是画音乐的眼睛。""音乐有眼睛吗？""难道没有？""有，但不是你理解的那样，它是抽象的，是难以捉摸，不可言状的，它看不到任何人，只能看到心，心和音乐是一种神奇的对位，无论时空有多大变化，节拍都是不变的。""一个画家不会这么去想，因为他必须表现出来，眼睛看到了什么也许并不重要，重要的是有人看到了眼睛。"杜松说着，蛮有深意地笑望着正对幕墙的一片建筑，那是一个美丽精致的住宅小区，绿树掩映之中，露出浅黄的西洋风造型和深红覆瓦的鲜艳。施欣萍用眼光在幕墙和精致小区之间画了个弧形的连线，又画了两个表示延长的"附点"，满脸狐疑地问："你是想让小区里的人看到？为什么？"杜松支吾了一下说："不为什么，恰好这片墙允许我画，我就画在这里了。""骗人都不会，青岛有的是地方画画，一些建筑工地巴不得你去美化围墙，你为什么不去？"杜松想了想说："其实我本来想在老钢城也画一幅这样的画，以便吸引你的注意，去了几次都没有找到合适的地方。""不会吧？""合适的地方都收钱。""那你就画在钢锭车间的墙上，那儿没人管，我可以给你做主。""已经吸引到你了，就不需要了。再说我也没钱买颜料，这面墙花掉了我两千块。""这么说你是花掉了不该花的钱，可见你还是有目的。""你别老揪住这个问题不放。""因为它是我的眼睛。"杜松笑了笑："在我想告诉你时，你不问我也会说。"施欣萍不想再浪费时间，问道："你就住在工业园？""没有。""那你来一趟也不容易，赶紧去找你表姐，再见。""可以加个微信吗？"杜松在送她走向小蚂蚁时说。

施欣萍把小蚂蚁开到一家小超市前，进去买了一盒枣泥饼，边吃边开，突然又停下，从身边的双肩包里拿出大本子，写出了一行乐思，想继续写下去，脑海立马又枯涩了。接着往前走，十分钟后又有了，再停，再写，再走，重复了几次后，她拍着脑袋想：今天怎么了？总是断断续续的，每个音符都好像把自己孤立了起来，好不容易撮合到了一起，又有点生拉硬扯的样子，感情的逻辑不流畅，乐句就像是东一句西一句剽窃来的，而剽窃的对象就是"盾构机"，这怎么行？她懊恼地扔掉大本子，加足马力朝前奔去。一个小时后，她看到了海，停车下去，仰身躺到沙滩上，长长地喘了一口气，望着天愣愣地想：这也许不是一件音乐应该触及的事，因为它让你失去了判断，看着是明晰的，一想又模糊了，结晶的爱瞬间变成无数闪光的碎片，然后混入一堆张牙舞爪的玻璃垃圾，就再也分不清是哪种材料的制成，钢变成了肉，肉变成了钢，血液滚烫而艳丽，很快又成了冷飕飕的黑冰。她不禁打了个寒战，蜷起腿，用两只膝盖碰打出一种弱弱弱次强弱的节奏，迫使自己平静下来，慢慢闭上了眼睛。很长时间过去了，潮水正在涨起，哗哗的水声越来越响亮，阳光西斜而去，冬天的冷凉悄然笼罩了她。一群海鸥飞过来，盘旋在她上面，提醒她睁眼看看天上的情形：白云和蓝天随时都在改变你多我少的格局，似乎有一个裂隙既不属于白云也不属于蓝天，它让她的视野变得更深更远，也让她感觉到有一个时间正在拐弯的地方，无限明亮地闪耀着宇宙的璀璨之光，好像那才是音乐的眼睛，用吞没一切的能量吸纳了所有的景观，景观是破碎的，却又是整一的，真正的音乐都应该如此：用无数时间的碎片和声音的碎片组合成一个庞大而坚固的拼接体。她坐了起来，看到海正在收缩自己，并且因为缩得太紧而有些颤抖，浪是被挤出来的，一种大海无法控制的力量让它高高升起，左右摇晃着，来不及落下，就又被后浪推上了更高的地方，还是晃动着，却没有碎，带着一股粗大的弧线朝下朝后弯去，落水的瞬间依然没有碎，"砰"的一声响，就像定音鼓的鼓槌，砸出了一个漩动的坑窝，然后便是消逝，如同突然断裂又续接上的旋律，在仓促和挣扎中烟雾一样缭绕回荡。她忽地跳起来，走向小蚂蚁，坐进去，再次拿起大本子，写下了"熔炼之恋"几个字，想了想，又加上了书名号。

> 你向往热度，钟情爱的融入，
> 你在钢水的浪花里翻转，
> 仰泳蝶泳，如同一脉钢骨的游走
> 超越自由，碾压了一切浪漫，
> 然后穿透肢体，让所有的钢材
> 镶嵌起人的血脉，
> 还有心跳，就像生命的宣言，
> 拼接着你和她的轨迹。
> 所有的所有的钢材，
> 都要经过极热后的极寒。
>
> 如果创世从出钢工开始，
> 人的情爱都将接受冶炼。
> 如果创世不从出钢工开始，
> 能被时间眷顾的
> 却只有水的柔软。

她很少这样写歌，乐思是混乱而残缺的，却又像一连串关键词那样引诱着她，她时而写出一支或长或短的旋律，时而写出一个用以伴奏的固定音型，然后再去联想旋律的高低缓急，时而会用脚踩出节奏，再用对位法把三支以上同时冒出来的乐句编结成一个华丽的织体，然后立刻写上应该在这个时候唱出来的歌词。等她写到副歌的重复乐段时，发现她的音乐变成了一张铺张开来却漏洞百出的渔网，她要么让进网的大鱼小鱼再次溜走，要么穿针引线修补好那些破洞。她想赶快做起来，却发现什么也做不了，就像流淌的钢水突然遭遇了冷却，线条的长短和起伏的方式迅速凝固着，黑色的烟袅在刺啦声中变作主题的意义飞翔而去，带走了情感的性质，让她搞不清楚在这首爱情的悲歌里到底有没有真正的忧伤。几乎在同时，一连串的音符因为失去沸腾而改变了最初的力度，骨骼不动了，血肉就像空气一样漂浮在还没有被粘连的时刻，让它变得格外残酷。好在她并不沮丧，她知道自己遇到了什么：初创越是不完美，就越像虚浮的泡沫，等待着她去填充新的发现和新的乐思，并赋予一种被内心世界酝酿过的感情色彩。所有的音乐都是时间的体现，而时间的长度并不等于意义的长度，这就是她对音乐的期待和对自己的认可。

　　　　你是只有跳进钢水才能理解的爱情吗？
　　　　你是迸裂腹腔与喉咙的无声歌唱吗？
　　　　你用血肉把火流切断，
　　　　让熔炼变成自残，
　　　　就为了在钢材之中寄寓出钢工的灵魂，
　　　　让它拥有金石之坚。
　　　　从此我看到，大桥不垮，堤坝不塌，
　　　　楼厦铺排出一万种傲岸。

我看到死亡与再生的交替，
正有铁水成钢的表演，
是爱与更爱的结合，
升起一缕太阳风的青烟。
男人是火，女人是水，
一炉燃烧血液的光焰，
被一池秋水埋入心渊。

是的，你走了，爱正在消散成气，
但滚烫的再生一如往日啊，
我们的男人，
我们女人的男人，
让女人烂漫如花的男人，
正在堆垒前面的高山，
那是我最后一个起点。

奏鸣曲
大船是怎么造出来的（作品第9号）

有放弃的蛊惑疾病的挫伤，
渴望季风送来苦旅的顺当，
它却把他们吹向海的涡流，
恍然看见等在海底的死亡。
翻船的刹那水手抓住船长，
船长抓住挺身而立的郭翔。

1

施欣萍起得很早，收拾了一下自己，从冰箱里拿出面包随便啃了几口，就来到录音棚，坐在"博兰斯勒"前，一边弹着《熔炼之恋》一边等着大家，但等来的却是柳浪的一个电话："刚刚接到通知，我们的演出提前了三天，好像跟'新织工'对调了一下，现在我们变成'小字一组'的了。""为什么？抓阄不算数了？"施欣萍话一出口就想到了原因："新织工"原本在"小字一组"，自然他们是第一场比赛，往后调的原因肯定是乐队增加了新成员，需要重新磨合，挤出时间排练。资本正在显示力量，也许仅仅一个电话，新织工乐队的后台纺织城的老板周洲就让比赛的旋律颤动了一下。施欣萍说："那我们就有点紧张了,你催催他们,赶紧上班,我们还有一首新歌需要排练。"柳浪说:"我已经给沈飞说了,让他去接一下夏夏,顺便把水手也捎上。"她放下手机,拿过《熔炼之恋》的乐谱改了几处,又弹起来。正弹着,乔普林和柳浪来了,接着出现的是水手,他在小面包去接他之前,就已经在前来录音棚的路上了。过来一会儿,夏夏和沈飞走了进来。沈飞说:"白跑了一趟,都已经拐到你家了。"水手说:"谁让你不早点打电话来着?"沈飞说:"你走得也太早了。"水手说:"心里急,就想早点来。"乔普林说:"你急什么?"水手说:"我总觉得有些方面我们明显不如人家,尤其是'盾构机',得商量一下,需不需要改进。"柳浪说:"你别妄自菲薄,哪里不如了?"施欣萍说:"更不能妄自尊大,不如的感觉是对的。"又问水手,"你有没有具体意见?"水手正要说,施欣萍的手机响了。

　　是夏蓉蓉打来的,说自己已经来到新织工乐队上班。"感觉怎么样?""跟你们比差远了。"又说乐队最早是为在纺织城走秀的服装模特儿做背景音乐的,后来周洲的儿子周轻舟因为喜欢音乐就把它扩充成了一支演唱乐队,乐器和音响好得不能再好,但除了吉他手外,键盘手、贝斯手和架子鼓手都很一般,主唱兼贝斯手的周轻舟在纺织城酒吧做过驻唱,是他自己请的自己,也是青岛豪华KTV包间的玩主,音乐感觉还可以,嗓音条件却有点牵强,是泡在蜜糖罐里说苦涩,花前月下玩沧桑、玩受伤、玩痛苦、玩挫败的那种,又做作又矫情。周轻舟也知道自己在舞台上不那么灵光,就想把她推上去,想让她在比赛中压过这个超过那个,她感觉不是在搞音乐,而是扛着一大捆棉纱往山上走,压力太大了。"听你这么讲,我觉得还不错,只有到了一个最需要你的地方,你才能立马站稳脚跟。""但我也得好好表现,不能什么都拿不出来。""怎么会呢,你又能真声又能假声,还能来维塔斯式的海豚音,钢琴就更不用说了。""光这些有什么用,最关键的是得有自己的歌,现在是比赛,就算可以翻唱,也得拿到版权。""那你就唱我的呗。""我想过,但又不敢唱,'新织工'怎么能跟'铁碳合金'比,人家一听就听出高低了,还不如不唱。""那你的意思是……""参加比赛至少得准备10首歌,其他所有的歌周轻舟都可以搞定,但有一首我最喜欢也最适合'新织工'的歌,需要你同意。""你绕了半天原来就是想说这个?我知道你说的是《纺织女工》,行吧,那你就去唱。""那是不是我们已经说好了,我唱了以后你不会再唱?""是啊,我不唱了,一言为定。"

手机里的声音大家都听到了,乔普林说:"谁啊,这种时候提这种要求,而你居然答应了,那我们唱什么?"施欣萍说:"我们还有更新的。"说着把钢琴上的乐谱拿给乔普林,却被水手抢先接了过来。柳浪说:"这么说这首歌我们白排练了?"肖蚌说:"还不准我们唱,她是什么人啊?"施欣萍扭头一看:"你什么时候到的,怎么悄悄进来了?"肖蚌说:"你们都假装没看见,还说我行踪诡秘。"水手说:"你心虚什么,谁说你行踪诡秘了?"肖蚌追问道:"说呀,她到底跟你什么关系?"施欣萍说:"夏夏的姐姐,新织工乐队的新主唱,一个来自纺织行业的全能歌手,你们听了以后就知道,她应该是目前最好的民族风歌手,《纺织女工》正适合她的演唱风格,也适合她的身份。"肖蚌说:"不管谁的姐姐,都是我们的竞争对手,这种时候你帮她就等于出卖我们大家。"乔普林和水手都说:"没那么严重。"肖蚌说:"千万不能掉以轻心,赶紧给她打电话,就说乐队成员全体不同意。"柳浪说:"我也觉得应该这样。"施欣萍说:"我自己的歌,我还是有馈赠的权利吧?"肖蚌说:"可我们也有罢演罢唱的权利。"施欣萍说:"你敢。"水手说:"太好了,我有个朋友,从小练架子鼓,特别棒,我没碰到过他那样好的鼓手,他跟我一样也是远洋轮的水手,昨天才上岸,正好有半年的假期,他托我给他找个乐队的活,我还发愁呢,哪里有正缺人的架子鼓岗位？"大家都瞪着他：真的假的？只有施欣萍知道水手是在帮自己，微笑着说："看来我们用不着担心了，鼓手可以随时换。"说着过去，从夏夏的耳畔拿过了他的手机。夏夏正在打电话，是打给姐姐的，希望姐姐放弃独家演唱《纺织女工》的要求，乐队已经为这事吵起来了。施欣萍听到手机里夏蓉蓉还在问到底怎么回事？就说："没事了，已经解决了，你就唱你的吧，我刚才的承诺没有变。对了，还没把歌谱发给你呢。"说罢按着结束键，把手机还给了夏夏，又用自己的手机发着曲谱对水手说，"接着说，我们在哪些方面不如别人？"

　　水手说他这两天把网上能搜到的"嗨王争霸赛"的重点演唱都看了一遍，发现"铁碳合金"的大部分歌曲都显得过于光鲜圆润，没有失真，没有嘈杂，没有残缺，没有大音量，听起来很完美，但仔细想一想，观众需要的也许并不是完美，海顿、舒曼、施特劳斯都很完美，却跟流行音乐毫无关系，也就是说流行音乐就是为了打破完美，而我们却在不合时宜地追求完美。大家愣愣地望着他。乔普林小心翼翼地说："你这是在否定我们的歌。"说着看了看施欣萍。肖蚌说："你想干什么？练嘴啊？说得好听谁不会？有本事你也来唱作，能超过现在的水平我就服你。"乔普林说："人家又不是没写过，《不沉的'蓝鲸号'》是谁的？"肖蚌说："勉勉强强就这一首有什么了不起？"施欣萍瞪着水手说："没想到啊，你这么看不上我的歌。"水手说："这个世界上山外有山，我也是这两天才看到别处的山有多么高大。"施欣萍说："别忘了我们还有夏夏。"水手说："夏夏的声音没说的，但他好像是在用自己的不完美拯救完美，目标还是光鲜圆润，多少有点力不从心，而不是充满自信地展示自己的残缺，告诉人失真才是最后的真。"施欣萍指着他手里的乐谱说："那你觉得这首《熔炼之恋》呢？"水手说："我刚才已经在心里哼了两遍，绝对跟以前的不一样。"施欣萍问："哪里不一样了？"水手说："这会儿我还说不上，排练了以后才能有感觉。"

施欣萍望着大家说:"我基本同意水手的看法,尽管我们是'铁碳合金',却还是少了金属的破碎和熔炼的沸腾,少了本应该独属于我们的齑粉的烧结和钢板的割裂,除了夏夏,别的人都没有粗粝,没有真朴,没有尖锐,也没有一流的配器和设备,制造不出宏大音量。音乐的创新有时候就是对听觉习惯的破坏,而我们在乎的恰恰又是听众的习惯性接受。"肖蚌说:"我早就说了,我们的设备都是人家淘汰了好多年的。"水手说:"这个谁不知道?关键是你得有办法把新设备拿来。"肖蚌正要回答,又迫不及待地从裤兜里摸出了正在鸣叫的手机:"喂喂?嗯嗯,我马上就来,你等着。"说着匆匆出去了。大家接着说。连习惯于沉默的夏夏也提出了自己的意见:"我们有会弹钢琴的,为什么不用键盘手呢?"施欣萍附和道:"我也这么想,但目前我们还不具备上键盘的条件,因为我们既没有条件把沉重的钢琴搬来搬去,也没有条件增添拥有大量组合预置的最新版合成器。"柳浪说:"就算钢琴可以搬动,也还得接电,麻烦着呢。""那就这样吧,有电箱吉他和电声贝斯,我已经很知足,跟'盾构机'相比,乐器和演唱的气势方面我们已经远超他们。"水手说着,拿起吉他弹起了《熔炼之恋》,施欣萍弹着"博兰斯勒"跟了上去,夏夏赶紧抱起了贝斯,排练开始了。几遍之后,水手放下吉他,抱起了圆号,伴奏的声音顿时有点雄壮悠远。施欣萍说:"肖蚌呢?怎么还不回来?乔普林也不见了?谁去找找他们?"柳浪和沈飞飞奔而去,半个小时后才把肖蚌拽回来。

柳浪说:"我给他打电话他不接,还是沈飞开着车,跑了一圈才发现他在50炉火锅店的门口。"施欣萍有点生气地问:"干什么呢你?现在是上班时间。"肖蚌说:"粉丝要求见我,还要什么纪念品,我本来要拒绝,但考虑到拒绝了以后对比赛不利,只好勉为其难,我也是为咱乐队着想,再说我们是明星,明星见粉丝,本来也是工作的一部分。"水手说:"哪个粉丝?我们这么多人怎么就没遇到过这种情况?"

肖蚌说："那是因为你没我帅。"水手说："你还帅？瘦得跟大烟鬼一样。"肖蚌说："现在女孩就喜欢瘦长型的，千万别嫉妒。"施欣萍说："到底是人家主动来找你，还是你约了人家？""这有区别吗？见面都是互相的。""这么说吧，你见谁我不管，我只想提醒你，别打着乐队的旗号，我们乐队从来不主动约见粉丝，更不会赠送什么纪念品。""这个我知道。""另外我还要说，不得以个人名义把乐队台上台下的照片发到群里，尤其是聚会吃饭这种生活细节，能不传就不传，免得给'黑子'提供把柄，我们正在参加比赛，要从各个方面维护好乐队的形象。"肖蚌愣了一下问："你是在说我吗？""对啊，你不是拉了个'神与魂的故事'群吗？""我三番五次地说不得泄露，他们还是泄露了，谁的舌头这么长？真该受到惩罚。""你诅咒谁呢？人家是好心，为了咱乐队。再说你单独拉这么个群干什么？还都是我的粉丝，自己挖自己的墙脚，有能耐你到别处去圈粉。""这可是你说的，别以为我圈不来。"肖蚌的手机又响了，还跟刚才一样，他"喂喂"了两声说，"我马上就来，你等着。"抬脚就走，又回头说，"就去五分钟，不好意思啦。"这时乔普林走了进来，施欣萍气不打一处来，吼道："你干什么去了？"乔普林从包里拿出一个银行卡说："我是去拿钱的。""拿钱干什么？""我们真的应该变一变了，不是我们写不出超一流的歌曲，是陈旧的设备严重妨碍了乐队的发挥。""你哪来的钱？""不是我的，是你父亲留给你的那30万。"施欣萍皱起眉头瞪了对方一眼，她明白乔普林之所以没跟她商量，就当着大家的面说出了这事，就是不想让她有转圜的余地，因为不了解内情的人不会理解在这个节骨眼上她居然有钱舍不得花。她沉默着，突然咬着牙说了一句："你可真能为乐队考虑，那就照你想的办吧。"看着乔普林递过了银行卡，就对柳浪说，"你接着，做个预算，想办法把它花掉，而且要快，新设备不是一来就能得心应手，得有磨合期。"柳浪接过银行卡，不相信地看了看：

"真有30万？怎么花？"施欣萍掐着指头算起来："我们得增添预置最好的合成器，得给架子鼓接电，让它变成电声节奏，还要更新功放、调音台、效果器、扩音器、音箱、分配器、耳机、声卡、麦克风，30万肯定不够，只能挑最重要的。"大家七嘴八舌说起来，最后定下了，先增添一台合成器，更新两个麦克风，让乐队的"声音颗粒"能有一种最佳的投放效果，如果还有余钱，就解决架子鼓的接电问题。施欣萍小声而严厉地对乔普林说："我说了我不用他的钱，你没往脑子里记啊？这30万我一定会还你。""它本来就是你的钱。""不是，是你那个风流情人留给你的。我知道你想让我念他的好，尤其在乐队最需要钱的时候，但我偏不，我正想写一首歌呢，名字就叫《我恨我的父亲》，我觉得你也应该写一首歌，就叫《我恨我的炉长情人》。"乔普林宽容地笑笑，没有吭声。柳浪躲到角落里上网搜货去了，最后决定还是先去实体店看看，现在就去。

　　排练继续进行，又过了几遍《熔炼之恋》，然后便是别的歌。施欣萍说："我们边排练边修改，最好每个人都能增添点什么，一个人的能力毕竟有限。"水手问："难道'盾构机'的歌不是一个人的创作？"乔普林说："人家是校园乐队，老师和学生里头有的是人才，说不定是集体创作。"施欣萍说："肯定不是，仔细听就明白，那些歌的曲风从头到尾都有相当缜密的一致性，明显是属于一个人的。"水手说："我同意，乐句可以拼凑，情感是不可以的，'盾构机'的歌里始终有一种隐藏起来的孤独和忧伤，不，是忧患，很深很远的样子，就像我们水手漂洋过海总是看不到岸，或者永远回不了家，又像一个热情似火的人怎么也找不到对应的目标，有潮水一样的狂恋，却没有一个姑娘能够正眼看他一眼。他是海，是一片自卑又自闭的海，是没有人知道的惊涛拍岸的死海，每一个音符都在不确定的时空里颤抖，不知道它在下一秒钟将会延伸到哪里。这样复杂的体验不可能大家都一样。"

施欣萍奇怪地问："那你是怎么体验到的？""我也是瞎猜。""你的瞎猜很有说服力，有可能你跟'盾构机'的唱作人有共同的气质和经历，心有灵犀一点通。我琢磨你肯定也想写一首歌，跟《不沉的'蓝鲸号'》不一样的。"看对方不回答，又说，"但我要提醒你，当你佩服一个唱作人而想着自己也应该尽快唱作的时候，最好的办法就是先找出他或她的缺憾来，越多越好，这些缺憾就是你的起点，至于人家的成功和打动除了给遗忘制造理由，没有别的用处。音乐是这样一种东西：不为创新而活，就为创新而死。""是啊是啊，所以我一直都在瞻前顾后，不敢自己动手。""沉住气是对的，宁肯没有唱作，也不能有一丁点模仿。"施欣萍说着朝窗外看了看，承诺"就去五分钟"的肖蚌一直没有出现。沈飞读懂了施欣萍眼里的内容，快步出去，开着小面包，找人去了。半个小时后沈飞把肖蚌叫了回来，施欣萍正要发火，就见肖蚌后面还有一个人，不禁"咦"了一声。

　　来人是她的小小姨李拜拜，漂亮依旧，脸色却有些难看，一双煽情的瑞凤眼给人一种安错了地方的感觉。她笑着扫了大家一眼，忽又板起面孔瞪着施欣萍说："我给你留言你怎么不回？""你在哪里留的？""'子午线'，还有你的朋友圈。""这些地方都是粉丝，你又不喜欢音乐，留什么言？我没时间，很少看。""那你接电话呀？""不想接。""为什么？我还是不是你小小姨？""实话给你说，有时候是有时候不是。"施欣萍说着，指了指大家，"我们正在排练，你有事吗？"肖蚌说："来找你就是有事，你们换个地方说吧。"施欣萍奇怪地问："你们怎么认识？"肖蚌说："她联系不到你，只好在'神与魂的故事'群里跟我说，我刚才就是去接她的，听她诉了半天苦。"施欣萍冷冷一笑，心说你姐死了，你不仅不恨害死你姐的人，还说是越来越崇拜，这么个没心没肺的人有什么苦？李拜拜要拉她去门外说，她却拉对方走进墙角的门，来到了客厅。"坐吧。"李拜拜一屁股坐到沙发上说："我来找你，就是想告诉你，我们……""打住，我可不去，你也看见了，我现在忙得焦头烂额，哪有时间去给你们唱歌。""不是去我们那里唱，是你自己唱，好好把这个人唱一唱。""唱什么？""就唱他，蓝色安全帽培训中心的副总经理，听你爸的话，调我离开集装箱码头的那个人，我跟他离婚了。""这么快就离了，你玩呢？""不是我玩，是他玩，他告诉我他是处男，结婚后才知道他已经结过四次婚了，最早娶的那个到现在还没有离。""居然？""你好好写一首歌，把他的道德败坏、喜新厌旧、流氓无赖全都写进去，去我们那里培训的都是年轻人，没有不听你歌的，而且还都相信你，你说什么就是什么。""你让我写歌揭露人家？那你呢，在培训中心还待不待了？""人家都把我要成这样了，我哪里还有脸待下去？这个月的工资一发我就走人。""为什么是你逃跑？应该是他，他犯了重婚罪你不知道吗？告他，绝对要告他。""告他也不解恨，我就是想让所有人知道他有多么王八蛋。""你可想清楚了，没有一个地方会给你开一月一万的高工资。""我跟他一离工资就降了5000，还有什么值得留恋的，必须走，回集装箱码头，已经说好了，人家惦记着我曾经是会算会写会开会修的技术大拿，去了还是原来的工作，桥吊司机，李拜拜又变回李小嫚了。我师傅说他刚刚被调去负责港务局系统的技术尖子培训班，如果我愿意，可以让我破格参加培训，争取代表黄海港参加全国海港技能比赛和全国江海集装箱吊运技能比赛。""这么说倒是应该恭喜你了。""你就说你写不写唱不唱吧。""不是写不写唱不唱，是骂不骂损不损。我要损的这个人，跟你的偶像是一个德行，道德败坏、喜新厌旧，整个一个流氓无赖。""谁说的？""刚才你说的。""你怎么能这样说你爸？""是为了提醒你，你是一个是非不清好坏不分的人。""我是你小小姨，你在感情上应该向着我。""你还是我妈的妹妹，你向着我妈了吗？""这是两码事。""喊。"小小姨崇拜父亲，甚至因为母亲的死而更加崇拜了，因为在她感情的维度里，不仅有一个工人从技术层面对顶尖级炼钢大拿以及转炉和高炉最棒炉长的景仰，还有一个女人对男人敢作敢为、顶天立地以及仪表堂堂、形象高大的恋慕。拥有偶像对女人来说就是寻找一个精神丈夫。而李拜拜的前丈夫，不仅是肉体肮脏的，也一定是形貌丑陋举止猥琐的。何况父亲对她有过非常具体的帮助，鼓励她成了黄海港集装箱码头的技术尖子，又鼓励她成了蓝色安全帽培训中心工资最高的师傅。李拜拜换了一种姿势坐着说："我问你，你知道你爸现在在哪里？""不知道。""你就没打听过？""我根本就不想知道。""那你去'海岸工业园'干什么？""什么意思？好像你知道你的偶像就在'工业园'？""我要是知道还问你干什么？""再说你怎么知道我去了？""恰好我认识池馨，是她告诉我的。"施欣萍眯缝起眼睛说："这个我倒没想到，你跟池馨八竿子够不着，怎么会认识她？""我们在一个群里，互相一点赞，不就认识了。""什么群？""还有什么群，'神与魂的故事'呗，培训中心的好几个你的粉丝都在这个群里，是他们拉我进去的，还要我去管风琴酒吧参加什么'回归音乐源头'的派对，我没去。""为什么叫'回归音乐源头'？""我们哪里知道，不是你们乐队组织的吗？""乐队不可能组织这样的活动，肯定是打鼓的肖蚌吧？""对，就是他。""他手伸得也太长了，居然能笼络到你们这里。他想干什么我不管，但绝不能打着乐队的旗号。""那就是我搞错了，觉得既然他出面，就一定代表乐队，也代表你。""他谁也代表不了，除了他自己。"

正说着，施欣萍的手机响了，又是夏蓉蓉。她对自己和新织工乐队错误百出的排练很不满意，但又不知道怎么纠正，急得满头大汗，想让施欣萍过去指导一下。"现在这种时候让我去指导你们？""那有什么不行的？""是啊，好像也没什么不行的，但你也知道，'铁碳合金'跟'新织工'的演出时间对调了一下，我们提前了，你们推后了，搞得我们手忙脚乱。""你们不是已经排练好了嘛？歌都是现成的，一首比一首精彩。""我想把所有准备拿出去的歌再仔细过一遍，有些地方恐怕得重新编曲。""你一提编曲我就打怵，我们的大部分歌都不是原创，必须根据现有的乐器配置和设备特点重新编曲，怎么搞都不对，难得我都想打退堂鼓了。我是主唱，其他人还都想听我的，可我一点办法也没有，总是说不到点子上，求求你了，帮帮我。"施欣萍还在犹豫：去，还是不去？夏蓉蓉说："你要是答应，我让周轻舟现在就去接你。"施欣萍回味着这句话，好像她已经说了算了，而乐队的组织者周轻舟倒像个听差的。"不用，我自己去。""还是去接吧，反正他也想早点见到你，让你点拨点拨。"大概是为了摆脱李拜拜，或者是真心想帮助夏蓉蓉尽快得观众的认可，确立她在乐队中举足轻重的地位，她打算跑一趟了。她不想让别人知道自己去了哪里，免得又惹起对竞争对手该帮还是不该帮的争吵，便说要去办点事，背着双肩包，出门朝50炉火锅店走去。她在那里给夏蓉蓉发了定位，又吃了一碗范强亲自端来的海鲜面条，正在结账，一辆黑色奔驰停在了门口。

周轻舟也像许多富二代一样，眉目英俊，皮肤白净，脸上挂着灵秀，身上带着帅气。这是因为很多富一代都是富后结婚或者富后二婚，选择的对象自然是年轻漂亮之属，女人越年轻基因的遗传能力就越强，所以不管父系多么丑陋，他们的后代百分之八十都是美男或美女，加上出生后基本都在温室里成长，既不缺营养也不缺保养，避开了风霜雪雨的侵凌，连多余的太阳都很少晒，自然就鲜嫩水灵得无与伦比了。除此之外，周轻舟作为纺织城老板的儿子，穿戴自然要体现那个高档服装展销平台的品位，所以就从头到脚名牌到底了。施欣萍虽然不喜欢也没有条件拿名牌裹缠自己，却认识很多品牌的徽标，只扫了一眼就知道他一件上衣的价钱超过了'铁碳合金'现有的全部可移动设备。不过，周轻舟到还不是一个喜欢嘚瑟、炫耀、目中无人、牛逼哄哄的人,他朝火锅店拉门迎客的服务员弯腰,朝范强微笑,见了施欣萍更是又弯腰又微笑,多少有点腼腆地说:"欣萍老师好。"施欣萍说:"来得正好,我刚吃完,你要不要也来碗海鲜面?"她是没话找话,客气一下,一边说一边往外走,没想到周轻舟对范强说:"我还真有点饿了,有爱吃的面条为什么不吃,麻烦你上快点。"施欣萍只好带他往里走。两个人面对面坐下。周轻舟说:"我过去在'子午线'上经常听你的歌,最近又把'铁碳合金'的全部演唱看了一遍,包括你们在'东方船舶'的演唱,挺震撼的。跟你们比,我们就是小学生,什么都得学。""太谦虚了吧,能在初赛中崭露头角的都不是等闲之辈。""我们连谦虚的资格都没有,不行就是不行,就算进入了复赛,也是'小字组'里垫底的那个'c'。""有夏蓉蓉做主唱的乐队,不可能垫底,不信我们打一赌,她是一个真正的唱将,有一流的音色、唱功,钢琴弹得也不错,我要是有钱,早就把她请到我那里了。""幸亏你没请,请去以后肯定也为难,到底谁是老大?一个乐队不可能有那么多一流歌手。不像我们'新织工',她来了就是老大,没有人跟她争当主唱。""你不也是主唱吗?""我怎么能跟她比?不过到现在我还没听夏蓉蓉真正放开歌喉唱过,就听我爸说她唱的不亚于碧昂丝,我信我爸的。""她还没出道,胆子小,有点拘谨,你们得多给她创造机会。""我也这么想。"他说着就开始吃面,端起碗稀里哗啦往嘴里扒拉,一点也不做作,扒拉了几口又不好意思地说,"我不会使筷子,每次吃面都这样。""咱们都一样,你还比我强点,抓筷子的手在中间,我的手是靠下的,几乎能伸到碗里。"两个人都笑了。施欣萍发现自己对这个富二代音乐人的感觉还不错,几句话,就熟了。买单的时候,他也没有因为自己钱多就抢着出手,看着施欣萍扫码,用纸巾擦着嘴说了声"谢谢",又问:"你大还是我大?"立刻说了自己的出生年月。施欣萍说:"看样子你得叫我姐。""不会吧,怎么看你都比我小。""你这是在奉承我,谢谢。""真还不是刻意奉承，你真的……""男生在女生面前乖巧一点没什么，但不能过分，一过分就虚伪了。""好好好，咱不虚伪，我就叫你欣萍姐。"

两个人一前一后走出50炉火锅店，周轻舟面带微笑，殷勤地抢先拉开了副驾驶座的车门。施欣萍上车的瞬间朝街对面看了一眼，发现一个青年正在望着自己，眼睛睁得那么大，马路牙子分开了他的两只脚，一只在上，一只在下，身子有点倾斜，像是正要穿过马路，突然看见了她，就不由自主地僵住了。她寻思肯定是个"子午线"的歌迷，在大街上见到了真人，就有点纳闷：是不是她？她怎么会从一个草根吃饭的地方出来呢？在许多粉丝看来，他们的偶像是非五星级以上的酒店不出入的。她看他把挎在右肩的黑色帆布包换到了左肩，双脚拘谨地并拢到了一起，便友好地冲他笑笑，好像还轻轻摇了摇手，钻进车里，就什么也不想了。

大街上的堵车让"奔驰"失去了意义，急性子的施欣萍有点烦：什么时候才能到？不能把时间全浪费在路上。周轻舟却显得不急不躁，见红灯快快停下，见绿灯慢慢启动，好像需要帮忙的不是他的乐队，他只是一个事不关己的司机。他东聊西聊着，说自己看了《纺织女工》的歌谱，试着用贝斯弹了几遍，感觉还是有难度，得抓紧练。他问："是不是好歌都挺难？""也不见得，极简主义的朋克也有不少好歌，蓝调和民谣的经典大多不是很复杂。""但在我们这里，好像越难唱就越可能是好歌。""肯定是误解，贝多芬的《致爱丽丝》无论用小提琴还是钢琴演奏都不是高难度的，却成了最流行的古典乐曲，还有李斯特的《爱之梦》、巴达捷芙斯卡的《少女的祈祷》、肖邦的《小狗圆舞曲》、舒曼的《儿时情景》、德彪西的《棕发少女》也都可以当作比较简单的练习曲。""那你以后会不会写一点很容易演唱却又非常出色的歌？""已经有人写了。"两个人同时说出了"盾构机"。周轻舟问："你认识'盾构机'的唱作人?""我还想问你呢。""好的东西大家都能感觉到,自从他们的'秋季演唱会'在网上传开后,'盾构机'好像一夜之间就成了音乐人议论的对象。""但也有人黑它。""那都是些靠黑人赚钱吃饭的网络暴徒,谁火就黑谁。"施欣萍扭头望着他:"你有证据吗?"周轻舟没有回答,又说:"有些'黑子'纯粹是人渣,无知、无脑、无德、无底线,基本就是流氓恶棍加脏话机器,还有的是缺乏教养的脑残中学生,以为骂倒别的歌手就能维护自己的偶像,一般这种人在心理上都有霸凌倾向,但又因为能力不够或性格缺陷变成了现实生活中的受气包,没别的办法,只能躲在阴暗处宣泄愤懑,他们是变态扭曲的,最大的乐趣就是扭曲污损别人。还好,他们也就是在网络上过过嘴瘾,很多时候效果是相反的,过分的人身攻击带给被攻击者的往往是更多的同情和粉丝们更加坚定的维护。""你好像很关心这类事?""都在一个圈子里混,不关心也不行。前几天'盾构机'和'高楼大厦'的粉丝都打起来了,就在我们纺织城前的广场上。""我怎么不知道?""不应该吧?除非你不上网。""这几天忙,我还真的没好好上过网,除了听音乐。为什么?""就是为了给自己追捧的乐队拉票。有些人特讨厌,你既然同意给'盾构机'投票,就不要再去'高楼大厦'的宣传点上溜达,他们溜达了一圈,不仅改变了立场,还把'盾构机'的粉丝说'高楼大厦'不是的话传了过去。听说连'高楼大厦'的主唱景翔也知道了,组织了一帮人把对方赶出了纺织广场,对方不服,又吆喝来了更多的人。""结果呢?""还能有什么好结果,两败俱伤呗,最后警察来了,拘留了好几个。'纯净巴洛克'就此发了一段评论,说得特在理:音乐产生的初衷是为了友善、相识、团圆、爱情和所有的美好,如果对音乐的喜欢必须违背音乐的初衷,那就等于首先判定了音乐的邪恶与担罪的责任,人类在消除暴力和罪孽的同时,是不是也要消除音乐本身呢?"施欣萍咂摸了一会儿说:"这是两个以上粉丝共同体之间的矛盾。在同一个粉丝群里,情况就大不一样了。""没错,就像上个月'纯净巴洛克'在一段网评里说的,世界上的纷争都是因为人类有共同的喜好,共同喜好金钱便有了你争我抢,共同喜好职位便有了明争暗斗,共同喜好女人便有了争风吃醋,共同喜好地盘以及资源便有了战争。但有一个共同的喜好却能让我们不仅可以避免以上所有的恶习,还能产生其乐融融,相亲相爱的效果,那就是对音乐的喜好。我们会因为共同喜欢一个歌手一种音乐而握手言欢,分享交流,互加微信,视为知己同道,甚至终生为友,会因为知道这种喜欢已经蔓延到遥远的地方不相识的人群中而欣喜若狂,而不可遏止地产生精神和情感的愉悦,就像恋人之间的天涯共明月。一个粉丝的世界,是多么美好啊,大家心心相印,友谊天长地久。""就跟神话一样。""但也不是不符合事实,对吧?"

施欣萍点点头,看着车窗外不断后退的街景,感觉楼厦的参差错落像极了至少两个声部的音符组合,那些升号调与降号调的无穷组合,在无声的沉稳中天造地设地织就了音乐的体系,你只要画上五条线和必要的上加线下加线,就可以拿着吉他或搬来钢琴弹奏了。问题是你怎么才能把"线"和"间"稳定不变地从街东画到街西呢?可不可以拍照然后制作?也许电脑就能完成曲谱,你只需要用最好的领悟能力弹唱出来。她听周轻舟还在说,扭过头来问:"你是不是很喜欢'纯净巴洛克'?""是的,因为她是对音乐界和粉丝界的良性干预,有清洁和保护音乐的功能。""你用的是男他还是女她?""女她。""这么说你认识她?""就算不认识,也能确定她是个女的,因为她一直都在指责男的,从来不说女的有什么不好。""这个我倒没注意。有个问题想问你,你在不在乎别人黑你?""我这种档次的歌手恐怕还入不了'黑子'的法眼。你呢?""当然在乎了,但又没办法,只好假装没看见,不知道,万一朋友告诉你,又假装心胸开阔,满不在乎,其实没有一个音乐人会大度到去跟对自己的造谣污蔑紧紧拥抱。""这么说你也知道黑你的'诅咒者'和'深海飓风'？"施欣萍"嗯"了一声："我听说'诅咒者'是'高楼大厦'的铁粉，'深海飓风'是'盾构机'的铁粉。不知道他们的故事是怎么编出来的，一个说我是景翔的'小三'，还给他生过孩子；一个说我跟五个男人同时交往。""'诅咒者'在借用你的影响力抬高景翔，连施欣萍都愿意给他当'小三'，他就更了不起了。'深海飓风'想借此一箭双雕，一个同时跟五个男人有染的女人，做了景翔的'小三'，表面上光鲜无比的景翔其实是戴着绿帽子的，而且是深绿的帽子，黯然无色，同时也达到了让你威望扫地的目的，因为在粉丝眼里，'铁碳合金'是'盾构机'的绝对劲敌。"施欣萍感叹一声："小时候爱好音乐，觉得它是那么高尚纯洁，大了才发现，从事这个高尚行业的，很多都是下三烂，加上一些下三烂的粉丝，就越显得乌烟瘴气了。这样的反差有时候很难接受，但又不得不接受。"周轻舟拍了一下方向盘说："这种感觉我也有，所以我很赞同'纯净巴洛克'的帖子，她说粉丝对偶像的选择其实也是一种道德选择，如果你明知他或她是个音乐混蛋却还要拼命去粉，说明你内心就有一个混蛋可以肆意作祟的世界，说明你对自己的放纵已经到达丑恶与美善的临界点，一旦条件成熟，你立马也会成为一个混蛋。""这个帖子我也看过，她还举了例子，说不能因为他是吉姆·莫里森或詹尼斯·乔普林，就赞美他们的吸毒；吉米·亨德里克斯是最伟大的摇滚吉他手之一，同时也是个性格懦弱的吸毒者，他的《像爱一样勇敢》的'哇哇踏板'背后是一笔糊涂账的人性迷失。他们都死于27岁，是'27岁俱乐部'的重要音乐家。道德对所有人都是同一种标准，不会因为众多粉丝的追捧和格莱美奖的分量就忽视他们的堕落，或者把他的堕落升华成嘉言懿行。"她说着眼光再次盯上了街边的楼厦。"这个帖子比较长，接着说呀。"施欣萍想了想说："别的记不起来了。""我记得,大概意思是嗑药、性放纵、无视社会公德,所体现的都是人类的精神创伤和对人性的践踏,音乐人不能引领我们急需医治的创伤和必须矫正的败坏,音乐也不是引发人们道德恐慌的酵母。如果音乐人认为他们可以'不屑'这个世界,那就意味着世界也可以不屑他们,因为很多时候他们坚守的所谓'自我'是人类垃圾的一部分,他们泛滥的不屑是对真善美的抛弃。他们愤青式的'诅咒'和'飓风'般的摧毁,有对音乐本质的肆无忌惮踩躏和对音乐精神的篡改。""你的记性不错,她就是这么说的。""还说音乐人就是用音乐做人,她活着就是想以古典主义的音乐精神清算许多现代音乐人一直以来的堕落。""豪言壮语,说起来容易,做起来就难了。""对她来说,说就是做。她不是法官,不能够宣判,只要想让人听到她的声音,然后有一种被鼓舞的感觉,目的就算达到了。比如你,你肯定不认为她有能力阻止'诅咒者'和'深海飓风'继续侮辱你,但要是注意到她的帖子里'诅咒'和'飓风'都打了引号,你就一定觉得她是在帮助你。""你是说她针对的就是'诅咒者'和'深海飓风'?""至少一部分是这样。""看来我要感谢'纯净巴洛克'了。""以后多看看她的帖子,再点个赞就算是感谢。"一瞬间施欣萍发现周轻舟的眼睛里有一种天然明晰的色彩,明晰到可以准确看清他此刻的情绪,是哀伤,是忧郁,是一个男孩子光亮而迷人的热度,不仅是因为他在待人接物上的熟练,更是因为他的言谈能告诉别人正与邪的界线。"你不会是爱上了'纯净巴洛克'吧?"周轻舟哈哈大笑,笑得车子都有点震颤了:"我连歌都唱不好,贝斯也弹得一般般,哪有资格去爱一个高深莫测的乐评人?""这是两回事,一个是操作音乐,一个是评述音乐,你没有一流的嗓音和演奏技艺,并不等于对音乐和音乐人没有独到的看法,说不定在评价音乐时,你跟她恰好是高山流水。""你要是看看她对音乐演唱的评价,就知道操作和评述是一回事,她肯定也是一个会唱歌会乐器的人。"施欣萍一想,也对,自己把对周轻舟的好感和对"纯净巴洛克"的致敬搅和到一起了,后者的存在代表了音乐界的法律和音乐的高度,理性到无懈可击,一个小乐队的富二代主唱兼贝斯手周轻舟怎么可能有这种质量?但周轻舟也有别人不及的长处,那就是一个本该孤高自大的美男主唱却平易近人得像个贩夫走卒,三言两语,随便一个动作,就能跟素昧平生的姑娘迅速拉近关系,并让对方产生很想继续交往的愉悦感,她施欣萍就是个例子。看来她不仅希望帮到夏蓉蓉,也希望帮到他了。她发现自己很高兴有这样的想法,不由得警惕起来:这可是赛前准备阶段,她得为"铁碳合金"着想,不能把全部家当都端出来,乐队是乐队所有人的乐队,不是她一个人的乐队。再说了,父母的悲剧已经让她对男女交往不抱任何幻想,她拒绝了柳浪的追求,也回避着水手的靠近,一个看上去就不牢靠的富二代歌手更不可能让她有一点好感就付出全部的真诚。

2

车停了。施欣萍从双肩包里找出墨镜戴上,朝窗外一看,正是纺织城前的纺织广场,赶紧下车,就见夏蓉蓉快步朝她走来。她也朝对方走去,但很快她们之间的空白就被人抢占了,两个粉丝举着手机冲施欣萍拍起了照。施欣萍迅速绕开他们,来到夏蓉蓉跟前,握手的瞬间,她又看到了刚才出现在50炉火锅店街对面的那个青年。背着黑色帆布包的青年正从出租车上下来,头抬起,一边关车门一边盯着她,眼睛似乎更大了。能这么远跟踪而来的可不是一般的粉丝,狗仔喜欢这样,有时"黑子"也这样。她心里咯噔一下,不免有些紧张,小声说:"快去你们排练的地方。"拉起夏蓉蓉就走,很快消失在人流湍急的纺织城的门口，回头再看门外时，那青年已经不见了。

骆横是专程来找施欣萍的。是"铁碳合金"在"东方船舶"的演出让他有了一种想即刻见到施欣萍的冲动，几乎是难以自制的。他从"子午线"上知道，"铁碳合金"的所有原创歌曲，都出自主唱施欣萍之手，也知道她的生活范围就在老钢城，再一搜，又搜到了铁杆粉丝"50炉火锅"的所在地，觉得找到这家店就应该能打听到施欣萍在哪里。没想到刚看到店面，还没来得及打听，比视频中的演出形象还要漂亮的施欣萍就从里面走了出来。他当时有点惊讶，不是因为这么顺利就见到了真人，更不是因为施欣萍作为已经出道好几年的"大明星"会在一个如此普通的饭店就餐（在他眼里，进出档次不同的饭店就跟变音和转调差不多，既符合乐理又自然而然），而是看到她身边的那个人居然会无比殷勤地给她开车门关车门。那个人他在初赛中见过：新织工乐队的主唱周轻舟，一个唱功平平、弹奏一般的富二代歌手，用不着打交道，就知道他是一个什么样的人：面皮英俊的自大狂、玩世不恭的酒色之徒，好看而虚荣，霸道而低能，最大的能耐便是借着音乐炫耀财富从而把音乐糟蹋成一条散发着铜臭的裤子拉链。尽管他依靠超凡的感觉能力已经意识到，自己的看法多少有点先入为主的经验主义，有点因为讨厌景翔而产生的习惯性反感，这个人恐怕还不能跟景翔类比，但他在施欣萍面前亲密伴侣一样的微笑仍然让他不舒服。他配吗？想一想又觉得他或许是配的，他的优点就跟她的缺点一样，都隐藏在乐谱无法记载的地方，在观众看不清的指尖的颤动中，在小提琴速度极快的跳弓断奏里。就像一弓拉完整首曲子的乐手有时会被怀疑成偷工减料那样，他的深藏不露的炫技手法说不定永远都是个待解的谜。再说周轻舟跟施欣萍配不配的问题跟他有什么关系呢？他并不是为她这个人以及她的独身和美丽而来，虽然她的音乐已经泄露了她的一些能让他蠢蠢欲动的秘密：野心和孤独、疯狂与静守、多情与无情、怨怒与挚爱,一个复杂多样的集合体,带着那种能够从多方面成就音乐人的天然魅力,但如果不是为了弥补她的音乐的缺憾,他是不会把一种粉丝般的爱意和冲动付诸行动的。他为缺憾而来,像一个音乐天使,来弥补凸显在柔亮的抛物线上的一点点锯齿般的豁牙。他想对她说:这个地方你怎么能这样?一个女人的靓丽并不等于旋律的靓丽,前者是看,后者是听,醒目的往往又是催眠的,你不能让人感到过于舒服,你懂吗?人对声音的强烈反应往往来源于刺激和难受,你的音乐最需要的还是钢筋的硬度和导弹对云层的穿透。看得出你在追求阳刚和热烈:太阳的爆炸、海浪的滔天、狂风的呼啸,但是还不够,因为你不知道怎样才算够。比如《大船是怎么造出来的》首句,为什么是 d 和声小调,而不是 F 和声大调?为什么不能让音符蹭着铁屑沙啦啦地走?不能把漆渣洒在十六分音符的升降之间?多来几个暂转调试试,把乐句丢进水渍,让它有点沥沥啦啦的样子,让尾音沾染锈斑,给人一种不得不休止的感觉,让间奏和尾奏裹上一层洗都洗不掉的油垢,这才是造船工地的现场。过于干净的音乐是天籁是仙音,别人可以,你不可以,因为你的音乐是生活的原生态显现,是人对物体的制造,也是人对人的制造。你是个女人,你漂亮,也追求音乐的漂亮,但是铁锤、电焊、油漆、锻造、割裂、扭曲、翻砂所营造的环境是漂亮的吗?也许你已经意识到了这一点,所以你增加了贝斯的拙劣、嗓音的沙哑甚至号哭和低音的抑扬顿挫,但你又没有让它走调和失去音准。我要问的是:不走调和不失准就对吗?音乐是走极端的艺术,你必须把你的追求强调到绝无仅有,才可以松一口气。还有,还有……为了说出他想说的,他跟踪而来,还不仅仅是为了施欣萍的音乐,更是为了他理解的音乐。他在纺织广场更加惊讶地看到了夏蓉蓉,不仅有些好奇:她们两个居然搞到一起了?这个石老人技校的校友什么时候出道的?又看到停了车的周轻舟大步追上了她们,就更有点不忍放弃了。他把自己藏匿在人群里尾随而去。

纺织城的顶层一小半是一个花园式餐厅和一家咖啡厅，一大半是新织工乐队的大本营。大本营以四个大理石的圆形门柱作为标志，歌剧院似的敞亮门厅里，挂着一些音乐家的巨幅照片和几张"新织工"的演出照。门厅右首的走廊连接着封闭的录音棚，能透过玻璃门窗看到里面的陈设，比起景翔家的来似乎更显豪华也更加现代。左首是演出厅兼排练场，舞台大得都可以排列一支交响乐团，两边是一应俱全的高端音响设备，能容纳三百多人的观众席都是白色的布艺软椅，如同厚厚地铺了一地起伏不平的素纱。这是一个有钱人实现梦想的地方，起点就像热气球联袂云端的高度，办法也与众不同，先确立标的，置办好别人不及的房子车子，然后再开始人生奋斗。但骆横是翻烂了《指挥家》的，知道音乐的梦想不是先有了殿堂再去找音乐，而是先有了音乐再去找殿堂，甚至很多情况下，都是殿堂主动来找你，你才是音乐的基准点，你好殿堂就好，你糟殿堂就糟，而不管它是奢侈的还是简陋的。施欣萍一到，乐队就开始排练。几十个捧场的粉丝尽量靠前地占据着观众席。骆横走进演出厅，找了个角落坐下，静静地看着。他先是抛开音乐仔细瞄了瞄夏蓉蓉，心里不禁痒痒了一下：多长时间没见了？她成熟了，也更加漂亮了，是那种大气、朴素、性感的漂亮，都有点让他情不自禁了，不是想跟她有什么瓜葛的情不自禁，而是驱使他想起雷蕾和小海菲兹的情不自禁。他再也没有见过的雷蕾现在怎么样了呢，跟王起？应该还没有结婚，结婚的话王起会通知他，那种桥吊司机的喜不自禁能让口水音符一样漂洋过海：师弟，你可一定得来，别忘了带上小号，雷蕾一直惦记着呢。再也没有单独说过话的小海菲兹现在怎么样了呢，跟朱晚？对他来说，离开了阿里斯塔克工作室，也就等于离开了青岛大学，朝他洞开的大学校门转眼又被他自己关上了，尤其是比赛开始后，他都是从家直接去比赛现场 GFC 电视台的演播大厅，偶尔也会排练，他就说："那就去海边吧。"大家都觉得海边太冷，但他是不妥协的，别人只好跟着他受罪。海边的小海菲兹不是跟着朱晚，就是跟着海浪，而他是什么也不跟的，他似乎已经厌倦了海浪，厌倦了一切跟"盾构机"有关的潮起潮落。"盾构机"的演出获得好评，但在他心里，"盾构机"已不是自己的家，甚至连暂居之地都谈不上。比赛一结束，他就将告辞而去，然后一心一意投入"高楼大厦"的唱作。他希望自己出名，名气超过所有的音乐人，然后多多地赚钱，像冬天收集雪片秋天收集枯叶那样，很快他就富有得让银行求着他了，一支交响乐团应运而生，那是著名指挥家骆横工作的地方。他看到夏蓉蓉清了清嗓子，试着唱起来，就觉得有点在自己面前"试音"的意思，骄傲地说：她以后就是交响乐团的花腔女高音，可以唱马勒《大地之歌》中李白的《悲歌行》《采莲曲》和《春日醉起言志》。施欣萍也是，路子当然更宽，可以唱门德尔松的《平静的海洋和幸福的航程》以及所有的宣叙调和咏叹调，可以成为所有音乐剧的女主角。想着他愈加兴奋了，不禁有些得意：他认识的女孩怎么都这么能干，还这么漂亮？虽然她们未必认识他，比如施欣萍。又一想：这是不是说一不小心他也会变成景翔那样的人？不，不会，至少现在不会，他既没有英俊的面容，也没有足够的金钱，更没有欺骗的能力，而景翔身边之所以有那么多女孩，全是因为美貌和钱财的迷惑，是被哄被骗的结果。

　　夏蓉蓉的歌声在施欣萍的喊声中跌落下来，就像中了箭的海鸥栽进了海里，舞台上扑通一声。施欣萍说："你的嗓门又不是见不得人，为什么要用一块破布遮起来？敞开，敞开，让所有人都能看得见，那就是你的钻石，晶光四射。"夏蓉蓉委屈地摇摇头，再次唱起来，再次被施欣萍打断："我刚才说的破布就是你的舌头，不要蜷起来，尽量展开。你怕什么？你面对的又不是老虎，听你一唱，就会扑过来吃了你。你知道观众是什么？就是堵在你面前的铜墙铁壁，你只有全力以赴，才会有力量钻出窟窿来。"夏蓉蓉看了看身边的几个乐手说："我还是先唱个熟悉的吧，你们别笑话我。"几个乐手说："我们哪有资格笑话你？你就把我们当成傻子，放开了唱吧。"她这次唱的是《纺织女工》。骆横一边听一边摇头，摇头的次数自然比第一次在"子午线"上听施欣萍唱要多一些。他不知道夏蓉蓉是刚来到乐队第一次放开歌喉唱歌，只觉得一种明显的生涩和干硬就像排列的鹅卵石横亘在海流之上而不是海流之下，之下是海与陆的摩擦，是勃发的激浪需要分杈、张叶、开花的保证，之上就很难说了，往往是一种对花枝的破坏，破坏音符的流线型进展和扑向彼岸的自然形态。怎么搞的？一直都是一副嗓子，就知道真声是值得信赖的，旋律因为真声到底，被她唱成了一渠固定着深浅、宽窄和流向的水，而这首歌明明有海的底蕴和洋的澎湃，她本人也明明具备海的音域和表现能力。假声呢？突兀的转音和跳跃呢？一句"头声"就能产生上滑下滑的趋势而使音色更符合表情的含义，她却一次也不用。乐句行将结束时最好沉下去，唱出一种似混声又不全是混声的效果，尽量去掉油滑和粉润，保留一点粗糙但又不迷恋粗糙，就像棉和麻的感觉，就像天造地设的石头颜料随意涂抹出的大自然的辉煌。好像施欣萍也表达了同样的意见，夏蓉蓉在唱第二段时突然变了，但还是问题多多，没有腾挪的海豚音就像真海豚的叫声，显然忘记了观众的欣赏附带着他们的音乐积累和习惯性理解。你不能让时间在麻木和无聊中流逝，得让他们捕捉到隐藏在每一个音符后面的最微妙的内容，既抽象又具体。要知道音符是被时间揉碎的，所有的毫秒和微秒都有纤细的分工和繁缛的配合，它形成了声音和音乐的界线，这条界线便是音乐的门槛，很高很美。但它又不意味着你必须设置更复杂的八度跨越和调性的转换以及撂成千层饼的上下加线，而是你必须懂得前一个音符和后一个音符最佳的和最戳人心的衔接是什么,所以有时候用极简主义的朋克方式反而能创造出真正好的音乐来,音乐一旦出来,飞向空中,被吸引的首先是耳朵,其次是心灵,尤其是年轻而敏感的心灵,对位不仅指的是音与音的配伍,更指的是音与心、心与心的呼应,只要形成不可替代的呼应效果,一个和声,再来一个和声,第三个还是和声,这就是音乐。可是,他怎么能给他们说清楚呢?光说这样不好有什么用?用嘴巴指责黯淡和用雪亮消除黯淡毕竟是两回事。对被指责的人来说,拿出好东西给他们看才是最有用的。骆横想着,起身走出了演出厅。

  他来到顶层咖啡厅,找了个座位坐下,从黑色帆布包里拿出《海的七朵浪花》和笔,翻开正要写,就有服务员过来问:"先生,你需要喝点什么?"他愣了一下,被引诱的神经立刻有了反应,肚子咕咚咕咚打起了鼓,不仅想喝点什么,更想吃点什么了。他说:"谢谢,那就……"突然意识到豪华的环境是为了勾起消费者豪爽的举动,他哪里豪爽得起?倏地起身,嘟囔了一句"不好意思",便匆匆离去。他乘斜梯来到下一层的商场,找了个嘈杂而不要钱的地方坐下,埋头写起来。新织工乐队不就是挡车工的乐队吗?而一个挡车工的见识就像一台忙碌的织机,必须服从柔软的棉花和羊绒、轻飘的蚕丝和羽毛,就算有钢铁的加入,她也必须处在一个绵连厚软的环境里,旋律线的铺设就应该这样,施欣萍的创作并没有错,但她缺少的是乐思的种类和繁花似锦的布局,就像他在技校里学过的,织工车间里既有清花、梳棉、并条,又有细纱、拈线、络纬,一个出色的织工前纺后纺都得会,然后才能毫无障碍地将棉纱运作到织布环节,就好比主歌部分只有蓄含丰富,能量十足,才能发展出动人心魄的副歌部分,也才能产生真正的流行句和记忆点。当你左文右武形成音乐织体时,又必须顾及浆纱对织布的影响、验布对整理的牵连,还要迅速修正吉他弦上毫秒间的断纱、黑键白键上滑动而过的漏针、噪音的振动里突然冒出来的双丝和起皱。音色和情绪必然是沉甸甸的，有憋屈，有挣扎，有向往，就像织工把自己死死绑在了机器上，成了流水线的奴隶，而她又必须遵从音乐天生就有的自由，奋力走向舒展、豁亮和美丽。最后呈现的音乐应该是棉纺、麻纺、毛纺的混合，是丝绸、化纤、针织的叠影，是歌手、乐器、音响共同造就的印染。这才是"新织工"和《纺织女工》独一无二的表达，是交响诗般的人和工业的拥抱与抗衡。因为不是重新创作，而只是编曲和整理，骆横不到一个小时就写完了他的想法。接着就是对施欣萍他们在"东方船舶"的演出的修订，依然是倚马可待的速度，但由于想法和乐句一样多，他费了至少三个小时才搞定。"铁碳合金"的所有歌曲尤其是《大船是怎么造出来的》立刻有了蚕茧对钢铁的包裹，有了羊绒对重金属的掩盖。锋芒的收敛是为了让"亲密爱人"感到不那么生涩和僵硬，为了在冰凉的刺痛感袭来时又有温暖的快乐。音乐的"亲密爱人"很可能也是音乐的敌人，它能造就音乐人也能毁灭音乐人，所以他必须小心翼翼地对待，必须加重伤感的成分和低音的和声，必须更加深情地把坚顽的黑铁矿石浸泡在柔软的温水中，把激越的钢水置放在唯美的寂静里，把争锋闪亮的合金板块镶嵌在虚怀若谷的亚光背景上，把叮当叮当的金属碰撞声揉碎后搅拌在悠扬的旋律升起时，总之要把过于嘹亮的钢铁既婉转柔韧又犀利无比地扎向人心，而不是砸向人身，要让观众在一个大工业腾起的氛围里听到罗密欧与朱丽叶的温柔和缠绵，而不是掰断手腕和扭弯铁轨那样的蛮力击打。为此他把所有的"休止"都变成了"连音"的缘起，把大部分"断奏"改成了"持续"前的呼吸。他想用例句告诉原创者：他的修改有点违背俗见的常规乐理却并不显得那么糟糕，或者他就是一个在乐理和非乐理之间游走的冒险者，所有的创新和对人心的塑造就将在打破固有习俗的努力中冉冉升起。他还想通过音乐告诉观众：当时间汹涌而去，在过去与未来之间，永远的中心点并不是现在,而是"即将"。

饿过头的肚子不再打鼓,没有人提醒他应该吃饭了,当然是晚饭。他迅速检查了一遍,便乘坐斜梯来到了纺织广场。广场已是灯火璀璨,来往的人顿时比白天年轻了许多,红男绿女们悠闲到几近死去,对时光的消磨因为有了纺织城的存在而显得斑斓异常。他到处打问哪里有复印店?然后夹着一沓复印好的乐谱,重新出现在纺织城顶层的演出厅兼排练场,听到音乐没有止息,施欣萍和夏蓉蓉以及新织工乐队的人还在排练,就吸了一口冷气斟酌起来:两个姑娘都还没有离开,到底把它送给谁呢?最后决定,送给更漂亮的那个。于是他摸出笔,在乐谱背面写上了"施欣萍收"几个字,要不要署名呢?用不着,他期待的效果应该是:众里寻他千百度,蓦然回首"原来是你啊?"他走过去交给了一个瞪着偶像发呆的粉丝:"请你把这个送到舞台上。"粉丝受宠若惊地望着"施欣萍收"几个字,激动得都有些结巴了:"我……我去送?"终于有一个可以接近偶像的机会了,他赶紧站起来,双手捧着走了过去。骆横看着他登上了舞台前的阶梯,便飞快地转身,消失在音乐追不上的门外。

"嗨王争霸赛"虚拟的拥有无限音高的钢琴开始弹奏了,第一场比赛也就是参加复赛的"小字一组"已经开始,顶替了"新织工"的"铁碳合金"被排在第四个出场,从歌单上看,他们唱的是《大船是怎么造出来的》。骆横坐在 GFC 电视台椭圆形的演播大厅一个比较偏远的位置上,望着舞台就像人类第一次望着天上的星星,满眼都是好奇和迷茫。这是他面对演唱时的固有表情,每次都会让人觉得他是个对音乐最最无知的那种菜鸟,还在把唱名"1234567"读成一二三四五六七,就来现场观赏演出了。评委席安置在正对舞台的地方,27 个评委分成了四排,第一排是 3 个主任评委,后面三排是其他评委,每排8个。宽大舒服的红色沙发椅可以让评委们随心所欲地摆出各种姿势,有靠着椅背表示自己见多识广的,有跷起二郎腿尽量显示趾高气扬的,有双手抱在胸前谈笑风生的,有挺起腰杆目不斜视把拘束和死板进行到底的,有抓着扶手左一歪右一歪心神不宁的,有双腿并拢坐姿端正把自己想象成法官或者被告人的。考虑到发言和记录的需要,每人前面还配有一张红绒布覆盖的桌子,上面是麦克风、纸张和笔。围成半圆的两边是翅膀一样展开的观众席,满满当当没有空隙的样子表明:这次比赛的人气燃得不能再燃。骆横数了数,发现跟初赛相比,增加了不少座位,每边的观众由二百变成了至少三百。不用说,他们有的是歌迷,有的是粉丝,有的是发烧友,歌迷追随音乐而来,粉丝追随明星而来,发烧友的层次更高一些,既追随音乐也追随明星,却又偏重于经典和流传,或者通过积累唱片和音乐知识,由自己确定哪些是古今中外的经典,从而使自己成为音乐流传的辅助力量。人数最多的当然还是粉丝,包括这个演出现场,他们关注的重点虽然是制造音乐的明星,却往往会把音乐的好坏抛在一边,明星的形象、穿戴、举止、性格、嗜好、荣耀、隐私、行程等音乐的附加值才是他们关注的重点。他们是一个庞大的消费群体,通过购买专辑,抬高演唱会门票的价格,为偶像打榜,购买与偶像相关的一切包括T恤、照片、招贴画,去机场举着横幅迎候等方式,让音乐完成了流行也拥有了价值,是明星把自己和音乐当作商品实现金钱梦的肥沃土壤。也就是说经典音乐是由歌迷和发烧友以及文化批评家创造的,而流行音乐则是由粉丝创造的。粉丝是音乐长河中永远的峡谷隧道,无条件地维护、栽培和偏向着自己喜欢的明星,并通过这种喜欢获得精神陶冶和无上愉悦,或者得以安然度过人生所有时段的困惑尤其是青春期困惑,渡过来自精神和物质的任何难关。他们疯狂而病态地朝着一个多数情况下不可能有任何回报的目标付出了全部或一部分感情,显得既愚蠢又可爱，既混浊又纯洁，既错乱又无辜。他们是音乐市场的忠实顾客，有男有女有老有少，但仔细分辨，就会发现几乎所有场合，都是年轻的多和女孩多。骆横挑选的位子正好可以看到所有的粉丝和所有的评委，还能躲开为电视直播设置的摄像机，从侧面看到演唱者和整个乐队。观众是经过严格筛选的，并不是所有参赛乐队的人都能来现场观看每一场比赛，但骆横可以，他有景翔的帮忙。当他表示自己必须做到知己知彼，才能有针对性地给"高楼大厦"写出更好的歌时，景翔说："好办，不就一张票嘛，除了评委席，你就说你想坐哪个位置？"

第一个出场的乐队和歌手让骆横失望得站了起来，而身边的人还以为他被打动了呢。有人搭讪道："不错吧？就是不错。"骆横左右看看，那多么人都显得情绪高涨，激动异常，便又重新落座，跟大家一起鼓起了掌，心说不会是自己出了问题吧，好的东西没感觉出来？继续看下去，发现观众的反应跟台上的表演居然是脱节的，不管乐手和歌手表现得多么糟糕，都能引来粉丝的尖叫和雷鸣般的掌声，还有七色荧光棒节奏鲜明地挥舞，霓虹铺地，满场都是流光溢彩的波浪。对粉丝来说，"嗨王争霸赛"是他们的狂欢节，是他们跟偶像紧紧拥抱、谈情说爱的美妙时刻。对普通观众尤其是电视机前的观众来说，这样的比赛只不过是茶间饭间的陪伴，是家中晚辈或女辈非要看而他们又不能离开电视去别处的一个无奈瞬间。他们不知道也不想知道歌手的名字和乐队的称呼，无所谓谁赢谁输，就希望听到一首自己也会唱的歌，可在这样的比赛中，他们竟听不到半首自己熟悉的歌曲。所以每一次唱完他们都会说："唱的什么呀？"这样的说法倒和骆横达成了跨越时空的一致，他也在着急上火：能不能再好点？但对骆横来说，唱得不好是预料中的事，无法预料的倒是他自己的举动：失望的瞬间，他居然不可遏制地产生了修改的意见，对每一首歌的节奏、旋律、和声与演唱都有或多或少的修改，而且还全部纠缠在脑子里挥之不去，最大的欲望就是像此前对待施欣萍和夏蓉蓉那样，写出来，送过去。他从黑色帆布包里拿出了《海的七朵浪花》，利用评委打分和统计网络投票的时间写起来，直到排在第四的"铁碳合金"出场，他才砰一声合上了大本子。兴奋来临了，完全是不由自主的，音乐的袭击就像黑夜里突显了雪光，一闪之间，灿亮的不仅是眼睛，更是头脑。他发现自己的意见几乎全部被采纳，而且略有发挥，发挥得蛮有灵性，完全是他的思路的延伸，自然也是观众期待的延伸。荧光棒的波浪汹涌地翻滚着，真正是"华彩乐章"了，好像音乐是从色谱中诞生，是阳光在三棱镜上的折射，漫溢着能让他看得见也抓得到的红橙黄绿蓝靛紫，也交织着能让他感觉到却看不见的红外线、紫外线和X射线。他沉溺在歌声里，像一个痴迷偶像的粉丝那样，不停地挥手，不断地尖叫，为了音乐，也为了自己。他知道越是看不见的光就越会聚集更多的热量，听不见的乐句才是音乐爆发的内核，施欣萍有一种内在的神奇，那种心领神会的无声的乐思几乎就是对他的抽取，而他是那么乐于被她抽取。她跟他心心相印，当然是一颗互相五体投地的音乐之心，这颗心由音乐的血肉构成，有着共同跳跃的动脉和一起工作的全部器官。尤其让他高兴的是，歌词也变了，不再是先前那样韵脚很密的说唱式风格，而是基本不韵，或者随意押韵的诗体排列。这不是他的主意，是她根据修改后的曲子，重新做出的对位式填词，含义和音高以及节奏搭配得天衣无缝，就像一艘真正的大船，被她释放出的才情精致大气地打造而成。

黄海滩头，一座船的城堡，
海面竖起围墙，洋流铺平道路，
被压缩在同一个瞬间的起航，
是万艘大船的陆地揖别。

> 早已经开始了，我们的制造，
> 在祖先写就最初的航海日志之前，
> 在我们步履艰难诅咒辽阔的时段，
> 在木质的方舟被洪水托起的瞬间，
> 我们的制造，早已经开始了，
> 在这个帝王和渔夫同时出海的港口，
> ——残血渗漏独木舟的战场，
> 孵化和放飞钢铁的海之殿堂。

骆横终于还是发现了瑕疵，那就是"铁碳合金"的成员并不是人人都精通五线谱，他听得出来，贝斯手的弹奏跟他的身体一样有些残疾，所有缭乱的炫技动机都被他简谱化也简单化了，唱腔的过于质朴和原始也显现了音乐表达方面的粗陋。我们毕竟经过了文艺复兴以来的巴洛克风潮、古典主义熏染和浪漫主义再造，音乐的程式不仅丰富而且高超精致，好比深奥莫测的天体物理学已然变成通俗普及的现代认知之后，再回归古代人对满天繁星的猜度，就显得有点弄巧成拙。让沙哑和粗朴的原生态越过恰到好处的界线变成粗劣甚至蛮野的原因之一便是他不具备按照五线谱去唱的技巧。一个乐队，尤其是乐手，当他不识五线谱时，他对乐器的精通必然会大打折扣，因为大部分乐器的结构设置都跟五线谱的复杂和细致有着千丝万缕的联系。当然"铁碳合金"不是唯一一支有乐手被隔绝在五线谱之外的乐队，超过一半的乐队或多或少都存在这方面的问题：有不熟练的，有必须用简谱做注解的，更有压根就不会也不学的，比如"高楼大厦"的景翔，唱歌和弹奏吉他全靠听力和简谱，虽然不错的天赋可以部分地弥补他的不足，但一到关键时刻就露怯，不是乏于表现就是无奈放弃。今天登场的第一支和第三支乐队也都显得在五线谱面前障碍重重，不是鼓手只会凭着感觉走，就是吉他手的弹奏不达标，而这个标准只有五线谱才可以制定。对很多歌手和乐手来说，五线谱是一种锁链，好比在上初中高中时数理化是紧紧绑缚他们的锁链一样。他们搞音乐，只是把它想象成了一门无须费脑子只需动动手的技艺，可以靠着一张脸和略知一二的唱奏巧门，便能轻轻松松做偶像、挣大钱。这样的人当然不可能成为音乐家，甚至连音乐爱好者都算不上，因为说到底他们并不真的爱好音乐，他们只爱自己，只希望出人头地和过一种不费吹灰之力就能盆满钵满的日子。他们离了录音棚对声音的虚构，离了同样不认识五线谱的混音师操作高精尖的设备对声音的加工和创制，就一事无成。让骆横庆幸的是，"盾构机"是除外的，基于完备的音乐素养，所有的成员，对五线谱都有几乎出于本能的敏锐反应。

> 切割钢板的滚烫是谁的温度？
> 爱与恨的曲面，
> 用作弯板的三维数控，
> 被演算成信天翁的羽翼，
> 如同细胞排列的我们的构件，
> 用什么才能摞上塔式建造的顶端？
> 不是龙门吊，是一根秀发的空飘。
> 焊接的蓝焰升起了，
> 是红玉兰的造型，
> 是雪白的冷加工，
> 是穿过毛细血管的镗孔。
> 看啊，我们在吃水线上的铆合，
> 正在变成砂轮的飞转，
> 就像一群沙丁鱼的选择，

烟雾一样的迅跑中，
有造物者在史前画就的蓝图。

耸起的不断耸起的，
是海上高岛，
是斑斓如花的珊瑚巨礁。

　　骆横还不知道那个叫夏夏的贝斯手兼副唱是夏蓉蓉的弟弟，只觉得要是他对粗朴和沙哑的强调把握好分寸，就能不仅有力而且有益地支撑起"三和弦"和"七和弦"乃至"九和弦"以上的所有和弦。他由贝斯手夏夏想到了夏蓉蓉，敏锐地感觉到他们两个在音色上有某种类似的特质，比如在发出不同音高的 f 时都会使劲用上牙咬住下唇，尽管前者是地下的闷雷，后者是天上的响电。如果说夏夏能让乐队拥有成布之前粗纱的质朴和蚕丝的原色，夏蓉蓉就能让乐队具备细纱的纯粹、印染的美丽和锦缎的华贵。他和她合起来，就应该是青岛纺织的一幅平面图，是从破破烂烂的历史中抽茧而出的现代性高端呈现。他想着摇摇头：怎么能把海里的泥鳅和天上的鸥鸟搞到一起？完全是两个风马牛不相及的人，就像他脑子里有时会不期然而然地出现乔普林和铁大钢同台演出的情形那样。他觉得前者的国际脸和后者的长发高个都可能成为圈粉的理由，但如果不是并肩站立，共同亮出搭配完美的声线和音色，就会淹没在各自乐队的固有特色里而无法显示其真正的魅力。这么想的时候他就会叹气：自己是个卑微到低音末端只配喃喃自语的人，却幻想着随意调遣所有的乐手与歌手，幻想着让乔普林和铁大钢一起演唱流行版的《诗人之恋》。他因此想起了黑色帆布包里那本就算稀烂也不会丢弃的书，不禁再一次展望起来：还是指挥家来劲，他可以实现关于音乐的全部想法，并能诱发观众隐藏很深的无意识和潜意思,让聆听音乐变成一次灵魂的清洗和思想的投诚。似乎他并不是为了过瘾地挥洒所有的音符组合才想当指挥家的,而是为了让更多的人体验到存在于音乐颗粒中影响巨大的暗物质和暗能量。"铁碳合金"中还有水手和肖蚌,他欣赏水手自然比欣赏肖蚌更多一些,前者是忧伤而烁亮的,后者是浮泛而阴暗的,烁亮来自低沉的圆号和吉他6弦奏法,阴暗来自响亮的架子鼓里所有的铿锵打击乐。不错,就是这样,没有音高标准的乐器未必不走低,低音6弦上的滑棒未必不攀高,他能听出声音反面的奥秘:渗透在"嗨c"中的无声叹嘘,活跃在沉默中的振聋发聩。而人心希望接受的,往往是音乐之外的音乐。

> 也曾有静谧如空的晚照,
> 那个男子触摸钢板时看到了自己的血脉,
> 哦,灵魂游走的通道,
> 在幽深的沟谷里穿越另一个世界,
> 早已是激水滔滔了。
> 我们的制造,我们奉出血肉的见证,
> 一如少女滚烫的肢体,
> 烤干了一天的雨雪。
> 一千个男子触摸同一个裸体,
> 光滑如镜,如面包鱼的肌肤。
> 是时候了,海的孕成,
> 诞生的,是不靠风的风帆,
> 远航的,是不靠油的油船。
>
> 造船人吻着大船背后的夕阳,
> 那里有心的曲度,

有一万年的冷静后,
还会融化海冰的热量。

　　骆横不禁想起了"简单的美妙":"不要忧伤,快活起来。"施欣萍唱出的最后四句无疑是简单的,不仅美妙,而且震撼。毫无疑问,施欣萍是"铁碳合金"的灵魂。她的吉他从来不会停下,但歌声却时有时无,每当她开口,就会有领航者的标志性歌喉划破天空的效果,是乐理的天空,就像被大海挤破了海床,被蔚蓝胀烂了天框。他对她的创新心领神会,知道她的超越里有对所有音乐藩篱的挑战。就像"纯净巴洛克"在最近的一则帖子中说的:"从某种意义上说,流行音乐并没有给古典音乐增添什么,而只是打破了什么,它几乎是一种超乐理的音乐,不是为了创造了不起的艺术(比如垒造金字塔和圣家堂),而是为了让音乐变成身体的律动和情感的超级泵压,为了宣泄也为了一次冲天而起的扬程。因此古典的音乐学标准并不完全适应音乐自发的浪漫和随意的灵动,就像施欣萍带领她的乐队所展示的那样,随处可见流行音乐对传统音乐美学的突围。她通过自己的嗓音风格和外在仪表以及娴熟的吉他技巧,组合了至少六种互相矛盾的特征:高贵与卑贱、静止与运动、坎坷与坦荡、苦涩与甜美、疼痛与舒畅、死亡与重生。也就是说她一个人就代表了大部分男团女团组合的全部。她的音乐引导我们感受节奏奔放的'人的力量',而又不乏温婉而和美的亲切感,就像丝绸对肌肤的熨帖,激荡中又有恬静。"骆横频频点头,好像"纯净巴洛克"就在他面前,口若悬河地评说着。"行了,打住吧,我还要看下去呢。"骆横说着,猛地挥了一下手。

3

接着便是失望,后面三个上台的乐队轮番让他看到了音乐的末路。他几乎喊起来:"别再折磨人了。"并不都是嗓音不好,乐器不精,而是他们的唱作越过模仿的底线,接近了抄袭的边界,还不如光明正大的翻唱,就像铁大钢的"机车头"那样,至少不会有顶着唱作的桂冠搞欺骗的嫌疑。尤其是倒数第二个上台的陆上风气乐队,不仅唱作是东拼西凑的,演唱也有些勉强,低音是断气的,高音是虚浮的,而且有一种卑俗的台风:无法控制的洋洋得意,自我感觉好得超过了所有歌手及其乐队,好像自称是"风气"就真的是"风气"了,忘了它仅仅是个比喻,而比喻在大部分情况下都是假设和虚张声势。失望再次成为修改原唱的动力,骆横打开《海的七朵浪花》,飞快地写起来,等他们演唱完,评委的打分和网络投票的统计还在进行,他的修改就已经画上了句号。他仰头等待着七支乐队最后的排名,觉得施欣萍和她的"铁碳合金"就要小组夺冠了,便有点激动,又有点惋惜:那些实力不济的乐队只好望洋兴叹,比赛就是这样的残酷,大家都得做好面对淘汰的准备。好在小组是要取前三名的,并不是所有的乐队都会就此告别,还有新一轮复赛,将会给幸存者提供一个再次登台的机会。网络投票的统计很快出来了,评委和现场观众的打分却迟迟不见动静,虽然每一支乐队演唱完后都已经有公开的打分,但每个评委在交出自己对"小字一组"内七支乐队的最后排名前,还有不得超过三分的修改,也就是说经过全面考量,如果觉得此前的打分不合适,还可以在原来的综合分数上增加3分或者减少3分。据说这样做的目的是为了"尽量减少误差",但在骆横看来,更大的可能是给评委制造了一个把谁拉下来和把谁推上去的最后机会。统计终于结束了,当主持人拿着排名走到舞台中央时，全场鸦雀无声，紧张的空气能让人产生一种沉入海底的感觉，好像一座海的压力全部搁在了GFC电视台的演出现场。但骆横并不觉得应该紧张，谁胜出谁落败是一目了然的，人心只要不被"达尔文式的竞争"搞得太坏，就能实现最基本的公正。他甚至打了个哈欠，做出准备要走的样子：不就那么回事嘛，等什么等？就在这时不断卖关子的主持人闭嘴了，沉默就像突然遭遇真空的窒息，等她再次开口时，人们清晰地听到了"铁碳合金"几个字。观众呼出了一口气，骆横朝空中举起巴掌，响亮地拍了一下。主持人说："它是我们这次比赛的分水岭，包括它在内，往上的是前三名，往下的是后四名。后四名我们就不宣布了，现在宣布前三名。第一名，它的观众投票是89302票，排名第二，评委打分是98分，排名第一，根据规则，综合排名为b，它就是……"骆横的手放下了，愣愣地望着主持人，因为他听到的分明是陆上风气乐队。他喊了一声："再说一遍。"主持人又说了一遍，并不是听见了他的喊声，而是想打破现场的寂静。观众犹豫着，有人鼓了一下掌，又有人鼓了一下掌，稀稀拉拉的样子表明，这不是欢呼，而是疑问。惊愕的消散缓慢到几近凝滞，直到主持人煽动地说出"让我们祝贺陆上风气乐队获得第一名"时，才有了一些观众逢场作戏似的掌声。没错，骆横满怀期待的"铁碳合金"仅仅是第三名g。第二名a是深海野兽乐队。怎么会是这样的呢？肯定出问题了。

骆横把眼光移向评委，开始是柔软而疲顿的，渐渐就坚硬而锐利了，实现心灵的穿透并不是没有可能，那就是审判，用崇高的音乐审判所有评委的低贱和更加低贱的人心。他从穆教授开始慢慢看过去，轻蔑地看了卫秾，看了来自青岛音乐学院的裴老师，看了所有27个评委，眼光一个一个圈点着，不是问号，是围着一个圆心旋转的许多惊叹号。他似乎都能感觉到，冠冕堂皇的背后油腻的人情受托和肮脏的金钱交易。那么观众呢，许许多多的痴迷粉丝呢？难道也都出卖了自己的崇拜和音乐判断？不，粉丝们不大可能会变，他们的真诚和真实一直都是音乐繁荣的理由。但他们是匍匐在地的音乐铺路石，无法抵御污水来潮时的淹没。他想起了海水公司的"刷票鬼"，那个一身黑，喜欢吃肥肉，却瘦得像一支单簧管，说话也走风漏气的30多岁的女人。想起了她的要价：一张票一块钱，100万张以上还要涨价。想起了她所控制的最新款的投票软件和最先进的刷票器，以及那些被雇用的无良水军。他长叹一口气，突然意识到自己修改别人演唱的真正目的了，不仅仅是为了音乐的完善与圆满，为了它存在的合理性和接受渠道的畅通与神奇，更为了一个公平公正的音乐标准和良好发展的音乐生态，为了"人"在音乐中的出现。他觉得只要他的修改被那些乐队采纳，只要采纳后的演唱被评委们听到，就一定会发生跟现在不一样的变化。手机响了，是景翔发来的微信："兔崽子'巴洛克'又想踩踏'深海野兽'和'陆上风气'了。不过我是高兴的，有这一场狼吃狼，我为什么不能醉一场？咱们必须超过'铁碳合金'，现在就看你的了。你以后能不能不要回家住了？反正你也是一个人，就住咱乐队，名叫'高楼大厦'的地方自然少不了你的一张床。结束后来见我，我等你。"然后是一个链接："纯净巴洛克"对"嗨王争霸赛"第一场复赛的评述。评述的重点放在了前三名，一大段都是对施欣萍和"铁碳合金"的赞许，只说了一个缺点，那就是"乐队成员良莠不齐，铁碳中混进了些许炉渣，虽然在所难免，但也有鱼目混珠之憾。"关于"深海野兽"的评语不多，却非常结实："摇滚与毒品的蜜月期并没有结束，我们已经看到锡箔纸的光点和注射器的剔透了。"而对"陆上风气"的演唱什么评价也没有，有的只是对打分者和投票者的冷嘲热讽："二分音符对全音符说，你连尾巴都没长出来，他们居然说你是青蛙爸爸。是评委聋了耳朵还是观众瞎了眼睛？'嗨王争霸赛'到底有没有标准？"

骆横站起来，背着黑色帆布包，夹着《海的七朵浪花》，在拥挤的人群里穿行着,出了演播大厅,又出了GFC电视台,来到街上,见一家房产中介还开着,就跑进去问:"你们这里可不可以复印?可以的话多少钱?"完了又跑回演出现场,挤进观众堆里,打听"你是哪支乐队的粉丝"?粉丝们大部分已经离开,有的回家,有的去马路上送别偶像,竟没有一个人能接过他手中的复印乐谱。正在不知所措,就见一个穿着米色羽绒服的人过来拍了他一下:"你还认识我吗?"他笑了:"怎么会不认识呢?在浮山湾的海边,我练琴的时候,你总是远远地守着,有一次还送我回家。""你记性真好,我知道你在'盾构机',看过你的所有演出。""谢谢,谢谢。""你在打听什么?需不需要我帮忙?"骆横就说了他的事:想把记录修改的乐谱分送给六支乐队,可是乐队走了,粉丝也没了。"你知不知道乐队在哪里?我开车送你去。""就算知道我也不能露面。""为什么?""不想让他们认出我来呗。""那就交给我。""你能保证准确送到?""这种事难不倒我,我是警察。""我知道,警察多忙啊,怎么可以麻烦你干这种事。""不麻烦,我是你的粉丝,有事尽管吩咐。"骆横就把几沓复印乐谱递了过去。警察接住,翻了一下,一共六沓,每一沓背面都写着乐队的名字,转身就走。骆横说:"没那么着急。""正好今晚我休息,明天就没时间了。"他追上去叮嘱道:"千万别让人家知道乐谱是'盾构机'的大提琴手送给他们的。""这么神秘,你不会是在做坏事吧?""我能通过警察做坏事?""我想也不会。""明天晚上有'盾构机',后天晚上有'高楼大厦',你会来吗?""我在海边执勤,这几天都来不了,但我一定会在网上看的。"警察边说边走。骆横冲他摇了摇手,喊出了自己的手机号:"多联系。"过了一会儿他看到警察加他微信了,网名叫"暗中望着你"。他回复道:"为什么要'暗中望着你'?是深情的粉丝,还是无情的恋人?怪瘆人的。我给你起个名字吧,是中国古代的琵琶曲,也适合你的身份,叫'十面埋伏'。"对方用语音告诉他:"OK,

就'十面埋伏',正是我想做的。"

最后一班公共汽车已经停运,地铁也没了,骆横只能坐出租车。他摸了摸身上的钱,心说坐一次车就得花掉三四十块,怎么可以这么奢侈?但要是走回去就太远了。犹豫再三,还是伸出了手。出租车司机问他去哪里?他说:"你往前开,我再想一想。"他既不想住在乐队,也不想这个时候去见景翔,就想回家睡觉,目的是希望景翔明白:自己也可以不受他的调遣。但又觉得他可以借此机会跟景翔谈谈:你该付钱了。景翔虽然许诺年薪100万,按月支付,但迄今还没有给他开过一分钱。此人本来就是个音乐骗子,拖欠报酬也在意料之中,但自己却不能一忍再忍地让对方觉得他的耍赖理所应当。这么想着,他就让司机开往了青岛最靓丽的香港路。高楼大厦乐队就像它的名字一样,把自己安置在万千广厦之间的景泓地产和景泓集团联合办公的景泓大厦里。大厦的高层部位有宾馆也有写字间,一二三层是商业设施,有品牌服装店、餐饮广场、娱乐城、电影院和超市。电影院上面的二层就是乐队所在地:一间豪华而精致的录音棚和一个酒吧式排练场。骆横下了车就给景翔打电话:"我到了,去哪里见你?"景翔说:"你先去乐队,看看你住的地方,缺什么你直接给他们说,完了来娱乐城找我,我在25号。"骆横照办了。同样住在乐队的键盘手带他走向排练场旁边的客房,打开一个标准间问道:"你看行不行?不满意我可以给乐队管后勤的反映。"键盘手是个精通音乐的,很佩服骆横,认为他是个音乐才子,自然也就恭敬有加。骆横说:"我就住一晚上,哪有什么不行的?""景翔想让你长期住,你就听他的吧,我也好有个伴。"说着指了指隔壁的房间,"我在这里。"骆横说:"再说吧。"说着接过房卡,进去放下黑色帆布包,上了一趟卫生间,出来后看键盘手还等在门口,就问:"你怎么没跟景翔在一起?""不想喝醉,就回来了。我正在琢磨你给咱乐队写的三首歌,尤其是《冷思考》,有点吃惊,你怎么会想到在沉痛的回忆中加进去那么多切分音？强奏一般不该出现在这种地方，不过挺好，给人的感觉是历史越是废墟就越值得回忆，回忆是凋零的，也是昂扬的。还有，你为什么会在一首歌里全用'五声调'？这样的手法已经不多见了，而且让宫徵商羽角都做了一次主音，上高爬低的变化既传统又现代。""我也不知道为什么，就觉得这样更好。""不可能，你的作曲每一个乐句都带着强烈的主观性却又显得自然而然，好像你酝酿了很久，几十年、几百年，然后早潮一样喷涌而来。"骆横笑了笑，就要走。键盘手抓住他说："别这样，我就想听你说说。""我说不好。""那也得说，我知道你跟别的音乐人不一样。"骆横想了想说："你知道爱因斯坦的广义相对论吧？每一个音符跟所有的音符都是相对的，无数相对的引力组成了我们的音乐时空。在你望着海面时，你并不能预测哪里会出现浪峰和沟谷，哪里会有涟漪的凹凸、水花的扬洒和光点的反射，除非你既不是作曲家也不是观众，你是音乐本身，是海更是风。你知道海和风什么时候接触，接触的瞬间会有什么样的碰撞和摩擦以及时间的长短？我从来没有把自己看成是一个作曲家，我就是按照节拍运动的一种声音，目的是为了穿越人心和人的灵魂。我眼里没有物，因为那是空，也没有空，因为那是物质存在的另一种形式。好比音乐，你听到的和听不到的都是音乐，我的做法就是把别人听不到的音乐拿出来，用五线谱折射出它的光，再用歌喉和乐器表现出它原有的音色。"键盘手皱起眉头听着："怎么这么深奥啊？""这算什么，一点表皮，我在穆教授的阿里斯塔克工作室待过，接触过'光音链猜想'和'音乐宇宙'的破译，里面的奥秘多着呢，八辈子也研究不完。""我知道穆教授，非常厉害，也是这次'嗨王争霸赛'最有权威的第一主任评委，听说也是最公正的。""你也希望公正？""那还用说，要不有什么意思？""这话你应该给景翔说。""说了，我劝他别再想着用钱砸出个第一来，咱得好好排练，通宵达旦，一遍一遍地过，像个真正的艺术家那样对待音乐。""你还挺有理想？什么时候说的？""就前两天，我弹了你写的三首歌，就再也憋不住了，好像不说出去就会死掉。""为什么？""我也不知道，就觉得有一种压抑不住的冲动：音乐这么好，为什么还要靠贿赂？不是糟蹋自己吗？那跟埋葬音乐有什么区别？"骆横点着头："道理是这样，景翔有什么反应？""没吭声。""我还以为会臭骂你一顿：我有钱我发挥我的优势又怎么了？你以为别人的第一第二都是靠音乐拼出来的？你想干净崇高你走人，别挡我的道。""走人是不会的，我跟他的关系又不是一天两天。他没有骂我，倒还真有点意外。"

  骆横告别键盘手后就去了娱乐城。自从给"高楼大厦"写歌以来，他已经来过这里很多次了，每次都是晚上，是送歌谱，待上十几分钟就走。他不喜欢更不习惯 KTV 包间的氛围，十多个男女混杂在一起，喝酒、抽烟、吃东西，加上唱歌、跳舞、互相挑逗，穿着能露就露，举动能辣就辣。他觉得一个音乐人对这种地方的迷恋就是对音乐的玷污，最终都会用失去音乐来偿还。他鄙视景翔，也鄙视陪伴景翔吃喝玩乐的那些女孩，更鄙视跟着景翔在包间里丑态百出的"高楼大厦"的其他成员：景翔没有了音乐还有钱，还有俊美的面孔，你们呢？音乐是仅有的，却不知道珍惜是唯一的选择。他脚步滞缓地走过穿廊，推开了 25 号 KTV 包间的门，打眼一看，不禁有些吃惊：里面居然只有五个人，三男两女，男的除了景翔，还有乐队的主音吉他手和架子鼓手，女的都是熟面孔，骆横至少见过一面。喜新厌旧是景翔惯有的"自然大调"，很少有重复陪同的"仙女"，哪怕她是一个脑残到极致的忠粉，今天怎么了，出现故旧不遗的奇迹了？骆横进去后找了一个远离女孩和酒杯的座位坐下，疲倦地仰倒在了沙发靠背上。景翔说："过来坐嘛。"他摆摆手："这里挺好。"景翔就对一个女孩说："去，给他倒杯酒。"一个红摆裙黑蕾丝上衣的女孩拿了一只空杯，斟了红葡萄酒，端过去递给他,看他不接,就把酒放在了他面前的茶几上,撒着娇说:"哥,干什么好事了,看把你累的。"他笑笑,欠腰从果盘里拿了一个沃柑,剥了皮吃着。景翔过来坐在了他面前:"你肯定饿了。"又吩咐那女孩,"把点心拿过来。"骆横不愿意像别人那样让女孩伺候,忽地起身:"我自己来。"他把点心篮端在怀里,坐下来吃着,想起先前在管风琴酒吧时,一碟小点心和一块巧克力便是他全天的食物,不禁心里酸酸的,这么多年过去了,自己的生活其实并没有多大改变,还是得靠吃白食果腹,期待着别人的恩赐而不是恩赐别人。

景翔说:"明天晚上就是'盾构机'上场了,你有什么想法?""好像我应该有什么想法,乐队的事跟我无关。"景翔叹口气:"好人就是好人,我这么明显的提示,你怎么就不理解?我的意思是搞坏它,你必须搞坏它,最好就是拉错调,大提琴一错,整个乐队就垮了,不这样我们很难超过人家。"骆横吃惊地望着对方:"这是人干的,我是说音乐人?"景翔哈哈一笑:"就是个计策而已,让'盾构机'谦让一点,又不是让他们去死。""那你为什么不谦让?""我有资格谦让吗?本来就不行。""你还挺有自知之明。""所以嘛,不搞点小动作是赢不了的。前两天有人给我说别想着靠钱砸出个第一来,我想了一宿没想明白:我不靠钱靠什么?""靠音乐。"景翔拍着沙发扶手直起了腰:"我也想靠音乐来着,但你能保证吗,唱了你的歌我们就能拿第一?""不能。""还是啊。""你也可以这样想:为什么非要当第一?搞音乐就是个喜欢艺术的过程。""我就得当第一,这个目标不能变,不然我搞音乐干什么?""你是想把不可能变成可能,但人的一生面对的往往是可能变成不可能。""话没错,但也可以这样解释,把失败的可能变成不可能。有点志气好不好,我现在就靠你了。""你是不是对我已经失望了?""我失望的不是你的音乐,是你对我的态度,我怎么也看不到百分之百的忠心。""我已经给你写了三首歌,够忠心的了,但是你呢？""什么意思？""我从电视台到这里,连坐出租车的钱都没有。""你是说我该给你开工钱了？不错,这都是应该的,但我们是事先说好了的,开始给我们写歌后,就不能再给包括'盾构机'在内的所有乐队写半句音乐,你得老实告诉我,做到了没有？"骆横放下点心篮说:"你怀疑我,凭什么？""'铁碳合金'今天晚上唱的《大船是怎么造出来的》,我怎么听都觉得是你写的。"骆横木木地望着他,用自己假装的疑虑应对着对方的疑虑,突然一笑:"我也听出来了,很吃惊他们的模仿能力,不过毕竟是模仿,表现得有点生硬,所以才得了第三名。"景翔摸了摸自己白净的脸,眯起那双女孩一样的眼睛,不相信地摇了摇头。骆横说:"'盾构机'的音乐大家都说好,你不是也很赏识吗？说不定别的乐队也会模仿,到时候你不会说都是我替他们写的吧？""你就是有这个心,也没有这个本事。""对啊,所以你怀疑我是没道理的。"景翔没话了。骆横问:"那我的钱呢？""我们当初还说好,你给我写的歌必须保证让我喜欢,我现在还不知道喜欢不喜欢。""你不喜欢我可以重写。""那还得看演出效果,评委和观众的反映怎么样。""他们的反映好坏跟我的歌有关系吗？""你问得对,也可以没关系,但进入复赛后我想冒一次险,不去贿赂评委,也不再给海水公司打钱,咱就靠一次音乐,看看效果怎么样。""这是你的事,我就想知道,你什么时候按约定给我打钱？""你的钱我没忘,年薪100万,按月支付,但必须有了结果我才能给你,两件事:一是我得调查清楚,你到底给'铁碳合金'写没写过歌？二是得让我夺冠,用事实证明你写的歌真的就是我喜欢的那种。"说着摸出钱包,撮出薄薄的一沓来,"要是吃饭出行有困难,就先用这个,不在100万之内。"骆横板着面孔接了钱,无奈地摇了摇头:明白了,景翔是不打算践诺的,等到比赛有了结果再付账不过是个借口,自己已经没必要再给他写歌了。他冷笑一声,站了起来。景翔显然猜透了他的想法,阴险地说:"从电视上看,穆教授气色不错，神态自若，像是一点事都没有。也真的没有，除非我把'立方水母'再放出来。对了，'机车头'是在'小字七组'吧？看铁大钢这小子怎么表演，我还真替他捏着一把汗呢。"骆横朝外走去。景翔说："这就走啊？不玩一会儿？也好，穆教授是个书呆子，你是个音乐呆子，还是早点回房间休息吧。"

KTV包间的鱼形门就像吐气泡一样吐出了骆横，他似乎翻滚了一下才明白应该往哪边走。他定了定神，急匆匆经过穿廊，就要拐向大堂，看到迎面走来一个人，光鲜亮丽，白白净净，满眼的灵秀，一身的帅气，给人一种跟景翔同出一个翻砂模子的感觉，皱起眉头想："新织工"的周轻舟来这里干什么？纺织城有的是娱乐场所。又一想：人以群分，物以类聚，肯定是来找景翔的吧？骆横扭过头去，不让对方看清自己，擦肩而过之后，又停下来盯着对方，看到他果然走进了自己刚刚出来的25号包间，真是鱼找鱼，虾找虾，土豆找地瓜，癞蛤蟆找青蛙，乌龟找个大王八。骆横回到乐队自己的房间，背起黑色帆布包要离开时，突然又停下了：这一走可就是前功尽弃，豁出去的不是自己，而是穆教授和铁大钢。铁大钢怎么样他无所谓，可一旦牵连到穆教授，那就得慎之又慎了。他坐下来，想着，又躺到床上，还是想着：当初答应跟景翔合作可不仅仅是为了钱，再说对方不信守承诺也是对的，说明直到现在他还是个英俊潇洒的大流氓，一点也没变，不不，还是变了，尽管就那么一点点：KTV包间里的女孩少了，男人也只是乐队成员或者搞音乐的比如周轻舟，而不是社会上一帮非驴非马的混世魔王了。还有一个变化，那就是听了键盘手的劝告还能有"想了一宿"的举动，而且并不是一点也没想明白，作为一个不怎么地道的音乐人，第一次想到了音乐的胜利应该依靠音乐本身的质量，而不是金钱的贿赂。自己离开穆教授跟景翔联盟的良苦用心，以及献给"高楼大厦"的词曲创作，决不能因为几个求不来的钱就白白浪费吧？他下床，在房间里来回走动着，听到排练场里还有钢琴声传来，是他写给"高楼大厦"的歌，便好奇地走了出去。

排练场里首先迎接骆横的是一个可以喝一杯的吧台，里面陈列着各式各样的酒，最多的是红葡萄酒和啤酒。排场的酒柜把里面的空间一分为二，一边是个很大却不高的舞台，一边是个凹进去的六角形大厅，摆放着各式各样的乐器。大厅的中央是一架酒红色的"贝森多夫"三角钢琴，键盘手正在专注地弹琴，等他到了跟前才发现，吃惊地"啊"一声，两手朝上一甩，站了起来。"你弹你弹，不打搅你。""不好意思，你一来我就不敢弹了。""为什么？""有一段转音太多，怎么弹都觉得不流畅，我都练了十几遍了。""我知道你说的是哪一段，降一个调试试，采样到合成器里再进行优化处理，达到你想要的效果。""这样可以吗？我是说它会不会篡改你的歌？""不会啊，节奏、旋律、和声都还是原来的，你只是通过预置加强了编曲效果。""这个我知道，只是我从来没遇到过这样有创意的歌曲，觉得最好不要增加演奏者的意思。""没事，就好比我画了两条音轨，你只是给音轨增加了枕木，让它变得更加结实，而没有改变它的曲度和方向。我画蓝图你制造，现代音乐尤其是流行音乐，一上舞台就都是制造出来的，你不仅是个乐手，还是个工程师。"键盘手琢磨着他的话，不断点头。骆横踮起脚尖旋转了一圈说："这么多？差不多囊括了一个交响乐团的全部乐器，可以随便用吗？""应该可以吧？我觉得你没问题，反正景翔没管过我，但他管过吉他手，说他不能拿这里的乐器学习弹奏而不交费，乐器耗损费得从月薪里扣除。"还有这么一说？那就扣吧，反正我的钱都在景翔那里。骆横想着，内心突然升起一股无法自禁的狂喜，觉得自己不仅不能走，还应该住下来，抓紧时间把喜欢的乐器都学一遍。他想起了《指挥家》，想起了他最喜欢的托斯卡尼尼和渐渐有点不喜欢了的卡拉扬——唉，卡拉扬先生，不管是出于被胁迫，还是为了获得更多的利益，你怎么可以加入纳粹啊，而且是两次加入。你怎么就不能像托斯卡尼尼那样，成为一名反对法西斯的战士，把音乐献给为自由而生的人们呢？他想着，突然像托斯卡尼尼那样举起了双手，用严酷的眼神望着前方，朝着乐器挥动起来，用的是复杂一点的六拍子划拍方式：起步是长笛的悠扬亢亮，竖笛的高音迅速跟进，一句走过，太阳一样冉冉升起了单簧管经典的降B调次中音，仿佛海的内部珊瑚礁正在醒来，一群小丑鱼懵懵懂懂显影了。鼻音似的双簧管带着大海龟的缓慢掀动着前肢，低沉柔和的英国管快速摇晃着双鳍，大管奋猛而上，制造出一串迷人的按照和声大调摆列的白色鱼卵，低音大管沉陷而下，迅速走向管弦乐队所有乐器的最低音。小号出现了，音色光辉而明亮，就像一群剔透的水晶鱼聚集在彩色的礁谷里轻歌曼舞。还等什么呢，圆号？来潮的时刻到了，难道不应该雄壮而浑厚吗？这里是海底，前面是鲨鱼，是辽阔的海底原野，一起来吧，次中音长号、低音长号、倍低音大号，都来奏响主旋律和副旋律。别着急，接下来才是小提琴，请注目我的手势：第一小提琴拉起即兴的重复段落，第二小提琴拉起平行的叠句，和声流丰满而荡漾，迎来中提琴和大提琴的遨游，然后是联合行动，让丰富而甜美的音色，衬托起同样美妙的人声，是女高音的字正腔圆，是男低音的磁性伴唱，刹那间蝴蝶鱼、蓝魔鱼、丝绒鱼的斑斓出现在珊瑚礁群的所有缝隙里。一群海豚嬉戏而来，低音提琴振动着水波，像一个慈祥的父亲，朝着前面的管风琴伸出了臂膀。海深处的振动出现了，一脉亮光飞翔而去，黑鲷翱翔，似乎海底就是天顶，"光音链猜想"正在穿透宇宙，是"音乐宇宙"被破译后的一次宣告：看啊，叮咚作响的是什么？是清脆悦耳的钢片琴，是音色冰凉的马林巴，而且是带着葫芦共鸣器的马林巴，古老到让人想起它的诞生，几内亚湾的原始风暴。原来真空并不是没有声音，是伴随着暗物质的暗声音，不是宇宙人的特殊耳朵你永远听不见。同时响起的还有忽高忽低的定音鼓,就像桂鱼的飞驰和鳜鱼的奔忙。生命为什么都这样匆匆忙忙?难道我们就不能坐下来,悠闲地敲打着响板,拨弄着三角铁,摩挲着钹锣,爱抚着钟鼎,指扣着铃鼓,然后呢喃而歌?

键盘手惊呆了:"你在干什么?"骆横收起双臂,笑道:"指挥啊,我可是背谱指挥,面前的乐器就是一支交响乐团。""还有这样的魔法指挥?我好像听到所有的乐器都响起来了。""真的吗?"骆横又挥了挥手,侧耳听着,"没有啊。""这会儿没有,刚才真的有。"突然传来一个声音:"不得了啊,你还会指挥?"景翔来了,也看到了刚才的情形,脸上的惊讶就像蒙了一层面膜,五官有点走形,是更加好看的那种走形,"我也隐隐约约听到有巴松管和定音鼓的声音。"骆横问:"是感觉还是幻觉?"景翔说:"有可能你把你的幻觉传染给了我们。我听说好的音乐都带着在迷幻状态中创造出来的幻觉。"骆横说:"你说的是迷幻摇滚吧?那是在为吸毒找借口,我可是个正常人。音乐是从音乐人的细胞里长出来的花朵,不是野麻也不是古柯。""不说这些了。"景翔说着,摆了一下头,"跟我来一下。"两个人走出了排练场。键盘手继续弹钢琴,听得出比刚才流畅了许多。景翔小声问:"青岛大学的咪咪你跟她熟吗?""咪咪?""别装了,你还拍过我跟她一起的照片。"骆横想起来了:那个在阅海楼餐厅勤工俭学的双眼皮女生。"肯定不熟,我不是个女生喜欢的那种人,也不会主动出击,都不知道怎么跟人家打招呼。"景翔大包大揽地拍了一下胸脯:"这方面以后我帮你,男人就得有信心,有信心才会有本事,搞定一个和搞定一百个其实是一样的。"骆横立刻红了脸:"别,我一点信心都没有。""那就不扯了,说正事,我想让你去找一趟咪咪。""干什么?""她大概穷疯了,说要起诉我。""你还怕她起诉?""当然不怕,但我得知道她想讹我多少钱,底线是什么?""你怎么知道她就是为了讹你的钱?""这种穷学生还能有什么目的？另外我想知道，你上次偷拍的照片，给没给过她？""绝对没有。""那就是穆教授了。""穆教授更不可能给她，再说凭那几张照片就能起诉你？法律并不限制男女拥抱。""那她凭什么起诉我？""这得问你自己，你是不是对她干了更见不得人的事？"景翔不吭声了。骆横说："看来起诉是应该的。""你是谁的人？怎么替她说话？我倒霉了还有乐队吗？没有乐队还有你吗？""反正我不去，我不知道该怎么说。""不去拉倒，我另想办法，我就不信摆不平一个小诈骗犯。"骆横不说话，期待着景翔立刻走开，突然想到景翔是来求他的，就算拒绝也应该婉转一点，自己还想利用乐队如此齐全的乐器提升音乐技能呢，又问道："她说要起诉你？你直接问她不就行了。""我不能跟她讨价还价，万一她录了音呢，我不是自己坑自己吗？再说也不是她对我讲，是'新织工'的周轻舟转告我的。""她也是周轻舟的粉丝？""粉不粉我不知道，有一次我请周轻舟来娱乐城玩，在座的就有咪咪。""那周轻舟的意思呢？""他刚才来找我，问我到底对她干了什么，提醒我不要麻痹大意，正在比赛的节骨眼上，不定什么因素就会成为评委和粉丝倒向的理由。""你跟周轻舟是什么关系？'高楼大厦'和'新织工'都在'小字三组'，按理说这个时候他应该盼着你倒霉才对。""我们都是富二代，我要是变成王八蛋，他也好不到哪里去，一荣俱荣，一损俱损。""可见是沆瀣一气的。""我知道你对我们这种人没好话，穷光蛋嘛，一见比自己富有的，就气不打一处来。告诉你，仇富就是跟自己过不去，穷人挣的所有钱都是富人的创造，富人创造了业绩也创造穷人工作的机会，是富人养活了穷人，而不是相反。""遗憾的是音乐不是富人的艺术，是奋斗者的艺术。""奋斗者有穷有富，起点、档次、成就都不一样，懂吗？"景翔说着转身就走。骆横愣愣地望着他，突然追上去问道："你有没有咪咪的电话？"

炫技性练习曲
冷思考（作品第 10 号）

三个人的不屈是三种能量，
水手仰起头颅把圆号吹响。
鲸群游过填平涡流的深渊，
海鸥飞来让他们抓住翅膀，
这里是太平洋的死亡墓场，
生命夸耀勇敢无畏的地方。

/

回到房间的骆横呆坐了一会儿，打着哈欠想睡，正要去洗澡，手机响了，是景翔的微信，发过来几句话和一个链接。景翔说："咪咪已经开始到处乱说了，你要快一点，不仅要制止她，还要她为我正名，公开表示'纯净巴洛克'是无中生有，肆意诬陷，我给她 100 万，嫌少还可以增加。"链接是一则"纯净巴洛克"刚刚发出来的帖子，没有点咪咪的名字，但一看他陈述的细节就知道说的是谁。"景翔在短期内导致多个女性为他打胎却安之若素，过去的劣迹都可以用'流言''造谣''无稽之谈'而免于惩罚，这次女大学生事件的结果会不会也是这样呢？他好看的外表和也算好听的歌声能够表达的只是黑暗的占有欲和流氓纨绔的心态，而受骗的女孩们却天真地以为那是从他心底里流淌出来的最诚挚的爱情。从事音乐和爱好音乐的人似乎忘了，世界上有一个叫道德和品格的东西对谁都是牢不可破的绳索，突破它的绑缚就是越过了'人'的框线，真与善、仁与美的法则是'人'唯一的敬畏，而不是金钱和权势以及声名地位。粉丝们注意了，请不要混淆人类情感的高贵与卑劣，那里的楚界汉河清澈见底。"骆横读了两遍，然后把电话打给了咪咪。他的想法是这样的：景翔求我，我无法拒绝，但事情十有八九是办不成的，不管办成办不成他都想尽快有个结果，然后踏踏实实做自己想做的事。在他通报了姓名后，咪咪说："我见过你，'盾构机'的大提琴手，还知道你已经离开穆教授。"他用一种公事公办的冷漠口气说："我受景翔的委托，需要马上见你一面。"咪咪打着哈欠说："有必要见面吗？什么事不能在电话里说？再说都这么晚了，我不敢出去。"骆横巴不得一个电话便能了结这件事，完了就跟景翔说：我想见她，她不见，只好在电话里跟她说，事情虽然没办成，但我尽心了。他的口气更加冰凉，有一种触摸冬天的感觉："听说你准备起诉景翔？我想知道给多少钱你才能罢休？"咪咪半晌不吭声。骆横又问了一遍。咪咪说："5000。"骆横惊讶地"啊"了一声："才5000？为什么不多要一点？""我就是要个打胎的钱。""那还有营养费、青春损失费和精神损失费，至少得50万吧？"咪咪同样有些吃惊："你不是景翔派来的吗，怎么能说这样的话？"骆横佯装的冷漠立刻烟消云散："他指派了我，却指派不了我的同情心，谁弱谁强我是明白的。"咪咪支吾了一会儿说："有人告诉我不能多要，多要就成了讹诈，就不会有人同情我。再说我本来的目的也不是为了钱，就想靠一个女孩的力量治治一个大歌星。""谁告诉你的？"听她不语，又问，"是不是周轻舟？"她黏黏糊糊说："是。""他们两个是一伙的，你怎么能听他的？""我觉得他是为我好。""还有一个人你认识吧，'纯净巴洛克'？""不认识。""那这个人怎么知道你的事？"咪咪想了想说："我出事的那天晚上一起在 KTV 包间喝酒的有好多人，我醉了，第二天醒来才知道景翔干了什么。是不是别人说出去的？"骆横思考了一会儿说："那次在校园，你从他车里跑了出来。这两次事情哪个在前，哪个在后？""去 KTV 包间在后。""已经知道他是一只狼，还要往跟前凑，说明你也有问题。"咪咪不吭声，好像在流泪。骆横说："既然这件事已经公开，就不好私下里了结，我这通电话其实也可以不打。不过我还是想问一句，如果让你放弃'治治一个大歌星'的想法，反过来为景翔正名，声明'纯净巴洛克'是诬陷造谣，你干不干？报酬至少是 100 万。""真的能给我 100 万？""有可能是真的。"她半响不语，突然说："那我还是不能干。"骆横松了一口气，庆幸地说："不干是正确的，周轻舟说得对，你不能要太多的钱，不然就会落入景翔的陷阱，要知道你一旦收了这笔钱，就会有记录，记录就是证据，他会反过来控告你有诈骗行为。"说完了骆横便有些疑惑：自己怎么跟周轻舟的观点一样了？他是为了咪咪好，那么跟景翔一丘之貉的周轻舟呢？或者周轻舟只是不想让景翔占太多便宜，毕竟他跟他是有着竞争关系的同行。如果是这样，就不能把他跟景翔相提并论，因为客观上他还是在帮助咪咪。他挂断了电话，愣愣地想着，又觉得事情不会像自己想得那么简单，周轻舟说不定另有目的，一个富二代兼音乐人的心机不会浅显得让他这种人一看就清楚。再说景翔也不是个等着挨打的角色，接下来要做的肯定是靠着财力和人脉兴风作浪，迅速淹没掉"纯净巴洛克"和网上所有对他不利的东西，再把全部脏水泼向咪咪：一个因为够不着偶像而气急败坏的女粉，一个因为贫穷而堕落成诈骗犯的女大学生，一个自毁形象打胎成瘾的神经病。最后被道德口水淹死的仍然是这个有孤胆但也更孤单的女孩。他似乎看到了景翔开怀庆贺的场面，看到了那张英俊的公共情人的面孔因为过度的得意忘形而显现的狰狞，看到了没有脸面继续求学的咪咪离开青岛大学后的失魂落魄，看到了许多跟自己一样的正派音乐人和粉丝的垂头丧气。怎么会这样呢？难道世界原本就是一个深渊，弥漫着望不透的歪风邪气？似乎事情已经到了这一步，路见不平的他只能像一头豹子一样扑过去，抓住自己的救命稻草大声祈吁：请你救救这个世界吧。他一把扯过黑色帆布包，拿出了《海的七朵浪花》。

　　一切都是情不自禁的，当致密天体通过巨大引力俘获周围物质的时候，它并不知道自己在做什么。音符的致密依赖思想的致密，思想的致密又依赖情感的致密，吸积出现了，来啊，都来啊，没有碰撞就没有共鸣，共鸣是音乐的灵魂。谁也说不清它们来自哪里，只知道随同而来的还有碎裂的人心，有四面八方的情绪的闪光——那种点和线的强力组合，复杂而随意。被拎捏到一起的无数"鬼音"在聚变中爆发着，它分裂出的伴侣就是"魅乐"，音乐的链式反应是如此的自由，以龙卷风的形状呼啸而出，带着超过神经元的敏感，回荡在大地之上，哪怕一只昆虫的呼吸都能影响到音符的高低。他运笔的速度惊人得快捷，一页又一页，突然停下了，发呆地看着夹在《海的七朵浪花》中的那几页"岩石乐谱"，觉得里面的古怪符号正在活蹦乱跳——描摹了星云组合的"音乐宇宙"的密码正在飞鱼一样急速划出了一道道曲线。他呆望了一会儿，突然会心一笑："弦理论"莫不就是五线谱的理论？后者虽然只有五条线和四条间，却并不等于五线谱只有这几条"线"和"间"的音位，它能通过"加线"和"加间"以及改变谱号、移调、增加变音记号等办法，产生几十个甚至几百万个（理论上）音位。声音的维度出现了，它像大海的表面有亿万种弯曲，像铺天盖地的绸缎被揉皱后出现了无数条褶子，空间和时间的形状丰富到无与伦比，早已超过了三维和四维的寻常模式。对，就这样写下去，让"鬼音"扑朔迷离，让"魅乐"神出鬼没，让音乐的狂飙在波状的运动中占领所有的八度。他再次写起来，不假思索，音到笔到，终于写完了，笔一撂，大本子一合，倒头便睡。刚睡一会儿，又爬起来，开始为新曲填写歌词，又起了一个自己相当满意的歌名：《我的内心一片阳光》。

  骆横一觉睡到上午 10 点，爬起来刷牙洗脸，然后背着黑色帆布包，去街上买了锅饼吃着，坐公共汽车回家，拿来了大提琴和小号，一头钻进排练场，用大提琴拉了一遍新写的歌，觉得没什么可修改的，又用小号吹了两遍，然后丢开新歌，走过去打开了钢琴的琴盖。他坐下来，用陶醉的眼光扫过每一个白键和黑键，又看了一眼映现在琴盖上的自己，仰起头，伸出手去，摸索着寻找"标准音"即"第一国际高度"，天才的金耳朵很快告诉他：找到了，就在这里，"小字一组"的"a"。那么哪里又是"中央 c"呢？眼睛依然不看，只用手指来回摩挲，OK，在这个地方，"小字一组"的小个子排头兵，那个万分可爱的基准点。接着往下走：快速熟悉着两边的音序排列，又在一个纯八度内找到十二平均律的位置，练了一会儿，再琢磨和弦方块的事，也就是同时发出两个及两个以上音的方法。钢琴是乐器里的航空母舰，搞不懂的地方还真多：怎么才能实现音程的转位？如何在键盘上迅速确定一个和弦可能属于哪些大小调？一首完满乐曲的结束音大都是主音，末尾的和弦也总是主和弦，但如果我不追求完满，刻意要在主音上方五度的属音上结束时，怎么样才能更便捷地把主和弦变成属和弦呢？弹琴时可不可以两手交叉起来，让右手弹奏和弦的低音，让左手弹奏旋律的高音，通过站着或坐着滑动的身体的大幅度移动，完成一些高难度的乐曲比如拉赫玛尼诺夫的《第三钢琴协奏曲》、李斯特决心成为钢琴帕格尼尼的《钟》和斯特拉文斯基的《彼得鲁斯卡》呢？那样的话乐手就等于是戴着镣铐跳舞，是整个身体前合后偃的极速运动了。存疑吧，等见到键盘手了再请教。对一个天才乐手来说，掌握所有乐器的一般特点并不难，难的是更上层楼，是在时间和空间的无规律变化中寻找动机的最佳结合点,是把高低、长短、强弱水乳交融在全部音符所要求的时值内而且要精准无比,是游刃有余地完成高难度的炫技表演还要有创造性的发挥。也就是说即使是天才也得经过时间的磨砺,才会让所有的"难"在刻苦练习和事半功倍的灵性面前败下阵来。他正忘乎所以地弹着,朱晚来电话了:"别忘了今晚的演出。""不会的。""现在就该走了,我们在演播大厅门口会合,一起去后台。""我还没吃饭呢。""我从学校食堂给你带两个汉堡,够吗?""谢谢。"说着起身,拎上黑色帆布包,背了大提琴就走,突然听到有人喊了一声"站住",吓得浑身一阵哆嗦。

　　景翔从吧台里面跳了出来,端着酒杯,嘿嘿嘿狞笑着:"我在这里听你又拉又吹又弹,不错呀,开始学钢琴了,我的钢琴你随便用,反正我也不会弹,放着也是放着。新歌什么时候写的?"没等对方回答又说,"不错,第一句一出,就把我牢牢抓住了,本来还有事,硬是不想走,听了一遍还想听,叫什么来着?""《我的内心一片阳光》。"景翔点点头:"我好像感觉到了一点,又觉得是黑夜里的阳光,黑夜里有阳光吗?那应该是月光。""也不错啊,你心里能升起月亮。不过月亮既没有温暖也没有力量,它只能照亮黑暗,而不能驱散黑暗。""什么意思?""字面上的意思。""我就想,听你的歌我怎么总感觉有些紧张,一阵舒服一阵不舒服,正喝着甜酒在陶醉,突然又来了一嘴苦水,吐又吐不掉,只能往下咽。""你不舒服是因为你心里有跟音乐格格不入的东西。""什么东西?""那我就不知道了。""你的歌让我感觉到你好像事事都在针对我。""在你针对别人的时候,一定会觉得别人也在针对你。"景翔喝了一口葡萄酒说:"有点意思,我还真的针对你想了一天,你信不信?我要是让我的人把你扣在这里,'盾构机'今天晚上就玩完了,'小字二组'垫底的笃定是它,一个重要的竞争对手就会轻松地被排除在外,你觉得怎么样?"骆横真怕他来这一手,赶紧走到门口说："这样太卑鄙,我相信你做不出来。""你不求我,反而骂我?那我可真的要扣下你了。"说着拿出手机就要叫人,又犹豫了一下,摇摇头,给他端过来一杯提前倒好的酒,堵在了他面前,"算了,不扣押你了,还是看你自己吧。我是不是应该提前祝贺你?你写的歌让'盾构机'获得了'小字二组'的第一。""比赛是瞬息万变的,万一我们发挥不好呢?""喝了这杯酒,发挥不好的事就不存在了。"骆横想尽快脱身,接过酒杯就要喝。景翔突然大叫一声:"真要喝?""对啊。""傻瓜蛋一个,你就没想过,演出之前不能喝任何人递给你的酒水,万一下了药呢?"骆横愣了一下,看看半杯葡萄酒说:"你不会吧?""我要是没那个想法,平白无故给你敬什么酒啊?'盾构机'胜出了,对我有什么好处?这一杯要是喝下去,上舞台前你就会睡死过去,明天早晨才能醒来。"说着夺过酒杯,泼在了地上,吼一声,"还愣着干什么?赶紧走,别让我反悔。"骆横绕开他朝前走去。景翔喊起来:"你还真的是在走,为什么不跑?我的人马上就到了。"骆横扭头一看,果然看到从录音棚和排练场旁边的客房那里同时出现了好几个人,大步流星地朝他包抄过来,便撒腿就跑。

　　骆横一口气跑出景泓大厦,又跑到有路边治安亭的地方才停下来,庆幸地想:景翔怎么反悔了?他只要让人扣住我一个小时,目的就能达到,我再去就来不及了。还有酒,要不是他制止,我肯定会喝下去。可见他是千方百计要阻止我今晚的演出,一个音乐人渣想要取胜,就只能搞些阴谋诡计。可结果又怎么样呢?他什么也没干,还老老实实交代了自己的鬼主意。骆横吸了一口冷气,琢磨景翔为什么会优柔寡断?想跟他过不去,却又自己跟自己一会儿掰饬一会儿掣肘,这不是他的性格,他什么时候为做坏事纠结过?想着突然就有些激动:这难道不是我希望看到的吗?音乐的潜移默化就像日月朝夕对生活的影响,总会在不经意中带给我们许多想象不到的变化。我的歌,我的歌，别忘了我的歌，前面三首有两首景翔在初赛中唱过了，还有一首《冷思考》已经完成排练，加上今天又听到了一首新歌，是不是看不见的暗能量正在发挥作用？或者它正在按照既定的规律寻找平衡和对称，就像穆教授说的：音乐有正能量，也有负能量，但很多时候它又处在净能量也就是零总能量的状态中，不偏不倚，有好有坏，无事无非，亦正亦负。景翔虽然不是个好人，但一个人只要搞音乐就不会变成一个十恶不赦、死不悔改的极恶之人，他也可以像普通人那样学着做做减法，减下去一些无耻无羞的念头，把自己从良知失衡和道德不对称的状态中解放出来。物质与反物质、精神与反精神、音乐与反音乐、人性与反人性，不就是在加减乘除的运算中走向对称的吗？一辆公共汽车开过来了，他蹦蹦跳跳追了过去，高兴地几乎唱起来：是什么让我的内心一片阳光？

"盾构机"的演唱毫无悬念地占据了"小字二组"的 b 位，就像它的名字一样排在掘进行列的最前面。"纯净巴洛克"立刻在自己的公众号上发了称赞它的帖子，说演唱有两个亮点，一是歌好，二是大提琴出彩。《隧穿的粒子》在抚慰地球人建造地铁和一切隧道的劳作的同时，把一台成百上千吨重的盾构机变成了一个粒子精灵，它能穿透一切，包括灵魂的坚固和人与人的隔阂以及地球的厚度，它不怕地心的熔岩烈火，不怕人心的排他拒斥，向着山那边的豁然洞开奋力趱行。尤其是曲调的创造和大提琴的演绎，不仅完美诠释了歌词的含义，还能像电子对高能障碍的克服那样，用音乐的波能制造一种无所不能的影响力和无所逃遁的感染力，似乎没有人能够在如此坚定的音乐面前竖起抗拒来袭的铜墙铁壁，包括评委和粉丝，包括所有喜欢与不喜欢音乐的芸芸众生。"帖子后面是许多跟帖，大致表达了同样的意见。细心的网友发现，无处不在的"黑子"居然没有出现在这里，"全票通过"的赞美像是给歌曲创造者的一个大蛋糕，让所有人都羡慕不已。遗憾的是除了"盾构机"的成员以及评委穆教授，没有人知道它的创造者是骆横，甚至在公布的乐队成员名单里，也没有"骆横"的字样，而是由朱晚自作主张起了个"不是大卫波泊尔"的名字。大卫波泊尔是19世纪的捷克作曲家，大提琴之王，近代大提琴技术派的创始人。朱晚说："这样你就跟小海菲兹她们一样了，而且更醒目，还可以避免'人肉'，不让别人查到你不是咱学校的人。"骆横问："这个重要吗？""当然，我们号称纯粹的校园乐队，决不能让人家抓到有外援的把柄。"骆横惋惜地叹口气，却也没有太在意，总觉得自己的名声大噪是迟早的事。既然所有的网评都不会提到自己的名字，他也就没兴趣上网浏览了。甚至"盾构机"的演出也成了他最不关心的事，当别的乐队轮番上场，而他在后台休息室不由自主地要瞪着电视机去听去看的时候，他的挑剔和遗憾便又成为一种裨补缺漏的冲动。他几乎修改了所有乐队演唱的歌曲，有的一两句，有的七八句，有的干脆是推倒重来。朱晚问道："你这是干什么呢？""没事干，随便写写。""完了别走，我们有事要商量。"他头也不抬地答应着。最后一支乐队的演唱终于结束，他匆匆收笔，看到一个不太熟悉的人正在嘻嘻哈哈跟高地以及小海菲兹、小艾尔曼、小科雷利聊天，就对朱晚说："我去去就来。"

　　骆横是去复印的，完了又给"十面埋伏"打电话："就是昨天那种事，我还想麻烦你。""十面埋伏"说："昨天晚上我把你的乐谱一一送到，有的没反应，有的惊呼起来，这是哪个大师的指点？太惊人了。缠住我非要打听大师的名字和去向。你好厉害啊，才多大年纪就成大师了。""你没说是谁吧？""当然，我是警察，守口如瓶是最起码的。你现在在哪里？电视台门口？等着，我立马过去。""你不是在海边执勤吗？""电视台离海边两站路，我也可以巡逻路过。"十分钟后一辆警车停在了骆横面前。当骆横把背面写着乐队名字的六沓复印乐谱递进车窗时，"十面埋伏"的态度显得比昨天更加殷勤："有什么事随时打电话。"骆横鞠着躬说:"麻烦了。"他回到后台休息室,看到那个不太熟悉的人还在跟大家聊天,就有些好奇,盯着看了看,才想起他就是铁碳合金乐队的鼓手,叫什么来着?肖邦?不,是肖蚌,一个青岛渔民喜欢起的名字。朱晚过来说:"走,这位兄弟要请客。"骆横说:"不是有事要商量吗?""边吃边商量呗,反正大家已经饿了。"几个人朝外走的时候碰见了学生会副主席沈泽,他是带了一帮学生去街上鼓动粉丝投票的,完了又来接小科雷利。朱晚说:"都一起吧,也算是庆贺。"沈泽说:"'盾构机'是这次比赛的唯一一支校园乐队,大学生们都非常支持,据我所知,除了我们学校之外,至少有三所大学由学生会出面做了投票号召,海洋大学、科技大学、理工大学。"朱晚立刻说:"这是我们'盾构机'获得'小字二组'b位的最重要的原因。"小海菲兹说:"不见得,最重要的原因应该是……"看着朱晚瞪她,突然又不说了。骆横想:跟海水公司有关的"刷票鬼"、投票软件、刷票器、被雇用的无良水军难道比不过大学生了?不应该啊。肖蚌说:"你们等着,我去把车开过来。"朱晚问:"能坐下吗?"肖蚌说:"挤挤吧。"骆横说:"我不想挤,你们说哪儿,我自己去。"肖蚌说:"不远,往前一直走,再往右,一拐就到。"骆横便晃晃悠悠走了过去,很快到了。饭店是肖蚌提前订好的,离GFC电视台很近,不算奢华,却很安静,而且靠海。

　　肖蚌点了一桌海鲜,还有白酒和啤酒。小海菲兹和小艾尔曼都说:"酒就算了吧。"肖蚌说:"必须喝,不然怎么叫庆贺?"高地说:"还不到庆贺的时候吧?路漫漫其修远兮。"小科雷利说:"小组胜出也不容易,想那么远干什么?"沈泽说:"对对,这个观点我同意。据我了解,比赛前大家看好的是'铁碳合金',人家靠着施欣萍已经在'子午线'上打开了局面,没想到它才拿了小组第三,真正稳扎稳打的是我们的'盾构机'。"肖蚌说:"我早就给你们说了,我们'铁碳合金'表面上看着很强,其实不行,首先没有第一流的唱作人……"小海菲兹打断他说："你别谦虚了，施欣萍那么厉害，怎么不是第一流的？"骆横说："这个我同意，施欣萍很厉害，她的歌在目前的国内流行音乐中也算是数一数二的。"肖蚌说："我也没有否定她，只是说她的歌不如你们的歌，你们的歌是谁写的？"朱晚说："我们大家写的。""真的还是假的？"小海菲兹说："我已经告诉过你了，你怎么不相信？"肖蚌说："我忘了。"骆横问："你们好像早就认识？"小海菲兹说："他建了个群，到处拉人，我们都是通过七拐八拐的关系被他拉进去的。"骆横问："什么群？"肖蚌说："'神与魂的故事'，你也来吧？""我没时间聊天。""那你的时间都干吗了？"朱晚似乎不想让肖蚌跟骆横有更多交谈，立刻插了进来："别光顾着说话，开吃吧。"肖蚌说："好，你们先把酒倒上。"又对骆横说，"这个群本来就是音乐人跟大粉们小范围内的私聊，我最初的规定是话题绝对不能泄露，谁泄露谁负责。后来进来的人多了，也就顾不得保密了，一聊二聊，大家就都成了好朋友，也没什么见不得人的。群里的骨干已经在管风琴酒吧举办了两次派对，主题叫'回归音乐源头'，挺来劲的。"骆横问："为什么叫'回归音乐源头'？"肖蚌说："一两句话说不清楚，你来了就知道。"朱晚说："你别烦他，他哪有时间去参加吃吃喝喝的派对。"肖蚌说："我只是把话说到，来不来自愿。"骆横点着头，脑海里烟雾般飘过了管风琴酒吧的形象，飘过了他在那里的所有过往，不禁有些悲从中来，扭过脸去，不说话了。肖蚌说："我今天来，一是祝贺，二是邀请。下次的'回归音乐源头'派对放在下个星期，到底哪天还没定，大家注意群里的通知，能来就来吧，交交朋友，说说话，友谊天长地久，还能瞬间体验音乐的源头风情，何乐而不为？"小海菲兹问："什么叫源头风情？"肖蚌说："你知道为什么会有音乐？音乐的原始起源是什么？人在什么状态下才会有最好的音乐？在你的体验中这些问题都能得到解答。"骆横心里一动：居然还有这样的体验？小科雷利问："不是乐队的也可以吗？"肖蚌说："我们的门槛是音乐人、大粉、忠粉，但也可以是由音乐人介绍的喜欢音乐的人。"沈泽笑了，他知道小科雷利是在为他争取参与的权利。骆横问："需不需要交钱？"肖蚌说："绝对免费。"骆横又问："也就是说你掏钱？你哪来那么多钱？"肖蚌一笑，举起了酒杯，朱晚也举起了酒杯，前者是白酒，后者是啤酒。"来来来，随心所欲，想喝什么都可以。"肖蚌说着一饮而尽。高地说："那我就喝点白的吧。"小艾尔曼说："我跟你一样。"朱晚说："你们想喝情侣酒啊？"说着望了一眼小海菲兹。小海菲兹嫣然一笑，端起了啤酒。肖蚌说："祝贺你们拿到小组b位，马到成功，下一步就是直取桂冠了。"朱晚得意地笑笑："还不到最后时刻，我们决不能轻敌。"

　　都是年轻人，没多少讲究，喝了一口酒后，就开始动筷子，填肚子的速度很快，稀里哗啦的，然后又开始碰杯，说什么的都有，主要话题还是音乐。小艾尔曼说："我听说版权组织正在盯着'嗨王争霸赛'，凡是没有得到版权所有者允许的翻唱，都将得到追究。"小海菲兹扫了骆横一眼说："幸亏我们变成了唱作乐队。"高地说："这也就意味着竞争对手自动倒下了至少三分之一，因为大部分乐队既没有能力唱作，也没有能力购买版权。"小科雷利说："那些乐队本来就不重要，就算允许胡乱翻唱，也缺乏竞争的实力。"高地反驳道："'机车头'缺乏实力吗？铁大钢的吉他和唱功都很棒，初赛时的演唱我可是记忆犹新，他们翻唱的是施欣萍的《大货车之歌》，可见他们跟她是有联系的。"小海菲兹说："但他不能总唱施欣萍的歌吧？"朱晚说："这事我琢磨过，施欣萍不可能把自己最好最新的歌让给铁大钢唱，他最多能唱几首她出道不久的歌，那些歌都是网上流传的，缺乏现场音乐的新鲜度和爆发力，就算唱了，也很容易比下去，他即便有超越，人们喜欢的和作为标准的也还是原唱。"肖蚌说："没错，你们根本就不用担心，铁大钢不算什么，甚至可以这样说，整个比赛都没有真正能跟你们抗衡的对手，除非神秘人再次朝施欣萍伸出援手。"大家都望着肖蚌：什么神秘人？肖蚌说："我可以给你们透露一点内部信息，复赛中我们演唱的《大船是怎么造出来的》跟最初的版本不一样，据施欣萍说，她去纺织城给'新织工'做指导时，有个不留踪迹的高人让粉丝给她转交了如今的修改版。我们都是搞音乐的，一比较就出来了，修改版的确高人一筹。"小海菲兹说："那又怎么样，'铁碳合金'才是小组第三。"高地说："这个第三并不能说明歌曲和乐队的表现比别人差。"小艾尔曼说："我也这么认为。"沈泽问："那能说明什么？"大家都不吭声。骆横说："肯定是背后有人操纵的。"小科雷利问："谁？"骆横说："海水公司的'刷票鬼'呗，花钱雇用的无良水军呗。"小海菲兹问："那为什么我们没遇到这种让海水公司托着的对手？"骆横说："侥幸而已，只是这一轮没遇到，下一轮就很难说了。"小海菲兹和小科雷利都问："那怎么办？"朱晚说："更可怕的是资本介入的操控，有一种说法，不过我不太相信，这次比赛的'嗨王'早就内定了，是景翔和他的'高楼大厦'，因为他的背后是景泓地产和景泓集团。"肖蚌说："我也听说了，所以你们得做好两手准备，说不定真的是人家呢？音乐界就是一个巨大的名利场，达尔文主义的社会实验基地，到处渗透着资本的力量。"小海菲兹说："不可能吧？这又不是景泓集团主办的比赛。"朱晚淡然一笑："不错，是GFC卫星电视和全国音乐总汇主办的，但他们主办音乐比赛的最终目的是什么呢，还不是为了赚钱？既然目的是奔着钱去的，那顺理成章就成了给钱我就打榜，钱多的在前，钱少的在后。"小海菲兹说："那我们怎么办？一穷二白，除了音乐什么也没有。"高地说："我们做了自己想做的事，唱唱歌，出出名，仅此而已。"朱晚说："算了，不说这些了，越说越泄气，咱们就只当比赛是公正的，一切肮脏的交易都不存在。"说着举起了酒杯，"借着今天这个机会，我特别想对我的乐队说几句话，那就是不论发生什么，我们都要一体同心，全力以赴参加好比赛，不能三心二意，更不能胳膊肘往外拐，长对手志气，灭自己威风。"说着扫了骆横一眼。大家互相看了看，半晌没有人说话。小科雷利突然问："什么意思啊？"朱晚说："没别的意思，就是希望大家团结。"小海菲兹说："我们挺团结的。"高地说："我理解朱晚的担忧，未雨绸缪嘛。"小艾尔曼说："反正我总觉得我们乐队随时都会解散。"朱晚说："解散是肯定的，大家都要毕业嘛，但不会是随时。"肖蚌说："'盾构机'要是不坚固，还怎么挖掘隧道？地铁修一半就停下了。"说着端起酒杯，"干了吧，我看你们挺好，比我们'铁碳合金'好多了。"又是一阵吃喝。朱晚趁着跟骆横碰杯的机会，小声说："你出来一下，我有话要说。"

　　他们来到了饭店门外。门边是一片小树林，穿过小树林就是海了。海在夜晚孤独地璀璨着，似乎不是灯的照耀而是阳光留下了带不走的碎片。残梦依稀，金红的浪带着痛苦的呻吟和迷醉的歌唱，引诱着黑暗处的星星。天空的闪烁就像水花一样飞溅着，瞬间的组合变成了一页页被翻过的曲谱。冰冷的礁石在潮湿的黄沙中探头探脑，毫无规则地堆砌着一些升降调号，是什么样的手在演奏海的音乐，居然会有那样多的指头同时划过琴面，亿万根弦上的声音迸放而起，抓住了路过的风。冬风是凌厉的，带着针芒刺破了海面，也刺破了海岸线的岩石，所有的岩石都是龟裂的，缝隙是它们的骨骼，古老的碳酸钙黏合才是坚定的血脉。朱晚说："我听说你最近跟'高楼大厦'走得比较近，为什么？""你怎么知道？""一个人要想为自己的行踪保密，那得花费很大的代价，你是一个不知道代价的人。""跟谁走的近，是我的自由吧。""当然，理论上讲毫无问题，但现在是比赛时刻，你又是我们乐队的骨干，我就不能不犯嘀咕了。"骆横不吭声。朱晚又说："我能理解你为什么这样做，你在青岛大学不过是个临时工，现在又离开了穆教授的阿里斯塔克工作室，得有生活来源和新的出路，但你为什么不说一声呢？""我给谁说？给你？"骆横差点没说出"你算老几"来。朱晚冷笑一声："当然，你也犯不着告诉我，因为事实上我也帮不了你，但人总得有点良心吧？在你不怎么样的时候，我们青岛大学收留了你，你不能说背叛就背叛。"他想把话说得严厉一点，没想到骆横反而笑了："这么严重？"朱晚的口气缓和了一点："关键时刻你做了墙头草，几乎等于背叛。"说着从不知什么地方摸出一沓钱来，"这个你拿着，是穆教授让我转交你的。"骆横接过钱，又还了回去："我不需要。""为什么？你明明缺钱花。""我拿了钱就等于穆教授奖励了我的背叛，你是不是很高兴？""那是人家可怜你。""明说了吧，'嗨王争霸赛'一完，我就会离开'盾构机'。""去'高楼大厦'？""事实上我现在已经在'高楼大厦'上班了。""也就是说你已经开始为他们写歌了？"骆横没有回答。朱晚说："能不能不要这样？比赛才进行了一半，'高楼大厦'会给我们造成严重威胁。"骆横说："我不为比赛，只为音乐，音乐在哪里我就去哪里。""你的音乐在'盾构机'。""它有'高楼大厦'好吗？"骆横说着朝前走去，海高兴地咆哮着，忽忽地后退着，伸出浪手召唤着，让给他一座峭拔的礁石，等他踏上去之后，又迅速扑过来，灌满了周边的凹槽。朱晚想跟在身后再劝劝他，发现已经走不过去了，便生气地嘀咕一句："一只喂不熟的狗。"他忘了骆横的耳朵有捕捉游丝的能力，只要投入注意力，任何低音都可能是高音，就算浪涛喧天，也阻挡不了听力的穿越。骆横回过身来大声说："我给你的乐队写了10首歌，还在无偿参与演出，你喂我的也只是两个汉堡，可见我是连野狗都不如的，还是离开了好啊。""你不会连我们的比赛演出都不参加了吧？""这个你放心，我会参加到底。"

2

直到冷得有点受不了，骆横才哆哆嗦嗦从礁石上下来。他没有再进饭店，而是朝着来路走去，正走着，手机响了，是景翔打来的。"你干吗呢？怎么还不回来？"骆横说了跟"盾构机"一起吃饭庆贺的事。景翔说："你不回来也好，我现在最想最想的就是杀了你。""又怎么了？""其实你已经死了，我一边听'盾构机'的《隧穿的粒子》，一边在心里杀你。'三国'上有句话怎么说来着？既生瑜何生亮，我就是这种感觉，我虽然没有你的音乐才气，但我有钱，可现在我发现，也有钱买不来的东西，既然这样，就只好你死我活了。我正在磨刀霍霍，杀你是已经确定了的，绝对不会改变，你还敢回来吗？"骆横说："我正在往回走，一想到你那里有那么多乐器，就越走越快了，再说还没听'高楼大厦'演唱《我的内心一片阳光》呢，怎么就能不辞而别呢？""你胆子这么大？告诉你这会儿正在发生什么，我正在砸我的吉他，我把它带在身边，没想到它什么作用也不起，就想看我的笑话。""你应该弹弹它，把我写给你的歌都弹一遍，也许就能发现音乐从来不会看人的笑话，它发出的所有声音都是你需要的。""可是我的吉他没了。"景翔说着，好像哭起来。他没说他是在娱乐城的 KTV 包间看完比赛演出的，有一些细节的出现连他自己都没有意料到：他第一次对身边的女人没有动手动脚，也是第一次安安静静坐着看完了整个比赛——痴迷地听着《隧穿的粒子》，然后就开始胡思乱想，至于别的乐队的演出，就都成为他思想的伴奏了。也没说他最后一口气喝光了一瓶"梅格"，扭曲着美男子的面孔，疯子一样赶走了所有的陪酒女郎，还大骂跟屁虫一样的主音吉他手和鼓手，说他们是下贱胚子，是让人心烦的"忙音"，是音乐的垃圾。"你们就不能像骆横那样专注在音乐上？整天不是吃喝就是嫖赌。"立刻又说，"我忘了，你们是跟着我的，近墨者黑啊，可我有的是资本，从长相到腰包全都是骄人的富有，你们有吗？什么都没有还不好好对待音乐。"主音吉他手和鼓手站起来要走，他又吼道："快去，去给我买把吉他，要最好的。"这会儿他又对骆横说："明天晚上我们就要上场了，你说能不能当第一？我寻思从唱作讲'小字三组'没有超过我们乐队的。"骆横说："那还要看乐手的水平，临场发挥很重要，还要看'新织工'的表现。""你是说周轻舟的乐队？我太了解他们了，没法跟我们比。"骆横想：原来景翔还不知道"新织工"增添了新主唱，夏蓉蓉要是发挥正常，足以变成整个比赛的黑马。景翔又说："现在就看我们了，能不能超越'盾构机'，'高楼大厦'跟'盾构机'的比赛，实际上就是你骆横跟骆横打架，我喜欢这样的打架。""目前还打不起来，或许永远都打不起来。""那就要看你的表现了，给我们的是不是比给他们的多，你赶紧回来吧。""你不杀我了？""以后再说，现在不了。"骆横想着回去还有精力练练钢琴，便边走边回头看。但在这个清冷的冬夜所有的车辆都很少，包括出租车，只好做了走回去的打算继续往前走。正走着，肖蚌的福特越野开了过来，渐渐慢下来，却又不停，好像在犹豫：已经够挤的了，让不让骆横上车？这时一辆警车飞驰而来，在骆横前面刹住，"十面埋伏"下来说："真的是你啊，怎么才回去？上来吧，我送你。"骆横也没有客气，紧趋几步钻进了警车。福特越野里，大家都看着骆横。肖蚌说："你们的大提琴手好有面子啊，连警察都得拉他。"朱晚笑道："不会是抓走了吧？"肖蚌说："好像你希望这样。"

骆横回到景泓大厦后，先去排练场的六角形大厅练了一会儿钢琴，直到凌晨才去房间睡下。第二天9点起来，去外面买来几个包子吃着，还是练琴。午饭后，景翔和乐队的人都来了，把今天晚上要唱的歌过了一遍。骆横在旁边看着，忍不住指着吉他手兼副唱的小伙子喊起来:"音准,音准,不可以连音准都没有,只要是乐队就应该有国际标准。"又对景翔说,"你是怎么进入的,抢了半拍不知道吗?你也存在音准问题,不能把增四度唱成纯四度。"景翔说:"这有什么要紧的,听不出来。"骆横说:"你可以糊弄粉丝但不能糊弄评委,穆教授是音准大王你知道吗?还有那个裴老师和卫秋,人家就是靠耳朵吃饭的。"又练了两遍,骆横发现几乎所有人都有错误,着急地又是跺脚又是抓头,对主音吉他手说:"副歌部分是五声调式,但这里加了'fa'和'si',就变成了七声调式,虽然只是十六分之一秒,但也不能省略掉,旋律、和弦、节奏最忌讳的就是偷懒不到位。""我不是偷懒,就是不明白为什么要加进去,不加不是更顺吗?"骆横说:"音乐不是顺了就好,甚至有时候越顺越不好,打动是扭曲出来的,不是顺出来的。"看吉他手一脸无辜地望着景翔,又问,"是他让你省略的?"吉他手问景翔:"怎么办?"景翔无奈地撇了一下嘴,指着骆横说:"听他的。"骆横又对景翔说:"你肯定觉得这个地方唱起来有点失准才让伴奏省掉的。你用舌头顶住下齿,肚子缩起来再发音,肯定就不会失准了。"景翔听话地试了试,果然好多了。骆横又对贝斯手说:"你跟鼓手不一样,不光是节奏,还要把旋律弹出来,也就是在音级规定的音高上产生节奏,照现在这样弹,贝斯的功能少了一半。"最后对鼓手说:"你抢什么抢?该弱的时候弱不下去,该慢的时候慢不下来,主歌部分的第四句在转音以后应该是这样,强、弱、次强、弱,懂不懂?能敲出疾风暴雨的并不一定是好鼓手,对乐队来说打击乐就是心脏的跳动,有时候是人的心跳,有时候是乌龟的心跳,在这条旋律线上只有乌龟缓慢的心跳才能表达节奏的深情,不信你试试。"说着在自己大腿上敲打起来。他说得有道理,没有人不服气,继续排练到毫无瑕疵的时候才停下。景翔板起面孔说:"我们这些人搞音乐的资格都比你老,你说话客气点,我并没有任命你为乐队队长。"骆横说:"都快演砸了,还让我客气,你们是不是音乐人?"景翔说:"别以为就你能,有本事你自己来,敲腿算什么,敲鼓啊,弹弄指头算什么,弹吉他啊。"骆横说:"给我一个月,我让你看看。""好啊,一个月,你要是还不如我们,我就不给你开钱。""你就会拿钱说事,不嫌恶心是吧?钱多有什么了不起?它只会让你产生错觉,好像所有人天天都指望你发钱呢。"看景翔还要说什么,摆了摆手说,"别啰唆了,赶紧吃饭,走人,都来不及了。"景翔极不愿意服从这样的指挥,但的确已经到了该出发的时候,就指着骆横说:"你去给我们买盒饭,完了送到停车场。"也算是把指挥权夺了过来。骆横说:"我没钱。""你不是不拿钱说事吗?就去楼下的餐饮广场,哪个好吃点哪个,谁敢要我们的钱。"骆横去了。景翔追了一句:"要辣的。"

这天晚上,骆横跟着盾构机乐队来到 GFC 电视台的比赛现场,让景翔给自己搞来一张票,坐进了观众席。他依然如故,抱着《海的七朵浪花》,听着演唱,做着记录,随时喷发着灵感,添加着修改,只听纸面沙沙作响。"新织工"是第三个出场,他收了笔,聚精会神地听着,正是他的修改版,一个音符都不差。周轻舟由主唱变成了副唱,甚至有时只是在伴唱,也许是少了作为主唱的压力和注意力相对集中的缘故,他的贝斯比以前进步了一大截,弹得相当出色,差不多是本组参赛乐队里发挥最好的,那种低音仿佛是精心刺绣过的,绵密而稳健,就像纺织城韵味十足的底色。乐队的高音吉他也不错,跟施欣萍能有一比。比较弱的要算键盘,弹出的音流总有些滞涩,就像一渠水由于泵压不够而减缓了流速那样,好在歌曲的配器不以键盘为主,并不影响整个乐队的水平展示,只是不能锦上添花而已。至于"新织工"豁然醒目的新任主唱夏蓉蓉,就不用说了,她显示的真声、假声、混声三结合的唱功表明她是最好的炫技女高音,是可以和施欣萍、乔普林媲美的音中女杰,他对《纺织女工》的演绎绝佳绝美,再想要挑出毛病来，那就一定得有深仇大恨才行。更何况这不是她的全部，人们并不知道她还有用头声和海豚音演唱的技巧，还能娴熟地一边弹奏钢琴一边唱，也就是说这只是一次惊艳，还会有第二次惊艳，等着瞧就是了。骆横高兴得跷起二郎腿，一甩一甩的，好像夏蓉蓉是他的缔造和骄傲，他想告诉所有人：她是他在石老人技校的同学，是他最早认识的一个漂亮姑娘。对夏蓉蓉以及"新织工"的满意让他忘了继续挑剔并修改接下来的演唱，直到歌手唱了一半，才突然意识到无法入耳的音乐又来了，赶紧翻开大本子画着五线谱修改起来，边修改边期待着"高楼大厦"的出现，它是第七个上场，因为景翔喜欢"7"这个数字，就想办法把自己安排到了最后一个，有钱还是好啊，自己以后不能再说钱的坏话了。"高楼大厦"的演出比预期的要好，一首海冰一样拥有辽阔晶体的《冷思考》唱出了观众和评委的寒战，四面八方的粉丝们的寒战也许就更多了，似乎半个青岛都在冬天的冷风里发抖。这就是音乐的魅惑，就像法力无边的妖怪散发着迷人的香气，让所有不符合冬寒的格调都有了对绝对零度的服从。加上歌曲是乐队的原创，是大家从来没听过的崭新奉献，引起的反响还是蛮大的。骆横深深地遗憾着：又一次机会白白丢弃了，如果词曲作者不是空白，一夜之间他就将蹿红知名。他想这下评委和粉丝们又该犯难了吧，天平的一头是"新织工"，一头是"高楼大厦"，相差无几的水准到底谁高谁低呢？不把他们安排在一个组就好了。他现在还不知道，周轻舟之所以让父亲周洲利用关系把"新织工"的复赛演出从"小字一组"调到"小字三组"，除了想让夏蓉蓉有更多准备的时间，更主要的原因就是这个组里有"高楼大厦"。他想看看钱跟钱的碰撞会有什么奇妙的效果，是火花还是水花，是热焰还是冷潮？看看那些在关系网的平衡空间里游刃有余的评委们会如何智慧地应对？看看得了钱的主办方对这类问题的处置到底有什么高招？他跟景翔有着同一种背景，又被音乐捆绑在了同一个竞技场，在他跟他掰腕儿较劲时，表面上意气相投的两个富二代又会互相背离到哪种程度？

结果终于出来了，等同于出来了一次对公平合理的践踏。27个评委打出了"并列第一"的分数，观众和粉丝的投票也神奇地体现在一个根本不可能发生的统计数字上：平分秋色。就在大家惊呼奇迹正在发生时，"纯净巴洛克"的帖子立刻揭穿了幕后操控的把戏："虽然两支乐队难分伯仲，谁都可以成为第一，但毕竟会有喜好者的多寡，怎么可能连观众和粉丝都会足球比赛似的人数相当呢？我想对操控者说，即便你认钱，也要看到金钱并不对等，有依靠智慧赚来的，有辛苦劳动赚来的，有昧着良心赚来的，十块钱跟十块钱的道德价值并不一样，同样张数的钞票也有孰轻孰重的区别。操控者的良心在哪里？难道他们从来不考量钱是好人给的还是坏人给的？让音乐堕落的灾难就这样出现了。要知道这可是一场有规则的比赛，是一次大众眼里的音乐礼赞，是美好的愿望以歌曲的形式治愈人心的过程，你的贪欲和行使权力的随意再重要也得顾忌连动物都会遵守的公共秩序吧？在这个无耻让音乐蒙垢的日子里，我希望有人为它献上一首安魂曲。"帖子的指向不仅是受贿者，也是行贿者，还能让人感觉到所有的赞助单位都有直接行贿和间接行贿的嫌疑，如果他们在获得广告效益的同时还在扶持和推出自己的乐队的话。好人给钱是怎么回事？也许就指的是他们？至于纯粹为了乐队胜出的行贿就一定是坏人给钱了。帖子的潜在含义是："新织工"和"高楼大厦"都是有资本背景的乐队，却又有龙蛇之分好坏之辨，到底谁是坏人谁是好人，吃瓜群众是难以明白的。但这则帖子很快被大浪滔天般的赞美帖子淹没了，有个帖子居然这样说："唯有'并列'才显得美好，公正的花朵永远都是并蒂绽放，庆幸人文的音乐终于获得了音乐的人文，让我们为它欢呼吧。"真不知道这种什么钱都拿，然后稀泥抹光墙的鬼把戏有什么值得赞美的，或者赞美者也知道不值得赞美,他们赞美的仅仅是贿赂自己的钱。"纯净巴洛克"不服,再发帖子:"评委和粉丝共同弹响了诡异的双头吉他,殊不知它是量身定制的,只适合两个富二代的交锋,跟人文关怀下的音乐成长没有一毛钱的关系。注意了,人心,在你吸纳空气的时候,请不要贪心不足,因为只要用力过度一点点,被吸纳的就是粪水和全部的二氧化氮。"骆横看了想:我真的应该写一首《安魂曲》了,为贪婪安魂,为罪孽安魂,为无耻安魂,愿它们即刻死去,安安稳稳待在坟墓里,永不再生。他照例去街上复印了对其他五首歌的修改,又打电话给"十面埋伏"。"十面埋伏"好像就等在附近,开着警车迅速出现在他面前,又一次以忠粉的姿态接收了嘱托:"我一定送到。"又说,"我还是先把你送回去吧。""不用。""早就没有公共汽车了,你又没钱坐出租车,走多长时间你才能走到住处,这么冷的天,还不冻死你?"骆横想:"十面埋伏"应该是我唯一的粉丝吧?真是太幸运了。可见粉丝不在数量在质量,有质量才有能量,能量是可以创造奇迹的。以后的比赛几乎场场如此,被骆横修改或者重新编曲的歌越来越多,听到它们的人群也就越来越广,到后来只要是比赛中出现的歌,就都有可能是骆横的创作或者带有他的痕迹。音乐的影响力在不可遏制的传唱中滋长蔓延,却不是为了声名和利益,而是为了让音乐拥有夏天的清凉和冬天的温暖,拥有纯感情与纯思想以便一步步靠近高山流水而不是一味地聋唱瞎和。也许这就是"润物细无声"的魅力吧,谁知道呢?

被"十面埋伏"送回景泓大厦的路上,骆横接到了景翔的电话:"你干什么呢?我们等不到你就先回来了,这会儿正在KTV包间喝酒,你来吧。""有事吗?""严重不服,'新织工'凭什么能和我们并列?就因为新增加的那个女主唱?我觉得不咋地嘛,除了长得还不赖。"骆横叹了口气:"说句公道话,'高楼大厦'跟'新织工'今天晚上的表现旗鼓相当,如果不考虑到你们两家都在背后做了小动作,都想拿第一,这个结果也还是可以接受的。""可以接受个屁。我已经说了,进入复赛后我不想贿赂评委,也不给海水公司打钱,就想单纯靠音乐打一次天下。这个结果分明是'新织工'用钱够着了我们。""既然你没使钱他们使了钱,结果就应该是超过你们,而不是跟你们平起平坐才对。""别你们你们的,是我们。""对,我们'高楼大厦'。""那他们不敢。""谁不敢?""主办方啊,虽然这场复赛我们没花钱,但以前没少花钱,他们不能翻脸不认人。再说还有下面的比赛,他们满怀期望等着我的电话:今天晚上一起坐坐吧?光娱乐城的KTV包间我就请过五六次,都已经玩上瘾了。"骆横沉吟着:"要是这样,那我们就有点冤枉了。你看没看'纯净巴洛克'的帖子?""我还能不看?都把我的肺气炸了。我找这个人找了很久,一直没找到,看来还得雇人找,一旦找到,必须斩草除根,奶奶个熊的。""那你就不占理了。""理是什么,我本来就跟它没多少关系。""虽然这次'纯净巴洛克'没说对,但以前的话大致不会错吧?""那又怎么样?谁跟我过不去谁就得付出代价。这是我的座右铭。""如果人家也是这个座右铭呢?""什么意思?""那就会两败俱伤。""嗨,我怕什么?这个世界上谁能伤得了我?除了我自己。对了,我问你,'新织工'翻唱的是施欣萍的《纺织女工》,却又大不一样,不一样的地方好像都是你的风格,你怎么看?""又是一次模仿呗。""我有点想不通,怎么人人都在模仿你?""说明我的音乐好。""好不好你都应该变一变,让他们轻易模仿不了你。""你提醒得对,我是得有点变化了。""那你快来,还是25号。"景翔挂了。

"十面埋伏"说:"挺热闹的嘛,你们?"骆横笑了一下:"你没想到吧?音乐界原来是这样的,越是清净的艺术,背后就越不清净。""你们说的行贿受贿得有证据,不能光靠猜测,有些事情结果是明显的,原因却深藏不露,要是永远搞不清,那就会永远停留在话语上。

有些话老说老说不见行动，人们就麻木了，凛然正气就会变成播弄是非，还不如不说。""你是指'纯净巴洛克'？我觉得挺好，没有能力行动，敲打敲打，也算是一种警告，要不然乌烟瘴气就觉得自己是合情合理的，越来越肆无忌惮了。""也对，反正行贿和不行贿都没有证据，到不了由法律出面指控和澄清的地步。但有一件事，绝对不能乱说，一旦说出来，那就应该板上钉钉。""什么事？""就是我干的事。""不敢再问了，你是警察，肯定是保密的。"夜晚的大街寂静得就像旷野，没车没人，只闪烁半夜的霓虹已经休息，连路灯都有些昏昏欲睡。高楼在一座座倒下去，就像退去的潮浪，又像已经被弹奏过的音符不留印记地消失着。城市显得平坦而辽阔，每一个十字路口都成了正在后退中的地平线。警车碾碎着冷月下的树影，掀起灯光的一角，向高空扬去。"十面埋伏"放慢了速度，似乎想跟骆横多聊一会儿。"其实也没什么，你想问什么就问，不能说的我会沉默。""说实话我也不知道问什么。""那我就要问你了。你们搞音乐的人里，有没有吸毒的？"这个问题来得如此突然，骆横愣了半响才说："这个我可不知道，仅仅是听说有，'纯净巴洛克'好像在他的公众号里也说起过。""我就是看了这个人的帖子才开始关注的。""大约什么时候，是我们认识之前还是之后？""当然是之后了，不在海边遇到你，我就不会迷上音乐，也就不会接触到'纯净巴洛克'的帖子。""这么说还是我带你进入音乐界的？""还不算进入吧？尽管我想进入来着，除了你，到现在我没有第二个音乐界的朋友，但我是必须进入的。""这么说你是在执行任务？""可以这么认为。""那我对你有什么帮助呢？""你让我帮你送乐谱，接触到了那么多乐队和音乐人，而且以后还会接触下去，这就是帮助。""对你来说是毫无目的的瞎跑，肯定浪费了不少时间，不敢再麻烦了。""别，我很愿意这么做，至少可以从面上掌握各个乐队的情况，哪有一下子就深入内部的。我的打算是一方面多接触多了解,一方面想确定一两个目标详细调查。""有没有目标?""十面埋伏"不回答。骆横说:"看来我是多嘴了。""也许我正希望你这么问呢。今天我把事情说开,也是有目的的,一是想通过你接触到'如此灿烂'和他的深海野兽乐队;二是想叮嘱你,如果你听到或看到跟毒品有关的一切,都要及时告诉我。"骆横沉默着,脑海里转了几圈才说:"毒品是什么?就是杀人和自杀的软刀子,有人正在杀人或者自杀,我看到了肯定会举报,何况我还有个警察朋友呢,他立功我也高兴。至于深海野兽乐队嘛,我肯定不认识,再说你不是已经接触过了嘛?""还想进一步接触。他们有一首歌,叫《再吸毒,毋宁死》,不知道你听过没有?""没有,你听过?""十面埋伏"点点头:"听这首歌的感觉好像他们是吸过毒的。""也不一定,国外的摇滚乐队公开唱到毒品的歌很多,'深海野兽'虽然是唱作乐队,但也不能排除改编或者借鉴。""我也想到了,一首歌证明不了他们跟毒品的关系,所以就得深入调查。""那我今天晚上就修改'如此灿烂'和他的'深海野兽'以前演唱过的歌,明天你再送去,一来二往,不就跟他们熟了嘛,吸毒的人,接触几次就能感觉出来。""不会这么简单,一旦他们沾过毒品,就会变得非常警觉,你一连两次修改,我一连两次送去,显得太主动太好事,加上你还不让他们知道是谁做的修改,就更莫名其妙了,肯定会打草惊蛇。""那你说怎么办?""可不可以署上你的名字,最好还有联系方式?"骆横想了想:"可以吧?我是在帮警察办案,不能太在乎我自己是吧?你就说署哪个名字?'盾构机'的大提琴手'不是大卫波泊尔',还是真名实姓?""两个名字都写上,骆横('不是大卫波泊尔'),这样显得更真实。另外你的行为太高尚,人家未必相信你纯粹是为了音乐,所以你还得告诉他们你是为了钱。"骆横不吭声了:这怎么可以呢?我不是一个那样的人。"十面埋伏"说:"你帮忙帮到底,委屈一下自己,就算是为音乐负责,'深海野兽'如果真的跟毒品有关，那就是糟蹋音乐，如果没有，那你就是为他们正名，以后说起来，他们也会感谢你，最重要的是你的警察朋友会感谢你。"骆横严肃地说："你已经帮了我很多，我从来没想过感谢，你的忙我还没帮，就已经开始感谢了，那不行，好像我忘恩负义，你有恩必报，差距太大了吧？就请你收回感谢，我干就是了。""十面埋伏"高兴地笑出了声："那就明天见，我是你的终生粉丝，你不仅在引导我喜欢音乐，还在引导我破案。""我要是能出大名就好了，你就可以自豪地给别人说，骆横是我朋友。现在，嗨，你给谁说谁都觉得你不过抓了一把带泥巴的草根而已。""快了，你出大名的日子，到时候我请你去公安局的新年晚会上演奏大提琴，你可千万别耍大牌，不给我面子。"说着，紧急转弯，直奔景泓大厦。"为了跟你说话，我绕了一段路。"骆横说："没事，我知道。我还可以给你们吹小号、弹钢琴、弹吉他和敲架子鼓，还可以把乐队带过去。""哪支乐队，'盾构机'还是'高楼大厦'？""应该都不是，是我聘请的乐队。"

　　骆横没有去 KTV 包间，而是直接去了排练场的六角形大厅，练了一会儿钢琴，拿起吉他边弹边琢磨了一番，然后站到了架子鼓前，轻轻敲打着嗵鼓和吊镲，熟悉了一下踩镲和低音大鼓的踏板，心说一个月能学会吗？又自信地晃晃头，不能也得能，话已经说出去了。想着便使劲敲起来。他练到下半夜，才回房间洗洗睡了，突然想起还得完成"十面埋伏"交给他的差事，赶紧爬起来，打开手机，百度到"深海野兽"，听了几首他们的歌，感觉乐队的水平还不错，至少在中等以上，但正因为不错，就更有修改或重新编曲的价值了。他边听边修改，一连修改了包括《再吸毒，毋宁死》在内的三首歌，直到凌晨 5 点才睡下。

　　谁也没想到，"深海野兽"的唱作人"如此灿烂"是周轻舟的哥们儿，接到"十面埋伏"送去的修改乐谱后首先把电话打给了周轻舟："你认不认识'盾构机'的大提琴手？这人怎么样？"周轻舟表示不认识，只看过他的演出，觉得他的大提琴拉得超棒。又听说此人修改了"深海野兽"的三首歌，而且改得非常好之后，就突然想到了被修改的《纺织女工》。第二个联想便是：假如对"深海野兽"的修改和对《纺织女工》的修改都是"盾构机"的大提琴手"不是大卫波泊尔"，从乐曲风格上看，很有可能"盾构机"借以出名的所有歌都出自这个人的手，而不是大家猜测中的朱晚。他说："不过我可以给你问问，你等我消息。"他跟朱晚没打过交道，不知道联系方式，就先把电话打给了"嗨王争霸赛"的办公室。办公室的人一听是"新织工"的周轻舟，立刻毕恭毕敬地给了他朱晚的手机号。周轻舟当即就拨通了朱晚，先是通报姓名，再是赞美"盾构机"的唱作，然后问道："我记得网上说你们乐队的人上的好像都不是音乐专业，有读纺织工程的，有读土木工程的，还有读电子计算机的，你们的大提琴手读什么专业？"朱晚警觉地说："你问这个干什么？""我爸说纺织城要引进人才，我想多推荐几个会音乐的，以后可以充实乐队。""那你们就看上大提琴手了，没看上别人？""'不是大卫波泊尔'的大提琴的确拉得非常出色，是我见过的最好的。""可是他人品不怎么样，一不诚实，二不敬业，还比较贪心，谁给他钱多就往谁跟前凑。""这么说你们乐队给他开的钱很高，要不然他怎么会一直待在'盾构机'呢？"朱晚含含糊糊说："差不多吧。""我跟你以前不认识，第一次通话你就忍不住说了这些，可见你们的大提琴手真的不怎么样。""你知道穆教授吧？我们学校的招牌，天体物理和音乐艺术方面的双料大拿，主持阿里斯塔克工作室的研究项目，大提琴手原来是给教授打杂的，教授实在无法容忍就把他赶了出来。他没有什么专业，学历不够，肯定不符合你们的条件。""没什么专业怎么还能待在大学里？""谁知道，大学里乱七八糟混日子的人多了。你们引进的人才首先应该德才兼备吧？其次还应该出色、拔尖，应该有富于想象、敢于创造的素质。我给你推荐一个人，小海菲兹，就是乐队的主唱兼小提琴手，她的专业是纺织工程，兼修电子计算机，对纺织城和新织工乐队来说几乎就是对口培养出来的。""从专业角度讲真还不错，即便以后她不搞音乐，也还有纺织城来容纳她的纺织工程。不过我的目的主要是充实乐队，要是'新织工'必须增加一名主唱兼小提琴手，首选的还应该是你朱晚，怎么样，考虑考虑吧，我说的是你毕业以后？""我可以考虑，谢谢啊。""不客气。"放下电话周轻舟就骂了一句"王八蛋"，心想一张口就说乐队成员的坏话，到底谁的人品不怎么样？人家大提琴拉出了国内一流水平，居然还不敬业，说明什么？天才啊。再说都是搞音乐的，诚实不诚实，弓弦会说话，音色能表达，用得着你来说三道四？我从琴音里听出的倒是满满的真诚和感动。他想着，就把电话打给了父亲——纺织城的老板周洲："老爸，纺织城不是要引进人才包括音乐人才吗？有个人你记一下，盾构机乐队的朱晚，万一他来应聘，坚决不能要。""朱晚？我记一下，你跟他有过节？"

过了一会儿，周轻舟又拨通了景翔的电话："我记得你说过，你前个时期老去青岛大学，也见过穆教授，你认不认识'盾构机'的大提琴手'不是大卫波泊尔'？""干什么？""听着你有点紧张，那就是认识了？""岂止认识，他现在就在我手下。""啊？你把他挖来了，怪不得有人说谁给他钱多他就往谁跟前凑，这个人是不是很贪心？""他倒是很需要钱，至于贪心嘛，谁能比得过你和我呢？我现在还没有给他开过工资，就给了点坐车吃饭的钱。""他人品怎么样？""你怎么还能给我说人品？人品在我这里就是榨汁机榨出的果渣，你知道的。""既然到了你那里，他怎么还在给'盾构机'拉大提琴？""我让他立马跟他们了断，他不肯，非要坚持到'嗨王争霸赛'结束。""是为了钱？""什么钱？'盾构机'连午餐费都不给他，不过是尽义务，大概是为了穆教授吧，他以前是穆教授身边的人。""哦，明白了，看来我的判断没错。你们'高楼大厦'最近唱的歌都是他写的吧？不然怎么能跟我们并列呢？"景翔狞笑一声："你还有脸说这个？你们是塞了钱的，我们可没有。""谁说我们塞了钱，你别把我想象的跟你一样。我还觉得你们塞了呢，不是因为你们的音乐不好，是习惯不好，所以我还有些纳闷，主办方怎么立地成佛了，让塞了钱的跟我们没塞钱的分庭抗礼？现在看来，双方都没塞钱才是符合逻辑的。""你的意思是比赛公平合理？""至少进入复赛后'小字三组'的比赛是公平的。""别扯了，我从来不相信你们是干干净净的，都是靠老爸的钱打天下，装什么装？""我们靠的是夏蓉蓉，靠的是《纺织女工》这首歌，用不着使别的劲。你不觉得你们的《冷思考》和我们的《纺织女工》水平和风格都很接近吗？"听得出景翔拍了一下大腿："对啊，我正要问你呢，你们唱的跟施欣萍最初的版本大不一样，谁做的修改和编曲？""你应该知道吧？""就是有点猜测，还不敢肯定。""那你就多听听歌，比较一下，听听'盾构机'，听听你们的，再听听复赛结束的乐队发在网上的参赛作品，很多都跟比赛现场演出的不一样，不是和声和旋律做了修改，就是重新做了编曲，都特别棒。也就是说这个人很可能不止一次地修改过别人的作品，这些作品或多或少都带有'盾构机'和目前'高楼大厦'的歌曲特征。""吃里爬外的骆横，我饶不了他。""骆横是谁？""就是你问的大提琴手。""原来叫骆横？真是个奇才，祝贺你啊，你居然把他挖到你那里了。要是有一天你不打算要他，一定提前告诉我。"

"深海野兽"的唱作人"如此灿烂"的疑虑消除了，当周轻舟打电话告诉他时，他松了一口气："看来我有点误解，他也就是一个又痴又狂的音乐人，而且很单纯。"周轻舟追问道："你误解什么了？""没什么，就觉得怪怪的，现在想来也不怪，他需要钱嘛。""你打算给他多少钱?""就按他要的给,一万,毕竟我们还想跟他合作。"周轻舟喊起来:"人家修改了三首,你才给一万,太抠门了吧?你又不是没钱,少做一套演出服就能省出多少来。""不是我不大方,而是不敢大方。""为什么不敢大方?""你怎么那么多为什么?""搞音乐嘛,首先得尊重音乐人的劳动成果。""以后会尊重的,我不是那种专横跋扈又斤斤计较的人,但现在不行,得循序渐进。"周轻舟始终没有告诉对方:骆横对《纺织女工》的修改没要一分钱,也没向施欣萍伸手——那天在纺织城的顶层演出厅,一个粉丝送上舞台的还有对"铁碳合金"演唱歌曲的修改。

比赛还在进行,在无奈和怨声载道中接受淘汰的乐队越来越多,他们面对电视转播的镜头和记者采访,言不由衷地说着诸如此类的话:"重要的是参与,我来了,我唱了,我经历了,我提高了,我开心了,目的就达到了。谢谢主办方,谢谢评委老师,谢谢我们的粉丝和广大歌迷,最后我要谢谢我的爸爸妈妈……"然后就是抹眼泪。"有那么多人听到了我们的演唱,见证了我们的成长,这是最重要的,经过这次比赛,我们会更好地把握音乐,也会更好地把握明天。感谢……""告别这个舞台并不意味着告别音乐,如果我们能看清自己的不足,然后迎头赶上,这就是我们最大的幸运,我们是最棒的,今天的离开不是结束,而是重新起步。感谢……"这样的语言大多是因为不敢得罪主办方和观众以及歌迷和粉丝,他们比谁都明白:彰显自我的音乐又会毫不含糊地排斥自我。音乐是传播艺术,所有的窘迫和困顿都来自受众的缺乏和受众的抛弃,来自掌握转播机器的人是否具备对公正的清醒认知:善良的人性和道德崇高感往往源自你是否最大化地认为任何人的付出都不能因为自己的判断失误而最小化。才华和磨炼属于自己,未来却要任由别人左右,这样的尴尬多少扭曲了音乐人的心,那些败北乐队的赛后聚餐，终于成了一个迎面走来的宣泄机会，摔掉酒杯，砸烂酒瓶，发起酒疯，感情既可以变成音乐的五线谱，也可以变成怨怒的发射器，詈骂缺乏公正的评委和主办方，诅咒作为对手的乐队以及歌手，不服气的花朵盛开在午夜的街角，空气里贮满了气急败坏的情绪，更有人暗暗发狠：走着瞧啊，总有一天我会盖过所有的星芒。不期待群星璀璨，只希望独自烂漫，物竞天择，适者生存的名利场，早已跟"开心"说了再见，人在创造了音乐之后又迅速变成了被音乐奴役的爬行动物。只有那些真正懂得音乐的人会在失败后安然回家，淡然入睡，梦见溪水流淌，浅底鱼翔，第二天起来，继续练琴，接着唱作。音乐是什么？它可不可以跟金钱和地位断然分袂？"纯净巴洛克"又开始发帖了："你不是尸歌偶舞，没必要如此沮丧，你只是看错了对象，对牛弹琴招致了烦恼。伯牙是个遇山知山、遇水知水的音乐家，他的风致不是江边抚琴的高雅，而是不遇知音不弹琴的断离。这时候倒是应该静下心来听听中国的音乐了，哪里是巍峨的泰山，哪里是幽深的静水？哪里是疏影暗香，梅花三弄？哪里是锚灯渔火，春江月夜？嵇康走了，从此没有了《广陵散》，而我们却滋生不了多少人琴俱亡的遗憾，那就真正是音乐的悲哀了。音符们，振作起来，去占据还在不断延展的'线'和'间'，那里才是你们飞翔的高度。歌咏比赛其实就是许多场音乐会的团聚，而每一场音乐会都应该是一次面对普罗大众的音乐教育。音乐教育的目的，不是为了争夺音乐皇帝和皇后以及名声显赫的大臣的位置，也不是为了让普通人尤其是孩子在羡慕虚荣的基础上学会唱歌和学会乐器，而是为了培养一种超越物质的情操，让丰富而美好的感觉留驻在'人'的生活里，它是骨子里高尚着的绽放，而不是内心卑贱着的盛开。"

景翔和他的"高楼大厦"开始准备下一轮比赛，但进展缓慢，原因是景翔只是要求大家排练，自己很少在场，没有人催逼和带头，队员们也就乐得自在。骆横已经写出《我的内心一片阳光》，不影响乐队的排练和比赛，也就不怎么着急，把主要精力放在了强大自己上：争分夺秒地学乐器。钢琴弹累了弹吉他，吉他弹累了打架子鼓，他本来就是个精力充沛的人，现在被身边这么多静静躺着毫无声响的乐器陪伴着，就像每件乐器的灵魂都争先恐后进驻了他的身体，不知疲倦地驱动着他：练习，练习，除了去演出现场观看比赛和修改人家的乐曲，剩下的时间就是练习。期间跟师兄王起通过一次电话，是他打过去的，因为他梦见师傅安广林病了，身边有个女吊车司机好像是李拜拜正在哭泣，突然海水来潮，一滴水溅起来飞进了女吊车司机的眼睛，眼睛里顿时出现了两条鱼。王起说："你好着吧？大家都挺想你的，就是不敢给你打电话，怕打搅到你。雷蕾让我们上网看了有你的演出，大家都抢着点赞。挺好的，你什么时候学会拉大提琴的？别人都拉小的，你拉大的，其实你个子不高，拉小的更合适。看你不吹小号了，我们都觉得有点遗憾，尤其是雷蕾。"还说雷蕾前个时期到一个叫管风琴酒吧的地方参加了一个什么聚会，免费吃喝，还有什么体验，我问见到你没有，她说没有。骆横说："是'回归音乐源头'的聚会吧？体验的是音乐的源头风情，就是为什么会有音乐？音乐的原始起源是什么？人在什么状态下才会有最好的音乐？""对对对，就是这些。""怎么会让她去呢？""前个时期我们去'东方船舶'看施欣萍和'铁碳合金'的演出，认识了一个叫肖蚌的鼓手，他建了一个群，把施欣萍的许多粉丝都拉进去了。聚会，他们叫派对，就是这个鼓手组织的，他在大窗小窗里一再邀请，雷蕾就去了。""你怎么不去？""我就没加入他那个群，忙得很，顾不上聊天，再说大部分是女孩，我一个大男人凑什么热闹？雷蕾会吹口哨，也算是喜欢音乐，我支持她就行了。那个群里可能没有你吧？你要是进去就会碰到她，她叫'岸桥风'。""我记住了。"骆横又说起他的梦。王起说："你肯定想我们了，师傅好着呢，大家也都好着呢,就是忙。师傅现在负责港务局技术尖子培训班,起早贪黑地培训刚刚组建起来的青岛黄海港代表队,还有半个月就结束了,休整一段时间后,又要带我们去宁波舟山港参加全国海港技能比赛,完了还要去上海参加全国江海集装箱吊运技能比赛。"骆横一听就有点激动:"代表队里都有谁?""北码头的雷蕾、南码头的我、西码头的宋小珂,这是咱港务局系统'起重机吊运技能比赛'的前三名,肯定都要去,其他名额培训班结束时才能定。对了,李拜拜回来了,还是桥吊司机,她可能也要去。"骆横用一声长长的"哦"表示了惊诧:"她回来了?那好啊,她技术不错。""对啊,师傅很高兴。""你说怪不怪,我梦见师傅时也梦见了她,站在师傅身边哇哇地哭。要是我梦见雷蕾还说得过去,从来没想过李拜拜怎么会梦见她呢?""那你就想过雷蕾?""雷蕾嘛,是这样,你现在正在跟她谈,我想到你就会想到她。""倒也是。""不过,她既然回来了,就不能再叫李拜拜了吧?""我们已经不这么叫了,还叫她李小嫚。""你代我向她问好。""她也念叨过你,说你是最好的桥吊司机,比所有人都强。我也这么想,要是你在就好了,这两个全国比赛我们稳拿第一。""不可能,你们现在都比我那个时候强。""不可能,师傅和我心里都有数,怎么练都超不过你,师傅说你在娘胎里就是吊机手,我说你上一辈子肯定拿过吊运世界冠军。"又胡乱说了几句,便挂了。骆横沉思了一会儿,扑向钢琴弹起来,是歌词只有一个"啊"的吟唱曲《胜利》,跟原曲略有不同的是,他加强了节奏,也加快了旋律线进展的速度,他想弹出万人行进的味道。

3

景翔把自己关在住宅一连三天没有露面,乐队的人都以为他脸上又有瑕疵了。以前有几次他就是这样：脸上出个青春痘或者叫不上名字的疙瘩，就会去医院看医生，然后躲起来不见人，等好了再出来。他皮肤细嫩，面色白皙，有一个小红点就会格外醒目。最主要的是他喜欢极了自己这张美男子的面孔，有一点点疤瘌就会造成严重的心理负担，以为作为明星和公共情人的第一资本受到了损害，务必修正过来才会心安理得。可以说他因为长相而自恋自爱，因为出于豪门而自大狂妄，又因为喜欢音乐并具备令人羡慕的天赋而自命不凡。他的确是天之骄子，本来完全可以一路高歌、大展宏图，随便往前走就是锦绣人生，却又出于天时地利人和的原因而变成了现在的模样。现在他陷入了一种乱麻裹缠的苦恼，不是为了脸上的青春痘，而是为了骆横的故意跟他捣蛋。一直以来他的"人和"就容易出问题，每次出问题都觉得没什么了不起，一是用钱买通，二是用势压服，三是蒙混过关，靠了这三招他无往而不胜地走到了今天。但是今天，他感到事情有点难办了：这个骆横硬是不听他的，用钱吧已经晚了，恐怕也未必奏效；用势吧好像更不行，结结实实揍他一顿，伤一好人家一拍屁股走人了你又能怎么样？干瞪眼而已。关键是你还想用他，不能伤得太狠，也不能让法律找上门来。在知道骆横不仅修改过"新织工"的《纺织女工》，也不止一次地修改过别的乐队的作品之后，景翔又花钱请人做了调查，不禁吓了一跳：几乎所有已经在复赛中上过场的乐队都收到过他的修改或者重新来过的编曲。骆横已经违约了，他当然可以不给他一分钱的工资，但这就够了吗？他本来就没有给过他钱，无非是维持现状而已。那就反过来用钱收买，赶紧给他钱，可他好像并不是个十分在乎钱的人，他给人家那么精心地编曲和修改居然没要过一分钱，除了"深海野兽"。能够理解他为什么会单单向"深海野兽"伸手？这个乐队好像没什么大背景，却很有钱，走的是华丽摇滚的路子，据说光在纺织城定制奇装异服就能一次花掉500万。骆横要的不多，三首被修改一新的歌，才一万，也太有点不贪心了吧？这样一个油盐不进的人，你还真有点拿不住。景翔躲起来苦苦思考着如何惩罚骆横，结果是越想越没辙。因为最重要的还不是骆横而是他自己，他破天荒第一次在解决问题时把"立方水母"搁置在了一边，狠狠地做出一个决定：不再拿穆教授的私生子和铁大钢的不雅照说事，让那些已经用惯用俗用烂了的损人利己在《冷思考》面前见鬼去吧。《冷思考》是音乐，他是个音乐人，他虽然不喜欢那种旷世大冰期的感觉，却又没办法脱离一种针芒毕露的音乐对他的灵与肉的勾连，就像一条鱼已经看清诱饵连接着钓线，却还是会忍不住吞一口。他最近唱的歌和听的歌都在以音乐的神性和魔力悄没声儿地起着作用，不是告诉他一个个道理，而是让他在生理上有了一种抗拒，就像洗肠换血了那样，在心理上有了一种厌倦，就像改头换面下的喜新厌旧那样，不是厌倦做坏事，而是厌倦重复以前的坏事。可他也只是一个有传承有模仿的坏人，而不是一个具有创造性思维的全新的捣鬼人才，一旦不想让故伎重演，就很难找到同样奏效的法宝了。为此他点燃了一根香烟，抽了两口就扔掉了，因为他其实不抽烟；他开了一瓶酒，好像还没怎么喝就没了，那就再开一瓶。他喝着，想着，不知不觉唱起了《冷思考》。心跳了，是突然感觉到的，好像心脏此前是休眠的，现在才开始启动。

是冰凉让我缩起手，
不再触摸金钱的滚烫，
也不再瞩望所有的桂冠
是如何蓬飘而来。

是的，你的脚下就有远方，
是青牛西去的远方，

是紫气东来的远方。

赤脚而流血的我,

只能伫立不能行走的我,

却已是寒山后面更加寒冷的阴影了。

我看到浮泛的假象正在霓虹光照,

虚亢者的酒吧荡漾一片红绿蓝的饮池,

不再谢幕的舞台升起干冰的雾障仙凡倒置。

而心的溶洞里,

只有冰笋,

以奇形怪状的姿势,

冷然,

超然。

　　景翔唱着,抱起了吉他,顿时有了哭声,不是他哭,是吉他哭。那些如花绽放的瞬间里,他的灿烂笑容却被音乐的哭泣陪伴着,如同海的欢笑往往意味着大浪的阴沉与险恶。她哭了,作用力在同一条直线上大过了反作用力,迫使她后仰着身子只能捂脸蹬腿。这是在他的红色轿车里,他骗她进去以后。他说正好我带了一张专辑,你进来坐,看我给你签名。她刚坐下他就变了:我给女孩签名从来不用笔,因为你就是我的专辑。说着就扑翻了她。她说不要,不要。但一进入他的耳朵就变成了一种反向变奏:我要,我要。激烈的撕扯开始了,如果不是骆横突然拉开了车门,她的怀孕很可能就会是那一刻的播种。她夺门而出,又奔跑而去,似乎被吓坏了。他为她惋惜:一个如此漂亮的女孩,却不知道漂亮也是有期限的,就像那些花朵,不能以为一直长在野地里就能长盛不衰,满足疯爱者的攀折才是她应该做的。让美丽告别风吹日晒而进入他的怀抱,虽然叶瓣易损,花蕊易掉,却是一种为了实现最高价值的优化组合：把观赏漂亮变成遗传漂亮，人类不就更加光鲜亮丽了？不能顾全大局的姑娘啊，想一想人类有多少丑八怪，你就应该明白我们的使命是如何神圣。后来他给她打电话：我没有别的意思，就是真的喜欢你，喜欢你的眼睛就像喜欢最美的音色。我发誓以后再也不冲动了，除非你愿意。然后三番五次地发微信：你来吧，来参加"高楼大厦"在娱乐城举办的派对，很多人都在这里，唱歌，跳舞，聊天，喝酒，吃东西。一个音乐人的高雅生活总是这样：派对，派对，派对，既然你喜欢音乐，愿意做我的粉丝，你就得做好进入上流社会的准备，经历一系列阳春白雪的聚散，就像辉煌的古典音乐时代，音乐家和粉丝都会去参加豪门贵族的晚间舞会、伯爵夫人的音乐沙龙。她终于还是经不住诱惑，去了，然后就是被劝酒，被灌醉，被侮辱，被抛弃。她的名字叫咪咪。景翔弹着，突然又有了笑声，不是吉他笑，是他笑：我就是欺骗了咪咪又怎么样？既然做了那种事，怀孕不是很正常吗？如同"纯净巴洛克"说的，好几个女孩都为他打过胎，最终都选择了沉默，乖乖地为自己瞒着，也替他瞒着。不会有人像咪咪这样，居然要为失去的贞操讨个说法。哪会有什么说法？他不是强奸，最多只算哄骗，沸沸扬扬的结果只能是女孩倒霉——受损的不光是处女膜，更是终生蒙羞的声誉，你还恋爱不恋爱、嫁人不嫁人了？何况他有自己的坚定立场：这样做是为了满足她的虚荣心，让她明白崇拜一个偶像是有回报的。当然她也可以认为这是惨重的代价而不是什么回报和满足，好办呐，不就是想要赔偿嘛，只要不是狮子大开口，给她就是了，钱在他这里就是个一口气读不完的数字。他觉得自己生来所做的只是两件事：一是不浪费，二是奉献。不浪费青春，不浪费先天的俊美，不浪费音乐对人尤其是对女孩的强大吸引力，奉献拥有的资源，给那些有需要的人。不错，是这样，不是自己无理，是她们需要无理，就像他的音乐，不管你想听不想听，它都会蛮不讲理地进入你的耳朵,最终带给你的一定不是惊悸,而是天籁的美妙和人间的愉悦。

那不可企图的生命逾越,
——被绑架的以太,
在金字塔的尖顶炫示灼人的光彩。
数一数吧,金钱树的叶子,
还剩几片,在这个秋天,
追逐声光电火的日子,
为什么如此绵长?
我活着可不可以不有钱?
我活着可不可以不出名?
我活着可不可以不恋色?

忘记了冰净与宁澈——
我们是明月的一束清光,
是雪山巅头的一抹白冰,
是软玉坚石的一丝冷韵。
进入大冰期的灵魂还能葆有多少欲望?
我活着可不可以不吃饭?
我活着可不可以不穿衣?
我活着可不可以不繁衍?

景翔希望自己天天涨粉,拥有海量的追捧,希望成为更多产品的代言,周身缠绕商业和工业巨大而丰厚的光环,希望自己是音乐的化身流淌在所有的屏幕中,让娱乐的天王变成他的昵称,至少成为中国的约翰·列侬和迈克尔·杰克逊。他觉得自己正在一步步接近目标,不,是目标正在一步步接近他,因为所有的预设在他还不能把握和顾望时就已经存在了,家族的实力和母亲的期待是它越来越稳固的基础。景翔的母亲曾经是一个以漂亮著称的演员,嗓音条件也不错,嫁给他父亲以后就息影罢唱了。父亲是三婚,前两婚的经历留给他的最大遗憾就是以他的高标准来衡量,妻子都是一般般的漂亮。但见过他前两任妻子的人都觉得她们虽然不是国色天香,但也称得上美丽如花,明星范儿是缺少的,却也能让人过目不忘,可见他父亲对女人的容貌有多么挑剔。景翔不仅遗传了母亲的长相和音乐天赋,还受惠于她的人脉,六岁就开始登台表演,十二岁就成了青岛市南区小学生歌咏比赛的独唱冠军,初中和高中期间多次登上舞台,在一些电视节目中露脸唱歌。虽然这都依赖于父母的资本运作,但也有他的个人魅力,出众的容颜和一流的歌喉,喜欢他的人几乎囊括了百分之八十的在校女生。上大学时他在校园里组织了第一支乐队,虽然没出大名,却让他学会了两个本事,一是弹吉他,二是频繁地更换女朋友。大学毕业后他开始从事专业表演,经营着已经被改为高楼大厦乐队的浒苔乐队,也算是风生水起,标志就是他依靠产品代言挣的钱已经可以抵得上父母在给他铺平道路时花掉的钱,而商业演出的收入也能绰绰有余地让乐队继续活跃下去。事实上这两年他基本没花过父母的钱,景泓地产和景泓集团的存在越来越成为一个炫人眼目的背景,而不是接通了流通渠道的资方。但他并不是一个就此满足的人,尤其是当他意识到他已经达到自己人生的高峰,而别人拥有的高峰依然让他高不可攀,仰慕得脖子时常酸痛时,就更让他懊恼不已了。就像"纯净巴洛克"指出的那样:"如同音乐织体的表面华丽并不代表它有感动人的能量,景翔的外在实力也不等于他就具备了冲天而起的全部条件。他的一团糟的私生活让人过于频繁地发现了他和整个乐队的萎靡不振,也让他的粉丝不情愿地看到了颓和丧的趋势。不知道他明白不明白：并不是叫了'高楼大厦'就可以拔地而起。""纯净巴洛克"说对了，在国内流行乐坛，他只是一间陋室而不是高楼，当他一心一意要给别人盖帽的时候，越来越膨胀的野心只会让他觉得越来越事事不顺，处处掣肘，满世界都是跟他过不去的敌意的存在。包括这个骆横，他怎么就这么难以搞定呢？撵走他，不行，废了他，也不行，收买他，更不行，那就关起来吧？还是不行，因为必须让他处在一种有灵感有创造有音乐爆发的状态中，好助力他景翔以及"高楼大厦"摘得"嗨王"的桂冠。他一边弹唱着骆横的歌，一边在心里诅咒着骆横，像是一种感应让对方有了兴师问罪的可能，手机响了，他探头一看，忙用腿支撑着吉他，一把抓了起来。骆横是实在看不下去了：三天内，居然没有一个人练习《我的内心一片阳光》，吉他手、贝斯手、鼓手都不见了，键盘手虽然时不时来一下，但也只是弹弹钢琴练练手，或是就一些较为复杂的指法指导指导骆横，当他发现所有他认为难以驾驭的技巧骆横都已经不在话下之后，吃惊地说："你怎么这么厉害，我是从小练到大的，你才练了多长时间，就已经跟我差不多了。不教了，不教了，再教就是班门弄斧了。"然后就不来了。这会儿骆横没好气地对景翔说："你是生病了还是有别的事，怎么不露面了？再不抓紧练就晚了。'高楼大厦'原先是致敬硬摇滚的，大音量，高分贝，都有130了，已经超过《吉尼斯世界纪录》，队员们都习惯了大轰大擂，直来直去，对其他风格的演唱适应性不是很强，新歌不好好排练很难完成旋律与和弦的高标准要求，尤其是副歌部分，转音的浮动很大，都在五度以上，中间还加了滑音，目的是为了更加清晰，耐人寻味，但一不小心就会变得油腻粘连。你得说说他们，不然我的歌就白写了。"景翔听着就火了："你写了什么歌？不就是《我的内心一片阳光》吗？有什么了不起？我要的就是野性悸动，鬼哭狼嚎，那样才能嗨起来。你懂个屁，还敢教导我。你的歌,无论作词作曲,还是编曲修改,都白干了,我不会给你一分钱,别人也不会给你钱,你好自为之吧,我就不信对你一点办法都没有,走着瞧,总有一天你会哭着求我。"能感觉出骆横的表情由惊讶变成了愤怒,又拐向了平静。他"啊"了一声,慢腾腾挂了电话。景翔扔掉手机,继续喝酒,继续弹唱,不禁长叹一声,万分沮丧地发现,自己的思路正按照惯性朝着穆教授和铁大钢迅速滑去。

> 如果不,
> 我们如何对"不"说不?
> 如果不是不,
> 我们如何对"不是不"说不?
> 如果生命不是欲望的舟船,
> 如果海洋不是生命的摇篮,
> 如果古冰川不是海洋的母亲,
> 如果地火不是古冰川的祭奠,
> 那死寂,那绝境,那寒流之界,
> 才是我的起点吗?
> ——我是谁的孩子,
> 我是什么元素的合成?

景翔意识到自己的音乐已经生锈了,当罪错与悔恨没有交往,当精致的脸皮后面依然是不改邪恶的灵魂,当"最后一次"的想法变成一种聊以自慰的叹息,他不禁恶狠狠地喊了一声:"那就最后一次吧,下不为例。"他弹不下去,也唱不出来了,所有这个时期他唱过和听过的歌,那些春风化雨似的旋律,都在一瞬间离他而去。他生怕失去机会似的抓起了手机,拨通了"立方水母"。

尽管被景翔抢白了一通,骆横并没有觉得有什么伤害,反而以为这样挺好,既然你已经知道,那就没必要因为隐瞒而忐忑不安了,更没有必要担忧什么,把一切交给时间,听天由命。他照例去 GFC 电视台的演播大厅,观看复赛的演出,修改那些乐队的歌曲。似乎是蓦然之间,铁大钢的"机车头"出现了。骆横好像被一根没来由的芒刺猛戳了一下,倏地站起来,又端着《海的七朵浪花》坐了下去。心说我早就知道接下来是"机车头",干吗要如此惊讶?想着朝评委席望去,看到穆教授正在低头看手机,心说这种时候做 C 位的第一主任评委看什么手机啊?分配在"小字六组"和"小字七组"里的乐队大部分是说唱风格,是又蹦又跳的男团或女团组合,作为一支只唱不说的重金属乐队,"机车头"是鹤立鸡群的。低沉舒缓的前奏飘然而出,高个子、长头发的铁大钢用食指和无名指拨弄着吉他的第六弦并没有开口就唱,而是先说了一段话:"今天是 12 月 13 日,是南京大屠杀死难者的国家公祭日。作为一支翻唱乐队,我们压缩改编了冼星海的'作品第十号'《'九一八'大合唱》。这是这个音乐救国的先驱者继《黄河大合唱》之后,用六天工夫写就的一首纪念作品,是给抗战两周年的献礼。从来没有人用吉他、贝斯、架子鼓和键盘合成器这些现代流行乐的经典配器演奏过这组歌曲,因为传唱这首歌的时代能在广袤的黄土高原集合成乐队的乐器只有笛子、口琴、二胡、京胡、六弦琴、琵琶、中国小鼓、大锣、小镲,唯一的西洋乐器就是一把小提琴。但历史的发展总是从不幸到有幸,我们终于迎来了音乐繁荣的今天,今天是'九一八'之后的第九十个年头,是一个所有的乐器都可以用来演奏《'九一八'大合唱》,所有的音乐都可以用来反对战争追求和平的日子,让我们燃起来吧,就在这里,这里是流行乐坛首次演出《'九一八'大合唱》压缩改编版的地方。"音乐猛然爆起。骆横听到两把电声吉他音色失真的前奏贴地而来,好像一把比一把慢了三分之一拍,滞重地蹭出了黄土的烟尘,烟尘下又是木犁深深的划痕。很好,不整齐、不流畅、不明晰就对了,因为力量都是从不同的方向集合而成,都是从沃野厚土里生长出来的能源,是根深叶茂的大地被覆。接着是一段忧郁的慢板,是漫长的黑夜走向深刻与沉寂的脚步,隐忍的吟唱来自破晓的边缘,迅速积淀的悲伤正在夯撞着寻找出口,土石的堤坝已经不起作用了,被摧毁的一刻变成了铁大钢愤怒的吼叫,他的嗓音粗哑而质朴,吉他放纵而强劲,作为陪衬的鼓点猛烈到能听见劈头而来的枪炮声,而贝斯的和声一如奔袭者的脚步,迅疾得如风如电。键盘碎了,是大海的水花迸溅而起后对时空的占领,音乐走向深远,缠绕在飓风的臂膀上,飘作了雨云的绵延。一声咆哮轰然出世,被折断的大河以瀑布的形式装点起伤害,音程的落差把歌曲演绎成了天崩地裂的无规则运动,舞台上出现了一段"嗨王争霸赛"开赛以来的极限音量,迪斯科的节拍强力推动着燃爆的音流,振聋发聩。忽然,铁大钢的嚎声在连续两个转调后沉静下来,如同裂变后的流星悠扬地进入了新引力的轨道,伴奏胶结在一起缓缓沉降,坚忍的低音把情绪变成了情怀,当然是乐队惯有的金属情怀,就像囤积的钢铁变成了一望无际的冷金属的原野,烟雾袅袅升起,渐渐散尽,一辆辆牵引着无数高铁和动车的轨道交通列队而来,致敬着历史,也致敬着当下,演唱戛然而止。铁大钢昂然伫立着,微微喘气,笑望着观众,能感觉到此刻的他就是他自己最想成为的那个人:威武,帅气,傲然,骄然。荧光棒不再无声地摇晃,声音再次爆发,是掌声和赞叹声。演出还没结束,"纯净巴洛克"的帖子就出来了:"音乐能够救国,自然也能救人。这是'机车头'的尝试,也是我们的期待,期待'人'的意识滋蔓出灵魂的和平与宁静。我们沉溺、阴暗、肮脏、油腻,我们唯一的希望就是还有被救的期待,我们是音乐的天空下等待升起的鸥鸟,是背衬着'九一八'的灾难,朝着太阳飞翔的一群。"

骆横只鼓了一下掌,就把注意力集中到了大本子上。很好,真的很好,已经不是他在管风琴酒吧聆听过的铁大钢和他的乐队了,所有稚嫩的难听、器乐和声乐的逆耳都烟消云散。也就是说他可以用更高的标准来衡量了,比"盾构机"差了一个"全音",比施欣萍的"铁碳合金"差了一个"半音",不是超级内行的人感觉不出来,但所有的内行与外行都能感觉到铁大钢的"机车头"超越了本组内的所有乐队。再也不会有什么事情能像别人的音乐缺憾那样成为骆横造就自己的机会了,他的近乎吹毛求疵的完美追求让他由不得自己地要去想办法消除那一个"半音"和一个"全音"的微小差距。修改是这样的:和声还可以简单质朴一点,不能因为旋律复杂它就跟着复杂起来,再就是低音不够,吉他在应该低下去时有两处没有低下去,凄凉动人的乐段有那么一点点过于响亮。键盘具有钢琴的完美,但正因为完美才会在音乐和受众之间垒起一道看不见的墙,让人时刻意识到艺术欣赏的存在,而不是在黄昏的原野上谛听大地和高空的自然鸣响,谛听生命在面对毁灭时的呻吟与呐喊。所有的音符在这里都成了被欺凌和被践踏的对象,它们在必须走完的流程线上充满了挣扎、隐忍、痛哭和反抗,但光有这些是不够的,因为人们活着的目的并不是为了死亡,也不是为了拒绝死亡,而是为了自由和舒畅,为了坦然而有能力地消除一切不幸。

骆横草草记录着修改,又背着黑色帆布包跑出去复印,然后按照惯例打电话叫来了"十面埋伏"。"十面埋伏"问:"今天晚上谁是 b 位?"他一愣,才意识到自己没等宣布结果就出来了,赶紧告别"十面埋伏",又回到演出现场打听,不禁大吃一惊:虽然铁大钢和他的"机车头"获得了第一,但在最后的感言中,他却流泪说出了告别"嗨王争霸赛"和音乐舞台,对不起乐队其他成员的话。怎么回事,"嗨王争霸赛"居然出现了黄钟毁弃,瓦釜雷鸣的局面?没有人能够回答骆横的问题，他就像弄丢了中了奖的彩票，失意地走出电视台，摇摇晃晃来到了海边，一路上一直在想：穆教授肯定知道铁大钢突然转身而去的原因，要不要问问他呢？分手以后他们从来没有过联系，突然打个电话，会不会太唐突？一定会的，那就算了吧。他看到海正在点亮自己，岸上的灯火一经汪洋的搂抱，就变得皱皱巴巴，一波一波的浪水似乎还没有真的到来就已经去了，舔舐沙滩的声音如同低音号的吹奏，充满了抚慰灵魂的意味。很遗憾没有带着小号，不然就可以随着海浪的节拍和律动吹他个痛快。一想到乐器他就不愿意再在海边逗留了，甚至都不想再去替铁大钢和"机车头"惋惜，需要惋惜的只是他自己的时间，如此奢侈的浪费竟是为了一个跟他基本没关系的人。他疾步走过沙滩，想着铁大钢在吉他弹奏中对强力和弦的运用，觉得自己还可以在他的基础上让根音和第五音的结合有更细腻更婉转的表现，就想尽快回去练一练。他来到马路边，拿出手机，想给"十面埋伏"打电话，让他送送自己，看到竟然有三个未接来电，而且全是穆教授的。是自己耳朵不够灵敏，还是海浪声太大，居然没有听到？他立刻打了过去："穆教授你好。""还是叫老穆吧，你叫我穆教授我有点不习惯，再说现在到底谁是教授更加说不清了，你已经是一个没有职称的教授。""你怎么这么说？我是经不起挖苦的,已经快要垮掉了。""别装了，一个快要垮掉的人创作不出那么好的音乐。这些日子我不断听到你写的、你修改的、你重新编曲的作品，隐隐约约明白你想干什么了，我给你打电话就是想告诉你，不要在意今天发生的事，该来的总会来，你做好自己的事，就是对我最大的安慰了。"骆横听出了对方的伤感，紧问道："怎么了老穆，今天发生了什么？""也没什么。""我刚才还想过要不要问问你，铁大钢为什么会宣布告别舞台，不是已经获得了小组第一吗？""那只能证明评委和观众以及粉丝对他和'机车头'的认可，并不代表他本人就具备一直走到底的资格和勇气，上台前他就说了,这是他最后的演出,因为他实在拿不出证据来证明自己的清白。"骆横"啊"了一声,喃喃地说:"明白了。"沉默,好半天谁也不说话。骆横感觉到迎面而来的空气正在剥离所有的软弱,裸露出坚硬的刀锋削割着自己的头发,他用手使劲压了一下头顶,痛恨地说:"我预感到景翔会再次把'立方水母'端出来,但没想到这么快,更没想到会在这个节骨眼上。""善良的人总是猜不透恶人的心肠,你想不到是肯定的。""对你呢,老穆,有没有什么影响?""我跟铁大钢一样,也是最后一次进入音乐界,下一轮比赛,评委里头就没有我了。"骆横一连说了好几个"对不起":"都怪我,我没有控制住景翔。"穆教授哼哼一笑:"你没有必要背起不属于自己的黑锅,更不要灰心丧气,你做的事从来没有人做过,从这个角度讲,你是唯一的'勇士'和唯一的音乐家。""谢谢老穆这么高看我,其实我也不确切知道我想干什么,目标从来没有清晰过。"骆横说着,脑海里突然刮过一阵音乐的狂飙,一群海雀纷纷落入水中变成了群游深海的鱼,游走的路线便是旋律的延伸,能弯曲到那些描摹了星云组合的"岩石乐谱"里去,似乎"音乐宇宙"不仅在天上,也在海里。他说:"老穆,我想见见你。""你在哪里?""你在哪里?"其实他们两个人离的不远,都还在电视台附近。

穆教授和骆横的见面在一家昼夜营业的海边酒店。十五了,是天文潮泛滥的时刻,巨大的浪拍打着窗外不远处的礁石,礁石上的航标灯几乎要被淹没,闪烁的浪花用狂想曲的节奏跳跃着,就像正在忙忙碌碌地给海镶嵌着不规则的金边,"新织工"的演奏开始了,《纺织女工》"燃"出了丝绸的柔滑和旗袍的韵味,"燃"出了线条的勾勒和柔美的飞舞,原来海浪的造型也是以年轻为主、女性为主。穆教授望望窗外,又望望手机,对骆横说:"虽然人类的一年在宇宙的时间里连眨眼都算不上,但还是能感觉到去年的这个时候和今年的这个时候明显不一样。现在月球的移动跟太阳处在同一条直线上,两个天体的引潮力正在作用于同一个方向,海水的涨落比平时增大了许多。可是平潮的时间,也就是潮位达到最高或最低值时,出现的短暂的水位平稳时间,好像少了两三秒。"坐在对面的骆横问:"你又不是精密仪表,怎么能觉察得这么细?"穆教授点了酒菜才回答:"就好比你对音乐的感觉常常如有神助那样,我也会有天生的灵敏。""那你说为什么会少那几秒?""不知道。""还有你不知道的?""现在轮到你挖苦我了。"骆横呵呵一笑:"我告诉你吧,要么是围绕太阳的地球加快了速度,要么是围绕地球的月亮加快了速度。"穆教授也是呵呵一笑:"思路是不错的,但你还没告诉我为什么会加快速度?""因为'光音链猜想'出现了失误,星云组合的乐谱上缺了两个单附点和一个复附点。""这几个附点哪儿去了?""被流星撞飞了。"穆教授点点头说:"你的回答虽然荒谬,却可以说明你并没有真正离开阿里斯塔克工作室。""说对了,你就像引力一样吸附着我。"两个人到了一起就不再谈论人渣景翔、"立方水母"的诬陷、铁大钢的不雅照、私生子的有与无等话题了,也没有叙叙旧情,谈谈分手后各自的生活和今后的打算,而是直奔自己关心的终极主题,好像他们目前经历的一切都不值得一顾,所有的世俗纷争、你伤我害都成了微不足道的云卷云舒,有一种更高更明亮的所在蓦然成了他们坐坛论道的地方。骆横突然问:"老穆,你的信仰是什么?""你怎么知道我有信仰?""一看就知道,而且不是音乐。""你说对了,我是搞什么信仰什么,既然主要研究宇宙,就信仰宇宙。你不也是嘛,音乐既是职业也是信仰。"骆横似乎想否认,张张嘴又什么也没说出来,沉默了一会儿才说:"既然我是在为信仰忙碌,那就真的不能半途而废了。""我就是这个意思,你能想到就好。"穆教授说着,拿起啤酒瓶,给骆横倒了一杯,"说说吧,你的研究。""我能有什么研究,除了瞪着几页描摹了星云组合的古怪符号发呆。""你是说你的研究方式是古希腊式的?""什么意思?""古希腊人认为坐着或站着沉思,就能解决宇宙和地球上的所有问题,他们的科学和哲学都是沉思出来的,不是实验出来的。""真的?那我就不客气了,得让你听听我发呆时的想法,看是不是解决了一些问题。"骆横端起酒杯抿了一口说,"凡是声音都具备四种性质:高低、长短、强弱、音色,记录声音的符号无非就是这四种性质的体现,原始的音乐都是伴随着舞蹈的现场音乐,以打击乐、节奏型为主,声乐也不发达,旋律简单而质朴,不可能有调式与调性、和弦与和声,也不会有八度或者五度,但三度一定是具备的,因为'三'是人类寻求发展的制衡基数,是来自遗传的元素在形成对称美时的天然立足点。这么说吧,确立一个基准点,左边一个,右边一个,这就是三的对称性,以此类推,就有了无数个单数的对称性,比如确立一个基准点,一边两个,就是五的对称性,确立一个基准点,一边三个,就是七的对称性,等等。也就是说,面对你给我的古代巴比伦的岩石乐谱,我们必须假定它有三个基本音级和三种节拍方式,即强、次强、弱,然后把主音作为基准点,以对称的形式往下读,就能哼唱出一首简单的用以伴奏舞蹈的乐曲。"穆教授连连点头,抓起酒杯大喝一口。骆横又说:"你说在先驱者10号探测器拍回来的图片中有跟岩石乐谱一模一样的星云组合,这个并不奇怪,因为音符的组合都有基本规律,就好比我们可以从勃拉姆斯和海顿的乐谱中发现一些相似的音乐织体,并不是谁抄袭了谁,而是相同的规律让它们有了相同的表现形式。星云组合不一定是音乐组合,却一定是声音组合,就像你说的,真空不是全空,它也是有声音的,只不过人类的耳朵听不到,是维度出了问题,我们扁平的二维空间和立体的三维空间都无法捕捉到奇形怪状的多维空间里那些神人一样的展示,也许只要再多一个维度,我们的听觉和视觉以及嗅觉就可以混同起来,声音作为能量源的一部分,也会变成形象,变成味道,变成光的一部分。说不定我们还能接触到无光的暗物质,接触到跟我们的已知空间平行的暗空间和暗时间,它们的声音传播并不借助于空气,而是暗能量在发挥作用。甚至可以这样想,所谓的'光音链猜想'也可以是'引力潮音乐链猜想'和'暗能量音乐链猜想',它每时每刻都在传递一个鲜为人知的'音乐宇宙'。你曾经表达过'时间和时间的艺术等同胶合'的观点,应该是没错的,但我们更可以这样想,时间或许有另外一种存在方式,它并不会慢下来,只会以数倍于光速的速度让我们感觉到它是缓慢的或是不动的。也就是说它的急速运动远远超过了人类眼光的速度,怎么看它都是静止的。由此我们知道古代巴比伦的岩石乐谱和星云组合其实是一个东西,它在我们的空间里表现为岩石乐谱,在宇宙的空间里表现为星云组合,再加上我们根本无法理解的时间的多样性,就显得更加不可思议了。"

穆教授拍了一下桌子,打断他说:"吃菜,都凉了。"骆横突然意识到自己的表达也许是拙劣不堪的,立刻红了脸,拿起筷子大口吃起来,头也不抬,气也不喘了。穆教授略微吃了几口说:"我现在有两个想法,一是半年之内把你调进青岛大学阿里斯塔克工作室,跟着我继续从事天体物理方面的研究,五年以后代替我的位置;二是把你抱起来扔到窗外的大海里去,请你自己选择。""怎么是我选择?""因为如果你不选择阿里斯塔克工作室,我就只好想办法对付你了,你对我的威胁太大,我不能让你活着,要不然我辛辛苦苦研究了一辈子,正要宣布,发现早十年就已经是你的成果了。""那你就扔吧,等你走了我再游上来。"穆教授朝对方跷了跷拇指:"我知道你会这样说,因为照你刚才说的单数的对称性,所有的选择只要是对称的两项,就说明它已经具备了形成对称的基准点,也就是第三项——你的存在。人类的所有已知和未知都依赖于这个存在,对这个存在的固定位置知道得越多,对于对称选项的移动和变化就知道得越少。在量子世界里,我们不能在同一个时空里准确知道这两者的量,所以只有把'星云组合''音乐宇宙''光音链猜想''岩石乐谱'放在一个同等重要的层面上,才能接下来思考这样一个问题:它们没有基准点,它们是双数,它们不具备稳定的对称性,它们必须立刻找到自己的基准点,否则就会走向消散。在防止它们瞬间消散和走向虚无的过程中,我们对它们的固定位置知道得越少,对四个选项亦即研究对象的移动和变化也就知道得越多:无数个'星云组合'形成了'音乐宇宙',从而延伸出'光音链猜想'也就是你刚才说的'引力潮音乐链猜想'和'暗能量音乐链猜想',连接着'猜想'的又是'岩石乐谱'。'岩石乐谱'既是末端也是开端,或者说你的思考从它起步,它就是你的开端,我的思考从'星云组合'起步,它就是我的末端。你往上走,我往下走,能不能碰到一起很难说,但万一研究的轨道能把我们不偏不倚地吸引到一起,那就是一次惊天动地的突破和会合,我们突破的是真空对声音的重重阻力,突破的是三维空间加上时间的藩篱,我们会合在更高的维度中,可以看到量子涨落以及音乐颗粒涨落的全部秘密,到那个时候,嘿嘿,吃菜吃菜。"骆横一脸憨傻地问:"到那个时候我们还要吃菜?""当然要的,吃完了你当指挥家,指挥所有天然的和人造的乐器,我拉大提琴,按照已经被认知的'光音链'或者'引力潮音乐链'或者'暗能量音乐链',拉出真空音乐的旋律和宇宙的和声来。"骆横听着,激动得手舞足蹈,在空中熟练地划动着四拍子。穆教授同样也很激动:"未来就交给我吧,你主要还应该面对现在。""怎么面对?""如果你能按照假定的三个基本音级和三种节拍方式,把'岩石乐谱'试着破译出来,然后以它为主旋律写成一首歌,肯定非常棒。""其实呆望的时候我已经悟出了几个乐句,就是拿不准对不对。""对不对试试不就知道了,观众会告诉你。""他们又不是原唱,能告诉我什么?""越不是原唱就越会有反应,不信走着瞧。""那我回去就望着那些古怪符号继续发呆,争取多破译出几个乐句来,用到歌曲里。""我等着你的新歌。"

窗外的海似乎正在发酵,白色的泡沫沉浮着,就像一片摇摇晃晃的鱼卵喷吐着小鱼,还真有鱼冲着灯光跳起来,炫耀着身上的荧光,比声音更快地活跃在出现和消失的循环中。远处是黑暗,整个浅海的熠亮就像还在刺绣中的黑色海洋的花色,蜿蜒而去。风在夜游,能透过玻璃看到它们在灯光下一波一折的姿影,画出的线条上悬挂着浪花和雪花。下雪了,这是今年青岛的第一场雪,翻飞而起,像是海把白沫洒到了天上,天的吞食漫不经心。又说了一会儿话,穆教授起身去吧台前结了账。两个人走出酒店,顾望着四周的寂静和覆雪的马路,哈出一口口音乐人的白气,竟也是符头、符干和符尾的组合。穆教授要给自己以前的学生一个在五公里外居住的老板打电话,让他开车来接送一下。骆横抓住他的手说:"那还不如找我的粉丝,他就在附近。"说着拿出了手机。很快,"十面埋伏"开着警车出现了。穆教授吃惊地说:"是来抓我们的吧,怎么这么快?""我在巡逻,早就看见你们了,你是大人物,我在电视上见过多少回了,哪敢不快。"他先把骆横送到了景泓大厦,又送穆教授去了青岛大学。路上,穆教授问:"你是骆横的朋友?你们来往频繁吗?""还行,比赛期间差不多天天见面。""麻烦你多关心他一点,他是个天才。""你也这么说?那为什么不能给他天才的待遇呢?就像你一样当教授,拿高工资,再配辆小汽车。""天才还需要成长,成长就是证明自己的过程,不能光靠别人说。""难吗?""有点难,甚至还有危险。""什么危险?""不知道,就是觉得一个人在探索未知时,伴随他的总是危险。万一遇到了,你可要帮帮他。""没问题,让他随时给我打电话。"穆教授当即给骆横发了微信:有一个警察朋友很好,有事可以找他,尤其是紧急情况下。

主题与变奏
轨道交通与安魂曲（作品第 11 号）

虽然汹涌的洋流百曲百险，
却只有它才可以衔接故乡。
他们把号声歌声献给风浪，
那里充满生命迷人的浩荡。
水手问船长回去后的打算，
再造三体帆船我还是船长。

1

  骆横回到房间后立刻拿出夹在《海的七朵浪花》里的"岩石乐谱"，躺在床上，发呆地看起来，看着看着就打起了盹，眼睛一闭，睡着了。一会儿醒来，拿起来再看，从头到尾看了一遍，没看出什么来，接着再睡，觉得睡意全无，就去排练场弹钢琴，一口气弹到天亮，伸着懒腰回房间洗漱方便了一下，随便吃了点东西，又返回到排练场，弹了一会儿吉他，敲了一会儿架子鼓，累了就坐下来休息，顺便拿出手机，翻到"纯净巴洛克"的公众号上看起来，是一则新帖子，说的是男团和女团："他们是一群应运而生的青春男女，虽然他们的跳和唱都不怎么样，直接拉低了艺术的标准，却把活力和喜庆带上了舞台；虽然他们只为名利而忙，却抛开了这个行业的阴沉和无聊，让舞台显得白云蓝天，阳光灿烂；虽然他们都是短命的组建，大部分团队在一起演唱两三年后就会各奔东西，却把勃发的时尚和迷人的纯真铭刻在了跟他们同龄或者比他们更小的少男少女心里。他们是过眼云烟，却不是黑沉沉的乌云，而是轻飘飘的白云。他们还未长熟，还在成长，单薄的力量和脆弱的个性还不足以引领音乐的风尚，更不足以改变崇拜者的心性和对生活的态度，却也可以影响众多粉丝的情趣和对大众娱乐的认知。他们可以励志，也可以毁志，可以奋勉，也可以浮惰，可以上升，也可以下坠。他们是时常表现得过于自爱、自恋、自尊，又很容易变成自轻、自贱、自毁的一伙。他们参差不齐，不会把追求高尚的艺术目标作为自己存在的理由，却也'衣不遮体'，楚楚动人。在'嗨王争霸赛'上，他们既没有上乘的歌唱，也没有难忘的说唱，更没有时代性和艺术性相融的卓越跳唱，是真正的音乐可怜虫，却一再地蹦跶着不肯放弃，也让我们看到了难能可贵的一面。他们的支撑是自信和自卑的叠加，是把竞拼挤对的社会达尔文主义当作理想精神的误会，在他们身上我找到了欲望和渴望的全部答案。"骆横想：我怎么觉得"纯净巴洛克"说得有点自相矛盾？男团和女团其实挺好的，人家又没有把音乐当作咬紧牙关进行到底的信仰，就是想圈一些粉，一起玩着玩着出人头地财源滚滚而已，你怎么可以用那么高的艺术标准要求人家？等到有一天成熟了，变老了，歇菜了，人家心甘情愿销声匿迹就是了，你管人家那么多干什么？正想着，发现有人转了一条消息，竟是"神与魂的故事"群在管风琴酒吧举办"回归音乐源头"派对的通知，一看时间，原来就在今天下午。骆横愣愣地想：去不去呢？似乎没想到要去，所以忘了；又似乎已经做好了要去的准备，所以一见通知就拍了一下大腿：幸亏在这里看到了，不然就会失去一个重访管风琴酒吧的机会。更重要的是，他也想体验一番音乐的源头风情，就像肖蚌说的：为什么会有音乐？音乐的原始起源是什么？人在什么状态下才会有最好的音乐？对这样一些重大问题，他太想知道答案了。他看了一下时间，觉得还早，就收起手机，又去练了一会儿吉他和架子鼓，然后回房间，装起《海的七朵浪花》，背了黑色帆布包，去街上吃了碗面条，坐着公共汽车直奔管风琴酒吧。

管风琴酒吧的门口挂着一个大大的招牌：今日盘点，暂不营业。边门上有两个保安守着，一见骆横，其中一个走过来问道："你来干什么？"他说了"神与魂的故事"，又说了"回归音乐源头"，保安便打开紧闭着的边门，让他走了进去。酒吧里面有些变样了，大厅小了许多，两边隔起不少小间，样子像 KTV 包间，却没有音乐和唱歌传出来。灯饰、座椅、墙布都换了，简古简欧的风格变得奢华而刺激，原先含蓄的浅棕色调被张扬的金色所覆盖，眼目之中，一半是灿烂一半是流俗。墙壁上，原先的海洋景物照和乐器静物被一些艳丽的花卉和时髦的演艺人物所代替，也不知管风琴还会不会响起，就算会，那种典雅的弹奏和饱满的音色也会显得不伦不类。前面的台子上，彤彤在唱歌，作为伴奏的是两个吉他手、一个贝斯手和一个操控合成器的键盘手，听着还不错，比有些敢于在"嗨王争霸赛"的大舞台上表演的乐手要好得多。骆横四下里望望，很快看到了肖蚌，对方正在把"盾构机"的人让到大厅的一角，那儿好像是特意留给他们的，没有别的人入座。"盾构机"的成员都来了。肖蚌说："你们都是一对一对的，就插花着坐吧。"说着，朝吧台招了招手，两个服务员立刻过来，摆上了果盘，有干果，也有水果，然后是酒，一瓶白酒、几瓶啤酒，桌上摆满了玻璃酒杯，有大有小，他给每人都斟了一杯白酒和一杯啤酒，笑着说："随便玩，有什么需要尽管向我提，什么都可以满足。"朱晚说："早就听说管风琴酒吧了，没想到这么阔气，不会是你开的吧？"肖蚌毫不掩饰自己的得意："虽然不是我开的，但我是入了股的，过不了几年，我就是老板，当然不是这里的老板。"小海菲兹说："你不是喜欢音乐吗？怎么又喜欢当老板了？"肖蚌说："这并不矛盾，没有老板支持的音乐就是没有翅膀的鸟，飞不远的，何况我们的目的是直上云端，飘飘欲仙。"小艾尔曼问："为什么？"肖蚌说："你不觉得这是一个很高的境界吗？只有那些为了音乐豁出去探索一切未知的人，才能进得去出得来。"小艾尔曼又问："进去干什么？"肖蚌说："看你问的，享受啊，人活着为了什么？不就是一步一步走向最高层次的舒服吗？"朱晚说："我同意这个说法，艺术的最高享受只有音乐才能给予，绘画、文学、建筑都不行。"高地说："你们说了半天，我越听越不明白，当了老板就能享受是不错，但它跟音乐有什么关系？"朱晚说："当了老板就有钱，钱才是音乐的底气。"小科雷利说："这么浅显的道理谁不明白？"肖蚌笑道："肯定不光得有钱，还得有神灵相助。"沈泽说："我可不信什么神。"肖蚌说："你的神就是你自己，你信不信你自己？神的境界都是人追求来的。"高地说："我连人的境界都没达到，追求那个干什么？"肖蚌说："很多时候不是你的需要，是音乐的需要，你就说你还想不想搞音乐吧？"高地说："我搞不搞音乐不是鬼神说了算吧？"肖蚌说："这个等会儿再说，你只要别忘了今天聚会的主题是'回归音乐源头'就行。"朱晚说："这个没忘，来的时候我还强调了一遍。"肖蚌说："那就好，大家先喝酒，酒能帮助你们早点进入体验的状态。"小海菲兹说："你是不是想把我们灌醉？"肖蚌说："不是灌醉是陶醉，真正的陶醉绝对跟酒没有任何关系，放心喝吧。"酒吧里头已经挤满了人，有几对男女在舞池里跳舞，节奏鲜明得就像分解动作，音乐在他们身上变成了拼命地摇头晃脑，变成了骨节的灵动和疯狂的变形。有人跳着跳着就跳进了两边的小间，又有人从两边的小间出来直接跳进了舞池，然后就是极度放纵的摇摆，节奏型音乐在这里显示了原始的统治地位，有声的和无声的都在敲打，屋檐下的一切正在断然弯折,灯光的投射和反射被均匀地分割在四分之一秒的时间段里,步履的快慢、呼吸的长短、血液的贯通、脉搏的起伏、钙质的吸收和释放统统被一种无形的力量控制着,能够说话的只有眼睛,那里一律渗漏着黑不见底的欲望,单纯而迷离。似乎所有的存在正在失去原因,音乐的动机变成了海浪对岸礁的靠近,没有明确的利弊和好坏之分,就是为了完成一次次声色俱厉的拍打。骆横看到了一些熟面孔,都是正在参加"嗨王争霸赛"的乐手或歌手。舞池变得有些拥挤,却还是有人不断加入。

肖蚌来到大厅的另一角,指着桌子上的果盘和酒水,对一些骆横没在舞台上见过的人说:"别客气,动手啊。"说着开瓶斟酒,端起来跟大家碰杯,自己不喝,只是监视着别人:"不行,蓝雪,工人阶级不是小家碧玉,你抿得也太秀气了,连嘴唇都没有湿。"蓝雪笑道:"我第一次喝你的酒,有点害怕。""你怕我下毒啊?我是当着你的面开的瓶你又不是没看见。""下毒你肯定不敢,但放一点迷魂药并不是没有可能。"肖蚌笑了笑,张开嘴,朝里丢了一杯白酒:"那咱们颠倒一下吧,我做梦都想着你给我下一点迷魂药呢。"又对一个男的说,"你一个五大三粗的男人也怕我下迷魂药?"男人说:"我一个开火锅店的,还怕你的迷魂药?迷魂药就是我配的。"肖蚌"哎哟"了一声,拱拱手说:"那我今天是遇到师傅了,幸会啊。""我本来就是师傅,炼钢师傅。"肖蚌说:"我知道,要不然怎么能开火锅店?这里就交给你了,你让大家喝好玩好体验好。""50炉火锅"说:"别,我都不认识,就在群里见过名字,还对不上号。"肖蚌指着蓝雪说:"不会吧?她你不认识?""50炉火锅"说:"我们在微信里聊得挺好,但也是第一次见面,到底认不认识让她说。"蓝雪说:"神交也是交,应该算认识吧。"肖蚌问:"那她呢,'岸桥风'?""50炉火锅"摇摇头:"我转过她的帖子,她也转过我的,私下里没聊过。""岸桥风"说:"大家差不多,都是一些如果不是施欣萍的粉丝就八辈子不见面的人。"肖蚌盯着"岸桥风"说:"这话说得好,正是因为施欣萍和音乐,我们大家才来到了这里,有的人是第一次,有的人来过好几次,也正是因为她的引领,我们需要了解更多音乐的秘密,了解那些最出色的音乐人之所以出色的原因,你一定会吃惊地发现,如果你做到了,你也会变得跟音乐人一样出类拔萃,甚至超过你的偶像,你会体验到什么叫奇幻美妙,什么叫人间仙境。一句话,在音乐的旗帜下如何获得人生最大的幸福,就是我们今天聚在一起的目的。"肖蚌絮絮叨叨说个没完,又摆出那一套:为什么会有音乐?音乐的原始起源是什么?人在什么状态下才会有最好的音乐?但前提是大家必须把桌面上的酒喝干净。骆横已经不想听了,他的脑海里吹过的只有"岸桥风",就像"玲玲"之于海面,音乐之于歌迷,内心的港湾里一阵激荡:"岸桥风"不就是雷蕾吗?她可不是第一次来参加这样的派对,师兄告诉过他。当初的"哇哦"师妹怎么可以如此鲜明地以不变应万变呢?时间对谁都一样,连音乐都会变旧变老变没,她怎么就一点都没变?就像他最初遇到的那样,依旧是集装箱码头上淡蓝色改制工装里白色安全帽下的漂亮,尤其是眼睛,还有高压水枪那样的激射,尽管被激射的不是自己,瞬间呈现的特征丝毫不差地吻合着记忆:砰地睁大,哗地合住,琴音细长,号音短促。他呆呆地望着,就像望着神秘的"岩石乐谱",能品出最古老的"大三度"来,不禁悠悠地哼唱起来。有人从他身边走过,奇怪地扫了他一眼。他不好意思地收回眼光,走向一个不起眼的地方,躲到了柱子后面,再看那边时,雷蕾已经被肖蚌和蓝雪的身影遮住了,最佳的视角里,突然出现了另一个熟悉的身影:周轻舟?

在骆横眼里,此时美男子周轻舟的英挺秀气正在被一层淡淡的海雾遮去,一身模特儿服装皱皱巴巴的有点走形,就像平静的海面上突然跑来了一阵风。音乐烟袅一样从他身上升起,疑似的五线谱弥漫成了一片海市蜃楼，原来"新织工"的织体是一匹到处都是瑕疵的废布。骆横会心一笑，他愿意恨屋及乌，尤其是当景翔重新启用"立方水母"，再次污损穆教授和铁大钢之后，愿意让这个景翔的同类跟景翔一样变成音乐的败类，一丘之貉的结局还能有什么不一样呢？尽管到现在他并不知道周轻舟做过什么对不起音乐的事。他看到周轻舟见到所有的熟人都会微笑着弯弯腰，主动伸出手去，就觉得他比景翔又多了一样可恨之处，后者至少是透明而直率的，尽管这样的直率也可以用厚颜无耻来形容，而周轻舟还有虚假和伪善的特点，像个音乐的伪君子。这么想着，他就有点替夏蓉蓉惋惜了，才貌双全的老同学怎么就去了他的麾下？好没眼光，石老人技校的两个同学都没有眼光，一个是混世魔王景翔的马仔，一个是伪君子周轻舟的帮腔，还自以为有什么了不起，人模人样地进出在这个浮华世界的高堂丽所。两个就会拿钱说事的富二代音乐人轻而易举地笼络了两个如此高级的人才，就像去市场上买了两只被不识货的老板贱价处理的宠物养着，不不不，我不是宠物，只是个景翔的害虫，夏蓉蓉才是宠物，手机上到处转发的信息表明：周轻舟宠她都有点像皇帝宠妃子了，让她代替自己当主唱，还以超级女模的待遇把她的写真喷绘挂在了纺织城最醒目的地方，演出照的靓丽灯箱更是随处可见，好像夏蓉蓉一夜之间成了岛城最著名的演艺明星。这即是说不管"嗨王争霸赛"的结果如何，在周轻舟眼里，在纺织城的势力范围内，夏蓉蓉已经是最著名的"嗨王"了。他还看到过周轻舟带着夏蓉蓉出入服装品牌发布会的小视频，简直就是仙男仙女下凡，背景音乐一直都是经他改编的《纺织女工》，就像现在这样。现在，瞬间风骚起来的管风琴酒吧俨然是周轻舟的市场了。在肖蚌的要求下，乐队奏起了这首曲子，明显是为了讨好。夏蓉蓉从洗手间出来，被周轻舟领到了靠前的一只双人沙发前，正要入座，就见肖蚌挤过人群，走了过来，谄媚地鞠躬致敬，又是说又是笑，然后领他们朝最里面的一个小间走去。《纺织女工》正在进入副歌部分，键盘手好像突然有了点小情绪，要故意气气肖蚌，降低了一个调不说，还夸张地遗漏了几个装饰音。彤彤也不唱了，放下麦克风走下了台，告诉台下的老板："后面的太难唱了，我唱不了。"老板说："你不是唱过吗，好着呢。""昨天唱跟今天唱是不一样的，我的嗓子下班了。"站在小间门口的周轻舟和夏蓉蓉突然回过身来，似乎对歌曲的虎头蛇尾感到奇怪，互相说了几句什么，就让肖蚌把自己带到了老板面前。周轻舟表现得有点异样：既没有微笑弯腰，也没有主动握手，表情僵滞得像是流畅的音乐遇到了莫名其妙的休止，像是在抗议他们竟会如此不严肃地对待《纺织女工》。老板双手合十，朝周轻舟不停地摇晃着，又用一种敬慕的眼光看着夏蓉蓉，一再地朝台上做着请的姿势，然后走上前去，拿起麦克风说："'新织工'的主唱夏蓉蓉光临本酒吧，由于她对《纺织女工》的完美诠释，再好的歌手一见她就不敢唱了。好在大家是有福气的，夏蓉蓉愿意亲自为大家献上她的这首经典成名曲，助兴我们度过今天这个美好的日子。"周轻舟带头鼓起了掌。前奏响起，夏蓉蓉走上台去，风平浪静了的舞池突然又开始翻江倒海。蓦然之间，骆横觉得自己对周轻舟的理解好像有点不对劲，至少他对音乐是认真的，对夏蓉蓉也是负责的，还能让这里的老板给他赔礼道歉，可见他不是一个在什么事情上都虚情假意的人，就算他是伪君子，也跟音乐没有直接关系。又见他一转脸就没了表情的僵硬，微笑着来到彤彤面前，弯腰握手。彤彤尴尬得红了脸，似乎想到了刚才她的撂挑子罢唱，或者她是受宠若惊的，毕竟面前的这个人不仅出名而且一表人才，对异性的吸引就像音乐本身的吸引。他们你问我答地说着话，直到夏蓉蓉演唱结束。

周轻舟和夏蓉蓉被肖蚌带到小间去了。彤彤朝骆横这边走来，路过柱子时，一把揪住了他。骆横吓得"啊"了一声。彤彤说："躲什么躲？别以为我没看见你，你不是很纯洁嘛，怎么也来参加这种活动？""这种活动不好吗？""好不好你没看见？"彤彤脸色红嘟嘟的，看上去很生气。骆横朝大厅看看："跟过去没什么两样啊，听歌、跳舞、喝酒、聊天、谈生意。""人不一样了，你没发现吗？""我怎么能发现这个？""原来演奏唱歌的是'机车头'，铁大钢还跟你说过话你忘了？他可是记得你的，说过好几回：'没想到最好的大提琴演奏居然是在管风琴酒吧听到的，而不是在辉煌的音乐殿堂里头。'现在这里没有歌手来唱了。""你不是在唱吗？""我算什么歌手？就一个打酱油的。乐手也老换，都是铁大钢从机车集团推荐来的，来几天就走了，好像都有点看不惯。""虽然不是长期驻唱，演奏水平可是不低。""那又怎么样？老板本来是看重音乐的，自从认识了肖蚌，就把音乐踩到脚底下了。""怎么会呢？肖蚌是个音乐人，他不搞音乐搞什么？""搞什么你去看哪。"骆横又一次四下里望望，表情迷茫得如同看不见了管风琴酒吧本身。彤彤说："你别光看大厅，看里面。""里面？"骆横抹了一把脸说，"哦对了，我还没问你呢，为什么要隔出这些房间来？""你进去看看就知道，我们这里都快成毒窝了。""啊？那我也能进去？""今天的人都是肖蚌招来的，所谓的新项目也是他牵的头，他觉得你可以进就能进。"骆横说："我本来不想见他，现在看来绕不过去了。"

几分钟后，骆横出现在"盾构机"面前。大家都没想到他会来，腾出位子让他坐，还把果盘推到他面前，他抓了一把胡桃仁吃着，又从朱晚手里接过了一只剥开的橘子。朱晚说："你想喝什么酒？"不等他回答，就给他斟了一杯白酒。骆横问："来了就是为了喝酒？"小海菲兹说："应该不会吧，我们还等着体验音乐的源头风情呢。"高地说："你先喝酒，喝大了才有资格体验。"小艾尔曼说："我的头已经大了。"沈泽一手扶着眼镜，一手端着酒杯说："咱不能辜负人家的美意，喝吧。"说着喝了一口白酒。小科雷利问："为什么这么难喝的东西还有那么多人喝？"朱晚说："喝酒很重要，它是品位和身份的代表，你认为难喝就证明你是个地道的菜鸟。"沈泽说："你好像被酒洗过一样。"高地说："人生能有几回醉？"骆横说："我肯定比你们醉的次数多，因为我对酒精过敏，喝不了几杯就会醉倒。"说着起身，似乎想到别处去，摇晃了几下，又倒在了座位上，大声吆喝着，"肖蚌呢？让我们来这里的肖蚌呢？"小海菲兹说："我去叫。"

肖蚌来了。骆横颤颤抖抖地端着酒杯说："我们可是冲着你来的，你不能这样冷淡我们，我都醉了，你也不来管一管。"说着就要喝酒，胳膊一晃，酒洒了一身。肖蚌说："这么快就醉了？你不会慢点喝？最好大家同步，要醉一起醉。"骆横说："不要钱的酒我为什么要慢点喝？我现在想知道，会不会是引人入彀？等大家醉得颠三倒四，轮到那个体验了，你就收钱。""不会不会，绝对不会，我保证，我肖蚌是什么人，会要你们的钱？"骆横说："那就赶紧啊，我都等不及了。"肖蚌看看大家，再看看桌面上的酒说："没怎么喝嘛，那就只好你一个人先来了。"骆横拍了一下朱晚说："我先去探探路，要是好，咱都去，要是不好，咱就回。"朱晚说："行吧，我们等你。"小海菲兹说："我们大家都相信你对音乐的感觉，你说好，肯定就好。"高地说："不管好不好，来了就得体验一把。"肖蚌说："重要的是先把酒喝光。"骆横醉意朦胧地说："快快快，快喝酒。"说着起身，背起黑色帆布包，摇摇晃晃走去。肖蚌要扶他，他推开对方的手，学着舞池里的人跳起了舞，用一条只有他能感觉到的直线，迅速往前移动着。小间到了，肖蚌一手拉着骆横，一手推开了门，门内的摆设也不过就是沙发和茶几，茶几上却不再是果盘和酒，而是一个小塑料瓶和几个铝制饭盒，几个男女仰靠在沙发上，有的睁着眼，有的闭着眼。骆横打了趔趄，一头杵到沙发角落里，嘴里咕噜咕噜说着一些谁也听不明白的话。肖蚌推推他："怎么了？怎么了？"骆横把一只空心拳头伸过去："倒酒，怎么不倒酒？我看见了，这里怎么这么多好酒？是伏特加还是威士忌？哦，原来是茅台，不会是假的吧？我可是来体验神仙境界的，神仙不喝假酒。"说着，他闭上眼睛，再也不说什么，流着哈喇子，很快打起了呼噜。肖蚌无奈地摇摇头，出去了。

  骆横一直睡着，耳朵却灵敏地听着房间里的动静，当有人出去又有人进来时，眼睛便悄悄地睁开了一条缝，心说我才是真正的"暗中望着你"。他看到一个妖艳的姑娘一屁股坐到沙发上，伸出手来，打着哈欠流着眼泪说："给我，快给我。"扶她进来的肖蚌说："来了，来了，就来了。"他从身上摸出一个小瓶子，倒出一粒绿色胶囊，又从铝制饭盒里拿了一个装有液体的小酒杯，打开胶囊，把里面的粉末倒进去，用饭盒里的牙签轻轻搅动着，然后从另一个饭盒里拿过针管来，把液体全部吸了进去。肖蚌问："我来还是你来？"姑娘说："我找不到自己的血管，你来，快点。"肖蚌便蹲下来，拿过对方软塌塌的胳膊，把袖子捋上去，用两个指头摸了摸，熟练地把针头扎了进去。当他用拇指轻轻按压活塞时，姑娘长长地舒了一口气，歪倒在沙发上，仰头闭上了眼睛。肖蚌拔出针头，将针管和酒杯放进饭盒，站起来，对另一个被他带进来的男子说："你呢？吸还是注射？"那人说："吸。"肖蚌便从身上摸出一个小纸包，又从饭盒里拿出一张一元的新钞票，一张半个巴掌大的锡箔纸和一个打火机，交给了那男子。男子把钱卷成一个空心小筒，将小纸包里的粉末倒入锡箔纸，从下面烧起来，转眼有烟了，他把小筒对准白烟，鼻子一撮，猛烈地吸了一口，然后闭住呼吸，脸上一副怡然自得的样子。几分钟后男子以音乐人的精准唱起了《欢乐颂》，还不停地模拟着中提琴演奏的主旋律和低音管演奏的副旋律，感叹一声："真是美妙绝伦啊。"也不知说的是音乐还是他此刻的感觉。原来这就是肖蚌所说的"体验音乐的源头风情"？故弄玄虚地说了半天，不过就是在吸毒后的幻觉中冥想音乐罢了。

骆横想立刻起身，走出这个房间，奔逃而去，朝着阳光灿烂的大街喊一声："'管风琴'在贩卖毒品。"又知道有个词叫"打草惊蛇"，说的就是他的这种沉不住气。他悄悄移动着手，摸了摸手机，也许可以偷偷发个信息给"十面埋伏"，警察朋友已经嘱托过了："如果你听到看到跟毒品有关的一切，都要及时告诉我。"他当时怎么回答来着？"我看到了肯定会举报。"那就是现在了。让他的警察朋友去立功受奖吧，也算是一种回报，朋友帮了他那么多忙。他想着，几乎摸出了手机，却又放了回去。刹那间，浑身一阵激荡，他看到了音乐在海岸线上走动的身影，就像无数幽灵争先恐后地登上了信号山，在那里闪烁、闪烁、闪烁，引领所有路过太平洋此岸的航船安然走向停泊地，听到了音乐在浪底翻卷的声音，如同鱼潮的奔腾，乘着洋流的蜿蜒比赛优雅。他追逐而去，上山下海，幻变着形体，蓦然又是一颗脱离轨道的行星了，流浪在宇宙的苍茫里，风驰电掣。而音乐就在这个时候把一海的鲸潮鱼浪送入了他的大脑，膨胀开始了，没有和声，没有节奏，也没有旋律，却又是最好的音乐在创造者的流水线上呼啸而过。他似乎有些疑惑，吃不准应该从哪里切入，但又觉得也可以随便切入，重要的是他应该把它看成是一种召唤和引入，加进去已有的发现，就可能是引商刻羽了。发现的是什么？你要靠什么引商刻羽？脑海里的索求是那么澄澈，三个基本音级和三种节拍方式蓦然而来，但已经不是"假定"了，"岩石乐谱"一页一页翻了过去，让他不由自主地弹奏起来，忽而钢琴忽而吉他，接着又是大提琴和小号。心音是那么清亮，如同水晶的世界，如同归潮时飞上天空的水珠和鱼眼在珊瑚礁洞里的凝然不动。

他一动不动地躺着，直到整个下午过去，黄昏在户外和心底同时来临，烂红一片，是太阳的一部分，是燃烧体的最佳分蘖。他站起来，走出了小间，看了看"岸桥风"待过的地方，那里已经没人了，又来到"盾构机"坐过的位置，朱晚他们也已经不见了。这些人大概都去小间了吧？如果已经在酒精的作用下犯起了迷糊，那就很可能又是吸粉又是扎针了，不知道是不是一次就会有依赖，如果有，那他们从此就是毒品的奴隶，毒品的奴隶也是肖蚌的奴隶，到底谁是真正的"嗨王"，已经用不着比赛了。或者谁是赛内赛外大家心知肚明的音乐独裁，当仁不让就是肖蚌了。桌子上一片狼藉，残剩在瓶子和杯子里的液体就像一首押着急韵的预言长短句。他坐下，从黑色帆布包里拿出《海的七朵浪花》和笔，哼哼唱唱地写起来，先写出了歌词，再写出了旋律线，又开始对位，很快和声就出来了，完美的复调音乐让曲谱也显得完美无瑕。然后开始编曲，他设计了三种不同的配器，又把它综合成了一种，最后是修改歌词，一再地斟酌着。等他抬起头来时，看到肖蚌的三角眼正从上面警觉地盯着自己。"干什么呢？"骆横迷迷瞪瞪地说："我也不知道？""别不知道啊，明明是在谱曲，你没有钢琴也能谱曲啊？"骆横问："钢琴是什么琴？""钢琴就是马头琴。""马头琴是什么琴？""马头琴就是口琴。"骆横突然笑了："你来得正好，我一直看着你，是睡梦还是真的？好像管风琴酒吧着火了，你在火海里挣扎着喊救命。我是穿着防火服的消防员，从高空冲着你跳了下去。"肖蚌说："能让我看看吗？"骆横双手举起了《海的七朵浪花》："它就是为你而写的。"肖蚌接过来磕磕绊绊读了几句说："'盾构机'的歌不会都是你写的吧？""'盾构机'有什么歌？施欣萍才有歌。"肖蚌要把曲谱还给对方。骆横说："为什么不拍下来？"肖蚌拿出了手机，边拍边问："能演奏吗？""你试试。""我说的是你。""你让我演奏？拿一瓶酒来我就演奏。"肖蚌转身走向了吧台，等他拿着一瓶白酒回来时，骆横已经站到了台子上，正在给被打断了演唱的彤彤说着什么。彤彤点着头说："我可以给你找一把吉他。"又把吉他手、贝斯手和键盘手叫来让他们看乐谱。他们看着，拿出手机拍了下来。几个人磨合了一会儿，演奏便开始了。肖蚌愣愣地听着。舞池里的人先是有一些迷惘，无所适从地望着前面，但当所有的乐器都开始强调节奏时，那些扭腰摆胯、弹腿伸臂的动作便被催动而出，疯魔走向畸形，病态的扭曲超出了身体许可的范围，调动着带有感应效果的灯光，一片明灭闪烁。一曲终了，骆横放下吉他，摆了摆手说："这歌曲送给你们了，就叫《安魂曲》吧。"一步跨下台子，"咚"的一声摔倒在地。彤彤跑过来扶他，他摆摆手，自己爬起来，醉意十足地呵呵呵笑着，坐到了刚才谱曲的地方。他把《海的七朵浪花》装进黑色帆布包，抓起一个白酒瓶，步履蹒跚地边喝边走边说着胡话。没有人阻拦他，肖蚌远远地看着，假装没发现，寻思就让他走吧，对管风琴酒吧的这桩生意来说，别人是喝酒成事，骆横是喝酒误事，热情接待了半天，也没见他吸一口。他想着，走过去对乐队说："刚才的演奏挺震撼，再来一遍好不好？"乐队没有再来一遍，而是再来了十多遍，直到不看曲谱就能娴熟地演奏。贝斯手说："我从来没弹过这么棒的音乐。"键盘手说："我知道这个人，'盾构机'的大提琴手，名叫'不是大卫波泊尔'。"吉他手说："我也知道，铁大钢说起过，特佩服，咱能奏他的曲子，还是白送，福气大了。"

骆横走出管风琴酒吧，来到街上，依然是步履蹒跚，嘴对着瓶口，把酒瓶子举到了天上，好像走错了，跌跌撞撞返回来，扫了几眼酒吧，没看到有人跟踪，就又转身而去。在霓虹初上的华丽中，他把酒瓶丢到路边的垃圾箱里，踏上了公共汽车，就再也没有一丁点醉态了。坐了一站，他又下来，拦了一辆出租车，钻进去说："师傅，麻烦你快点，景泓大厦。"他想用最快的速度赶回去，把新曲子用小号、大提琴、钢琴和吉他分别来一遍。这时候景翔的耳目正在一辆越野车里向景翔报告骆横一下午的举动。景翔说："跟上，看他还会去哪里？"

景翔发现当他重新启用"立方水母"后，并没有达到报复并控制骆横的目的，只是逼迫穆教授和铁大钢退出了"嗨王争霸赛"，就有些于心不甘了。一个被妄自尊大搞蒙了的想法油然而生：骆横既然是"高楼大厦"的人，难道还有我控制不了的？为什么不能把他关起来？不给他自由不就是最好的报复和控制？他决定了：绑架，不让他跟外面的所有人发生联系，就算他乐思如潮，就跟莫扎特来世似的，也发挥不了任何作用。当断不断，反受其乱，只要不是什么好事，就没有我景翔做不了的。而骆横的想法是：我不指望你许诺的报酬，也不在乎穆教授和铁大钢的名誉损失，你还能拿我怎么办？所以他该干什么还是干什么。他回到乐队的六角形排练场，坐在钢琴前弹起来，正弹得得意，一帮人闯进来围住了他。他跳起来，抓起黑色帆布包就跑，却只是引来了几声嘲笑："你把我们看成什么了，不咬人的兔子啊？"几分钟后，那帮人把他带到了景泓大厦32楼的一个标准间里。等在那里的景翔一脸狞厉地望着他，宣布了自己对他的惩罚："从现在开始，你不会有机会从这里走出去，也不会有任何我们乐队之外的人来这里找你，你的联系中断了，从此失踪了，如果你想死，可以跳下去，32层的高度一定会保证你粉身碎骨。"他的手机被没收，裤带和鞋带也被解走，本来还想拿走他的黑色帆布包和里面的《海的七朵浪花》，考虑到他还必须给"高楼大厦"写歌，就又放下了。骆横说："你怎么可以这样呢？我还得指导你们排练《我的内心一片阳光》。"景翔冷笑一声说："别给逃脱惩罚寻找借口，乐队排练不需要你，'高楼大厦'一向都是我亲自指导。"说罢就走了。门自然是锁死了的。骆横使劲拉了拉门，看拉不开，就一仰身躺到床上，睡着了。他不认为景翔会按照自己说的去做，因为对方是需要他的，'高楼大厦'离了他就会坍塌，再说还有法律，尽管这个傻瓜并不惧怕犯法，但也用不着在得不到任何好处的前提下就去犯法。他睡了醒，醒了吃，吃了睡，实在没事干了，就看电视，什么节目都看，唯独不看音乐节目，因为在他看来音乐对世界的唯一作用就是治愈，那些小儿科的打针送药只会吓得孩子满地打滚哇哇哭，而好音乐永远是外科医生的手术刀，让人流血流泪，然后痊愈而去。一个星期过去了，他没有看到景翔改变主意的任何迹象，有些纳闷甚至焦灼，就开始不想吃饭了，早饭拖到中午吃，午饭拖到晚上吃，晚饭干脆就不要："拿回去吧，明天早晨也可以不送。"送饭的总是乐队的键盘手，也算是景翔的死党，却又十分佩服骆横，是主动承担了送饭差事的。他劝骆横别跟自己过不去，饭都送来了，为什么不吃？万一以后景翔不让他再送了，想吃都没有。"他还想把我饿死？"键盘手小声说："也不是没有可能，他是什么事都能做出来的。"又过了两天，键盘手无可奈何地摇着头说："景翔让我告诉你，你的结局只能是人间蒸发，消失前赶紧留下点痕迹，也就是为'高楼大厦'多写些歌，说不定将来他还能通过传唱让别人知道你，然后载入音乐史册。""写歌有什么用呢？你们的兴趣又不在音乐上。""谁说的？这几天我们天天排练，《我的内心一片阳光》都能倒着唱了，景翔说只要我们能发挥最好水平，进入前12名再进入前3名最后夺取'嗨王'一定不成问题，何况还有他爸妈，还有景泓集团和景泓地产做后盾。""你给他说，如果不放我出去，我不会再给'高楼大厦'写半首歌，我说到做到。"每天每天，骆横花最多的时间站在窗口往下看：哎哟妈呀，底下全是玩具车和蚂蚁人，飞过了一群鸽子，看到的竟是背，四周是鳞次栉比的楼群，远处是海的苍茫与蓝白。不会有人在乎他的存在，就像不会有人在乎万千楼厦中一小块玻璃的完好与破碎。大海里少了一朵浪花，时间长河里的无数交响曲少了一个音符，人间少了一根弹琴的指头，连影子都没有了，原来失去自由就是失去整个世界。万分沮丧的时候，又突然意识到，其实自己也可以跳下去，那样至少能够自由地死去。他对键盘手说："你告诉景翔，我已经决定了，用粉身碎骨报答他管吃管喝的恩典，我最多再活一周，一周后的周五午间12点，32层的窗户就是我的跳板，让他在下面看着。"他想起了集装箱码头的十层箱垛，自己站在垛顶的边缘，双腿并拢，半个脚踩空，只用脚后跟支撑身体的情形，想起他抓住锁杆，踩着一个个门楣、把手、锁头和支架，飞快下行的日子，想起为了做一个码头工人，面对50多米的高塔，嗖嗖嗖爬上爬下比猴子还利索的瞬间，想起攀爬在桥吊前伸臂、后伸臂和门架上检查和排除所有故障的时光。那时候的他只要一登高，就会把自己跟指挥家联系起来，器宇轩昂的风采、高屋建瓴的手势、雷电轰鸣的音乐，在大地上翻腾跳跃，壮阔无际，是多么的迷人啊，就算做不到，就算一辈子都在想象，也是一种陶然欲醉的幸福。他扑向了《海的七朵浪花》，想要完成一个音符的使命，证明自己活过，是五线谱造就的人生，是声音的一缕飘魂，而最完美的声音，便是从32层高的地方掉下去摔死的声音。他望着自己笔下的曲谱微笑着，发现海在远方，音乐在远方，生命依然在远方。

2

"嗨王争霸赛"第二轮复赛已经开始，7个小字组中的前三名乐队和歌手共21支乐队以及歌手将争夺前12名，也就是将一个纯八度分成12个均等的半音，产生"最后的八度"，然后进入第三阶段的决赛。关键的时刻，施欣萍却因为铁大钢的事而烦恼不已。她给他打电话，问他到底怎么回事？他说："你明明已经知道了，还这样问我，是嫌我丢脸丢得还不够吗？""这么说网上的传言都是真的？""真的假的我怎么知道？""不会吧？你是谁的私生子你可能不知道，但那几张恶心人的照片呢？""我就更不知道了，当时醉得一塌糊涂，怎么到了那个地方，后来发生了什么，一点记忆都没有。""你跟谁在一起也不知道吗？""是'高楼大厦'的景翔请我去的，就在景泓大厦的娱乐城，只记得我跟他都醉了。""你跟他关系怎么样？""从来没有交往，那是第一次也是最后一次，他说是喜欢我们'机车头'，想跟我聊聊音乐，没想到会出来那些照片。""你被他设计陷害了。""我就是想知道，他为什么要这样？找过他，没找着，给他电话，他不接。""那你就这么算了？""不算还能怎么样？除非照片上的事情没有发生过，或者照片是假的。"施欣萍突然就烦躁起来，没好气地说："不管是真是假，只要你不承认就都是流言，干吗要主动撤出？又是淌眼泪，又是告别舞台，又是对不起，一句辩解也没有，好像'立方水母'说的每一个字都是事实，你就是一个肮脏不堪的人。'机车头'是'小字七组'的第一，多不容易，你们的《'九一八'大合唱》很震撼，你知道吗？像我们'铁碳合金'，折腾了半天才是小组第三，就这样还不想认输。你一个大男人怎么那么怂？一次挫折就言败，太不拿音乐当回事了。"铁大钢沉默了一会儿说："谢谢你啊,没想到你这么在乎我。我就是个草根艺人，本来就对那些争名逐利的演出尤其是对帮助电视台挣广告费的比赛没多少兴趣，正好人家也不想让我继续比赛，就只好抽身而去了，离开比赛并不是离开我的喜欢，而是为了彻底放下，做一个随心所欲、自由自在的音乐人。在音乐江湖，我来自机车码头，还是想回到码头上去。""不就是逃避嘛，说得那么冠冕堂皇干什么？有本事你别走，来我们'铁碳合金'做主唱，大家都是纯粹搞艺术的，只看重音乐，不在乎别的。""说了半天你是想拉我入伙啊？我肯定不去，玷污了'铁碳合金'的名声怎么办？再说你们人才济济，所有乐手几乎都能做主唱，我去了也是多余。我知道你是在怜悯我，但我已是一个流氓，不值得你这样做。""你怎么这么不听劝？典型的死要面子活受罪,我估计回到机车码头你连落脚的地方都没有。""谁说没有？

欢迎你到总装基地的'星海车间'来演出,那是我演唱第一首歌的地方,我的灵魂从来没有离开过那里。""灵魂是不吃不喝的,而你却首先需要把饭碗端起来。""这个你放心,有灵魂的地方就有饭碗。"施欣萍无奈地叹口气:"看来我说不动你,那就随你的便吧。"话虽这么说,却还是有些不甘心,放下电话想了一会儿,告诉乐队的人,"你们先排练着,我出去有点事。"乔普林说:"都到这种时候了,你还乱跑。""已经说好,争夺前12名的比赛我们要唱《熔炼之恋》,大家已经很熟了。"乔普林说:"就因为很熟,都不重视,你要是不在,肯定打不起精神来,排练就成了走过场。"水手问:"那就连过场也别走了,需不需要帮忙?我跟你一起去吧?""不需要。"柳浪说:"沈飞闲着,让他开车送送你。""更不需要。"肖蚌说:"那今天就算了吧,不排练了。"施欣萍说:"别人可以懒惰一点,你不行,你的鼓越敲越差了。"夏夏在弹贝斯,看着施欣萍出了门,突然用琴弦叫了一声"施欣萍姐姐"。施欣萍回头朝他一笑,招了招手。乔普林跟出来说:"老钢城的拆旧建新就要开始了,包括钢锭车间在内的所有建筑都要拆掉,以后咱们去哪里,你想过没有?""想这些干什么?车到山前必有路。""你越不想,大家就越要多想,人心惶惶。""不是还要保留少数地标性的景观建筑比如高炉和一两个转炉供人参观吗?""那跟咱们有什么关系?""老钢城是钢企拆钢企建,上上下下都知道'铁碳合金',它也是'海岸钢铁'的绝对地标,不经过我们的同意,谁敢拆掉录音棚?"乔普林摇摇头说:"你是不是太乐观了?难道人家还会专门把录音棚和你的住宅留下?""为什么不能留下?我们代表音乐,音乐是有光亮有地位的,你别杞人忧天。"施欣萍说着招招手,钻进了白色小蚂蚁。

她一路向北,沿着胶州湾的环湾大道,来到了"总装基地"。"总装基地"是原机车厂的车辆组装车间和火车头装配车间以及轨道交通高速化研制中心的总称,后来整个机车集团离开海湾朝北陆挪移,这个为中国制造了第一台蒸汽机车、第一台液力传动内燃机车、第一列双层客车、第一台坐卧两用客车、第一台高速动车、第一台高档铁路客车、第一台不锈钢车体、第一台铝合金车体、第一台城轨地铁车辆的大工业基地，突然在人们眼界里消失了，只留下大片空空如也的旧厂房和办公设施让人们惆怅莫名。"总装基地"的大部分旧建筑很快被拆除，又很快被人居的小区和联网的商业金融设施所覆盖，混同在青岛灯红酒绿的市容市貌中，俨然成了城区闹市的一部分。资本在这里又一次显示了摧枯拉朽的力量，如入无人之境般地完成了沧海桑田的变化。但细心的人们还是会发现，运作资本的人在叱咤风云的时候还是有了一丝丝的迟疑，突然就把无畏伴随着无知、无餍伴随着无耻的行事风格稍稍收敛了一点，在穆教授等一干知识分子锲而不舍的建言面前，谦虚地弯下了腰。这个建言的核心内容是：机车厂于1900年10月20日由德国人开建，是服务于胶济铁路的机车装配和修理工场，由此诞生了一批中国最早的轨道交通制造业方面的熟练工匠和技术力量。1914年第一次世界大战开始，青岛以及胶济铁路被日本人强占，取名叫"山东铁道青岛工场"，并迅速扩张为可以比肩日本国内先进工场的工业基地。1922年，北洋政府收回青岛，同时也用大量白银赎回了"青岛工场"，让它成了在中国的早期工业中举足轻重的"国营企业"。抗战爆发后，大部分机器南迁，市长沈鸿烈执行国民政府的焦土政策，炸毁了一些厂房和设备，但并没有达到不让日本人利用工场的目的。日本人第二次占领青岛后，根据侵略战争的需要，迅速恢复了工场的生产，并且一再地扩大规模，设备和工人大量增加，开始满负荷地制造和维修火车以及制造屠杀中国人的军刀和战争机器所需要的其他部件。这时候从3000多名员工里冒出了一个叫师星海的人，他会拉二胡，会吹笛子，嗓子也不错，动不动就会唱起来，人们问他拉的是什么曲子、唱的是什么歌，他说是《时势英雄》《夜半歌声》《黄河之恋》《热血》《顶硬上》《船夫曲》，还有《跑关东》《苦命人》《山茶花》《蛋民歌》《劝用国货歌》《茫茫西伯利亚》《农民曲》《流民三千万》。"我会的都是我老师的歌，我老师叫冼星海。""怪不得你叫师星海。"他是车轮车间的工人，只要看到日本工头不在，就会在车间里唱起来。车间后面有一个用草棚搭起的通道，连接着工人居住的棚户宿舍，通道和宿舍的连接处，便是师星海经常演奏唱歌的地方，开始是一个人，后来变成了三个人，一个是敲铁琴的，一个是打鼓的，铁琴和鼓都是师星海自己制作的乐器。他们不仅在工场内工人堆里演出，还会去四方公园，演唱给老百姓听。谁承想乐队敲铁琴的是个汉奸，给日本人告密说师星海是延安派来的，想用拉琴唱歌的办法，煽动仇日情绪，搞音乐救亡。日本人逮捕了师星海，拷得死去活来也没问出什么，就把他拉去团岛刑场枪毙了。穆教授等一干知识分子说，对一个在中国近代工业中有如此显著地位的工场遗址，为什么要全部清除干净呢？为什么就不能保留一点实物让我们的子孙后代看到中国工业和中国工人一以贯之的血脉呢？不能让推土机毁掉我们的历史，不能急功近利地以"发展"为借口空白了我们的文物，不能让林立的高楼掩埋我们的精神坐标，不能因为政绩和利益的需要而让我们的时代出现实质上的贫血和骨质疏松。资本似乎有点张口结舌，良知发现的时刻，推土机离开了车轮车间，也离开了建造于1930年的四方公园。不久，有人就开始投资经营车轮车间，并改名为"星海车间"，这意味着一个音乐圣殿在"总装基地"遗址上的诞生，尽管在很长一段时间里，它其实并不为青岛人所知晓。

施欣萍把小蚂蚁停在"星海车间"门前不大的停车场，下来看了看周围的景致：一条林荫大道横贯南北，粗壮的梧桐和银杏树告诉人们这里曾是一座大工业庄园和东方园林互为依托的地方，路边的建筑风格多样，既有复古的繁缛，又有现代的简洁，参差巍峨，错落有致，突然跌宕中又有了更加明亮的凹凸,"星海车间"就像天堂中的人间,以质朴而稳固的矩形牢牢地趴卧在流着光和影的大地上,赫然在目。施欣萍看到它有三道门,一道是非常讲究的铁艺门,门上的标牌显示:1902年6月四方工场第一批厂房竣工,德国人从国内运来了铁门,此门为仿造。第二道门是两层木板加铆钉的门,上面写着:1938年1月日本人再次占领青岛,所有的铁门都被拿去熔化以便制造枪支弹药,车间换上了木门。第三道门是马口铁的双开门,上面用红漆写着:"抓革命,促生产",说明文字为:1968年至1986年的门。大概是为了让人看清它的原初形象吧,"星海车间"的牌子并没有炫耀在门楣上面或者房屋的顶端,而是用一个银色的铁牌谦和而低调地悬挂在门边的灰色砖墙上。施欣萍走了进去,看到里面人影幢幢,却没有人问她来干什么,甚至都没有人瞅她一眼。她有点纳闷,望了一圈,才发现辽阔的车间差不多分成了四大块,一块是演出现场,有舞台,有观众的座椅,是动车和高铁上那种可以升降和转向的软椅;一块是做了简单隔离的酒吧区,有吧台和几十个两人、三人和多人的座位,座位都是旧式火车上的式样;一块是冼星海音乐展区,展区中心挂着一张这位中国近代音乐先驱的巨幅照片;一块是博物馆区,有明亮的玻璃陈列柜和演播3D动画的屏幕。她走了过去,发现这个由废弃车间改造而成的博物馆气派大得惊人,前言里说它的目的是收藏和展示"人类的乐器"和"尽其所能地收集自有音乐以来全部已逝和现存的乐器"。她沿着一条音乐织体一样复杂的路线走过去,在"欧洲部"的展区看到了一个"最齐全交响乐团"应该配备的所有西洋乐器和一整套精致的奥尔夫乐器。在"非洲部"她看到了非洲鼓、非洲低音鼓、木头鼓、金贝鼓、高脚杯鼓、树鼓、乌干达陀型皮鼓、酒桶鼓、砂型计时鼓、圆手鼓等大大小小几十种鼓,还有一把约有500年历史的伊波泥可乐弦琴和一把约有300年历史的里拉8弦竖琴,还有拇指钢琴、葫芦竖琴、木琴什么的，都是她第一次看到。在"澳洲部"她看到了一个2米长的迪吉里杜管，就像西藏僧人架在寺顶上吹响的法号，旁边的拟声器里还有模拟迪吉里杜管的声音：山风走过谷底时神秘的低吟和林涛在天际线上的呼号，伴随着澳洲高音木琴脆亮的弹奏声。在"拉丁美洲部"她看到了跟部族一样古老的排笛和半人高的排箫，还有曼陀铃、康佳鼓、盖那笛、恰朗戈五弦琴，从暗藏的音响里隐隐传来安第斯高原迷人的探戈音乐，还有印第安笛、响葫芦、树缝鼓、柱鼓、砂槌，都是她从来没有见识过的。在"亚洲部"她看到了来自印度的萨罗达琴、七弦琴、萨伦吉琴、手风琴、西塔琴、坦波拉鼓，看到了阿拉伯的气鸣乐器纳伊、乌德琴和卡侬琴，以及酷似唢呐的米兹玛尔和皮面琵琶。收集最全的当然还是中国的乐器，有二胡、板胡、革胡、马头琴、京胡、琵琶、阮、月琴、古琴、筝、箜篌、笛子、箫、埙、笙、芦笙、巴乌、柳琴、扬琴、堂鼓、碰铃、定音缸鼓、铜鼓、大小锣、小鼓等。施欣萍皱着眉头想：这些东西是怎么收集来的？得花多少钱啊？

她正看着，突然听到有人在身后不远处说："我听了几遍，越听越不怎么样，编曲不是我的擅长，我只是一个能吼几嗓子的歌手和吉他手。"她扭头一看是铁大钢。一个年龄挺大的女人说："星海车间收藏的所有作品都得重新编曲，我们不可能请外面的人来搞，行不行都是你。"铁大钢说："我能完成的我不会推给别人，但这一首不行，它是一个音乐前辈的封笔之作，我不能因为自己的低能掩盖了人家的光辉或者歪曲了人家的意图。""不会的，《'九一八'大合唱》的改编不是挺成功的嘛？而且一次比一次好，昨天晚上在这里的演出跟比赛比又有超越。""说实话这一次超越跟我没关系，是一个高手修改过的。""谁？""我问了送来修改乐谱的人，他不告诉我。"施欣萍走过去，站到铁大钢背后，喊了一声他的名字。铁大钢吓了一跳，转过身来瞪着她："你怎么来了？""来找你玩玩，没想到你所在的地方是个音乐车间，别有洞天嘛。""来得正好，我正在给冼星海的《中国狂想曲》重新编曲，感觉越编越差，你帮帮我吧。"然后又把施欣萍介绍给了那女人。女人说："不用介绍，我在电视上见过。"铁大钢说："'星海车间'的老板，资本家，整天逼着我们干活。""你应该感谢我，音乐家都是逼出来的。"女人说着又问施欣萍，"你是第一次来我们这里吧？让大钢带着你好好看看。""不来不知道，一来吓一跳，没想到咱青岛还有这么一个音乐人的好去处，你们也不宣传宣传。"女人说："这里的布局还不够理想，想法只实现了一半，推向社会还差点火候。你眼睛看到的都好办，看不到的就很难说了，比如冼星海的音乐，我们这里珍藏了他的全部编号作品，从1号到26号无一遗漏，但迄今还没有一首歌能够通过我们的努力在流行乐坛获得地位，这是'星海车间'最大的遗憾，也是今后最难做的事情。"施欣萍说："《'九一八'大合唱》不是挺燃的嘛。""那只是一次现场表演，能不能流行还得看时间。最近我们想把冼星海的作品第26号《中国狂想曲》改编成流行音乐，写了几稿都不过关，首先是大钢自己不满意。"施欣萍说："改编冼星海的作品很难，不满意是对的。你说你们珍藏了冼星海的全部作品，这很了不起，一般人只知道那么几个，《生产大合唱》《黄河大合唱》什么的。"女人说："冼星海博大精深，有交响曲、交响诗、舞曲、狂想曲、歌曲，歌曲里又有独唱、重唱、多声部合唱，内容包括了古典诗词、现实生活、抗日战争、英雄史诗，还有一些反映外国生活的作品，现在需要的就是挖掘和推广，光这个就够铁大钢做一辈子的。"说着手机响了，她"嗯嗯"地答应着，朝施欣萍摆摆手，朝舞台那边走去。施欣萍望着她的背影说："她原先是干什么的，挺懂音乐的嘛。""我也不知道。"

　　铁大钢要带施欣萍去酒吧区喝点什么，顺便请教一下编曲的事。施欣萍说："不如你用吉他给我说，我听着会更有感觉。"铁大钢就带她去了舞台，拿起吉他把自己重新编曲的《中国狂想曲》弹了一遍。"原先是怎样的，我怎么比较？"铁大钢又按照原初的曲子弹起来，没等弹完，施欣萍就说："本来还不土，你怎么越编越土了？""土吗？你怎么会想到这个词，就跟评价一个人的服装一样。"铁大钢不服气地摇摇头，"冼星海有一颗质朴的灵魂，它忠于土地，忠于人类最朴素的感情，他的中国狂想曲带着庄稼的清香和山河大地的声音，带有厚重的历史裂开口子后的熔岩之烫，每一个音符都是一种铿锵有力的代言，代言岩石的坚定和森林的葱茏，代言生命对活着的渴望和人对存在的执着。""不错嘛，你的理解，但你忘了质朴也具有先锋性，朴素是奢华之后的回归，是怀旧中的忧伤和无尽的眷恋在音乐中的表达，形成和声的基本元素会被这种情愫浸染得满身光彩，然后才是狂想，狂想的节奏不一定很快，但一定要结实，而且是吉他本身在五弦和六弦上的结实，乐队的节奏离不开鼓和贝斯，但并不意味着吉他可以放弃节奏。最重要的是，要想着无论音乐的旋律采用什么风格，它的唯一性都是强势地跨越历史长河，穿透时间隧道，历史只要被激活，它都应该是现实的一部分。你的编曲缺少现实依据，缺少唤醒的力量，山河大地的声音应该带有万物更替的崭新，熔岩之烫不是死火山的凝血而是活火山的内脏，岩石的坚定与古老的玄武岩无关，它是一种坚定的萌发和顽梗的勃起，葱茏而蔓延的也不是原始森林，而是次生林或者新森林或者干脆就是沙化的土地上、近起的荒漠里一片人工栽培的防风林。生命对活着的渴望里一定包含着民众不同层次的索求，其中必然有歌迷和粉丝在塑造音乐时所展示的超级能量，有对音乐的最高存在的追问。""音乐的最高存在是什么？""我也不知道，但我明白追问的方式，明白追问后的结果一定不是得到一个满意的答案，而是发现自己到底与众不同、与俗不同、与史不同在什么的地方。独特不是音乐性的唯一条件，却是冼星海作品的必备要素。"她说着拿过吉他来，弹出了几个不同的旋律线，修改了一遍后说，"你配上不同的乐器试试。"铁大钢走向合成器，模仿着乐队弹了一会儿说："不错啊，比我的好多了。""真的这么认为？你可很少这样谦虚，不是为了敷衍我吧？""怎么会呢？现在是编曲，又不是演唱，我想牛都牛不起来，就是不明白最后的音符怎么不是主音？""能这样问说明你有感觉了，从头开始吧，咱们一句一句来，到时候你就知道了。"

两个小时后，《中国狂想曲》的全部编曲结束，铁大钢打电话叫来几个乐手排练了一遍。施欣萍说："就这样吧，我们做不到一音千金，却又不知道怎么样修改才能达到最好的标准，只能先把演奏放到网上。"铁大钢意味深长地笑了一下："咱是奇货可居，就等着高手指点了，如果那个人再出现，我一定要搞清楚他是谁。"两个人都有点饿了，丢下乐手们继续练着，来到酒吧区，要了意大利面条和沙拉吃着。施欣萍说："你知道今天我为什么会来，看着你一点萎靡不振的样子都没有，挺高兴的。"铁大钢哼哼一笑说："'立方水母'说我是穆教授跟一个已逝歌星的私生子，可笑至极，以为这样就能把我一巴掌打趴下，我是个会趴下的人吗？""你可以用无辩抵消伤害，但你不能不在乎流言的真假吧？""我也知道无风不起浪，但如果我真的是别人的私生子，那就更应该敬重我爸我妈，我爸是机车集团总装厂的装配工，我妈是机电工人，一对工人夫妻，把我养大，又供我上大学，让我成了一名机车集团总装厂技术科的技术员，后来又拿出所有的积蓄并卖掉房子，凑起来让我组建了一个从乐器到演出设备都是高水准的乐队，我的生命、生活、事业都是他们给的，私生子的事根本动摇不了我和他们的关系。我主动离开娱乐界，不是我怂了，而是为了保护他们，以后我只在'星海车间'和一些酒吧演唱，不争名不争利，别人又能拿我怎么样？""你不觉得这是屈才吗？你本来可以大红大紫，甚至我都想过，如果你按照《'九一八'大合唱》的路子走下去，这一届的'嗨王'说不定就是你。""哪也没有我爸我妈的名声重要，我不是一个不检点不干净的人，但当我实在说不清别人为什么会拍下那几张不雅照时，就只能赶紧撤退，我不想辩白，不想反诉，不想喊冤，原因就是不想因为沸沸扬扬而让爸妈担忧，甚至污脏了他们的纯洁和善良。"施欣萍知道，已经用不着说服铁大钢放下包袱，投奔"铁碳合金"了，他是对的，急流勇退的结果未必都是销声匿迹，要不然怎么还会有"东山再起"呢？谁又能说"星海车间"跟大红大紫没有缘分？"机车头"解散了，属于他们的音乐却还是在空气中流转，就像弥扬在天上的种子，一旦气候适宜，就又会落地生根，春绿一样在大地上滋蔓。她突然放下刀叉站了起来："不行，我得回了，乐队还等着我排练呢。""争夺前12名你们打算唱什么歌？""本来要唱一首大家已经排练过好多次的《熔炼之恋》，现在我又改变主意了，新写一首。""来不及了吧？""是有点仓促，就算抓紧时间也未必能练熟，但生疏的不一定是必然要失误的，距离感说不定会带来另外一种效果，那就是因好奇而激动而投入而专注，情绪在激动的时候最容易产生能量，如果恰好这样的激动也是受众的激动，两种能量便会对接成音乐的能量，一个一夜蹿红的歌星、一首广为传唱的歌曲、一个粉丝亿万的乐队就是这种能量的产物。"铁大钢笑着摇摇头说："得有多么罕见的偶然性才会遇到你说的这种好事，很多时候是运气造就一切，希望你的运气比复赛第一轮更好些。""我的运气向来不好，所以我不相信它。"施欣萍说着，快步朝门外走去。铁大钢相随着她来到小蚂蚁旁边，问道："什么时候再来？"施欣萍没有回答，只叮嘱道："要是那个人也会修改《中国狂想曲》，你一定要告诉我。""没问题，你是想知道修改，还是想知道这个人？""都想知道。"小蚂蚁风驰而去。

施欣萍把她的新歌起名叫《轨道交通》，从写出到排练再到演出，仅仅用了不到三天时间。就跟她预期的那样，他们不仅没有失误，激情澎湃的演出还给比赛现场带来了起身长时间鼓掌的效果，评委和场内场外观众投票的结果也显示了这首歌的魅力，音乐的能量演绎着推波助澜的奇迹，"铁碳合金"的名次超过了这一轮已经上台表演的所有乐队和歌手，暂时名列第一，施欣萍的名字冲上了热搜榜。还有十个乐队的演出，只要有三个对手不如他们，他们就将进入前12名，亦即"最后的八度"。更让人关注的是，"铁碳合金"不仅超过了小组赛中获得第一名的"陆上风气"和获得第二名的"深海野兽"，还超过了夏蓉蓉领衔的"新织工"和朱晚领衔的"盾构机"。施欣萍明白，"铁碳合金"之所以能压住"盾构机"，并不是在唱作上高人一筹，而是他们的大提琴手"不是大卫波泊尔"居然会缺席如此重要的比赛。"盾构机"是一个弦乐队，尽管五把小提琴能表演乐曲要求的全部技巧，也能依仗演奏者的个人水平把乐曲推向完美和超常优秀，但大提琴毕竟有别的弦乐无法代替的功用，尤其是它在高音和低音之间的承上启下会给整个乐曲的演奏带去出人意料的丰厚和灵动，加上骆横在作曲时考虑到了自己高超的演奏所需要的复杂表现，也有意无意把治愈的情感渗透到了乐句的律动中，一旦缺少，谁是"盾构机"的灵魂立马就看得清清楚楚。施欣萍寻思：这个大提琴手怎么了？在网上搜了一通，没看到什么有价值的信息，就只好不去想了。"铁碳合金"的其他成员都有些庆幸，肖蚌说："他们是不打自倒，不等我们费力清障，就主动让道了。好啊，好啊。"乔普林在施欣萍的那架"博兰斯勒"上弹起了《轨道交通》，这是录音棚里最值钱的东西了，都说它是"镇棚之宝"。她弹着说："幸亏我们把《熔炼之恋》换成了《轨道交通》，前一个虽然也不错，但还是欠了一点驱动力，人心是要驱动的，太绵太悲了就会往下沉，后一个勇往直前，铺的是轨道，走的是人心。"水手问："你是怎么想到要写《轨道交通》的？"施欣萍说："我去见了铁大钢,看到他不争不抢不趴下的状态,脑子里突然就有了音乐,心想本该由铁大钢他们拿出这样一首歌,但他们是翻唱乐队,编曲可以,创作不行,那就只好我来了,当仁不让。"水手问:"看样子你跟他的关系就跟他的名字一样?""没有你想的那么铁,我就是有点同情他,毕竟他是个一流音乐人,不希望就这么沦落下去。"水手凑到她耳根里小声问:"我是几流?不会不是一流吧?""我是几流你就是几流。"水手高兴地跳了一下,拿起吉他,拌和着乔普林的钢琴唱起来。同时唱起来的还有肖蚌、夏夏和柳浪。他们都是第一次遇到这样的情况:在参加完比赛后,还会对同一首歌燃起更加浓烈的情绪。

> 按照轨道的飞翔在鸟诞生时就已经开始了,
> 从南方到北方,
> 从亚洲到欧洲,
> 没有痕迹的航天通道,
> 看不见的穿云破雾,
> 我的北回归线,
> 在地球育成碧蓝与金黄的瞬间,
> 脉连起阿尔卑斯和阿特拉斯的筋骨,
> 而喜马拉雅的搏动一如海的吐纳,
> 生命的呼吸从此启动。
> 我站在轨道交通的滩头,
> 望见了所有行星的如此这般:
> 那苍穹无际的马头星云,
> 那黑洞底部锚位灯的白塔,
> 那巨大的燃烧体无尽度的恒光普照,
> 莫不都是因为有了轨道?

一个电话让施欣萍离开音乐，走出了录音棚。是蓝雪打来的，说是粉丝们准备在"东方船舶"搞一个联谊会，庆祝"铁碳合金"获得"暂时名列第一"，激励大家继续加油，确保乐队顺利进入前12名。施欣萍说："还是低调一点的好，万一进不了，那就是自己打自己的脸。"蓝雪笑道："可是粉丝们不这样认为，他们说这就跟拔河一样，喊声越大力气也就越大，有百分之一的希望，就要做百分之百的努力，何况我们的胜算是百分之九十。要不然一旦来了'万一'，我们会后悔死的，为什么连该做的都没做？最好的姿态是，你们低调，粉丝们高调。""那还不是一样，我们跟粉丝能这么分开吗？""能的能的，想分开就分开，不想分开就不分开。""千万别这样想，我们时时刻刻不分离。""太好了，我这个电话没有白打。""你是不是想让我们去一趟？"蓝雪笑道："哪敢有这个奢望，就是希望你能关注一下。""从现在到确定'最后的八度'，再到开始第三阶段的决赛，至少还有一个星期，你就说个时间吧，要是凑巧，我们一定去。"蓝雪高兴得喊起来："真的？我代表东方船舶制造集团公司的1万多粉丝衷心感谢你。时间可以由你来定，你们什么时候来，联谊会什么时候开。""那就明天晚些时候吧？"施欣萍说着，突然听到水手吹起了圆号，伴奏着夏夏被生活夯实了的嘶哑的独唱，几句过后，响起了一个陌生的声音，她走进录音棚一看，居然是沈飞，他也开始唱了，嗓音还不算太孬。肖蚌走到架子鼓跟前，拿起鼓槌，随心所欲地敲打起来，节拍跟旋律是天然的契合，又有点脱离，但效果却是最好的。施欣萍愣愣地听着，脑子里豁然一亮："铁碳合金"之所以不如"盾构机"，她的所有歌曲之所以还需要高手修改，就是因为她没有留下更多让乐手和歌手自动发挥的地方，她死死规范了每一个音符的弯曲伸展，让所有的乐句都按照无法减少和增益的旋律线走向了既定的方向，结果就是拒绝了别人的参与，让那些只能在演出现场才会被激发的灵感毁灭在了已有的程式里。她想起了那个高人对她的修改，几乎每一条旋律线、每一个织体、每一个乐句的结尾，都是开放式的，都留下了共同创造的期待。比如在按照音程移调或更改调号移调时，往往会加上"也可"二字。比如把一段体写成两段体，把两段体写成三段体，把三段体写成四段体，多余的一段是否演奏让乐手和歌手自己选择。比如升记号和降记号的同时出现，让不同音高的乐器和歌手拥有或升或降的主动权，甚至还会把一首歌的曲谱写成乐队总谱的形式，让所有类型的乐器和歌手都适合参与表演，而不仅仅是吉他、贝斯、键盘、架子鼓加主唱的专属乐谱。可见高手的强大不仅是因为自己具备了高超的能力，更在于他懂得如何适时地让别人的才情成为自己的一部分。肖蚌又敲又唱，并没有想到施欣萍正在默默记忆，那些被他发展和再造的地方，将起到修改并提升原唱的作用。她朝他跷起了大拇指，喊道："再来一遍。"肖蚌更来劲了。包括施欣萍，所有人都加入了演唱。

> 自从缩短成为理想，
> 距离的符咒，
> 让时间贬值的魔法，
> 就被破解成了无谜之语，
> 那铁轨托起的箱体，
> 那煤渣和蒸汽驱动下的奔驰，
> 那被地下隧洞诱惑而来的电光石火，
> 揭幕了一个让飞翔变作地上运动的时代，
> 你是大鸟的影子，
> 是暗茫中的破晓，
> 是跃跃向前的支点。
> 你从开端出发，

一把抓住结尾，

大喊一声：快啊，我们的速度。

而时间却散漫成习，

让轨道树的成长，

在我们的意志里，

结满了零距离的果实。

又是一个电话，屏幕显示是"50炉火锅"。范强说："听说你们要去'东方船舶'参加联谊会，搞不搞演唱？""跟粉丝们见面怎么可能没有演唱？人家投入的是财力物力和时间精力，我们能有什么报答？除了唱歌还是唱歌。""我就说嘛，施欣萍会怎么做我还不知道？店里一些伙计不信，说你已经是大牌了，一定会摆足架子，能不能演唱得看场合高档不高档，哪能随随便便的，糟践了自己不说，还会让粉丝失望。我就跟他们打赌，说施欣萍绝对不是你们想象的那种人。""对我们乐队来说哪儿有粉丝哪儿就是舞台，场合的高低贵贱在于粉丝的多少，粉丝越多档次越高，就这么简单。""这么说我赢了，中午请你们吃饭吧？明天我也去，我在群里和店门上已经贴了通知，让粉丝们都去。""饭就算了，我们得抓紧准备，还不知道要演唱什么。""就唱你们胜出的《轨道交通》。""那也只是一首，至少得准备五首。"挂了电话，又给乐队的人说起去"东方船舶"参加联谊会的事："打起精神来，这跟登上比赛舞台是一样的，绝对不能马虎。"肖蚌问："给钱吗？"水手说："你就知道钱。"乔普林说："给钱我们也不能要。"肖蚌说："我也是这个意思嘛，你们紧张什么？"施欣萍说："那就练起来，柳浪你去准备中午和晚上的盒饭。"肖蚌说："光吃盒饭？"水手说："能给你管盒饭就不错了。"肖蚌说："我是为你考虑，你不是爱喝酒吗？"施欣萍说："那就一人加一罐啤酒。"肖蚌说："权利是争取来的,不争取的人不该有,水手的一罐我喝了。"说着便又敲又唱起来。水手跟了上去。乔普林的高音扶摇而上。

> 用全力寻求解脱的是自由,
> 用语言寻求回答的是疑问,
> 用光射寻求契合的是思想,
> 用血脉寻求延续的是生命。
> ——轨道交通,
> 有飞架也有洞穿的缩小,
> 就这样让人际贴上了亲密的标签。
> 空间不再是我们的束缚,
> 被释放的感情刹那间走向融合,
> 当工字铁等于幸福的尺度,
> 速度变成繁荣的基因,
> 城市来到乡村的界头,
> 我们曾经泪流成河的寄寓,
> 我们的瞩望,
> 从此消失了远方。
> ——轨道交通,
> 带给我们无数的近邻,
> 以及拥挤和争夺,
> 而黎明送来的却是静夜后的狂喜:
> 我看到两个平行的枝杈托起的绽放里,
> 有我终生必娶的美丽。

"东方船舶"的联谊会在衔接着"船舶广场"的海边沙滩上举行。

这里不收场租费，还有一个可以利用的钢架结构的舞台，是两天前结束的"沙滩冬泳节"留下来的，1号船坞的副总经理李昂靠着自己的人脉，说服人家晚两天拆除，包括台上台下的照明，又去集团工会求助，借来了一整套最先进的音响设备。"坞群"里，因为音乐而被拥戴为新群主的蓝雪，发布了施欣萍和"铁碳合金"要来参加联谊会的消息，消息很快就被转发，集团公司上上下下的人没有不知道的，等联谊会就要开始时，蓝雪发现，簇拥在沙滩上的人至少有4000人。她对李昂说："怎么这么多？"李昂用眼光大致数了一遍说："不止4000，可能大部分是'东方船舶'以外的人。""我觉得应该是一半对一半，刚才见到鲁明洲家的丁芳，她说船舶技校现在上课的和派去各船坞实习的学生都来了。我问她他们怎么可以不上班呢？她说请假呗，你们的号召力挺大，很多人宁肯不要奖金也要来参加联谊会。我说我们算老几？是音乐和施欣萍的号召力。"李昂沉吟着说："这是我们没有想到的，会不会影响生产呢？"蓝雪笑道："不至于吧？只要是准了假的，工段长就已经考虑到生产任务了。""倒也是，你去吧，那边来了一辆车，看是不是施欣萍他们来了。""你也得去，正好我可以拿着实物当面感谢人家一下，因为你们的音乐，我有了我爱的人。""你应该说爱我的人。""我都要说。"两个人朝沙滩边际走去，蓝雪把身子靠向李昂，李昂伸手揽住了她的腰。突然，两个人跑起来，他们发现"铁碳合金"的小面包停在了一个惹人注目的高地上，四面八方的人都瞩望着那里。

施欣萍和"铁碳合金"刚一下车，就引起了一阵骚动。先是有人大喊一声："施欣萍来了。"接着就是此起彼伏的尖叫。人流朝沙滩边际的高地涌去，一下子堵住了乐队前往舞台的路。许多人伸出了手，希图握住施欣萍的手，但施欣萍却把手牢牢地缩在衣袋里。她明智地意识到，此刻只要她开始跟大家握手，势必引发波浪般的你推我搡。她带着乐队往前走去，看到水泄不通的人群没有分开让道的意思，就急转身回到了汽车里。汽车又开始启动，一点一点朝舞台挪去，很多人趴在了车上，车只好停下来。李昂带着1号船坞的一些工人拼命挤到了跟前，手挽手，环绕着汽车，用喊叫和推搡制止着人群的争先恐后。人群后退了一点，汽车又开始挪动。蓝雪在舞台前拿着喇叭喊起来："粉丝们都到这边来，我有话要说。"她说如果大家一直都这么拥挤，施欣萍的汽车就会扭头就走，再也不来跟大家见面了。"为了让我们近距离听到施欣萍的歌声，我们必须约束自己的行动，大家排队站好，都到这边来站好，忠诚的粉丝们，请说服你周围的人。"很多人离开汽车，来到了蓝雪面前。汽车在李昂的引导下缓缓走向舞台后面的活动板房，那儿是乐队的化妆间和休息的地方，不长的一点路，居然走了三十多分钟。终于到了，李昂和那些工人组成三层厚的人墙，保护着施欣萍一行尽快下车，消失在了活动板房里。他望着面前还在挤来挤去的观众，告诉身边的工人："你们就守在这里，小心人群把板房推倒。"然后去一边给派出所打电话，希望能有警察来这里维持秩序。派出所的值班警察非常吃惊："你们是什么活动，怎么查不到备案？""就是歌手和歌迷的一个联谊会。""到了多少人？""四五千吧。""啊？公共场合的聚集超过200人就得向公安机关申请批准，你们得到批准了吗？""我们没想到会来这么多人，也是第一次搞联谊会，不知道需要申请，现在怎么办？""还能怎么办，请示上级呗。你的单位、身份证号码、联系方式？"半个小时后，三辆警车、十多位警察匆匆到场。为首的警官找到李昂，要求他立即取消这次没有任何合法手续的聚集活动。李昂说："恐怕已经取消不了了吧？乐队已经来了，我说散，大家就会散去？"警官也意识到如果硬性驱散，很可能会引发冲突，就说："谁组织的活动，谁就得承担责任。你知道你给我们带来了多大麻烦？很多人都下班回家了，现在又得叫回来执行任务。万一出事，你就是蓄意制造事端的主谋。"李昂显得比警官还要着急：

"这都是后话，要紧的是麻烦你们立刻维持一下秩序，该承担的我一定不会推辞。"警官说："那就让乐队赶快离开，而且要悄悄的。""要是这样歌迷一定会失望，万一发泄起不满，收拾不住怎么办？""你的意思是这个会非开不可？那就快点，减少内容，一个小时内结束。"李昂答应着，转身就走，突然又回身说："请给我们一个半小时。"回答他的并不是警官，而是他的手机。他的师傅1号船坞的总经理来电话了："你在搞什么？吸引了那么多人，余湘子都告到吴旭光跟前去了，吴旭光给我打电话，问我知不知道今天晚上的活动，我说知道。他说你知道个屁，别再包庇了，出了事连你一起追责。"李昂说："师傅你放心，已经来了警察，不会出什么事。""我也知道是余湘子他们想搞事，给你打电话不是想制止你，是想提醒你，事情很可能已经无法挽回了。""我知道，但我不后悔。""你当然不能后悔，因为毫无用处。"

3

联谊会按照既定的程序开始了，首先是一群会唱歌的粉丝登台串烧了施欣萍的八首歌。接下来便是分享听歌心得，几个能说会道的粉丝轮番上台发表了他们对施欣萍音乐的评价，自然是极尽赞美又充满期望的：施欣萍和她的"铁碳合金"一定能进入前12名，在"最后的八度"中脱颖而出的"嗨王"，一定属于我们，加油，加油！之后便是"铁碳合金"的演唱，第一首歌自然是《大船是怎么造出来的》，之后便是《熔炼之恋》，因为李昂没有告诉施欣萍警察对时间的限制，她根据粉丝的热情和不断增加的人数，又临时加进去了几首包括她的成名曲《从好望角到合恩角》在内的旧歌，当最后一首《轨道交通》出现时，两个半小时已经过去了。好在警察没有再来催促，他们似乎也成了观众的一部分，兴趣盎然地观看着演出。海在不远处喧哗，风和浪的组合让声音的节奏跟人们的掌声发生了奇妙的重叠，加上不时地出现在海里的神秘而频繁的喝彩，就像所有的海洋生物尤其是海豹海狮海象们以及大型的鱼类也都成了联谊会的参与者。与此同时，灯光对海面适时进行了改造：不仅是闪亮的，更是多姿多彩的，飞起的不再是稍纵即逝的浪水，而是长时间羁留不去的花朵，有牡丹，有芍药，有秋菊，有冬梅，有蔷薇，有迎春，每一朵花都伴随着一种不同的音色：清亮的、温柔的、尖细的、宏大的、悄声细语的。能从舞台上直面大海的施欣萍关注到了海的瑰异，就尽量唱得强大结实，一道声音之墙转眼之间高高垒起，海的回音出现了，听起来就像一种潮来潮去的运动。乔普林紧紧跟上，让自己的歌声和吉他心悦诚服地变成了施欣萍的翻版，要不是她那张在灯光下格外醒目的国际脸，观众甚至都感觉不到那种空灵而高妙的歌声是两个人的汇合。心领神会的水手立刻改变了音调，自然而然地把自己的表演融入了海的喧阗，是高音，是G谱号的婉转流淌。肖蚌的架子鼓变成了灯火里的海鸥，闪闪烁烁地炫耀着高空里的飞翔，间或传来几声锐叫，就像欢快无际而又思虑重重的言说。夏夏的低音依然稳重而奇特，用哭声表达欢乐的技巧在他这里已经臻于完善，独特的嘶哑如同海浪滞重地摩擦着砂砾铺成的陆地，眼看就要结束了，在蓝雪的请求下，包括"牛心拐孤"和"50炉火锅"在内的100多个铁杆粉丝，拦住了试图涌向舞台后面，近距离接触施欣萍的人群："大家都是文明人不是野蛮人，是有素质的粉丝，素质创造秩序，懂吗？再说施欣萍他们的演唱够卖力的，已经很累了，就不要再去打搅他们。"警察反而清闲了许多，都过来给李昂打招呼，不止一个警察说："祝贺啊，演出很成功。"甚至有个警察说："你们居然能把施欣萍请来，下次要是再来，提前告诉我一声，我姓张，打派出所的电话就能找到我。"李昂说："看样子你很熟悉她？""喜欢她的歌,但不是她的粉丝,但现在是了,线上和现场绝对不一样,我不能说我没受到震撼。"

观众纷纷散去,警察走了,100多个铁杆粉丝大部分也告辞而去,只剩下几个搬运演出设备的人。海滩安静下来,蓝雪和李昂的身边只剩下了"50炉火锅"范强和"牛心拐孤"牛主席。牛主席本来也要走,硬是被范强拽住了:"你一定要把你的事给施欣萍说说,粉丝的不顾一切对她和她的乐队也是一种鼓励。"四个人朝舞台后面的活动板房走去。施欣萍从窗户里看见了,走出来迎接他们:"辛苦了。"蓝雪说:"你们才辛苦,我们辛苦什么?我们是在享受。""为这么多粉丝演出,我们更是享受。"范强说:"饿了吧?去吃饭,我请。"李昂说:"我已经安排了,不用你操心。"牛主席说:"我就不去了,还有事。"施欣萍一把攥住她:"什么事?你必须去。"又回头冲板房里面喊道,"走喽走喽,吃饭。"他们带上乐器,坐车离开沙滩,穿过"船舶广场",停在"船舶步行街"的南端。李昂带着他们走进了街中一家正在播放施欣萍音乐的饭店。沈飞说:"哎哟,我好像忘了锁车门。"蓝雪一把夺过沈飞手里的车钥匙:"你别动,我去看看。"说着转身就跑,看进出正门的人很多,就从边门溜了出去。她来到小面包跟前拉了拉车门,果然没锁。返回饭店时她在门口碰见了陈丽,吃惊地问:"你怎么在这里?"陈丽的脸唰地红了:"我是跟着你来的,你怎么反而在我后头?""有事吗?你看我问的,你肯定不是来找我,是想见见施欣萍吧?"陈丽嗫嗫嚅嚅地说:"我当然想见施欣萍,但我更想见到你。""见我?明天在船坞工地上不就见了?"陈丽低头不说话。蓝雪说:"走吧,一起吃饭,正好你可以跟施欣萍聊聊。"陈丽犹豫着,像是转身要走的样子,突然抬起头说:"咱们都是工人,我也是你带出来的,不玩拐弯抹角那一套,我就直说了吧,是余副总工程师让我来的。他让我跟踪你们,看你们都在干什么?我就想实话实说,你要防着他一点,他这个人不怎么地道。""我就一个工人,防他干什么,他还能不让我干活?""就因为是工人,人家整起来才容易。""整我干什么?我又没得罪他。""反正能说的我都给你说了,心里也就不愧疚了,防不防是你的事,我走了。"陈丽很快消失在霓虹璀璨的街头拐角。蓝雪琢磨了一会儿才走进饭店,来到包间,看到李昂正在说话。

李昂说:"今天这顿饭是为了庆贺施欣萍和'铁碳合金'的胜出,大家要吃好喝好。"施欣萍赶紧起身纠正道:"就算能顺利进入前12名,也不是真正的胜出,所以这顿饭不能是庆贺宴,而是工作餐,务必简单一点。"李昂说:"这是我们这里的一家中档饭店,做不出高级的菜来,想复杂也办不到。"说着话,菜就上来了,菜品和东道的热情自然是成正比的:一桌丰盛的海鲜,囊括了几乎所有能上餐桌的小海鲜,酒是一瓶干红一瓶干白。李昂开瓶斟酒,蓝雪紧着劝吃劝喝,生怕慢待了自己的偶像。范强和牛主席也借花献佛地端起了酒杯,一个一个敬着。施欣萍知道工人的脾气直爽,用不着客气,就一边吃一边说好吃,像是她从来没吃过海鲜。乐队的其他人也就学着她的样子,采取了让主人高兴满意的姿态,放松地吃喝着,尤其是水手,不光给自己斟酒,还把施欣萍的酒端过来也喝了:"我替你吧,你的酒量我知道。"肖蚌匆匆忙忙吃了个半饱,就端起酒杯向主人告辞,说是这个地方有几个自己的朋友,他想去看看。柳浪问:"要不要我们等你?""不用等,我自己回去。"施欣萍叮嘱道:"别忘了明天还要排练。"肖蚌说:"我争取不缺席。"水手说:"你绝对不能缺席。"乔普林说:"什么朋友,不会不见面吗?"肖蚌说:"人家知道我来了,我不露面说不过去,人嘛,总是生活在别人的需要里。"水手问:"他们需要你干什么?"肖蚌说:"多了,我可以满足他们的一切。"说着看了一眼范强和牛主席,"上一次你们去管风琴酒吧参加'回归音乐源头'的主题派对没怎么尽兴,下次再去吧,定了时间我通知你们。"范强说:"我们就算了，酒吧里的酒喝不惯，我们还是喜欢饭桌上喝酒。"牛主席说："你是挑着邀请的，我们等了一会儿才走人。"肖蚌说："主要是你们酒量太大，越喝越清醒，所以就无法体验音乐的源头风情。"牛主席说："非得喝大吗？"肖蚌说："就得有点醉意才行。"牛主席还想说什么，肖蚌的手机响了。他压低嗓门，边往外走边说："你好'岸桥风'，我马上就过去，再等五分钟。"声音小得像蚊子叫，但还是被施欣萍听到了。她望着肖蚌离开的背影，沉默了一会儿，突然问沈飞："你喝酒了没？喝了的话我现在就叫代驾。"沈飞说："给你开车，哪敢喝酒。"水手说："要是给别人开车呢？"沈飞说："我这辈子不会再给咱乐队以外的任何人开车了，不信走着瞧。"乔普林说："那咱就动身吧？"大家都站了起来，感谢李昂和蓝雪的招待。施欣萍说："我是钢企子弟，却从来没有在大场合里专门为炼钢工人唱过歌，倒是在'东方船舶'一连唱了两次，好像我跟造船工人的缘分更深些。"蓝雪说："我们太荣幸了，能把你请过来。"施欣萍说："以后不用你们请，我自个来。"蓝雪说："太好了，你就把'东方船舶'当成你的第二个家。"乔普林说："不是第二个家，是新家，正好老钢城要拆除。"施欣萍说："你怎么这么悲观？我说了'铁碳合金'是老钢城的绝对地标，一定会留下来，不信我们打一赌。"乔普林说："你就生活在自己的世界里，别人怎么想你并不知道，我不跟你打赌，打赌你准输。"范强说："我看未必，现在谁不知道施欣萍和'铁碳合金'，敢拆掉录音棚的人恐怕还没生出来，首先粉丝不答应，而粉丝是到处都有的，据我所知，'海岸钢铁'搞拆迁的人里就有不少，他们怎么会挖偶像的墙脚呢？"乔普林问："你是不是也想把50炉火锅店保留下来？"范强说："想过，也知道是白日做梦，好在火锅是人人爱吃的，拆了房子我就去摆地摊。"施欣萍说："你没想着去'海岸工业园'看看？说不定那儿的人更需要你。""也想过，最后还是否定了，那儿没有'铁碳合金'，我去干什么？""总会有音乐的。""别的音乐不算音乐,我就是这么看的。"说着,望了一眼牛主席,"你怎么不说话?你不说我说,'年华制衣'的工会主席也就是我们的'牛心拐孤'已经被他们的老总年守常开除了,你们猜是什么原因?牛主席,你说说。"牛主席说:"我已经不是主席了,还这么叫我,就叫'牛心拐孤'吧。"大家都望着她。施欣萍瞪大了眼睛:怎么回事?

原来在"嗨王争霸赛"进入前12名的比赛开始前,"年华制衣"的老总年守常要求本企业的所有员工都为夏蓉蓉投票,后来听说很多人并没有听他的,就让人事部门一个一个追查,结果发现以工会牛主席为首的三分之一的员工都把票投给了施欣萍。他觉得夏蓉蓉的"新织工"之所以没有拼过施欣萍的"铁碳合金",就是因为"牛心拐孤"的离心离德。一个"年华制衣"的员工,在他手底下端饭碗,居然敢跟他对着干,这还得了?而且她还是个中层,还会影响并发动别人扩大离心离德的面积。这样的人他还要她干什么?当机立断,亲自草拟了开除文件,拿到办公室说:"打印,盖章,立刻在'年华制衣'的官网上宣布。""牛心拐孤"说:"我当时都蒙了,怎么会这样呢?跑去跟他吵。我说我崇拜谁不崇拜谁是我的自由,工作上我服从你,但私事由我自己说了算。他说员工无私事。我说我就不信了,一个人会没有私事?我偏有。我不仅不粉夏蓉蓉,还要说她的坏话,她是个傍大款的二奶,是个谁有钱有势就跟谁睡觉的势利眼,是个忘恩负义的小爬虫,凭什么要让我去崇拜她?没门。她是施欣萍发现的,唱的歌也都是施欣萍教会的,踩着人家的肩膀比高低,还想超过去,有这个可能吗?年守常气坏了,拍着桌子说你这个吃里爬外的女人,我不开除你开除谁?"施欣萍说:"何必呢,就为这件事,你应该听你们老板的,丢了工作划不来。""牛心拐孤"说:"我怎么可以按照别人的喜欢去喜欢呢?尽管他是我的老板。强迫我去给我恶心的人投票,这不是件小事，是原则问题，决不能违背。""那你以后怎么办？生存是第一要紧的。""没关系，天地大着呢，东方不亮西方亮，心情舒畅比什么都重要。"范强说："实在没地方去，也可以加盟我们50炉火锅店。"施欣萍说："你的火锅店不是快没了吗？""我是说我们可以去'年华制衣'的门口摆地摊，挣的绝对不比原来少。""牛心拐孤说"："也不是不可以，但我现在还不到那一步，我想清闲两个月再说。"范强说："你不是说你给你们老板还说了鲁迅吗？""牛心拐孤"笑了："我当时就说，鲁迅说了，真的粉丝，'敢于直面惨淡的人生，敢于正视淋漓的鲜血'。年守常说原来你有鲁迅给你撑腰，那你去找鲁迅，让他赏你饭吃。"水手插了进来："'这是怎样的哀痛者和幸福者？'没想到还有粉这个不粉那个就被单位开除的，你们是什么单位啊？""牛心拐孤"说："'在这淡红的血色和微漠的悲哀中，又给人暂得偷生'，离开了也好，咱不去苟且偷生了。"施欣萍沉默着，拿出手机想给夏蓉蓉打电话，让她最好说服年守常收回成命，又觉得已经没有必要了，就算没有开除一说，对"牛心拐孤"来说也应该是离开比不离开好。她走出包间，拨通了周轻舟的手机，小声说起了"牛心拐孤"的事，问他能不能帮忙给这位工会干部找个合适的工作？周轻舟沉吟了一会儿说："我试试，看我老爸有没有办法。""那就谢谢了，我等你电话。"施欣萍收起手机，看到蓝雪和李昂走过来，问道："今天怎么没见雷蕾？"蓝雪说："来了，后来又不见了，大概回去了吧，听说集装箱码头最近的装卸任务特别紧，还都是国际班轮，一刻也不能耽搁，她又是技术骨干，肯定忙得死去活来。"施欣萍又问："她的男朋友呢？"蓝雪说："本来是形影不离的，但是今天没看到，好像没来吧？"施欣萍警觉地想："雷蕾的男朋友没来，肖蚌很可能是跟她单独约会的，他想干什么？"想着，立刻把电话打给了肖蚌。肖蚌不接。施欣萍带着乐队的人向李昂和蓝雪告辞。小面包飞驰而去。

送走了施欣萍一行，又送走了"50炉火锅"和"牛心拐孤"，蓝雪和李昂手拉着手，沿着海边朝龙门小区走去。他们已经没什么可以避讳的了，那座36层的公寓顶层，李昂的住宅，成了他们这个阶段出双入对的地方。蓝雪说："刚才吃饭时，我溜了一眼'纯净巴洛克'新发的帖子，好像他又在怼人，不知道哪个倒霉蛋又让他看不惯了。"说着拿出手机念起来，"这两天的比赛似乎在纠正这样一种倾向：凡是原创的就一定比翻唱的好。长期以来，音乐人和观众一直都很高看那些创作型歌手，以为只要是自己写了曲子和歌词，就一定胜过那些不会写歌的歌手。可是事实证明，百分之八十的创作歌手的几乎全部创作都是毫无新意的粗制滥造，庸俗和媚俗这两大弊病左右了他们的音乐，让他们远远落后于那些被一再翻唱的经典歌曲所达到的高度。大部分所谓的创作歌手其实并不具备创作的才情和能力，他们为创作而创作，其作品丑陋、难听、残缺、矫情，却还想以音乐创作的高深莫测来迷惑观众：'我是会写歌的歌手，我唱的都是我自己。'或者：'我既会写又会唱，我才是真正的音乐人。'我们当然期待全能型的音乐人才峭然孤出在这个时代，但也要明白，音乐有别于文学和绘画的地方就在于它的精细分工，有伟大的作曲家，也有伟大的演奏家，更有伟大的歌唱家和指挥家，几乎没有一个人能把以上四种身份全部统一在自己身上。也就是说，我们不必硬去创作，也不必硬去歌唱或者硬去演奏，把自己的特长发挥到极致，即便是单一的表现，也可能会成为了不起的音乐人。我为'嗨王争霸赛'中那些优秀的创作而衷心喝彩，也为层出不穷的拙劣而难听的创作而感到悲哀。赶快打住吧，那些永远只是自己在瞎吼瞎叫而不会被观众哪怕传唱一次的所谓创作，有这个工夫，还不如去唱唱别人的歌。在这个伪音乐和真音乐难分难解的年代，我们太需要一次醒人眼目的洗礼了，让泥垢沉底，让芙蓉出水，音乐永远都是以出类拔萃为目标的艺术。"李昂说："他说得没错,网络上泛滥着新歌,却很少有别人一听就记住的。"蓝雪立刻跟了一句:"除了施欣萍的。"李昂笑了:"对,还有'盾构机'的。""'盾构机'已经不行了,网上说他们的灵魂人物其实不是朱晚,而是大提琴手'不是大卫波泊尔',他们的歌也都是这个人写的,朱晚小心眼,容不下比自己强的,就炒了人家的鱿鱼。""网上的传说不可信。""但有时候也不能不信,比如'高楼大厦'的景翔,听说他真的是个坏蛋,比传说的还要坏。再比如余湘子,群里有人骂他是下贱到骨子里的小人,我本来不信,现在信了。"

李昂没想到蓝雪会把话题一下子拉回到身边来,从鼻腔里哼了一声说:"说他干什么?景翔再坏也还算是个有天赋的音乐人,专业是过关的,余湘子有什么?技术上一塌糊涂,就会在背后捣鬼。""是啊,他今天还在捣鬼,我就纳闷了,一个人怎么可以把时间和精力全部花在对付别人上。"蓝雪说着,把陈丽在饭店门口告诉她的话学了一遍,又说,"他派人跟踪主要是针对你的,你可要小心点。""明白,不就是想把我赶出1号船坞嘛,我走就是了。""你怎么这么说?好像他会得逞似的。""他这么善于折腾,得逞是迟早的事。""为什么?"李昂没有回答。"不会是因为我吧?"李昂一笑:"我要说跟你没关系那肯定是假的,但主要还是吴旭光这个人假公济私,图谋报复。""有证据吗?"李昂说起来:他跟吴梅解除恋爱关系之后,余湘子两次请鲁明洲吃饭,都是传达一个意思,吴旭光如何看好鲁明洲,想把他调去1号船坞。鲁明洲有点受宠若惊,觉得自己从来没巴结过集团副总裁吴旭光,怎么就被他看好了?余湘子告诉他,在整个集团现在还挑不出一个人能够代替李昂,挑来挑去就是他了。鲁明洲问为什么要把李昂换下来?余湘子就说了李昂跟吴梅拜拜的事,又明打明地说,如果鲁明洲能跟丁芳离婚,去追求吴梅,以后的人生就是大路朝天随便走了,想不灿烂都不行。蓝雪问:"这些你是怎么知道的?""鲁明洲自己说的,他虽然有往上爬的野心,却并不是个阴险毒辣的人,还保留着工人干部的'管道'脾气,不藏着掖着,就算使坏也要直截了当。他是想让我明白,一旦有一天他顶了我的位置,不是他在挤对我,而是我抛弃了吴梅得罪了吴旭光。我早有准备,尤其是今天晚上以后,我下他上的事基本就定了。""你是说今天晚上他们在开会研究?""我指的是联谊会,人家终于抓到了一个谁也无法袒护的把柄,一是组织这么多人聚集,还差点出事;二是聚集导致了那么多人请假,吴旭光和余湘子会拿出编造的数据,证明我们严重影响了整个集团的生产。我们有口难辩。""那怎么办?""认了呗。""不能吧?""天上得到的必须在地上付出,这是我的宿命。""你得到什么了?""你说呢?""我真不知道。""那我就让你知道一下。"他说着看了看海边的人,一把将她搂在了怀里。她"哎哟"一声,本能地撒着娇,推开他说:"你不会后悔吧?""我已经后悔了,后悔没有早点娶你。"这个冬天不太冷,海边散步的人比往年同时期要多一些,有情侣,也有带着孩子玩水的。沿着海岸线一路延伸的灯光如同熠亮的锁链,用金色规范着海与陆的界线,也绑缚着桀骜不驯的巨浪,海面鼓起来,像是有什么要破水而出,却始终没有出来。白色的海沫随着明暗不等的照耀慢腾腾起伏着,发出一些虚无而玄妙的声音,能让人对应着自己喜欢的歌曲哼起来。有一种音乐的流芳似乎并不需要乐器,水声、风声、海声、陆声都是它的载体,或者说归根到底它就是一种对自然的模仿,有些模仿人能听得懂,有些听不懂,因为自然的声音并不一定作用于人的耳朵,也未必非要跟我们能吸到的空气纠缠在一起。她蹲下来,摸了摸海的温度,把潮湿的手埋到冰冷的沙子里,停了一会儿说:"心里很难受,是我拖累了你。"然后起身望着他,流泪了。似乎海让她心里的哀伤更加切肤,也更像音乐的穿透。她在团聚之时拥搂着孤独,在热恋之中品尝着失恋之苦,在泪光的遮罩下寻找海陆分界线上的诗情画意,发现每一栋金碧辉煌的高楼、每一扇烂烂漫漫的窗户，都像是一个谜、一首歌、一片风景。她让他拉起了自己的手："走吧。"两个人慢腾腾走去，像两只被森林抛弃的鸟，消失在龙门小区的大门内。

一个星期后，浮船坞的副总经理鲁明洲代替李昂成了1号船坞的副总经理，因为总经理即将退休，已经主动放权不管事，他成了实际上的一把手。李昂在闲置了几天后被调往浮船坞，降职为工段长，主要原因除了联谊会造成的"恶劣影响"外，还有"巨无霸"奠基仪式上由蓝雪完成的"第一焊"，也就是整个工程第一个标准的"鱼鳞焊"，突然变成了有焊瘤和弧坑甚至内凹和过烧的次品，而且不可思议地开裂了。李昂的第一个反应就是有人在背后做了手脚。但新上任的副总经理鲁明洲和负责质检的副总工程师余湘子一口咬定是一起责任事故：原副总经理李昂不负责任，任人唯亲地把如此重要的"第一焊"交给了自己的女朋友。他们迅速汇报给了集团，吴旭光以集团党委的名义，宣布了对李昂的降职处理和提拔余湘子为1号船坞总工程师的决定，理由是他工作认真，不徇私情，及时发现纰漏，挽回了无法估量的损失。这样一来，能够决定"东方船舶"进入世界船舶制造先进行列的"巨无霸"冰级运输船"现代号"的制造，就开始由鲁明洲和余湘子主持了。几乎在同时，陈丽被任命为电焊一班班长，蓝雪作为一个普通电焊工被调回制造帆船的4号船坞。她走时余湘子说："我知道你很委屈，要是换了我，我肯定选择离开'东方船舶'。"蓝雪笑着说："那就看以后了，如果你能成为整个'东方船舶'的老大，我肯定走人，只要能离开你，哪儿都是好地方。"

郁闷笼罩在蓝雪和李昂的头顶，挫败感伴随着他们开始了"重头再来"的生活，而他们的偶像施欣萍却因为在争夺前12名的第二轮复赛中表现出色，进入了"最后的八度"。前12名不分先后，排名以乐队第一个字的拼音为序，景翔和他的"高楼大厦"、朱晚和他的"盾构机"、夏蓉蓉和她的"新织工"以及陆上风气乐队和深海野兽乐队都在内。令人惊讶莫名的是，已经流泪宣布告别"嗨王争霸赛"和主流舞台的铁大钢和他的"机车头"，居然奇迹般地名列其中。施欣萍立马打电话给铁大钢："祝贺啊，这么快就东山再起了，说明你没事了？"铁大钢说："我也不知道有事没事，也许组委会已经调查清楚，我是被诬陷的。不过我还得等一等，看一看，不能他们让我复出我就复出，我是个人，不是机器。再说了，不明不白的复出更会增加人的猜疑，本来差不多已经风平浪静，现在却又要涛声依旧，我爸我妈肯定受不了，对他们来说名誉第一，我不能用自己的名利糟蹋父母的名誉，除非我能说清楚，那几张不雅照是制作出来的，不是现场拍出来的。""清楚不清楚首先得看态度，你坚决不承认就是一种态度。""可万一我真的不清不白呢？""组委会能把你和'机车头'放进去，肯定会有个说法，不然怎么给观众和粉丝交代？你应该打电话问问。""问了，他们说身正不怕影子斜，你唱你的歌就是了，管那么多是非干什么？""那你没问问穆教授？他跟你是绑在一起的，如果他还是第一主任评委，说明网上的流言一风吹了。""也问了，人家说想请穆教授回来，但穆教授拒绝了，现在的第一主任评委是卫秋。""不管怎么说，我相信你没事。""我也不想给自己揽事，是事情到了你头上，你就得想办法应对。""那现在怎么办，马上就要比赛了，你要等多久啊？""我也不知道。""别的人呢？""还有什么人？""乐队啊，不是解散了吗？""又没有死掉，都还是活蹦乱跳的，我一叫就来了。""那你不能擅自做主，得征求一下他们的意见。我建议你们一边讨说法，一边抓紧排练，很可能就是'铁碳合金'跟'机车头'之间决定大王小王。"铁大钢半响不说话，施欣萍要说"拜拜"，突然又听他说："非要让我唱的话，我就唱《中国狂想曲》，你觉得怎么样？""很好啊，是你们'星海车间'的正规产品。""编曲是你帮我搞出来的，万一我赢了，你不后悔啊？"施欣萍笑道："看来你还是不想放弃，告诉你我是留了一手的，你赢不了我，除非你知道哪儿还有缺憾，再使把劲。""我没劲可使了，就等着神人指路呢。我把我和几个临时乐手的演奏早就放在了'子午线'上，那个善于画龙点睛的高手到现在还没有出现，不会是走了吧？""没走。""你怎么知道？""感觉，音乐人的感觉绝对准确，不到'嗨王争霸赛'结束，这个人绝对不会离开。"

第三阶段的比赛也就是决赛就要开始：第一场比赛将决出整个"嗨王争霸赛"的前三名，第二场比赛将在前三名中产生"嗨王"和"嗨王乐队"。"铁碳合金"的人都很兴奋，却不知道下来的比赛该唱什么歌，因为除了《轨道交通》，施欣萍对所有以前的创作都不满意。乔普林说："那就唱《熔炼之恋》吧，大家已经练熟了。"施欣萍说："唱什么也不能唱它，我们在'东方船舶'的联谊会上已经唱过，而且传到了网上。"水手说："这有什么要紧的？联谊会又不是正式舞台，这首歌的第一次亮相还应该算是比赛现场。"施欣萍摇摇头："我不是这个意思。"但到底什么意思她又不说。她隐瞒了昨天杜松打来的一个电话：池馨出事了。《熔炼之恋》传到网上后，被池馨听到，觉得施欣萍是在谴责自己，就去老炉长办公室给老炉长诉苦，不知老炉长说了什么，她竟然当着人家的面从五层高的楼上跳了下来，幸亏楼下正好堆了一些用于产品包装的珍珠棉板，人完好无损，却把大家吓了一跳。施欣萍有点奇怪：杜松作为池馨的表弟，为什么要把这个消息告诉她？池馨为什么会对《熔炼之恋》那么敏感？就算《熔炼之恋》里有对她的不满，她为什么要去向老炉长诉苦，还会当着老炉长的面跳楼自杀？杜松说："你正在参加比赛，我不想干扰到你，知道一下就行了，不必多问。"说着就挂了。施欣萍一直纳闷着，却不想深究，杜松说得对，保持专注的演出状态是重中之重。夏夏说："施欣萍姐姐那就再写一首新的呗。"施欣萍说:"我想写,但脑子好像灌满了豆腐,一点灵感都没有。"肖蚌说:"我有一首歌,叫《安魂曲》,你看行不行?"说着拿出了手机。水手和乔普林都说:"《安魂曲》?不会是很低沉的那种吧?听着不来劲,嗨不起来。"施欣萍说:"你发给我,我看看。"她看了一遍,又哼了一遍,皱起眉头想了一会儿,诧异地问:"这首歌是谁写的?怎么会在你手机里?"肖蚌说起管风琴酒吧体验音乐源头风情的派对,说起"盾构机"的大提琴手"不是大卫波泊尔"喝醉酒后的创作。施欣萍激动地说:"那就是他了,给'盾构机'写歌的是他,给别的乐队修改歌曲的也是他,他修改了我的好几首作品,太厉害了,《安魂曲》集中体现了他的真诚和卓尔不群,非常漂亮。我现在想知道的是,这首歌是他写给谁的,别的乐队会不会演唱?"肖蚌说:"他是送给'管风琴'的酒吧乐队的,这个乐队的人都是铁大钢临时从机车集团推荐来的,不参加比赛。再说了,我在管风琴酒吧有股份,让谁首演我说了算。"施欣萍果断地说:"这次我们就唱它,《安魂曲》,听着好像不来劲,但力量是暗藏的,就像一棵树,在风中摇摆,表面上柔软,骨子里坚定,又像一排浪,看着摸着都是软的,但越软越有力量。"

乐队立刻开始排练,肖蚌已经很熟悉这首歌,最初几遍都是他用鼓点带着。几个人越练越有精神,乔普林不断地说:"太妙了,太妙了。"水手举着圆号说:"很遗憾它不是施欣萍的歌。"施欣萍说:"那有什么关系,只要是我们倾情演唱的,就都是'铁碳合金'的音乐。"连很少发表意见的夏夏也说:"曲调就像是我写的,那种感觉我一直都有。"乔普林说:"演唱这首歌我觉得我是有罪的,又觉得我是最高尚的,我做了那么多对不起人的事,又做了等量的对人有益的事。"水手说:"对对,我就是这种矛盾的感觉,好像无论谁的生活,只要面对生与死、罪与罚,音乐和拯救就会诞生在每时每刻。"施欣萍说:"它让我们想到纯洁的人面对肮脏时如何继续纯洁,清净的人面对喧嚣时如何继续清净。肖蚌你给乐队做了件大好事，我感觉我们靠着这首歌进入前三名绝对没问题。"肖蚌不吭声，一脸木呆。柳浪说："我去准备盒饭。"水手说："不需要酒，我已经醉了。"施欣萍说："那就用啤酒让我们醒醒。""好嘞。"柳浪跑出去了。施欣萍弹着吉他，望着肖蚌：他居然不接茬，难得陶醉。肖蚌也望着施欣萍，眼光直直的就像望着一面墙，看得出他心里在想别的事。不，不是想，是爆炸，是音乐的唤醒在内心深处产生的张力和迸发。他看到一种淹没正在出现，而他的逃逸就像鲸沉海底，巨大的抹香鲸不是死了，是再也没有力气游出水面呼吸了。旋律就在这个时候变成了出鞘的利剑，直击而来，斩断了欲望沉重的锚链，让那个地方一片钝痛、一片火烫、一片熠亮。哦，原来音乐不仅是情感的运载机，还是思想的燃烧体，火焰山的背后，是音符的童话，纯白的原野上，一个孤独的灵魂正在接受抟捏，它挣扎着，不想让那种无形的力量拿住自己，却又一次次发出诚实的告白：你想发财，想控制音乐，让歌手和乐手以及他们的粉丝都趴伏在你的脚下，你正在贩毒，你是罪恶本身，编织着海洛因的拖网，企图满载而归。

    就像远古的钻石进入最初的酝酿，
    千度高温的地幔之下，
    那些深深隐藏的年月是多么寂寞啊。
    大地的灵物，
    被火山喷发带到人间的晶体，
    在寻找镶嵌的长途里，
    选择了磨砺和隐忍。
    它知道在女人的激切里，
    从来没有安妥。

我是被天堂发落的精魄,
飘过天空,丢下惊雷无数;
我是星空角落里的孤儿,
被催动的流星,一路坠落;
我来到人心的地洞,
摘掉那盏白金的汽灯,
让黑暗的驻足变成有根的大树,
郁闭了所有的昼夜;
我是没有活力的烟袅,
涣散作萎靡的人姿,
畏缩了生命所有的机能,
而后发腐。

肖蚌意识到那天在管风琴酒吧,"盾构机"的大提琴手其实不是醉了,而是愈加清醒了,不然怎么会把歌曲写得如此到位呢?是针对性的奇迹,用飞起来的矛枪直戳最隐秘也最管用的那根神经。他那时执迷不悟,到现在依然执迷不悟。他俘获了那些不胜酒力的粉丝,让他们在恍惚迷离中不止一次地拿起了锡箔纸,却对那些喝酒如喝水的海量粉丝无能为力,比如蓝雪和"50炉火锅",他们喝完桌面上的酒就站了起来,说着酒吧的音乐实在不怎么样,为什么不能让施欣萍的音乐占领这里的话,向他伸出了手:"再见了,朋友,来吃火锅吧,拆除在即,恐怕再也吃不了几次。"他说着"别走"却不敢使劲挽留,瞪着比早晨起床还要清醒的他们,一个劲地告诫自己:放弃,放弃,万一他们拒绝体验再把奥秘传到网上去呢?何况好几个人已经被他搞定,酒水和果盘的成本早就回来了,自己不必懊悔白请了他们。他相信只要来管风琴酒吧的人体验一两次,百分之八十就会有第三次,然后就是欲罢不能，成为他贩卖毒品的下家，就像"岸桥风"也就是雷蕾那样，第一次第二次是他费尽心机、花言巧语邀请的，以后便开始主动在群里跟他打招呼了，问他什么时候还会有"回归音乐源头"的主题派对。他对雷蕾的确是下了功夫的，之所以如此，是因为她的集装箱码头桥吊司机的身份让他幻想不已，总觉得她能代表港湾和轮船让自己的视野变得更加开阔，就像小夜曲最终都会随着黎明的到来变成奏鸣曲甚至交响曲：风和日丽，属于他的日子一定都是风和日丽。一艘货轮缓缓靠岸，早就盯着它的"岸桥风"稳稳地开动吊机，迅速抓起一个白色集装箱，轻轻放在了他派人驾驶的平板车上。按标准箱柜毛重22吨、可装载68方货物计算，这一箱毒品能换来多少钞票啊？换了钞票再换个特大集装箱装着，直接开到晶英化工厂，让作为有毒物料储运工的爸爸和作为防腐工的妈妈看看，你儿子给你们挣了多少钱？赶紧丢下工作回家享福去，连退休金也不需要了。要是一艘可以运输1万个标箱的货轮上全是摞起的海洛因呢？那他是不是就可以吃掉有史以来所有的世界首富了？这样的幻想让他发疯，又让他惊怕不已，战栗是如影随形的。很可能去过多次"体验音乐的源头风情"现场的"纯净巴洛克"，却用一则迟到的帖子让灵魂的战栗变成了呆呆的守候。是的，面对对方的揭露，他的疯狂突然畏缩而去，郁闭而沉闷的时刻来到了，因为尽管他不是一个出色的音乐人，却并不缺乏对音乐的感觉。他看到音符的深意里有着火中营救的思想，旋律的指南告诉他了一个可以走出去的方向，而和声却从另一个角度做出了对位极佳的帮腔，节奏慢下来，又快起来，然后震荡大地，让直立的歪斜，让歪斜的倾倒，也让"纯净巴洛克"的帖子变成了一堆废话。废话是这样的："当'盾构机'的人走进管风琴酒吧，当'如此灿烂'和他的'深海野兽'唱着自己的队歌，老鼠一样回到废弃的工业基地一个破旧厂房的夹层里，当一沓沓银色的不燃纸变成死鱼的眼睛瞪着那些来来去去的人时,'嗨王争霸赛'还能继续下去吗？我们的乐坛还能平静地把最奢华的舞台捧给那些屡屡肇事的乐手歌星,那些作为粉丝的靓女俊男吗？我不相信金钱会绑架人性,名利会摧毁道德,不相信流行音乐的必居之地永远都是污泥浊水的被弃之塘,不相信我们的歌声不是'人'的歌声而是鬼蜮的嗥叫。"他倒是说得很隐晦,但只要是参与其中的人,无不明白一种被揭穿的危险正在逼临自己,包括他肖蚌。好在有了《安魂曲》,最初听到后的震撼过去之后,突然又有了新一轮的激荡,管风琴酒吧中彤彤的歌声和那几个乌合的乐手毕竟差远了能者荟萃的"铁碳合金",加上自己对演奏的参与,他似乎觉得所有的所有的都成了空,但空不是什么都没有,而是物质存在的另一种形式,就好比他可以借此走向《安魂曲》的高音部位,去敲响另一道未知而心动的门。那是动物园的门吧？一只从里面逃出来的斑海豹以为出了门就能看到海,其实呢,到处都是比动物园更糟糕的干渴的陆地。那就回去吧？不,已经回不去了,音乐一旦奏响,那就是开弓没有回头箭的凶猛趋势。我赚了500多万,还可以赚更多,只要不出闪失,5000万、5个亿都不在话下。但音乐是无情的,它会用极度顽强的渗透力,感染你的情趣,改变你的志向,就算你毫无闪失,也不能无穷无尽地利用它牟取损人利己的钱财。肖蚌的敲打更加来劲了,架子鼓在他手下变成了一个色彩斑斓的魔方,什么组合都会瞬间出现,也会瞬间泯灭,却只有一种组合是他的需要,是他身处黑暗极力回避却怎么也回避不了的遥远之光。突然,他停下了,站起来扑向了那架"博兰斯勒",他已经很长时间没弹钢琴了,不知道手指会不会听话,但心里的琴音已经响起,就算手下的黑白键会错误百出,心里的《安魂曲》却会以最正确的轨道奏鸣而去。

而我的心跳依然是月光的节奏，
大脑照旧显现少女的祈祷。
我看到我的影子飞镝而去，
让农人的镰刀弯曲成心的一瓣，
庄稼成熟了，少女成熟了，
餐桌消失着空旷和寂寥，
被暖化的冰雪流淌成奶和蜜的田野，
生活的幕布上终于有了光线。
我是镌刻之下的镂空，
是所有艺术的留白，
是那个画龙的古人忘记安装的瞳孔，
是天空的省略和海的盲点。
我进入人的思想左右他们的肢体，
把所有颓废的头脑切换成弘毅者的丰颅。

　　他弹得乱七八糟，但旋律音程的上行下行还是有的，度数也没有漏掉，和声若断丝连地伴随着，让人觉得他是睡梦里的下意识弹奏，绵软而柔韧。很快，琴声变得刚健起来，他肩并肩地和别人站到一起，跟上了施欣萍的主音吉他，跟上了乔普林的高腔引领，跟上了水手的圆号，跟上了夏夏的低音和声，他发现自己的弹奏从来没有这样自如过，好像钢琴才是他的主营乐器，看来他以前误解了自己，不是弹得不好，而是压根儿没找到感觉。有一种感觉只属于弹琴，那就是你不是人，你是千手千眼的神，是神性的天籁选择你做了它的代言。吉他慢慢消歇，施欣萍过来拍了他一下："还不错，但就是缺少炫技，起来我教你。"施欣萍的弹奏果然比他好许多。他听了一会儿，不断点着头："这才是曲谱所要求的'安魂'效果。""你再试试。""OK。"虽然他的炫技没有施欣萍娴熟，但也不是一只菜鸟的水平。他喊一声："再来一遍。"音乐大作，几乎要爆出录音棚了，是他心里的录音棚，正在体内翻江倒海，而头顶却是白花花的无影灯。音乐的手术刀竟是如此犀利，直剜他的精神毒瘤，他疼得大叫一声："哎哟妈呀。"又赶紧闭了嘴。止疼是需要麻醉的，杜冷丁还是海洛因？最好的麻醉剂就在口袋里，静候着他的触摸。自从开始发财，他的口袋就从来没有空过，里面不是"药丸"，就是用"药丸"换来的钞票，什么时候摸都觉得很舒服。他把手指从键盘上离开了一点，伸进了口袋，突然又一阵战栗，痉挛似的抽了出来。作为一个长期接触毒品并对它有深透了解的人，他知道别人无法承受的，自己更加无法承受，所以他是只贩毒不吸毒的。但是现在他需要麻醉，需要不再如此清醒地活着，因为音乐的匕首正在一次次戳向自己，心烂了，肉体更烂了，音符的盐粒铺满了伤口，血在喷溅，出现和消失的瞬间里，是花的怒放，多么美丽啊，鲜花的园圃，有蜜蜂嗡嗡飞翔，那是他的灵魂在言说迷人的思想。肖蚌站了起来，大声说："你们继续吧，我要出去一下。"柳浪说："盒饭来了，还有啤酒。"肖蚌说："啤酒不过瘾。"

他来到门外，眯缝起眼望了望高悬的太阳，大步而去。酒，第一家被他撞见的小超市向他奉献了一瓶65度的白酒。他在马路牙子上磕开铁质的瓶盖，攥在手里，像个放浪形骸的愤世者，旁若无人地喝起来，一条街没走完就喝光了，怎么这么好喝呀？又进入一家超市，想买一瓶同样的白酒，没有，就又返回第一家，把手机对准了收银台上的二维码："还有吗，这样的酒？再来两瓶。"他一手攥着一瓶，边走边喝，喝酒的瞬间唱着歌，还是《安魂曲》，不朽的那不朽的《安魂曲》却没有能力安驻他的灵魂，他觉得自己失落得一塌糊涂，什么都没有了。两只酒瓶几乎在同一时刻装满了空气，他扔进了垃圾箱，又从垃圾箱里拣出来，丢到了马路中央，嘴里黏黏糊糊地说："我知道不能随便扔垃圾。"他摇摇晃晃朝前走去，拿出手机打电话："你是谁？什么？你问我找谁？我是我，我找海，你是海吗？等着我。"海来了，先是一个美女的形象，接着变成了架子鼓，等他要上前敲起来时，又变成了一个孩子。"孩子你别跑，快去找妈妈，海会吃了你。"他看到一片原本冬天不枯的景观树正在变黄，一些赭色的崂山石垒起来变成了高高的堤坝，坝上是一些灰色的不知什么玩意儿的造型，就像灵魂的颜色。灵魂躺卧在海的边际，在栉风沐雨的岁月里变成了陆地的保护者，它得和海浪发生多少次冲撞才能变成今天的样子？今天的样子是令人尊敬的。他走下寂静的堤坝，踏上没有其他人的沙滩，脚下的松软立刻让他有些站立不稳，差一点摔倒又没有摔倒的时候，他抓住了风，风是流动的旋律，是《安魂曲》的副歌。他唱着副歌走向了海，海激动起来，拍打着巴掌欢迎他，突然又伸过手来想拽住他，让他知道冬天的海水有多暖。"哗"的一声，激浪来临了，是他跟海的双向选择，似乎淹没和被淹没都是一种需要，是生命按照《安魂曲》的节拍走向完善的需要。他大声表白着："我来了，请让我变成你的一滴，请把我藏起来，让谁也分辨不出我是谁？我想在海底生活，在珊瑚礁的黑洞里潜伏，然后在大浪滔天的时候浮出海面，偷偷地看一看人间，会一会太阳，剥取一点温暖。"海说：明白了，这就照办。他哈哈笑着："我不是自杀，不是，我就是想去海里跟大乌龟玩玩。"说着就趴在沙滩上，滚了过去，让整个身体变成了海的一部分。他在水中沉默，分不清到底是冷还是热，也分不清是在海底还是在海面。《安魂曲》响起来，他的心正在平静地告别：再见了，人间；再见了，音乐。然后就什么也不想了。

快到天黑时他醒了，发现自己湿漉漉的，有点热，不，是冷，冷得他发抖。已经悄然退去的海正在100米之外呢喃，浪花的喧嚣里，白色的呢喃如同《安魂曲》的结尾。他站起来，失望地瞪着海说："连你也不要我？那我怎么办呢？"死僵僵地立一会儿，便跟跟跄跄朝海岸走去。刚走上堤坝，他就拿出了手机，愣愣地想着，不知道打给谁，也不知道如何措辞，管他呢，就说是贩毒的，让他们来抓我。遗憾的是手机进水了，已经打不开了，摁压了所有的按钮屏幕还是漆黑一片。他听到了风的催动，感觉一阵奇寒袭来，而温暖就在另一头，在坝前公路的尽头。他望着马路，顿时清醒了许多："没死啊？没死就好，我能自杀吗？还有那么多事要做呢。"就像是老天的刻意安排，一辆出租车疾驰而来。他艰难地抬起了手。上去以后他说："师傅，去市北公安局。"心说虽然我是骄傲的音乐人，但还是应该亲自去一趟，面对面说清楚，主要是谈条件："只要你们保证让我参加完'嗨王争霸赛'再抓我，我就帮助你们抓住我的上线，也许他是个大毒枭，也许不是，但根据他运作资金的能力和贩卖毒品的数量来判断，他的上线一定是个顶级大毒枭，就像音乐界的顶级大佬，能够呼风唤雨。"他希望他们这样问自己："谁让你来的？"他会说："音乐让我来的，《安魂曲》让我来的。""眼看要坐牢了，你还有心思参加演出？""施欣萍和'铁碳合金'很可能成为'嗨王'和'嗨王乐队'，我是乐队的鼓手，举足轻重，不想让他们功败垂成。""我们怎么相信你？你有什么办法让你的上线浮出水面？""我的上线是个好色之徒，说过好多次让我把施欣萍介绍给他，我了解施欣萍的为人，不敢介绍，就给他看了施欣萍的一个朋友兼女粉的照片，他喜欢得不得了，说好'嗨王争霸赛'结束后我带着她跟他见一面。""你这么有把握？万一你的上线不来呢？""只有一种可能他不来，那就是他栽了，要是好好的，他不来我就从此倒着走路。我了解他，他贩毒的目的就是为了有钱泡女人，他对施欣萍日思夜想，能泡到一个施欣萍的朋友兼女粉的人，等于前进了一大步，他不会放弃。还有就是他跟我的生意光利润就超过了 1000 万，这是个大数，他会牢牢抓住。女人加利润，说真的很多时候并不是他支配我,而是我支配他。""万一那个女粉不愿意呢?""不会不愿意,她已经有瘾了。""她是谁?""集装箱码头的一个女桥吊司机,叫雷蕾,网名是'岸桥风',你们一查就知道。"肖蚌想着,激动起来,大声说:"太棒了,就这么着。"一旦抓住我的上线,再抓住我的上线的上线,我说不定还能将功折罪呢。他发现自己已经不再挣扎了,便愉快地唱起来:

  安息吧,我的头发,
  那飞扬而起的风动是稗草的欢笑吗?
  安息吧,我的欲望,
  那毁掉生活的地火是命定的阴暗吗?
  我的惊怕,我的梦魇,
  我的所有拥有
  ——那些蜃景的馈赠,
  都在灵魂的慰藉中消散殆尽了。
  我是一无所有的天神吗?
  我是无所不有的人兽吗?
  我是我的父亲还是我的孩子?
  我是谁的地平线正在昭示剪影的样板?

交响曲
我的内心一片阳光（作品第 12 号）

航海者满眼苍茫一脸豪壮。
郭翔微笑着拉起两人的手，
让我们一起绕地球一圈吧，
救人与自救是命运的奖赏。
一千零一夜之后他们归来，
不死的是什么？我问海洋。

1

就在肖蚌前往市北公安局的路上，施欣萍接到了周轻舟的电话，告诉她"牛心拐孤"的事有着落了，他爸说纺织城可以安排，但不是在工会，而是在业务一部，那里正好缺个管营销的主任。施欣萍说："从工会主席到业务部门，不知道她能不能适应，我得问问她，你等等，我马上回话。"她当即把电话打给了"牛心拐孤"。对方说："太好了，干工会之前我就是'年华制衣'营销科的，现在去干老本行，没什么不适应。"她把周轻舟的手机号告诉了"牛心拐孤"："具体手续怎么办，你跟他联系。"又拨通周轻舟，说了"牛心拐孤"的联系方式："谢谢啊，帮了这么大一个忙。"周轻舟说："我爸知道这个人，说她又正派又能干还能起到形象代言的作用,所以也得谢谢你给纺织城推荐了一个人才。""那就谁也别谢谁。"施欣萍听到手机里传来一阵歌声,就问,"是夏蓉蓉在唱吧?'新织工'准备得怎么样了?""还行吧,我们没有自己的歌,这次是翻唱《狮子王》的主题曲《今夜爱无限》,觉得好像缺点什么,就根据夏蓉蓉的音色加了两段高音线,听着很不错。""一首非常优秀的歌,难度也不小,看来我们'铁碳合金'跟'机车头'和'新织工'都有一拼。"周轻舟爽朗地笑着:"我就喜欢拼,走着瞧,到底鹿死谁手。""别这么血腥好不好,什么死不死的,又不是中原逐鹿打天下,应该说谁能蟾宫折桂。咱说好,谁折了桂谁请饭。""要是谁也不赢呢?""你是说齐头并进?""也有可能同归于尽。""乌鸦嘴。"

又一个电话,是杜松打来的:"告诉你件事,'海岸工业园'的老炉长办公室正在发动各个车间的工人和家属为'铁碳合金'投票,响应的人很多,几乎达到了百分之九十。"施欣萍说:"太奇怪了,'海岸工业园'的事总是让我奇怪,老炉长办公室既不是宣传部门,也不是工会团委,怎么会凑这个热闹?""这有什么奇怪的?老炉长喜欢音乐,几乎一场不落地看了'嗨王争霸赛'的所有演出,他的想法肯定是'铁碳合金'是咱炼钢人的乐队,我们不投票谁投票?他把投票称作'烧结',把粉丝称作'粉末',说固态中的分子间存在互相吸引的关系,通过加热让粉末黏连成颗粒,产生强度并导致致密化和再结晶,这就叫烧结,也是我们投票的目的。"施欣萍笑了:"完全是专业化的解释,当然是他那个专业,炼钢人一听就懂,别的人就莫名其妙了。"杜松说:"只要你不莫名其妙就行。"挂了电话,施欣萍继续投入排练,却发现离了肖蚌,《安魂曲》的演奏有点缺筋少骨的样子,和声未和先疲,旋律也有点变味,好像他带来的这首歌也得由他做主要歌手和乐手,因为它就是专门为他写的,符合他的全部特点。她打电话想把肖蚌叫回来,拨了几次都不通,就对大家说:"今天算了吧,早点回去休息,明天上午再练几遍,晚上的比赛一定要拿出最好的状态。"乐队的人纷纷离去。施欣萍又把电话打给了杜松:"我想知道老炉长办公室的老炉长叫什么?"杜松吭哧了半天才说:"好像叫王建。""真的叫王建?""那还能有假?"施欣萍挂了电话,推开墙角的门来到客厅,拿起一瓶水,喝了几口,疲倦地躺在了沙发上。

"嗨王争霸赛"的前三名出来了,他们是:景翔和他的"高楼大厦"、"如此灿烂"和他的"深海野兽"、铁大钢和他的"机车头",排名不分先后。评委和观众期望值最高,网络评价最好,似乎粉丝也最多的施欣萍和她的"铁碳合金"名列第四,惜败于对手。"纯净巴洛克"立刻发出了表示不满的帖子:"没有意外的是朱晚和他的'盾构机'下去了,它的落败当然不仅仅是大提琴手'不是大卫波泊尔'的缺席,更是因为颓废和堕落正在裹挟着这支年轻有为的校园乐队。夏蓉蓉的'新织工'虽然表现不俗,却因为缺乏嗨翻现场的能力和吸引观众的魅力而进入了淘汰之列,这跟'陆上风气'在表演上的虎头蛇尾一样,是观众和粉丝不得不接受的现实,忍痛割爱是他们的必然选择。但完美无缺的施欣萍和她的'铁碳合金'怎么了?他们怎么就不能进入前三名而让'嗨王争霸赛'赢得一个音乐盛典所应该具备的无限风光呢?在此我要用最直接的语言告诉大家,我坚信景翔是个大流氓,他依仗高尚的音乐和俊美的容貌祸害的女孩远不止咪咪一个,而只有咪咪不惮柔弱敢于奋力抗争,说出真相;坚信'高楼大厦'进入前三名是资本运作的结果,其后台景泓地产和景泓集团在侮辱音乐的时候首当其冲地做了罪魁祸首。我更相信'如此灿烂'和他的'深海野兽'是售卖和收买的化身,但一个没有财团背景的歌手和乐队依靠什么才能让无耻的猎手心满意足呢?如果我们还记得他们那首质量超高的《再吸毒,毋宁死》,就明白他们正在做着'此地无银三百两'的表演。'深海野兽'真的像洪水猛兽一样,用毒品腐蚀了流行音乐。一向被流言缠身的铁大钢和他的'机车头'虽然表现超棒,但比起施欣萍和她的'铁碳合金'来还是差了一个高度,从组织者的贪婪本性看,他们向来不做没有回报的买卖,且回报也一定丰厚到腰缠万贯。莫非铁大钢以其人之道还治其人之身了?莫非是音乐让我们陷入了无法自拔的罪孽?音乐是什么?如果音乐是音乐人的宗教,是他们的信仰,他们就没有任何理由让它变得如此丑陋,让它成为牟取不义之财的把戏而令人心碎地走向堕落。恰恰相反,在美好的音乐、高尚的熏陶已然成为人类精神生活的组成部分时,我们的虔诚和我们的事业是不是应该结合得紧密一点,再紧密一点呢?音乐是拯救音乐人和众多粉丝的信仰,诗歌是拯救诗人和读者的信仰,科学是拯救科学家和所有科学工作者的信仰,以此类推,我们的应许之地不是已经清清楚楚地来到了我们每个人的脚下吗?就让我们一起努力吧,让音乐成为我们理想的辐辏点,然后旋转如风,流淌如水。"施欣萍在第一时间转发了这则帖子,收获了一大片同仇敌忾的应和,人们都把矛头指向了评委会和组织者。

比赛结束后,"铁碳合金"的所有成员都愤愤不平地唱起来。他们唱着歌走出装饰华丽的GFC卫星电视台的演播大厅,顿时被一大片黑压压的粉丝围住了。粉丝们富有节奏地喊着"施欣萍",表示了对她的同情和一如既往的支持。施欣萍赶紧带着人缩回去,悄悄地从后门走向了街道,走到了海边。他们需要宣泄,就像海在风暴之下需要翻滚那样。一波波海浪如同像素组合起来的画面,用快速的变化描述着碎块与整体之间的关系。海与夜的联袂让海变得更加神秘而广阔,让夜变得尤其深邃而厚重,大概是既没有月亮也没有星星的缘故,岸边的灯火浓艳得惊人,每一朵水花都变成了一盏活跃的彩灯。海吹来,风涌来,海和风的颠倒有些古怪,仔细瞅瞅,就会发现它们的区别似乎是不存在的,当你把所有的物质当作身外的东西时,好坏明暗就由它去了。他们迎着海,又把《安魂曲》唱了一遍。肖蚌伤感地说:"这是我最后的歌唱,好比最后的晚餐,我要走了。"说着便泪流满面,"施欣萍啊,是你把我招到乐队的,我到现在都不知道该来还是不该来。"乔普林问:"你来是为了什么?"肖蚌说:"我在大学里看不到前途就来了。"水手说:"我跟你相反,我是明知来了以后就会毁了自己的前途,但还是来了。"施欣萍问:"那又是为了什么呢?"水手说:"我爱上了你呗,第一眼看到你时就爱上了,所以在中港小广场我说我们可以组建一支乐队。但我知道希望不大,我这种流浪汉还能空想什么爱情?就好像谈了一场事先就知道是单相思的恋爱,终于到了可以说出来的那一天,说出来就意味着结束,然后走人。"施欣萍笑道:"你以为我看不出来?假装没感觉就是了。今天我也可以说出来,你不是我喜欢的那种。"几个人都问:"那你喜欢哪种?""我也不知道。"水手问:"不会是铁大钢吧?"施欣萍摇摇头:"不可能吧?我不知道。"乔普林说:"那就是周轻舟?""更不可能。"水手又问:"那会是谁呢?我真的想知道。"施欣萍改变话题说:"我感觉'铁碳合金'好像走到头了,对有的人是《梦醒时刻》,对有的人是《最后的晚餐》。"又指着水手问,"你是不是想单飞了?准备去哪里?""海上,去当水手,走我的老路子,站在漂泊的甲板上,向着路过的船与岸,向着已经告别的此岸和就要到达的彼岸,弹我的吉他吹我的圆号,让寂寞把我变成一座音乐的孤岛。"施欣萍说:"没有人是一座孤岛,到时候我第一个关注你,然后拉你来参加由我主办的音乐节,你不用上岸,音乐节就在海上。"一直不说话的夏夏说:"施欣萍姐姐,我以后干什么?"施欣萍说:"你还是来我的录音棚吧,只要力所能及,干什么都行。"乔普林说:"那我呢,总不能觍着脸回学校吧?"施欣萍说:"只要你不怕清苦,永远都是我的人。""谁是你的人?你是我的人还差不多。"乔普林诡谲地一笑,"不说了,乐队没了,我跟着你干什么?不如去'海岸工业园'找份差事。""那里没有你干的,找个对象还差不多。"乔普林噘了一下嘴:"那就去找呗,别以为我找不到。""你当然能找到,所有的炉长都会盯着你。""这可是你说的,我就去找个炉长给你看看。""那你就得走老路了,一个工人能干到炉长,肯定早结婚了。"乔普林瞪她一眼说:"老路也是路,没有谁规定必须走新路。"肖蚌突然问:"你为什么不邀请我?"施欣萍说:"如果还有机会,我一定邀请你,不是做鼓手,而是弹钢琴。"肖蚌喟叹一声说:"听你的口气,好像你已经知道了?"施欣萍点点头:"有个网名叫'十面埋伏'的警察给我打电话,让我暗中监视你,免得你节外生枝,又做出一些不该做的事。"肖蚌说:"你都说了实话,不怕我逃跑?"施欣萍摇摇头:"你不会的,就算你的过去不堪回首,你也还是个音乐人,不是个歹徒。""你说对了,唱过《安魂曲》以后,我就以音乐的名义起誓,在今后所有的日子里,我都会规规矩矩的。"别的人听着都有些莫名其妙,眼睛里全是疑惑。乔普林问:"什么事,怎么神秘兮兮的?"施欣萍说:"没什么。"肖蚌说:"不如我给你们都说了吧,反正很快就不是什么秘密了。"他弯腰掬了一捧冰凉的海水,泼到自己脸上,像是要告诉别人:我不会哭,脸上的水是海水。他从在青岛音乐学院时第一次接触毒贩开始,说起了他的贪婪是如何祸害了自己,也祸害了别人的全过程,没有漏掉一个细节,包括他依靠贩毒积累的存款。

  手机响了,施欣萍看了一眼来电显示,用手指划了一下说:"你千万不要安慰我,我不需要,'铁碳合金'更不需要。""牛心拐孤"说:"你有什么事需要安慰?比赛的结果吗?我早忘了,我要说的是我的事。"施欣萍想了想说:"对了,我还没问呢,你去纺织城业务一部当主任的事怎么样了?""手续已经办了,明天就上班,我想感谢一下周轻舟,有些人事方面的问题还想请教请教他,但就是联系不上,打了好几次电话他都不接。我想问问你,有没有别的联系方式?""没有啊,他现在肯定很忙，心情也不好，毕竟落败了嘛。你干脆到乐队去找他，就在纺织城的顶层，顺便也可以参观参观，'新织工'的大本营挺气派的。""我不想去。""为什么？""有夏蓉蓉的地方我绝对不去，她让我瞧不起。""夏蓉蓉也是迫于无奈，以后肯定会变的，你不能老眼光看人。""那就变了以后再说。""好吧，我给周轻舟打电话试试，说不定待会儿就能联系上。"施欣萍立刻把电话打了过去，得到的信息是关机，再打，同上。他干什么呢？是不是比赛阶段太累了，正在家里睡大觉？不管了，反正"牛心拐孤"的事已经办成，感谢嘛，可迟可早。风大了，海浪反而小了许多，喜欢冲着灯光跳水的鱼发出了阵阵扑通声，岸灯有次序地收敛着浓艳，免除了让璀璨和繁华陡增陡减的感觉，海水的倒影渐渐朴素了。他们朝回走去，水手提议大家找个地方吃点喝点，给肖蚌送行。乔普林说："也给你送行。"肖蚌说："好像我是去死的。"施欣萍说："只要你还热爱音乐，就应该明白，音乐能让人死，也能让人活，更能让人起死回生。我问过'十面埋伏'你能判几年，他说就看你的表现了，抓住你的上线和上线的上线是关键。"肖蚌说："不用担心，我已经给'岸桥风'说好了。"说着，突然就号啕大哭，"我想起我的爸爸妈妈了，他们以后怎么办哪？一个是晶英化工厂的有毒物料储运工，一个是防腐工。"施欣萍问："还没退休吗？""妈妈刚退，爸爸还干着。我想变成有钱人，改变他们的生活，现在真的改变了，却不是向好的方面。"施欣萍说："那你就好好表现，争取立功减刑。"水手说："还可以更乐观些，争取免刑。"肖蚌擦干眼泪又笑了："上天保佑，抓住我的上线，再抓住上线的上线。"施欣萍和乔普林都说："会的，一定会的，音乐会保佑你。"

晚上的吃喝还算愉快，大家都尽量不去碰触伤感的话题，用音乐遮拦着，猜测明天晚上的三人比赛谁是最后的"嗨王"，像是一群粉丝在冷静地议论别人的偶像。施欣萍说一定是景翔和他的"高楼大厦"，因为他们的音乐完全靠向了当初的"盾构机",带着海潮一般的冲击力,却又不失优雅和华丽。水手和肖蚌都说很可能是"如此灿烂"和他的"深海野兽",因为他们的摇滚真的像鲨鱼跟儒艮的结合,有凶猛也有温良。乔普林却认为铁大钢和他的"机车头"更有竞争力,因为他们的《中国狂想曲》已经在评委和观众心里奠定了基础,可以说圈粉无数,加上铁大钢潇洒迷人的外形,下一首歌无论唱什么,都会有疯狂的粉丝为他们投票。夏夏说:"我觉得施欣萍姐姐说得更靠谱。"柳浪和沈飞点头称是,都说人家拼是的钱而不是音乐,不管演唱好不好都是"嗨王"和"嗨王乐队"。吃饱了,喝好了,也说累了,沈飞把他们一一送回了家。施欣萍回到住宅,洗了澡,钻进被窝,眼睛一闭就睡着了。她在梦里一直在唱歌,从最初的《从好望角到合恩角》到最近的《轨道交通》,她似乎唱遍了自己创作的所有歌,最后唱到《安魂曲》,意识到这首歌不是自己的创作,就有些不好意思,好像有人一直在指责她:"作为一个唱作人,你为什么要唱别人的歌?"她被惊醒了,理直气壮地辩解道:"我喜欢这首歌,崇拜它的作者,不行吗?"一个备受崇拜的人居然也在崇拜别人,他是谁?"不是大卫波泊尔"——"盾构机"的大提琴手,真想见一面,说说自己对他的仰慕,不,是喜欢。

　　一阵铃声骤然响起,施欣萍坐起来,睡眼惺忪地望着明亮的窗户,拿起手机埋怨道:"你真能打搅,我还想睡会儿呢,什么事?"乔普林从那边惊叫起来:"别睡了,快看'子午线'。"一条触目惊心的消息让施欣萍睡意全无:"我们的音乐良心遇害了——在纺织城后面的海边,发现了一具尸体,从尸体上搜出的证据表明,他就是'纯净巴洛克'。"施欣萍"哎哟"一声,跳下了床:"这上面说是在纺织城的后面?"她趿拉着拖鞋,踱着步子,心里一阵一阵翻腾着:不会是他吧?立刻又把电话打给了"牛心拐孤":"你联系上周轻舟了没?""没有啊,一直没人接。""哦……""他是不是换手机了?""可能吧,那就不要再联系了,有消息我告诉你。"她挂了电话,一头杵到了床上:不应该啊,我怎么这么迟钝?早就应该想到:"纯净巴洛克"就是周轻舟?她愣愣地想着,越想越觉得只能是他了,他那么干净整洁,从外表到内心,没有一丁点脏腻的地方。她又把电话打给了夏蓉蓉,求证似的问道:"你能不能帮我找找周轻舟,我怎么联系不上他?"夏蓉蓉说:"他出事了,我也是刚刚知道。""果然被我猜中了。""你猜中什么了,是不是有什么预感?他也是有预感的,最后一次见他时他让我照顾好自己,也照顾好乐队。"夏蓉蓉说着便哭起来。施欣萍也想哭,咬咬牙忍住了,挂了电话,沉默了一会儿,又打给了"十面埋伏":"新织工乐队的周轻舟被杀了你们知道吧?""知道。""我觉得肯定是因为他的帖子单刀直入地揭露了毒贩,说'深海野兽'真的像洪水猛兽一样,用毒品腐蚀了流行音乐。我想知道这跟肖蚌的上线或者上线的上线有没有关系?""很难说,我们正在进一步侦查。""我这样想,如果周轻舟的死跟肖蚌的上线或者上线的上线有关系,再如果肖蚌能帮助你们顺利抓到他的上线或者上线的上线,也就是抓到一个毒枭加杀人犯,对肖蚌的惩罚会不会更轻一些?""抓到了要犯,立了大功,应该是会的,但具体轻到什么程度得看肖蚌的犯罪事实,这一点只能等他正式归案,做出交代以后才能搞清楚。""你这么说我就放心了,我想和肖蚌一起去,增加对毒枭的吸引力,你觉得怎么样?""哦?我个人的看法,如果你愿意,不怕危险,肯定对破案有利。但会不会弄巧成拙,我们还得商量一下,你等等。"半个小时后"十面埋伏"回复了她:"非常感谢你的帮助,我们觉得办法可行,但要慎之又慎,不能让对方有丝毫觉察,万一有什么危险,宁肯放弃,也要保住自己,因为你不是一般的人,是大歌星,出了问题,社会影响会很大。""谢谢你们这么看我,我知道应该怎么做。"也是过了半个小时,她拨通了肖蚌的手机:"我听说你自首的时候给警察说过,你的上线是个好色之徒,希望你能把我介绍给他？""有这么回事，警察怎么什么都给你说，可见人家把你当成了自家人。""我想好了，在你带着雷蕾跟他约会的时候，我也跟着。"肖蚌大喜过望地喊起来："好啊好啊，他和我都求之不得。但我必须提前告诉他，什么理由呢，你是整天上热搜的大腕，那么高傲，突然要跟他见面？""我虽然有不小的名气，却不是一个有钱的人，这你是知道的。整个老钢城要拆除了，钢锭车间和我的住宅以及录音棚都没有保留的可能，我正在到处找钱，想购买或者租赁一个可以安身立命的地方，它应该包括一套不错的住房和一个可以让新乐队生存下去的空间。""这只是个客观理由，你本人呢？""你可以这样说，我是一个虔诚而疯狂的音乐人，为了自己的音乐，什么事都可以干。我现在唯一的担心就是，他是个吝啬鬼和骗子，事先什么都答应，事后一退六二五，假装失忆了，什么都不记得。你告诉他，不管是一夜情还是天长地久，都得事先把钱打给我。要突出我的窘迫，突出钱，突出我就是个见钱眼开的俗人，懂吗？"肖蚌哼哼一声："这个我明白，就是把你说成我的样子呗。现在的问题是怎么给'岸桥风'说？""实话实说呗，警察已经盯上了，你不是带她去做毒品交易的，而是为了利用她抓住毒枭。""她要是不敢呢？""那就算了，不让她去了。""不行，突然有变，上线会警觉的。我就给'岸桥风'说，他是个大财主，你希望从他那里搞到一笔钱，所以就一起来了。""也行，什么时候？""明天上午。""为什么不是今天晚上？""今天晚上是'嗨王争霸赛'的最后一场比赛，我们说好比赛结束以后见面，这个不能变，变了会引起怀疑，再说明天正好是周六，'岸桥风'休息，你也清闲了，逛街的人会多起来，按照正常规律，警察也会休息。""那好吧，地点？""由他定，他不会提前说的，需要告诉你时，我会给你打电话。记住，在我们跟他约会之前，你不要再跟任何人接触，他是有耳目的。"施欣萍想了想说："我不会跟任何熟人接触，但我会戴着口罩和墨镜去至少三个银行,结算我的存款利息,还会让银行的人帮助我下载他们的App,因为我要做好接受一大笔钱的准备。""OK,你不光音乐比我强,别的方面也比我强,要是我们打个颠倒,没有人会发现你。"

这一天,"年华制衣"的老总年守常得到了两个不好的消息:一是夏蓉蓉在微信里拉黑了他,当他把电话打过去时,她直言不讳地告诉他,她跟他已经没关系了。"你是不是跟周轻舟好上了?"夏蓉蓉冷冷地说:"是的,好上了,原先他劝我跟你一刀两断,我还磨磨唧唧拿不定主意,现在我不会再犹豫了,我要按照他走前的叮嘱'照顾好自己,也照顾好乐队'。""周轻舟走了?去哪里了?"夏蓉蓉半晌不回答。二是被他开除出"年华制衣"的工会主席成了纺织城业务一部的主任,"年华制衣"在纺织城的参展和销售都是业务一部在分管,往后的订单怎么办?服装行业的竞争已是如火如荼,随便一个理由就能把他踢出全市服装最有购买力的纺织城。他打电话给周洲,忧心忡忡地说:"我开除那头母牛也是为了力挺夏蓉蓉,你怎么反而重用她了?她不会跟我过不去吧?"周洲不耐烦地说:"我不干涉业务部门的工作,你去问她,我忙着呢。""我犯不着问她。""那我也犯不着给你说什么。"周洲说着就挂了。年守常一整天哭丧着脸,到了快下班时硬着头皮拿起了电话:"真心祝贺你啊,现在变成主任了。"牛主任冷笑一声说:"你哪里是真心祝贺,你肯定是怕我跟你作对才主动打电话的,这点心思我还能猜不透?我是从'年华制衣'出来的,当然不会对不起它,那么多员工还靠着纺织城的销售吃饭呢。但你也得拿出点姿态来,好让我不再记你的仇。""什么姿态?""要么你离职,我保证'年华制衣'在纺织城的销售份额;要么你继续在职,但必须改变你的粉丝立场,爬着墙头过来,好好为施欣萍摇旗呐喊。""就这么简单?那我实话告诉你,我已经不是夏蓉蓉的粉丝了。""什么时候脱粉的？""今天上午。""也就是说你跟夏蓉蓉吹了，另有新欢了？""哪里的事，是她翅膀硬了，一脚踹了我。""真的是她踹的你？太好了，说明她觉悟了，我待会儿就去祝贺她。"年守常讨好地说："我明天就下文件，让'年华制衣'的所有人都爬到施欣萍这边来。""那倒不必，只要你不胁迫员工，大多数人肯定都是喜欢施欣萍的，因为无论唱功还是演奏还是创作，她都是超一流的，明显比夏蓉蓉强。"一提到夏蓉蓉，年守常突然又高兴起来，嘀咕道："别以为只是我在失去，你也会失去。"好像不粉夏蓉蓉就等于报复了她的恩断义绝。

《冷思考》的撞击之后，再唱响《我的内心一片阳光》，就有点撕心裂肺的感觉了。就是在这样的感觉里，景翔和他的"高楼大厦"顺利进入了前12名。然后就是一个大大的休止符，他自作自受地陷入了无歌可唱的境地。被他禁闭起来的骆横拒绝给他写歌，而他又无心也无能自己写歌自己唱，就只好整天没头苍蝇似的窜来窜去，寻找是徒劳的，而互联网提供的翻唱歌曲不是拿不到版权，就是他看不上。键盘手看他白净的面孔上黑牡丹似的绽放着闷闷不乐，就趁着送饭的机会问了骆横一句。骆横说："何不试试《人鬼情未了》的主题曲《奔放的旋律》呢？主题曲是电影的一部分，既然我们引进了电影，就应该不存在国际版权问题。"景翔从网上下载后听了两遍，觉得还行，就带着乐队丝毫不差地照着录音排练起来。但不知为什么，越排练他的情绪越低沉，原本还算不错的感觉在乐曲的重复声中渐渐消耗殆尽了，正准备放弃，老妈来了电话，问起乐队的准备情况，他一声叹息。"叹什么气儿子？你以前可不这样。""《冷思考》之后我就常常叹息，又唱了《我的内心一片阳光》，心里老是空荡荡的，不踏实，没着落，怀疑这个怀疑那个。""只要不怀疑自己就好。""我最怀疑的恰恰是我自己。我有时想是不是我结识骆横是个错误？他的歌给我的感觉是想把我从里到外全部掏空,而不是给我点什么。但粉丝们的理解又相反,说是给了他们很多很多,有些能见到,有些见不到,不过慢慢地就都会显现出来,就像喝了中药滋补汤,劲道在后面。""儿子听我说,你爸你妈有的是钱,可以替你买来很多别人买不来的东西,但唯独你说的粉丝我们是买不来的,有个海水公司,是专门制造粉丝的,只要给钱,粉丝要多少有多少,你的事情上,全市优秀企业家的评选上,最有价值楼盘的打榜上,我们都跟他们打过交道,但说到底那是假的,是一串一串用钱换来的数字,不是活生生的人,真正的粉丝还得靠你自己去培养。再说海水公司最近已经不接业务了,是打假打到了他们头上还是另有原因搞不清楚。你刚才说粉丝喜欢骆横的歌,那就绝对不能放弃,不管你喜欢不喜欢,都得唱好,而且要全力以赴。""这个我明白,所以我想独霸他的歌,如果我唱不成,别人也休想再唱。""这个你能做到?"景翔不回答。老妈又说:"别人唱什么你别管,你只管上台唱你的,不要有任何负担,就当台下是一片空白,什么也没有。""你是说连女孩追光灯一样的眼睛都没有吗?那唱什么劲?""你要相信自己,如果你赢了,而且是赢到最后,你得到的一定比你想象的还要多。""我能赢到最后?""儿子加油,我保证你战绩辉煌。"《奔放的旋律》又开始了,勉强排练,勉强演出,他和乐队能做到的仅仅是没有出现大的失误。好在老妈是有能力讲信用的,她让自己的"保证"不出意外地变成了现实:他和他的"高楼大厦"顺利进入了前三名。景翔一阵高兴一阵沮丧:这不是拼音乐拼出来的,双手攥起的钱毕竟跟音乐的高度没什么关系,虽然他仍然可以享受荣耀,但荣耀一旦跟徒有虚名扯到一起,就连得意地笑一下也要费尽心思地设计一番。当那么多人投来心知肚明的微笑时,他的尴尬便和"冷思考"搅到了一起,越来越凸显,一点也不是"内心一片阳光"的平静和愉悦。再说了,他的胜出要是跟施欣萍和她的"铁碳合金"在一起,多少还有点光彩夺目的骄傲，现在却要跟比"铁碳合金"差一大截的"深海野兽"和"机车头"平起平坐，就觉得这个所谓的音乐比赛已经没多大意思了。这两个胜出的乐队肯定也是在背后使了劲的，明显是在跟他比钱而不是比音乐。他给老妈打电话说："算了吧，'嗨王争霸赛'的'嗨王'爱谁谁，我不想要了。"老妈说："怎么能半途而废呢？你要想想你现在代言的产品，想想'嗨王'之后还会有更多的产品找你代言，想想你是代表景泓集团和景泓地产在公众面前亮相，你不是冠军谁是冠军？儿子，正是财源滚滚的时候，一定要抓住机会，千万不能打退堂鼓。"景翔用疲惫不堪的声音"嗯嗯啊啊"答应着，问道："你打算给他们多少钱？""比别人给的只能多不能少，这方面集团会有专人负责，'标底'是提前知道的，你就踏踏实实唱你的歌，'嗨王'已经是你了。"景翔没有理由继续沮丧了，打起精神去了排练场的六角形大厅，途中接到一个电话，键盘手激动地说："我们又有新歌了，是骆横写的。"景翔吃惊地"啊"了一声。

原来昨天晚上键盘手去给骆横送饭，骆横给了他几张纸，是一首新歌——《绕地球一圈的救人与自救》。他说你是景翔的朋友，看在你天天给我送饭的面子上，我再给他写一首歌，算是最后的告别吧，再过几个小时就是周五了。键盘手高兴得连连鞠躬：这个面子太大了，我先代表我自己谢谢你，再替景翔谢谢你。拿回来连夜弹了几遍，今天一上班就给景翔打电话报告好消息。景翔用最快的速度赶到了排练场，对迎过来的键盘手说："他不是发誓不给我写歌了吗？"说着一把从对方手中夺过了曲谱。键盘手说："他肯定是来了灵感，忍不住又写了。""这几天你送的是什么饭？是不是被感动了？""一碗粥，他每天就吃一碗粥，而且是晚上，白天不进食。""他想绝食啊？还有这样的怪人。"景翔照着曲谱哼了一遍，又拿起吉他弹了一遍，皱着眉头不知道怎么评价，沉默了一会儿，挥着手对乐队的人说："那就开练吧,还愣着干什么?"练了几遍,手机响了,是穆教授打来的,问他知不知道骆横在哪里?他怎么不接电话?景翔边说边往外走:"我哪里知道,这几天他就没来上班,我也在找。""你最后见到他是什么时候?""一个星期前,他撂下他的新歌就走了。""什么新歌?""《绕地球一圈的救人与自救》,要不要听听?最近我感觉不好,怎么就没听出好来。"景翔唱起来,没等唱完,穆教授就说:"他是专门写给你的,等你练熟了就知道好在哪里,记住了,任何人演唱都不如你演唱,你不会让它打了水漂吧?""肯定不会,你还没评价呢。""'嗨王争霸赛'以来还没有一首歌超过这首。""真的?那我就放心了。可惜你不来当评委,不知道那个卫秋的看法是不是跟你一样?"穆教授没有回答,叮嘱到:"见到骆横让他给我回话。"挂了电话,景翔又去了趟卫生间,回到排练场时,看到乐队的人都不在,不禁吼起来:"晚上就要演出,人都到哪里去了?"他给键盘手打电话,键盘手说:"我们想在海边排练,就在楼后的沙滩上,正好可以看到骆横的窗户。""看它干什么?""你忘记今天是什么日子了?骆横说让你在下面看着他……"景翔"哎呀"一声打断了对方,想起来了:今天是周五,已经快到午间12点,骆横的最后时光就要到了,他将从32层的高处跳下来,用粉身碎骨回答景翔的绑架。景翔知道骆横从来不会吓唬人,他说跳就一定会跳。乐队的人也知道,都想看看一个人实现诺言的全过程,看他是怎么跳下来的,是头朝下还是脚朝下还是横起来整个身体朝下?会发出什么样的声音?这样的声音可不可以用音乐来表现?人和地接触的刹那,会粉碎成五块还是七块?或者根本就看不到碎裂,是不缺胳膊不缺腿的整体殒命?他收起手机赶紧往外走,突然又回来,背上了自己的吉他。他感觉有一股力量正在夯击他的头脑,让他瞬间变得格外亢奋,他想唱歌,想给自己制造的一起死亡事件配上最有神魅的音乐,想弹琴跳舞,就在一个天才音乐人陨落而下、轰然落地的瞬间,砰一声把吉他的第一弦弹断。他使劲摁着电梯的按钮,看到它在 B3 层迟迟不上来,就直奔楼梯,心说等等我,这个时候你千万别跳,我还从来没见过人跳楼呢,何况是 32 层的高度,百年不遇啊,请让我就像小时候看星星那样仰头观望,请让我亲眼见证我自己设计的杀人杰作。他噔噔噔地朝下跑着,终于到了一楼,飞奔着差点撞倒迎面而来的大堂经理。他嘿嘿一笑,以少有的谦和说了声"对不起":"晚上我可不可以找你?"漂亮的女经理曾经跟他有过一腿,但早已经拜拜了,瞪着他说:"你疯了?""我就是疯了,喜欢你。我要去看一个人,他来自云端,来自音乐的最高点,来自他妈的 32 层天,我也喜欢他。"说着他跑出景泓大厦,大步流星地走着,边走边唱起来,本来想唱《绕地球一圈的救人与自救》,一张口又变成了一首更熟练的:《我的内心一片阳光》。歌声像喝了一嘴浓稠的糖浆,冒着酱色的气泡和药物的苦味,而心底却甜美无比,充满了女孩一样的柔情细语和铃铛般的笑声,笑声拌和着他的歌声,让步点变成了良心摇滚的节奏,跟急骤的小军鼓差不多。他沿着繁华的街面,环绕景泓大厦转了五分之三圈,然后直奔海边沙滩。

2

"高楼大厦"的人都在那里了,都是背着乐器翘首瞩望的姿势。景翔往上瞧了瞧,心说他们真会选地方,这里应该是观看骆横跳楼的最佳位置。他伙进他们中间,看了看手腕上的"百达翡丽",还差八分钟,太漫长了。度秒如年的时刻,能干点什么呢?他弹着吉他唱起了歌,依然是想唱《绕地球一圈的救人与自救》,一张口就觉得有些生涩,只好改成《我的内心一片阳光》。乐队跟上了他。

等待月落日出的岂止是红瓦绿树,
还有烂泥。
积雪的马路,冬日的阳光,
脚印的叠加,辙痕的摞起,
很快就是泥泞了,
心原之上那些错综的通达,
响起一片搅和时的水声,
而世界依然泛滥着来自日心的热量,
我的彩虹当街而起。

我知道阳光在海里的颜色,
那是白云身后的无边无际,
是地球献给宇空的耀斑。
我知道阳光在树上的颜色,
那是大地赖以高贵的魅影,
是生命立足于此的理由。
我知道内心扬起的尘土,
是阳光激射的结果;
我知道焦灼留下的癍痕,
是悔恨抹不掉的印章。

来吧,照射我的阳光,
即便烂泥里的微生物,
也要寻求成长。
当未知的萌生变作路的一部分,
当萌生的希望成为泥泞的延伸,

当希望的尽头出现大象的身影，
我还有什么理由不去填平
那些绕不过去的深坑？

身后的海浪掀动着惊涛，像是知道一条人命就要完蛋了，而将死者的同类却平静得如同蓝天上的祥云，就想用急潮表示一下自己的诧异：高高地跳起，猛烈地扑下，发出一声摔碎自己的喟叹——人啊人。景翔扭头看了一眼浪涛的不正常涌动，像是心领神会了，清秀而光洁的脸上，眉头就像花骨朵一样隆了起来：不应该啊，人是感情动物，就算骆横是个不讲信用的王八蛋，自己也应该有一点音乐人的痛惜不是？他停止唱歌，长长地"唉"了一声，从口袋里摸出了他一直带在身边的骆横的手机。这是一部不设密码的手机，所有的信息他都看过了，很惊讶里面的干净，居然没有一丝丝可以称之为隐私比如淫秽一点的收藏。他想要不要拍个视频呢？用骆横的手机记录他自己的死亡，不也是蛮有趣的嘛？他开机看了看，发现有四个未接来电：师兄、穆教授、朱晚和"十面埋伏"。又打开微信，看到的还是这四个人的语音或留言。其中师兄的最长，说了一堆事。穆教授只有两个字："回话。"朱晚说："你怎么可以临阵脱逃？我们'盾构机'是有些亏待你，但就算你计较也得把比赛坚持到底，不声不响撂挑子走人，害得我们名落孙山，这算什么？做人要紧啊。""十面埋伏"一连三天都在发同样的信息："你在哪里？"第四天的信息是："你是不是被人绑架了？我去'景泓大厦'找过你，没有人知道你去了哪里。我们已经登记在册，暂时按失踪对待，不排除绑架。"景翔瞪着"十面埋伏"，心说这个人是谁？像个警察。他仰头看了看32层那扇反射着阳光的窗户，装好骆横的手机，又弹起了吉他。

这次景翔没有用嘴唱，而是用心唱起来，是旋律的引发也是节奏的催动，唱着唱着突然就有了一种从未有过的感觉：想哭。他似乎并不知道自己也有哭的本能，也不记得他为谁哭过，但是现在他好像要哭了，为了一个自己作死和即将被他害死的人，原来哭是因为胸腔里隐隐地翻腾着一股酸楚。《我的内心一片阳光》不期然而然地沉郁起来，似乎要变成悲歌了，不，已经是一首正在流传的悲歌了，哀伤从心底冉冉升起，变作冬天的雪亮照白了音乐，照白了城市的一切，包括人的里里外外。阳光不服气地也斜着，漫过来抹花了楼影和车影，一种晶体正在显现，就像归潮时烁亮的水色，就像此刻他妒恨的目光：他怎么就不能按我需要的去做呢？居然要如此悲壮得离开这个世界，就像个大义凛然的豪侠。豪侠？骆横配吗？配让人发出古风犹存、荆轲来世的赞美吗？他摇了摇头，喊一声："他怎么还不跳？"键盘手坐在地上弹着电子琴说："还有四分钟。"景翔说："你就不能让你的表快一点？""我的表快有什么用？得骆横的表快。"景翔一拍大腿："他没有表，他是从手机上看时间的。"键盘手说："那也不会不知道时间，午间12点，正是下班的时候，马路上的人和车会变得非常拥挤。"景翔说："他不会是'戈多'吧？但愿不要让我们等太久。"乐队已经不演奏了，静静地观望着，只有景翔一个人边弹边唱起来，接着还跳起了舞。似乎是一种鼓动，海的舞蹈立刻跟上了他，他的头发感觉到了水珠的冰凉，脖子上有了浪沫的造访，吉他也有点湿润了。他用衣袖擦了一把，突然不跳了，掏出自己的手机喊起来："是你吗'立方水母'？怎么老是打不通？"喊完了才摁号码，告诉"立方水母"："其实我最不想打电话的就是你，跟你通话总没有好事。""你也知道事情有好有坏？所有的坏事都是你找我，不是我找你。""这次可不是什么坏事，我说的是对我，对你就不一定了，我决定再也不给你打钱。""立方水母"哼哼一笑说："别忘了我们是有协议的，你不打钱，我就反悔，告诉大家，我说的都是假的，是诬陷，是景翔的授意。""随便你怎么说，想当叛徒我不拦,就是不打钱了。"说着摁了一下结束键。"立方水母"又打了过来:"我想最后确认一下,你没有喝醉吧,说的都是实话?""大中午的,我喝什么酒?我就是瞧不上你这种为了钱什么脏水都敢泼的人。""好好好,那我就明白,脏水不会再泼给别人了,但你的干净我可无法保证。""滚。"心中的五线谱横幅一样挂了起来,景翔把自己悬挂在间和线之间,迎着寒风中瑟瑟颤抖着缩起了身子。一轮潮波心事重重地涌荡而来,濡湿了他的鞋,他看了一眼,却没有躲开,还是弹着唱着。他发现密集排列的音符每一个弯曲都是对他的勾连和挤压,他就像一只变温动物,在春天暖流的吹打下有了一丝蠕动,凝固的血液流动起来,不仅流向了周身,也流向了魂魄,那是一种灵性的苏醒,在广袤的北极冰雪世界里,在漫长的极夜黑暗中,睁开了遥望世界的眼睛。原来是这样的:音乐不可能让一个人变坏,只要他是真心热爱,就一定会在起死回生的状态中看到"人"的曙光。他望着悬空而立的骆横即将跳楼的窗户,突然意识到这个音乐天才到底有多厉害,从《冷思考》到《我的内心一片阳光》再到《绕地球一圈的救人与自救》,分明让他看到了自己死亡与再生,看到了从黑暗中投射而来的那道亮光是如何刺穿了他的心脏。他指着乐队的人说:"你们怎么不弹不唱了?只有让他听到我们的声音,他才会跳下来,懂吗?"说着便又吼又叫地升高了两个八度:

> 我是照见太阳的烂泥之水,
> 不是为了人喝鱼翔,
> 也绝不印证水的秀丽,
> 甚至都不是粪肥,
> 有资格跟植物待在一起。
> 我是绿野里的一丘黑土,

被轮胎沾染到这里，
阳光没有丢弃，
让它变作城里的泥巴，
在璀璨中匍匐，
忍受践踏。
这就是你的结果吗？
——一沟暗淡的乡土，
侵犯了高朗之地。

我知道那些再造的奇迹
换血和洗肠的被救里，
有着一百年加起来的幸运。
我知道命运的风雪中就算
恒星不恒，
阳光死去，
永夜来临，
我也会收藏最后一缕金霞，
让它成为串珠子的丝线，
扮靓满地霁雪后的融化。

我是阳光的影子，
是火炉的余烬，
是酷夏的冬爽。
我是宇宙的奇点，
时间因我而开张
而芬芳。

景翔突然闭嘴了，接着又开口了，鬼使神差地用无缝衔接的办法把歌曲由《我的内心一片阳光》变成了《绕地球一圈的救人与自救》，别的人赶紧变化，都有点手忙脚乱。穆教授说对了，这首歌是专门写给他的，任何人演唱都不如他演唱。他嘿嘿一笑，心说假的，全是假的，假的也能变成杰作，这就叫花花世界，全是灯花、布花、纸花。铁大钢这么容易就栽在了他手上，那几张不雅照是他在酒里下了药，然后让几个人架着，把他送到了床上，就是32层的这个标准间，他曾经眠花宿柳的地方。一声令下，高价雇来的女人立马脱光了自己也脱光了铁大钢，拍摄开始了。玩这种陷阱，对他来说连小菜一碟都算不上。还有穆教授的私生子，那只是给老妈提起来的一个似是而非的传说，加上了自己需要的故事，"立方水母"记下来，加了几个标点就发到了网上，全是钱的驱使，效果还真不错。键盘手激动地叫起来："看啊，下来了。"几个人的眼光"哗"一下从地上瀑到了天上。景翔第一个反应过来，跳过去踢了键盘手一脚："你瞎了呀，连塑料袋和人都分不清？"风托举着塑料袋飘向了更远的地方，风大了，海在后面，也远远地去了，浪再猛，也泡不湿鞋了。刚刚露出水面的沙滩在阳光下散发着白花花的潮气，就像干冰从音乐中升起。景翔弯腰捡起一只贝壳，做着滑棒弹奏，让歌声和心里的沉浮变成了舒缓的浪涌。"纯净巴洛克"死了，他都想赖到自己头上，可惜编造不出证据来。是谁杀了他？真是深得人心，只是没想到，这王八蛋居然就是周轻舟。他不想让别人怀疑到自己就是那个一直在为清洁和公正呐喊的"纯净巴洛克"，就只好表面上跟他们同流合污，就像他自己说的，只有狼才能接近狼，只有自己身处污浊才能认清污浊是怎么回事。周轻舟是他的哥们儿，让他毫无戒备地说出了许多事情，包括自己对咪咪究竟干了些什么。据说姓周的也是"如此灿烂"的哥们儿，是不是也从对方嘴里套出了"深海野兽"的秘密呢？管他呢，死了活该，骆横活该，"纯净巴洛克"活该，

"如此灿烂"更是活该。运气不好是天生的，倒霉蛋是自找的，包括那些王八蛋也包括他自己。他怎么这么倒霉啊，恰好碰上了骆横，他怎么这么幸运啊，也是恰好碰上了骆横，骆横是"嗨王"之母。今晚是"嗨王争霸赛"的最后一场比赛，之后"嗨王"就横空出世了，他将站在领奖台上，向那么多女孩招手致意。他的粉丝全是女孩，好像只有通过粉他才能证明自己的性别从而受到半边天的关注似的。只有几个不是，却让人怀疑他们那种古怪的阴阳颠倒的生理和心理。老妈说了，集团会有专人负责搞定这事，也就是把钱花在那些能够翻手为云覆手为雨的人身上。钱啊钱，真他妈的好。他有那么多的代言产品，还将有许许多多的产品需要他代言，他是老爸老妈的骄傲，是景泓集团光彩夺目的门面，他不能打退堂鼓，更不能把秘密抖搂出来。可是……怎么还有可是呢？音乐正在黑暗中穿行，在破晓的边缘组建着调式和变化着旋律，天就要亮了。这是骆横的音乐，透过这种匪夷所思的音乐，能够清楚地看到自己的五脏六腑，就像他无数遍地从透视镜前走过那样，原来他不是高贵的而是卑贱的，不是喜悦的而是悲苦的。他说："怎么还不跳啊？急死人了。"他停止弹奏和歌唱，拿出手机，离开乐队，拨通了老妈的电话："我还是没有把握，到底能不能当上'嗨王'？""你这孩子，我不是给你说了嘛，绝对没问题。""我担心……""担心什么？实话告诉你，整个'嗨王争霸赛'就是'景泓集团'的一次策划，如果不能把我们的继承人推向'嗨王'的位置，集团花那么多钱干什么？""原来是这样，你早告诉我，我就不会拿着一张50万的银行卡去贿赂穆教授了。""告诉你干什么？你知道的越少越好。他收了没有？""没有。""所有的评委里，就他和青岛音乐学院的裴老师不买我们的账，好在他们左右不了大局，钱说了算，大部分人都是贪财的，只要贪财就好办。""不过我还是不高兴，'高楼大厦'怎么可以跟'深海野兽'和'机车头'这样的乐队并列呢？""我知道你瞧不上它们，但'如此灿烂'的'深海野兽'一直是你爸亲自控制的，它不做第二谁做第二？至于那个名声不好的铁大钢和'机车头'，到真是我们的一个疏忽，没想到他们的后台老板也敢砸钱，给卫秾和其他评委还有组委会的人私底下塞了不少。想一想这样也好，让一个跟我们没关系的人做陪衬，也堵了别人说三道四的嘴。""你刚才说'深海野兽'一直是老爸控制的？不会吧？我听说他们跟毒品有关系。""谁说的？""'纯净巴洛克'。""他死了，不会有人再说了。""你怎么也知道这事？是不是你还知道'纯净巴洛克'就是周轻舟？周轻舟是怎么死的？不会是……""孩子，不该问的事不要乱问。"说着就挂了。他望着自己的手机，发现录音居然是打开了的，吃惊地喊一声："'高楼大厦'的主唱，你这个逆子，你想干什么？"音乐，音乐，音乐，骆横的所有音乐都在替他回答这个问题，从《冷思考》到《我的内心一片阳光》再到《绕地球一圈的救人与自救》，当然还有别的——写给自己的、写给"盾构机"的、写给其他歌手和乐队的，都一起跑来，用简单、纯洁、自然的方式，让他清晰地看到了两种阳光的沐浴、七八种海水的洗涤。脏了，脏了，怎么越来越脏了？也好像更暗了，怎么越来越暗了？

还是弹奏。景翔发现《绕地球一圈的救人与自救》是那种你绝对不能沾上，沾上就放不下的音乐，它能俘获你的灵魂，让你变成它的奴隶，主动而久久地跪倒在带血的皮鞭下乞求恩赏：请给我痛苦吧，请让我粉身碎骨然后灵魂出窍吧。有时候音乐是你的灵魂，有时候音乐又会掏空你的灵魂，当你什么也不是什么也没有的时候，你就只能紧紧抱着《绕地球一圈的救人与自救》，把它当作唯一的营养了。他感觉周身所有的神经都开始疼痛，是的，是所有的，就像无数朝上朝下的符干变作铁钳正在那些敏感的末梢上恣意铰夹扭动。开裂出现了，自然音级的半音变化正在让他筋肉分家，鲜血荡漾，调式变音的锋利超过了匕首和军刀。接着就是大火熊熊，逆回音和顺回音交替而来，他看到自己已经被钢炉拿住，畅快地熔炼着，惨叫阵阵。主音再次出现，一晃眼变成了成型的坯料，锻压机的模具按照音乐最快的节拍让他扭曲变形。然后是一连串的折磨煎熬，他发现自己被虎鲨咬噬，被鳄鱼咀嚼，被大刀砍头，被小刀剜眼，被刽子手凌迟，被女粉丝拷问，被冰雪封冻，被飓风摔打，被毒蚂蚁覆盖，被毒蜘蛛戏弄，仅仅是因为旋律中出现了一个微不足道的变音记号，平缓而沉重的音符突然移高了八度，或者降低了八度。可是这首歌里怎么有这么多的变音和转调啊？尤其是当他追问灵魂是黑是白的时候，身体深处的兵刃相见，那些呐喊阵阵的玩命厮杀，竟然就是几个大调和小调的作祟。他向着自己正在弹奏的音乐狞笑了一声，像是跟《绕地球一圈的救人与自救》决一死战那样，疯魔地叫了一声，然后让手突然从琴弦上跳开，耸着肩膀取下吉他背带，双手握住琴头，奋力砸了下去。沙滩是柔软的，不忍心毁坏他唯一可以表情达意的乐器，吉他完好如初。海和乐队的人都在喊：你要干什么？他再次狞笑一声，算是回答，然后举着吉他走向了不远处的礁石。花岗岩的礁石也想柔软，一看是景翔，浑身一抖就变得更加坚硬了。砰砰几声响，面板烂了，琴颈断了，琴弦却依然固定在两头，他扭下弦钮，扔到一边，手里只攥着断裂的琴颈，走向了他的同伴，嘿嘿笑着问："你们猜猜，我要干什么？"看没有人回答，就又说，"你们居然想不到，傻瓜。"然后就用带着锋利的木头茬子的琴颈朝脸上戳去。几个人扑过去要阻拦。他后退着喊："别动，别动，千万别动，你们再往前我就退到海里去。"海来了，仿佛说：退吧，退吧，我正等着你呢。没有人再敢上前，他朝着自己那张俊美的脸戳起来，而且无比清晰地用唱名数着数："do、re、mi、fa、sol、la、si，这是一个八度，再来一个八度。"血从面孔的各个部位流下来，他一脸飞花。键盘手不顾一切地扑了过去："你为什么要毁容，你不知道你完了吗？"景翔指着夺走了琴颈的键盘手说："没脑子的东西，连这个都搞不明白。"然后哈哈笑着往前走，拿出手机，拨通了"立方水母"："我刚才让你给铁大钢和穆教授平反昭雪，你发了没有？""发没发你不会看？立刻就是反响，那么多人点击我，你不给钱我也能利用你挣钱。""动作真够快的，我现在又改变主意了，打算继续跟你做买卖。我承认咪咪的控告完全属实，我承认'嗨王争霸赛'有幕后操控，我承认'纯净巴洛克'也就是周轻舟的死是因为他知道了毒品侵蚀音乐的秘密，我承认我绑架了'盾构机'的大提琴手'不是大卫波泊尔'，并且想逼死他。你要多少钱，才可以在你的公众号上发布这些消息？""立方水母"沉默了片刻说："不要钱。""那怎么成，钱我有的是，你说个数字，多少我都会给。""一个亿。""好啊，不过上亿的资金要通过集团财务，你能不能等两天？""发布这些消息也等两天吗？""那倒没有必要，立马，即刻，赶紧，给我发。哦对了，还有一段录音我也发给你，麻烦你备注在几个消息的后面。""谁的录音？""我跟我老妈对话的录音。"说着手指灵巧地活动着，录音文件转过去了，又喊起来，"最后还有一个消息：我已经决定了，正式向咪咪求婚。""要是咪咪不要你呢？""那就惨了，我就没脸见人了。"他收起手机，看了看依然沉寂的高处32层明亮的窗口，瞟了一眼反射着阳光的"百达翡丽"，抹了一下被流淌的鲜血弄出痒痒的脸，大声问："12点早过了，这家伙不会骗我们吧？快，我又有新的灵感了，不想看到他生命的最后时光就在今天了。"说着就朝景泓大厦跑去。键盘手喊着："跟上，跟上。"

他们一口气跑进了景泓大厦，在众人惊异的眼光和叫声中钻进了垂直出行的玩意儿，两分五秒之后，来到了32层禁闭骆横的标准间门口。景翔喊叫着："快啊，快打开。"其实键盘手已经把房卡贴到了门锁上。怎么搞的？房卡失效了。键盘手回身就跑："我去大堂，让他们在电脑上做一下。""不用了。"景翔狂叫一声，像警察逮人那样，离开门口，跳了一下，一脚蹬了上去。门开了，里面空空荡荡，没有人，窗户开着，阳光挤进来照白了半个房间。景翔把头探向窗外朝下看了看说："是不是我们来的路上跳下去了？快去看看。"键盘手飞走了，很快就来了电话："没有啊，楼下什么也没有。"景翔哈哈大笑："我们被骆横耍了，但我们不能自己耍自己，总得有人跳下去，才不辜负我们的等待。你们谁跳？"看身后的几个音乐人没有反应，又说，"你们不跳我跳。"说着就爬上了窗口。几个人扑过去，死死抱住了他的腿。景翔挣扎了几下，突然安静下来，以他最饱满的声音，唱起了似乎永远唱不够的《绕地球一圈的救人与自救》。

　　键盘手回来了，告诉大家他看到2层骆横宿舍的窗户也是开着的，就让服务员打开，进去看了看，发现骆横把他的大提琴和小号拿走了。他又去监控室看了监控录像，发现骆横昨夜1点走出他的宿舍，大大方方坐电梯下去，穿过大堂，离开了景泓大厦。也就是说，他说的"午间12点"指的是夜里的午间。午夜12点，他爬出32层的窗户，沿着大厦外墙下到2层阳台，想办法打开了自己宿舍的窗户。至于他是怎么从32层爬到2层的，外墙没有摄像头，谁也不知道。景翔停止了歌唱，回过身来说："不可能，难道他还是个攀岩高手？"又一想，对这个人来说，没有什么不可能的。他想不到的是，这个时候的骆横就在景泓大厦街对面的一间小饭店里，正在给师兄王起打电话。

　　骆横昨天午夜离开景泓大厦后，就在这间昼夜营业的小饭店里用人家的电话联系到了"十面埋伏"。"十面埋伏"这天休息，但他撒谎说正在巡逻，就匆匆赶来了："你去哪里了？""没去哪里。""那怎么联系不上？""手机丢了。""肯定不光是手机丢了。"他笑笑，什么也没告诉"十面埋伏"，只说他跟"高楼大厦"掰了，没地方去了，想在对方的警车里待一宿。"十面埋伏"没有让他待在警车里，而是拉到了自己家里，指着客厅的沙发说："就睡这里，行吧？""十面埋伏"有妻子有孩子，但是骆横并没有见到，等他醒来时，房子里一个人也没有，看到桌上给他准备了火烧、牛奶和煮鸡蛋，就随便吃了些，背着大提琴和小号，拎着黑色帆布包，出门去了。他来到昨夜打过电话的小饭店，先联系上了穆教授，告知对方自己平安无事，只是已经离开了景翔和他的"高楼大厦"。穆教授说："我们的校园乐队'盾构机'是一风吹了，散的散，烂的烂，不是音乐不好，是吸毒害惨了他们，他们面对的很可能是被学校开除然后再进戒毒所。你还是回到阿里斯塔克工作室来吧，跟我一起继续研究天体物理，'星云组合'啦，'音乐宇宙'啦，'光音链猜想'啦，'引力潮音乐链猜想'啦，'岩石乐谱'啦，会带给你无穷的乐趣。先待着，你总得有口饭吃，适当的时候我再想想办法，看能不能让你去青岛音乐学院或者上海音乐学院进修，你的理想不是当一个闻名世界的指挥家吗，不应该这么快就放弃吧？""不可能放弃，你要是能成全我，我就继续给你当马仔。"骆横答应着挂了，正要离开，一晃头想起了师兄王起，便带着一种死里逃生的愉悦打了过去。王起说："我给你打过几次电话你都不接，我以为你现在牛逼了，不理我们了。""怎么可能呢？有事吗？"王起絮絮叨叨说起来："雷蕾变心了，已经不再理我了，她现在跟'铁碳合金'的鼓手经常联系，肯定是他勾引了她，你说我怎么办？真想揍那个鼓手一顿。李拜拜，不，李小嫚，劝我不要冲动，说人得靠着缘分处对象，跟我有缘分的不是雷蕾而是她，她来了，雷蕾就变心了，这不正好嘛，她可以跟我接着来，谁说今天的你我不能重复昨天的故事，一张旧船票照样可以登上你的航船，只要你还是船长，关键就看能不能接受彼此的改变了。我不知道怎么办好？我喜欢雷蕾，如果她有一点点回心转意的意思，我都会原谅她。但我也不讨厌李小嫚，她一回到码头就跟我说这说那，随便得就像从来没有跟我分开过。我已经老大不小了，家里也催得急，就想把婚姻问题赶快解决掉，不想再磨磨唧唧。你说呢师弟，你脑子比我好使，给我出个主意呗。再有一个星期我们就出发了，由师傅带队去宁波舟山港，参加全国海港技能比赛，完了去上海，参加全国江海集装箱吊运技能比赛。很遗憾雷蕾不能去，原定的选手里有她，但她最近的状态特别不好，一进桥吊驾驶室就犯困，不是打哈欠就是淌眼泪。师傅说选手是要去拼搏的，没有精气神怎么行？只能换人了。换下她的是李小嫚，李小嫚的技术真不错，她待了一阵的那个蓝色安全帽培训中心又让她学会了不少新技术，比我全面多了。师傅在我跟前说过好几次，要是骆横在，我们就更有把握了。我说师傅你就别再惦记骆横了，人家是音乐人才，怎么可以浪费在集装箱吊运上呢？师傅说也是，他有远走高飞的能耐，就让他飞吧，咱不能强求人家从天上回到地上跟我们一起走。"骆横没说什么，拜拜了王起，又打给了穆教授："我改变主意了，不去阿里斯塔克工作室了，谢谢你的关照。""那你要去哪里？""回集装箱码头。""好马不吃回头草，你怎么可以这样？""我不想当好马，就想当个好人。"说着突然神秘起来，"再说我已经老大不小了，就想好好谈场恋爱，不想再磨磨唧唧的。我的初恋对象一个被我称作'哇哦'师妹的女孩跟人分手了，我觉得我的机会来了，你说呢老穆，我是跟着你整天研究一点用处都没有的'音乐宇宙'，还是去追求我的爱情？"穆教授沉默了一会儿说："如果是这样，那就随便了，我可不想耽搁你的爱情，需要的话，我还可以请你们吃饭。""真的，可不可以我挑地方，就在你们学校的阅海楼？""不行，我得把你们请到家里来，让我老婆好好做一顿。她现在是市民合唱团的，一有演出就会说，是骆横的音乐让我再次登上了舞台。""她不会冲我们再唱《路边的野花不要采》了吧？""我都忘了这茬，她在家里喜欢唱《此情不移》和《我们的时间》。""烦不烦？""这个怎么会烦？她说是你教她唱的。"

铁大钢带着乐队去了演出现场才知道"嗨王争霸赛"的最后决赛被突然取消。GFC 电视台演播大厅的门关着，几个保安正在苦口婆心地劝说粉丝们散去，那些做好准备要为偶像通宵庆祝的女孩男孩说什么也不散，好像只要粉丝是存在的，无论景翔出了什么事就都是"嗨王"。铁大钢打电话给施欣萍，问到底为什么？施欣萍说："你是真不知道还是假装的？""我要是知道干吗还要大老远跑来？'机车头'已经开到了赛场，我得搞明白吃了闭门羹的原因才好打道回府。""'立方水母'的帖子你没看？""他是个不造谣就痒痒的人，谁看他？""这次看来没有造谣，不然有关方面不会这么快就做出停赛的决定。帖子也牵扯到你们乐队，如果你没做，一定要撇清，这不是件小事，关系到你将来还能不能搞音乐。"他挂了电话，打开微信看起来，才知道"立方水母"这次的帖子真的不是胡言乱语，有点像"纯净巴洛克"，甚至更厉害，因为帖子后面还有一个作为证据的录音文件，大致意思是：作为这次赛事的最大股东，景泓集团操控了整个比赛的进程。不仅景翔和他的"高楼大厦"，还有"如此灿烂"和他的"深海野兽"，都是景泓集团需要扶持的歌手和乐队。至于他和"机车头"之所以能进入前三名，也是因为行贿受贿的原因。铁大钢招呼乐队的人赶紧走，别在这么多粉丝面前丢人现眼。他回到"星海车间"，想立马见到自己的女老板，当面问问她："你为什么要毁了我？你知道我的态度，宁肯不参赛，也不能玷污了音乐。"但女老板不在，通常她都是在"星海车间"的办公室里待到 9 点多才回家休息的，家在哪里他并不知道。他闷闷不乐地坐在酒吧区喝酒，看到酒吧经理过来递给他一封信："老板说今天晚上准能在这里见到你，果不其然。"他打开信看起来，越看越吃惊，信上说："请原谅一个母亲的过错，我想让你当第一名的心情比你自己还要迫切，想给你更多一点我的关爱，没想到事与愿违。不过你放心，我会极尽所能地挽救行贿对你和乐队造成的损害，哪怕玷污了我自己的名声也在所不惜。处理完这件事，我就要走了，这辈子恐怕再也不能见面了，因为我是一个美籍华商。你正直、善良、还帅气，有能力，有事业，我百分之百地放心，这也是我毅然离开你的原因。你的身世穆教授知道，如果你需要了解，可以去找他。不过他也不知道，这些年你的生母就在你身边。请你也不要告诉你的爸爸和妈妈，免得伤害到他们。有可能景翔会知道这件事，因为她母亲也在歌坛上混过，认识我，知道我有一个孩子。后来我们还见过一面，就在我回国为收购'星海车间'去景泓大厦跟人谈判时，突然在大厅里碰见了她。我害怕她胡乱猜测，到处向别人打听，就如实告诉了她。'星海车间'留给你了，我已经安排律师帮你过户，请不要拒绝，当初我能拿出我的全部资金把它买下来，就是因为你的存在和你的事业。"署名是："一个有罪知罪赎罪的过气歌手"。铁大钢把信看了五六遍，拿起手机拨通了家里的电话："妈，还没睡啊？今晚我回去。""有事？""没什么事，就是想你们了。"

施欣萍终于等来了肖蚌的电话：明天上午11点，在海象广场的无人居26桌见面。海象广场不是广场，是一座集购物、餐饮、游乐、休闲为一体的广厦，无人居也不是没有人，恰恰相反，它是坐落在三楼的一家网红饭店，人多得每天都得排队进餐。施欣萍进来时，肖蚌和雷蕾已经到了。雷蕾的穿着朴素而得体，浑身上下每一个弯曲都是美。但细看却有些跟最初的印象不一样：眼睛发红，上眼皮略微有点肿，白净的面色上罩起淡淡的灰雾，像是刚从潮气泛滥的海面上颠簸而来，有点彻夜未眠的倦怠。她一见施欣萍就站了起来。两个人拉拉手，几乎要拥抱却又没有。肖蚌说："坐吧坐吧，喝点什么？"施欣萍说："你们喝什么我就喝什么。""'岸桥风'喝茶，我喝咖啡，你到底随谁？""那就茶，我肯定不能随你。"雷蕾嫣然一笑。施欣萍坐下，脱下绿色棒球帽,摘掉口罩和墨镜,往后一靠,架着腿,悠闲地跷起她的黑色作战靴,前后看了看,这才发现他们选定的这个位置很适合他们的毒贩身份:既可以观察前面,也可以随时逃跑。窗户正对着海象广场的南门,南门一进来就是品牌一条街,逛街的都是财大气粗的男女,不是来高消费的人比如便衣警察一旦走过,非常扎眼。她对面虚位以待的那个位置离大厅通往厨房的进货小门不远,出去就是楼梯,楼梯旁边又是电梯,电梯是供货电梯,下去后应该有专门通道直通外面。她感觉有点紧张,换了一种坐姿,假装漫不经心地问:"座位是你挑的?"肖蚌说:"哪里,朋友挑的。"茶来了,女服务员瞅了施欣萍一眼,突然夸张地做出一个瞪眼张嘴的动作,放下茶杯,后退了两步,扭身就跑。肖蚌说:"她认出你来了。"施欣萍说:"是吗?这种地方跟音乐好像没什么关系。你的朋友呢?"肖蚌看了看表:"快了吧。"说着给自己打气似的哼起了歌,是《安魂曲》的前奏。施欣萍不放心地问:"他不会不来吧?"肖蚌望着窗外的品牌一条街说:"应该不会。"雷蕾不说话,眼光从他们两个的脸上滑来滑去,一只手捂在嘴上,似乎不想让人看到她随时都会打出的哈欠。突然,一阵风吹来,一个穿着黑色冲锋衣的人大步走过,绕着座位转了一圈,看了看周围的人,"扑通"一声坐在了施欣萍对面。她定睛一看,是个戴着一副深度眼镜的年轻人。肖蚌不禁舒了一口气:"来了?""眼镜"斯文地点点头,笑望着施欣萍说:"你好。"又看看雷蕾,"你好。"两个女孩都回了声"你好"。"眼镜"盯着施欣萍问:"你有没有见过我?"施欣萍断然说:"没有。""到底是大歌星,对粉丝都是不屑一顾的,其实我们握过手,你还给我签过名。"说着拿出了一张明信片,果然有施欣萍的亲笔签名。施欣萍笑道:"没想到我还有你这样的粉丝。那你跟雷蕾呢?""眼镜"笑眯眯地瞅着雷蕾:"也不算是第一次吧,肖蚌给我看过照片。"雷蕾局促地端起杯子,喝了一口茶。施欣萍说:"看过照片就算见过?那我见过的人多了,百分之八十的音乐大师我都见过。""眼镜"说:"你是非要我承认没见过雷蕾是吧?那我就承认好了。"施欣萍笑道:"你也别太谦虚,我们现在是有求于你,我遇到了点事,缺钱,肖蚌已经给你说了吧?""眼镜"轻狂地"呵呵"了几声:"什么事只要能用钱解决,就不是事。""那是对你,对我来说没钱就是最大的事。"肖蚌带着谄媚的笑容说:"面包会有的,牛奶会有的,一切都会好起来,我朋友的存在就是为了让别人满意,是不是?""眼镜"得意地点点头:"放心吧,今后你们的一切都可以包在我身上。"施欣萍说:"我就喜欢听这样的话,不会是骗我吧?""眼镜"说:"我这个人毛病很多,唯独没有骗人的毛病,不信你问他。"肖蚌赶紧点点头。"眼镜"说:"你就说你需要多少?"施欣萍说:"让雷蕾先说。""眼镜"说:"她的事我知道,不是钱能解决的。"施欣萍故意问:"还有什么事连花钱都解决不了?莫非是爱情?"雷蕾顿时红了脸,叹口气,冷冷地说:"跟你们这些搞音乐的人一接触,就不可能有什么爱情了。""眼镜"说:"别把我算在内,我对音乐一窍不通,也不喜欢甚至有点反感,一听就犯困。最初我认识'深海野兽'的'如此灿烂'时,他请我去听他们的演唱,一首歌没唱完,我就呼噜起来了。"施欣萍拍了一下雷蕾说:"你可不能对音乐有成见,大部分音乐人是好人,比如我。"说着瞅了一眼肖蚌。肖蚌说:"咱先吃饭吧?"说着拿起菜谱递给了"眼镜"。"眼镜"摆摆手:"你来。"肖蚌说:"那我就点了,你们想吃什么?""眼镜"说:"重要的是喝什么酒。"施欣萍说:"太对了,因为我们不能喝醉,喝醉就犯迷糊,容易上当受骗。""眼镜"说:"你还是不相信我。""只要钱不到账,我谁也不信。""我刚才不是让你说个数吗?""不好意思说,害怕把你吓着。""那就待会儿,咱们两个找个地方悄悄说。"说着他不怀好意地扫了雷蕾一眼,"你也要悄悄说?"雷蕾完全不知道怎么回答,扭过头去想打哈欠,一张嘴却变成了喷嚏,赶紧拿出纸巾捂住了鼻子。施欣萍说:"我们的事都要悄悄说。""眼镜"朝后一仰,抹了一把脸,抹出了满脸的淫邪:"明白。"

3

肖蚌很快点了酒菜,酒菜也很快上了桌,几个人边说边吃,酒瓶和杯子里的葡萄酒飞快地下落着。无人居里的人渐渐多起来,而且都朝这边张望着。"眼镜"警觉地看着,站起来又坐下,小声问肖蚌:"怎么回事?"肖蚌说:"粉丝,都是施欣萍的粉丝。"施欣萍说:"不会吧?说不定是你的呢,我一个人不可能有这么多。""眼镜"扭头盯着窗外,看到海象广场的南门已经水泄不通,品牌一条街上挤满了跟购物没关系的年轻人,都仰头看着无人居的窗户。再看看身后,发现通往厨房的那扇小门和门外楼梯前的空间也被人塞得满满当当。他问:"真的是粉丝?他们怎么知道我们会有一场聚会?"肖蚌说:"我们可都是听你的,守口如瓶,不会是你定的座位有问题吧?这边靠着窗户那边靠着门,要是包间就好了,没人看得见。"说着四下里瞅了瞅,他是在寻找警察:怎么还不来?施欣萍也有些焦急,坐卧不安地看着:现在正是时候,过来两个人一把扭住不就行了?以后她会知道,警察其实早来了,但考虑到他们面对的是毒枭,说不定是带着保镖和武器的,为了稳中求胜,避免伤害到别人,更为了实现悄悄抓捕的目的,就没有进入无人居,想在"眼镜"离开时,在海象广场的电梯里制服他。他们也没料到,会有这么多粉丝前来凑热闹,等意识到需要改变方案时,已经来不及了。有个女生尖利地喊了一声:"萍萍我爱你。"接着便是众人有节奏的齐声呼喊:"施欣萍,我爱你。"施欣萍诧异着,不知所措地起身坐下,连连发问:"怎么办?怎么办?"意思是两个：她自己怎么办和抓捕毒枭怎么办？她没有想到"嗨王争霸赛"的取消决赛，一方面否定了进入前三名的歌手和乐队，一方面用一种特殊的方式更加隆重地推出了人们心目中真正的"嗨王"，那就是作为第四名的施欣萍和她的"铁碳合金"。本来许多人就有"实际上的'嗨王'是施欣萍"的看法，现在就更有了："凭实力他们本来就应该第一，而且是干干净净、实至名归的第一。"一股潮流正在出现，对那三个有了污点的主唱和乐队来说，是脱粉的潮流，对施欣萍来说，是吸粉的潮流。别人的粉丝哗哗地少了，她的粉丝哗哗地多了。与此同时，诅咒施欣萍的"黑子"也多起来，他们总觉得是施欣萍妨碍甚至毁坏了自家偶像的前程，疯狂地报复纷至沓来。这些人有的是脑残到好坏不分，是非不明，就算变成一坨屎也要追随和维护到底的所谓"忠粉"；有的是妒火中烧，见不得别人烟囱里冒烟的红眼病患者；有的是禀性恶劣，一肚子怨怒，谁冒尖就骂谁的败坏之人。但所有的"黑子"最终起到的作用都是对名气的推动和托举，好比天敌始终都在帮助动物具有更完善的防御技巧和生存能力，不管说好说坏，被重视的程度越高，飞扬而起的距离就越远。施欣萍当然顾不上这些，再说"铁碳合金"已经解散，她用不着再去为乐队的生存谋划未来了，一切都顺其自然。她甚至都不知道自己现在的名气到底有多大，不知道只要她露脸，再不热闹的场合也会人头攒动，何况她今天来到的地方本来就是消费者的天堂，而且是周六，年轻人或上街或聚会或游乐的日子。更何况还有那个突然看到偶像后惊讶得瞪眼张嘴的女服务员，她的传播在经过一传十十传百的迅速发酵后，让远距离的粉丝们匆匆赶来了，尽管他们并不知道赶来后偶像会不会还在场。

26桌这边，"眼镜"首先做出了决定：马上离开这个地方。他站起来就走，一眨眼就挤进来了人群。肖蚌紧紧跟上了他。施欣萍愣了一下，抓起雷蕾的手说："我们也走。"他们随着"眼镜"和肖蚌出现在人潮里。此刻她想到的不是自己如何面对粉丝，而是别让"眼镜"跑了。但这个想法导致的结果却是一阵骚动。人们朝她挤过来，她前面的"眼镜"又想挤出去，作用力和反作用力瞬间变成了一种激发浪潮的能量。人们喊叫着"施欣萍"，不知不觉组织起了一层又一层拒绝离散的包围圈，而"眼镜"唯一的也是本能的愿望就是迅速地离开，然后消失。电梯是坐不成了，那就从楼梯下去，好不容易挤下了楼梯，却发现从品牌一条街那边涌过来的人更多更挤，后面的推着前面的，前面的推着更前面的，只恨这条奢侈品购物街太窄太短。有人倒在了地上，接着便是惨叫。之后喊声就变了，再也不是"施欣萍，我爱你"，而是"踩死人了，踩死人了"。一排人倒了下去，又一排人倒了下去。人群之外的警察完全没有办法制止这场突然出现的骚动，赶紧打电话求援："快来啊，警力越多越好。""眼镜"踩着人身爬到了人的肩膀上，想跳出拥挤，没跳几下，就被身后扑过来的肖蚌抱住了。肖蚌看到两个警察在人群的边缘一家首饰店的窗台上站着，就发了疯似的喊起来："警察，警察，快来啊，目标在这里。""眼镜"愣了一下，这才明白自己刚刚离开的居然是鸿门宴。他拼命地推搡着肖蚌，看推搡不开，就骂了一句："死去吧你，下贱的叛徒。"一声惨叫，肖蚌倒下了。施欣萍离他只有几步，却好像有几十公里，挣扎着想过去扶起他，却怎么也到不了跟前，扭头一看，雷蕾不见了。"雷蕾，雷蕾。"她喊起来，没喊几声，就被一股更强劲的人潮冲倒在地。她"哎哟"一声，挣扎了几下就再也动不了了，一只尖尖的恨天高的皮鞋踩住了她的喉咙。

这场伴随着踩踏的拥挤持续了一个小时。清理现场开始了，那么多人倒在了地上，有的伤了，有的死了。救护车呼啸来去。警察发现了肖蚌的尸体，但他不是被踩死的，而是被刀捅死的。"十面埋伏"指认道："她就是施欣萍。"另一个警察说："就是那个肇事者？""恐怕还不能这么说吧，粉丝又不是她叫来的。""那她来这里干什么？""她是在帮助我们抓毒贩。""毒贩呢?""是啊,毒犯呢?""十面埋伏"懊恼地说:"我白叫'十面埋伏'了。""眼镜"成功逃脱,一直都想侦破音乐人中吸毒贩毒案件的"十面埋伏"知道,再想抓住这个毒枭,就有点难了。他摸了摸施欣萍脖子上的脉搏,冲着不远处的几个白大褂喊道:"快,我们的'嗨王'还有气。"三天后警方公布了这起踩踏事件的死伤人数:死亡9人,不包括抢救无效的2人,受伤46人。"纯净巴洛克"的继任者"纯净的流行"发帖子说:"我们可以找到所有的办法来拯救人类的灵魂,包括音乐。因为音乐自从走出贵族的垄断而成为民众的情绪表达后,它的高贵性就越来越宽坦地变成了无私的给予和美好的吸纳,而不是猎豹一样为了低级欲望的追逐和俘获。但多数明星并不明白这个道理,他们疯狂而自私地圈粉,似乎粉丝越多越狂越忠越好,殊不知偶像最终都会成为粉丝的牺牲品,被践踏,被扼杀,也被彻底遗忘。"

  一个星期的昏迷之后,施欣萍终于醒了。她望着坐在病床边低头看手机的那个人,感觉很熟悉,却又想不起叫什么,便呻吟了一下。那人抬起头惊叫一声:"你醒了?我去叫医生。"医生来了,看了看监视器上的血压和心脏跳动的指标,问道:"怎么样,感觉?身上疼不疼?"她摇头。"喉咙呢?"还是摇头。医生说:"暂时说不出话是对的,慢慢来吧,你的肋骨被踩断了两根,喉咙严重受伤,差一点窒息死亡,脾脏也有些损伤,这些我们都已经做了手术,还有些外伤,虽然不致命,但流了很多血。你得住院治疗一段时间,暂时不能吃饭,只能靠注射营养液维持生命。现在主要看脾脏和喉咙的恢复情况,顺利的话半个月以后就可以吃点流食了。"她点点头,蠕动着嘴唇,在心里说了声谢谢。医生走了。施欣萍望着那个叫不上名字的熟人,突然弯了一下嘴角,意思好像是我想起来了。那人问:"你想干什么?是不是哪儿难受？"她抬起手来，伸出指头在他胳膊上写了一个"杜"字，又写了一个"松"字。"对对，我是杜松。"她扑闪着眼睛：你怎么会在这里？杜松没弄明白，但知道有必要告诉她为什么是他做陪护？他说网上盛传施欣萍被踩死了，他给她打电话，不通，就去给他表姐池馨说。池馨骂了他一顿，你瞎说什么，网上的传言你也信？你要是有心，赶快去找，你不是知道她在什么地方吗？他便去了老钢城的50炉火锅店，朝店主范强打听，又被范强带着来到了医院。"你的那几个忠粉真行，天天轮换着守护你。我说那就加上我吧，我是她朋友。"她跷了跷大拇指，勉强一笑。杜松又告诉她："老炉长失踪了，这次是真的失踪，没有人知道他去了哪里。我告诉过你他叫王建，其实是瞎编的名字，他就是你父亲。你父亲好面子你是知道的，自尊心很强，当初你母亲去世后，被撤了高炉炉长的职，不愿意在'海岸钢铁'低人一等地活着，就去了'攀枝花'，但没干两年就又回来了。他有技术，有威望，对老单位也有感情，架不住这边的三请四邀，最终还是去了'海岸工业园'，名义上是高炉的普通炉前工，实际上是副炉长的角色，专门管技术。炉长是他的徒弟，什么事还不是他说了算，有地位有权力，跟过去差不多，只是悄悄地没声张出去。几年后，工业园专门为他设立了一个部门，就是老炉长办公室，长年累月培训高炉和转炉的炉前工，传授他的'无故障维修'和'无耗损保养'，一直到几天前他突然离开工业园。你肯定想问，他为什么要离开？而且在这个时候？嗨，谁知道呢？人都会这么说。其实说白了不是不知道，是说出来不会有人相信。你父亲倒是老老实实给人说了离开的原因，这个阶段他一直在关注'嗨王争霸赛'，一场不落地看了所有的演唱，喜欢的歌天天听，越听越觉得自己这辈子活得人不人鬼不鬼的，欠了那么多人的感情债不说，还把真爱的人长期抛在了一边，真是对不起啊。他走前列了个名单，每人送了一笔钱，有他始乱终弃的秦芳，有被他迷惑了很长时间的我表姐池馨,还有'蝴蝶鱼'和'海豚女'——大概是需要保护人家的名誉吧,他就是这样称呼的,不知道是昵称还是网名。最后一个是你,给你的钱就是你的医疗费押金,到底有多少,问问医院就知道了。施欣萍不断点着头,自己的猜测终于被证实了,老炉长就是父亲,也明白池馨为什么会因为《熔炼之恋》而去找老炉长诉苦,还会当着他的面从五层楼跳下来?杜松为什么会去老钢城找她,因为他的表姐池馨深陷在了老炉长朝三暮四的爱情中,他似乎想通过她去影响那个风雨不倒的男人,让他不要再玩喜新厌旧的爱情把戏,要么离开池馨,要么跟池馨结婚,却又因为了解到她跟父亲的冷漠关系而始终没有说出来,只是按照他的初衷把她的眼睛从网络转移到了精致小区对面的幕墙上,那是父亲居住的小区,父亲只要一出门就能看到:一大一小、一黑一白两朵桃花已然凋残,G谱号的瞳孔盯着他,泪滴在歌唱,哀伤音符一样悬挂在飘逸的眼线和睫毛上。她用手做了个写的样子。杜松赶紧去护士站找来了纸和笔。她写道:"对不起的名单里有没有乔普林?"看杜松摇头,又写道,"乔普林来过医院吗?""好像没有,她那张脸很醒目,我又是画画的,只要她来我就能记住。"她就又写了乔普林的电话号码。杜松立刻打了过去,对方不接,再打,还是不接,第三次打过去时,那边关机了。施欣萍有些明白了,父亲说的"真爱的人"就是乔普林,能够想象他在看着那张国际脸的演唱时是如何得心旌摇荡,而乔普林参加乐队的目的似乎也就是为了这一刻的打动。他们终于重温旧梦,再一次鸳鸯到一起了,但愿这是最后的结局,是洗心革面、改邪归正的一次,是可以山高水长的真爱行动。父亲,我恨你,但我觉得有那么多女人恨你,也就不想加重恨的分量了。你们好自为之吧,音乐带给你们的一定不再是背离和苦涩、疼痛和哀怨,因为已经不是从前的音乐,我们遇到了神工鬼斧的修改,就再也不是从前的音乐了。

以后的日子里，施欣萍身边不是杜松，就是范强，或者是"牛心拐孤"和蓝雪，还有夏蓉蓉、铁大钢、柳浪和沈飞，甚至还有"十面埋伏"。她问："水手呢？"都说没见着。她寻思：那就是走了，又到海上做水手去了。根据景翔发在网上的他和"高楼大厦"的最后一首参赛歌《绕地球一圈的救人与自救》，好像"蓝鲸号"出事以后，水手就不应该回到岸上，他应该继续漂流，然后遇到三体帆船"远方号"的船长，两个人又一起千辛万苦去找失踪的郭翔，找到后更加千辛万苦地往回走。但他们最终的目的都不是回家，而是再造一艘三体帆船，去完成绕地球一圈的豪举。20天以后施欣萍出院，已经可以说话了，就是不能唱歌。大家都来接她出院，还要送她回家，沈飞的车坐不下，铁大钢说："那就坐我的车呗，正好我可以跟你们去老钢城看看。"施欣萍说："都去我家，完了再到50炉火锅店吃火锅，我请客。"可是施欣萍就快没有家了。包括她自己在内的很多人都以为，靠着她和"铁碳合金"的名气以及在老钢城地标式的存在，也靠着"海岸钢铁"搞拆迁的人里有不少是她的粉丝，人家会把她生活和唱作音乐的空间留下来，没想到住宅和录音棚的墙上还是写了好几个大大的"拆"，而且是有最后期限的，就在后天。施欣萍在"拆"字前停下来，呆呆地看着。柳浪说："你们等会儿，我去跟他们交涉，拆迁办公室离这里不远。"他去了，很快就回来了，消息是不好的："人家说你们做梦去吧，整个钢锭车间都要拆，怎么可能留下一角呢？再说了，施欣萍是大歌星，有的是钱，买一套别墅不就行了，何必要赖在这里呢？"施欣萍听了只有苦笑："都是我的错，没有照照镜子看清楚自己，还以为是个人物呢，其实什么也不是。"铁大钢高兴起来，踢着墙上的"拆"字说："这就对了，那么多工人都得走，凭什么要特殊照顾你？看样子我跟你们来对了，要不然你们怎么办？"大家都说你怎么还幸灾乐祸？铁大钢说："我就是要幸灾乐祸，完了再发出邀请，到我们'星海车间'

去吧，那么大的地方还容不下施欣萍？你们快拿主意，完了告诉我，要不然我就走了，不管这事了。"大家都望着施欣萍。施欣萍沉默着，两行眼泪滴淌而下，赶紧又擦了一把，笑着说："你们哪里是送我回家，是来帮我搬家的吧？"大家松了一口气，嘻嘻哈哈进屋，把东西收拾了一下，叫来搬家公司，连同那架"博兰斯勒"三角平台式钢琴，一起离开了老钢城。他们唱起了施欣萍的歌。铁大钢说："这都是老歌了，新歌都产自'星海车间'，以后咱们取长补短，你作曲，我唱歌。"施欣萍说："你想剥夺我上台演出的机会？我虽然不能唱了，但还会拉也会弹，乐器里头你拿什么超过我？"铁大钢说："那就更好了，'机车头'从此就更上一层楼了。"施欣萍说："'机车头'上到楼上干什么？它是轨道交通，应该穿越隧道，奔驰在山间原野上。"车里的人笑起来。铁大钢说："要不咱们把'机车头'改成'铁碳合金'？一来'机车头'是铁碳合金制造的，二来'铁碳合金'名气大，粉丝多，我也可以沾沾光。"几个人鼓起了掌。施欣萍说："我有点舍不得，再说它是受知识产权法保护的，你得给我版权费。""这个不用了，以后你还是'铁碳合金'的一把手，我是你的走狗。""那我是不是应该谢谢你？""要是就为了听你一句谢，这种好事我就不做了。"施欣萍摇摇头说："看样子我得加倍小心才行。"

来到"星海车间"的日子平静得就像小夜曲，弹琴，拉琴，作曲，作词，还有哼哼，她只能哼哼了，再也不能引吭高歌了。夏夏一边跟着她唱一边说："施欣萍姐姐写的歌越来越不好唱了，但是只要能唱出来就一定是最好听的。"他和柳浪也都来到了"星海车间"，是施欣萍让他们来的。柳浪依然是经纪人，夏夏继续做贝斯和声乐方面的低音伴奏。夏蓉蓉打电话说："不好意思，让你费心了，我本来想让夏夏来我们'新织工'，又怕人家说闲话，弄来一个嗓子沙哑的残疾弟弟。谢谢了。""我还得谢谢你呢，把这么一个有天赋的音乐人才让给了我们。""铁大钢也会这么想吗?""别管他,我想的就是他想的。"夏蓉蓉停了一会儿说:"明白了,进展够快的。""明白什么了?""非要让我说出来吗?"他们的妈妈那个疾病缠身的老纺织女工已经去世,夏蓉蓉和夏夏都可以彻底抛开家事搞音乐了。尤其是夏蓉蓉,作为无可替代的主唱,需要支撑起新织工乐队的所有演唱,必须专注,还要不怕苦累。纺织城的老板周洲很器重她,给她创造了不少商演和电视转播的机会。她的名气越来越大,舞台表演的机会也越来越多,动不动就会给施欣萍打电话:"再给我推荐一首你的歌吧?"有一次她说:"你了解我的声线,什么样的音调才能发挥得好,能不能专门给我写几首?"铁大钢在施欣萍身边接过话茬说:"还几首?都给你写了,我怎么办?萍萍的创作又不是母鸡下蛋,可以一天一个。""你自己不是也会写歌吗?为什么还要依靠别人?""她是别人吗?以后你想唱她的歌,必须我同意。""大钢兄弟我知道你是什么意思,不就是想告诉我,你们两个已经不分彼此了吗?说,什么时候办婚礼?"有一天,施欣萍在手机里听到了一个让她心心念念的声音,止不住惊喜地喊起来:"雷蕾?没想到你会主动给我打电话,听你的声音好像很开心,怎么样?你的病,好了吧?"雷蕾很幸运,踩踏事件没有伤着她,她的病就是吸毒的毛病,一直在戒,施欣萍打电话关心过几次,雷蕾的情绪很低沉,好像有铅砣子拽着她。但是这次不一样,一听就觉得听到了雷蕾原来的声音,口气里带着睡醒后的豁亮:"好了,彻底好了。""真的?恭喜你啊,怎么好的?""先不给你说这个,我想求你个事。""什么事?快说。""集装箱码头要搞一次庆祝会,领导让我问问你们,可不可以来给我们的工人唱几首歌?""'铁碳合金'走向集装箱码头,都是钢铁碰钢铁,应该是工人内部的事,没得选择,你就说什么时候?"

施欣萍和铁大钢带着乐队去了。那一天的码头一如既往地嘈杂,似乎所有的吊机都在工作,桥吊的前伸臂在海面上忽而伸出忽而缩回,都是每小时单机效率 70 到 80 自然箱的速度，班轮有的卸有的装，各色集装箱有的悬停有的飞翔，空中和地面一片忙碌。海也来凑热闹，让涌浪推搡着船体，不断从码头和舷壁之间的缝隙里抛洒着彩色的水花。防撞的橡胶护舷拼命摇晃着，用自己坚韧的弹力维系着堤坝和货轮的亲密接触。轮胎吊、轨道吊和履带吊按照一定的路线走来走去，拆了这个箱垛，又去垒那个箱垛，就像一帮儿童在专心致志地玩着积木。高大的龙门吊巨人一般俯瞰着地面，那里是一排排拉运集装箱的平板车，它们组成好几条走向不同的长龙，在开阔的码头上隔离出了几个方块。施欣萍一行从这个方块走向那个方块，不知不觉到了海边，回头再看时，突然发现嘈杂消失了，所有的吊机都停止了运动，眼花缭乱的集装箱上船的上船，去堆场的去堆场，一下子都回到了自己的起始点。雷蕾笑吟吟走来，气喘吁吁地说："我们的人去闸口迎你们，保安说你们已经进来了，我赶紧往里跑，找了好几圈才找到你们。这边是北码头，我上班的地方，庆祝会在南码头开，还得绕过去，咱们等一会儿，我现在叫车。"说着拿出了手机。施欣萍说："不用了，我们有车，停在门口。"又问，"远吗？可不可以走过去，我想多看看。"铁大钢说："我也想看看。"说着把电话打给了拉运乐器和音响设备的司机，让他们先去南码头。一行人朝南码头走去。雷蕾说，前个时期青岛黄海港在全国海港技能比赛中获得团体第一，在全国江海集装箱吊运技能比赛中同样也是第一，还有两个人分别获得了这两次比赛的个人全能第一和第二。回来后正赶上海运旺季，班轮一下子增加了两倍，生产任务紧，就没有搞庆祝，现在终于有了点空闲，港务局就想开一次表彰大会，算是总结，也算是鼓劲，因为表彰完后，选手们又得集中训练，准备去新加坡港参加国际起重机吊运比赛。施欣萍问："你去了没有？"雷蕾撮起鼻子懊悔地哼了一声："本来有我，就因为我有病没去成，不过国际起重机吊运比赛我肯定要去，已经说好了，后天开始投入训练。"

　　正说着,李小嫚迎面而来。雷蕾指着说:"就是她,两次比赛的全能第二。"施欣萍不屑地说:"她呀?她怎么没给我说过?她是我小小姨。""啊?"雷蕾诧异得瞪大了眼睛,也放大了美丽。李小嫚笑着说:"欢迎你们来慰劳工人阶级。"施欣萍说:"我们也是工人阶级。"雷蕾沮丧地说:"那还要我干什么?既然是你小小姨,让她联系你们不就行了?领导正是胡乱派人。"施欣萍说:"你们领导肯定派对了,要是她给我打电话,我肯定不来。"李小嫚捣了一下雷蕾说:"明白了吧,我跟她关系不好,在她眼里我就是仇人。"雷蕾问:"为什么?"李小嫚说:"跟你一样,都是做粉丝惹的祸,你是她的粉丝,我是他父亲的粉丝,她恨她父亲,就连带着恨上了我。"施欣萍说:"他现在又吃回头草,把乔普林拐跑了,你还粉他?""这有什么关系?一点不影响他在我心里的地位。难忘旧情说明他是个好男人,就像我一样,我也难忘旧情,所以我更要粉他。"雷蕾的大眼睛扑闪扑闪的,全是问号,却没有再问下去。铁大钢说:"快听快听,多漂亮的小号声。"大家都听起来,是《斯卡布罗集市》。施欣萍说:"不会是放的录音吧?"看雷蕾在摇头,又说,"那就是回到从前了?"雷蕾说:"太对了,我一听小号就想起从前。"施欣萍问:"这么说那个叫骆横的人回来了?"雷蕾说:"你认识他?哦对了,我第一次见你,就是你来码头找他的,我还跟你掰了手腕。他就是我刚才说的获得了两次比赛个人全能第一的人。""这么厉害?"施欣萍说着摆摆手,让大家安静。她专注地听着,朝小号传来的地方走去。小号的吹奏又变了,变得更加好听了。她不知道这就是被集装箱码头的人当作阳光雨露的《海港的早晨》,是吹奏者自己的作曲,还在脑子里翻动着世界名曲的目录:到底是哪一首呢?突然愣了一下:怎么有点似曾相识燕归来的感觉?她来到一座高高的集装箱垛下面,仰起头看着,小号声就来自垛顶。听了一会儿她说:

"真想见见他。"身后的雷蕾说:"你想上去还是想让他下来?""我哪里上得去?"雷蕾说:"你掰手腕那么厉害,我以为你爬箱垛也很厉害。那我让他马上下来。"说着朝上喊了一声"骆横",声音不大,小号的吹奏却戛然而止。

　　骆横站在10层高的垛顶边沿,半只脚悬空,朝下看着。雷蕾挥动着柔软的手,就像飞扬着白色的飘带。施欣萍说:"我怎么觉得他就是'盾构机'的大提琴手'不是大卫波泊尔'。"雷蕾说:"对啊,就是他。"施欣萍失悔地跺跺脚:"早知道我最初寻找的小号手就在'盾构机',我干吗要耽搁到现在?"铁大钢问:"你耽搁什么了?""你说我耽搁什么了?一个能够震撼灵魂的音乐人,我早就应该拜他为师。"铁大钢说:"这还差不多。"骆横坐到垛顶的边缘,把腿耷拉下来,一翻身抓住了锁杆,然后踩着摆列整齐的门楣、把手、锁头和支架,飞快地下行着。雷蕾说:"我的病就是他治好的。"施欣萍更加吃惊了:"他怎么治?""就是每天早晨上到垛顶上吹小号呗,后来我给他说,你能不能一天多吹几次?他就增加了两次,中午一次,晚上一次,轮到休息时,他会一天吹五六次,吹着吹着我就好了,再也不想那玩意儿了,偶尔想起来,就恶心得要吐。"骆横转眼到了地上,施欣萍走过去,就像对待老朋友那样打了他一拳:"你好神秘啊。"骆横红着脸,不知道说什么好。施欣萍说:"我想起来了,你好像来过老钢城,站在50炉火锅店的对面望着我,后来你又去了纺织城,我还以为是跟踪我的粉丝呢。"骆横没有否认。施欣萍问:"那次你来干什么?""听了你的音乐,就想完善一下。""这就对了,就是在那天,我收到了你复印好的修改乐谱。"骆横略显腼腆地点点头。施欣萍又说:"今天我可不能放过,欢迎骆横先生参加我们'铁碳合金'的演出。"李小嫚说:"你可不能有什么想法,他现在正跟雷蕾好着呢。"施欣萍望着铁大钢说:"我会有想法吗?"铁大钢说:"估计不会有,我相信我的魅力。"

施欣萍说:"看把你得意的。"骆横显得更不好意思了。雷蕾来到他跟前,骄傲地挽起他的胳膊说:"你还没告诉人家参不参加演出。"骆横说:"我就算了吧?"施欣萍和铁大钢都说:"那不行。"铁大钢又说:"遇到大师了,怎么能放过请教的机会。"雷蕾侧头望着骆横说:"那就答应我偶像的邀请呗。"施欣萍说:"是不是有点乱了?我是骆横的粉丝,骆横的对象又是我的粉丝。雷蕾,以后你不要再给我点赞了,你就代表你的偶像直接给你男朋友点赞。"雷蕾说:"你们别再开玩笑了,他一见漂亮女孩就紧张。"骆横说:"谁说我紧张了?我是不知道吹小号还是拉大提琴还是弹吉他?万一配合不起来呢?"施欣萍说:"不会的,我们可以多演唱几首,你会的乐器都可以上,包括键盘,我知道你会弹钢琴,《安魂曲》里就有钢琴的影子。"雷蕾说:"你会这么多乐器?我怎么不知道?"骆横说:"我还会吹口哨呢。"说着吹了起来。雷蕾噘起嘴,假装不高兴地说:"你怎么什么都比我强?"铁大钢说:"人家是天才,说不定哪天还能造出了音乐飞船来,震翻全世界。我听说他是穆教授的哥们儿,在阿里斯塔克工作室待过很长时间。"骆横纠正道:"没有多长时间。"施欣萍说:"音乐是神奇的,什么事都能发生,我在网上看到一则帖子,说连海水公司都戒了,就是因为听了骆横的音乐。"雷蕾问:"他们戒什么?"施欣萍说:"就是不造假了呗,什么投票软件啊,刷票器啊,无良水军啊,都不敢用了,因为老做噩梦,'刷票鬼'刷了票,然后又会去找扮鬼的人算账,到头来是自己害自己。"铁大钢说:"那是不是意味着以后所有的点赞、热评、转发、分享、热搜,还有投票,都可能是货真价实的?"施欣萍说:"只能说有这个可能。"铁大钢问:"那他们怎么活?"施欣萍说:"音乐是不敢碰了,都改行在网上吆喝着卖东西了。"骆横说:"我在网上见过一个卖化妆品的女人,瘦得像一支单簧管,说话走风漏气的,30多岁,估计就是那个'刷票鬼'的头。"雷蕾说:"该走了吧,别在这里聊了,先去吃饭。"施欣萍说:"演出前不吃饭,演出后也算了。"雷蕾说:"为什么?港务局不会答应的。"铁大钢问:"在哪里演出?我们得赶紧安装设备。"雷蕾指了指海。海的春蓝直逼太阳,阳光凝聚成旋梯的模样,把海与天之间的物体照耀得金碧辉煌。海鸥沐浴在金色里,用伸展翅膀的滑翔昭示着气流的走向。港池里的水宁静得如同晶体。一艘班轮绕过防波堤朝远海驶去,远海一片苍茫。

顺岸码头的泊位上,一艘卸光了集装箱的货轮后甲板成了庆祝会的舞台。先是领导讲话,然后表彰先进,无非是披红戴花,上台领取奖金,两次获得团体第一的选手一人5000,既参加了团体赛又获得个人全能第一第二的杰出工匠骆横和李小嫚还要多一些,前者1万,后者8000。当然这只是港务局的奖励,在比赛现场,组委会已经颁发过奖金,也是这个数。然后是选手代表王起上台发言,决心好好训练,争取在国际起重机吊运比赛中取得好成绩。演出开始了,特邀骆横参加的"铁碳合金"在这个下午展示了乐队新生以后的创造,所有的歌都是新歌,考验骆横的时刻来到了,没有事先的任何准备包括排练,第一次读谱第一次演奏,居然没有出现半个音的错误。舞台前的码头上,那么多戴着各色安全帽的工人以最热烈的掌声回应了音乐人们的努力。春天来了。

最后一首歌是临时加上去的,器乐合奏加吟唱,就是骆横的处女作《海港的早晨》,刚一演唱完,很多人就跑上货轮,希望得到签名,还想跟施欣萍、铁大钢和骆横照相。骆横在这里的名气除了吹小号,还有技术尖子、杰出工匠、吊机冠军什么的。跑上来的人里突然出现了蓝雪和李昂,他们由雷蕾带着,直接来到了骆横面前。雷蕾兴奋地说:"就是他。"蓝雪说:"终于见到你了,当初就是你的小号救了我的命,现在又出现了,你想救谁的命?"骆横握着蓝雪的手,不知道怎么回答,突然用鼻子吸了吸气说:"怎么这么香啊?"蓝雪和雷蕾对视了一下问："你说谁呢？"骆横说："好像不是人，是饺子。"蓝雪笑了："都说搞音乐的人耳朵灵，想不到你的鼻子也这么灵，你怎么知道我带着饺子？"说着取下背包，拿出了一个饭盒。骆横使劲撮了撮鼻子："真香。""你肯定是饿了吧，想不想吃几个？"蓝雪说着打开了饭盒。骆横一看就愣了：怪不得自己这么敏感，原来是闻到了熟悉的味道。他蓦然想起了父亲，想起他去"东方船舶"制造三体帆船时带回家的饺子就是这样的，形状跟麻雀一样，封口带着花纹，味道是鲜鲅鱼的。他忍不住咽了一下口水。雷蕾望着他说："你怎么这么没出息？好像从来没吃过。"骆横红着脸说："我是不由自主的。"蓝雪又从一个小塑料盒里拿出一双铁筷子说："想吃就吃呗，什么出息不出息的？"李昂说："蓝雪包的饺子就是好吃，我吃了她的饺子，别人包的饺子就很难入口了。"骆横拿起筷子搛了一个放到嘴里，嚼了几下，眼泪就出来了："你是蓝师傅吧？你肯定认识骆命好。""骆命好？认识啊，你怎么提到他？""他是我爸。""什么？你是骆命好的儿子？"蓝雪呆愣了片刻又说，"我现在还能想起他的相貌，瘦瘦的，个子不高，喜欢捣鼓这捣鼓那，一捣鼓就是一整天。你爸呢，回来了吗？"骆横眼泪更多了，哗啦啦的。蓝雪还想问什么，李昂从后面拽了她一下。雷蕾说："他想他爸了，一去不归。"说着也哽咽了一下。骆横擦掉眼泪说："你们可以听听《绕地球一圈的救人与自救》，那是我受到'铁碳合金'《不沉的'蓝鲸号'》的启发后写出来的，里面就有我爸，三体帆船'远方号'的船长。"港务局的领导过来了，邀请他们去吃饭。施欣萍要叫上骆横，骆横不去。

　　雷蕾陪着施欣萍和铁大钢一行去了码头食堂，骆横却带着蓝雪和李昂来到了自己的住宅——还是过去那间箱房，好像他从来没有离开过。三个人围在一起，说着话，吃着一饭盒饺子。一会儿，师兄王起和李小嫚来了，拿着几瓶啤酒和一些熟海鲜，聚餐的人又变成了五个。

正吃着，雷蕾带着施欣萍和铁大钢走了进来。施欣萍说："要回去了，过来跟朋友们打个招呼。"大家又说了一会儿话，眼看天黑了，客人一个个告辞而去。蓝雪和李昂走得最晚。蓝雪说："要是你喜欢吃我包的饺子，我以后天天给你送来。"李昂说："天天是不可能的，再说也会吃腻，一周送一次吧。"雷蕾说："那也太密了，你们都很忙，麻烦不起。"骆横说："两三个月一次差不多，不一定你们过来，我们也可以过去。"蓝雪说："一言为定。"从此以后，骆横每隔一段时间就能吃到一次蓝师傅包的饺子，在他不仅是因为好吃，更是因为可以借此延续他对父亲的思念。在他心里，父亲依然在海上，在绕地球一圈的救人与自救的过程中，这是一个没有止境的漫长过程。

就在离开集装箱码头返回"星海车间"的路上，施欣萍接到了"十面埋伏"的电话：抓到毒枭"眼镜"了，同时落网的还有跟他一起躲起来的搭档——"深海野兽"的主唱"如此灿烂"。根据他们的供述，警察逮捕了已经被控制起来的管风琴酒吧的老板和景泓集团的总裁也就是歌手景翔的父亲——他不仅涉嫌谋杀和贩毒，还有长期偷税漏税的行为。她问道："'立方水母'发在公众号上的录音说'深海野兽'一直由景翔的老爸亲自控制着，是不是也就意味着景泓总裁联手'如此灿烂'杀死了揭露他们贩毒的'纯净巴洛克'？""十面埋伏"说："我们正在寻找证据，还得看他们下一步如何交代，虽然我也有跟你同样的想法，但在拿到证据之前，什么结论都不能下。"

"十面埋伏"的第二次电话出现在一个半月以后："证据有了，他们也交代了，'纯净巴洛克'就是景泓总裁授意'如此灿烂'杀害的。'如此灿烂'把周轻舟约到纺织城后面的海边，用一支长笛实施了杀害，长笛里面藏着匕首。当时'眼镜'也在现场，他装作打听线路的外地游客，让周轻舟放松了警惕。""这么说'眼镜'不光杀害了肖蚌？""他和'如此灿烂'都是景泓总裁的得力干将，作恶多端。这个人禀性不良,加上毒品利润的诱惑,贩毒杀人还比较容易理解。让我想不明白的是,'如此灿烂'也会跟他一样,好像音乐对这个音乐人一点作用都不起,他可以又弹又唱地打动别人,却丝毫不能打动自己,到现在都没有一点后悔莫及的样子。""也许是陷得太深,也许他就是个没有灵魂的躯壳,而音乐是灵魂的儿子,它的交流对象也必然是灵魂。也就是说虽然他有付出音乐的天赋,却不具备接受音乐的能力。""你说得也对,但骆横的看法好像跟你不一样。""他是什么看法?""我说不清楚,发给你自己听,我是录了音的。""不愧是警察。"发过来的录音里,骆横说:"不是'如此灿烂'冥顽不化,而是音乐还没有强大到可以触动所有人的忏悔神经,或者还做不到根据人类神经的类别有针对性地给予最有效的刺激和唤醒。如果人有罪,并不是人错了,而是拯救乏术。所以音乐没有穷尽,音乐人的追求也没有穷尽。穆教授探索的'音乐宇宙'就是想借助天体物理的已知学说,给音乐的无穷无尽描画一幅清晰的蓝图,以便在任何时候我们都可以遵行一定的规律,在地球之上和地球之外,找到我们需要的音乐,比如可以挽救'如此灿烂'的音乐,可以制止'盾构机'走向泥坑的音乐。"施欣萍听着琢磨了一番,又把电话打给了"十面埋伏":"虽然有点听不明白,但我知道骆横走在所有音乐人的前面,他给自己提出了新的目标,我们跟着走就是了。"两个人又说起骆横在新加坡港国际起重机吊运比赛中获得个人全能第一,又助力代表中国参赛的青岛黄海港队获得团体冠军的事。施欣萍说:"看来他要走了,要离开集装箱码头了。""不可能,他在港务局如鱼得水,比局长的名气都大,混得这么好,干吗要走?""获得吊运世界冠军是他在集装箱码头的极限,你还能指望他干什么?连他自己都不指望,除非跟外星人比赛吊运,有宇宙冠军可以拿。而音乐是没有止境的,就像他自己说的。""不可能吧,好比我们破案,破了一个还想破第二个第三个,破的越多越想接着再破,破案是会上瘾的,你跟罪犯斗智斗勇,就想一直斗下去而且永远胜利。他拿了一个冠军,还想拿第二个第三个,一直都想拿下去,这是人的本性。"施欣萍笑道:"咱们打一赌,看谁说得对。""好啊,我就喜欢打赌,赌什么?""不就是谁请谁吃饭嘛。""那不行,我是带着任务跟你们交往的,吃你们的饭有受贿嫌疑,再说也太便宜你了,你和你的乐队来我们局的新年晚会上免费演出一场怎么样?把骆横也叫上,我以前给他说过,让他来公安局演奏大提琴。""那我们不就成用音乐行贿了?""放心吧,这方面还没有法律条文,再说是所有的警员听又不是我一个人听,谁也不负责,怕什么?""那要是我赢了呢?""我请你吃饭,警察犯不着向音乐人行贿,不怕的。"

　　施欣萍说对了,骆横要走了,虽然他在集装箱码头待着有足够的舒适度,但舒适度并不是他想要的,不管是生活还是音乐。他给穆教授打电话说:"老穆,请我和雷蕾吃饭吧,你说过要请的,我还记得。"穆教授说:"你是不是想来阿里斯塔克工作室了?欢迎你回来。""不是的,有件事要给你说,你肯定想不到。""你的事我总是想不到。不过老婆有演出,不在家,我只能在学校的阅海楼请你们。""那就这样,这次你请,下次你和师母一起请。""你跟我是哥们儿,怎么可以叫她师母?""那叫什么?""你叫她姐姐,她会高兴得跳起来。""好,我记住了。""你就不说什么时候你请我?""结婚的时候一定请。""这个你不敢不请。"骆横带着雷蕾去了,穆教授一见面就假装晕倒:"这么漂亮,真没想到,怪不得骆横不顾一切地跑回去了,原来是仙女的召唤。他有天籁之音,又有仙女陪伴,不得了,我在跟谁打交道,神仙吗?"吃饭的时候骆横说,他一直搞不明白,自己用音乐改变了那么多人,包括看上去根本就没有希望的肖蚌和景翔,却对"盾构机"丝毫不起作用,眼看着他们一步步掉进了陷阱。而他给"盾构机"写的歌是最多的,整整 10 首。可是静下心来想想,又觉得他其实没有给"盾构机"写过一首歌，因为所有的歌所有的乐句都没有针对"盾构机"的意思，他就从来没有想过应该像对待肖蚌和景翔那样对待"盾构机"的任何一个人。是不是音乐的针对性决定音乐的作用呢？好比德沃夏克的《新世界》并不会让一个饥饿的农民激动起来，也不能期待一个正在船上与海浪搏斗的渔夫对莫扎特的《费加罗的婚姻》发出喝彩，失业的工人跟海顿的《定音鼓滚奏》没关系，一个连养家糊口都很难的拾荒者并不喜欢约翰·施特劳斯的《维也纳森林的故事》。他又想试试了，试试自己的勇气和能力，也试试在自己对音乐的无限眷恋中有没有音乐对自己的眷恋和回报，要是有，那就给我吧，我要前所未有的灵感。穆教授问："你有把握吗？""就跟当初离开你去景翔的'高楼大厦'那样，没有把握，只有咬紧牙关往前走的想法，如果我不能挽救'盾构机'，我就将毁掉我自己。"穆教授笑望着雷蕾说："你应该支持他，他能办到。"雷蕾说："他能办到什么？把自己毁掉吗？那我就先把我毁掉。"穆教授说："你看我，一个大教授，连话都不会说，我是说挽救'盾构机'的事情他能办到。"雷蕾松了一口气，骄傲地说："他是一个那么多人都佩服的人，我还能不支持他？"骆横端起啤酒杯说："好，就这样定了。"第二天，他给朱晚打电话，表示很想见他一面。苦闷的朱晚说："还见什么面，不是都已经结束了吗？""结束了吗，我怎么没感觉到？"见面是在肖蚌请过"盾构机"成员的那家海边饭店里，自然是骆横掏钱。朱晚："你不光是请我吃饭吧？肯定还有别的事。""当然有，我们边吃边说。"骆横说着，端起啤酒杯跟对方碰了一下，"你觉得有没有可能把'盾构机'恢复起来？""学校已经开除了我们，我们都是从戒毒所出来的，今后怎么办，一片渺茫，哪有心情搞音乐？""恢复起'盾构机'就不渺茫了。"他说起他的想法，把"盾构机"开进酒吧，开上"子午线"，开到它可以去和应该去的所有地方，先把生计和乐队成员维持住，慢慢再发展。朱晚不吭声，直到吃饱喝足，才感叹着答应下来："我没问题，不知道其他人的意思，我得问问。""你最好现在就问。"问的结果是：小海菲兹、小艾尔曼和高地都愿意，因为他们除了音乐，什么也没有了。小科雷利在犹豫，说要跟沈泽商量一下，沈泽不会音乐，想回老家谋生，她不知道跟去好还是不跟去好。半个小时后小科雷利来电话说："能不能让沈泽也来乐队，他可以打打杂跑跑腿，不然她就只好跟他离开青岛了。"朱晚问骆横。骆横说："也不是打杂，来了就得承担任务，管管后勤和对外联络什么的，毕竟他干过学生会副主席，有跟人打交道的能力和经验。"

事情就这样决定了，但"盾构机"一直存在的理由还不是这个突如其来的决定，而是乐队成员再也离不开骆横的音乐了。戒毒所的强制戒毒和药物替代戒毒让他们的戒除并不彻底，毒瘾这个魔鬼还会时不时地跑来，骚扰得他们心绪不宁、痛苦不堪。风雨同舟的日子里，骆横几乎天天跟他们在一起，演出，演出，不停地演出，写歌，写歌，不停地写歌，海滩男孩酒吧、已经换了老板的管风琴酒吧、几乎所有游客来往的海滩、地铁修建工人聚集的地方，经常会出现他们的身影。五把小提琴和一把大提琴在披肝沥胆的合奏中渐渐地深入人心了，朱晚和小海菲兹的主唱，小科雷利、小艾尔曼和高地的伴唱，也被歌迷和粉丝交口称赞，更重要的是歌曲，几乎他们唱过的所有歌曲都能登上"子午线"，得到"纯净的流行"的热情推荐，点赞、评论、转发，微博、超话、热搜，引来千万人追捧。只要有采访，朱晚和乐队的其他成员都会告诉别人："我们唱的都是骆横的歌。"勤奋让生计有了保证，也让"戒毒"这件痛苦而不可告人的事不知不觉消失在了生活之外，也就是说好了，再也用不着去面对它了。一年多以后骆横离开"盾构机"，乐队的所有人都哭了。朱晚说："请放心，永远的'盾构机'绝对不会解散，我们等着你。别忘了写歌，给我们，你是我们一生的支撑。"骆横说："也算是坏事变好事，如果没有这个挫折，你们安安稳稳上学，然后毕业，各奔东西，'盾构机'就不存在了。"

骆横离开"盾构机"后半年，"东方船舶"1号船坞正在建造的"巨无霸"冰级运输船"现代号"提前五个月完成主体工程，这意味着在造大船的速度上有了一次破天荒的纪录。但似乎难以置信的事情就应该拥有不被人相信的结果，一场考验突袭而来，太平洋飓风登陆青岛，一夜狂风暴雨之后，"现代号"的艏楼和艉楼都出现了严重变形和开裂。由于事先过于铺张的吹嘘，事情立刻变得不好收场，已经跟丁芳离婚娶了吴梅然后升任1号船坞总经理的鲁明洲和全面负责技术保障的总工程师余湘子本想隐瞒起来悄悄弥补，却挡不住舆论的沸沸扬扬，拖延了半个月才上报集团。集团组织联合调查组，紧急调查了一个星期后得出结论：一是采购的钢板质量不合格；二是没有解决好加工复杂的三维曲面形状的弯板技术，引进的船舶数控弯板机不是"巨无霸"所要求的升级版，而是低价的普通版，不具备加工宽2500毫米、厚30毫米船板的能力，只好在船板质量不合格的基础上，又匪夷所思地降低厚度和宽度，离"冰级"要求差了一大半；三是焊接质量严重不过关。追究其原因，一桩腐败案浮出水面，涉及的人至少有五个：集团副总裁吴旭光、1号船坞总经理鲁明洲、1号船坞总工程师余湘子、新提拔的集团设计部副主任吴梅和已经成为工段长的陈丽。贪腐是多方面多渠道的：采购劣质钢板的高额回扣、弯板机以低级冒充高级的截留资金、各个方面的偷工减料、降低标准招收新电焊工时的贿赂、私吞工人的奖金和加班费，等等。五人落马的同时，集团任命被降职为浮船坞工段长的李昂回到1号船坞出任总经理，全面负责"巨无霸"的改建和部分重建，不计成本，尽最大努力挽回"东方船舶"因质量和工期遭到质疑，而在声名和信誉上受到的损失。李昂第一时间把自己的妻子蓝雪从制造帆船的4号船坞调回1号船坞，代替陈丽的职位。

蓝雪有点不愿意:"我一个普通电焊工怎么能干工段长?""你有这个能力,我了解,再说你干过好几年班长,班长跟工段长也就一步之遥。""那你就不怕别人捣鼓闲话,说你任人唯亲,大搞裙带关系?""临危受命,我已经顾不得了。""可我还是想当'第一焊'。""你当然还是'第一焊',无非是承担的东西更多了,你有责任分派和指导别的电焊工,还要把最关键的焊段、最危险的部位、最难的焊点留给自己。""是这样啊?那好吧,我干,但我可能要天天加班,没时间给你做饭,你不反对?""啰唆什么,我还能反对我自己?"她爽快地说:"我明天就上班,让那些年轻人看看,什么叫真正的'鱼鳞焊',什么叫保质保量的'第一焊'速度。"从此1号船坞便天天飘扬起了施欣萍的歌,尤其是《大船是怎么造出来的》,几乎成了人力和机器之外的第三种动力,直到"巨无霸"冰级运输船"现代号"如期建成。

华彩乐章
绕地球一圈的救人与自救(无编号尾声)

过去了四年,深秋的一天,说过这辈子不会再给铁碳合金乐队以外的任何人开车的沈飞,开着出租车把刚刚从上海音乐学院指挥系研究生毕业的骆横从机场接回了他和雷蕾的家,作为家的住宅离雷蕾上班的集装箱码头很近,是雷蕾的父母帮他们购买的。半年后,在穆教授的全力帮助下,骆横在青岛音乐广场指挥了第一台音乐会,是由他重新创作的古典加流行的大型交响曲《你是我的狂想曲》,施欣萍和铁大钢的"机车头"、景翔的"高楼大厦"、朱晚的"盾构机"、夏蓉蓉的"新织工"以及"陆上风气"等几乎所有知名歌手和乐队都参加了这台气势恢宏而又充满现代气息的交响曲表演。交响曲的最后是独唱、重唱与合唱交错进行的《绕地球一圈的救人与自救》。一万多观众现场欣赏了音乐会,各大媒体竞相报道。沉寂了几年的景翔引起了歌迷的再次关注,都说他的声音跟过去大不一样了,高音更高,低音更厚,音乐风格以及台风都有了脱胎换骨的变化,一副温良恭俭让的样子里又有知耻而后勇、知弱而图强的蕴藏。说明感情的转换会改变一个人的所有,包括声音,也包括发声的技巧,他用真诚唤醒了曾经被虚假剥夺走的一切。乐评人"纯净的流行"发帖子说:"这个因忏悔而获新生的音乐人,用毁容和整个家族为他倒下的代价,换来了音乐的纯洁和艺术良知的显现，这说明对他来说，音乐是高于一切的。诗歌是但丁的至高无上，小说是托尔斯泰的至高无上，绘画是梵高的至高无上，音乐是贝多芬的至高无上。大师之所以是大师，就是因为他们拥有一颗拒绝污染的赤子之心，即便曾经污染过和堕落过，也总能在黑暗中完成蜕变，抓住一闪而逝的光明，踩踏着满地的绝望走向希望。现在的景翔虽然远不是我们期待中的大师，却以一个真正的音乐人所必备的勇气，做出了披荆斩棘的努力。路已经来到脚下，直走就是了。"

被格外推崇的还有施欣萍和铁大钢。"纯净的流行"说："几年前施欣萍就已经不再自私地以她个人的嗓音条件为前提创作音乐了，她放弃了自己的声线和音域以及音色，无私地想满足所有歌手对她的需要。她用自己的创作告诉别人：那就来吧，需要什么我都给，给你地狱的挣扎和苦闷的呐喊，也给你和平与宁静以及永远的天堂，给你升华，也给你陨落，给你低音区沉默的思想，也给你高声部飞扬的激情。与其说踩踏事件中她的喉咙被毁是她自己的不幸，不如说那是一个天赐的机会让流行乐坛拥有了一个钻石级的作曲家，幸与不幸孰能断定？何况她还是我们这个时代无与伦比的钢琴皇后，没有谁能媲美她的'神手钢琴法'，她让钢琴变成音符滔天的海洋。更何况，她还有出神入化的吉他，她的吉他具有引领者的风范，俨然是'大师元素'的代表人物了。当灾难来临，当不幸发生，惊恐之余，我们要做的不是怨天尤人，而是要看到我们身上还剩下什么，然后投入所有残存的力量，牢牢抓住它，捂在必须发烫的怀抱里，发酵成所有，这是因祸得福的唯一办法。在吉他方面仅次于施欣萍的要算铁大钢，他的吉他就是他的襟怀，传递着一个人的质量和能量。他让人想起从'激活历史'中走来的'机车头'，依然在沿着逶迤的轨道穿越峡谷，勇往直前的是'星海车间'与'铁碳合金'的结合，而钢铁参与音乐的历史才刚刚开始。铁大钢的启示在于：虽然嚎叫也是歌，但一定不是最好的歌。一味地声嘶力竭和执着地'炸'场子，跟音乐美学没有关系。当铁大钢终于从嚎叫的深渊走出来时，看到的是一片开阔的原野，有柔风徐徐，有狂飙突进。他顿时意识到，自己要做的已不再是试图从渊底爬上渊顶的直线上升，而是与远山平行，与近水伴走，是缓上缓下，是一层层地拨开迷雾，也就是说作为一个高音歌手他创造的不仅仅是音高，而是高音美，而对视觉和听觉来说，美就是曲线——起伏的原野、起伏的河流、起伏的山脉、起伏的歌声，他是一个与原野、河流、山脉同一档次的歌手。"

骆横在《你是我的狂想曲》中写了一段钢琴协奏曲《怀念'纯净巴洛克'》，由施欣萍的钢琴和"盾构机"的小提琴奏响，伴随着景翔和铁大钢的二重吟唱和所有歌手的集体吟唱。"纯净的流行"评价道："我们听到了完美的音乐性和健全的音乐人格的统一，好比几个携手共进的人走向地平线的脚步，那是音乐极具动感的潜流跃入天际后的回潮，里面有音乐的思想对音乐人的回答，有灵魂在最美状态下的绽放，有'人'的标准。'人'的标准离我们并不遥远，尤其是对音乐人，当他们决定投身音乐并要求自己冲刺目标时，立刻就能感觉到无论直线还是弯道，力量都来自净化后的纯粹。这是纯粹的人和纯粹的音乐一次跨越时空的拥抱，是一次对音乐本质和音乐人烂漫内心的展示，是人和信仰的亲吻。"《你是我的狂想曲》中还包括了一首名叫《凭吊肖蚌》的歌，演唱者是夏蓉蓉和夏夏姐弟。夏夏把沙哑唱成了空谷足音，足音里带着对茅草的踢打，带着与泥土的摩擦，就像出土的黄钟大吕依然鸣响着当年埋入地下前发出的声音。他把低音唱成了远方的召唤，是狮子对伴侣的召唤，隐隐地雄壮着，迫使人的思维拓展出开阔的空间，遐想不已。而夏蓉蓉却用高音描画着肖蚌跌倒又爬起的一生：生命的光，来自天上，我们要善于接纳；人的光，来自心灵，我们要善于照出。所有的暗淡都是光的死角,只要换个角度就能有亮。全场泪雨纷飞。"纯净的流行"说:"这是一首残疾的人献给完美世界的歌,我不仅指的是它的演唱者夏夏,也指的是被怀念的肖蚌——一个曾经残疾的灵魂,它让我们发现缺憾才是创造世界的动力,因为弥补是所有欲望中最重要的欲望。夏夏因为音乐的弥补而挺然伟岸,肖蚌因为献身的弥补而山高水长——他用生命敲击着架子鼓,让我们从来不怀疑那是来自流行乐坛最有魅力的金声玉振。这又是一首完美的人献给残疾世界的歌,我指的是夏蓉蓉,她不光继承了作为音乐遗产的'新织工',还继承了周轻舟的'纯净'和果敢,她的歌声让人想到:音乐和音乐人的努力,就是为了填平人心的坑洼,剔除灵魂的瑕疵。就像人类永远需要美丽的布料,我们也永远需要夏蓉蓉的美丽歌声。"

对"盾构机"的评价主要集中在他们的音乐态度和从事音乐的方式上。"纯净的流行"说:"他们拒绝登上舞台,只在酒吧、海滩、工地、街头、地铁、车站、广场演唱,他们的音乐与利益无关,与荣耀无关,与名气无关,与世俗的一切无关,他们健康、阳光、美丽、帅气,只需要人们在一只小小的瓷钵里投进去一点生活费,就会一直倾情演唱下去。他们创造的不是殿堂的音乐,而是音乐的殿堂——他们在哪里,殿堂就在哪里。当他们每个周六在海滩举办免费音乐会,而且冬夏不分、雨雪无阻的时候,我们就会按照演唱的意图,想起地球之上还有多少寒风中的人生和酷暑中的命运,他们用音乐代言着良心和善美,是'骆横音乐'最广泛的传播者。在得失之间计较的人生,最终都会失去;在高低之间徘徊的人生,最终都会走低;在大小之间选择的人生,最终都会变小;在先后之间踌躇的人生,最终都会落后。只有在得失、高低、大小、先后之外,我们才能避免人生最大的困境,也避免'人'的水准的丧失,获得从无到有、从少到多的人生价值。'盾构机'用行动影响了许多音乐人,随之而来的是'星海车间'的周五夜免费音乐会、景翔和'高楼大厦'的假日免费音乐会、夏蓉蓉和'新织工'的纺织城免费音乐会、'陆上风气'的现场免费音乐会等。他们的出现一直在证明着音乐的美和爱的动机是如何得不可分离，从而矫正了网络平台上那些低劣的音乐传播对音乐和音乐人造成的误解。一般来说，越是顶流歌手，他们的音乐就越不顶流甚至非常糟糕，因了流量的商业目的和金钱的腐蚀，大部分演唱都显得轻浮、谄媚和庸俗，几乎成了一个糟蹋音乐的过程，而这个过程又依赖于大量的劣质粉丝的存在，他们是通过音乐满足低级欲望的一群人，是一直都在拉低音乐标准的受众，他们最终营造的不是音乐的良好氛围，而是一个见钱开唱的低端市场。在这样一种无法休止的恶性循环中，谁又能顾及艺术本身所要求的洁身自好呢？当一个歌手一个乐队完全依附于低端粉丝或者沉溺于粉丝的喝彩而确立自己的奋斗目标时，就基本跟艺术没有关系了。最好的艺术在形成的最初阶段，都有一段或长或短的孤冷期。它告诉我们：不管是音乐还是人，首先是坚守，其次才是存在。所有的美好都依赖于坚守，冰有冰的坚守，那就是高寒，水有水的坚守，那就是流淌，树有树的坚守，那就是葱茏向上，山有山的坚守，那就是拔地挺身，如果放弃坚守，一切就将烟消云散。坚守和平、美善、自由、高尚，是音乐和音乐人存在的唯一理由。"

对指挥这场演出的骆横，"纯净的流行"的评价比较简短："没有骆横参与的音乐，不是音乐。他告诉我们，其实没有做音乐的人，只有用音乐做的人。光是为了放大，音是为了传扬，无论放大还是传扬，都是为了让他人他物更加美好。有的人有光，有的人无光，这是因为有的人活着是为了别人，有的人活着是为了自己，当为了自己的状态持续不变时，光和音就会消散殆尽。响起来吧，为了光的音乐。"

作为首席大提琴手的穆教授也受到了许多网友的点赞，说他风度翩翩，弦内有春秋，弦外有宇宙。他对天体物理以及"音乐宇宙"和

"光音链猜想"的研究虽然还没有取得震惊世界的突破，却已经有了大踏步的进展，其中包括了两项重大发现。《你是我的狂想曲》音乐会结束不久，他又成功发明了在室内用抽取和注入空气以及改变空气流向和速度的方法，让音乐的快慢、强弱、高低变幻莫测的新音乐形式，希望骆横能够帮他作曲并指挥一场前所未有的"空气音乐会"，最好也是古典加流行的狂想曲风格。骆横说："我有个想法，你看行不行，不管室内的空气，还是室外的飓风，或者是海洋深处的热带气旋和西伯利亚的冷高压气团，都应该成为音乐的创造者，而不仅仅是载体，关键在于如何调动，办法是这样的……"天体物理学家穆教授认真听着，不断点头。一场音乐革命正在酝酿之中，而它给予人类的，远不止音乐。

2022 年 3 月 16 日星期三定稿

后　记

今年年初妻子生病住院，我做陪护，同病房的人有胶州的，有平度的。有人问我："你是哪里的？"我竟然语塞，想了一会儿才说："我祖籍河南洛阳，出生于青海西宁，在青岛生活了26年，你说我是哪里的？"很多时候最简单的问题都会变成最复杂的解释。前个时期有朋友打听："你现在写的这部作品准备给哪里？"我说："家乡出版社。"心想：这下不需要再解释了吧？朋友立刻又问："你的家乡是哪里？"

30多年前，家乡出版社把我发表在《现代人》杂志上的第一个中篇小说《大湖断裂》选进了一个集子，直到通知我去出版社领稿费，我才知晓。双方都不觉得这里头有什么问题，因为是家乡出版社，选你没商量。不久，他们又出版了我的长篇小说《大悲原》，编辑打电话问：样书你需要多少？多少居然是我说了算的，因为是家乡出版社。家乡出版社的无私馈赠更体现在我的书柜里，那么多关于历史、地理、自然、文化的著作成了我研究青藏大地的支撑，滋养是丰富多样而又潜移默化的，其中包括了会让我一生都在攀爬向上的精神指标。

经常想：我又能回报什么呢？我只是个作家。

让我没想到的是，在我决定为家乡出版社写一部小说后，脑子里纷至沓来的却是跟家乡的历史和现实毫无关系的物貌与人迹。它是海洋，是海岸线上的大工业、大物流，是音乐，是宇宙星空。好在励精图治的家乡出版社已经具备了从高大陆一泻千里的态势，就像当年古喜马拉雅海随着青藏高原的崛起而遍布全球那样。

  而我只是一滴水,一滴离开源头后并没有干掉的水。

  我曾经被蒸发,进入雨云的襟抱,一路西飘。

  然后,

  瞄准,

  我要,

  落下。

杨志军

2022 年 3 月 18 日